中國古典小說新刊

西遊記

（下冊）

吳承恩 著

第五十回　情亂性從因愛慾　神昏心動遇魔頭

詩曰：

心地頻頻掃，塵情細細除，莫教坑塹陷毘盧①。本體常清淨，方可論元初。　性燭須挑剔，曹溪任吸呼，勿令猿馬氣聲粗。晝夜綿綿息，方顯是功夫。

這一首詞牌名〈南柯子〉，單道著唐僧脫卻通天河寒冰之災，踏白黿負登彼岸。師徒四眾，順著大路，望西而進。正遇嚴冬之景，但見那林光漠漠煙中淡，山骨稜稜水外清。師徒們正當行處，忽然又遇一座大山，阻住去道。路窄崖高，石多嶺峻，人馬難進。三藏在馬上兜住韁繩，叫聲：「徒弟。」時有孫行者引豬八戒、沙僧近前侍立道：「師父，有何吩咐？」三藏道：「你看那前面山高，恐有虎狼作怪，妖獸傷人，今番是必仔細！」行者道：「師父放心莫慮。我等兄弟三人，心和意合，歸正求真，

①毘盧——佛名，毘盧舍那的略稱；意為光明遍照。

聯經出版事業公司校印

使出蕩怪降妖之法，怕甚麼虎狼妖獸！」三藏聞言，只得放懷前進。到於谷口，促馬登崖，擡頭仔細觀看，好山：

嵯峨矗矗，變削巍巍。嵯峨矗矗沖霄漢，變削巍巍礙碧空。怪石亂堆如坐虎，蒼松斜掛似飛龍。嶺上鳥啼嬌韻美，崖前梅放異香濃。澗水潺湲流出冷，巔雲黯淡過來兇。又見那飄飄雲，凜凜風，咆哮餓虎吼山中。寒鴉揀樹無棲處，野鹿尋窩沒定踪。可嘆行人難進步，皺眉愁臉把頭蒙。

師徒四眾，冒雪沖寒，戰澌澌②，行過那巔峰峻嶺，遠望見山凹中有樓臺高聳，房舍清幽。唐僧馬上欣然道：「徒弟呵，這一日又飢又寒，幸得那山凹裡有樓臺房舍，斷乎是莊戶人家，菴觀寺院；且去化些齋飯，喫了再走。」行者聞言，急睜睛看，只見那壁廂兇雲隱隱，惡氣紛紛，回首對唐僧道：「師父，那廂不是好處。」三藏道：「見有樓臺亭宇，如何不是好處？」行者笑道：「師父呵，你那裡知道？西方路上多有妖怪邪魔，善能點化莊宅。不拘甚麼樓臺房舍，館閣亭宇，俱能指化了哄人。你知道『龍生九種』，內有一種名『蜃』。蜃氣放光，就如樓閣淺池。若遇大江昏迷，蜃現此勢。倘有鳥鵲飛騰，定來歇翅。那怕你上萬論千，盡被他一氣吞之。此意害人最重。那壁廂氣色兇惡，斷不可入。」

三藏道：「既不可入，我卻著實飢了。」行者道：「師父果飢，且請下馬，就在這平處坐下，待我別處化些齋來你喫。」三藏依言下馬。八戒採定轡繩，沙僧放下行李，即去解開包裹，取出缽盂，遞與行者。行者接缽盂在手中，吩咐沙僧道：「賢弟，卻不可前進。好生保護師父穩坐於此，待我化齋

---

②戰澌澌——顫抖而發出聲音。

回來，再往西去。」沙僧領諾。行者又向三藏道：「師父，這去處少吉多凶，切莫要動身別往。老孫化齋去也。」唐僧道：「不必多言，但要你快去快來。我在這裡等你。」行者轉身欲行，卻又回來道：「師父，我知你沒甚坐性，我與你個安身法兒。」即取金箍棒，晃了一晃，將那平地下週圍畫了一道圈子，請唐僧坐在中間；著八戒、沙僧侍立左右，把馬與行李都放在近身。對唐僧合掌道：「老孫畫的這圈，強似那銅牆鐵壁。憑他甚麼虎豹狼蟲，妖魔鬼怪，俱莫敢近。但只不許你們走出圈外，只在中間穩坐，保你無虞；但若出了圈兒，定遭毒手。千萬，千萬！至祝，至祝！」三藏依言，師徒俱端然坐下。

行者縱起雲頭，尋莊化齋，一直南行，忽見那古樹參天，乃一村莊舍。按下雲頭，仔細觀看，但只見：

雪欺衰柳，冰結方塘。疏疏修竹搖青，鬱鬱喬松凝翠。幾間茅屋半裝銀，一座小橋斜砌粉。籬邊微吐水仙花，簷下長垂冰凍筯。颯颯寒風送異香，雪漫不見梅開處。

行者隨步觀看莊景，只聽得呀的一聲，柴扉響處，走出一個老者，手拖藜杖，頭頂羊裘，身穿破衲，足踏蒲鞋，拄著杖，仰身朝天道：「西北風起，明日晴了。」說不了，後邊跑出一個哈巴狗兒來，望著行者，汪汪的亂吠。老者卻纔轉過頭來，看見行者捧著鉢盂，打個問訊道：「老施主，我和尚是東土大唐欽差上西天拜佛求經者。適路過寶方，我師父腹中飢餒，特造尊府募化一齋。」老者聞言，點頭頓杖道：「長老，你且休化齋，你走錯路了。」行者道：「不錯。」老者道：「往西天大路，在那直北下。此間到那裡有千里之遙，還不去找大路而行？」行者笑道：「正是直北下。我師父現在大路上端坐，等我化齋哩。」那老者道：「這和尚胡說了。你師父在大路上等你化齋，似這千里之遙，就會走路，也須得六七日；走回去又要六七日，卻不餓壞他也？」行者笑道：「不瞞老施主說，我纔然離了師父，還不上一盞熱茶之時，卻就走到此處。如今化了齋，還要趕去作午齋哩。」老者見說，心中害怕道：「這和尚是鬼！是鬼！」急抽身往裡就走。行者一把扯住道：「施主那裡去？有齋快化些兒。」老者道：「不方便！不方便！別轉一家兒罷。」行者道：「你這施主，好不會事③！你說我離此有千里之遙，若再轉一家，卻不又有千里？真是餓殺我師父也。」那老者道：「實不瞞你說。我家老小六七口，纔淘了三升米下鍋，還未曾煮熟。你且到別處去轉轉再來。」行者道：「古人云：『走三家不如坐一家。』我貧僧在此等一等罷。」那老者見纏得緊，惱了，舉藜杖就打。行者公然不懼，被他照光頭上打了七八下，只當與他拂癢。那老者道：「這是個撞頭的和尚！」行者笑道：「老官兒，憑你怎麼打，只要記得杖數明白。一杖一升米，慢慢量來。」那老者聞言，急丟了藜杖，跑進去把門關了，只嚷：「有鬼！有鬼！」慌得那一家兒戰戰兢兢，把前後門俱關了。行者見他關了門，心中暗想：「這老賊纔說淘米下鍋，不知是虛是實。常言道：『道化賢良釋化愚。』且等老孫進去看看。」好大聖，捻著訣，使個隱身遁法，徑走入廚中看處，果然那鍋裡氣騰騰的，煮了半鍋乾飯。就把鉢盂往裡一掗，滿滿的掗了一鉢盂，即駕雲回轉不題。

卻說唐僧坐在圈子裡，等待多時，不見行者回來，欠身悵然道：「這猴子往那裡化齋去了！」八戒在旁笑道：「知他往那裡耍子去來！化甚麼齋，卻教我們在此坐牢！」三藏道：「怎麼謂之坐牢？」八戒道：「師父，你原來不知。古人劃地為牢。他將棍子劃個圈兒，強似鐵壁銅牆，假如有虎狼妖獸

③會事——懂事。

來時，如何攩得他住？只好白白的送與他喫罷了。」三藏道：「悟能，憑你怎麼處治。」八戒道：「此間又不藏風，又不避冷，若依老豬，只該順著路，往西且行。師兄化了齋，駕了雲，必然來快，讓他趕來。如有齋，喫了再走。如今坐了這一會兒，老大腳冷！」

三藏聞此言，就是晦氣星到了：遂依獃子，一齊出了圈外。八戒牽了馬，沙僧挑了擔，那長老順路步行前進，不一時，到了樓閣之所，卻原來是坐北向南之家。門外八字粉牆，有一座倒垂蓮升斗門樓，都是五色裝的。那門兒半開半掩。八戒就把馬拴在門枕石鼓上。沙僧歇了擔子。三藏畏風，坐於門限之上。八戒道：「師父，這所在想是公侯之宅，相輔之家。前門外無人，想必都在裡面烘火。你們坐著，讓我進去看看。」唐僧道：「仔細耶！莫要沖撞了人家。」獃子道：「我曉得。自從歸正禪門，這一向也學了些禮數，不比那村莽之夫也。」

那獃子把釘鈀撒在腰裡，整一整青錦直裰，斯斯文文，走入門裡。只見是三間大廳，簾櫳高控，靜悄悄全無人跡，也無桌椅家火。轉過屏門，往裡又走，乃是一座穿堂。堂後有一座大樓，樓上牕格半開，隱隱見一頂黃綾帳幔。獃子道：「想是有人怕冷，還睡哩。」他也不分內外，拽步只管走上樓來。用手掀開看時，把獃子諕了一個躘踵。原來那帳裡，象牙床上，白媸媸的一堆骸骨，骷髏有巴斗④大，腿挺骨有四五尺長。那獃子定了性，止不住腮邊淚落，對骷髏點頭嘆云：「你不知是：

那代那朝元帥體，何邦何國大將軍。當時豪傑爭強勝，今日淒涼露骨筋。

④巴斗——「巴」是「笆」的假借字。笆斗，一種柳條編成的盛器。

聯經出版事業公司校印

不見妻兒來侍奉，那逢士卒把香焚？謾觀這等真堪嘆，可惜興王霸業人。」

八戒正纔感嘆，只見那帳幔後有火光一晃。獃子道：「想是有侍奉香火之人在後面哩。」急轉步，過帳觀看，卻是穿樓的腮扇透光。那壁廂有一張彩漆的桌子，桌子上亂搭著幾件錦繡綿衣。獃子提起來看時，卻是三件納錦背心兒。

他也不管好歹，拿下樓來，出廳房，徑到門外，道：「師父，這裡全沒人煙，是一所亡靈之宅。老豬走進裡面，直至高樓之上，黃綾帳內，有一堆骸骨。串樓旁有三件納錦的背心，被我拿來了，也是我們一程兒造化。此時天氣寒冷，正當用處。師父，且脫了褊衫，把他且穿在底下，受用受用，免得喫冷。」三藏道：「不可！不可！律云：『公取竊取皆為盜。』倘或有人知覺，趕上我們，到了當官，斷然是一個竊盜之罪。還不送進去與他搭在原處！我們在此避風坐一坐，等悟空來時走路。出家人不要這等愛小⑤。」八戒道：「四顧無人，雖雞犬亦不知之，但只我們知道，誰人告我？有何證見？就如拾得的一般，那裡論甚麼公取竊取也。」三藏道：「你胡做呵！雖是人不知之，天何蓋焉！玄帝垂訓云：『暗室虧心，神目如電。』趁早送去還他，莫愛非禮之物。」

那獃子莫想肯聽，對唐僧笑道：「師父呵，我自為人，也穿了幾件背心，不曾見這等納錦的。你不穿，且待老豬穿一穿，試試新，晤晤⑥脊背。等師兄來，脫了還他走路。」沙僧道：「既如此說，我

⑤愛小——貪便宜。

⑥晤晤——就是焐焐的意思。

聯經出版事業公司　校印

也穿一件兒。」兩個齊脫了上蓋直裰，將背心套上。纔緊帶子，不知怎麼立站不穩，撲的一跌，原來這背心兒賽過綁縛手，霎時間，把他兩個背剪手貼心綑了。慌得個三藏跌足報怨，急忙來解，那裡便解得開？三個人在那裡吆喝之聲不絕，卻早驚動了魔頭。

原來那座樓房果是妖精點化的，終日在此拿人。他在洞裡正坐，忽聞得怨恨之聲，急出門來看，果見綑住幾個人了。妖魔即喚小妖，同到那廂，收了樓臺房屋之形，把唐僧攙住，牽了白馬，挑了行李，將八戒、沙僧一齊捉到洞裡。老妖魔登臺高坐，眾小妖把唐僧推近臺邊，跪伏於地。妖魔問道：「你是那方和尚？怎麼這般膽大，白日裡偷盜我的衣服？」三藏滴淚告曰：「貧僧是東土大唐欽差往西天取經的。因腹中飢餒，著大徒弟去化齋未回，不曾依得他的言語，誤撞仙庭避風。不期我這兩個徒弟愛小，拿出這衣物來。貧僧決不敢壞心，當教送還本處。他不聽吾言，要穿此晤晤脊背，不料中了大王機會⑦，把貧僧拿來。萬望慈憫，留我殘生，求取真經，永註大王恩情，回東土千古傳揚也！」那妖魔笑道：「我這裡常聽得人言：有人喫了唐僧一塊肉，髮白還黑，齒落更生。幸今日不請自來，還指望饒你哩！你那大徒弟叫做甚麼名字？往何方化齋？」八戒聞言，即開口稱揚道：「我師兄乃五百年前大鬧天宮齊天大聖孫悟空也。」

那妖魔聽說是齊天大聖孫悟空，老大有些悚懼，口內不言，心中暗想道：「久聞那廝神通廣大，如今不期而會。」教：「小的們，把唐僧綑了；將那兩個解下寶貝，換兩條繩子，也綑了。且擡在後邊，

⑦機會——圈套。

聯經出版事業公司校印

待我拿住他大徒弟，一發刷洗，卻好湊籠蒸喫。」眾小妖答應一聲，把三人一齊綑了，擡在後邊。將白馬拴在槽頭，行李挑在屋裡。眾妖都磨兵器，準備擒拿行者不題。

卻說孫行者自南莊人家攝了一鉢盂齋飯，駕雲回返舊路；徑至山坡平處，按下雲頭，早已不見唐僧，不知何往。棍劃的圈子還在，只是人馬都不見了。回看那樓臺處所，亦俱無矣，惟見山根怪石。行者心驚道：「不消說了！他們定是遭那毒手也！」急依路看著馬蹄，向西而趕。

行有五六里，正在悽愴之際，只聞得北坡外有人言語。看時，乃一個老翁，氈衣蓋體，暖帽蒙頭，足下踏一雙半新半舊的油靴，手持著一根龍頭拐棒，後邊跟一個年幼的僮僕，折一枝蠟梅花，自坡前念歌而走。行者放下鉢盂，覿面道個問訊，叫：「老公公，貧僧問訊了。」那老翁即便回禮道：「長老那裡來的？」行者道：「我們東土來的，往西天拜佛求經。一行師徒四眾。我因師父飢了，特去化齋，教他三眾坐在那山坡平處相候。及回來不見，不知往那條路上去了。動問公公，可曾看見？」老者聞言，呵呵冷笑道：「你那三眾，可有一個長嘴大耳的麼？」行者道：「有！有！有！」——「又有一個晦氣色臉的，牽著一匹白馬，領著一個白臉的胖和尚麼？」行者道：「是！是！是！」老翁道：「你們走錯了路。你休尋他，各人顧命去也。」行者道：「那白臉者是我師父，那怪樣者是我師弟。我與他共發虔心，要往西天取經，如何不尋他去！」老翁道：「我纔然從此過時，看見他們錯走了路，徑闖入妖魔口裡去了。」行者道：「煩公公指教指教，是個甚麼妖魔，居於何方，我好上門取索他等，往西天去也。」老翁道：「這座山，叫做金峴山。山前有個金峴洞。那洞中有個獨角兕大王。那大王神通廣大，威武高強。那三眾此回斷沒命了。你若去尋他，只怕連你也難保，不如不去之為愈也。我也不敢阻你，也不敢留你，只憑你心中度量。」

行者再拜稱謝道：「多蒙公公指教。我豈有不尋之理！」把這齋飯倒與他，將這空鉢盂自家收拾。那老翁放下拐棒，接了鉢盂，遞與僮僕，現出本像，雙雙跪下，磕頭叫：「大聖，小神不敢瞞。我們兩個就是此山山神、土地，在此候接大聖。這齋飯連鉢盂，小神收下，讓大聖身輕好施法力。待救唐僧出難，將此齋飯還奉唐僧，方顯得大聖至恭至孝。」行者喝道：「你這毛鬼討打！既知我到，何不早迎？卻又這般藏頭露尾，是甚道理？」土地道：「大聖性急，小神不敢造次，恐犯威顏，故此隱像告知。」行者息怒道：「你且記打！好生與我收著鉢盂！待我拿那妖精去來！」土地、山神遵領。

這大聖卻纔束一束虎筋縧，拽起虎皮裙，執著金箍棒，徑奔山前，找尋妖洞。轉過山崖，只見那亂石磷磷，翠崖邊有兩扇石門，門外有許多小妖，在那裡輪鎗舞劍。真個是：

煙雲凝瑞，苔蘚堆青。崚嶒怪石列，崎嶇曲道縈。猿嘯鳥啼風景麗，鸞飛鳳舞若蓬瀛。向陽幾樹梅初放，日暖千竿竹自青。陡崖之下，深澗之中；陡崖之下雪堆粉，深澗之中水結冰。兩林松柏千年秀，幾簇山茶一樣紅。

這大聖觀看不盡，拽開步徑至門前，厲聲高叫道：「那小妖，你快進去與你那洞主說，我本是唐朝聖僧徒弟齊天大聖孫悟空。快教他送我師父出來，免教你等喪了性命！」

那夥小妖，急入洞裡報道：「大王，面前有一個毛臉勾嘴的和尚，稱是齊天大聖孫悟空，來要他師父哩。」那魔王聞得此言，滿心歡喜道：「正要他來哩！我自離了本宮，下降塵世，更不曾試試武藝。今日他來，必是個對手。」即命小妖們取出兵器。那洞中大小群妖，一個個精神抖擻，即忙擡出一根丈二長的點鋼鎗，遞與老怪。老怪傳令，教：「小的們，各要整齊。進前者賞，退後者誅！」眾妖得令，隨著老怪，走出門來。叫道：「那個是孫悟空？」行者在旁閃過，見那魔王生得好不兇醜：

獨角參差，雙眸晃亮。頂上粗皮突，耳根黑肉光。舌長時攪鼻，口闊版牙黃。皮毛青似靛，筋攣硬如鋼。比犀難照水，像牯不耕荒。全無喘月犁雲用，倒有欺天振地強。兩隻焦筋藍靛手，雄威直挺點鋼鎗。細看這等兇模樣，不枉名稱兕大王！

孫大聖上前道：「你孫外公在這裡也！快早還我師父，兩無毀傷，若道半個『不』字，我教你死無葬身之地！」那魔喝道：「我把你這個大膽潑猴精！你有些甚麼手段，敢出這般大言！」行者道：「你這潑怪，是也不曾見我老孫的手段！」那妖魔道：「你師父偷盜我的衣服，實是我拿住了，如今特要蒸喫。你是個甚麼好漢，就敢上我的門來取討！」行者道：「我師父乃忠良正直之僧，豈有偷你甚麼妖物之理？」妖魔道：「我在山路邊點化一座仙莊，你師父潛入裡面，心愛情慾，將我三領納錦綿裝背心兒偷穿在身，見有贓證，故此我纔拿他。你今果有手段，即與我比勢。假若三合敵得我，饒了你師之命；如敵不過我，教你一路歸陰！」

行者笑道：「潑物！不須講口！但說比勢，正合老孫之意思。走上來，喫吾一棒！」那怪物那怕甚麼賭鬥，挺鋼鎗劈面迎來。這一場好殺！你看那：

金箍棒舉，長桿鎗迎。金箍棒舉，亮藿藿似電掣金蛇；長桿鎗迎，明晃晃如龍離黑海。那門前小妖擂鼓。排開陣勢助威風；這壁廂大聖施功，使出縱橫逞本事。他那裡一桿鎗，精神抖擻；我這裡一條棒，武藝高強。正是英雄相遇英雄漢，果然對手纔逢對手人。那魔王口噴紫氣盤煙霧，這大聖眼放光華結繡雲。只為大唐僧有難，兩家無義苦爭論。

他兩個戰經三十合，不分勝負。那魔王見孫悟空棒法齊整，一往一來，全無些破綻，喜得他連聲喝采道：「好猴兒！好猴兒！真個是那鬧天宮的本事！」這大聖也愛他鎗法不亂，右遮左攩，甚有解數，也叫道：「好妖精！好妖精！果然是一個偷丹的魔頭！」二人又鬥了一二十合。

那魔王把鎗尖點地喝令小妖齊來。那些潑怪，一個個拿刀弄杖，執劍輪鎗，把個孫大聖圍在中間。行者公然不懼，只叫：「來得好！來得好！正合吾意！」使一條金箍棒，前迎後架，東攩西除。那夥群妖，莫想肯退。行者忍不住焦躁，把金箍棒丟將起去，喝聲：「變！」即變作千百條鐵棒，好便似飛蛇走蟒，盈空裡亂落下來。那夥妖精見了，一個個魄散魂飛，抱頭縮頸，盡往洞中逃命。老魔王唏唏冷笑道：「那猴不要無禮！看手段！」即忙袖中取出一個亮灼灼、白森森的圈子來，望空抛起，叫聲：「著！」唿喇一下，把金箍棒收做一條，套將去了。弄得孫大聖赤手空拳，翻觔斗逃了性命。那妖魔得勝回歸洞，行者朦朧失主張。這正是：

道高一尺魔高丈，性亂情昏錯認家。可恨法身無坐位，當時行動念頭差。

畢竟不知這番怎麼結果，且聽下回分解。

第五十一回 心猿空用千般計 水火無功難煉魔

話說齊天大聖空著手敗了陣，來坐於金峴山後，撲梭梭兩眼滴淚，叫道：「師父呵！指望和你：

佛恩有德有和融，同幼同生意莫窮。同住同修同解脫，同慈同念顯靈功。

同緣同相心真契，同見同知道轉通。豈料如今無主杖，空拳赤腳怎興隆！」

大聖悽慘多時，心中暗想道：「那妖精認得我，我記得他在陣上誇獎道：『真個是鬧天宮之類！』這等看來，決不是凡間怪物，定然是天上兇星。想因思凡下界。又不知是那裡降下來魔頭，且須上界去查勘查勘。」

行者這纔是以心問心，自張自主，急翻身，縱起祥雲，直至南天門外。忽擡頭見廣目天王，當面迎著長揖道：「大聖何往？」行者道：「有事要見玉帝。你在此何幹？」廣目道：「今日輪該巡視南天門。」說未了，又見那馬、趙、溫、關四大元帥作禮道：「大聖，失迎。請待茶。」行者道：「有事哩。」遂辭了廣目並四元帥，徑入南天門裡。直至靈霄殿外，果又見張道陵、葛仙翁、許旌陽、邱弘

聯經出版事業公司 校印

濟四天師並南斗六司，北斗七元都在殿前迎著行者，一齊起手道：「大聖如何到此？」又問：「保唐僧之功完否？」行者道：「早哩！早哩！路遙魔廣，纔有一半之功。見如今阻住在金峴山金峴洞。有一個兕怪，把唐師父拿於洞裡，是老孫尋上門與他交戰一場，那廝神通廣大，把老孫的金箍棒搶去了，因此難縛魔王。疑是上界那個兇星思凡下界，又不知是那裡降來的魔頭，老孫因此來尋尋玉帝，問他個鉗束不嚴。」許旌陽笑道：「這猴頭還是如此放刁！」行者道：「不是放刁，我老孫一生是這口兒緊①些，纔尋的著個頭兒。」張道陵道：「不消多說，只與他傳報便了。」行者說：「多謝！多謝！」

當時四天師傳奏靈霄，引見玉陛。行者朝上唱個大喏道：「老官兒，累你，累你！我老孫保護唐僧往西天取經，一路凶多吉少，也不消說。於今來在金峴山金峴洞，有一兕怪，把唐僧拿在洞裡，不知是要蒸、要煮、要晒。是老孫尋上他門，與他交戰，那怪卻就有些認得老孫，卓是②神通廣大，把老孫的金箍棒搶去，因此難縛妖魔。疑是上天兇星思凡下界，為此老孫特來啟奏。伏乞天尊垂慈洞鑒，降旨查勘兇星，發兵收剿妖魔，老孫不勝戰慄屏營之至！」卻又打個深躬道：「以聞。」旁有葛仙翁笑道：「猴子是何前倨後恭？」行者道：「不敢！不敢！不是甚前倨後恭，老孫於今是沒棒弄了。」

彼時玉皇天尊聞奏，即忙降旨可韓司知道：「既如悟空所奏，可隨查諸天斗星，各宿神王，有無思凡下界，隨即覆奏施行，以聞。」可韓丈人真君領旨，當時即同大聖去查。先查了四天門門上神王官

①口兒緊——嘴頭不饒人。

②卓是——著實、的確。

吏；次查了三微垣垣中大小群真；又查了雷霆官將陶、張、辛、鄧、苟、畢、龐、劉；最後纔查三十三天，天天自在；又查二十八宿：東七宿，角、亢、氐、房、參、尾、箕；西七宿，斗、牛、女、虛、危、室、壁；南七宿，北七宿，宿宿安寧；又查了太陽、太陰、水、火、木、金、土七政；羅侯、計都、炁、孛四餘。滿天星斗，並無思凡下界。行者道：「既是如此，我老孫也不消上那靈霄寶殿，打攪玉皇大帝，深為不便。——你自回旨去罷。我只在此等你回話便了。」那可韓丈人真君依命。孫行者等候良久，作詩紀興曰：

「風清雲霽樂昇平，神靜星明顯瑞禎。河漢安寧天地泰，五方八極偃戈旌。」

那可韓司丈人真君歷歷查勘，回奏玉帝道：「滿天星宿不少，各方神將皆存，並無思凡下界者。」玉帝聞奏：「著孫悟空挑選幾員天將，下界擒魔去也。」

四大天師奉旨意，即出靈霄寶殿，對行者道：「大聖呵，玉帝寬恩，言天宮無神思凡，著你挑選幾員天將，擒魔去哩。」行者低頭暗想道：「天上將不如老孫者多，勝似老孫者少。想我鬧天宮時，玉帝遣十萬天兵，佈天羅地網，更不曾有一將敢與我比手。向後來，調了小聖二郎，方是我的對手。如今那怪物手段又強似老孫，卻怎麼得能彀取勝？」許旌陽道：「此一時，彼一時，大不同也。常言道，『一物降一物』哩。你好違了旨意？但憑高見，選用天將，勿得遲疑誤事。」行者道：「既然如此，深感上恩。果是不好違旨。一則老孫又不可空走這遭，煩旌陽轉奏玉帝，只教托塔李天王與哪吒太子去罷。他還有幾件降妖兵器，且下界與那怪見一仗，以看如何。果若能擒得他，是老孫之幸；若不能，那時再作區處。」

真個那天師啟奏了玉帝，玉帝即令李天王父子，率領眾部天兵，與行者助力。那天王即奉旨來會行者。行者又對天師道：「蒙玉帝遣差天王，謝謝不盡。還有一事，再煩轉達：但得兩個雷公使用，等天王戰鬥之時，教雷公在雲端裡下個雷揳，照頂門上錠死那妖魔，深為良計也。」天師笑道：「好！好！好！」天師又奏玉帝，傳旨教九天府下點鄧化、張蕃二雷公，與天王合力縛妖救難。遂與天王、孫大聖徑下南天門外。

頃刻而到。行者道：「此山便是金兜山。山中間乃是金兜洞。列位商議，卻教那個先去索戰？」天王停下雲頭，扎住天兵在於山南坡下，道：「大聖素知小兒哪吒，曾降九十六洞妖魔，善能變化，隨身有降妖兵器，須教他先去出陣。」行者道：「既如此，等老孫引太子去來。」

那太子抖擻雄威，與大聖跳在高山，徑至洞口，但見那洞門緊閉，崖下無精。行者上前高叫：「潑魔！快開門！還我師父來也！」那洞裡把門的小妖看見，急報道：「大王，孫行者領著一個小童男，在門前叫戰哩。」那魔王道：「這猴子鐵棒被我搶了，空手難爭，想是請得救兵來也。」叫：「取兵器！」魔王綽鎗在手，走到門外觀看，那小童男，生得相貌清奇，十分精壯。真個是：

玉面嬌容如滿月，朱唇方口露銀牙。眼光掣電睛珠暴，額闊凝霞髮髩鬆。

繡帶舞風飛彩焰，錦袍映日放金花。環絛灼灼攀心鏡，寶甲輝輝襯戰靴。

身小聲洪多壯麗，三天護教惡哪吒。

魔王笑道：「你是李天王第三個孩兒，名喚做哪吒太子，卻如何到我這門前呼喝？」太子道：「因你這潑魔作亂，困害東土聖僧，奉玉帝金旨，特來拿你！」魔王大怒道：「你想是孫悟空請來的。我就是那聖僧的魔頭哩！量你這小兒曹有何武藝，敢出朗言！不要走！喫吾一鎗！」

這太子使斬妖劍，劈手相迎。他兩個搭上手，卻纔賭鬥，那大聖急轉山坡，叫：「雷公何在？快早去，著妖魔下個雷揳，助太子降伏來也！」鄧、張二公，即踏雲光。正欲下手，只見那太子使出法來，將身一變，變作三頭六臂，手持六般兵器，望妖魔砍來；那魔王也變作三頭六臂，三柄長鎗抵住。這太子又弄出降妖法力，將六般兵器拋將起去。是那六般兵器？卻是砍妖劍、斬妖刀、縛妖索、降魔杵、繡毬、火輪兒。大叫一聲「變！」一變十，十變百，百變千，千變萬，都是一般兵器，如驟雨冰雹，紛紛密密，望妖魔打將去。那魔王公然不懼，一隻手取出那白森森的圈子來，望空拋起，叫聲「著！」唿喇的一下，把六般兵器套將下來，慌得那哪吒太子赤手逃生。魔王得勝而回。

鄧、張二雷公，在空中暗笑道：「早是我先看頭勢，不曾放了雷揳。假若被他套將去，卻怎麼回見天尊？」二公按落雲頭，與太子來山南坡下，對李天王道：「妖魔果神通廣大！」悟空在旁笑道：「那廝神通也只如此，爭奈那個圈子利害。不知是甚麼寶貝，丟起來善套諸物。」哪吒恨道：「這大聖甚不成人！我等折兵敗陣，十分煩惱，都只為你；你反喜笑，何也？」行者道：「你說煩惱，終然我老孫不煩惱？我如今沒計奈何，哭不得，所以只得笑也。」天王道：「似此怎生結果？」行者道：「憑你等再怎計較；只是圈子套不去的，就可拿住他了。」天王道：「套不去者，惟水火最利。常言道：『水火無情。』」行者聞言道：「說得有理！你且穩坐在此，待老孫再上天走走來。」鄧、張二公道：「又去做甚的？」行者道：「老孫這去，不消啟奏玉帝，只到南天門裡，上彤華宮，請熒惑火德星君來此放火，燒那怪物一場，或者連那圈子燒做灰燼，捉住妖魔。一則取兵器還汝等歸天，二則可解脫吾師之難。」太子聞言甚喜，道：「不必遲疑，請大聖早去早來。我等只在此拱候。」

行者縱起祥光，又至南天門外。那廣目與四將迎道：「大聖如何又來？」行者道：「李天王著太子出師，只一陣，被那魔王把六件兵器撈了去了。我如今要到彤華宮請火德星君助陣哩。」四將不敢久留，讓他進去。至彤華宮，只見那火部眾神，即入報道：「孫悟空欲見主公。」那南方三炁火德星君整衣出門迎進，道：「昨日可韓司查點小宮，更無一人思凡。」行者道：「已知。但李天王與太子敗陣，失了兵器，特來請你救援救援。」星君道：「那哪吒乃三壇海會大神，他出身時，曾降九十六洞妖魔，神通廣大；若他不能，小神又怎敢望也？」行者道：「因與李天王計議，天地間至利者，惟水火也。那怪物有一個圈子，善能套人的物件，不知是甚麼寶貝，故此說火能滅諸物，特請星君領火部到下方縱火燒那妖魔，救我師父一難。」

火德星君聞言，即點本部神兵，同行者到金峴山南坡下，與天王、雷公等相見了。天王道：「孫大聖，你還去叫那廝出來，等我與他交戰，待他拿動圈子，我卻閃過，教火德帥眾燒他。」行者笑道：「正是，我和你去來。」火德共太子，鄧、張二公立於高峰之上，與他挑戰。

這大聖到了金峴洞口，叫聲：「開門！快早還我師父！」那小怪又急通報道：「孫悟空又來了！」那魔帥眾出洞，見了行者道：「你這潑猴，又請了甚麼兵來耶？」這壁廂轉上托塔天王，喝道：「潑魔頭！認得我麼？」魔王笑道：「李天王，想是要與你令郎報仇，欲討兵器麼？」天王道：「一則報仇要兵器，二來是拿你救唐僧！不要走！喫吾一刀！」那怪物側身躲過，挺長鎗，隨手相迎。他兩個在洞前，這場好殺！你看那：

聯經出版事業公司 校印

天王刀砍，妖怪鎗迎。刀砍霜光噴烈火，鎗迎銳氣迸愁雲。一個是金𡸁山生成的惡怪，一個是靈霄殿差下的天神。那一個因欺禪性施威武，這一個為救師災展大倫。天王使法飛沙石，魔怪爭強播土塵。播土能教天地暗，飛沙善著海江渾。兩家努力爭功績，皆為唐僧拜世尊。

那孫大聖見他兩個交戰，即轉身跳上高峰，對火德星君道：「三炁用心者！」你看那妖魔與天王正鬥到好處，卻又取出圈子來。天王看見，即撥祥光，敗陣而走。這高峰上火德星君，忙傳號令，教眾部火神，一齊放火。這一場真個利害。好火：

經云：「南方者火之精也。」雖星星之火，能燒萬頃之田；乃三炁之威，能變百端之火。今有火鎗、火刀、火弓、火箭，各部神祇，所用不一。但見那半空中，火鴉飛噪；滿山頭，火馬奔騰。雙雙赤鼠，對對火龍。雙雙赤鼠噴烈焰，萬里通紅；對對火龍吐濃煙，千方共黑。火車兒推出，火葫蘆撒開。火旗搖動一天霞，火棒攪行盈地燎。說甚麼甯戚鞭牛③，勝強似周郎赤壁。這個是天火非凡真利害，烘烘焥焥④火風紅！

那妖魔見火來時，全無恐懼。將圈子望空抛起，唿喇一聲，把這火龍、火馬、火鴉、火鼠、火刀、火弓、火箭，一圈子又套將下來，轉回本洞，得勝收兵。

---

③甯戚鞭牛——相傳春秋衛人甯戚家貧，在齊，飯牛車下，適遇桓公，因擊牛角而歌。桓公聞而知其善，命管仲迎之，拜為上卿。

④烘烘焥焥——火熾盛的樣子。

這火德星君，手執著一桿空旗，召回眾將，會合天王等，坐於山南坡下，對行者道：「大聖呵，這個兇魔，真是罕見！我今折⑤了火具，怎生是好？」行者笑道：「不須報怨。列位且請寬坐坐，老孫再去去來。」天王道：「你又往那裡去？」行者道：「那怪物既不怕火，斷然怕水。常言道：『水能剋火。』等老孫去北天門裡，請水德星君施佈水勢，往他洞裡一灌，把魔王渰死，取物件還你們。」天王道：「此計雖妙，但恐連你師父都渰死也。」行者道：「沒事，渰死我師，我自有個法兒教他活來，如今稽遲⑥列位，甚是不當。」火德道：「既如此，且請行，請行。」

好大聖，又駕觔斗雲，徑到北天門外。忽擡頭，見多聞天王向前施禮道：「孫大聖何往？」行者道：「有一事要入烏浩宮見水德星君。你在此作甚？」多聞道：「今日輪該巡視。」正說處，又見那龐、劉、苟、畢四天將，進禮邀茶。行者道：「不勞！不勞！我事急矣！」遂別卻門神，直至烏浩宮，著水部眾神即時通報。眾神報道：「齊天大聖孫悟空來了。」水德星君聞言，即將查點四海五湖，八河四瀆，三江九派並各處龍王俱遣退。整冠束帶，接出宮門，迎進宮內道：「昨日可韓司查勘小宮，恐有本部之神，思凡作怪，正在此點查江海河瀆之神，尚未完也。」行者道：「那魔王不是江河之神，此乃廣大之精。先蒙玉帝差李天王父子並兩個雷公下界擒拿，被他弄個圈子，將六件神兵套去。老孫無奈，又上彤華宮請火德星君帥火部眾神放火，又將火龍、火馬等物，一圈子套去。我想此物既不怕

⑤折——賠掉。
⑥稽遲——拖延耽誤。

火，必然怕水，特來告請星君，施水勢，與我捉那妖精，取兵器歸還天將。吾師之難，亦可救也。」

水德聞言，即令黃河水伯神王：「隨大聖去助功。」水伯自衣袖中取出一個白玉盂兒，道：「我有此物盛水。」行者道：「看！這盂兒能盛幾何？妖魔如何渰得？」水伯道：「不瞞大聖說。我這一盂，乃是黃河之水，半盂就是半河，一盂就是一河。」行者喜道：「只消半盂足矣。」遂辭別水德，與黃河神躲離天闕。

那水伯將盂兒望黃河舀了半盂，跟大聖至金兜山，向南坡下見了天王、太子、雷公、火德，具言前事。行者道：「不必細講，且教水伯跟我去，待我叫開他門，不要等他出來，就將水往門裡一倒，那怪物一窩子可都渰死，我卻去撈師父的屍首，再救活不遲。」那水伯依命，緊隨行者，轉山坡，徑至洞口，叫聲：「妖怪開門！」那把門的小妖，聽得是孫大聖的聲音，急又去報道：「孫悟空又來矣！」那魔聞說，帶了寶貝，綽鎗就走；響一聲，開了石門。這水伯將白玉盂向裡一傾，那妖見是水來，撒了長鎗，即忙取出圈子，撐住二門。只見那股水骨都都⑦的只往外泛將出來，慌得孫大聖急縱觔斗，與水伯跳在高峰。那天王同眾都駕雲停於高峰之前，觀看那水。波濤泛漲，著實狂瀾。好水！真是個：

一勺之多，果然不測。蓋唯神功運化，利萬物而流漲百川。只聽得那潺潺聲振谷，又見那滔滔勢漫天。雄威響若雷奔走，猛湧波如雪捲顛。千丈波高漫路道，萬層濤激泛山巖。冷冷如漱玉，滾滾似鳴絃。觸石滄滄噴碎玉，回湍渺渺漩窩圓。低低凹凹隨流蕩，滿澗平溝上下連。

⑦骨都都——此指水勢盛大，不停上升滾動的樣子。

行者見了心慌道：「不好呵！水漫四野，渰了民田，未曾灌在他的洞裡，曾奈之何？」喚水伯急忙收水。水伯道：「小神只會放水，卻不會收水。常言道：『潑水難收。』」咦！那座山卻也高峻，這場水只奔低流。須臾間，四散而歸澗壑。

又只見那洞外跳出幾個小妖，在外邊吆吆喝喝，伸拳邏袖，弄棒拈鎗，依舊喜喜歡歡耍子。天王道：「這水原來不曾灌入洞內，枉費一場之功也！」行者忍不住心中怒發，雙手輪拳，闖至妖魔門首，喝道：「那裡走！看打！」諕得那幾個小妖，丟了鎗棒，跑入洞裡，戰兢兢的報道：「大王！不好了！打將來了！」那魔王挺長鎗，迎出門前道：「這潑猴老大憊懶！你幾番家敵不過我，縱水火亦不能近，怎麼又踵將⑧來送命？」行者道：「這兒子反說了哩！不知是我送命，是你送命！走過來，喫老外公一拳！」那妖魔笑道：「這猴兒勉強纏帳⑨！我倒使鎗，他卻使拳。那般一個筋䯊子⑩拳頭，只好有個核桃兒大小，怎麼稱得個鎚子起也？——罷！罷！罷！我且把鎗放下，與你走一路拳看看！」行者笑道：「說得是！走上來！」

那妖撩衣進步，丟了個架子，舉起兩個拳來，真似打油的鐵鎚模樣。這大聖展足挪身，擺開解數，在那洞門前，與那魔王遞走拳勢。這一場好打！咦！

⑧踵將——接連、繼續。

⑨纏帳——糾纏。

⑩筋䯊子——形容瘦得皮包骨。

拽開大四平，踢起雙飛腳。韜脅劈胸墩，剜心摘膽著。仙人指路，老子騎鶴。餓虎撲食最傷人，蛟龍戲水能兇惡。魔王使個蟒翻身，大聖卻施鹿解角。翹跟淬地龍，扭碗拿天橐。青獅張口來，鯉魚跌脊躍。蓋頂撒花，遶腰貫索。迎風貼扇兒，急雨催花落。妖精便使觀音掌，行者就對羅漢腳。長拳開闊自然鬆，怎比短拳多緊削？兩個相持數十回，一般本事無強弱。

他兩個在那洞門前廝打，只見這高峰頭，喜得個李天王厲聲喝采，火德星鼓掌誇稱。那兩個雷公與哪吒太子，帥眾神跳到跟前，都要來相助；這壁廂群妖搖旗擂鼓，舞劍輪刀一齊護。孫大聖見事不諧，將毫毛拔下一把，望空撒起，叫「變！」即變做三五十個小猴，一擁上前，把那妖纏住，抱腿的抱腿，扯腰的扯腰，抓眼的抓眼，撏毛的撏毛。那怪物慌了，急把圈子拿將出來。大聖與天王等見他弄出圈套，撥轉雲頭，走上高峰逃陣。那妖把圈子往上抛起，唿喇的一聲，把那三五十個毫毛變的小猴，收為本相，套入洞中，得了勝，領兵閉門，賀喜而去。

這太子道：「孫大聖還是個好漢！這一路拳，走得似錦上添花；使分身法，正是人前顯貴。」行者笑道：「列位在此遠觀，那怪的本事，比老孫如何？」李天王道：「他拳鬆腳慢，不如大聖的緊疾。他見我們去時，也就著忙；又見你使出分身法來，他就急了；所以大弄圈套。」行者道：「魔王好治，只是圈子難降。」火德與水伯道：「若還取勝，除非得了他那寶貝，然後可擒。」行者道：「他那寶貝如何可得？只除是偷去來。」鄧、張二公笑道：「若要行偷禮，除大聖再無能者，想當年大鬧天宮時，偷御酒、偷蟠桃、偷龍肝、鳳髓及老君之丹，那是何等手段！今日正該拿此處用也。」行者道：「好說！好說！既如此，你們且坐，等老孫打聽去來。」

聯經出版事業公司　校印

好大聖，跳下峰頭，私至洞口，搖身一變，就變做一個麻蒼蠅兒。真個秀溜⑪！你看他：

翎翅薄如竹濮，身軀小似花心。手足比毛更奘，星星眼窟明明。善自聞香逐氣，飛時迅速乘風。稱來剛壓定盤星，可愛些些有用。

輕輕的飛在門上，爬到門縫邊，鑽進去，只見那大小群妖，舞的舞，唱的唱，排列兩旁；老魔王高坐臺上，面前擺著些蛇肉、鹿脯、熊掌、駝峰，山蔬果品，有一把青磁酒壺，香噴噴的羊酪椰醪，大碗家寬懷暢飲。行者落於小妖叢裡，又變做一個獾頭精，慢慢的演近臺邊，看彀多時，全不見寶貝放在何方。急抽身轉至臺後，又見那後廳上高吊著火龍吟嘯，火馬號嘶。忽擡頭，見他的那金箍棒靠在東壁，喜得他心癢難撾，忘記了更容變像，走上前拿了鐵棒，現原身丟開解數，一路棒打將出去。慌得那群妖膽戰心驚，老魔王措手不及，卻被他推倒三個，放倒兩個，打開一條血路，徑自出了洞門。這纔是：魔頭驕傲無防備，主杖還歸與本人。畢竟不知吉凶如何，且看下回分解。

⑪秀溜——秀氣。

聯經出版事業公司校印

第五十二回　悟空大鬧金嶋洞　如來暗示主人公

話說孫大聖得了金箍棒，打出門前，跳上高峰，對眾神滿心歡喜。李天王道：「你這場如何？」行者道：「老孫變化，進他洞去，那怪物越發唱唱舞舞的，喫得勝酒哩，更不曾打聽得他的寶貝在那裡。我轉他後面，忽聽得馬叫龍吟，知是火部之物。東壁廂靠著我的金箍棒，是老孫拿在手中，一路打將出來也。」眾神道：「你的寶貝得了，我們的寶貝何時到手？」行者道：「不難！不難！我有了這根鐵棒，不管怎的，也要打倒他，取寶貝還你。」正講處，只聽得那山坡下鑼鼓齊鳴，喊聲震地。原來是兕大王帥眾精靈來趕行者。行者見了，叫道：「好！好！好！正合吾意！列位請坐，待老孫再去捉他。」

好大聖，舉鐵棒劈面迎來，喝道：「潑魔那裡去！看棍！」那怪使鎗支住，罵道：「賊猴頭！著實無禮！你怎麼白晝劫吾物件？」行者道：「我把你這個不知死的孽畜！你倒弄圈套白晝搶奪我物！那件兒是你的？不要走！喫老爺一棍！」那怪物輪鎗隔架。這一場好戰：

大聖施威猛，妖魔不順柔。兩家齊鬥勇，那個肯干休！這一個鐵棒如龍尾，那一個長鎗似蟒頭。

這一個棒來解數如風響，那一個鎗架雄威似水流。只見那彩霧朦朦山嶺暗，祥雲靉靉樹林愁。滿空飛鳥皆停翅，四野狼蟲盡縮頭。那陣上小妖吶喊，這壁廂行者抖擻。一條鐵棒無人敵，打遍西方萬里遊。那桿長鎗真對手，永鎮金嵬稱上籌。相遇這場無好散，不見高低誓不休。

那魔王與孫大聖戰經三個時辰，不分勝敗，早又見天色將晚。妖魔支著長鎗道：「悟空，你住了。天昏地暗，不是個賭鬥之時，且各歇息歇息明朝再與你比迸。」行者罵道：「潑畜休言，老孫的興頭纔來，管甚麼天晚！是必與你定個輸贏！」那怪物喝一聲，虛晃一鎗，逃了性命，率群妖收轉干戈，入洞中，將門緊緊閉了。

這大聖拽棍方回，天神在峰頭賀喜，都道：「是有能有力的大齊天，無量無邊的真本事！」行者笑道：「承過獎！承過獎！」李天王近前道：「此言實非褒獎，真是一條好漢子！這一陣也不亞當時瞞地網罩天羅也！」行者道：「且休題夙話。那妖魔被老孫打了這一場，必然疲倦。我也說不得辛苦，你們都放懷坐坐，等我再進洞去打聽他的圈子，務要偷了他的，捉住那怪，尋取兵器，奉還汝等歸天。」太子道：「今已天晚，不若安眠一宿，明早去罷。」行者笑道：「這小郎不知世事！那見做賊的好白日裡下手？似這等掏摸的，必須夜去夜來，不知不覺，纔是買賣①哩。」火德與雷公道：「三太子休言。這件事我們不知。大聖是個慣家熟套，須教他趁此時候，一則魔頭困倦，二來夜黑無防，就請快去！快去！」

①買賣——事情。

聯經出版事業公司 校印

好大聖，笑嘻嘻的，將鐵棒藏了。跳下高峰，又至洞口。搖身一變，變作一個促織兒。真個：

嘴硬鬚長皮黑，眼明爪腳丫叉。風清月明叫牆涯，夜靜如同人話。泣露凄涼景色，聲音斷續堪誇。客憁旅思怕聞他，偏在空階牀下。

蹬開大腿，三五跳，跳到門邊，自門縫裡鑽將進去，蹲在那壁根下，迎著裡面燈光，仔細觀看。只見那大小群妖，一個個狼餐虎嚥，正都喫東西哩。行者揲揲錐錐②的叫了一遍。少時間，收了傢伙，又都去安排窩鋪，各各安身。約莫有一更時分，行者纔到他後邊房裡，只聽那老魔傳令，教：「各門上小的醒睡！恐孫悟空又變甚麼，私入家偷盜。」又有些該班坐夜的，滌滌托托，梆鈴齊響。這大聖越好行事。鑽入房門，見有一架石牀，左右列幾個抹粉搽胭的山精樹鬼，展鋪蓋服侍老魔，脫腳的脫腳，解衣的解衣。只見那魔王寬了衣服，左肐膊上，白森森的套著那個圈子，原來像一個連珠鐲頭模樣。你看他更不取下，轉往上抹了兩抹，緊緊的勒在肐膊上，方纔睡下。行者見了，將身又變，變作一個黃皮虼蚤，跳上石牀，鑽入被裡，爬在那怪的肐膊上，著實一口，叮的那怪翻身罵道：「這些少打的奴才！被也不抖，牀也不拂，不知甚麼東西，咬了我這一下！」他卻把圈子又捋上兩捋，依然睡下。行者爬上那圈子，又咬一口。那怪睡不得，又翻過身來道：「刺鬧③殺我也！」

行者見他關防得緊，寶貝又隨身，不肯除下，料偷他的不得。跳下牀來，還變做促織兒，出了房門，

②揲揲錐錐——形容促織兒（蟋蟀）的叫聲。揲，音ㄕㄜ。

③刺鬧——癢。

徑至後面，又聽得龍吟馬嘶。原來那層門緊鎖，火龍、火馬，都吊在裡面。行者現了原身，走近門前，使個解鎖法，念動呪語，用手一抹，扢扠一聲，那鎖雙鐄俱就脫落，推開門，闖將進去觀看，原來那裡面被火器照得明晃晃的，如白日一般。忽見東西兩邊斜靠著幾件兵器，都是太子的砍妖刀等物，並那火德的火弓、火箭等物。行者映火光，週圍看了一遍，又見那門背後一張石桌子上有一個篾絲盤兒，放著一把毫毛。大聖滿心歡喜，將毫毛拿起來，呵了兩口熱氣，叫聲「變！」即變作三五十個小猴；教他都拿了刀、劍、杵、索、毬輪及弓、箭、鎗、車、葫蘆、火鴉、火鼠、火馬，一應套去之物，跨了火龍，縱起火勢，從裡邊往外燒來。只聽得烘烘焫焫，扑扑乒乒，好便似咋雷連炮之聲。慌得那些大小妖精，夢夢查查④的，抱著被，朦著頭，喊的喊，哭的哭，一個個走頭無路，被那火燒死大半。美猴王得勝回來，只好有三更時候。

卻說那高峰上，李天王眾位，忽見火光晃亮，一擁前來。見行者騎著龍，喝喝呼呼，縱著小猴，徑上峰頭，厲聲高叫道：「來收兵器！來收兵器！」火德與哪吒答應一聲，這行者將身一抖，那把毫毛復上身來。哪吒太子收了他六件兵器，火德星君著眾火部收了火龍等物，都笑吟吟讚賀行者不題。

卻說那金峴洞裡火焰紛紛，諕得個兕大王魂不附體，急欠身開了房門，雙手拿著圈子，東推東火滅，西推西火消，滿空中冒烟突火，執著寶貝跑了一遍，四下裡烟火俱熄。急忙收救群妖，已此燒殺大半，男男女女，收不上百十餘丁；又查看藏兵之內，各件皆無；又去後面看處，見八戒、沙僧與長老還綑

④夢夢查查——迷迷糊糊。

住未解，白龍馬還在槽上，行李擔亦在屋裡。妖魔遂恨道：「不知是那個小妖不仔細，失了火，致令如此！」旁有近侍的告道：「大王，這火不干本家之事，多是個偷營劫寨之賊，放了那火部之物，盜了神兵去也。」老魔方然省悟道：「沒有別人，斷乎是孫悟空那賊！怪道我臨睡時不得安穩！想是那賊猴變化進來，在我這肐膊叮了兩口。一定是要偷我的寶貝，見我抹勒得緊，不能下手，故此盜了兵器，縱著火龍，放此狠毒之心，竟欲燒殺我也。——賊猴呵！你枉使機關，不知我的本事！我但帶了這件寶貝，就是入大海而不能溺，赴火池而不能焚哩！這番若拿住那賊，只把刮了點垛，方趁我心！」

說著話，懊惱多時，不覺的雞鳴天曉。那高峰上太子得了六件兵器，對行者道：「大聖，天色已明，不須怠慢。我們趁那妖魔挫了銳氣，與火部等扶助你，再去力戰，庶幾這次可擒拿也。」行者笑道：「說得有理。我們齊了心，耍子兒去耶！」

一個個抖擻威風，喜弄武藝，徑至洞口。行者叫道：「潑魔出來！與老孫打者！」原來那裡兩扇石門被火氣化成灰燼，門裡邊有幾個小妖，正然掃地撮灰。忽見眾聖齊來，慌得丟了掃帚，撇下灰耙，跑入裡面，又報道：「孫悟空領著許多天神，又在門外罵戰哩！」那兕怪聞報大驚。扢迸迸⑤，鋼牙咬響；滴溜溜，環眼睜圓。挺著長鎗，帶了寶貝，走出門來，潑口亂罵道：「我把你這個偷營放火的賊猴！你有多大手段，敢這等藐視我也？」行者笑臉兒罵道：「潑怪物！你要知我的手段，且上前來，我說與你聽：

⑤扢迸迸——咬牙的聲音。

自小生來手段強，乾坤萬里有名揚。當時穎悟修仙道，昔日傳來不老方。
立志拜投方寸地，虔心參見聖人鄉。學成變化無量法，宇宙長空任我狂。
閑在山前將虎伏，悶來海內把龍降。祖居花果稱王位，水簾洞裡逞剛強。
幾番有意圖天界，數次無知奪上方。御賜齊天名大聖，勅封又贈美猴王。
只因宴設蟠桃會，無簡相邀我性剛。暗闖瑤池偷玉液，私行寶閣飲瓊漿。
龍肝鳳髓曾偷喫，百味珍饈我竊嘗。千載蟠桃隨受用，萬年丹藥任充腸。
天宮異物般般取，聖府奇珍件件藏。玉帝訪我有手段，即發天兵擺戰場。
九曜惡星遭我貶，五方兇宿被吾傷。普天神將皆無敵，十萬雄師不敢當。
威逼玉皇傳旨意，灌江小聖把兵揚。相持七十單二變，各弄精神個個強。
南海觀音來助戰，淨瓶楊柳也相幫。老君又使金剛套，把我擒拿到上方。
綁見玉皇張大帝，曹官拷較罪該當。即差大力開刀斬，力砍頭皮火焰光。
百計千方弄不死，將吾押赴老君堂。六丁神火爐中煉，煉得渾身硬似鋼。
七七數完開鼎看，我身跳出又兇張。諸神閉戶無遮攔，眾聖商量把佛央。
其實如來多法力，果然智慧廣無量。手中賭賽翻觔斗，將山壓我不能強。
玉皇纔設「安天會」，西域方稱極樂場。壓困老孫五百載，一些茶飯不曾嘗。
當得金蟬長老臨凡世，東土差他拜佛鄉。欲取真經回上國，大唐帝主度先亡。
觀音勸我皈依善，秉教迦持不放狂。解脫高山根下難，如今西去取經章。

潑魔休弄獐狐智，還我唐僧拜法王！」

那怪聞言，指著行者道：「你原來是個偷天的大賊！不要走！喫吾一鎗！」這大聖使棒來迎。兩個正自相持，這壁廂哪吒太子生嗔，火德星君發狠，即將那六件神兵、火部等物，望妖魔身上拋來。孫大聖更加雄勢。一邊又雷公使搚，天王舉刀，不分上下，一擁齊來。那魔頭巍巍冷笑，袖子中暗暗將寶貝取出，撒手拋起空中，叫聲「著！」唿喇的一下，把六件神兵、火部等物、雷公　天王刀、行者棒，盡情又都撈去。眾神靈依然赤手，孫大聖仍是空拳。妖魔得勝回身，叫：「小的們，搬石砌門，動土修造，從新整理房廊。待齊備了，殺唐僧三眾來謝土，大家散福受用。」眾小妖領命維持不題。

卻說那李天王帥眾回上高峰，火德怨哪吒性急，雷公怪天王放刁，惟水伯在旁無語。行者見他們面不廝睹，心有縈思，沒奈何，懷恨強歡，對眾笑道：「列位不須煩惱。自古道：『勝敗兵家之常。』我和他論武藝，也只如此；但只是他多了這個圈子，所以為害，把我等兵器又套將去了。你且放心，待老孫再去查查他的腳色⑥來也。」太子道：「你前啟奏玉帝，查勘滿天世界，更無一點蹤跡；如今卻又何處去查？」行者道：「我想起來，佛法無邊。如今且上西天問我佛如來，教他著慧眼觀看大地四部洲，看這怪是那方生長，何處鄉貫住居，圈子是件甚麼寶貝。不管怎的，一定要拿他，與列位出氣，還汝等歡喜歸天。」眾神道：「既有此意，不須久停，快去！快去！」

好行者，說聲去，就縱觔斗雲，早至靈山。落下祥光，四方觀看，好去處：

⑥腳色——底細。

靈峰疏傑，疊障清佳，仙岳頂巔摩碧漢。西天瞻巨鎮，形勢壓中華。元氣流通天地遠，威風飛徹滿臺花。時聞鐘磬音長，每聽經聲明朗。又見那青松之下優婆講，翠柏之間羅漢行。白鶴有情來鷲嶺，青鸞著意佇閑亭。玄猴對對擎仙果，壽鹿雙雙獻紫英。幽鳥聲頻如訴語，奇花色絢不知名。回巒盤繞重重顧，古道灣環處處平。正是清虛靈秀地，莊嚴大覺佛家風。

那行者正然點看山景，忽聽得有人叫道：「孫悟空，從那裡來？往何處去？」急回頭看，原來是比丘尼尊者。大聖作禮道：「正有一事，欲見如來。」比丘尼道：「你這個頑皮！既然要見如來，怎麼不登寶刹，且在這裡看山？」行者道：「初來貴地，故此大膽。」比丘尼道：「你快跟我來也。」這行者緊隨至雷音寺山門下，又見那八大金剛，雄赳赳的，兩邊擋住。比丘尼道：「悟空，暫候片時，等我與你奏上去來。」行者只得住立門外。那比丘尼至佛前合掌道：「孫悟空有事，要見如來。」如來傳旨令入，金剛纔閃路放行。

行者低頭禮拜畢，如來問道：「悟空，前聞得觀音尊者解脫汝身，皈依釋教，保唐僧來此求經，你怎麼獨自到此？有何事故？」行者頓首道：「上告我佛。弟子自秉迦持，與唐朝師父西來，行至金兜山金兜洞，遇著一個惡魔頭，名喚兕大王，神通廣大，把師父與師弟等攝入洞中，弟子向伊求取，沒好意，兩家比迸，被他將一個白森森的圈子，搶了我的鐵棒。我恐他是天將思凡，急上界查勘不出。蒙玉帝差遣李天王父子助援，又被他搶了太子的六般兵器。及請火德星君放火燒他，又被他將火具搶去。又請水德星君放水渰他，一毫又渰他不著。弟子費若干精神氣力，將那鐵棒等物偷出，復去索戰，又被他將前物依然套去，無法收降。因此特告我佛：望垂慈與弟子看看，果然是何物出身，我好去拿

聯經出版事業公司 校印

他家屬四鄰，擒此魔頭，救我師父，合拱虔誠，拜求正果。」如來聽說，將慧眼遙觀，早已知識。對行者道：「那怪物我雖知之，但不可與你說。你這猴兒口敞⑦，一傳道是我說他，他就不與你鬥，定要嚷上靈山，反遺禍於我也。我這裡著法力助你擒他去罷。」行者再拜稱謝道：「如來助我甚麼法力？」如來即令十八尊羅漢開寶庫取十八粒「金丹砂」與悟空助力。行者道：「金丹砂卻如何？」如來道：「你去洞外，叫那妖魔比試。演他出來，卻教羅漢放砂，陷住他，使他動不得身，拔不得腳，憑你揪打便了。」行者笑道：「妙！妙！妙！趁早去來！」

那羅漢不敢遲延，即取金丹砂出門。行者又謝了如來。一路查看，止有十六尊羅漢，行者嚷道：「這是那個去處，卻賣放⑧人！」眾羅漢道：「那個賣放？」行者道：「原差十八尊，今怎麼只得十六尊？」說不了，裡邊走出降龍、伏虎二尊，上前道：「悟空，怎麼就這等放刁？我兩個在後聽如來吩咐話的。」行者道：「忒賣法⑨！忒賣法！我要若嚷遲了些兒，你敢就不出來了。」眾羅漢笑呵呵駕起祥雲。

不多時，到了金𡸣山界。那李天王見了，帥眾相迎，備言前事。羅漢道：「不必絮繁，快去叫他出來。」這大聖捻著拳頭，來於洞口，罵道：「腯⑩潑怪物，快出來與你孫外公見個上下！」那小妖又

⑦口敞——口沒遮攔。
⑧賣放——欺騙。
⑨賣法——玩花頭、取巧。
⑩腯——音ㄊㄨˊ，罵人肥腫。

飛跑去報。魔王怒道：「這賊猴又不知請誰來猖獗也！」小妖道：「更無甚將，止他一人。」魔王道：「那根棒子已被我收來，怎麼卻又一人到此？敢是又要走拳？」隨帶了寶貝，綽鎗在手，叫小妖搬開石塊，跳出門來，罵道：「賊猴！你幾番家不得便宜，就該迴避，如何又來吆喝？」行者道：「這潑魔不識好歹！若要你外公不來，除非你服了降，陪了禮，送出我師父、師弟，我就饒你！」那怪道：「你那三個和尚已被我洗淨了，不久便要宰殺，你還不識起倒⑪？去了罷！」

行者聽說「宰殺」二字，扢蹬蹬，腮邊火發；按不住心頭之怒，丟了架子，輪著拳，斜行拗步，望妖魔使個掛面⑫。那怪展長鎗，劈手相迎。行者左跳右跳，哄那妖魔。妖魔不知是計，趕離洞口南來。行者即招呼羅漢把金丹砂望妖魔一齊拋下。好砂！正是那：

似霧如烟初散漫，紛紛靄靄下天涯。白茫茫，到處迷人眼；昏漠漠，飛時找路差。打柴的樵子失了伴，採藥的仙童不見家。細細輕飄如麥麵，粗粗翻復似芝蔴。世界朦朧山頂暗，長空迷沒太陽遮。不比囂塵隨駿馬，難言輕軟襯香車。此砂本是無情物，蓋地遮天把怪拿。只為妖魔侵正道，阿羅奉法逞豪華。手中就有明珠現，等時颳得眼生花。

那妖魔見飛砂迷目，把頭低了一低，足下就有三尺餘深；慌得他將身一縱，跳在浮上一層，未曾立得穩，須臾，又有一尺餘深。那怪急了，拔出腳來，即忙取圈子，往上一撇；叫聲「著！」唿喇的一下，

⑪識起倒——識相。

⑫掛面——武術招式之一，迎面一拳。

聯經出版事業公司校印

把十八粒金丹砂又盡套去，拽回步，徑歸本洞。

那羅漢一個個空手停雲。行者近前問道：「眾羅漢，怎麼不下砂了？」羅漢道：「適纔響了一聲，金丹砂就不見矣。」行者笑道：「又是那話兒套將去了。」天王等眾道：「這般難伏呵，卻怎麼捉得他，何日歸天，何顏見帝也！」旁有降龍、伏虎二羅漢，對行者道：「悟空，你曉得我兩個出門遲滯何也？」行者道：「老孫只怪你躲避不來，卻不知有甚話說。」羅漢道：「如來吩咐我兩個說：『那妖魔神通廣大，如失了金丹砂，就教孫悟空上離恨天兜率宮太上老君處尋他的蹤跡，庶幾可一鼓而擒也。』」行者聞言道：「可恨！可恨！如來卻也閃賺老孫！當時就該對我說了，卻不免教汝等遠涉？」李天王道：「既是如來有此明示，大聖就當早起。」

好行者，說聲去，就縱一道觔斗雲，直入南天門裡。時有四大元帥，擎拳拱手道：「擒怪事如何？」行者且行且答道：「未哩！未哩！未哩！如今有處尋根去也。」四將不敢留阻，讓他進了天門。不上靈霄殿，不入斗牛宮，徑至三十三天之外離恨天兜率宮前，見兩仙童侍立，他也不通姓名，一直徑走，慌得兩童扯住道：「你是何人？往何處去？」行者纔說：「我是齊天大聖，欲尋李老君哩。」仙童道：「你怎這樣粗魯？且住下，讓我們通報。」行者那容分說，喝了一聲，往裡徑走。忽見老君自內而出，撞個滿懷。行者躬身唱個喏道：「老官，一向少看。」老君笑道：「這猴兒不去取經，卻來我處何幹？」行者道：「取經取經，晝夜無停；有些阻礙，到此行行。」老君道：「西天路阻，與我何干？」行者道：「西天西天，你且休言；尋著蹤跡，與你纏纏。」老君道：「我這裡乃是無上仙宮，有甚蹤跡可尋？」

行者入裡，眼不轉睛，東張西看。走過幾層廊宇，忽見那牛欄邊一個童兒盹睡，青牛不在欄中。行者道：「老官，走了牛也！走了牛也！」老君大驚道：「這孽畜幾時走了？」正嚷間，那童兒方醒，跪於當面道：「爺爺，弟子睡著，不知是幾時走的。」老君罵道：「你這廝如何盹睡？」童兒叩頭道：「弟子在丹房裡拾得一粒丹，當時喫了，就在此睡著。」老君道：「想是前日煉的『七返火丹』，掉了一粒，被這廝拾得喫了。那丹喫一粒，該睡七日哩。那孽畜因你睡著，無人看管，遂乘機走下界去，今亦是七日矣。」即查可曾偷甚寶貝。行者道：「無甚寶貝，只見他有一個圈子，甚是利害。」

老君急查看時，諸般俱在，止不見了「金鋼琢」。老君道：「這孽畜偷了我『金鋼琢』去了！」行者道：「原來是這件寶貝！當時打著老孫的是他！如今在下界張狂，不知套了我等多少物件！」老君道：「這孽畜在甚地方？」行者道：「現在金兜山金兜洞。他捉了我唐僧去，搶了我金箍棒。請天兵相助，又搶了太子的神兵。及請火德星君，又搶了他的火具。惟水伯雖不能渰死他，倒還不曾搶他物件。至請如來著羅漢下砂，又將金丹砂搶去。似你這老官，縱放怪物，搶奪傷人，該當何罪？」老君道：「我那『金鋼琢』，乃是我過函關化胡之器，自幼煉成之寶，憑你甚麼兵器、水火，俱莫能近他。——若偷去我的『芭蕉扇兒』，連我也不能奈他何矣。」

大聖纔歡歡喜喜，隨著老君。老君執了芭蕉扇，駕著祥雲同行，出了仙宮。南天門外，低下雲頭，徑至金兜山界。見了十八尊羅漢、雷公、水伯、火德、李天王父子，備言前事一遍。老君道：「孫悟空還去誘他出來，我好收他。」

這行者跳下峰頭，又高聲罵道：「腯潑孽畜！趁早出來受死！」那小妖又去報知。老魔道：「這賊猴又不知請誰來也。」急綽鎗帶寶，迎出門來。行者罵道：「你這潑魔，今番坐定是死了！不要走！

喫吾一掌！」急縱身跳個滿懷，劈臉打了一個耳括子，回頭就跑。那魔輪鎗就趕，只聽得高峰上叫道：「這賊猴真個是個地裡鬼！卻怎麼就訪得我的主公來也？」

「那牛兒還不歸家，更待何日？」那魔擡頭，看見是太上老君，就諕得心驚膽戰道：

老君念個呪語，將扇子搧了一下，那怪將圈子丟來，被老君一把接住；又一搧，那怪物力軟筋麻，現了本相，原來是一隻青牛。老君將「金鋼琢」吹口仙氣，穿了那怪的鼻子，解下勒袍帶，繫於琢上，牽在手中。至今留下個拴牛鼻的拘兒，又名「賓郎」，職此之謂。老君辭了眾神，跨上青牛背上，駕彩雲，徑歸兜率院；縛妖怪，高昇離恨天。

孫大聖纔同天王等眾打入洞裡，把那百十個小妖盡皆打死。各取兵器，謝了天王父子回天，雷公入府，火德歸宮，水伯回河，羅漢向西；然後纔解放唐僧、八戒、沙僧，拿了鐵棒。他三人又謝了行者，收拾馬匹行裝，師徒們離洞，找大路方走。

正走間，只聽得路旁叫：「唐聖僧，喫了齋飯去。」那長老心驚。畢竟不知是甚麼人叫喚，且聽下回分解。

聯經出版事業公司　校印

第五十三回　禪主吞飡懷鬼孕　黃婆運水解邪胎

德行要修八百，陰功須積三千。均平物我與親冤，始合西天本願。
魔兕刀兵不怯，空勞水火無愆。老君降伏卻朝天，笑把青牛牽轉。

話說那大路旁叫喚者誰？乃金峴山神、土地，捧著紫金鉢盂叫道：「聖僧呵，這鉢盂飯是孫大聖向好處化來的。因你等不聽良言，誤入妖魔之手，致令大聖勞苦萬端，今日方救得出。且來喫了飯，再去走路。莫孤負孫大聖一片恭孝之心也。」三藏道：「徒弟，萬分虧你！——言謝不盡！——早知不出圈痕，那有此殺身之害。」行者道：「不瞞師父說。只因你不信我的圈子，卻教你受別人的圈子。多少苦楚，可嘆！可嘆！」八戒道：「怎麼又有個圈子？」行者道：「都是你這孽嘴孽舌的夯貨，弄師父遭此一場大難！著老孫翻天覆地，請天兵水火與佛祖丹砂，盡被他使一個白森森的圈子套去。如來暗示了羅漢，對老孫說出那妖的根原，纔請老君來收伏，卻是個青牛作怪。」三藏聞言，感激不盡道：「賢徒，今番經此，下次定然聽你吩咐。」遂此四人分喫那飯。那飯熱氣騰騰的。行者道：「這

聯經出版事業公司 校印

飯多時了，卻怎麼還熱？」土地跪下道：「是小神知大聖功完，纔自熱來伺候。」須臾飯畢。收拾了鉢盂，辭了土地、山神。

那師父纔攀鞍上馬，過了高山。正是滌慮洗心皈正覺，餐風宿水向西行。行彀多時，又值早春天氣。聽了些：

紫燕呢喃，黃鸝睍睆①。紫燕呢喃香嘴困，黃鸝睍睆巧音頻。滿地落紅如布錦，遍山發翠似堆茵。嶺上青梅結豆，崖前古柏留雲。野潤煙光淡，沙暄日色曛。幾處園林花放蕊，陽回大地柳芽新。

正行處，忽遇一道小河，澄澄清水，湛湛寒波。唐長老勒過馬觀看，遠見河那邊有柳陰垂碧，微露著茅屋幾椽②。行者遙指那廂道：「那裡人家，一定是擺渡的。」三藏道：「我見那廂也似這般，卻不見船隻，未敢開言。」八戒旋下行李，厲聲高叫道：「擺渡的！撐船過來！」連叫幾遍，只見那柳陰裡面，咿咿啞啞的，撐出一隻船兒。不多時，相近這岸。師徒們仔細看了那船兒，真個是：

短棹分波，輕橈泛浪，橄堂油漆彩，艎板滿平倉。船頭上鐵纜盤窩，船後邊舵樓明亮。雖然是一葦之航，也不亞泛湖浮海。縱無錦纜牙檣，實有松椿桂楫。固不如萬里神舟，真可渡一河之隔。往來只在兩崖邊，出入不離古渡口。

那船兒須臾頂岸。那梢子叫云：「過河的，這裡去。」三藏縱馬近前看處，那梢子怎生模樣：

①睍睆——外貌美好。
②椽——放在檁子上用來架屋的木條，亦可指房間數。

頭裹錦絨帕，足踏皂絲鞋。身穿百納錦襠襖，腰束千針裙布褶。手腕皮粗筋力硬，眼花眉皺面容衰。聲音嬌細如鶯囀，近觀乃是老裙釵。

行者走近船邊道：「你是擺渡的？」那婦人道：「是。」行者道：「梢公如何不在，卻著梢婆撐船？」婦人微笑不答，用手拖上跳板。沙和尚將行李挑上去，行者扶著師父上跳，然後順過船來，八戒牽上白馬，收了跳板。那婦人撐開船，搖動槳，頃刻間過了河身。

登西岸，長老教沙僧解開包，取幾文錢鈔與他。婦人更不爭多寡，將纜拴在傍水的樁上，笑嘻嘻逕入莊屋裡去了。三藏見那水清，一時口渴，便著八戒：「取鉢盂，舀些水來我喫。」那獃子道：「我也正要些兒喫哩。」即取鉢盂，舀了一鉢，遞與師父。師父喫了有一少半，還剩了多半，獃子接來，一氣飲乾，卻服侍三藏上馬。

師徒們找路西行，不上半個時辰，那長老在馬上呻吟道：「腹痛！」八戒隨後道：「我也有些腹痛。」沙僧道：「想是喫冷水了？」說未畢，師父聲喚道：「疼得緊！」八戒也道：「疼得緊！」他兩個疼痛難禁，漸漸肚子大了。用手摸時，似有血團肉塊，不住的骨突③骨突亂動。三藏正不穩便，忽然見那路旁有一村舍，樹梢頭挑著兩個草把。行者道：「師父，好了。那廂是個賣酒的人家。我們且去化他些熱湯與你喫，就問可有賣藥的，討貼藥，與你治治腹痛。」

三藏聞言甚喜，卻打白馬。不一時，到了村舍門口下馬，但只見那門兒外有一個老婆婆，端坐在草

③骨突——形容東西的蠕動。

墩上績麻。行者上前，打個問訊道：「婆婆，貧僧是東土大唐來的。我師父乃唐朝御弟，因為過河喫了河水，覺肚腹疼痛。」那婆婆喜哈哈的道：「你們在那邊河裡喫水來？」行者道：「是在此東邊清河水喫的。」那婆婆欣欣的笑道：「好耍子！好耍子！你都進來，我與你說。」

行者即攙唐僧，沙僧即扶八戒。兩人聲聲喚喚，腆著肚子，一個個只疼得面黃眉皺，入草舍坐下。行者只叫：「婆婆，是必燒些熱湯與我師父。我們謝你。」那婆婆且不燒湯，笑唏唏跑走後邊，叫道：「你們來看，你們來看！」那裡面，蹼踶蹼踏④的，又走出兩三個半老不老的婦人，都來望著唐僧灑笑。行者大怒，喝了一聲，把牙一嗟，諕得那一家子跌跌蹡蹡，往後就走。行者上前，扯住那老婆子道：「快早燒湯，我饒了你！」那婆子戰兢兢的道：「爺爺呀，我燒湯也不濟事，也治不得他兩個肚疼。你放了我，等我說。」行者放了他，他說：「我這裡乃是西梁女國。我們這一國盡是女人，更無男子，故此見了你們歡喜。你師父喫的那水不好了。那條河，喚做子母河。我那國王城外，還有一座迎陽館驛，驛門外有一個『照胎泉』。我這裡人，但得年登二十歲以上，方敢去喫那河裡水。喫水之後，便覺腹痛有胎。至三日之後，到那迎陽館照胎水邊照去。若照得有了雙影，便就降生孩兒。你師喫了子母河水，以此成了胎氣，也不日要生孩子。熱湯怎麼治得？」

三藏聞言，大驚失色道：「徒弟呵！似此怎了？」八戒扭腰撒胯的哼道：「爺爺呀！要生孩子，我們卻是男身！那裡開得產門？如何脫得出來？」行者笑道：「古人云：『瓜熟自落。』若到那個時節，

④蹼踶蹼踏——形容拖著鞋走路的聲音。

一定從脅下裂個窟窿，鑽出來也。」

八戒見說，戰戰兢兢，忍不得疼痛道：「罷了，罷了！死了，死了！」沙僧笑道：「二哥，莫扭，莫扭！只怕錯了養兒腸，弄做個胎前病。」那獃子越發慌了，眼中噙淚，扯著行者道：「哥哥，你問這婆婆，看那裡有手輕的穩婆，預先尋下幾個，這半會一陣陣的動蕩得緊，想是摧陣疼。快了！快了。」沙僧又笑道：「二哥，既知摧陣疼，不要扭動；只恐擠破漿泡耳。」

三藏哼著道：「婆婆呵，你這裡可有醫家？教我徒弟去買一貼墮胎藥喫了，打下胎來罷。」那婆子道：「就有藥也不濟事。只是我們這正南街上有一座解陽山，山中有一個破兒洞，洞裡有一眼『落胎泉』。須得那泉裡水喫一口，方纔解了胎氣。卻如今取不得水了，向年來了一個道人，稱名如意真仙，把那破兒洞改作聚仙菴，護住落胎泉水，不肯善賜與人；但欲求水者，須要花紅表禮，羊酒果盤，志誠奉獻，只拜求得他一碗兒水哩。你們這行腳僧，怎麼得許多錢財買辦？但只可挨命，待時而生產罷了。」行者聞得此言，滿心歡喜道：「婆婆，你這裡到那解陽山有幾多路程？」婆婆道：「有三千里。」行者道：「好了！好了！師父放心，待老孫取些水來你喫。」

好大聖，吩咐沙僧道：「你好仔細看著師父。若這家子無禮，侵哄師父，你拿出舊時手段來，裝虎諕他，等我取水去。」沙僧依命，只見那婆子端出一個大瓦缽來，遞與行者道：「拿這缽頭兒去，是必多取些來，與我們留著急用。」行者真個接了瓦缽，出草舍，縱雲而去。那婆子纔望空禮拜道：「爺爺呀！這和尚會駕雲！」纔進去叫出那幾個婦人來，對唐僧磕頭禮拜，都稱為羅漢菩薩。一壁廂燒湯辦飯，供奉唐僧不題。

聯經出版事業公司校印

卻說那孫大聖觔斗雲起，少頃間見一座山頭，阻住雲角，即按雲光，睜睛看處，好山！但見那：

幽花擺錦，野草舖藍。澗水相連落，溪雲一樣閑。重重谷壑藤蘿密，遠遠峰巒樹木蘩。鳥啼鴈過，鹿飲猿攀。翠岱如屏嶂，青崖似髻鬟。塵埃滾滾真難到，泉石涓涓不厭看。每見仙童採藥去，常逢樵子負薪還，果然不亞天台景，勝似三峰西華山！

這大聖正然觀看那山；又只見背陰處，有一所莊院，忽聞得犬吠之聲。大聖下山，徑至莊所，卻也好個去處。看那：

小橋通活水，茅舍倚青山。村犬汪籬落，幽人自往還。

不時來至門首，見一個老道人，盤坐在綠茵之上。大聖放下瓦鉢，近前道問訊。那道人欠身還禮道：「那方來者？至小菴有何勾當？」行者道：「貧僧乃東土大唐欽差西天取經者。因我師父誤飲了子母河之水，如今腹疼腫脹難禁。問及土人，說是結成胎氣，無方可治。訪得解陽山破兒洞有『落胎泉』可以消得胎氣，故此特來拜見如意真仙，求些泉水，搭救師父。累煩老道指引指引。」那道人笑道：「此間就是破兒洞，今改為聚仙菴了。我卻不是別人，即是如意真仙老爺的大徒弟。你叫做甚麼名字？待我好與你通報。」行者道：「我是唐三藏法師的大徒弟，賤名孫悟空。」那道人問曰：「你的花紅、酒禮，都在那裡？」行者道：「我是個過路的掛搭僧，不曾辦得來。」道人笑道：「你好癡呀！我老師父護住山泉，並不曾白送與人，你回去辦將禮來，我好通報。不然請回。莫想！莫想！」行者道：「人情大似聖旨。你去說我老孫的名字，他必然做個人情，或者連井都送我也。」

那道人聞此言，只得進去通報。卻見那真仙撫琴，只待他琴終，方纔說道：「師父，外面有個和尚，口稱是唐三藏大徒弟孫悟空，欲求落胎泉水，救他師父。」那真仙不聽說便罷；一聽得說個悟空名字，卻就怒從心上起，惡向膽邊生；急起身，下了琴床，脫了素服，換上道衣，取一把如意鈎子，跳出庵門。叫道：「孫悟空何在？」行者轉頭，觀見那真仙打扮：

頭戴星冠飛彩豔，身穿金縷法衣紅。足下雲鞋堆錦繡，腰間寶帶繞玲瓏。
一雙納錦凌波襪，半露裙襴閃繡絨。手拿如意金鈎子，鐏利杵長若蟒龍。
鳳眼光明眉菂竪，鋼牙尖利口翻紅。額下髯飄如烈火，鬢邊赤髮短蓬鬆。
形容惡似溫元帥，爭奈衣冠不一同。

行者見了，合掌作禮道：「貧僧便是孫悟空。」那先生笑道：「你真個是孫悟空，卻是假名託姓者？」行者道：「你看先生說話。常言道：『君子行不更名，坐不改姓。』我便是悟空。豈有假託之理？」先生道：「你可認得我麼？」行者道：「我因歸正釋門，秉誠僧教，這一向登山涉水，把我那幼時的朋友也都疏失，未及拜訪，少識尊顏。適間問道子母河西鄉人家，言及先生乃如意真仙，故此知之。」那先生道：「你走你的路，我修我的真，你來訪我怎的？」行者道：「因我師父誤飲了子母河水，腹疼成胎，特來仙府，拜求一碗落胎泉水，救解師難也。」

那先生怒目道：「你師父可是唐三藏麼？」行者道：「正是，正是。」先生咬牙恨道：「你們可曾會著一個聖嬰大王麼？」行者道：「他是號山枯松澗火雲洞紅孩兒妖怪的綽號。真仙問他怎的？」先生道：「是我之舍姪。我乃牛魔王的兄弟。前者家兄處有信來報我，稱說唐三藏的大徒弟孫悟空憊懶，將他害了。——我這裡正沒處尋你報仇，你倒來尋我，還要甚麼水哩！」行者陪笑道：「先生差了。

你令兄也曾與我做朋友，幼年間也曾拜七弟兄。但只是不知先生尊府，有失拜望。如今令姪得了好處，現隨著觀音菩薩，做了善財童子，我等尚且不如，怎麼反怪我也？」

先生喝道：「這潑猢猻！還弄巧舌！我舍姪還是自在為王好，還是與人為奴好？不得無禮！喫我這一鈎！」大聖使鐵棒架住道：「先生莫說打的話，且與些泉水去也。」那先生罵道：「潑猢猻！不知死活！如若三合敵得我，與你水去；敵不過，只把你剁為肉醬，方與我姪子報仇。」大聖罵道：「我把你不識起倒的孽障！既要打，起開來看棍！」那先生如意鈎劈手相還，二人在聚仙庵好殺：

聖僧誤食成胎水，行者來尋如意仙。那曉真仙原是怪，倚強護住落胎泉。及至相逢講仇隙，爭持決不遂如然。言來語去成僝僽⑤，意惡情兇要報冤。這一個因師傷命來求水，那一個為姪亡身不與泉。如意鈎強如蝎毒，金箍棒狠似龍巔。當胸亂刺施威猛，著腳斜鈎展妙玄。陰手棍丟傷處重，過肩鈎起近頭鞭。鎖腰一棍鷹持雀，壓頂三鈎蜋捕蟬。往往來來爭勝敗，返返復復兩回還。鈎攣棒打無前後，不見輸贏在那邊。

那先生與大聖戰經十數合，敵不得大聖。這大聖越加猛烈，一條棒似滾滾流星，著頭亂打。先生敗了筋力，倒拖著如意鈎，往山上走了。

大聖不去趕他，卻來庵內尋水。那個道人早把庵門關了。大聖拿著瓦鉢，趕至門前，儘力氣一腳，踢破庵門，闖將進去。見那道人伏在井欄上，被大聖喝了一聲，舉棒要打，那道人往後跑了。卻纔尋

⑤僝愁——苦惱。

聯經出版事業公司校印

出吊桶來，正要打水，又被那先生趕到前邊，使如意鉤子把大聖鉤著腳一跌，跌了個嘴磕地。大聖爬起來，使鐵棒就打。他卻閃在旁邊，執著鉤子道：「看你可取得我的水去！」大聖罵道：「你上來！你上來！我把你這個孽障，直打殺你！」那先生也不上來拒敵，只是禁住了，不許大聖打水。大聖見他不動，卻使左手輪著鐵棒，右手使吊桶，將索子纔突轆轆的放下。他又來使鉤。大聖一隻手撐持不得，又被他一鉤鉤著腳，扯了個躘踵，連索子通跌下井去了。大聖道：「這廝卻是無禮！」爬起來，雙手輪棒，沒頭沒臉的打將上去。那先生依然走了，不敢迎敵。大聖又要去取水，奈何沒有吊桶，又恐怕來鉤扯，心中暗暗想道：「且去叫個幫手來！」

好大聖，撥轉雲頭，徑至村舍門首，叫一聲：「沙和尚。」那裡邊三藏忍痛呻吟，豬八戒哼聲不絕。聽得叫喚，二人歡喜道：「沙僧呵，悟空來也。」沙僧連忙出門接著道：「大哥，取水來了？」大聖進門，對唐僧備言前事。三藏滴淚道：「徒弟呵，似此怎了？」大聖道：「我來叫沙兄弟與我同去。到那井邊，等老孫和那廝敵鬥，教沙僧乘便取水來救你。」三藏道：「兩個沒病的都去了，丟下我兩個有病的，教誰服侍？」那個老婆婆在旁道：「老羅漢只管放心。不須要你徒弟，我家自然看顧服侍你。你們早間到時，我等實有愛憐之意；卻纔見這位菩薩雲來霧去，方知你是羅漢菩薩。我家決不敢復害你。」

行者咄的一聲道：「汝等女流之輩，敢傷那個？」老婆子笑道：「爺爺呀，還是你們有造化，來到我家！若到第二家，你們也不得囫圇了！」八戒哼哼的道：「不得囫圇，是怎麼的？」婆婆道：「我一家兒四五口，都是有幾歲年紀的，把那風月事盡皆休了，故此不肯傷你。若還到第二家，老小眾大，

聯經出版事業公司 校印

那年小之人，那個肯放過你去！就要與你交合。假如不從，就要害你性命，把你們身上肉，都割了去做香袋兒哩。」八戒道：「若這等，我決無傷。他們都是香噴噴的，好做香袋；我是個臊豬，就割了肉去，也是臊的，故此可以無傷。」行者笑道：「你不要說嘴；省些力氣，好生產也。」那婆婆道：「不必遲疑，快求水去。」行者道：「你家可有吊桶？借個使使。」那婆子即往後邊取出一個吊桶，又窩了一條索子，遞與沙僧。沙僧道：「帶兩條索子去。恐一時井深要用。」

沙僧接了桶索，即隨大聖出了村舍，一同駕雲而去。那消半個時辰，卻到解陽山界。按下雲頭，徑至庵外。大聖吩咐沙僧道：「你將桶索拿了，且在一邊躲著，等老孫出頭索戰。你待我兩人交戰正濃之時，你乘機進去，取水就走。」沙僧謹依言命。

孫大聖掣了鐵棒，近門高叫：「開門！開門！」那守門的看見，急入裡通報道：「師父，那孫悟空又來了也。」那先生心中大怒道：「這潑猴老大無狀！一向聞他有些手段，果然今日方知。他那條棒真是難敵。」道人道：「師父，他的手段雖高，你亦不亞與他，正是個對手。」先生道：「前面兩回，被他贏了。」道人道：「前兩回雖贏，不過是一猛之性；後面兩次打水之時，被師父鈎他兩跌，卻不是相比肩也？先既無奈而去，今又復來，必然是三藏胎成身重，埋怨得緊，不得已而來也。決有慢他師之心。管取我師決勝無疑。」

真仙聞言，喜孜孜滿懷春意，笑盈盈一陣春風，挺如意鈎子，走出門來喝道：「潑猢猻！你又來作甚？」大聖道：「我來只是取水。」真仙道：「泉水乃吾家之井，憑是帝王宰相，也須表禮羊酒來求，方纔僅與些須；況你又是我的仇人，擅敢白手來取？」大聖道：「真個不與？」真仙道：「不與，不與！」大聖罵道：「潑孽障！既不與水，看棍！」丟一個架子，搶個滿懷，不容說，著頭便打。那真仙側身躲過，使鈎子急架相還。這一場比前更勝。好殺：

金箍棒，如意鈎，二人憤怒各懷仇。飛砂走石乾坤暗，播土揚塵日月愁。大聖救師來取水，妖仙為姪不容求。兩家齊努力，一處賭安休。咬牙爭勝負，切齒定剛柔。添機見，越抖擻，噴雲噯霧鬼神愁。朴朴乒乓鈎棒響，喊聲哮吼振山丘。狂風滾滾催林木，殺氣紛紛過斗牛。大聖愈爭愈喜悅，真仙越打越綢繆。有心有意相爭戰，不定存亡不罷休。

他兩個在庵門外交手，跳跳舞舞的，鬥到山坡之下，恨苦相持不題。

卻說那沙和尚提著吊桶，闖進門去，只見那道人在井邊攔住道：「你是甚人，敢來取水！」沙僧放下吊桶，取出降妖寶杖，不對話，著頭便打。那道人躲閃不及，把左臂膊打折，道人倒在地下掙命。沙僧罵道：「我要打殺你這孽畜，怎奈你是個人身！我還憐你，饒你去罷！讓我打水！」那道人叫天叫地的，爬到後面去了。沙僧卻纔將吊桶向井中滿滿的打了一吊桶水，走出庵門，駕起雲霧，望著行者喊道：「大哥，我已取了水去也！饒他罷！饒他罷！」

大聖聽得，方纔使鐵棒支住鈎子道：「我本待斬盡殺絕，爭奈你不曾犯法；二來看你令兄牛魔王的情上。先頭來，我被鈎了兩下，未得水去。纔然來，我是個調虎離山計，哄你出來爭戰，卻著我師弟取水去了。老孫若肯拿出本事來打你，莫說你是一個甚麼如意真仙，就是再有幾個，也打死了。正是打死不如放生，且饒你教你活幾年耳。已後再有取水者，切不可勒掯⑥他。」那妖仙不識好歹，演一

⑥勒掯——要挾、勒索。

聯經出版事業公司　校印

演，就來鈎腳；被大聖閃過鈎頭，趕上前，喝聲：「休走！」那妖仙措手不及，推了一個蹼辣⑦，掙扎不起。大聖奪過如意鈎來，折為兩段；總拿著又一抉，抉作四段，擲之於地道：「潑孽畜！再敢無禮麼？」那妖仙戰戰兢兢，忍辱無言。這大聖笑呵呵，駕雲而起。有詩為證。詩曰：

真鉛若鍊須真水，真水調和真汞乾。真汞真鉛無母氣，靈砂靈藥是仙丹。
嬰兒枉結成胎像，土母施功不費難。推倒旁門宗正教，心君得意笑容還。

大聖縱著祥光，趕上沙僧。得了真水，喜喜歡歡，回於本處。按下雲頭，徑至村舍。只見豬八戒腆著肚子，倚在門枋上哼哩。行者悄悄上前道：「獃子，幾時占房的？」獃子慌了道：「哥哥莫取笑。可曾有水來麼？」行者還要耍他，沙僧隨後就到，笑道：「水來了！水來了！」三藏忍痛欠身道：「徒弟呀，累了你們也！」那婆婆卻也歡喜，幾口兒都出禮拜道：「菩薩呀，卻是難得！難得！」即忙取個花磁盞子，舀了半盞兒，遞與三藏道：「老師父，細細的喫；只消一口，就解了胎氣。」八戒道：「我不用盞子，連吊桶等我喝了罷。」那婆子道：「老爺爺，諕殺人罷了，若喫了這吊桶水，好道連腸子肚子都化盡了！」唬得獃子不敢胡為，也只喫了半盞。

那裡有頓飯之時，他兩個腹中絞痛，只聽轂轆轂轆三五陣腸鳴。腸鳴之後，那獃子忍不住，大小便齊流。唐僧也忍不住要往靜處解手。行者道：「師父呵，切莫出風地裡去。怕人子。一時冒了風，弄做個產後之疾。」那婆婆即取兩個淨桶來，教他兩個方便。須臾間，各行了幾遍，纔覺住了疼痛，漸

⑦蹼辣——跌倒的聲音。此為跌跟頭的形容詞。

漸的銷了腫脹，化了那血團肉塊。那婆婆家又煎些白米粥與他補虛。八戒道：「婆婆，我的身子實落⑧，不用補虛。你去燒些湯水與我洗個澡，卻好喫粥。」沙僧道：「二哥，洗不得澡。坐月子的人弄了水漿致病。」八戒道：「我又不曾大生，左右只是個小產，怕他怎的？洗洗兒乾淨。」真個那婆子燒些湯與他兩個淨了手腳。唐僧纔喫兩盞兒粥湯，八戒就喫了十數碗，還只要添。行者笑道：「夯貨！少喫些！莫弄做個『沙包肚』，不像模樣。」八戒道：「沒事！沒事！我又不是母豬，怕他做甚？」那家子真個又去收拾煮飯。

老婆婆對唐僧道：「老師父，把這水賜了我罷。」行者道：「獃子，不喫水了？」八戒道：「我的肚腹也不疼了，胎氣想是已行散了。灑然無事，又喫水何為？」行者道：「既是他兩個都好了，將水送你家罷。」那婆婆謝了行者，將餘剩之水，裝於瓦罐之中，埋在後邊地下，對眾老小道：「這罐水，彀我的棺材本也！」眾老小無不歡喜。整頓齋飯，調開桌凳，唐僧們喫了齋，消消停停⑨，將息了一宿。

次日天明，師徒們謝了婆婆家，出離村舍。唐三藏攀鞍上馬，沙和尚挑著行囊，孫大聖前邊引路，豬八戒攏了韁繩。這裡纔是：洗淨口孽身乾淨，銷化凡胎體自然。畢竟不知到國界中還有甚麼理會，且聽下回分解。

⑧落實——結實。
⑨消消停停——從容、不緊張。

聯經出版事業公司校印

第五十四回　法性西來逢女國　心猿定計脱煙花

話說三藏師徒別了村舍人家，依路西進，不上三四十里，早到西梁國界。唐僧在馬上指道：「悟空，前面城池相近，市井上人語喧嘩，想是西梁女國。汝等須要仔細，謹慎規矩，切休放蕩情懷，紊亂法門教旨。」三人聞言，謹遵嚴命。

言未盡，卻至東關廂街口。那裡人都是長裙短襖，粉面油頭。不分老少，盡是婦女。正在兩街上做買做賣，忽見他四眾來時，一齊都鼓掌呵呵，整容歡笑道：「人種來了！人種來了！」慌得那三藏勒馬難行。須臾間就塞滿街道，惟聞笑語。八戒口裡亂嚷道：「我是個臊豬！我是個臊豬！」行者道：「獃子，莫胡談。拿出舊嘴臉便是。」八戒真個把頭搖上兩搖，豎起一雙蒲扇耳，扭動蓮蓬吊搭唇，發一聲喊，把那些婦女們諕得跌跌爬爬。有詩為證，詩曰：

聖僧拜佛到西梁，國內衠①陰世少陽。農士工商皆女輩，漁樵耕牧盡紅妝。

①衠——ㄓㄨㄣ，儘是、純粹。

聯經出版事業公司　校印

嫦娥滿路呼人種，幼婦盈街接粉郎。不是悟能施醜相，煙花圍困苦難當！

遂此眾皆恐懼，不敢上前。一個個都捻手矬腰，搖頭咬指，戰戰兢兢，排塞街傍路下，都看唐僧。孫大聖卻也弄出醜相開路，沙僧也裝虩虎維持。八戒採著馬，掬著嘴，擺著耳朵。一行前進，又見那市井上房屋齊整，鋪面軒昂，一般有賣鹽賣米，酒肆茶房；鼓角樓臺通貨殖，旗亭候館掛簾櫳。師徒們轉彎抹角，忽見有一女官侍立街下，高聲叫道：「遠來的使客，不可擅入城門。請投館驛註名上簿，待下官執名奏駕，驗引放行。」三藏聞言下馬，觀看那衙門上有一扁②，上書「迎陽驛」三字。長老道：「悟空，那村舍人家傳言是實，果有迎陽之驛。」沙僧笑道：「二哥，你卻去『照胎泉』邊照照，看可有雙影。」八戒道：「莫弄我，我自喫了那盞兒落胎泉水，已此打下胎來了，還照他怎的？」三藏回頭吩咐道：「悟能，謹言！謹言！」遂上前與那女官作禮。

女官引路，請他們都進驛內，正廳坐下，即喚看茶。又見那手下人盡是三綹梳頭，兩截穿衣之類。你看他拿茶的也笑。少頃，茶罷。女官欠身問曰：「使客何來？」行者道：「我等乃東土大唐王駕下欽差上西天拜佛求經者。我師父便是唐王御弟，號曰唐三藏。我乃他大徒弟孫悟空。這兩個是我師弟：豬悟能、沙悟淨。一行連馬五口。隨身有通關文牒，乞為照驗放行。」那女官執筆寫罷，下來叩頭道：「老爺恕罪。下官乃迎陽驛驛丞，實不知上邦老爺，知當遠接。」拜畢起身，即令管事的安排飲饌。道：「爺爺們寬坐一時，待下官進城啟奏我王，倒換關文，打發領給，送老爺們西進。」三藏欣然而坐，不題。

②扁——扁額。扁，通作匾。

聯經出版事業公司 校印

且說那驛丞整了衣冠，徑入城中五鳳樓前，對黃門官道：「我是迎陽館驛丞，有事見駕。」黃門即時啟奏。降旨傳宣至殿問曰：「驛丞有何事來奏？」驛丞道：「微臣在驛，接得東土大唐王御弟唐三藏。有三個徒弟，名喚孫悟空、豬悟能、沙悟淨，連馬五口，欲上西天拜佛取經。特來啟奏主公，可許他倒換關文放行？」女王聞奏，滿心歡喜，對眾文武道：「寡人夜來夢見金屏生彩豔，玉鏡展光明，乃是今日之喜兆也。」眾女官擁拜丹墀道：「主公，怎見得是今日之喜兆？」女王道：「東土男人，乃唐朝御弟。我國中自混沌開闢之時，累代帝王，更不曾見個男人至此。幸今唐王御弟下降，想是天賜來的。寡人以一國之富，願招御弟為王，我願為后，與他陰陽配合，生子生孫，永傳帝業，卻不是今日之喜兆也？」眾女官拜舞稱揚，無不歡悅。

驛丞又奏道：「主公之論，乃萬代傳家之好；但只是御弟三徒兇惡，不成相貌。」女王道：「卿見御弟怎生模樣？他徒弟怎生兇醜？」驛丞道：「御弟相貌堂堂，丰姿英俊，誠是天朝上國之男兒，南贍中華之人物。那三徒卻是形容獰惡，相貌如精。」女王道：「既如此，把他徒弟與他領給，倒換關文，打發他往西天，只留下御弟，有何不可？」眾官拜奏道：「主公之言極當，臣等欽此欽遵。但只是匹配之事，無媒不可。自古道：『姻緣配合憑紅葉，月老夫妻繫赤繩。』」女王道：「依卿所奏，就著當駕太師作媒，迎陽驛丞主婚，先去驛中與御弟求親。待他許可，寡人卻擺駕出城迎接。」那太師、驛丞，領旨出朝。

卻說三藏師徒們在驛廳上正享齋飯，只見外面人報：「當駕太師與我們本官老姆來了。」三藏道：「太師來卻是何意？」八戒道：「怕是女王請我們也。」行者道：「不是相請，就是說親。」三藏道：

「悟空，假如不放，強逼成親，卻怎麼是好？」行者道：「師父只管允他，老孫自有處治。」說不了，二女官早至，對長老下拜。長老一一還禮道：「貧僧出家人，有何德能，敢勞大人下拜？」二官拜畢起來，侍立左右道：「御弟爺爺，萬千之喜了！」三藏道：「我出家人，喜從何來？」太師躬身道：「此處乃西梁女國，國中自來沒個男子。今幸御弟爺爺降臨，臣奉我王旨意，特來求親。」三藏道：「善哉！善哉！我貧僧隻身來到貴地，又無兒女相隨，止有頑徒三個，不知大人求的是那個親事？」驛丞道：「下官纔進朝啟奏，我王十分歡喜道，夜來得一吉夢，夢見金屏生彩豔，玉鏡展光明。知御弟乃中華上國男兒，我王願以一國之富，招贅御弟爺爺為夫，坐南面稱孤，我王願為帝后。傳旨著太師作媒，下官主婚，故此特來求這親事也。」三藏聞言，低頭不語。太師道：「大丈夫遇時，不可錯過。似此招贅之事，天下雖有；託國之富，世上實稀。請御弟速允，庶好回奏。」長老越加癡痖。

那太師見長老相貌軒昂，心中暗喜道：「我國中實有造化，這個男子，卻也做得我王之夫。」

八戒在旁掬著碓挺嘴，叫道：「太師，你去上覆國王：我師父乃久修得道的羅漢，決不愛你託國之富，也不愛你傾國之容；快些兒倒換關文，打發他往西去，留我在此招贅，如何？」太師聞說，膽戰心驚，不敢回話。驛丞道：「你雖是個男身，但只形容醜陋，不中我王之意。」八戒笑道：「你甚不通變。常言道：『粗柳簸箕細柳斗，世上誰見男兒醜？』」行者道：「獃子，勿得胡談，任師父尊意。可行則行，可止則止。莫要擔閣③了媒妁工夫。」

③擔閣——即耽擱、拖延。

三藏道：「悟空，憑你怎麼說好？」行者道：「依老孫說，你在這裡也好。自古道，『千里姻緣似線牽』哩。那裡再有這般相應處？」三藏道：「徒弟，我們在這裡貪圖富貴，誰去西天取經？卻不望壞了我大唐之帝主也？」太師道：「御弟在上，微臣不敢隱言。我王旨意，原只教求御弟為親，教你三位徒弟赴了會親筵宴，發付領給，倒換關文，往西天取經去哩。」行者道：「太師說得有理。我等不必作難，情願留下師父，與你主為夫。快換關文，打發我們西去。待取經回來，好到此拜爺娘，討盤纏，回大唐也。」那太師與驛丞對行者作禮道：「多謝老師玉成之恩！」八戒道：「太師，切莫要『口裡擺菜碟兒』④。既然我們許諾，且教你主先安排一席，與我們喫鐘肯酒⑤，如何？」太師道：「有，有，有；就教擺設筵宴來也。」那驛丞與太師，歡天喜地，回奏女主不題。

卻說唐長老一把扯住行者，罵道：「你這猴頭，弄殺我也！怎麼說出這般話來，教我在此招婚，你們西天拜佛，我就死也不敢如此！」行者道：「師父放心。老孫豈不知你性情，但只是到此地，遇此人，不得不將計就計。」三藏道：「怎麼叫做將計就計？」行者道：「你若使住法兒不允他，他便不肯倒換關文，不放我們走路。倘或意惡心毒，喝令多人，割了你肉，做甚麼香袋呵，我等豈有善報？一定要使出降魔蕩怪的神通。你知我們的手腳又重，器械又兇，但動動手兒，這一國的人，盡打殺了。他雖然阻當我等，卻不是怪物妖精，還是一國人身；你又平素是個好善慈悲的人，在路上一靈不損；

④口裡擺菜碟——只顧自己。

⑤肯酒——訂婚酒，表示女方允親。

若打殺無限的平人，你心何忍！誠為不善了也。」三藏聽說，道：「悟空，此論最善。但恐女主招我進去，要行夫婦之禮，我怎肯喪元陽，敗壞了佛家德行；走真精，墜落了本教人身。」行者道：「今日準了親事，他一定以皇帝禮，擺駕出城接你，你更不要推辭，就坐他鳳輦龍車，登寶殿，面南坐下，問女王取出御寶印信來，宣我們兄弟進朝，把通關文牒用了印，再請女王寫個手字花押，僉押了交付與我們。一壁廂教擺筵宴，就當與女王會喜，就與我們送行。待筵宴已畢，再叫排駕，只說送我們三人出城，回來與女王配合。哄得他君臣歡悅，更無阻擋之心，亦不起毒惡之念，卻待送出城外，你下了龍車鳳輦，教沙僧伺候左右，伏侍你騎上白馬，老孫卻使個定身法兒，教他君臣人等皆不能動，我們順大路只管西行。行得一晝夜，我卻念個呪，解了術法，還教他君臣們甦醒回城。一則不傷了他的性命，二來不損了你的元神。——這叫做『假親脫網』之計。豈非一舉兩全之美也？」三藏聞言，如醉方醒，似夢初覺，樂以忘憂，稱謝不盡，道：「深感賢徒高見。」四眾同心合意，正自商量不題。

卻說那太師與驛丞，不等宣詔，直入朝門白玉階前，奏道：「主公佳夢最准，魚水之歡就矣。」女王聞奏，捲珠簾，下龍牀，啟櫻唇，露銀齒，笑盈盈嬌聲問曰：「賢卿見御弟，怎麼說來？」太師道：「臣等到驛，拜見御弟畢，即備言求親之事。御弟還有推托之辭，幸虧他大徒弟慨然見允，願留他師父與我王為夫，面南稱帝，只教先倒換關文，打發他三人西去；取得經回，卻到此拜認爺娘，討盤費回大唐也。」女王笑道：「御弟再有何說？」太師奏道：「御弟不言，願配我主；只是他那二徒弟，先要喫席肯酒。」

女王聞言，即傳旨，教光祿寺排宴。一壁廂排大駕，出城迎接夫君。眾女官即欽遵王命，打掃宮殿，鋪設庭臺。一班兒擺宴的，火速安排；一班兒擺駕的，流星整備。你看那西梁國雖是婦女之邦，那鑾輿不亞中華之盛。但見：

六龍噴彩，雙鳳生祥。六龍噴彩扶車出，雙鳳生祥駕輦來。馥郁異香靄，氤氳瑞氣開。金魚玉佩多官擁，寶髻雲鬟眾女排。鴛鴦掌扇遮鑾駕，翡翠珠簾影鳳釵。笙歌音美，絃管聲諧。一片歡情沖碧漢，無邊喜氣出靈臺。三簷羅蓋搖天宇，五色旌旗映御階。此地自來無合巹，女王今日配男才。

不多時，大駕出城，早到迎陽館驛。忽有人報三藏師徒道：「駕到了。」三藏聞言，即與三徒，整衣出廳迎駕。女王捲簾下輦道：「那一位是唐朝御弟？」太師指道：「那驛門外香案前穿襴衣者便是。」女王閃鳳目，簇蛾眉，仔細觀看，果然一表非凡。你看他：

丰姿英偉，相貌軒昂。齒白如銀砌，唇紅口四方。頂平額闊天倉⑥滿，目秀眉清地閣⑦長。兩耳有輪真傑士，一身不俗是才郎。好個妙齡聰俊風流子，堪配西梁窈窕娘。

女王看到那心歡意美之處，不覺淫情汲汲，愛慾恣恣，展放櫻桃小口，呼道：「大唐御弟，還不來占鳳乘鸞也？」三藏聞言，耳紅面赤，羞答答不敢擡頭。

豬八戒在旁，掬著嘴，餳眼觀看那女王，卻也嬝娜。真個：

眉如翠羽，肌似羊脂。臉襯桃花瓣，鬟堆金鳳絲。秋波湛湛妖嬈態，春笋纖纖嬌媚姿。斜軃紅綃

⑥天倉——相術家稱兩額角為天倉。
⑦地閣——相術家稱下頦為地閣。

飄彩豔，高簪珠翠顯光輝。說甚麼昭君美貌，果然是賽過西施。柳腰微展鳴金珮，蓮步輕移動玉肢。月裡嫦娥難到此，九天仙子怎如斯。宮妝巧樣非凡類，誠然王母降瑤池。

那獃子看到好處，忍不住口嘴流涎，心頭撞鹿，一時間骨軟筋麻，好便似雪獅子向火，不覺的都化去也。

只見那女王走近前來，一把扯住三藏，俏語嬌聲，叫道：「御弟哥哥，請上龍車，和我同上金鑾寶殿，匹配夫婦去來。」這長老戰戰兢兢立站不住，似醉如癡。行者在側教道：「師父不必太謙，請共師娘上輦。快快倒換關文，等我們取經去罷。」長老不敢回言，把行者抹了兩抹，止不住落下淚來。行者道：「師父切莫煩惱。這般富貴，不受用還待怎麼哩？」三藏沒及奈何，只得依從。揩了眼淚，強整歡容，移步近前，與女王：

同攜素手，共坐龍車。那女王喜孜孜欲配夫妻，這長老憂惶惶只思拜佛。一個要洞房花燭交鴛侶，一個要西宇靈山見世尊。女帝真情，聖僧假意。女帝真情，指望和諧同到老；聖僧假意，牢藏情意養元神。一個喜見男身，恨不得白晝並頭諧伉儷；一個怕逢女色，只思量即時脫網上雷音。二人和會同登輦，豈料唐僧各有心！

那些文武官，見主公與長老同登鳳輦，並肩而坐，一個個眉花眼笑，撥轉儀從，復入城中。孫大聖纔教沙僧挑著行李，牽著白馬，隨大駕後邊同行。豬八戒往前亂跑，先到五鳳樓前，嚷道：「好自在，好現成呀！這個弄不成！這個弄不成！喫了喜酒進親纔是！」諕得些執儀從引導的女官，一個個回至駕邊道：「主公，那一個長嘴大耳的，在五鳳樓前嚷道，要喜酒喫哩。」女王聞奏，與長老倚香肩，偎並桃腮，開檀口，俏聲叫道：「御弟哥哥，長嘴大耳的是你那個高徒？」三藏道：「是我第二個徒弟。他生得食腸寬大，一生要圖口肥；須是先安排些酒食與他喫了，方可行事。」女王急問：「光祿寺安排筵宴，完否？」女官奏道：「已完，設了葷素兩樣，在東閣上哩。」女王又問：「怎麼兩樣？」女官奏道：「臣恐唐朝御弟與高徒等平素喫齋，故有葷素兩樣。」女王卻又笑吟吟，偎著長老的香腮道：「御弟哥哥，你喫葷喫素？」三藏道：「貧僧喫素，但是未曾戒酒。須得幾杯素酒與我二徒弟喫些。」說未了，太師啟奏：「請赴東閣會宴。今宵吉日良辰，就可與御弟爺爺成親。明日天開黃道，請御弟爺爺登寶殿，面南，改年號即位。」女王大喜，即與長老攜手相攙，下了龍車，共入端門裡。但見那：

風飄仙樂下樓臺，閶闔中間翠輦來。鳳闕大開光藹藹，皇宮不閉錦排排。
麒麟殿內爐煙裊，孔雀屏邊房影迴。亭閣崢嶸如上國，玉堂金馬更奇哉。

既至東閣之下，又聞得一派笙歌聲韻美，又見兩行紅粉貌嬌嬈。正中堂排設兩般盛宴：左邊上首是素筵，右邊上首是葷筵。下兩路盡是單席。那女王斂袍袖，十指尖尖，奉著玉杯，便來安席。行者近前道：「我師徒都是喫素。先請師父坐了左手素席。轉下三席，分左右，我兄弟們好坐。」太師喜道：「正是，正是。師徒如父子也，不可並肩。」眾女官連忙調了席面。女王一一傳杯，安了他弟兄三位。行者又與唐僧丟個眼色，教師父回禮。三藏下來，卻也擎玉杯，與女王安席。那些文武官，朝上拜謝了皇恩，各依品從，分坐兩邊，纔住了音樂請酒。

那八戒那管好歹，放開肚子，只情喫起。也不管甚麼玉屑、米飯、蒸餅、糖糕、蘑菇、香蕈、筍芽、木耳、黃花菜、石花菜、紫菜、蔓菁、芋頭、蘿蔔、山藥、黃精，一骨辣⑧噇了個罄盡。喝了五七杯

⑧一骨辣——一齊的意思。猶言一古腦。

酒，口裡嚷道：「看添換來！拿大觥來！再喫幾觥，各人幹事去。」沙僧問道：「好筵席不喫，還要幹甚事？」獃子笑道：「古人云：『造弓的造弓，造箭的造箭。』我們如今招的招，嫁的嫁，取經的還去取經，走路的還去走路，莫只管貪杯誤事。快早兒打發關文。正是『將軍不下馬，各自奔前程』。」女王聞說，即命取大杯來。近侍官連忙取幾個鸚鵡杯、鸕鷀杓、金叵羅、銀鑿落、玻璃盞、水晶盆、蓬萊碗、琥珀鍾，滿斟玉液，連注瓊漿。果然都各飲一巡。

三藏欠身而起，對女王合掌道：「陛下，多蒙盛設，酒已彀了。請登寶殿，倒換關文，趕天早，送他三人出城罷。」女王依言，攜著長老，散了筵宴，上金鑾寶殿，即讓長老即位。三藏道：「不可！不可！適太師言過，明日天開黃道，貧僧纔敢即位稱孤。今日即印關文，打發他去也。」女王依言，仍坐了龍牀，即取金交椅一張，放在龍牀左手，請唐僧坐了，叫徒弟們拿上通關文牒來。大聖便教沙僧解開包袱，取出關文。大聖將關文雙手捧上。那女王細看一番：上有大唐皇帝寶印九顆，下有寶象國印、烏雞國印、車遲國印。女王看罷，嬌滴滴笑語道：「御弟哥哥又姓陳？」三藏道：「俗家姓陳，法名玄奘。因我唐王聖恩認為御弟，賜姓我為唐也。」女王道：「關文上如何沒有高徒之名？」三藏道：「三個頑徒，不是我唐朝人物。」女王道：「既不是你唐朝人物，為何肯隨你來？」三藏道：「大的個徒弟，乃是東勝神洲傲來國人氏；第二個乃西牛賀洲烏斯莊人氏；第三個乃流沙河人氏；他三人都因罪犯天條，南海觀音菩薩解脫他苦，秉善皈依，將功折罪，情願保護我上西天取經。皆是途中收得，故此未註法名在牒。」女王道：「我與你添註法名，好麼？」三藏道：「但憑陛下尊意。」女王即令取墨筆來，濃磨香翰，飽潤香毫，牒文之後，寫上孫悟空、豬悟能、沙悟淨三人名諱，卻纔取出御印，端端正正印了；又畫個手字花押，傳將下去。孫大聖接了，教沙僧包裹停當。

那女王又賜出碎金散銀一盤，下龍牀遞與行者道：「你三人將此權為路費，早上西天；待汝等取經回來，寡人還有重謝。」行者道：「我們出家人，不受金銀，途中自有乞化之處。」女王見他不受，又取出綾錦十疋，對行者道：「汝等行色匆匆，裁製不及，將此路上做件衣服遮寒。」行者道：「出家人穿不得綾錦，自有護體布衣。」女王見他不受，教：「取御米三升，在路權為一飯。」八戒聽說個「飯」字，便就接了，捎在包袱之間。行者道：「兄弟，行李見今沉重，且倒有氣力挑米？」八戒笑道：「你那裡知道，米好的是個日消貨。只消一頓飯，就了帳也。」遂此合掌謝恩。

三藏道：「敢煩陛下相同貧僧送他三人出城，待我囑咐他們幾句，教他好生西去，我卻回來，與陛下永受榮華。無掛無牽，方可會鸞交鳳友也。」女王不知是計，便傳旨擺駕，與三藏並倚香肩，同登鳳輦，出西城而去。滿城中都盞添淨水，爐降真香。一則看女王鑾駕，二來看御弟男身。沒老沒小，盡是粉容嬌面，綠鬢雲鬟之輩。不多時，大駕出城，到西關之外。

行者、八戒、沙僧，同心合意，結束整齊，徑迎著鑾輿，厲聲高叫道：「那女王不必遠送，我等就此拜別。」長老慢下龍車，對女王拱手道：「陛下請回，讓貧僧取經去也。」女王聞言，大驚失色，扯住唐僧道：「御弟哥哥，我願將一國之富，招你為夫，明日高登寶位，即位稱君，我願為君之后，喜筵通皆喫了，如何又變卦？」八戒聽說，發起個風⑨來，把嘴亂扭，耳朵亂搖，闖至駕前，嚷道：

⑨發風——發神經病。風，通瘋字。

「我們和尚家和你這粉骷髏做甚夫妻！放我師父走路！」那女王見他那等撒潑弄醜，諕得魂飛魄散，跌入輦駕之中。沙僧卻把三藏搶出人叢，伏侍上馬。只見那路旁閃出一個女子，喝道：「唐御弟，那裡走！我和你耍風月⑩兒去來！」沙僧罵道：「賊輩無知！」掣寶杖劈頭就打。那女子弄陣旋風，嗚的一聲，把唐僧攝將去了，無影無踪，不知下落何處。咦！正是：脫得煙花網，又遇風月魔。畢竟不知那女子是人是怪，老師父的性命得死得生，且聽下回分解。

⑩耍風月——男女之間風情之事。

第五十五回　色邪淫戲唐三藏　性正修持不壞身①

卻說孫大聖與豬八戒正要使法定那些婦女，忽聞得風響處，沙僧嚷鬧，急回頭時，不見了唐僧。行者道：「是甚人來搶師父去了？」沙僧道：「是一個女子，弄陣旋風，把師父攝去也。」行者聞言，唿哨跳在雲端裡，用手搭涼篷，四下裡觀看。只見一陣灰塵，風滾滾，往西北上去了。急回頭叫道：「兄弟們，快駕雲同我趕師父去來！」八戒與沙僧即把行囊捎在馬上，響一聲，都跳在半空裡去。慌得那西梁國君臣女輩，跪在塵埃，都道：「是白日飛昇的羅漢，我主不必驚疑。唐御弟也是個有道的禪僧，我們都有眼無珠，錯認了中華男子，枉費了這場神思。請主公上輦回朝也。」女王自覺慚愧，多官都一齊回國不題。

卻說孫大聖兄弟三人騰空踏霧，望著那陣旋風，一直趕來，前至一座高山，只見灰塵息靜，風頭散

①不壞身——如金剛寶一樣堅固不能破壞的身子。

了，更不知妖向何方。兄弟們按落雲霧，找路尋訪，忽見一壁廂青石光明，卻似個屏風模樣。三人牽著馬轉過石屏，石屏後有兩扇石門，門上有六個大字，乃是「毒敵山琵琶洞」。八戒無知，上前就使釘鈀築門。行者急止住道：「兄弟莫忙。我們隨旋風趕便趕到這裡，尋了這會，方遇此門，又不知深淺如何。倘不是這個門兒，卻不惹他見怪？你兩個且牽了馬，還轉石屏前立等片時，待老孫進去打聽打聽，察個有無虛實，卻好行事。」沙僧聽說，大喜道：「好！好！好！正是粗中有細，果然急處從寬。」他二人牽馬回頭。

孫大聖顯個神通，捻著訣，念個呪語，搖身一變，變作蜜蜂兒，真個輕巧！你看他：

翅薄隨風軟，腰輕映日纖。嘴甜曾覓蕊，尾利善降蟾。

釀蜜功何淺，投衙禮自謙。如今施巧計，飛舞入門簷。

行者自門縫處鑽將進去，飛過二層門裡，只見正當中花亭子上端坐著一個女怪，左右列幾個彩衣繡服，丫髻兩揪②的女童，都歡天喜地，正不知講論甚麼。這行者輕輕的飛上去，釘在那花亭格子上，側耳纔聽，又見兩個總角蓬頭女子，捧兩盤熱騰騰的麵食，上亭來道：「奶奶，一盤是人肉餡的葷饝饝，一盤是鄧沙餡的素饝饝。」那女怪笑道：「小的們，攙出唐御弟來。」幾個彩衣繡服的女童，走向後房，把唐僧扶出。那師父面黃唇白，眼紅淚滴。行者在暗中嗟嘆道：「師父中毒了！」

那怪走下亭，露春葱十指纖纖，扯住長老道：「御弟寬心。我這裡雖不是西梁女國的宮殿，不比富

②丫鬟兩揫——指雙髻如丫字分梳在頭上兩邊。

貴奢華，其實卻也清閑自在，正好念佛看經。我與你做個道伴兒，真個是百歲和諧也。」三藏不語。那怪道：「且休煩惱。我知你在女國中赴宴之時，不曾進得飲食。這裡葷素麵飯兩盤，憑你受用些兒壓驚。」三藏沉思默想道：「我待不說話，不喫東西，此怪比那女王不同，女王還是人身，行動以禮；此怪乃是妖神，恐為加害，奈何？……我三個徒弟不知我困陷在於這裡，倘或加害，卻不枉丟性命？……」以心問心，無計所奈，只得強打精神，開口道：「葷的如何？素的如何？」女怪道：「葷的是人肉餡饝饝，素的是鄧沙餡饝饝。」三藏道：「貧僧喫素。」那怪笑道：「女童，看熱茶來，與你家長爺爺喫素饝饝。」一女童，果捧著香茶一盞，放在長老面前。那怪將一個素饝饝劈破，遞與三藏。三藏將個葷饝饝囫圇遞與女怪。女怪笑道：「御弟，你怎麼不劈破與我？」三藏合掌道：「我出家人，不敢破葷。」那女怪道：「你出家人不敢破葷，怎麼前日在子母河邊喫水高③，今日又好喫鄧沙餡？」三藏道：「水高船去急，沙陷馬行遲。」

行者在格子眼聽著兩個言語相攀，恐怕師父亂了真性，忍不住，現了本相，掣鐵棒喝道：「孽畜無禮！」那女怪見了，口噴一道煙光，把花亭子罩住，教：「小的們，收了御弟！」他卻拿一柄三股鋼叉，跳出亭門，罵道：「潑猴憊懶！怎麼敢私入吾家，偷窺我容貌！不要走！喫老娘一叉！」這大聖使鐵棒架住，且戰且退。

二人打出洞外。那八戒、沙僧正在石屏前等候，忽見他兩個爭持，慌得八戒將白馬牽過，道：「沙

③水高——「高」與「糕」字音同。借水糕為喻。

聯經出版事業公司　校印

僧，你只管看守行李、馬匹，等老豬去幫打幫打。」好獃子，雙手舉鈀，趕上前叫道：「師兄靠後，讓我打這潑賤！」那怪見八戒來，他又使個手段，噂了一聲，鼻中出火，口內生煙，把身子一抖，三股叉飛舞沖迎。那女怪也不知有幾隻手，沒頭沒臉的滾將來。這行者與八戒，兩邊攻住。那怪道：「孫悟空，你好不識進退！我便認得你，你是不認得我。你那雷音寺裡佛如來，也還怕我哩。量你這兩個毛人，到得那裡！都上來，一個個仔細看打！」這一場怎見得好戰：

女怪威風長，猴王氣概興。天蓬元帥爭功績，亂舉釘鈀要顯能。那一個手多叉緊煙光繞，這兩個性急兵強霧氣騰。女怪只因求配偶，男僧怎肯洩元精！陰陽不對相持鬥，各逞雄才恨苦爭。陰靜養榮思動動，陽收息衛愛清清。致令兩處無和睦，叉鈀鐵棒賭輸贏。這個棒有力，鈀更能，女怪鋼叉丁對丁。毒敵山前三不讓，琵琶洞外兩無情。那一個喜得唐僧諧鳳侶，這兩個必隨長老取真經。驚天動地來相戰，只殺得日月無光星斗更。

三個戰鬥多時，不分勝負。那女怪將身一縱，使出個倒馬毒樁④，不覺的把大聖頭皮上扎了一下。行者叫聲：「苦啊！」忍耐不得，負痛敗陣而走。八戒見事不諧，拖著鈀，徹身而退。那怪得了勝，收了鋼叉。

行者抱頭，皺眉苦面，叫聲：「利害！利害！」八戒到跟前問道：「哥哥，你怎麼正戰到好處，卻就叫苦連天的走了？」行者抱著頭，只叫：「疼！疼！疼！」沙僧道：「想是你頭風發了？」行者跳道：「不是！不是！」八戒道：「哥哥，我不曾見你受傷，卻頭疼，何也？」行者哼哼的道：「了不得！

④倒馬樁——指用尾尖螫人。

聯經出版事業公司校印

了不得！我與他正然打處，他見我破了他的叉勢，他就把身子一縱，不知是件甚麼兵器，著我頭上扎了一下，就這般頭疼難禁；故此敗了陣來。」八戒笑道：「只這等靜處常誇口，說你的頭是修煉過的。卻怎麼就不禁這一下扎？」行者道：「正是。我這頭，自從修煉成真，盜食了蟠桃仙酒、老子金丹；大鬧天宮時，又被玉帝差大力鬼王、二十八宿，押赴斗牛宮外處斬，那些神將使刀斧鎚劍，雷打火燒；及老子把我安在八卦爐，煅煉四十九日，俱未傷損。今日不知這婦人用的是甚麼兵器，把老孫頭弄傷也！」沙僧道：「你放了手，等我看看。莫破了！」行者道：「不破！不破！」八戒道：「我去西梁國討個膏藥你貼貼。」行者道：「又不瘇⑤不破，怎麼貼得膏藥？」八戒笑道：「哥呵，我的胎前產後病倒不曾有，你倒弄了個腦門癰了。」沙僧道：「二哥且休取笑。如今天色晚矣，大哥傷了頭，師父又不知死活，怎的是好！」

行者哼道：「師父沒事。我進去時，變作蜜蜂兒，飛入裡面，見那婦人坐在花亭子上。少頃兩個丫鬟，捧兩盤饝饝：一盤是人肉餡，葷的；一盤是鄧沙餡，素的。又著兩個女童扶師父出來喫一個壓驚，又要與師父做甚麼道伴兒。師父始初不與那婦人答話，也不喫饝饝；後見他甜言美語，不知怎麼，就開口說話，卻說喫素的。那婦人就將一個素的劈開，遞與師父。師父將個囫圇葷的遞與那婦人。婦人道：『怎不劈開？』師父道：『出家人不敢破葷。』那婦人道：『既不破葷，前日怎麼在子母河邊飲水高，今日又好喫鄧沙餡？』師父不解其意，答他兩句道：『水高船去急，沙陷馬行遲。』我在格子

⑤瘇——腫。

上聽見，恐怕師父亂性，便就現了原身；掣棒就打。他也使神通，噴出煙霧，叫『收了御弟』，就輪鋼叉，與老孫打出洞來也。」沙僧聽說，咬指道：「這潑賤也不知從那裡就隨將我們來，把上項事情都知道了！」

八戒道：「這等說，便我們安歇不成？莫管甚麼黃昏半夜，且去他門上索戰，嚷嚷鬧鬧，攪他個不睡，莫教他捉弄了我師父。」行者道：「頭疼，去不得！」沙僧道：「不須索戰。一則師兄頭痛；二來我師父是個真僧，決不以色空亂性。且就在山坡下，閉風處，坐這一夜，養養精神，待天明再作理會。」遂此，三個弟兄，拴牢白馬，守護行囊，就在坡下安歇不題。

卻說那女怪放下凶惡之心，重整歡愉之色，叫：「小的們，把前後門都關緊了。」又使兩個支更，防守行者。但聽門響，即時通報。卻又教：「女童，將臥房收拾齊整，掌燭焚香，請唐御弟來，我與他交歡。」遂把長老從後邊攙出。那女怪弄出十分嬌媚之態，攜定唐僧道：「常言：『黃金未為貴，安樂值錢多。』且和你做會夫妻兒，耍子去也。」

這長老咬定牙關，聲也不透。欲待不去，恐他生心害命，只得戰戰兢兢，跟著他步入香房。卻如癡如痖，那裡擡頭舉目，更不曾看他房裡是甚牀鋪幔帳，也不知有甚箱籠梳妝。那女怪說出的雨意雲情，亦漠然無聽。好和尚，真是：

目不視惡色，耳不聽淫聲。他把這錦繡嬌容如糞土，金珠美貌若灰塵。一生只愛參禪，半步不離佛地。那裡會惜玉憐香，只曉得修真養性。那女怪，活潑潑，春意無邊；這長老，死丁丁，禪機有在。一個似軟玉溫香，一個如死灰槁木。那一個，展鴛衾，淫興濃濃；這一個，束褊衫，丹心耽耽。那個要貼胸交股和鸞鳳，這個要面壁歸山訪達摩。女怪解衣，賣弄他肌香膚膩；唐僧斂衽，緊藏了糙肉粗皮。女怪道：「我枕剩衾閑何不睡？」唐僧道：「我頭光服異怎相陪！」那個道：「我願作前朝柳翠翠。」這個道：「貧僧不是月闍黎。」女怪道：「我美若西施還嬝娜。」唐僧道：「我越王因此久埋屍。」女怪道：「御弟，你記得『寧教花下死，做鬼也風流』？」唐僧道：「我的真陽為至寶，怎肯輕與你這粉骷髏……」

他兩個散言碎語的，直鬥到更深，唐長老全不動念。那女怪扯扯拉拉的不放，這師父只是老老成成⑥的不肯。直纏到有半夜時候，把那怪弄惱了，叫：「小的們，拿繩來！」可憐將一個心愛的人兒，一條繩，綁的像個猱獅模樣。又教拖在房廊下去，卻吹滅銀燈，各歸寢處。一夜無詞。

不覺的雞聲三唱。那山坡下孫大聖欠身道：「我這頭疼了一會，到如今也不疼不麻，只是有些作癢。」八戒笑道：「癢便再教他扎一下，何如？」行者啐了一口道：「放！放！放！」八戒又笑道：「放！放！放！我師父這一夜倒浪！浪！浪！」沙僧道：「且莫鬥口。天亮了，快趕早兒捉妖怪去。」行者道：「兄弟，你只管在此守馬，休得動身。豬八戒跟我去。」

那猷子抖擻精神，束一束皂錦直裰，相隨行者，各帶了兵器，跳上山崖，逕至石屏之下。行者道：「你且立住。只怕這怪物夜裡傷了師父，先等我進去打聽打聽。倘若被他哄了，喪了元陽，真個虧了德行，卻就大家散火；若不亂性情，禪心未動，卻好努力相持，打死精怪，救師西去。」八戒道：「你

⑥老老成成——誠誠實實。

好癡啞！常言道：『乾魚可好與貓兒作枕頭？』就不如此，就不如此，也要抓你幾把是！」行者道：「莫胡疑亂說，待我看去。」

好大聖，轉石屏，別了八戒。搖身還變個蜜蜂兒，飛入門裡。見那門裡有兩個丫鬟，頭枕著梆鈴，正然睡哩。卻到花亭子觀看，那妖精原來弄了半夜，都辛苦了，一個個都不知天曉，還睡著哩。行者飛來後面，影影⑦的只聽見唐僧聲喚。忽擡頭，見那房廊下四馬攢蹄綑著師父。行者輕輕的釘在唐僧頭上，叫：「師父。」唐僧認得聲音，道：「悟空來了？快救我命！」行者道：「夜來好事如何？」三藏咬牙道：「我寧死也不肯如此！」行者道：「昨日我見他有相憐相愛之意，卻怎麼今日把你這般挫折？」三藏道：「他把我纏了半夜，我衣不解帶，身未沾牀。他見我不肯相從，纔綑我在此。你千萬救我取經去也！」他師徒們正然問答，早驚醒了那個妖精。妖精雖是下狠，卻還有流連不舍之意。一覺翻身，只聽見「取經去也」一句，他就滾下牀來，厲聲高叫道：「好夫妻不做，卻取甚麼經去？」

行者慌了，撇卻師父，急展翅，飛將出去，現了本相，叫聲：「八戒。」那獃子轉過石屏道：「那話兒成了否？」行者笑道：「不曾！不曾！老師父被他摩弄不從，惱了綑在那裡。正與我訴說前情，那怪驚醒了，我慌得出來也。」八戒道：「師父曾說甚來？」行者道：「他只說衣不解帶，身未沾牀。」

八戒笑道：「好！好！好！還是個真和尚！我們救他去！」

獃子粗鹵，不容分說，舉釘鈀，望他那石頭門上儘力氣一鈀，唿喇喇築做幾塊。諕得那幾個枕梆鈴

⑦影影——隱隱約約。

睡的丫鬟，跑至二層門外，叫聲：「開門！前門被昨日那兩個醜男人打破了！」那女怪正出房門，只見四五個丫鬟跑進去報道：「奶奶，昨日那兩個醜男人又來把前門已打碎矣。」那怪聞言，即忙叫：「小的們！燒湯洗面梳妝！」叫：「把御弟連繩擡在後房收了。等我打他去！」好妖精，走出來，舉著三股叉，罵道：「潑猴！野彘！老大無知，你怎敢打破我門？」八戒罵道：「濫淫賤貨，你倒困陷我師父，返敢硬嘴！我師父是你哄將來做老公的，快快送出饒你，敢再說半個『不』字，老豬一頓鈀連山也築倒你的！」那妖精那容分說，抖擻身軀，依前弄法，鼻口內噴煙冒火，舉鋼叉就刺八戒。八戒側身躲過，著鈀就築。孫大聖使鐵棒並力相幫。那怪又弄神通，也不知是幾隻手，左右遮攔。交鋒三五個回合，不知是甚麼兵器，把八戒嘴唇上，也又扎了一下。那獃子拖著鈀，侮著嘴，負痛逃生。行者卻也有些怕他，虛丟一棒，敗陣而走。那怪得勝而回，叫小的們搬石塊壘疊了前門不題。

卻說那沙和尚正在坡前放馬，只聽得那裡豬哼。忽擡頭，見八戒侮著嘴，哼將來。沙僧道：「怎的說？」獃子哼道：「了不得！了不得！──疼！疼！疼！」說不了，行者也到跟前，笑道：「好獃子呵！昨日呪我是腦門癰，今日卻也弄做個瘇嘴瘟了！」八戒哼道：「難忍難忍！疼得緊！利害，利害！」

三人正然難處，只見一個老媽媽兒，左手提著青竹籃兒，自南山路上挑菜而來。沙僧道：「大哥，那媽媽來得近了，等我問他個信兒，看這個是甚妖精，是甚兵器，這般傷人。」行者道：「你且住，等老孫問他去來。」行者急睜睛看，只見頭直上有祥雲蓋頂，左右有香霧籠身。行者認得，即叫：「兄弟們，還不來叩頭！那媽媽是菩薩來也。」慌得豬八戒忍疼下拜，沙和尚牽馬躬身，孫大聖合掌跪下，叫聲「南無大慈大悲救苦救難靈感觀世音菩薩」。

聯經出版事業公司　校印

那菩薩見他們認得元光，即踏祥雲，起在半空，現了真像。原來是魚籃之像。行者趕到空中，拜告道：「菩薩，恕弟子失迎之罪！我等努力救師，不知菩薩下降；今遇魔難難收，萬望菩薩搭救搭救！」菩薩道：「這妖精十分利害。他那三股叉是生成的兩隻鉗腳。扎人痛者，是尾上一個鈎子，喚做『倒馬毒』。本身是個蝎子精。他前者在雷音寺聽佛談經，如來見了，不合用手推他一把，他就轉過鈎子，把如來左手中拇指上扎了一下。如來也疼難禁，即著金剛拿他。他卻在這裡。若要救得唐僧，除是別告一位方好。我也是近他不得。」行者再拜道：「望菩薩指示指示，別告那位去好，弟子即去請他也。」菩薩道：「你去東天門裡光明宮告求昴日星官，方能降伏。」言罷，化作一道金光，徑回南海。

孫大聖纔按雲頭，對八戒、沙僧道：「兄弟放心，師父有救星了。」沙僧道：「是那裡救星？」行者道：「纔然菩薩指示，教我告請昴日星官。老孫去來。」八戒侮著嘴哼道：「哥呵！就問星官討些止疼的藥餌來！」行者笑道：「不須用藥，只似昨日疼過夜就好了。」沙僧道：「不必煩敘，快早去罷。」

好行者，急忙駕觔斗雲。須臾，到東天門外。忽見增長天王當面作禮道：「大聖何往？」行者道：「因保唐僧西方取經，路遇魔障纏身，要到光明宮見昴日星官走走。」忽又見陶、張、辛、鄧四大元帥，也問何往。行者道：「要尋昴日星官去降妖救師。」四大帥道：「星官今早奉玉帝旨意，上觀星臺巡劄去了。」行者道：「可有這話？」辛天君道：「小將等與他同下斗牛宮，豈敢說假？」陶天君道：「今已許久，或將回矣。大聖還先去光明宮；如未回，再去觀星臺可也。」大聖遂喜，即別他們。至光明宮門首，果是無人，復抽身就走，只見那壁廂有一行兵士擺列，後面星官來了。那星官還穿的是拜駕朝衣，一身金縷。但見他：

冠簪五岳金光彩，笏執山河玉色瓊。袍掛七星雲靉靆，腰圍八極寶環明。
叮噹珮響如敲韻，迅速風聲似擺鈴。翠羽扇開來昴宿，天香飄襲滿門庭。

前行的兵士，看見行者立於光明宮外，急轉身報道：「主公，孫大聖在這裡也。」那星官斂雲霧整束朝衣，停執事分開左右；上前作禮道：「大聖何來？」行者道：「專來拜煩救師父一難。」星官道：「何難？在何地方？」行者道：「在西梁國毒敵山琵琶洞。」星官道：「那山洞有甚妖怪，卻來呼喚小神？」行者道：「觀音菩薩適纔顯化，說是一個蝎子精。特舉先生方能治得，因此來請。」星官道：「本欲回奏玉帝；奈大聖至此，又感菩薩舉薦，恐遲誤事，小神不敢請獻茶，且和你去降妖精，卻再來回旨罷。」

大聖聞言，即同出東天門，直至西梁國。望見毒敵山不遠，行者指道：「此山便是。」星官按下雲頭，同行者至石屏前山坡之下。沙僧見了道：「二哥起來，大哥請得星官來了。」那獃子還侮著嘴道：「恕罪！恕罪！有病在身，不能行禮。」星官道：「你是個修行之人，何病之有！」八戒道：「早間與那妖精交戰，被他著我唇上扎了一下，至今還疼哩。」星官道：「你上來，我與你醫治醫治。」獃子纔放了手，口裡哼哼嚌嚌道：「千萬治治！待好了謝你。」那星官用手把嘴唇上摸了一摸，吹一口氣，就不疼了。獃子歡喜下拜道：「妙呵！妙呵！」行者笑道：「煩星官也把我頭上摸摸。」星官道：「你未遭毒，摸他何為？」行者道：「昨日也曾遭過，只是過了夜，纔不疼；如今還有些麻癢，只恐發天陰⑧，也煩治治。」星官真個也把頭上摸了一摸，吹口氣，也就解除了餘毒，不麻不癢了。八戒

⑧發天陰——天氣壞時發病。

發狠道：「哥哥，去打那潑賤去！」星官道：「正是，正是。你兩個叫他出來，等我好降他。」

行者與八戒跳上山坡，又至石屏之後。歕子口裡亂罵，手似撈鈎，一頓釘鈀，把那洞門外壘疊的石塊爬開；闖至二層門，又一釘鈀，將二門築得粉碎。慌得那門裡小妖飛報：「奶奶！那兩個醜男人又把二層門也打破了！」那怪正教解放唐僧，討素茶飯與他喫哩，聽見打破二門，即便跳出花亭子，輪叉來刺八戒。八戒使釘鈀迎架。行者在旁，又使鐵棒來打。那怪趕至身邊，要下毒手，行者與八戒識得方法，回頭就走。

那妖怪趕過石屏之後，行者叫聲：「昴宿何在？」只見那星官立於山坡之上，現出本相，原來是一隻雙冠子大公雞，昂起頭來，約有六七尺高，對著妖怪叫了一聲，那怪即時就現了本像。原來是個琵琶來大小的蝎子精。這星官再叫一聲，那怪渾身酥軟，死在坡前。有詩為證。詩曰：

花冠繡頸若團纓，爪硬距長目怒睛。踴躍雄威全五德，崢嶸壯勢羨三鳴。
豈如凡鳥啼茅屋，本是天星顯聖名。毒蝎枉修人道行，還原反本見真形。

八戒上前，一隻腳躧住那怪的胸背道：「孽畜！今番使不得倒馬毒了！」那怪動也不動，被歕子一頓釘鈀，搗作一團爛醬。那星官復聚金光，駕雲而去。行者與八戒、沙僧朝天拱謝道：「有累！有累！改日赴宮拜酬。」

三人謝畢。卻纔收拾行李、馬匹，都進洞裡。見那大小丫鬟，兩邊跪下，拜道：「爺爺，我們不是妖邪，都是西梁國女人，前者被這妖精攝來的。你師父在後邊香房裡坐著哭哩。」行者聞言，仔細觀看，果然不見妖氣，遂入後邊叫道：「師父！」那唐僧見眾齊來，十分歡喜道：「賢徒，累及你們了！

那婦人如何也？」八戒道：「那廝原是個大母蝎子。幸得觀音菩薩指示，大哥去天宮裡請得那昴日星官下降，把那廝收伏。纔被老豬築做個泥了，——方敢深入於此，得看師父之面。」唐僧謝之不盡。又尋些素米、素麵，安排了飲食，喫了一頓。把那些攝將來的女子趕下山，指與回家之路。點上一把火，把幾間房宇，燒燬罄盡。請唐僧上馬，找尋大路西行。正是：割斷塵緣離色相，推乾金海悟禪心。畢竟不知幾年上纔得成真，且聽下回分解。

第五十六回　神狂誅草寇　道迷放心猿

詩曰：

靈臺無物謂之清，寂寂全無一念生。猿馬牢收休放蕩，精神謹慎莫崢嶸。除六賊，悟三乘，萬緣都罷自分明。色邪永滅超真界，坐享西方極樂城。

話說唐三藏咬釘嚼鐵，以死命留得一個不壞之身；感蒙行者等打死蝎子精，救出琵琶洞。一路無詞，又早是朱明①時節。但見那：

熏風時送野蘭香，濯雨纔晴新竹涼。艾葉滿山無客採，蒲花盈澗自爭芳。海榴嬌豔遊蜂喜，溪柳陰濃黃雀狂。長路那能包角黍，龍舟應弔汨羅江。

他師徒們行賞端陽之景，虛度中天之節，忽又見一座高山阻路。長老勒馬回頭叫道：「悟空，前面有

①朱明——夏日。

山，恐又生妖怪，是必謹防。」行者等道：「師父放心。我等皈命投誠，怕甚妖怪！」長老聞言甚喜。加鞭催駿馬，放轡趲蛟龍。須臾，上了山崖。舉頭觀看，真個是：

頂巔松柏接雲青，石壁荊榛掛野藤。萬丈崔巍，千層懸削。萬丈崔巍峰嶺峻，千層懸削壑崖深。蒼苔碧蘚鋪陰石，古檜高槐結大林。林深處，聽幽禽，巧聲睍睆實堪吟。澗內水流如瀉玉，路旁花落似堆金。山勢惡，不堪行，十步全無半步平。狐狸麋鹿成雙遇，白鹿玄猿作對迎。忽聞虎嘯驚人膽，鶴鳴振耳透天庭。黃梅紅杏堪供食，野草閑花不識名。

四眾進山，緩行良久，過了山頭。下西坡，乃是一段平陽之地。豬八戒賣弄精神，教沙和尚挑著擔子，他雙手舉鈀，上前趕馬。那馬更不懼他，憑那會子嗒答答②的，還只是緩行不緊。行者道：「兄弟，你趕他怎的？讓他慢慢走罷了。」八戒道：「天色將晚，自上山行了這一日，肚裡餓了，大家走動些，尋個人家化些齋喫。」行者聞言道：「既如此，等我教他快走。」把金箍棒晃一晃，喝了一聲，那馬溜了韁，如飛似箭，順平路往前去了。你說馬不怕八戒，只怕行者，何也？行者五百年前曾受玉帝封在大羅天御馬監養馬，官名「弼馬溫」，故此傳留至今，是馬皆懼猴子。那長老挽不住韁繩，只扳緊著鞍轎，讓他放了一路轡頭，有二十里向開田地，方纔緩步而行。

正走處，忽聽得一棒鑼聲，路兩邊閃出三十多人，一個個鎗刀棍棒，攔住路口道：「和尚！那裡走？」諕得個唐僧戰兢兢，坐不穩，跌下馬來，蹲在路旁草科裡，只叫：「大王饒命！大王饒命！」那為頭

②嗒答答——吆喝，趕馬的聲音。

的兩個大漢道：「不打你，只是有盤纏留下。」長老方纔省悟，知他們是一夥強人，卻欠身擡頭觀看。但見他：

一個青臉獠牙欺太歲，一個暴睛圜眼賽喪門。鬢邊紅髮如飄火，頷下黃鬚似插針。他兩個頭戴虎皮花磕腦，腰繫貂裘彩戰裙。一個手執著狼牙棒，一個肩上橫擔扢撻藤。果然不亞巴山虎，真個猶如出水龍。

三藏見他這般兇惡，只得走起來，合掌當胸道：「大王，貧僧是東土唐王差往西天取經者，自別了長安，年深日久，就有些盤纏也使盡了。出家人專以乞化為由，那得個財帛！萬望大王方便方便，讓貧僧過去罷！」那兩個賊，帥眾向前道：「我們在這裡起一片虎心，截住要路，專要些財帛，甚麼方便方便？你果無財帛，快早脫下衣服，留下白馬，放你過去！」三藏道：「阿彌陀佛！貧僧這件衣服，是東家化布，西家化針，零零碎碎化來的。你若剝去，可不害殺我也？只是這世裡做得好漢，那世裡變畜生哩！」

那賊聞言大怒。掣大棍，上前就打。這長老口內不言，心中暗想道：「可憐！你只說你的棍子，還不知我徒弟的棍子哩！」那賊那容分說，舉著棒，沒頭沒臉的打來，長老一生不會說謊，遇著這急難處，沒奈何，只得打個誑語道：「二位大王，且莫動手。我有個小徒弟，在後面就到。他身上有幾兩銀子，把③與你罷。」那賊道：「這和尚是也喫不得虧，且細起來。」眾嘍囉一齊下手，把一條繩綑

③把——拿。

了，高高吊在樹上。

卻說三個撞禍精，隨後趕來。八戒呵呵大笑道：「師父去得好快，不知在那裡等我們哩。」忽見長老在樹上，他又說：「你看師父，等便罷了，卻又有這般心腸，爬上樹去，扯著藤兒打鞦韆耍子哩！」行者見了道：「獃子，莫亂談。師父吊在那裡不是？你兩個慢來，等我去看看。」好大聖，急登高坡細看，認得是夥強人。心中暗喜道：「造化！造化！買賣上門了！」即轉步，搖身一變，變做個乾乾淨淨的小和尚，穿一領緇衣，年紀只有二八，肩上背著一個藍布包袱。拽開步，來到前邊，叫道：「師父，這是怎麼說話？這都是些甚麼歹人？」三藏道：「徒弟呀，還不救我一救，還問甚的？」行者道：「是幹甚勾當的？」三藏道：「這一夥攔路的，把我攔住，要買路錢。因身邊無物，遂把我吊在這裡，只等你來計較④計較。不然，把這匹馬送與他罷。」行者聞言笑道：「師父不濟。天下也有和尚，似你這樣皮鬆的卻少。唐太宗差你往西天見佛，誰教你把這龍馬送人？」三藏道：「徒弟呀，似這等吊起來，打著耍，怎生是好？」行者道：「你怎麼與他說來？」三藏道：「他打的我急了，沒奈何，把你供出來也。」行者道：「師父，你好沒搭撒。你供我怎的？」三藏道：「我說你身邊有些盤纏，且教他莫打我，是一時救難的話兒。」行者道：「好！好！好！承你擡舉。正是這樣供。若肯一個月供得七八十遭，老孫越有賣買。」

那夥賊見行者與他師父講話，撒開勢，圍將上來道：「小和尚，你師父說你腰裡有盤纏，趁早拿出

④計較——商量。

來，饒你們性命，若道半個『不』字，就都送了你的殘生！」行者放下包袱道：「列位長官，不要嚷。盤纏有些在此包袱，不多，只有馬蹄金二十來錠，粉面銀二三十錠，散碎的未曾見數。要時就連包兒拿去，切莫打我師父。古書云：『德者，本也；財者，末也。』此是末事。我等出家人，自有化處；若遇著個齋僧的長者，襯錢也有，衣服也有，能用幾何？只望放下我師父來，我就一併奉承。」那夥賊聞言，都甚歡喜道：「這老和尚慳吝，這小和尚倒還慷慨。」教：「放下來。」那長老得了性命，跳上馬，顧不得行者，操著鞭，一直跑回舊路。

行者忙叫道：「走錯路了。」提著包袱，就要追去。那夥賊攔住道：「那裡走？將盤纏留下，免得動刑？」行者笑道：「說開⑤，盤纏須三分分之。」那賊頭道：「這小和尚忒乖，就要瞞著他師父留起些兒。——也罷，拿出來看。若多時，也分些與你背地裡買果子喫。」行者道：「哥呀，不是這等說。我那裡有甚盤纏？說你兩個打劫別人的金銀，是必分些與我。」那賊聞言大怒，罵道：「這和尚不知死活！你倒不肯與我，反問我要！哇！看打！」輪起一條扢撻藤棍，照行者光頭上打了七八下。行者只當不知，且滿面陪笑道：「哥呀，若是這等打，就打到來年打罷春也是不當真的。」那賊大驚道：「這和尚好硬頭！」行者笑道：「不敢，不敢，承過獎了。也將就看得過。」那賊那容分說，兩三個一齊亂打，行者道：「列位息怒，等我拿出來。」

好大聖，耳中摸一摸，拔出一個繡花針兒道：「列位，我出家人，果然不曾帶得盤纏，只這個針兒

⑤說開——說明白。

聯經出版事業公司 校印

送你罷。」那賊道：「晦氣呀！把一個富貴和尚放了，卻拿住這個窮禿驢！你好道會做裁縫？我要針做甚的？」行者聽說不要，就拈在手中，晃了一晃，變作碗來粗細的一條棍子。那賊害怕道：「這和尚生得小，倒會弄術法兒。」行者將棍子插在地下，道：「列位拿得動，就送你罷。」兩個賊上前搶奪，可憐就如蜻蜓撼石柱，莫想弄動半分毫。這條棍本是如意金箍棒，天秤稱的，一萬三千五百斤重，那夥賊怎麼知得。大聖走上前，輕輕的拿起，丟一個蟒翻身拗步勢，指著強人道：「你都造化低，遇著我老孫了！」那賊上前來，又打了五六十下。行者笑道：「你也打得手困了，且讓老孫打一棒兒，卻休當真。」你看他展開棍子，晃一晃，有井欄粗細，七八丈長短；盪的一棍，把一個打倒在地，嘴唇揌土，再不做聲。那一個開言罵道：「這禿廝老大無禮！盤纏沒有，轉傷我一個人！」行者笑道：「且消停，且消停！待我一個個打來，一發教你斷了根罷！」盪的又一棍，把第二個又打死了，諕得那眾嘍囉撇槍棄棍，四路逃生而走。

卻說唐僧騎著馬，往東正跑，八戒、沙僧攔住道：「師父往那裡去？走錯路了。」長老兜馬道：「徒弟呵，趁早去與你師兄說，教他棍下留情，莫要打殺那些強盜。」八戒道：「師父住下，等我去來。」獃子一路跑到前邊，厲聲高叫道：「哥哥，師父教你莫打人哩。」行者道：「兄弟，那曾打人？」八戒道：「那強盜往那裡去了？」行者道：「別個都散了，只是兩個頭兒在這裡睡覺哩。」八戒笑道：「你兩個遭瘟的，好道是熬了夜，這般辛苦，不往別處睡，卻睡在此處！」獃子行到身邊，看看道：「倒與我是一起的，乾淨張著口睡，淌出些粘涎來了。」行者道：「是老孫一棍子打出豆腐來了。」八戒道：「人頭上又有豆腐？」行者道：「打出腦子來了！」

八戒聽說打出腦子來，慌忙跑轉去，對唐僧道：「散子夥也！」三藏道：「善哉！善哉！往那條路上去了？」八戒道：「打也打得直了腳，又會往那裡去走哩！」三藏道：「你怎麼說散夥？」八戒道：「打殺了，不是散夥是甚的？」三藏問：「打的怎麼模樣？」八戒道：「頭上打了兩個大窟窿。」三藏教：「解開包，取幾文襯錢，快去那裡討兩個膏藥與他兩個貼貼。」八戒笑道：「師父好沒正經。膏藥只好貼得活人的瘡瘇，那裡好貼得死人的窟窿？」三藏道：「真打死了？」就惱起來，口裡不住的絮絮叨叨，猢猻長，猴子短，兜轉馬，與沙僧、八戒至死人前，見那血淋淋的，倒臥山坡之下。

這長老甚不忍見，即著八戒：「快使釘鈀，築個坑子埋了，我與他念卷《倒頭經》。」八戒道：「師父左使了人也。行者打殺人，還該教他去燒埋，怎麼教老豬做土工？」行者被師父罵惱了，喝著八戒道：「潑懶夯貨！趁早兒去埋！遲了些兒，就是一棍！」獃子慌了，往山坡下築了三尺深，下面都是石腳石根，掆⑥住鈀齒；獃子丟了鈀，便把嘴拱；拱到軟處，一嘴有二尺五，兩嘴有五尺深，把兩個賊屍埋了，盤作一個墳堆。三藏叫：「悟空，取香燭來，待我禱祝，好念經。」行者努著嘴道：「好不知趣，這半山之中，前不巴村，後不著店，那討香燭？就有錢也無處去買。」三藏恨恨的道：「猴頭過去！等我撮土焚香禱告。」這是三藏離鞍悲野塚，聖僧善念祝荒墳。祝云：

「拜惟好漢，聽禱原因：念我弟子，東土唐人。奉太宗皇帝旨意，上西方求取經文。適來此地，逢爾多人，不知是何府、何州、何縣，都在此山內結黨成群。我以好話，哀告慇懃。爾等不聽，

⑥掆——音ㄍㄤ，同扛。掆住，這裡作頂住解釋。

返善生嗔，卻遭行者，棍下傷身。切念屍骸暴露，吾隨掩土盤墳，折青竹為香燭，無光彩，有心勤；取頑石作施食，無滋味，有誠真。你到森羅殿⑦下興詞，倒樹尋根，他姓孫！我姓陳，各居異姓。冤有頭，債有主，切莫告我取經僧人。」

八戒笑道：「師父推了乾淨。他打時卻也沒有我們兩個。」三藏真個又撮土禱告道：「好漢告狀，只告行者，也不干八戒、沙僧之事。」大聖聞言，忍不住笑道：「師父你老人家忒沒情義。為你取經，我費了多少慇懃勞苦，如今打死這兩個毛賊，你倒教他去告老孫。雖是我動手打，卻也只是為你。你不往西天取經，我不與你做徒弟，怎麼會來這裡，會打殺人！索性等我祝他一祝。」揝著鐵棒，望那墳上搗了三下，道：「遭瘟的強盜，你聽著！我被你前七八棍，後七八棍，打得我不疼不癢的，觸惱了性子，一差二誤，將你打死了，儘你到那裡去告，我老孫實是不怕：玉帝認得我，天王隨得我；二十八宿懼我，九曜星官怕我；府縣城隍跪我，東岳天齊怖我；十代閻君曾與我為僕從，五路猖神曾與我當後生；不論三界五司，十分諸宰，都與我情深面熟，隨你那裡去告！」三藏見說出這般惡話，卻又心驚道：「徒弟呀，我這禱祝是教你體好生之德，為良善之人；你怎麼就認真起來？」行者道：「師父，這不是好耍子的勾當。——且和你趕早尋宿去。」那長老只得懷嗔上馬。

孫大聖有不睦之心，八戒、沙僧亦有嫉妒之意，師徒都面是背非。依大路向西正走，忽見路北下有一座莊院。三藏用鞭指定道：「我們到那裡借宿去。」八戒道：「正是。」遂行至莊舍邊下馬。看時，

⑦森羅殿——閻羅王所居殿堂。

卻也好個住場。但見：

野花盈徑，雜樹遮扉。遠岸流山水，平畦種麥葵。蒹葭露潤輕鷗宿，楊柳風微倦鳥棲。青柏間松爭翠碧，紅蓬映蓼鬥芳菲。村犬吠，晚雞啼，牛羊食飽牧童歸。爨煙結霧黃粱熟，正是山家入暮時。

長老向前，忽見那村舍門裡走出一個老者，即與相見，道了問訊。那老者問道：「僧家從那裡來？」三藏道：「貧僧乃東土大唐欽差往西天求經者。適路過寶方，天色將晚，特來檀府告宿一宵。」老者笑道：「你貴處到我這裡，程途迢遞，怎麼涉水登山，獨自到此？」三藏道：「貧僧還有三個徒弟同來。」老者問：「高徒何在？」三藏用手指道：「那大路旁立的便是。」老者猛擡頭，看見他們面貌醜陋，急回身往裡就走；被三藏扯住道：「老施主，千萬慈悲，告借一宿！」老者戰戰兢兢拑口難言，搖著頭，擺著手道：「不，不，不，不像人模樣！是幾——是幾個妖精！」三藏陪笑道：「施主切休恐懼。我徒弟生得是這等相貌，不是妖精。」老者道：「爺爺呀，一個夜叉，一個馬面，一個雷公！」行者聞言，厲聲高叫道：「雷公是我孫子，夜叉是我重孫，馬面是我玄孫哩！」那老者聽見，魄散魂飛，面容失色，只要進去。三藏攙住他，回到草堂，陪笑道：「老施主，不要怕他。他都是這等粗魯，不會說話。」

正勸解處，只見後面走出一個婆婆，攜著五六歲的一個小孩兒，道：「爺爺，為何這般驚恐？」老者纔叫：「媽媽，看茶來。」那婆婆真個丟了孩兒，入裡面捧出二鍾茶來。茶罷，三藏卻轉下來，對婆婆作禮道：「貧僧是東土大唐差往西天取經的。纔到貴處，拜求尊府借宿，因是我三個徒弟貌醜，老家長見了虛驚也。」婆婆道：「見貌醜的就這等虛驚，若見了老虎豺狼，卻怎麼好？」老者道：「媽媽呀，人面醜陋還可，只是言語一發唬人。我說他像夜叉、馬面、雷公，他吆喝道，雷公是他孫子，夜叉是他重孫，馬面是他玄孫。我聽此言，故然悚懼。」唐僧道：「不是，不是。像雷公的，是我大徒孫悟空。像馬面的，是我二徒豬悟能。像夜叉的，是我三徒沙悟淨。他們雖是醜陋，卻也秉教沙門，皈依善果，不是甚麼惡魔毒怪，怕他怎麼！」

公婆兩個，聞說他名號，皈正沙門之言，卻纔定性回驚，教：「請來，請來。」長老出門叫來。又吩咐道：「適纔這老者甚惡你等。今進去相見，切勿抗禮，各要尊重些。」八戒道：「我俊秀，我斯文，不比師兄撒潑。」行者笑道：「不是嘴長、耳大、臉醜，便也是一個好男子。」沙僧道：「莫爭講，這裡不是那抓乖弄俏⑧之處。且進去！且進去！」

遂此把行囊、馬匹，都到草堂上，普同唱了個喏，坐定。那媽媽兒賢慧，即便攜轉小兒，吩咐煮飯，安排一頓素齋，他師徒喫了。漸漸晚了，又掌起燈來，都在草堂上閑敘。長老纔問：「施主高姓？」老者道：「姓楊。」又問年紀。老者道：「七十四歲。」又問：「幾位令郎？」老者道：「止得一個，適纔媽媽攜的是小孫。」長老請令郎相見拜揖。老者道：「那廝不中拜，老拙命苦，養不著他，如今不在家了。」三藏道：「何方生理？」老者點頭而嘆：「可憐！可憐！若肯何方生理，是吾之幸也！那廝專生惡念，不務本等，專好打家截道，殺人放火！相交的都是些狐群狗黨！自五日之前出去，至今未回。」三藏聞說，不敢言喘，心中暗想道：「或者悟空打殺的就是也。……」長老神思不安，欠

⑧抓乖弄俏——搶先出風頭。

身道：「善哉！善哉！如此賢父母，何生惡逆兒！」行者近前道：「老官兒，似這等不良不肖，奸盜邪淫之子，連累父母，要他何用，等我替你尋他來打殺了罷。」老者道：「我待也要送了他，奈何再無以次人丁，縱是不才，一定還留他與老漢掩土。」沙僧與八戒笑道：「師兄，莫管閑事，你我不是官府。他家不肯，與我何干！且告施主，見賜一束草兒，在那廂打鋪睡覺，天明走路。」老者即起身，著沙僧到後園裡拿兩個稻草，教他們在園中草團瓢⑨內安歇。行者牽了馬，八戒挑了行李，同長老俱到團瓢內安歇不題。

卻說那夥賊內果有老楊的兒子。自天早在山前被行者打死兩個賊首，他們都四奔逃生。約摸到四更時候，又結坐一夥，在門前打門，老者聽得門響，即披衣道：「媽媽，那廝們來也。」媽媽道：「既來，你去開門，放他來家。」老者方纔開門，只見那一夥賊都嚷道：「餓了！餓了！」那老楊的兒子忙入裡面，叫起他妻來，打米煮飯，卻廚下無柴，往後園裡拿柴，到廚房裡問妻道：「後園裡白馬是那裡的？」其妻道：「是東土取經的和尚，昨晚至此借宿，公公婆婆管待他一頓晚齋，教他在草團瓢內睡哩。」

那廝聞言，走出草堂，拍手打掌笑道：「兄弟們，造化！造化！冤家在我家裡也！」眾賊道：「那個冤家？」那廝道：「卻是打死我們頭兒的和尚，來我家借宿，現睡在草團瓢裡。」眾賊道：「卻好！卻好！拿住這些禿驢，一個個剁成肉醬，一則得那行囊、白馬，二來與我們頭兒報仇！」那廝道：「且

⑨草團瓢——茅舍。

莫忙。你們且去磨刀。我煮熟飯了，大家喫飽些，一齊下手。」真個那些賊磨刀的磨刀，磨鎗的磨鎗。那老兒聽得此言，悄悄的走到後園，叫起唐僧四位道：「那廝領衆來了，知得汝等在此，意欲圖害。我老拙念你遠來，不忍傷害。快早收拾行李，我送你往後門出去罷！」三藏聽說，戰兢兢的叩頭謝了老者，即喚八戒牽馬，沙僧挑擔，行者拿了九環錫杖。老者開後門，放他去了，依舊悄悄的來前睡下。

卻說那廝們磨快了刀鎗，喫飽了飯食，時已五更天氣，一齊來到園中看處，卻不見了。即忙點燈著火，尋彀多時，四無踪跡，但見後門開著。都道：「從後門走了！走了！」發一聲喊，趕將上來。一個個如飛似箭，直趕到東方日出，卻纔望見唐僧。那長老忽聽得喊聲，回頭觀看，後面有二三十人，鎗刀簇簇而來。便叫：「徒弟呵，賊兵追至，怎生奈何！」行者道：「放心！放心！老孫了他去來！」三藏勒馬道：「悟空，切莫傷人，只嚇退他便罷。」行者那肯聽信，急掣棒回首相迎道：「列位那裡去？」衆賊罵道：「禿廝無禮！還我大王的命來！」那廝們圈子陣把行者圍在中間，舉鎗刀亂砍亂搠。這大聖把金箍棒晃一晃，碗來粗細，把那夥賊打得星落雲散，搪著的就死，挽著的就亡；搕著的骨折，擦著的皮傷；乖些的跑脫幾個，癡些的都見閻王！

三藏在馬上，見打倒許多人，慌的放馬奔西。豬八戒與沙和尚，緊隨鞭鐙而去。行者問那不死帶傷的賊人道：「那個是那楊老兒的兒子？」那賊哼哼的告道：「爺爺，那穿黃的是！」行者上前，奪過刀來，把個穿黃的割下頭來，血淋淋提在手中，收了鐵棒，拽開雲步，趕到唐僧馬前，提著頭道：「師父，這是楊老兒的逆子，被老孫取將首級來也。」三藏見了，大驚失色，慌得跌下馬來，罵道：「這潑猢猻諕殺我也！快拿過！快拿過！」八戒上前，將人頭一腳踢下路旁，使釘鈀築些土蓋了。

沙僧放下擔子，攙著唐僧道：「師父請起。」那長老在地下正了性，口中念起〈緊箍兒呪〉來，把個行者勒得耳紅面赤，眼脹頭昏，在地下打滾，只教：「莫念！莫念！」那長老念彀有十餘遍，還不住口。行者翻觔斗，豎蜻蜓，疼痛難禁，只叫：「師父饒我罪罷！有話便說。莫念！莫念！」三藏卻纔住口道：「沒話說，我不要你跟了，你回去罷！」行者忍疼磕頭道：「師父，怎的就趕我去耶？」三藏道：「你這潑猴兇惡太甚，不是個取經之人。昨日在山坡下，打死那兩個賊頭，我已怪你不仁。及晚了到老者之家，蒙他賜齋借宿，又蒙他開後門放我等逃了性命；雖然他的兒子不肖，與我無干，也不該梟他首；況又殺死多人，壞了多少生命，傷了天地多少和氣。屢次勸你，更無一毫善念，要你何為！——快走！快走！免得又念真言！」行者害怕，只教：「莫念，莫念，我去也！」說聲去，一路觔斗雲，無影無踪，遂不見了。咦！這正是：心有兇狂丹不熟，神無定位道難成。畢竟不知那大聖投向何方，且聽下回分解。

聯經出版事業公司校印

第五十七回　眞行者落伽山訴苦　假猴王水簾洞謄文

卻說孫大聖惱惱悶悶，起在空中，欲待回花果山水簾洞，恐本洞小妖見笑，笑我出乎爾反乎爾，不是個大丈夫之器；欲待要投奔天宮，又恐天宮內不容久住；欲待要投海島，卻又羞見那三島諸仙；欲待要奔龍宮，又不伏氣求告龍王：真個是無依無倚，苦自忖量道：「罷！罷！罷！我還去見我師父，還是正果。」

遂按下雲頭，徑至三藏馬前侍立道：「師父，恕弟子這遭！向後再不敢行兇，一一受師父教誨。千萬還得我保你西天去也。」唐僧見了，更不答應，兜住馬，即念〈緊箍兒呪〉。顛來倒去，又念有二十餘遍，把大聖呪倒在地，箍兒陷在肉裡有一寸來深淺，方纔住口道：「你不回去，又來纏我怎的？」行者只教：「莫念！莫念！我是有處過日子的，只怕你無我去不得西天。」三藏發怒道：「你這猢猻殺生害命，連累了我多少，如今實不要你了！我去得去不得，不干你事！快走！快走！遲了些兒，我又念真言。這番決不住口，把你腦漿都勒出來哩！」大聖疼痛難忍，見師父更不回心，沒奈何，只得

聯經出版事業公司　校印

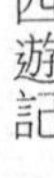

又駕觔斗雲，起在空中。忽然省悟道：「這和尚負了我心，我且向普陀崖告訴觀音菩薩去來。」

好大聖，撥回觔斗，那消一個時辰，早至南洋大海。住下祥光，直至落伽山上，撞入紫竹林中，忽見木叉行者迎面作禮道：「大聖何往？」行者道：「要見菩薩。」木叉即引行者至潮音洞口，又見善財童子作禮道：「大聖何來？」行者道：「有事要告菩薩。」善財聽見一個「告」字，笑道：「好刁嘴猴兒！還像當時我拿住唐僧被你欺哩！我菩薩是個大慈大悲，大願大乘，救苦救難，無邊無量的聖善菩薩，有甚不是處，你要告他？」行者滿懷悶氣，一聞此言，心中怒發，咄的一聲，把善財童子喝了個倒退，道：「這個背義忘恩的小畜生，著實愚魯！你那時節作怪成精，我請菩薩收了你，皈正迦持，如今得這等極樂長生，自在逍遙，與天同壽，還不拜謝老孫，倒這般侮慢！我是有事來告求菩薩，卻怎麼說我刁嘴要告菩薩？」善財陪笑道：「還是個急猴子。我與你作笑耍子，你怎麼就變臉了？」

正講處，只見白鸚哥飛來飛去，知是菩薩呼喚，木叉與善財遂向前引導，至寶蓮臺下。行者望見菩薩，倒身下拜，止不住淚如泉湧，放聲大哭。菩薩教木叉與善財扶起道：「悟空，有甚傷感之事，明明說來，莫哭，莫哭，我與你救苦消災也。」行者垂淚再拜道：「當年弟子為人，曾受那個氣來？自蒙菩薩解脫天災，秉教沙門，保護唐僧往西天拜佛求經，我弟子捨身拚命，救解他的魔障，就如老虎口裡奪脆骨，蛟龍背上揭生鱗。只指望歸真正果，洗孽除邪，怎知那長老背義忘恩，直迷了一片善緣，更不察皂白①之苦！」菩薩道：「且說那皂白原因來我聽。」行者即將那打殺草寇前後始終，細陳了

①皂白——即「黑白」，引申之則為「事情的是非」。

一遍。卻說唐僧因他打死多人，心生怨恨，不分皂白，遂念〈緊箍兒呪〉，趕他幾次。上天無路，入地無門，特來告訴菩薩。菩薩道：「唐三藏奉旨投西，一心要秉善為僧，決不輕傷性命，似你有無量神通，何苦打殺許多草寇！草寇雖是不良，到底是個人身，不該打死。比那妖禽怪獸，鬼魅精魔不同。那個打死，是你功績；這人身打死，還是你的不仁。但祛退散，自然救了你師父。據我公論，還是你的不善。」

行者噙淚叩頭道：「縱是弟子不善，也當將功折罪，不該這般逐我。萬望菩薩，捨大慈悲，將〈鬆箍兒呪〉念念，褪下金箍，交還與你，放我仍往水簾洞逃生去罷！」菩薩笑道：「〈緊箍兒呪〉本是如來傳我的。當年差我上東土尋取經人，賜我三件寶貝，乃是錦襴袈裟、九環錫杖、金緊禁三個箍兒。秘授與呪語三篇，卻無甚麼〈鬆箍兒呪〉。」行者道：「既如此，我告辭菩薩去也。」菩薩道：「你辭我往那裡去？」行者道：「我上西天，拜告如來，求念〈鬆箍兒呪〉去也。」菩薩道：「你且住，我與你看看祥晦如何。」行者道：「不消看，只這樣不祥也彀了。」菩薩道：「我不看你，看唐僧的祥晦。」好菩薩，端坐蓮臺，運心三界，慧眼遙觀，遍周宇宙，霎時間開口道：「悟空，你那師父頃刻之際就有傷身之難，不久便來尋你。你只在此處，待我與唐僧說，教他還同你去取經，了成正果。」孫大聖只得皈依，不敢造次，侍立於寶蓮臺下不題。

卻說唐長老自趕回行者，教八戒引馬，沙僧挑擔，連馬四口，奔西走不上五十里遠近，三藏勒馬道：「徒弟，自五更時出了村舍，又被那弼馬溫著了氣惱，這半日饑又饑，渴又渴，那個去化些齋來我喫？」八戒道：「師父且請下馬，等我看可有鄰近的莊村，化齋去也。」三藏聞言，滾下馬來，獃子縱起雲頭，半空中仔細觀看，一望盡是山嶺，莫想有個人家。八戒按下雲來，對三藏道：「卻是沒處化齋，一望之間，全無莊舍。」三藏道：「既無化齋之處，且得些水來解渴也可。」八戒道：「等我去南山澗下取些水來。」沙僧即取鉢盂，遞與八戒。八戒托著鉢盂，駕起雲霧而去。那長老坐在路旁，等彀多時，不見回來，可憐口乾舌苦難熬。有詩為證。詩曰：

保神養氣謂之精，情性原來一稟形。心亂神昏諸病作，形衰精敗道元傾。
三花不就空勞碌，四大蕭條枉費爭。土木無功金水絕，法身疏懶幾時成！

沙僧在旁，見三藏饑渴難忍，八戒又取水不來，只得穩了行囊，拴牢了白馬道：「師父，你自在坐著，等我去催水來。」長老含淚無言，但點頭相答。沙僧急駕雲光，也向南山而去。

那師父獨鍊自熬，困苦太甚。正在愴惶之際，忽聽得一聲響亮，諕得長老欠身看處，原來是孫行者跪在路旁，雙手捧著一個磁杯道：「師父，沒有老孫，你連水也不能彀哩。這一杯好涼水，你且喫口水解渴，待我再去化齋。」長老道：「我不喫你的水！立地渴死，我當任命！不要你了！你去罷！」行者道：「無我你去不得西天也。」三藏道：「去得去不得，不干你事！潑猢猻！只管來纏我做甚！」那行者變了臉，發怒生嗔，喝罵長老道：「你這個狠心的潑禿，十分賤我！」輪鐵棒，丟了磁杯，望長老脊背上砑②了一下。那長老昏暈在地，不能言語，被他把兩個青氈包袱，提在手中，駕觔斗雲，不知去向。

②砑——打的意思。

聯經出版事業公司 校印

卻說八戒托著鉢盂，只奔山南坡下，忽見山凹之間，有一座草舍人家。原來在先看時，被山高遮住，未曾見得；今來到邊前，方知是個人家。獃子暗想道：「我若是這等醜嘴臉，決然怕我，枉勞神思，斷然化不得齋飯。……須是變好！須是變好！……」

好獃子，捻著訣，念個呪，把身搖了七八搖，變作一個食癆病黃胖和尚，口裡哼哼嘖嘖的，挨近門前，叫道：「施主，廚中有剩飯，路上有饑人。貧僧是東土來，往西天取經的。我師父在路饑渴了，家中有鍋巴冷飯，千萬化些兒救口。」原來那家子男人不在，都去插秧種穀去了；只有兩個女人在家，正纔煮了午飯，盛起兩盆，卻收拾送下田去，鍋裡還有些飯與鍋巴，未曾盛了。那女人見他這等病容，卻又說東土往西天去的話，只恐他是病昏了胡說；又怕跌倒，死在門首。只得哄哄翕翕③，將些剩飯鍋巴，滿滿的與了一鉢。獃子拿轉來，現了本像，徑回舊路。

正走間，聽得有人叫「八戒」。八戒擡頭看時，卻是沙僧站在山崖上喊道：「這裡來！這裡來！」及下崖，迎至面前道：「這澗裡好清水不舀，你往那裡去的？」八戒笑道：「我到這裡，見山凹子有個人家，我去化了這一鉢乾飯來了。」沙僧道：「飯也用著，只是師父渴得緊了，怎得水去？」八戒道：「要水也容易；你將衣襟來兜著這飯，等我使鉢盂去舀水。」

二人歡歡喜喜，回至路上，只見三藏面磕地，倒在塵埃；白馬撒韁，在路旁長嘶跑跳；行李擔不見蹤影。慌得八戒跌腳搥胸，大呼小叫道：「不消講！不消講！這還是孫行者趕走的餘黨，來此打殺師

③哄哄翕翕——嘟嘟囔囔，是抱怨的樣子。

父，搶了行李去了！」沙僧道：「且去把馬拴住！」只叫：「怎麼好！怎麼好！這誠所謂半途而廢，中道而止也！」叫一聲：「師父！」滿眼拋珠，傷心痛哭。八戒道：「兄弟，且休哭。如今事已到此，取經之事，且莫說了。你看著師父的屍靈，等我把馬騎到那個府州縣鄉村店集賣幾兩銀子，買口棺木，把師父埋了，我兩個各尋道路散夥。」

沙僧實不忍捨，將唐僧扳轉身體，以臉溫臉，哭一聲：「苦命的師父！」只見那長老口鼻中吐出熱氣，胸前溫暖。連叫：「八戒，你來！師父未傷命哩！」那獃子纔近前，扶起長老。甦醒呻吟一會，罵道：「好潑猢猻，打殺我也！」沙僧、八戒問道：「是那個猢猻？」長老不言，只是歎息。卻討水喫了幾口，纔說：「徒弟，你們剛去，那悟空更來纏我。是我堅執不收，他遂將我打了一棒，青氈包袱卻搶去了。」八戒聽說，咬響口中牙，發起心頭火道：「叵耐這潑猴子，怎敢這般無禮！」教：「沙僧，你伏侍師父，等我到他家討包袱去！」沙僧道：「你且休發怒。我們扶師父到那山凹人家化些熱茶湯，將先化的飯熱熱，調理師父，再去尋他。」

八戒依言，把師父扶上馬，拿著鉢盂，兜著冷飯，直至那家門首。只見那家止有個老婆子在家，忽見他們，慌忙躲過。沙僧合掌道：「老母親，我等是東土唐朝差往西天去者。師父有些不快，特拜府上，化口熱茶湯，與他喫飯。」那媽媽道：「適纔有個食痨病和尚，說是東土差來的，已化齋去了，怎麼又有個甚麼東土的。我沒人在家，請別轉轉。」長老聞言，扶著八戒，下馬躬身道：「老婆婆，我弟子有三個徒弟，合意同心，保護我上天竺國大雷音拜佛求經。只因我大徒弟——喚孫悟空——一生兇惡，不遵善道，是我逐回。不期他暗暗走來，著我背上打了一棒，將我行囊衣鉢搶去。如今要著一個徒弟尋他取討，因在那空路上不是坐處，特來老婆婆府上權安息一時。待討將行李來就行，決不敢久住。」那媽媽道：「剛纔一個食痨病黃胖和尚，他化齋去了，也說是東土往西天去的，怎麼又有一起？」八戒忍不住笑道：「就是我。因我生得嘴長耳大，恐你家害怕，不肯與齋，故變作那等模樣，你不信，我兄弟衣兜裡不是你家鍋巴飯？」

那媽媽認得果是他與的飯，遂不拒他，留他們坐了。卻燒了一罐熱茶，遞與沙僧泡飯。沙僧即將冷飯泡了，遞與師父。師父喫了幾口，定性多時道：「那個去討行李？」八戒道：「我前年因師父趕他回去，我曾尋他一次，認得他花果山水簾洞。等我去！等我去！」長老道：「你去不得。那猢猻原與你不和，你又說話粗鹵，或一言兩句之間，有些差池，他就要打你。著悟淨去罷。」沙僧應承道：「我去，我去。」長老又吩咐沙僧道：「你到那裡，須看個頭勢④。他若肯與你包袱，你就假謝謝拿來；若不肯，切莫與他爭競，徑至南海菩薩處，將此情告訴，請菩薩去問他要。」沙僧一一聽從。向八戒道：「我今尋他去，你千萬莫僝僽⑤，好生供養師父。這人家亦不可撒潑，恐他不肯供飯。我去就回。」八戒點頭道：「我理會得。但你去，討得討不得，趁早回來，不要弄做『尖擔擔柴兩頭脫』⑥也。」沙僧遂捻了訣，駕起雲光，直奔東勝神洲而去。真個是：

---

④頭勢——情形、形勢。

⑤僝僽——憂愁。

⑥尖擔擔柴兩頭脫——兩頭落空的意思。

聯經出版事業公司　校印

身在神飛不守舍，有爐無火怎燒丹。黃婆別主求金老，木母延師奈病顏。
此去不知何日返，這回難量幾時還。五行生剋情無順，只待心猿復進關。
那沙僧在半空裡，行經三晝夜，方到了東洋大海，忽聞波浪之聲，低頭觀看，真個是黑霧漲天陰氣盛，滄溟銜日曉光寒。他也無心觀玩，望仙山渡過瀛洲，向東方直抵花果山界。乘海風，踏水勢，又多時，卻望見高峰排戟，峻壁懸屏。即至峰頭，按雲找路下山，尋水簾洞。步近前，只聽得那山中無數猴精，滔滔亂嚷。沙僧又近前仔細再看，原來是孫行者高坐石臺之上，雙手扯著一張紙，朗朗的念道：

「東土大唐王皇帝李，駕前勅命御弟聖僧陳玄奘法師，上西方天竺國娑婆靈山大雷音寺專拜如來佛祖求經。朕因促病侵身，魂遊地府，幸有陽數臻長，感冥君放送回生，廣陳善會，修建度亡道場。盛蒙救苦救難觀世音菩薩金身出現，指示西方有佛有經，可度幽亡超脫，特著法師玄奘，遠歷千山，詢求經偈。倘過西邦諸國，不滅善緣，照牒施行。

大唐貞觀一十三年秋吉日御前文牒。自別大國以來，經度諸邦，中途收得大徒弟孫悟空行者、二徒弟豬悟能八戒、三徒弟沙悟淨和尚。」

念了從頭又念。沙僧聽得是通關文牒，止不住近前厲聲高叫：「師兄，師父的關文你念他怎的？」那行者聞言，急擡頭，不認得是沙僧，叫：「拿來！拿來！」眾猴一齊圍繞，把沙僧拖拖扯扯，拿近前來，喝道：「你是何人，擅敢近吾仙洞？」沙僧見他變了臉，不肯相認，只得朝上行禮道：「上告師兄。前者實是師父性暴，錯怪了師兄，把師兄呪了幾遍，逐趕回家，一則弟等未曾勸解，二來又為師父饑渴去尋水化齋。不意師兄好意復來，又怪師父執法不留，遂把師父打倒，昏暈在地。將行李搶去後，我等救轉師父，特來拜兄。若不恨師父，還念昔日解脫之恩，同小弟將行李回見師父，共上西天，了此正果。倘怨恨之深，不肯同去，千萬把包袱賜弟，兄在深山，樂桑榆晚景，亦誠兩全其美也。」

行者聞言，呵呵冷笑道：「賢弟，此論甚不合我意。我打唐僧，搶行李，不因我不上西方，亦不因我愛居此地；我今熟讀了牒文，我自己上西方拜佛求經，送上東土，我獨成功，教那南贍部洲人立我為祖，萬代傳名也。」沙僧笑道：「師兄言之欠當。自來沒個『孫行者取經』之說。我佛如來造下三藏真經，原著觀音菩薩向東土尋取經人求經，要我們苦歷千山，詢求諸國，保護那取經人。菩薩曾言：取經人乃如來門生，號曰金禪長老。只因他不聽佛祖談經，貶下靈山，轉生東土，教他果正西方，復修大道。遇路上該有這般魔障，解脫我等三人，與他做護法。兄若不得唐僧去，那個佛祖肯傳經與你！卻不是空勞一場神思也？」那行者道：「賢弟，你原來懞懂，但知其一，不知其二。諒你說你有唐僧，同我保護，我就沒有唐僧？我這裡另選個有道的真僧在此，自去取經。老孫獨力扶持，有何不可！已選明日大走⑦起身去矣。你不信，待我請來你看。」叫：「小的們，快請老師父出來。」果跑進去，牽出一匹白馬，請出一個唐三藏，跟著一個八戒，挑著行李；一個沙僧，拿著錫杖。

這沙僧見了大怒道：「我老沙行不更名，坐不改姓，那裡又有一個沙和尚！不要無禮，喫我一杖！」好沙僧，雙手舉降妖杖，把一個「假沙僧」劈頭一下打死，原來這是一個猴精。那行者惱了，輪金箍棒，帥眾猴，把沙僧圍了。沙僧東沖西撞，打出路口，縱雲霧逃生，道：「這潑猴如此憊懶，我告菩

⑦大走——遠行。

薩去來！」那行者見沙僧打死一個猴精，把沙和尚逼得走了，他也不來追趕。回洞教小的們把打死的妖屍拖在一邊，剝了皮，取肉煎炒，將椰子酒、葡萄酒，同群猴都喫了。另選一個會變化的妖猴，還變一個沙和尚，從新教道，要上西方不題。

沙僧一駕雲離了東海，行經一晝夜，到了南海。正行時，早見落伽山不遠，急至前，低停雲霧觀看。好去處！果然是：

包乾之奧，括坤之區。會百川而浴日滔星，歸眾流而生風漾月。潮發騰凌大鯤化，波翻浩蕩巨鰲遊。水通西北海，浪合正東洋。四海相連同地脈，仙方洲島各仙宮。休言滿地蓬萊，且看普陀雲洞。好景致！山頭霞彩壯元精，巖下祥風漾月晶。紫竹林中飛孔雀，綠楊枝上語靈鸚。琪花瑤草年年秀，寶樹金蓮歲歲生。白鶴幾番朝頂上，素鸞數次到山亭。遊魚也解修真性，躍浪穿波聽講經。

沙僧徐步落伽山，玩看仙境。只見木叉行者當面相迎道：「沙悟淨，你不保唐僧取經，卻來此何幹？」沙僧作禮畢，道：「有一事特來朝見菩薩，煩為引見引見。」木叉情知是尋行者，更不題起，即先進去對菩薩道：「外有唐僧的小徒弟沙悟淨朝拜。」孫行者在臺下聽見，笑道：「這定是唐僧有難，沙僧來請菩薩的。」菩薩即命木叉門外叫進。這沙僧倒身下拜。拜罷，擡頭正欲告訴前事，忽見孫行者站在旁邊，等不得說話，就掣降妖杖望行者劈臉便打。這行者更不回手，徹身躲過。沙僧口裡亂罵道：「我把你個犯十惡造反的潑猴！你又來隱瞞菩薩哩！」菩薩喝道：「悟淨不要動手。有甚事先與我說。」

沙僧收了寶杖，再拜臺下，氣沖沖的對菩薩道：「這猴一路行兇，不可數計。前日在山坡下打殺兩個剪路的強人，師父怪他；不期晚間就宿在賊窩主家裡，又把一夥賊人盡情打死，又血淋淋提一個人

聯經出版事業公司 校印

頭來與師父看。師父諕得跌下馬來，罵了他幾句，趕他回來。分別之後，師父饑渴太甚，教八戒去尋水。久等不來，又著我去尋他。不期孫行者見我二人不在，復回來把師父打一鐵棍，將兩個青氈包袱搶去。我等回來，將師父救醒，特來水簾洞尋他討包袱，不想他變了臉，不肯認我，將師父關文念了又念。我問他念了做甚，他說不保唐僧，他要自上西天取經，送上東土，算他的功果，立他為祖，萬古傳揚。我又說：『沒唐僧，那肯傳經與你？』他說他選了一個有道的真僧。及請出，果是一匹白馬，一個唐僧，後跟著八戒、沙僧。我道：『我便是沙和尚，那裡又有個沙和尚？』是我趕上前，打了他一寶杖，原來是個猴精。他就帥眾拿我，是我特來告請菩薩。不知他會使觔斗雲，預先到此處；又不知他將甚巧語花言，隱瞞菩薩也。」菩薩道：「悟淨，不要賴人。悟空到此，今已四日。我更不曾放他回去，他那裡有另請唐僧，自去取經之意？」沙僧道：「見如今水簾洞有一個孫行者，怎敢欺誑？」菩薩道：「既如此，你休發急，教悟空與你同去花果山看看。是真難滅，是假易除。到那裡自見分曉。」這大聖聞言，即與沙僧辭了菩薩。這一去，到那：花果山前分皂白，水簾洞口辨真邪。畢竟不知如何分辨，且聽下回分解。

第五十八回　二心攪亂大乾坤　一體難修眞寂滅

這行者與沙僧拜辭了菩薩，縱起兩道祥光，離了南海。原來行者觔斗雲快，沙和尚仙雲覺遲，行者就要先行。沙僧扯住道：「大哥不必這等藏頭露尾，先去安根①。待小弟與你一同走。」大聖本是良心，沙僧卻有疑意。真個二人同駕雲而去。不多時，果見花果山。按下雲頭，二人洞外細看，果見一個行者，高坐石臺之上，與群猴飲酒作樂。模樣與大聖無異：也是黃髮金箍，金睛火眼；身穿也是錦布直裰，腰繫虎皮裙；手中也拿一條兒金箍鐵棒；足下也踏一雙麂皮靴；也是這等毛臉雷公嘴，朔腮別土星，查耳額顱闊，獠牙向外生。

這大聖怒發，一撒手，撇了沙和尚，掣鐵棒上前罵道：「你是何等妖邪，敢變我的相貌，敢占我的兒孫，擅居吾仙洞，擅作這威福！」那行者見了，公然不答，也使鐵棒來迎。二行者在一處，果是不

①安根——作安排。

聯經出版事業公司 校印

分真假。好打呀：

兩條棒，二猴精，這場相敵實非輕。都要護持唐御弟，各施功績立英名。真猴實受沙門教，假怪虛稱佛子情。蓋為神通多變化，無真無假兩相平。一個是混元一氣齊天聖，一個是久煉千靈縮地精。這個是如意金箍棒，那個是隨心鐵桿兵。隔架遮攔無勝敗，撐持抵敵沒輸贏。先前交手在洞外，少頃爭持起半空。

他兩個各踏雲光，跳鬥上九霄雲內。沙僧在旁，不敢下手，見他們戰此一場，誠然難認真假；欲待拔刀相助，又恐傷了真的。忍耐良久，且縱身跳下山崖，使降妖寶杖，打近水簾洞外，驚散群妖，掀翻石凳，把飲酒食肉的器皿，盡情打碎；尋他的青氈包袱，四下裡全然不見。原來他水簾洞本是一股瀑布飛泉，遮掛洞門，遠看似一條白布簾兒，近看乃是一股水脈，故曰水簾洞。沙僧不知進步來歷，故此難尋。即便縱雲，趕到九霄雲裡，輪著寶杖，又不好下手。大聖道：「沙僧，你既助不得力，且回復師父，說我等這般這般，等老孫與此妖打上南海落伽山菩薩前辨個真假。」道罷。那行者也如此說。沙僧見兩個相貌、聲音，更無一毫差別，皂白難分，只得依言，撥轉雲頭，回復唐僧不題。

你看那兩個行者，且行且鬥，直來到南海，徑至落伽山，打打罵罵，喊聲不絕。早驚動護法諸天，即報入潮音洞裡道：「菩薩，果然兩個孫悟空打將來也。」那菩薩與木叉行者、善財童子、龍女降蓮臺出門喝道：「那孽畜，那裡走！」這兩個遞相揪住道：「菩薩，這廝果然像弟子模樣。纔自水簾洞打起，戰鬥多時，不分勝負。沙悟淨肉眼愚蒙，不能分識，有力難助，是弟子教他回西路去回復師父，我與這廝打到寶山，借菩薩慧眼，與弟子認個真假，辨明邪正。」道罷，那行者也如此說一遍。眾諸天與菩薩都看良久，莫想能認。菩薩道：「且放了手，兩邊站下，等我再看。」果然撒手，兩邊站定。這邊說：「我是真的！」那邊說：「他是假的！」

菩薩喚木叉與善財上前，悄悄吩咐：「你一個幫住②一個，等我暗念〈緊箍兒呪〉，看那個害疼的便是真，不疼的便是假。」他二人果各幫一個。菩薩暗念真言，兩個一齊喊疼，都抱著頭，地下打滾，只叫：「莫念！莫念！」菩薩不念，他兩個又一齊揪住，照舊嚷鬥。菩薩無計奈何，即令諸天、木叉，上前助力。眾神恐傷真的，亦不敢下手。菩薩叫聲「孫悟空」，兩個一齊答應。菩薩道：「你當年官拜『弼馬溫』，大鬧天宮時，神將皆認得你；你且上界去分辨回話。」這大聖謝恩，那行者也謝恩。

二人扯扯拉拉，口裡不住的嚷鬥，徑至南天門外，慌得那廣目天王帥馬、趙、溫、關四大天將，及把門大小眾神，各使兵器攩住道：「那裡走！此間可是爭鬥之處？」大聖道：「我因保護唐僧往西天取經，在路上打殺賊徒，那三藏趕我回去，我徑到普陀崖見觀音菩薩訴告，不想這妖精，幾時就變作我的模樣，打倒唐僧，搶去包袱。有沙僧至花果山尋討，只見這妖精占了我的巢穴。後到普陀崖告請菩薩，又見我侍立臺下，沙僧誑說是我駕觔斗雲，又先在菩薩處遮飾。菩薩卻是個正明，不聽沙僧之言，命我同他到花果山看驗。原來這妖精果像老孫模樣。纔自水簾洞打到落伽山見菩薩，菩薩也難識認，故打至此間，煩諸天眼力，與我認個真假。」道罷，那行者也似這般這般……說了一遍。眾天神看彀多時，也不能辨。他兩個吆喝道：「你們既不能認，讓開路，等我們去見玉帝！」

②幫住——靠攏擠住，使被擠者不能動。

眾神搪抵不住，放開天門，直至靈霄寶殿。馬元帥同張、葛、許、邱四天師奏道：「下界有一般兩個孫悟空，打進天門，口稱見王。」說不了，兩個直嚷進來，諕得那玉帝即降立寶殿，問曰：「你兩個因甚事擅鬧天宮，嚷至朕前尋死！」大聖口稱：「萬歲！萬歲！臣今皈命，秉教沙門，再不敢欺心誑上；只因這個妖精變作臣的模樣，……」如此如彼，把前情備陳了一遍。「……望乞與臣辨個真假！」那行者也如此陳了一遍。玉帝即傳旨宣托塔李天王，教：「把『照妖鏡』來照這廝誰真誰假，教他假滅真存。」天王即取鏡照住，請玉帝同眾神觀看。鏡中乃是兩個孫悟空的影子；金箍、衣服，毫髮不差，玉帝亦辨不出，趕出殿外。

這大聖呵呵冷笑，那行者也哈哈歡喜，揪頭抹頸，復打出天門，墜落西方路上，道：「我和你見師父去！我和你見師父去！」

卻說那沙僧自花果山辭他兩個，又行了三晝夜，回至本莊，把前事對唐僧說了一遍。唐僧自家悔恨道：「當時只說是孫悟空打我一棍，搶去包袱，豈知卻是妖精假變的行者！」沙僧又告道：「這妖又假變一個長老，一匹白馬；又有一個八戒挑著我們包袱，又有一個變作是我。我忍不住惱怒，一杖打死，原是一個猴精。因此驚散，又到菩薩處訴告。菩薩著我與師兄又同去識認，那妖果與師兄一般模樣。我難助力，故先來回復師父。」三藏聞言，大驚失色。八戒哈哈大笑道：「好！好！好！應了這施主家婆婆之言了！他說有幾起取經的，這卻不又是一起？」

那家老老小小的，都來問沙僧道：「你這幾日往何處討盤纏去的？」沙僧笑道：「我往東勝神洲花果山尋大師兄取討行李，又到南海普陀山拜見觀音菩薩，卻又到花果山，方纔轉回至此。」那老者又問：「往返有多少路程？」沙僧道：「約有二十餘萬里。」老者道：「爺爺呀，似這幾日，就走了這許多路，只除是駕雲，方能彀得到！」八戒道：「不是駕雲，如何過海？」沙僧道：「我們那算得走路，若是我大師兄，只消一二日，可往回也。」那家子聽言，都說是神仙。八戒道：「我們雖不是神仙，——神仙還是我們的晚輩哩！」

正說問，只聽半空中喧譁亂嚷。慌得都出來看，卻是兩個行者打將來。八戒見了，忍不住手癢道：「等我去認認看。」好獃子，急縱身跳起，望空高叫道：「師兄莫嚷，我老豬來也！」那兩個一齊應道：「兄弟，來打妖精！來打妖精！」那家子又驚又喜道：「是幾位騰雲駕霧的羅漢歇在我家！就是發願齋僧的，也齋不著這等好人！」更不計較茶飯，愈加供養。又說：「這兩個行者只怕鬥出不好來，地覆天翻，作禍在那裡！」三藏見那老者當面是喜，背後是憂，即開言道：「老施主放心，莫生憂嘆，貧僧收伏了徒弟，去惡歸善，自然謝你。」那老者滿口回答道：「不敢！不敢！」沙僧道：「施主休講，師父可坐在這裡，等我和二哥去，一家扯一個來到你面前，你就念念那話兒，看那個害疼的就是真的，不疼的就是假的。」三藏道：「言之極當。」

沙僧果起在半空道：「二位住了手，我同你到師父面前辨個真假去。」這大聖放了手，那行者也放了手。沙僧攙住一個，叫道：「二哥，你也攙住一個。」果然攙住，落下雲頭，徑至草舍門外。三藏見了，就念〈緊箍兒呪〉。二人一齊叫苦道：「我們這等苦鬥，你還呪我怎的？莫念！莫念！」那長老本心慈善，遂住了口不念，卻也不認得真假。他兩個掙脫手，依然又打。這大聖道：「兄弟們，保著師父，等我與他打到閻王前折辨去也！」那行者也如此說。二人抓抓㨗㨗③，須臾，又不見了。

八戒道：「沙僧，你既到水簾洞，看見『假八戒』挑著行李，怎麼不搶將來？」沙僧道：「那妖精見我使寶杖打他『假沙僧』，他就亂圍上來要拿，是我顧性命走了。及告菩薩，與行者復至洞口，他兩個打在空中，是我去掀翻他的石凳，打散他的小妖，只見一股瀑布泉水流，竟不知洞門開在何處，尋不著行李，所以空手回復師命也。」八戒道：「你原來不曉得。我前年請他去時，先在洞門外相見；後被我說泛④了他，他就跳下，去洞裡換衣來時，我看見他將身往水裡一鑽。那一股瀑布水流，就是洞門。想必那怪將我們包袱收在那裡面也。」三藏道：「你既知此門，你可趁他都不在家，先到他洞裡取出包袱，我們往西天去罷。他就來，我也不用他了。」八戒道：「我去。」沙僧說：「二哥，他那洞前有千數小猴，你一人恐弄他不過，反為不美。」八戒笑道：「不怕！不怕！」急出門，縱著雲霧，徑上花果山尋取行李不題。

卻說那兩個行者又打嚷到陰山背後，諕得那滿山鬼戰戰兢兢，藏藏躲躲。有先跑的，撞入陰司門裡，報上森羅寶殿道：「大王，背陰山上，有兩個齊天大聖打將來也！」慌得那第一殿秦廣王傳報與二殿楚江王、三殿宋帝王、四殿卞城王、五殿閻羅王、六殿平等王、七殿泰山王、八殿都市王、九殿忤官王、十殿轉輪王。一殿轉一殿，霎時間，十王會齊，又著人飛報與地藏王⑤。──盡在森羅殿上，點聚

③抓抓挜挜──形容拉拉扯扯的樣子。
④說泛──說動的意思。
⑤地藏王──即地藏菩薩，世稱幽冥教主。常現身地獄中，以救六道眾生苦難。

陰兵，等擒真假。只聽得那強風滾滾，慘霧漫漫，二行者一翻一滾的，打至森羅殿下。

陰君近前攔住道：「大聖有何事，鬧我幽冥？」這大聖道：「我因保唐僧西天取經，路過西梁國，至一山，有強賊截劫我師，是老孫打死幾個，師父怪我，把我逐回。我隨到南海菩薩處訴告，不知那妖精怎麼就綽著口氣，假變作我的模樣，在半路上打倒師父，搶奪了行李。師弟沙僧，向我本山取討包袱，這妖假立師名，要往西天取經。沙僧逃遁至南海見菩薩，我正在側。他備說原因，菩薩又命我同他至花果山觀看，果被這廝占了我巢穴。我與他爭辨到菩薩處，其實相貌，言語等俱一般，菩薩也難辨真假。又與這廝打上天堂，眾神亦果難辨。因見我師，我師念〈緊箍呪〉試驗，與我一般疼痛。故此鬧至幽冥，望陰君與我查看生死簿，看『假行者』是何出身，快早追他魂魄，免教二心沌亂。」那怪亦如此說一遍。陰君聞言，即喚管簿判官一一從頭查勘，更無個「假行者」之名。再看毛蟲文簿，那猴子一百三十條已是孫大聖幼年得道之時，大鬧陰司，消死名一筆勾之，自後來凡是猴屬，盡無名號。查勘畢，當殿回報。陰君各執笏，對行者道：「大聖，幽冥處既無名號可查，你還到陽間去折辨。」

正說處，只聽得地藏王菩薩道：「且住！且住！等我著諦聽與你聽個真假。」原來那諦聽是地藏菩薩經案下伏的一個獸名。他若伏在地下，一霎時，將四大部洲山川社稷、洞天福地之間，贏蟲、鱗蟲、毛蟲、羽蟲、昆蟲、天仙、地仙、神仙、人仙、鬼仙可以照鑒善惡，察聽賢愚。那獸奉地藏鈞旨，就於森羅庭院之中，俯伏在地。須臾，擡起頭來，對地藏道：「怪名雖有，但不可當面說破，又不能助力擒他。」地藏道：「當面說出便怎麼？」諦聽道：「當面說出，恐妖精惡發，搔擾寶殿，致令陰府不安。」又問：「何為不能助力擒拿？」諦聽道：「妖精神通，與孫大聖無二。幽冥之神，能有多少

聯經出版事業公司 校印

法力，故此不能擒拿。」地藏道：「似這般怎生祛除？」諦聽言：「佛法無邊。」地藏早已省悟。即對行者道：「你兩個形容如一，神通無二，若要辨明，須到雷音寺釋迦如來那裡，方得明白。」兩個一齊嚷道：「說的是！說的是！我和你西天佛祖之前折辨去！」那十殿陰君送出，謝了地藏，回上翠雲宮，著鬼使閉了幽冥關隘不題。

看那兩個行者，飛雲奔霧，打上西天。有詩為證。詩曰：

人有二心生禍災，天涯海角致疑猜。欲思寶馬三公位，又憶金鑾一品臺。

南征北討無休歇，東攩西除未定哉。禪門須學無心訣，靜養嬰兒結聖胎。

他兩個在那半空裡，扯扯拉拉，抓抓挜挜，且行且鬥，直嚷至大西天靈鷲仙山雷音寶剎之外。早見那四大菩薩、八大金剛、五百阿羅、三千揭諦、比丘尼、比丘僧、優婆塞、優婆夷諸大聖眾，都到七寶蓮臺之下，淨聽如來說法。那如來正講到這：

不有中有，不無中無。不色中色，不空中空。非有為有，非無為無。非色為色，非空為空。空即是空，色即是色。色無定色，色即是空。空無定空，空即是色。知空不空，知色不色。名為照了，始達妙音。

概眾稽首皈依。流通誦讀之際，如來降天花普散繽紛，即離寶座，對大眾道：「汝等俱是一心，且看二心競鬥而來也。」

大眾舉目看之，果是兩個行者，吆天喝地，打至雷音勝境。慌得那八大金剛，上前攩住道：「汝等欲往那裡去？」這大聖道：「妖精變作我的模樣，欲至寶蓮臺下，煩如來為我辨個虛實也。」眾金剛

抵擋不住，直嚷至臺下，跪於佛祖之前，拜告道：「弟子保護唐僧，來造寶山，求取真經，一路上煉魔縛怪，不知費了多少精神。前至中途，偶遇強徒劫擄，委是弟子二次打傷幾人。師父怪我趕回，不容同拜如來金身。弟子無奈，只得投奔南海，見觀音訴苦。不期這個妖精，假變弟子聲音、相貌，將師父打倒，把行李搶去。師弟悟淨尋至我山，被這妖假捏巧言，說有真僧取經之故。悟淨脫身至南海，備說詳細。觀音知之，遂令弟子同悟淨再至我山。因此，兩人比併真假，打至南海，又打到天宮，又曾打見唐僧，打見冥府，俱莫能辨認。故此大膽輕造，千乞大開方便之門，廣垂慈憫之念，與弟子辨明邪正，庶好保護唐僧親拜金身，取經回東土，永揚大教。」大眾聽他兩張口一樣聲俱說一遍，眾亦莫辨；惟如來則通知之。正欲道破，忽見南下彩雲之間，來了觀音，參拜我佛。

我佛合掌道：「觀音尊者，你看那兩個行者，誰是真假？」菩薩道：「前日在弟子荒境，委不能辨。他又至天宮、地府，亦俱難認。特來拜告如來，千萬與他辨明辨明。」如來笑道：「汝等法力廣大，只能普閱周天之事，不能徧識周天之物，亦不能廣會周天之種類也。」菩薩又請示周天種類。如來纔道：「周天之內有五仙：乃天、地、神、人、鬼。有五蟲：乃蠃、鱗、毛、羽、昆。這廝非天、非地、非神、非人、非鬼；亦非蠃、非鱗、非毛、非羽、非昆。又有四猴混世，不入十類之種。」菩薩道：「敢問是那四猴？」如來道：「第一是靈明石猴，通變化，識天時，知地利，移星換斗。第二是赤尻馬猴，曉陰陽，會人事，善出入，避死延生。第三是通臂猿猴，拿日月，縮千山，辨休咎，乾坤摩弄。第四是六耳獼猴，善聆音，能察理，知前後，萬物皆明。此四猴者，不入十類之種，不達兩間之名。我觀『假悟空』乃六耳獼猴也。此猴若立一處，能知千里外之事：凡人說話，亦能知之；故此善聆音，能察理，知前後，萬物皆明。——與真悟空同像同音者，六耳獼猴也。」

那獼猴聞得如來說出他的本像，膽戰心驚，急縱身，跳起來就走。如來見他走時，即令大眾下手。早有四菩薩、八金剛、五百阿羅、三千揭諦、比丘僧、比丘尼、優婆塞、優婆夷、觀音、木叉一齊圍繞。孫大聖也要上前。如來道：「悟空休動手，待我與你擒他。」那獼猴毛骨悚然，料著難脫，即忙搖身一變，變作個蜜蜂兒，往上便飛。如來將金鉢盂撇起去，正蓋著那蜂兒，落下來。大眾不知，以為走了。如來笑云：「大眾休言。妖精未走，見在我這鉢盂之下。」大眾一發上前，把鉢盂揭起，果然現了本像，是一個六耳獼猴。孫大聖忍不住，輪起鐵棒，劈頭一下打死，至今絕此一種。如來不忍，道聲：「善哉！善哉！」大聖道：「如來不該慈憫他。他打傷我師父，搶奪我包袱，依律問他個得財傷人，白晝搶奪。也該個斬罪哩！」如來道：「你自快去保護唐僧來此求經罷。」大聖叩頭謝道：「上告如來得知：那師父定是不要我；我此去，若不收留，卻不又勞一番神思！望如來方便，把〈鬆箍兒呪〉念一念，褪下這個金箍，交還如來，放我還俗去罷。」如來道：「你休亂想，切莫放刁。我教觀音送你去，不怕他不收。好生保護他去，那時功成歸極樂，汝亦坐蓮臺。」

那觀音在旁聽說，即合掌謝了聖恩。領悟空，輒駕雲而去。隨後木叉行者、白鸚哥，一同趕上。不多時，到了中途草舍人家。沙和尚看見，急請師父拜門迎接。菩薩道：「唐僧，前日打你的，乃『假行者』六耳獼猴也。幸如來知識，已被悟空打死。你今須是收留悟空。一路上魔障未消，必得他保護你，纔得到靈山，見佛取經。再休嗔怪。」三藏叩頭道：「謹遵教旨。」

正拜謝時，只聽得正東上狂風滾滾，豬八戒背著兩個包袱，駕風而至。獃子見了菩薩，倒身下拜道：

「弟子前日別了師父至花果山水簾洞尋得包袱，果見一個『假唐僧』、『假八戒』，都被弟子打死，原是兩個猴身。卻入裡，方尋著包袱。當時查點，一物不少。卻駕風轉此。更不知兩行者下落如何。」菩薩把如來識怪之事，說了一遍。那獃子十分歡喜，稱謝不盡。師徒們拜謝了，菩薩回海，卻都照舊合意同心，洗寃解怒。又謝了那村舍人家，整束行囊、馬匹，找大路而西。正是：

中道分離亂五行，降妖聚會合元明。神歸心舍禪方定，六識⑥祛降丹自成。

畢竟這去，不知三藏幾時得面佛求經，且聽下回分解。

⑥六識——眼、耳、鼻、舌、身、意。

聯經出版事業公司 校印

第五十九回　唐三藏路阻火焰山　孫行者一調芭蕉扇

若干種性本來同。海納無窮。千思萬慮終成妄，般般色色和融。有日功完行滿，圓明法性高隆。休教差別走西東，緊鎖牢韁①。收來安放丹爐內，煉得金烏一樣紅。朗朗輝輝嬌豔，任教出入乘龍。

話表三藏遵菩薩教旨，收了行者，與八戒、沙僧剪斷二心，鎖韁猿馬，同心戮力，趕奔西天。說不盡光陰似箭，日月如梭。歷過了夏月炎天，卻又值三秋霜景。但見那：

薄雲斷絕西風緊，鶴鳴遠岫霜林錦。光景正蒼涼，山長水更長。征鴻來北塞，玄鳥歸南陌。客路怯孤單，衲衣容易寒。

師徒四眾，進前行處，漸覺熱氣蒸人，三藏勒馬道：「如今正是秋天，卻怎返有熱氣？」八戒道：「原來不知。西方路上有個斯哈哩國，乃日落之處，俗呼為『天盡頭』。若到申酉時，國王差人上城，播

①牢韁——牢籠。

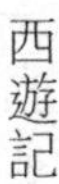

鼓吹角，混雜海沸之聲。日乃太陽真火，落於西海之間，如火淬水，接聲滾沸；若無鼓角之聲混耳，即振殺城中小兒。此地熱氣蒸人，想必到日落之處也。」大聖聽說，忍不住笑道：「獃子莫亂談！若論斯哈哩國，正好早哩。似師父朝三暮二的，這等擔閣，就從小至老，老了又小，老小三生，也還不到。」八戒道：「哥呵，據你說，不是日落之處，為何這等酷熱？」沙僧道：「想是天時不正，秋行夏令故也。」他三個正都爭講，只見那路旁有一座莊院，乃是紅瓦蓋的房舍，紅磚砌成的垣牆，紅油門扇，紅漆板榻，一片都是紅的。三藏下馬道：「悟空，你去那人家問個消息，看那炎熱之故何也。」大聖收了金箍棒，整肅衣裳，扭捏作個斯文氣象，綽下大路，逕至門前觀看。那門裡忽然走出個老者，但見他：

穿一領黃不黃，紅不紅的葛布深衣；戴一頂青不青，皂不皂的篾絲涼帽。手上拄一根彎不彎，直不直，暴節竹杖，足下踏一雙新不新，舊不舊，搠靸鞝鞋②。面似紅銅，鬚如白鍊。兩道壽眉遮碧眼，一張哈口③露金牙。

那老者猛擡頭，看見行者，喫了一驚，拄著竹杖，喝道：「你是那裡來的怪人？在我這門首何幹？」行者答禮道：「老施主，休怕我。我不是甚麼怪人。貧僧是東土大唐欽差上西方求經者。師徒四人，適至寶方，見天氣蒸熱，一則不解其故，二來不知地名，特拜問指教一二。」那老者卻纔放心，笑云：

②鞝鞋——長筒皮靴。
③哈口——形容嘴角含笑。哈，ㄏㄞ。

「長老勿罪。我老漢一時眼花，不識尊顏。」行者道：「不敢。」老者又問：「令師在那條路上？」行者道：「那南首大路上立的不是！」老者教：「請來，請來。」行者歡喜，把手一招，三藏即同八戒、沙僧，牽白馬，挑行李近前，都對老者作禮。

老者見三藏丰姿標致，八戒、沙僧相貌奇稀，又驚又喜；只得請入裡坐，教小的們看茶，一壁廂辦飯。三藏聞言，起身稱謝道：「敢問公公，貴處遇秋，何返炎熱？」老者道：「敝地喚做火燄山，無春無秋，四季皆熱。」三藏道：「火燄山卻在那邊？可阻西去之路？」老者道：「西方卻去不得。那山離此有六十里遠，正是西方必由之路。卻有八百里火燄，四週圍寸草不生。若過得山，就是銅腦蓋，鐵身軀，也要化成汁哩。」三藏聞言，大驚失色，不敢再問。

只見門外一個少年男子，推一輛紅車兒，住在門旁，叫聲：「賣糕！」大聖拔根毫毛，變個銅錢，問那人買糕。那人接了錢，不論好歹，揭開車兒上衣裹，熱氣騰騰，拿出一塊糕遞與行者。行者托在手中，好似火裡燒的灼炭，煤爐內的紅釘。你看他左手倒在右手，右手換在左手，只道：「熱，熱，熱！難喫，難喫！」那男子笑道：「怕熱，莫來這裡。這裡是這等熱。」行者道：「你這漢子，好不明理。常言道：『不冷不熱，五穀不結。』他這等熱得很，你這糕粉，自何而來？」那人道：「若知糕粉米，敬求鐵扇仙。」行者道：「鐵扇仙怎的？」那人道：「鐵扇仙有柄『芭蕉扇』。求得來，一扇息火，二扇生風，三扇下雨，我們就布種，及時收割，故得五穀養生，不然，誠寸草不能生也。」

行者聞言，急抽身走入裡面，將糕遞與三藏道：「師父放心，且莫隔年焦著，喫了糕，我與你說。」長老接糕在手，向本宅老者道：「公公請糕。」老者道：「我家的茶飯未奉，敢喫你糕？」行者笑道：

「老人家，茶飯倒不必賜，我問你：鐵扇仙在那裡住？」老者道：「你問他怎的？」行者道：「適纔那賣糕人說，此仙有柄『芭蕉扇』。求將來，一扇息火，二扇生風，三扇下雨，你這方布種收割，纔得五穀養生。我欲尋他討來搧息火燄山過去，且使這方依時收種，得安生也。」老者道：「固有此說；你們卻無禮物，恐那聖賢不肯來也。」三藏道：「他要甚禮物？」老者道：「我這裡人家，十年拜求一度，四豬四羊，花紅表裡，異香時果，雞鵝美酒，沐浴虔誠，拜到那仙山，請他出洞，至此施為。」行者道：「那山坐落何處？喚甚地名，有幾多里數？等我問他要扇子去。」老者道：「那山在西南方，名喚翠雲山，山中有一仙洞，名喚芭蕉洞。我這裡眾信人等去拜仙山，往回要走一月，計有一千四百五六十里。」行者笑道：「不打緊，就去就來。」那老者道：「且住，喫些茶飯，辦些乾糧，須得兩人做伴。那路上沒有人家，又多狼虎，非一日可到。莫當耍子。」行者笑道：「不用，不用！我去也！」說一聲，忽然不見。那老者慌張道：「爺爺呀！原來是騰雲駕霧的神人也！」

且不說這家子供奉唐僧加倍。卻說那行者霎時逕到翠雲山，按住祥光，正自找尋洞口，只聞得丁丁之聲，乃是山林內一個樵夫伐木。行者即趨步至前，又聞得他道：

「雲際依依認舊林，斷崖荒草路難尋。西山望見朝來雨，南澗歸時渡處深。」

行者近前作禮道：「樵哥，問訊了。」那樵子撇了柯斧，答禮道：「長老何往？」行者道：「敢問樵哥，這可是翠雲山？」樵子道：「正是。」行者道：「有個鐵扇仙的芭蕉洞，在何處？」樵子笑道：「這芭蕉洞雖有，卻無個鐵扇仙，只有個鐵扇公主，又名羅剎女。」行者道：「人言他有一柄芭蕉扇，能熄得火燄山，敢是他麼？」樵子道：「正是，正是。這聖賢有這件寶貝，善能熄火，保護那方人家，故此稱為鐵扇仙。我這裡人家用不著他，只知他叫做羅剎女，乃大力牛魔王妻也。」

行者聞言，大驚失色。心中暗想道：「又是冤家了！……當年伏了紅孩兒，說是這廝養的。前在那解陽山破兒洞遇他叔子，尚且不肯與水，要作報仇之意；今又遇他父母，怎生借得這扇子耶？……」樵夫見行者沉思默慮，嗟嘆不已，便笑道：「長老，你出家人，有何憂疑？這條小路兒向東去，不尚五六里，就是芭蕉洞。休得心焦。」行者道：「不瞞樵哥說，我是東土唐朝差往西天取經的唐僧大徒弟。前年在火雲洞，曾與羅剎之子紅孩兒有些言語，但恐羅剎懷仇不與，故生憂疑。」樵子道：「大丈夫鑒貌辨色，只以求扇為名，莫認往時之溲話④，管情借得。」行者聞言，深深唱個大喏道：「謝樵哥教誨。我去也。」

遂別了樵夫，逕至芭蕉洞口。但見那兩扇門緊閉牢關，洞外風光秀麗。好去處，正是那：

山以石為骨，石作土之精。煙霞含宿潤，苔蘚助新青。嵯峨勢聳欺蓬島，幽靜花香若海瀛。幾樹喬松棲野鶴，數株衰柳語山鶯。誠然是千年古跡，萬載仙踪。碧梧鳴彩鳳，活水隱蒼龍。曲逕蕈蘿垂掛，石梯藤葛攀籠。猿嘯翠巖忻月上，鳥啼高樹喜晴空。兩林竹蔭涼如雨，一逕花濃沒繡絨。時見白雲來遠岫，略無定體漫隨風。

行者上前叫：「牛大哥，開門！開門！」呀的一聲，洞門開了，裡邊走出一個毛兒女，手中提著花籃，肩上擔著鋤子，真個是一身藍縷無妝飾，滿面精神有道心。行者上前迎門合掌道：「女童，累你轉報

---

④溲話——食物因陳久變味叫溲。溲，即「餿」的假借字。這裡指老話、舊話而言。

公主一聲。我本是取經的和尚，在西方路上，難過火燄山，特來拜借芭蕉扇一用。」那毛女道：「你是那寺裡和尚？叫甚名字？我好與你通報。」行者道：「我是東土來的，叫做孫悟空和尚。」

那毛女即便回身，轉於洞內，對羅刹跪下道：「奶奶，洞門外有個東土來的孫悟空和尚，要見奶奶，拜求芭蕉扇，過火燄山一用。」那羅刹聽見「孫悟空」三字，便似撮鹽入火，火上澆油；骨都都紅生臉上，惡狠狠怒發心頭。口中罵道：「這潑猴！今日來了！」叫：「丫鬟，取披掛，拿兵器來！」隨即取了披掛，拿兩口青鋒寶劍，整束出來。行者在洞外閃過，偷看怎生打扮。只見他：

頭裹團花手帕，身穿納錦雲袍。腰間雙束虎觔絛，微露繡裙偏綃。
鳳嘴弓鞋三寸，龍鬚膝褲金銷。手提寶劍怒聲高，兇比月婆容貌。

那羅刹出門，高叫道：「孫悟空何在？」行者上前，躬身施禮道：「嫂嫂，老孫在此奉揖。」羅刹咄的一聲，道：「誰是你的嫂嫂！那個要你奉揖！」行者道：「尊府牛魔王，當初曾與老孫結義，乃七兄弟之親。今聞公主是牛大哥令正⑤，安得不以嫂嫂稱之！」羅刹道：「你這潑猴！既有兄弟之親，如何坑陷我子？」行者佯問道：「令郎是誰？」羅刹道：「我兒是號山枯松澗火雲洞聖嬰大王紅孩兒，被你傾⑥了，我們正沒處尋你報仇，你今上門納命，我肯饒你！」行者滿臉陪笑道：「嫂嫂原來不察理，錯怪了老孫。你令郎因是捉了師父，要蒸要煮，幸虧了觀音菩薩收他去，救出我師。他如今現在

⑤令正——尊稱他人妻子。
⑥傾——陷害。

菩薩處做善財童子，實受了菩薩正果，不生不滅，不垢不淨，與天地同壽，日月同庚。你倒不謝老孫保命之恩，返怪老孫，是何道理！」羅剎道：「你這個巧嘴的潑猴！我那兒，雖不傷命，再怎生得到我的跟前，幾時能見一面？」行者笑道：「嫂嫂要見令郎，有何難處，你且把扇子借我，搧息了火，送我師父過去，我就到南海菩薩處，請他來見你，就送扇子還你，有何不可！那時節，你看他可曾損傷一毫。如有些須之傷，你也怪得有理；如比舊時標緻，還當謝我。」羅剎道：「魔猴！少要饒舌！伸過頭來，等我砍上幾劍！若受得疼痛，就借扇子與你；若忍耐不得，教你早見閻君！」行者叉手向前，笑道：「嫂嫂切莫多言。老孫伸著光頭，任尊意砍上多少，但沒氣力便罷。是必借扇子用用。」那羅剎不容分說，雙手輪劍，照行者頭上乒乒乓乓，砍有十數下，這行者全不認真。羅剎害怕，回頭要走。行者道：「嫂嫂，那裡去？快借我使使！」那羅剎道：「我的寶貝原不輕借。」行者道：「既不肯借，喫你老叔一棒！」

好猴王，一隻手扯住，一隻手去耳內掣出棒來，晃一晃，有碗來粗細。那羅剎掙脫手，舉劍來迎。行者又輪棒便打。兩個在翠雲山前，不論親情，卻只講仇隙。這一場好殺：

裙釵本是修成怪，為子懷仇恨潑猴。行者雖然生狠怒，因師路阻讓娥流。先言拜借芭蕉扇，不展驍雄耐性柔。羅剎無知輪劍砍，猴王有意說親由。女流怎與男兒鬥，到底男剛壓女流。這個金箍鐵棒多兇猛，那個霜刃青鋒甚緊綢。劈面打，照頭丟，恨苦相持不罷休，左攩右遮施武藝，前迎後架騁奇謀。卻纔鬥到沉酣處，不覺西方墜日頭。羅剎忙將真扇子，一搧揮動鬼神愁！

那羅剎與行者相持到晚，見行者棒重，卻又解數周密，料鬥他不過，即便取出芭蕉扇，晃一晃，一扇陰風，把行者搧得無影無形，莫想收留得住。這羅剎得勝回歸。

那大聖飄飄蕩蕩，左沉不能落地，右墜不得存身。就如旋風翻敗葉，流水淌殘花。滾了一夜，直至天明，方纔落在一座山上，雙手抱住一塊峰石，定性良久，仔細觀看，卻纔認得是小須彌山。大聖長嘆一聲道：「好利害婦人！怎麼把老孫送到這裡來了？我當年曾記得在此處告求靈吉菩薩降黃風怪救我師父。那黃風嶺至此直南上有三千餘里，今在西路轉來，乃東南方隅，不知有幾萬里。等我下去問靈吉菩薩一個消息，好回舊路。」

正躊躇間，又聽得鐘聲響亮，急下山坡，逕至禪院。那門前道人認得行者的形容，即入裡面報道：「前年來請菩薩去降黃風怪的那個毛臉大聖又來了。」菩薩知是悟空，連忙下寶座相迎，入內施禮道：「恭喜！取經來耶？」悟空答道：「正好未到！早哩，早哩！」靈吉道：「既未曾得到雷音，何以回顧荒山？」行者道：「自上年蒙盛情降了黃風怪，一路上，不知歷過多少苦楚。今到火燄山，不能前進，詢問土人，說有個鐵扇仙，芭蕉扇搧得火滅，老孫特去尋訪。原來那仙是牛魔王的妻，紅孩兒的母。他說我把他兒子做了觀音菩薩的童子，不得常見，恨我為仇，不肯借扇，與我爭鬥。他見我的棒重難撐，遂將扇子把我一搧，搧得我悠悠蕩蕩，直至於此，方纔落住。故此輕造禪院，問個歸路，此處到火燄山，不知有多少里數？」靈吉笑道：「那婦人喚名羅剎女，又叫做鐵扇公主。他的芭蕉扇本是崑崙山後，自混沌開闢以來，天地產成的一個靈寶，乃太陰之精葉，故能滅火氣，假若搧著人，要飄八萬四千里方息陰風。我這山到火燄山，只有五萬餘里。此還是大聖有留雲之能，故止住了，若是凡人，正好不得住也。」行者道：「利害！利害！我師父卻怎生得度那方？」靈吉道：「大聖放心，

聯經出版事業公司 校印

此一來，也是唐僧的緣法，合教大聖成功。」行者道：「怎見成功？」靈吉道：「我當年受如來教旨，賜我一粒『定風丹』，一柄『飛龍杖』。飛龍杖已降了風魔，這定風丹尚未曾見用，如今送了大聖，管教那廝搧你不動，你卻要了扇子，搧息火，卻不就立此功也！」行者低頭作禮，感謝不盡。那菩薩即於衣袖中取出一個錦袋兒，將那一粒定風丹與行者安在衣領裡邊，將針線緊緊縫了。送行者出門道：「不及留欵。往西北上去，就是羅刹的山場也。」

行者辭了靈吉，駕觔斗雲，徑返翠雲山，頃刻而至。使鐵棒打著洞門叫道：「開門！開門！老孫來借扇子使使哩！」慌得那門裡女童即忙來報：「奶奶，借扇子的又來了！」羅刹聞言，心中悚懼道：「這潑猴真有本事！我的寶貝，搧著人，要去八萬四千里，方能停止；他怎麼纔吹去就回來也？這番等我一連搧他兩三扇，教他找不著歸路！」急縱身，結束整齊，雙手提劍，走出門來道：「孫行者！你不怕我，又來尋死！」行者答道：「嫂嫂勿得慳吝，是必借我使使。保得唐僧過山，就送還你。我是個志誠有餘的君子，不是那借物不還的小人。」

羅刹又罵道：「潑猢猻！好沒道理，沒分曉⑦！奪子之仇，尚未報得；借扇之意，豈得如心！你不要走，喫我老娘一劍！」大聖公然不懼，使鐵棒劈手相迎。他兩個往往來來，戰經五七合，羅刹女手軟難輪，孫行者身強善敵。他見事勢不諧，即取扇子，望行者搧了一扇，行者巍然不動。行者收了鐵棒，笑吟吟的道：「這番不比那番！任你怎麼搧來！老孫若動一動，就不算漢子！」那羅刹又搧兩搧，

⑦沒分曉——糊塗。

果然不動。羅刹慌了，急收寶貝，轉回走入洞裡，將門緊緊關上。

行者見他閉了門，卻就弄個手段，拆開衣領，把定風丹噙在口中，搖身一變，變作一個蟭蟟蟲兒，從他門隙處鑽進。只見羅刹叫道：「渴了！渴了！快拿茶來！」近侍女童，即將香茶一壺，沙沙的滿斟一碗，沖起茶沫漕漕。行者見了歡喜，嚶的一翅，飛在茶沫之下。那羅刹渴極，接過茶，兩口氣都喝了。行者已到他肚腹之內，現原身，厲聲高叫道：「嫂嫂，借扇子我使使！」羅刹大驚失色，叫：「小的們，關了前門否？」俱說：「關了。」他又說：「既關了門，孫行者如何在家裡叫喚？」女童道：「在你身上叫哩。」羅刹道：「孫行者，你在那裡弄術哩？」行者道：「老孫一生不會弄術，都是些真手段，實本事，已在尊嫂尊腹之內耍子，已見其肺肝矣。我知你也饑渴了，我先送你個坐碗兒解渴！」卻就把腳往下一登。那羅刹小腹之中，疼痛難禁，坐於地下叫苦。行者道：「嫂嫂休得推辭，我再送你個點心充饑！」又把頭往上一頂。那羅刹心痛難禁，只在地上打滾，疼得他面黃唇白，只叫：「孫叔叔饒命！」

行者卻纔收了手腳道：「你纔認得叔叔麼？我看牛大哥情上，且饒你性命，快將扇子拿來我使使。」羅刹道：「叔叔，有扇，有扇！你出來拿了去！」行者道：「拿扇子我看了出來。」羅刹即叫女童拿一柄芭蕉扇，執在旁邊。行者探到喉嚨之上，見了道：「嫂嫂，我既饒你性命，不在腰肋之下搠個窟窿出來，還自口出。你把口張三張兒。」那羅刹果張開口。行者還作個蟭蟟蟲，先飛出來了，丁在芭蕉扇上。那羅刹不知，連張三次，叫：「叔叔出來罷。」行者化原身，拿了扇子，叫道：「我在此間不是？謝借了！謝借了！」拽開步，往前便走。小的們連忙開了門，放他出洞。

這大聖撥轉雲頭，徑回東路。霎時按落雲頭，立在紅磚壁下。八戒見了歡喜道：「師父，師兄來了！來了！」三藏即與本莊老者同沙僧分門接著，同至舍內。把芭蕉扇靠在旁邊道：「老官兒，可是這個扇子？」老者道：「正是！正是！」唐僧喜道：「賢徒有莫大之功。求此寶貝，甚勞苦了。」行者道：「勞苦倒也不說。那鐵扇仙，你道是誰？那廝原來是牛魔王的妻，紅孩子的母，名喚羅剎女，又喚鐵扇公主。我尋到洞外借扇，他就與我講起仇隙，把我砍了幾劍。是我使棒嚇他，他就把扇子搧了我一下，飄飄蕩蕩，直刮到小須彌山。幸見靈吉菩薩，送了我一粒定風丹，指與歸路，復至翠雲山，又見羅剎女。羅剎女又使扇子，搧我不動，他就回洞。是老孫變作一個蟭蟟蟲，飛入洞去，那廝正討茶喫，是我又鑽在茶沫之下，到他肚裡，做起手腳。他疼痛難禁，不住口的叫我叔叔饒命，情願將扇借與我，我卻饒了他，拿將扇來。待過了火焰山，仍送還他。」三藏聞言，感謝不盡。師徒們俱拜辭老者。

一路西來，約行有四十里遠近，漸漸酷熱蒸人。沙僧只叫：「腳底烙得慌！」八戒又道：「爪子燙得痛！」馬比尋常又快。只因地熱難停，十分難進。行者道：「師父且請下馬。兄弟們莫走。等我搧息了火，待風雨之後，土地冷些。再過山去。」行者果舉扇，徑至火邊，儘力一搧，那山上火光烘烘騰起；再一扇，更著百倍；又一扇，那火足有千丈之高，漸漸燒著身體。行者急回，已將兩股毫毛燒淨，徑跑至唐僧面前道：「快回去，快回去！火來了，火來了！」

那師父爬上馬，與八戒、沙僧，復東來有二十餘里，方纔歇下道：「悟空，如何了呀！」行者丟下扇子道：「不停當！不停當！被那廝哄了！」三藏聽說，愁促眉尖，悶添心上，止不住兩淚交流，只道：「怎生是好！」八戒道：「哥哥，你急急忙忙叫回去是怎麼說？」行者道：「我將扇子搧了一下，火光烘烘；第二扇，火氣愈盛；第三扇，火頭飛有千丈之高。若是跑得不快，把毫毛都燒盡矣！」八戒笑道：「你常說雷打不傷，火燒不損，如今何又怕火？」行者道：「你這獃子，全不知事！那時節用心防備，故此不傷；今日只為搧息火光，不曾捻避火訣，又未使護身法，所以把兩股毫毛燒了。」沙僧道：「似這般火盛，無路通西，怎生是好？」八戒道：「只揀無火處走便罷。」三藏道：「那方無火？」八戒道：「東方、南方、北方，俱無火。」又問：「那方有經？」八戒道：「西方有經。」三藏道：「我只欲往有經處去哩！」沙僧道：「有經處有火，無火處無經，誠是進退兩難！」

師徒們正自胡談亂講，只聽得有人叫道：「大聖不須煩惱，且來喫些齋飯再談。」四眾回看時，見一老人，身披飄風氅，頭頂偃月冠，手持龍頭杖，足踏鐵靿靴，後帶著一個鵰嘴魚腮鬼，鬼頭上頂著一個銅盆，盆內有些蒸餅糕糜，黃糧米飯，在於西路下躬身道：「我本是火焰山土地。知大聖保護聖僧，不能前進，特獻一齋。」行者道：「喫齋小可，這火光幾時滅得，讓我師父過去？」土地道：「要滅火光，須求羅剎女借芭蕉扇。」行者去路旁拾起扇子道：「這不是？那火光越搧越著，何也？」土地看了，笑道：「此扇不是真的，被他哄了。」行者道：「如何方得真的？」那土地又控背躬身，微微笑道：「若還要借真蕉扇，須是尋求大力王。」畢竟不知大力王有甚緣故，且聽下回分解。

第六十回 牛魔王罷戰赴華筵 孫行者二調芭蕉扇

土地說：「大力王即牛魔王也。」行者道：「這山本是牛魔王放的火，假名火燄山？」土地道：「不是，不是。大聖若肯赦小神之罪，方敢直言。」行者道：「你有何罪？直說無妨。」土地道：「這火原是大聖放的。」行者怒道：「我在那裡，你這等亂談！我可是放火之輩？」土地道：「是你也認不得我了。此間原無這座山；因大聖五百年前，大鬧天宮時，被顯聖擒了，押赴老君，將大聖安於八卦爐內，煅煉之後開鼎，被你蹬倒丹爐，落了幾個磚來，內有餘火，到此處化為火燄山。我本是兜率宮守爐的道人，當被老君怪我失守，降下此間，就做了火燄山土地也。」豬八戒聞言，恨道：「怪道你這等打扮！原來是道士變的土地！」

行者半信不信道：「你且說，早尋大力王何故？」土地道：「大力王乃羅刹女丈夫。他這向撇了羅刹，現在積雷山摩雲洞。有個萬年狐王。那狐王死了，遺下一個女兒，叫做玉面公主。那公主有百萬家私，無人掌管；二年前，訪著牛魔王神通廣大，情願倒陪家私，招贅為夫。那牛王棄了羅刹，久不回顧。若大聖尋著牛王，拜求來此，方借得真扇。一搧則息火燄，可保師父前進；二來永除火患，可保此地生靈；三者赦我歸天，回繳老君法旨。」行者道：「積雷山坐落何處？到彼有多少程途？」土地道：「在正南方。此間到彼，有三千餘里。」行者聞言，即吩咐沙僧、八戒保護師父。又教土地陪伴勿回。隨即忽的一聲，渺然不見。

那裡消半個時辰，早見一座高山凌漢。按落雲頭，停立巔峰之上觀看，真是好山：

高不高，頂摩碧漢①；大不大，根扎黃泉。山前日暖，嶺後風寒。山前日暖，有三冬草木無知；嶺後風寒，見九夏冰霜不化。龍潭接澗水長流，虎穴依崖花放早。水流千派似飛瓊，花放一心如布錦。灣環嶺上灣環樹，扢扠石外扢扠松。真個是：高的山，峻的嶺，陡的崖，深的澗，香的花，美的果，紅的藤，紫的竹，青的松，翠的柳：八節四時顏不改，千年萬古色如龍。

大聖看彀多時，步下尖峰，入深山，找尋路徑。正自沒個消息，忽見松陰下，有一女子，手折了一枝香蘭，嬝嬝娜娜而來。大聖閃在怪石之旁，定睛觀看，那女子怎生模樣：

嬌嬌傾國色，緩緩步移蓮。貌若王嬙，顏如楚女。如花解語，似玉生香。高髻堆青軃碧鴉，雙睛蘸綠橫秋水。湘裙半露弓鞋小，翠袖微舒粉腕長。說甚麼暮雨朝雲，真個是朱唇皓齒。錦江滑膩蛾眉秀，賽過文君與薛濤。

那女子漸漸走近石邊，大聖躬身施禮，緩緩而言曰：「女菩薩何往？」那女子未曾觀看，聽得叫問，

①碧漢——天空。

卻自擡頭，忽見大聖的相貌醜陋，老大心驚，欲退難退，欲行難行，只得戰兢兢，勉強答道：「你是何方來者？敢在此間問誰？」大聖沉思道：「我若說出取經求扇之事，恐這廝與牛王有親，——且只以假親托意，來請魔王之言而答方可。……」那女子見他不語，變了顏色，怒聲喝道：「你是何人，敢來問我！」大聖躬身陪笑道：「我是翠雲山來的，初到貴處，不知路徑。敢問菩薩，此間可是積雷山？」那女子道：「正是。」大聖道：「有個摩雲洞，坐落何處？」那女子道：「你尋那個洞做甚？」大聖道：「我是翠雲山芭蕉洞鐵扇公主央來請牛魔王的。」

那女子一聽鐵扇公主請牛魔王之言，心中大怒，徹耳根子通紅，潑口罵道：「這賤婢，著實無知！牛王自到我家，未及二載，也不知送了他多少珠翠金銀，綾羅緞疋；年供柴，月供米，自自在在受用，還不識羞，又來請他怎的！」大聖聞言，情知是玉面公主，故意掣出金箍棒大喝一聲道：「你這潑賤，將家私買住牛王，誠然是陪錢嫁漢！你倒不羞，卻敢罵誰！」那女子見了，諕得魄散魂飛，沒好步亂躧金蓮，戰兢兢回頭便走。這大聖吆吆喝喝，隨後相跟。原來穿過松陰，就是摩雲洞口。女子跑進去，撲的把門關了。大聖卻纔收了金箍棒，停步看時，好所在：

樹林森密，崖削崚嶒。薜蘿陰冉冉，蘭蕙味馨馨。流泉漱玉穿修竹，巧石知機帶落英。煙霞籠遠岫，日月照雲屏。龍吟虎嘯，鶴唳鶯鳴。一片清幽真可愛，琪花瑤草景常明。不亞天台仙洞，勝如海上蓬瀛。

且不言行者這裡觀看景致。卻說那女子跑得粉汗淋淋，諕得蘭心吸吸，徑入書房裡面。原來牛魔王正在那裡靜玩丹書。這女子沒好氣，倒在懷裡，抓耳撓腮，放聲大哭。牛王滿面陪笑道：「美人，休

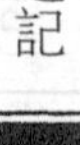

得煩惱。有甚話說？」那女子跳天索地，口中罵道：「潑魔害殺我也！」牛王笑道：「你為甚事罵我？」女子道：「我因父母無依，招你護身養命。江湖中說你是條好漢，原來是個懼內的庸夫！」牛王聞說，將女子抱住道：「美人，我有那些不是處，你且慢慢說來，我與你陪禮。」女子道：「適纔我在洞外閑步花陰，折蘭採蕙，忽有一個毛臉雷公嘴的和尚，猛地前來施禮，把我嚇了個呆掙②。及定性問是何人，他說是鐵扇公主央他來請牛魔王的。被我說了兩句，他倒罵了我一場，將一根棍子，趕著我打。若不是走得快些，幾乎被他打死！這不是招你為禍？害殺我也！」牛王聞言，卻與他整容陪禮，溫存良久，女子方纔息氣。魔王卻發狠道：「美人在上，不敢相瞞。那芭蕉洞雖是僻靜，卻清幽自在。我山妻自幼修持，也是個得道的女仙，卻是家門嚴謹，內無一尺之童，焉得有雷公嘴的男子央求，這想是那裡來的怪妖，或者假綽名聲，至此訪我。等我出去看看。」

好魔王，拽開步，出了書房，上大廳取了披掛，結束了。拿了一條混鐵棍，出門高叫道：「是誰人在我這裡無狀？」行者在旁，見他那模樣，與五百年前又大不同。只見：

頭上戴一頂水磨銀亮熟鐵盔，身上貫一副絨穿錦繡黃金甲，足下踏一雙捲尖粉底麂皮靴，腰間束一條攢絲三股獅蠻帶。一雙眼光如明鏡，兩道眉豔似紅霓。口若血盆，齒排銅板。吼聲響震山神怕，行動威風惡鬼慌。四海有名稱混世，西方大力號魔王。

這大聖整衣上前，深深的唱個大喏道：「長兄，還認得小弟麼？」牛王答禮道：「你是齊天大聖孫悟

②呆掙——不知所措的樣子。「掙」借作「怔」。

空麼？」大聖道：「正是，正是，一向久別未拜。適纔到此問一女子，方得見兄。丰采果勝常，可賀也！」牛王喝道：「且休巧舌！我聞你鬧了天宮，被佛祖降壓在五行山下，近解脫天災，保護唐僧西天見佛求經，怎麼在號山枯松澗火雲洞把我小兒牛聖嬰害了？正在這裡惱你，你卻怎麼又來尋我？」大聖作禮道：「長兄勿得誤怪小弟。當時令郎捉住吾師，要食其肉，小弟近他不得，幸觀音菩薩欲救我師，勸他歸正。現今做了善財童子，比兄長還高，享極樂之門堂，受逍遙之永壽，有何不可，返怪我耶？」牛王罵道：「這個乖嘴的猢猻！害子之情，被你說過；你纔欺我愛妾，打上我門何也？」大聖笑道：「我因拜謁長兄不見，向那女子拜問，不知就是二嫂嫂；因他罵了我幾句，是小弟一時粗鹵，驚了嫂嫂。望長兄寬恕寬恕！」牛王道：「既如此說，我看故舊之情，饒你去罷。」

大聖道：「既蒙寬恩，感謝不盡；但尚有一事奉瀆，萬望周濟周濟。」牛王罵道：「這猢猻不識起倒！饒了你，倒還不走，反來纏我！甚麼周濟周濟！」大聖道：「實不瞞長兄。小弟因保唐僧西進，路阻火燄山，不能前進。詢問土人，知尊嫂羅剎女有一柄芭蕉扇，欲求一用。昨到舊府，奉拜嫂嫂，嫂嫂堅執不借，是以特求長兄。望兄長開天地之心，同小弟到大嫂處一行，千萬借扇搧滅火燄，保得唐僧過山，即時完璧。」牛王聞言，心如火發，咬響鋼牙罵道：「你說你不無禮，你原來是借扇之故！一定先欺我山妻，山妻想是不肯，故來尋我！且又趕我愛妾！常言道：『朋友妻，不可欺；朋友妾，不可滅。』你既欺我妻，又滅我妾，多大無禮！上來喫我一棍！」大聖道：「哥要說打，弟也不懼。但求寶貝，是我真心。萬乞借我使使！」牛王道：「你若三合敵得我，我著山妻借你；如敵不過，打死你，與我雪恨！」大聖道：「哥說得是。小弟這一向疏懶，不曾與兄相會，不知這幾年武藝比昔日

聯經出版事業公司　校印

如何，我兄弟們請演演棍看。」這牛王那容分說，掣混鐵棍，劈頭就打。這大聖持金箍棒，隨手相近。兩個這場好鬥：

金箍棒，混鐵棍，變臉不以朋友論。那個說：「正怪你這猢猻害子情！」這個說：「你令郎已得道休嗔恨！」那個說：「你無知怎敢上我門？」這個說：「我有因特地來相問。」一個要求扇子保唐僧，一個不借芭蕉忒鄙吝。語去言來失舊情，舉家無義皆生忿。牛王棍起賽蛟龍，大聖棒迎神鬼遁。初時爭鬥在山前，後來齊駕祥雲進。半空之內顯神通，五彩光中施妙運。兩條棍響振天關，不見輸贏皆傍寸。

這大聖與那牛王鬥經百十回合，不分勝負。正在難解難分之際，只聽得山峰上有人叫道：「牛爺爺，我大王多多拜上，幸賜早臨，好安座也。」牛王聞說，使混鐵棍支住金箍棒，叫道：「猢猻，你且住了，等我去一個朋友家赴會來者！」言畢，按下雲頭，徑至洞裡。對玉面公主道：「美人，纔那雷公嘴的男子乃孫悟空猢猻，被我一頓棍打走了，再不敢來。你放心耍子。我到一個朋友處喫酒去也。」他纔卸了盔甲，穿一領鴉青剪絨襖子，走出門，跨上「辟水金睛獸」，著小的們看守門庭，半雲半霧，一直向西北方而去。

大聖在高峰上看著，心中暗想道：「這老牛不知又結識甚麼朋友，往那裡去赴會。等老孫跟他走走。」好行者，將身晃一晃，變作一陣清風趕上，隨著同走。不多時，到了一座山中，那牛王寂然不見。大聖聚了原身，入山尋看，那山中有一面清水深潭，潭邊有一座石碣，碣上有六個大字，乃「亂石山碧波潭」。大聖暗想道：「老牛斷然下水去了。水底之精，若不是蛟精，定是龍精、魚精，或龜鼈黿鼉

聯經出版事業公司校印

之精。等老孫也下水去看看。」

好大聖，捻著訣，念個呪語，搖身一變，變作一個螃蟹，不大不小的，有三十六斤重。撲的跳在水中，徑沉潭底。忽見一座玲瓏剔透的牌樓，樓下拴著個辟水金睛獸。進牌樓裡面，卻就沒水。大聖爬進去，仔細看時，只見那壁廂一派音樂之聲，但見：

朱宮貝闕，與世不殊。黃金為屋瓦，白玉作門樞。屏開玳瑁甲，檻砌珊瑚珠。祥雲瑞靄輝蓮座，上接三光下入衢。非是天宮并海藏，果然此處賽蓬壺。高堂設宴羅賓主，大小官員冠冕珠。忙呼玉女捧牙槃，催喚仙娥調律召。長鯨鳴，巨蟹舞，鱉吹笙，鼉擊鼓，驪頷之珠照樽俎。鳥篆之文列翠屏，蝦鬚之簾掛廊廡。八音迭奏雜仙韶，宮商響徹遏雲霄。青頭鱸妓撫瑤瑟，紅眼馬郎品玉簫。鱖婆頂獻香獐脯，龍女頭簪金鳳翹。喫的是，天廚八寶珍羞味；飲的是，紫府瓊漿熟醞醪。

那上面坐的是牛魔王，左右有三四個蛟精，前面坐著一個老龍精，兩邊乃龍子、龍孫、龍婆、龍女。正在那裡觥籌交錯之際，孫大聖一直走將上去，被老龍看見，即命：「拿下那個野蟹來！」龍子、龍孫一擁上前，把大聖拿住。大聖忽作人言，叫：「饒命！饒命！」老龍道：「你是那裡來的野蟹？怎麼敢上廳堂，在尊客之前，橫行亂走？快早供來，免汝死罪！」好大聖，假捏虛言，對眾供道：

「生自湖中為活，傍崖作窟權居。蓋因日久得身舒，官受橫行介士。踏草拖泥落索③，從來未習行儀。不知法度冒王威，伏望尊慈恕罪！」

③落索——連綿不斷。

座上眾精聞言，都拱身對老龍作禮道：「蟹介士初入瑤宮，不知王禮，望尊公饒他去罷。」老龍稱謝了。眾精即教：「放了那廝，且記打，外面伺候。」大聖應了一聲，往外逃命，徑至牌樓之下。心中暗想道：「這牛王在此貪杯，那裡等得他散？……就是散了，也不肯借扇與我。不如偷了他的金睛獸，變做牛魔王，去哄那羅剎女，騙他扇子，送我師父過山為妙。……」

好大聖，即現本像，將金睛獸解了韁繩，撲一把跨上雕鞍，徑直騎出水底。到於潭外，將身變作牛王模樣。打著獸，縱著雲，不多時，已至翠雲山芭蕉洞口。叫聲：「開門！」那洞門裡有兩個女童，聞得聲音，開了門，看見是牛魔王嘴臉，即入報：「奶奶，爺爺來家了。」那羅剎聽言，忙整雲鬟，急移蓮步，出門迎接。這大聖下雕鞍，牽進金睛獸；弄大膽，誆騙女佳人。羅剎女肉眼，認他不出，即攜手而入。著丫鬟設座看茶，一家子見是主公，無不敬謹。

須臾間，敘及寒溫。牛王道：「夫人久闊。」羅剎道：「大王萬福。」又云：「大王寵幸新婚，拋撇奴家，今日是那陣風兒吹你來的？」大聖笑道：「非敢拋撇，只因玉面公主招後，家事繁冗，朋友多顧，是以稽留在外；卻也又治得一個家當了。」又道：「近聞悟空那廝，保唐僧，將近火燄山界，恐他來問你借扇子。我恨那廝害子之仇未報，但來時，可差人報我，等我拿他，分屍萬段，以雪我夫妻之恨。」羅剎聞言，滴淚告道：「大王，常言說：『男兒無婦財無主，女子無夫身無主。』我的性命，險些兒被這猢猻害了！」大聖聽得，故意發怒，罵道：「那潑猴幾時過去了？」羅剎道：「還未去。昨日到我這裡借扇子，我因他害孩兒之故，披掛了，輪寶劍出門，就砍那猢猻。他忍著疼，叫我做嫂嫂，說大王曾與他結義。」大聖道：「是五百年前曾拜為七弟兄。」羅剎道：「被我罵也不敢回

聯經出版事業公司校印

言，砍也不敢動手，後被我一扇子搧去；不知在那裡尋得個定風法兒，今早又在門外叫喚。是我又使扇搧，莫想得動。急輪劍砍時，他就不讓我了。我怕他棒重，就走入洞裡，緊關上門。不知他又從何處鑽在我肚腹之內，險被他害了性命！是我叫他幾聲叔叔，將扇與他去也。」大聖又假意搥胸道：「可惜！可惜！夫人錯了，怎麼就把這寶貝與那猢猻？惱殺我也！」

羅剎笑道：「大王息怒。與他的是假扇，但哄他去了。」大聖問：「真扇在於何處？」羅剎道：「放心！放心！我收著哩。」叫丫鬟整酒接風賀喜。遂擎杯奉上道：「大王，燕爾新婚，千萬莫忘結髮，且吃一杯鄉中之水。」大聖不敢不接，只得笑吟吟，舉觴在手道：「夫人先飲。我因圖治外產，久別夫人，早晚蒙護守家門，權為酬謝。」羅剎復接杯斟起，遞與大王道：「自古道：『妻者，齊也。』夫乃養身之父，謝甚麼？」他兩人謙謙講講，方才坐下巡酒。大聖不敢破葷，只吃幾個果子，與他言言語語。

酒至數巡，羅剎覺有半酣，色情微動，就和孫大聖挨挨擦擦，搭搭拈拈；攜著手，俏語溫存；並著肩，低聲俯就。將一杯酒，你喝一口，我喝一口，卻又哺果。大聖假意虛情，相陪相笑；沒奈何，也與他相倚相偎。果然是：

釣詩鉤，掃愁帚，破除萬事無過酒。男兒立節放襟懷，女子忘情開笑口。面赤似夭桃，身搖如嫩柳。絮絮叨叨話語多，捻捻掐掐風情有。時見掠雲鬢，又見輪尖手。幾番常把腳兒蹺，數次每將衣袖抖。粉項自然低，蠻腰漸覺扭。合歡言語不曾丟，酥胸半露鬆金鈕。醉來真個玉山④頹，餳

④玉山頹——玉山崩，形容酒醉的樣子。

眼摩娑幾弄醜。

大聖見他這等酣然，暗自留心，挑鬥道：「夫人，真扇子你收在那裡？早晚仔細。但恐孫行者變化多端，卻又來騙去。」羅剎笑嘻嘻，口中吐出，只有一個杏葉兒大小，遞與大聖道：「這個不是寶貝？」大聖接在手中，卻又不信，暗想著：「這些些兒，怎生搧得火滅？……怕又是假的。」羅剎見他看著寶貝沉思，忍不住上前，將粉面搵在行者臉上，叫道：「親親，你收了寶貝喫酒罷。只管出神想甚麼哩？」大聖就趁腳兒蹺，問他一句道：「這般小小之物，如何搧得八百里火燄？」羅剎酒陶真性，無忌憚，就說出方法道：「大王，與你別了二載，你想是晝夜貪歡，被那玉面公主弄傷了神思；怎麼自家的寶貝事情，也都忘了？──只將左手大指頭捻著那柄兒上第七縷紅絲，念一聲『呬噓呵吸嘻吹呼』，即長一丈二尺長短。這寶貝變化無窮！那怕他八萬里火燄，可一扇而消也。」

大聖聞言，切切記在心上。卻把扇兒也噙在口裡，把臉抹一抹，現了本像。厲聲高叫道：「羅剎女！你看看我可是你親老公！就把我纏了這許多醜勾當！不羞！不羞！」那女子一見是孫行者，慌得推倒桌席，跌落塵埃，羞愧無比，只叫：「氣殺我也！氣殺我也！」

這大聖不管他死活，捽脫手，拽大步，逕出了芭蕉洞。正是無心貪美色，得意笑顏回。將身一縱，踏祥雲，跳上高山，將扇子吐出來，演演方法。將左手大指頭捻著那柄上第七縷紅絲，念了一聲「呬噓呵吸嘻吹呼」，果然長了有一丈二尺長短。拿在手中，仔細看了一看，比前番假的果是不同，只見祥光晃晃，瑞氣紛紛，上有三十六縷紅絲，穿經度絡，表裡相聯。原來行者只討了個長的方法，不曾討他個小的口訣，左右只是那等長短。沒奈何，只得㩳在肩上，找舊路而回，不題。

卻說那牛魔王在碧波潭底與眾精散了筵席，出得門來，不見了辟水金睛獸。老龍王聚眾精問道：「是誰偷放牛爺的金睛獸也？」眾精跪下道：「沒人敢偷。我等俱在筵前供酒捧盤，供唱奏樂，更無一人在前。」老龍道：「家樂兒斷乎不敢，可曾有甚生人進來？」龍子、龍孫道：「適纔安座之時，有個蟹精到此。那個便是生人。」牛王聞說，頓然省悟道：「不消講了！早間賢友著人邀我時，有個孫悟空保唐僧取經，路遇火燄山難過，曾問我求借芭蕉扇。我不曾與他，他和我賭鬥一場，未分勝負，我卻丟了他，徑赴盛會。那猴子千般伶俐，萬樣機關⑤，斷乎是那廝變作蟹精，來此打探消息，偷了我獸，去山妻處騙了那一把芭蕉扇兒也！」眾精見說，一個個膽戰心驚，問道：「可是那大鬧天宮的孫悟空麼？」牛王道：「正是。列公若在西天路上，有不是處，切要躲避他些兒。」老龍道：「似這般說，大王的駿騎，卻如之何？」牛王笑道：「不妨，不妨。列公各散，等我趕他去來。」

遂而分開水路，跳出潭底，駕黃雲，徑至翠雲山芭蕉洞。只聽得羅剎女跌腳捶胸，大呼小叫。推開門，又見辟水金睛獸拴在下邊，牛王高叫：「夫人，孫悟空那廂去了？」眾女童看見牛魔，一齊跪下道：「爺爺來了？」羅剎女扯住牛王，磕頭撞腦，口裡罵道：「潑老天殺的！怎樣這般不謹慎，著那猢猻偷了金睛獸，變作你的模樣，到此騙我！」牛王切齒道：「猢猻那廂去了？」羅剎捶著胸膛罵道：「那潑猴賺了我的寶貝，現出原身走了！氣殺我也！」牛王道：「夫人保重，勿得心焦。等我趕上猢猻，奪了寶貝，剝了他皮，剉碎他骨，擺出他的心肝，與你出氣！」叫：「拿兵器來！」女童道：「爺

⑤機關——陰謀、祕密計畫。

爺的兵器，不在這裡。」牛王道：「拿你奶奶的兵器來罷！」侍婢將兩把青鋒寶劍捧出。牛王脫了那赴宴的鴉青絨襖，束一束貼身的小衣，雙手綽劍，走出芭蕉洞，徑奔火燄山上趕來。正是那：忘恩漢，騙了痴心婦；烈性魔，來近木叉人。畢竟不知此去吉凶如何，且聽下回分解。

聯經出版事業公司 校印

第六十一回　豬八戒助力敗魔王　孫行者三調芭蕉扇

話表牛魔王趕上孫大聖，只見他肩膊上掮著那柄芭蕉扇，怡顏悅色而行。魔王大驚道：「猢猻原來把運用的方法兒也叨餂①得來了。我若當面問他索取，他定然不與。倘若搧我一扇，要去十萬八千里遠，卻不遂了他意？我聞得唐僧在那大路上等候。他二徒弟豬精，三徒弟沙流精，我當年做妖怪時，也曾會他，且變作豬精的模樣，返騙他一場。料猢猻以得意為喜，必不詳細提防。」好魔王，他也有七十二變，武藝也與大聖一般，只是身子狼犺些，欠鑽疾，不活達②些；把寶劍藏了，念個呪語，搖身一變，即變作八戒一般嘴臉，抄下路，當面迎著大聖，叫道：「師兄，我來也！」

這大聖果然歡喜。古人云：「得勝的貓兒歡似虎」也，只倚著強能，更不察來人的意思。見是個八

①叨餂——同「饕餮」。這裡作欺騙解釋。

②活達——靈便、活便的意思。

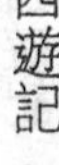

戒的模樣，便就叫道：「兄弟，你往那裡去？」牛魔王綽著經兒道：「師父見你許久不回，恐牛魔王手段大，你鬥他不過，難得他的寶貝，教我來迎你的。」行者笑道：「不必費心，我已得了手了。」牛王又問道：「你怎麼得的？」行者道：「那老牛與我戰經百十合，不分勝負。他就撇了我，去那亂石山碧波潭底，與一夥蛟精、龍精飲酒。是我暗跟他去，變作個螃蟹，偷了他所騎的辟水金睛獸，變了老牛的模樣，徑至芭蕉洞哄那羅剎女。那女子與老孫結了一場乾夫妻，是老孫設法騙將來的。」牛王道：「卻是生受③了。哥哥勞碌太甚，可把扇子我拿。」孫大聖那知真假，也慮不及此，遂將扇子遞與他。

原來那牛王他知那扇子收放的根本，接過手，不知捻個甚麼訣兒，依然小似一片杏葉，現出本像。開言罵道：「潑猢猻！認我得麼？」行者見了，心中自悔道：「是我的不是了！」恨了一聲，跌足高呼道：「咦！逐年家打鴈，今卻被小鴈兒鵮了眼睛。」狠得他爆躁如雷，掣鐵棒，劈頭便打，那魔王就使扇子搧他一下；不知那大聖先前變蟭蟟蟲入羅剎女腹中之時，將定風丹噙在口裡，不覺的嚥下肚裡，所以五臟皆牢，皮骨皆固；憑他怎麼搧，再也搧他不動。牛王慌了，把寶貝丟入口中，雙手輪劍就砍。那兩個在那半空中，這一場好殺：

齊天孫大聖，混世潑牛王，只為芭蕉扇，相逢各騁強。粗心大聖將人騙，大膽牛王把扇誆。這一個，金箍棒起無情義；那一個，雙刃青鋒有智量。大聖施威噴彩霧，牛王放潑吐毫光。齊鬥勇，兩不良，咬牙剉齒氣昂昂。播土揚塵天地暗，飛砂走石鬼神藏。這個說：「你敢無知返騙我！」

③生受——說自己的時候，是受苦、受罪的意思，即活受罪的省詞；對他人而言，是難為、有勞的意思。

那個說：「我妻許你共相將！」言村語潑，性烈情剛。那個說：「你哄人妻女真該死！告到官司有罪殃！」伶俐的齊天聖，兇頑的大力王，一心只要殺，更不待商量。棒打劍迎齊努力，有些鬆慢見閻王。

且不說他兩個相鬥難分。卻表唐僧坐在途中，一則火氣蒸人，二來心焦口渴，對火燄山土地道：「敢問尊神，那牛魔王法力如何？」土地道：「那牛王神通不小，法力無邊，正是孫大聖的敵手。」三藏道：「悟空是個會走路的，往常家二千里路，一霎時便回，怎麼如今去了一日？斷是與牛王賭鬥。」叫：「悟能、悟淨！你兩個，那一個去迎你師兄一迎？倘或遇敵，就當用力相助，求得扇子來，解我煩躁，早早過山，趕路去也。」八戒道：「今日天晚，我想著要去接他，但只是不認得積雷山路。」土地道：「小神認得。且教捲簾將軍與你師父做伴，我與你去來。」三藏大喜道：「有勞尊神，功成再謝。」

那八戒抖擻精神，束一束皂錦直裰，搴著鈀，即與土地縱起雲霧，徑向東方而去。正行時，忽聽得喊殺聲高，狂風滾滾。八戒按住雲頭看時，原來孫行者與牛王廝殺哩。土地道：「天蓬不上前，還待怎的？」獃子掣釘鈀，厲聲高叫道：「師兄，我來也！」行者恨道：「你這夯貨，誤了我多少大事！」八戒道：「師父教我來迎你，因認不得山路，商議良久，教土地引我，故此來遲；如何誤了大事？」行者道：「不是怪你來遲。這潑牛十分無禮！我向羅刹處弄得扇子來，卻被這廝變作你的模樣，口稱迎我，我一時歡悅，轉把扇子遞在他手，他卻現了本像，與老孫在此比併，所以誤了大事也。」八戒聞言大怒。舉釘鈀，當面罵道：「我把你這血皮脹的遭瘟！你怎敢變作你祖宗的模樣，騙我師兄，使我兄弟不睦！」你看他沒頭沒臉的使釘鈀亂築。那牛王，一則是與行者鬥了一日，力倦神疲；二則是見八戒的釘鈀兇猛，遮架不住，敗陣就走。只見那火燄山土地，帥領陰兵，當面攩住道：「大力王，且住手。唐三藏西天取經，無神不保，無天不佑，三界通知，十方擁護。快將芭蕉扇來搧息火燄，教他無災無障，早過山去；不然，上天責你罪愆，定遭誅也。」牛王道：「你這土地，全不察理！那潑猴奪我子，欺我妾，騙我妻，番番無道，我恨不得囫圇吞他下肚，化作大便喂狗，怎麼肯將寶貝借他！」說不了，八戒趕上罵道：「我把你個結心癀④！快拿出扇來，饒你性命！」那牛王只得回頭，使寶劍又戰八戒。孫大聖舉棒相幫。這一場在那裡好殺：

成精豕，作怪牛，兼上偷天得道猴。禪性自來能戰煉，必當用土合元由。釘鈀九齒尖還利，寶劍雙鋒快更柔。鐵棒捲舒為主仗，土神助力結丹頭。三家刑剋相爭競，各展雄才要運籌。捉牛耕地金錢長，喚豕歸爐木氣收。心不在焉何作道，神常守舍要拴猴。胡亂嚷，苦相求，三般兵刃響颼颼。鈀築劍傷無好意，金箍棒起有因由。只殺得星不光兮月不皎，一天寒霧黑悠悠！

那魔王奮勇爭強，且行且鬥，鬥了一夜，不分上下，早又天明。前面是他的積雷山摩雲洞口，他三個與土地、陰兵，又喧嘩振耳，驚動那玉面公主，喚丫鬟看是那裡人嚷。只見守門小妖來報：「是我家爺爺與昨日那雷公嘴漢子並一個長嘴大耳的和尚同火燄山土地等眾廝殺哩！」玉面公主聽言，即命外護的大小頭目，各執鎗刀助力。前後點起七長八短，有百十餘口。一個個賣弄精神，拈鎗並棒，齊告：「大王爺爺，我等奉奶奶內旨，特來助力也！」牛王大喜道：「來得好！來得好！」眾妖一齊上前亂

④結心癀——牛病的一種，症狀是膽汁凝結成粒狀或塊，一般稱為牛黃。這裡是詛咒生病的意思。

砍。八戒措手不及，倒拽著鈀，敗陣而走。大聖縱觔斗雲，跳出重圍，眾陰兵亦四散奔走。老牛得勝，聚群妖歸洞，緊閉了洞門不題。

行者道：「這廝驍勇！自昨日申時前後，與老孫戰起，直到今夜，未定輸贏，卻得你兩個來接力。如此苦鬥半日一夜，他更不見勞困，纔這一夥小妖，卻又莽壯。他將洞門緊閉不出，如之奈何？」八戒道：「哥哥，你昨日巳時離了師父，怎麼到申時纔與他鬥起？你那兩三個時辰，在那裡的？」行者道：「別你後，頃刻就到這座山上，見一個女子，問訊，原來就是他愛妾玉面公主，被我使鐵棒諕他一諕，他就跑進洞，叫出那牛王來。與老孫劖言劖語⑤，嚷了一會，又與他交手，鬥了有一個時辰。正打處，有人請他赴宴去了。是我跟他到那亂石山碧波潭底，變作一個螃蟹，探了消息，偷了他辟水金睛獸，假變牛王模樣，復至翠雲山芭蕉洞騙了羅刹女，哄得他扇子。出門試演試演方法，把扇子弄長了，只是不會收小。正掮了走處，被他假變做你的嘴臉，返騙了去。故此耽擱兩三個時辰也。」八戒道：「這正是俗語云：『大海裡翻了豆腐船，湯裡來，水裡去。』如今難得他扇子，如何保得師父過山？且回去，轉路走他娘罷！」土地道：「大聖休焦惱，天蓬莫懈怠。但說轉路，就是入了傍門，不成個修行之類，古語云：『行不由徑』，豈可轉走？你那師父，在正路上坐著，眼巴巴只望你們成功哩！」行者發狠道：「正是，正是！獃子莫要胡談！土地說得有理。我們正要與他：

賭輸贏，弄手段，等我施為地煞變。自到西方無對頭，牛王本是心猿變。

⑤劖言劖語——一作劖言訕語，即諷刺譏笑。

今番正好會源流，斷要相持借寶扇。趁清涼，息火燄，打破頑空參佛面。
行滿超昇極樂天，大家同赴龍華宴！」

那八戒聽言，便生努力。慇懃道：

「是，是，是！去，去，去！管甚牛王會不會，木生在亥配為豬，牽轉牛兒歸土類。申下生金本是猴，無刑無剋多和氣。用芭蕉，為水意，燄火消除成既濟。晝夜休離苦盡功，功完趕赴『盂蘭會』。」

他兩個領著土地、陰兵一齊上前，使釘鈀，輪鐵棒，乒乒乓乓，把一座摩雲洞的前門，打得粉碎。諕得那外護頭目，戰戰兢兢，闖入裡邊報道：「大王！孫悟空率眾打破前門也！」那牛王正與玉面公主備言其事，懊恨孫行者哩。聽說打破前門，十分發怒，急披掛，拿了鐵棍，從裡邊罵出來道：「潑猢猻！你是多大個人兒，敢這等上門撒潑，打破我門扇？」八戒近前亂罵道：「潑老剝皮！你是個甚樣人物，敢量那個大小！不要走！看鈀！」牛王喝道：「你這個饢糟食的夯貨，不見怎的！快叫那猴兒上來！」行者道：「不知好歹的飼草⑥！我昨日還與你論兄弟，今日就是仇人了！仔細喫吾一棒！」那牛王奮勇而迎。這場比前番更勝。三個英雄，廝混在一處，好殺：

釘鈀鐵棒逞神威，同帥陰兵戰老犧。犧牲獨展兇強性，遍滿同天法力恢。使鈀築，著棍搖，鐵棒英雄又出奇。三般兵器叮噹響，隔架遮攔誰讓誰？他道他為首，我道我奪魁。土兵為證難分解，

⑥飼草——罵人的話，指吃草的貨、吃草的畜牲。

木土相煎上下隨。這兩個說：「你如何不借芭蕉扇！」那一個道：「你焉敢欺心騙我妻！趕妾害兒仇未報，敲門打戶又驚疑！」這個說：「你仔細提防如意棒，擦著些兒就破皮！」那個說：「好生躲避鈀頭齒，一傷九孔血淋漓！」牛魔不怕施威猛，鐵棍高擎有見機。翻雲覆雨隨來往，吐霧噴風任發揮。恨苦這場都拚命，各懷惡念喜相持。丟架手，讓高低，前迎後攩總無虧。兄弟二人齊努力，單身一棍獨施為。卯時戰到辰時後，戰罷牛魔束手回。

他三個舍死忘生，又鬥有百十餘合。八戒發起獃性，仗著行者神通，舉鈀亂築。牛王遮架不住，敗陣回頭，就奔洞門。卻被土地、陰兵攔住洞門，喝道：「大力王，那裡走！吾等在此！」那老牛不得進洞，急抽身，又見八戒、行者趕來，慌得卸了盔甲，丟了鐵棍，搖身一變，變做一隻天鵝，望空飛走。

行者看見，笑道：「八戒！老牛去了。」那獃子漠然不知，土地亦不能曉，一個個東張西覷，只在積雷山前後亂找。行者指道：「那空中飛的不是？」八戒道：「那是一隻天鵝。」行者道：「正是老牛變的。」土地道：「既如此，卻怎麼好？」行者道：「你兩個打進此門，把群妖盡情勦除，拆了他的窩巢，絕了他的歸路，等老孫與他賭變化去。」那八戒與土地，依言攻破洞門不題。

這大聖收了金箍棒，捻訣念呪，搖身一變，變作一個海東青，颼的一翅，鑽在雲眼裡，倒飛下來，落在天鵝身上，抱住頸項嗛眼。那牛王也知是孫行者變化，急忙抖抖翅，變作一隻黃鷹，返來嗛海東青。行者又變作一個烏鳳，專一趕黃鷹。牛王識得，又變作一隻白鶴，長唳一聲，向南飛去。行者立定，抖抖翎毛，又變作一隻丹鳳，高鳴一聲。那白鶴見鳳是鳥王，諸禽不敢妄動，刷的一翅，淬下山崖，將身一變，變作一隻香獐，乜乜些些⑦，在崖前喫草。行者認得，也就落下翅來，變作一隻餓虎，剪尾跑蹄，要來趕獐作食。魔王慌了手腳，又變作一隻金錢花斑的大豹，要傷餓虎。行者見了，迎著風，把頭一晃，又變作一隻金眼狻猊，聲如霹靂，鐵額銅頭，復轉身要食大豹。牛王著了急，又變作一個人熊，放開腳，就來擒那狻猊。行者打個滾，就變作一隻賴象，鼻似長蛇，牙如竹筍，撒開鼻子，要去捲那人熊。

牛王嘻嘻的笑了一笑，現出原身，——一隻大白牛。頭如峻嶺，眼若閃光，兩隻角，似兩座鐵塔，牙排利刃。連頭至尾，有千餘丈長短；自蹄至背，有八百丈高下。——對行者高叫道：「潑猢猻！你如今將奈我何？」行者也就現了原身，抽出金箍棒來，把腰一躬，喝聲叫「長！」長得身高萬丈，頭如泰山，眼如日月，口似血池；牙似門扇，手執一條鐵棒，著頭就打。那牛王硬著頭，使角來觸。這一場，真個是撼嶺搖山，驚天動地！有詩為證。詩曰：

道高一尺魔千丈，奇巧心猿用力降。若得火山無烈燄，必須寶扇有清涼。

黃婆矢志扶元老，木母留情掃蕩妖。和睦五行歸正果，煉魔滌垢上西方。

他兩個大展神通，在半山中賭鬥，驚得那過往虛空，一切神眾與金頭揭諦、六甲六丁、一十八位護教伽藍都來圍困魔王。那魔王公然不懼，你看他東一頭，西一頭，直挺挺，光耀耀的兩隻鐵角，往來牴觸；南一撞，北一撞，毛森森，觔暴暴的一條硬尾，左右敲搖。孫大聖當面迎，眾多神四面打，牛王急了，就地一滾，復本像，便投芭蕉洞去。行者也收了法像，與眾多神隨後追襲。那魔王闖入洞裡，

⑦乜乜些些——形容癡癡呆呆的樣子。

聯經出版事業公司 校印

閉門不出。衆神把一座翠雲山圍得水洩不通。

正都上門攻打，忽聽得八戒與土地、陰兵嚷嚷而至。行者見了，問曰：「那摩雲洞事體如何？」八戒笑道：「那老牛的娘子，被我一鈀築死，剝開衣看，原來是個玉面狸精。那夥群妖，俱是些驢、騾、犢、特、貛、狐、狢、獐、羊、虎、麋、鹿等類。已此盡皆勦戮，又將他洞府房廊放火燒了。土地說他還有一處家小，住居此山，故又來這裡掃蕩也。」行者道：「賢弟有功。可喜！可喜！老孫空與那老牛賭變化，未曾得勝。他變做無大不大的白牛，我變了法天象地的身量。正和他牴觸之間，幸蒙諸神下降，圍困多時，他卻復原，走進洞去矣。」八戒道：「那可是芭蕉洞麼？」行者道：「正是！正是！羅剎女正在此間。」八戒發狠道：「既是這般，怎麼不打進去，勦除那廝，問他要扇子，倒讓他停留長智，兩口兒敘情！」

好獃子，抖擻威風，舉鈀照門一築，忽辣的一聲，將那石崖連門築倒了一邊。慌得那女童忙報：「爺爺！不知甚人把前門都打壞了！」牛王方跑進去，喘噓噓的，正告訴羅剎女與孫行者奪扇子賭鬥之事，聞報，心中大怒。就口中吐出扇子，遞與羅剎女。羅剎女接扇在手，滿眼垂淚道：「大王！把這扇子送與那猢猻，教他退兵去罷。」牛王道：「夫人呵，物雖小而恨則深。你且坐著，等我再和他比併去來。」那魔重整披掛，又選兩口寶劍，走出門來，正遇著八戒使鈀築門，老牛更不打話，掣劍劈頭便砍。八戒舉鈀迎著，向後倒退了幾步，出門來，早有大聖輪棒當頭。那牛魔即駕狂風，跳離洞府，又都在那翠雲山上相持。衆多神四面圍繞，土地兵左右攻擊，這一場，又好殺哩：

雲迷世界，霧罩乾坤。颯颯陰風砂石滾，巍巍怒氣海波渾。重磨劍二口，復掛甲全身。結冤深似海，懷恨越生嗔。你看齊天大聖因功績，不講當年老故人。八戒施威求扇子，眾神護法捉牛君。牛王雙手無停息，左遮右攩弄精神，只殺得那過鳥難飛皆斂翅，游魚不躍盡潛鱗；鬼泣神嚎天地暗，龍愁虎怕日光昏！

那牛王拚命捐軀，鬥經五十餘合，抵敵不住，敗了陣，往北就走。早有五臺山秘魔巖神通廣大潑法金剛阻住，喝道：「牛魔，你往那裡去！我蒙釋迦牟尼佛祖差來，佈列天羅地網，至此擒汝也！」正說間，隨後有大聖、八戒，眾神趕來，那魔王慌轉身，向南而走；又撞著峨眉山清涼洞法力無量勝至金剛攩住，喝道：「吾奉佛旨，在此正要拿你也！」牛王心慌腳軟，把身往東便走；卻逢著須彌山摩耳崖毘盧沙門大力金剛迎住，喝道：「老牛何往！我蒙如來密令，教來捕獲你也！」牛王又悚然而退，向西就走；又遇著崑崙山金霞嶺不壞尊王永住金剛敵住，喝道：「這廝又將安走！我領西天大雷音寺佛老親言，在此把截，誰放你也！」那老牛心驚膽戰，悔之不及。見那四面八方都是佛兵天將，真個似羅網高張，不能脫命。正在倉皇之際，又聞得行者帥眾趕來，他就駕雲頭，望上便走。

卻好有托塔李天王并哪吒太子，領魚肚藥叉、巨靈神將，幔住空中，叫道：「慢來！慢來！吾奉玉帝旨意，特來此勦除你也！」牛王急了，依前搖身一變，還變做一隻大白牛，使兩隻鐵角去觸天王。天王使刀來砍。隨後孫行者又到。哪吒太子厲聲高叫：「大聖，衣甲在身，不能為禮。愚父子昨日見佛如來，發檄奏聞玉帝，言唐僧路阻火燄山，孫大聖難伏牛魔王，玉帝傳旨，特差我父王領眾助力。」行者道：「這廝神通不小！又變作這等身軀，卻怎奈何？」太子笑道：「大聖勿疑，你看我擒他。」這太子即喝一聲「變！」變得三頭六臂，飛身跳在牛王背上，使斬妖劍望頸項上一揮，不覺得把個牛頭斬下。天王丟刀，卻纔與行者相見。那牛王腔子裡又鑽出一個頭來，口吐黑氣，眼放金光。被哪吒又砍一劍，頭落處，又鑽出一個頭來。一連砍了十數劍，隨即長出十數個頭。哪吒取出火輪兒掛在那老牛的角上，便吹真火，焰焰烘烘，把牛王燒得張狂哮吼，搖頭擺尾。纔要變化脫身，又被托塔天王將照妖鏡照住本像，騰挪不動，無計逃生，只叫：「莫傷我命！情願歸順佛家也！」哪吒道：「既惜身命，快拿扇子出來！」牛王道：「扇子在我山妻處收著哩。」

哪吒見說，將縛妖索子解下，跨在他那頸項上，一把拿住鼻頭，將索穿在鼻孔裡，用手牽來。孫行者卻會聚了四大金剛、六丁六甲、護教伽藍、托塔天王、巨靈神將并八戒、土地、陰兵，簇擁著白牛，回至芭蕉洞口，老牛叫道：「夫人，將扇子出來，救我性命！」羅剎聽叫，急卸了釵環，脫了色服，挽青絲如道姑，穿縞素似比丘，雙手捧那柄丈二長短的芭蕉扇子，走出門；又見有金剛眾聖與天王父子，慌忙跪在地下，磕頭禮拜道：「望菩薩饒我夫妻之命，願將此扇奉承孫叔叔成功去也！」行者近前接了扇，同大眾共駕祥雲，徑回東路。

卻說那三藏與沙僧，立一會，坐一會，盼望行者，許久不回，何等憂慮！忽見祥雲滿空，瑞光滿地，飄飄颻颻，各眾神行將近，這長老害怕道：「悟淨！那壁廂是誰神兵來也？」沙僧認得道：「師父呵！那是四大金剛、金頭揭諦、六甲六丁、護教伽藍與過往眾神。牽牛的是哪吒三太子。拿鏡的是托塔李天王。大師兄執著芭蕉扇，二師兄並土地隨後，其餘的都是護衛神兵。」三藏聽說，換了毘盧帽，穿了袈裟，與悟淨拜迎眾聖，稱謝道：「我弟子有何德能，敢勞列位尊聖臨凡也！」四大金剛道：「聖僧喜了，十分功行將完！吾等奉佛旨差來助你，汝當竭力修持，勿得須臾怠惰。」三藏叩齒⑧叩頭，受身受命。

孫大聖執著扇子，行近山邊，儘氣力揮了一扇。那火燄山平平息焰，寂寂除光；又搧一扇，只聞得習習瀟瀟，清風微動，第三扇，滿天雲漠漠，細雨落霏霏。有詩為證。詩曰：

火燄山遙八百程，火光大地有聲名。火煎五漏丹難熟，火燎三關道不清。
時借芭蕉施雨露，幸蒙天將助神功，牽牛歸佛休顛劣，水火相聯性自平。

此時三藏解燥除煩，清心了意，四眾皈依，謝了金剛，各轉寶山。六丁六甲，升空保護。過往神祇四散。天王、太子，牽牛徑歸佛地回繳。止有本山土地，押著羅剎女，在旁伺候。

行者道：「那羅剎，你不走路，還立在此等甚？」羅剎跪道：「萬望大聖垂慈，將扇子還了我罷。」八戒喝道：「潑賊人，不知高低，饒了你的性命，就彀了，還要討甚麼扇子！我們拿過山去，不會賣錢買點心喫？費了許多精神力氣，又肯與你！雨濛濛的，還不回去哩！」羅剎再拜道：「大聖原說搧息了火還我。今此一場，誠悔之晚矣。只因不倜儻⑨，致令勞師動眾。我等也修成人道，只是未歸正果。見今真身現象歸西，我再不敢妄作，願賜本扇，從立自新，修身養命去也。」土地道：「大聖！趁此女深知息火之法，斷絕火根，還他扇子，小神居此苟安，拯救這方生民，求些血食，誠為恩便。」行者道：「我當時問著鄉人說：『這山搧息火，只收得一年五穀，便又火發。』如何始得除根？」羅

⑧叩齒——向神靈禱告或立誓時，將自己牙齒嚼幾下。據說如此，才能發生效力。
⑨不倜儻——不爽快、不甘脆。

剎道：「要是斷絕火根，只消連搧四十九扇，永遠再不發了。」行者聞言，執扇子，使盡筋力，望山頭連搧四十九扇，那山上大雨淙淙。果然是寶貝：有火處下雨，無火處天晴。他師徒們立在這無火處，不遭雨濕。坐了一夜，次早纔收拾馬匹、行李，把扇子還了羅剎。又道：「老孫若不與你，恐人說我言而無信。你將扇子回山，再休生事。看你得了人身，饒你去罷！」那羅剎接了扇子，念個咒語，捏做個杏葉兒，噙在口裡，拜謝了眾聖，隱姓修行。後來也得正果，經藏中萬古流名。羅剎、土地，俱感激謝恩，隨後相送。行者、八戒、沙僧，保著三藏遂此前進，真個是身體清涼，足下滋潤。誠所謂：坎離既濟真元合，水火均平大道成。畢竟不知幾年纔回東土，且聽下回分解。

第六十二回　滌垢洗心惟掃塔　縛魔歸主乃修身

十二時中忘不得，行功百刻全收。五年十萬八千周，休教神水涸，莫縱火光愁。　水火調停無損處，五行聯絡如鉤。陰陽和合上雲樓，乘鸞登紫府，跨鶴赴瀛州。

這一篇詞，牌名〈臨江仙〉。單道唐三藏師徒四衆，水火既濟，本性清涼。借得純陰寶扇，搧息燥火遙山。不一日行過了八百之程。師徒們散誕逍遙①，向西而去。正值秋末冬初時序，見了些：

野菊殘英落，新梅嫩蕊生。村村納禾稼，處處食香羹。平林木落遠山現，曲澗霜濃幽壑清。應鍾氣，閉蟄營。純陰陽，月帝元溟；盛水德，舜日憐晴。地氣下降，天氣上升。虹藏不見影，池沼漸生冰。懸崖掛索藤花敗，松竹凝寒色更青。

四衆行彀多時，前又遇城池相近。唐僧勒住馬叫徒弟：「悟空，你看那廂樓閣崢嶸，是個甚麼去處？」

①散誕逍遙——自由自在的活動。

行者擡頭觀看，乃是一座城池。真個是：

龍蟠形勢，虎踞金城。四垂華蓋近，百轉紫墟平。玉石橋欄排巧獸，黃金臺座列賢明。真個是神州都會，天府瑤京。萬里邦畿固，千年帝業隆。蠻夷拱服君恩遠，海岳朝元聖會盈。御階潔淨，輦路清寧。酒肆歌聲鬧，花樓喜氣生。未央宮外長春樹，應許朝陽彩鳳鳴。

行者道：「師父，那座城池，是一國帝王之所。」八戒笑道：「天下府有府城，縣有縣城，怎麼就見是帝王之所？」行者道：「你不知帝王之居，與府縣自是不同。你看他四面有十數座門，週圍有百十餘里，樓臺高聳，雲霧繽紛。非帝京邦國，何以有此壯麗？」沙僧道：「哥哥眼明，雖識得是帝王之處，卻喚做甚麼名色？」行者道：「又無牌匾旌號，何以知之？須到城中詢問，方可知也。」

長老策馬，須臾到門。下馬過橋，進門觀看。只見六街三市，貨殖通財，又見衣冠隆盛，人物豪華。正行時，忽見有十數個和尚，一個個披枷戴鎖，沿門乞化，著實的藍縷不堪。三藏歎曰：「兔死狐悲，物傷其類。」叫：「悟空，你上前去問他一聲，為何這等遭罪？」行者依言，即叫：「那和尚，你是那寺裡的？為甚事披枷戴鎖？」眾僧跪倒道：「爺爺，我等是金光寺負屈的和尚。」行者道：「金光寺坐落何方？」眾僧道：「轉過隅頭就是。」行者將他帶在唐僧前，問道：「怎生負屈，你說我聽。」眾僧道：「爺爺，不知你們是那方來的，我等似有些面善。不敢在此奉告，請到荒山，具說苦楚。」長老道：「也是。我們且到他那寺中去，仔細詢問緣由。」同至山門，門上橫寫七個金字：「勅建護國金光寺」。師徒們進得門來觀看，但見那：

古殿香燈冷，虛廊葉掃風。凌雲千尺塔，養性幾株松。滿地落花無客過，簷前蛛網任攀籠。空架鼓，枉懸鐘，繪壁塵多彩像朦。講座幽然僧不見，禪堂靜矣鳥常逢。淒涼堪歎息，寂寞苦無窮。

佛前雖有香爐設，灰冷花殘事事空。

三藏心酸，止不住眼中出淚。眾僧們頂著枷鎖，將正殿推開，請長老上殿拜佛。長老進殿，奉上心香，叩齒三匝。卻轉於後面，見那方丈簷柱上又鎖著六七個小和尚，三藏甚不忍見。及到方丈，眾僧俱來叩頭，問道：「列位老爺像貌不一，可是東土大唐來的麼？」行者笑道：「這和尚有甚未卜先知之法？我們正是。你怎麼認得？」眾僧道：「爺爺，我等有甚未卜先知之法，只是痛負了屈苦，無處分明，日逐家只是叫天叫地。想是驚動天神，昨日夜間，各人都得一夢，說有個東土大唐來的聖僧，救得我等性命，庶此冤苦可伸。今日果見老爺這般異像，故認得也。」

三藏聞言大喜道：「你這裡是何地方？有何冤屈？」眾僧跪告：「爺爺，此城名喚祭賽國，乃西邦大去處。當年有四夷朝貢：南，月陀國；北，高昌國；東，西梁國；西，本鉢國。年年進貢美玉明珠，嬌妃駿馬。我這裡不動干戈，不去征討，他那裡自然拜為上邦。」三藏道：「既拜為上邦，想是你這國王有道，文武賢良。」眾僧道：「爺爺，文也不賢，武也不良，國君也不是有道。我這金光寺，自來寶塔上祥雲籠罩，瑞靄高升；夜放霞光，萬里有人曾見；晝噴彩氣，四國無不同瞻。故此以為天府神京，四夷朝貢。只是三年之前，孟秋朔日，夜半子時，下了一場血雨。天明時，家家害怕，戶戶生悲。眾公卿奏上國王，不知天公甚事見責。當時延請道士打醮，和尚看經，答天謝地。誰曉得我這寺裡黃金寶塔汙了，這兩年外國不來朝貢。我王欲要征伐，眾臣諫道：我寺裡僧人偷了塔上寶貝，所以無祥雲瑞靄，外國不朝。昏君更不察理。那些贓官，將我僧眾拿了去，千般拷打，萬樣追求。當時我這裡有三輩和尚：前兩輩已被拷打不過，死了；如今又捉我輩，問罪枷鎖。老爺在上，我等怎敢欺心，盜取塔中之寶！萬望爺爺憐念，方以類聚，物以群分，捨大慈大悲，廣施法力，拯救我等性命！」三藏聞言，點頭歎道：「這樁事暗昧難明。一則是朝廷失政，二來是汝等有災。既然天降血雨，汙了寶塔，那時節②何不啟本奏君，致令受苦？」眾僧道：「爺爺，我等凡人，怎知天意，況前輩俱未辨得，我等如何處之！」三藏道：「悟空，今日甚時分了？」行者道：「有申時前後。」三藏道：「我欲面君倒換關文，奈何這眾僧之事，不得明白，難以對君奏言。我當時離了長安，在法門寺裡立願：上西方逢廟燒香，遇寺拜佛，見塔掃塔。今日至此，遇有受屈僧人，乃因寶塔之累。你與我辦一把新笤帚，待我沐浴了，上去掃掃，即看這汙穢之事何如，不放光之故何如，訪著端的，方好面君奏言，解救他們這苦難也。」

這些枷鎖的和尚聽說，連忙去廚房取把廚刀遞與八戒道：「爺爺，你將此刀打開那柱子上鎖的小和尚鐵鎖，放他去安排齋飯香湯，伏侍老爺進齋沐浴。我等且上街化把新笤帚來與老爺掃塔。」八戒笑道：「開鎖有何難哉？不用刀斧，教我那一位毛臉老爺，他是開鎖的積年。」行者真個近前，使個解鎖法，用手一抹，幾把鎖俱退落下。那小和尚俱跑到廚中，淨刷鍋竈，安排茶飯。三藏師徒們喫了齋，漸漸天昏。只見那枷鎖的和尚，拿了兩把笤帚進來，三藏甚喜。

正說處，一個小和尚，點了燈來請洗澡。此時滿天星月光輝，譙樓上更鼓齊發。正是那：

②時節——時候。

聯經出版事業公司 校印

四壁寒風起，萬家燈火明。六街關戶牖，三市閉門庭。
釣艇歸深樹，耕犁罷短繩。樵夫柯斧歇，學子誦書聲。

三藏沐浴畢，穿了小袖褊衫，束了環縧，足下換一雙軟公鞋③，手裡拿一把新笤帚，對眾僧道：「你等安寢，待我掃塔去來。」行者道：「塔上既被血雨所汙，又況日久無光，恐生惡物；一則夜靜風寒，又沒個伴侶；自去，恐有差池。老孫與你同上如何？」三藏道：「甚好！甚好！」兩人各持一把，先到大殿上，點起琉璃燈，燒了香，佛前拜道：「弟子陳玄奘奉東土大唐差往靈山參見我佛如來取經，今至祭賽國金光寺，遇本僧言寶塔被汙，國王疑僧盜寶，啣冤取罪，上下難明。弟子竭誠掃塔，望我佛威靈，早示汙塔之原因，莫致凡夫之冤屈。」祝罷，與行者開了塔門，自下層望上而掃。只見這塔，真是：

崢嶸倚漢，突兀凌空。正喚做五色琉璃塔，千金舍利峰。梯轉如穿窟，門開似出籠。寶瓶影射天邊月，金鐸聲傳海上風。但見那虛簷拱斗，絕頂留雲。虛簷拱斗，作成巧石穿花鳳；絕頂留雲，造就浮屠遶霧龍。遠眺可觀千里外，高登似在九霄中。層層門上琉璃燈，有塵無火；步步簷前白玉欄，積垢飛蟲。塔心裡，佛座上，香煙盡絕；窗櫺外，神面前，蛛網牽朦。爐中多鼠糞，盞內少油鎔。只因暗失中間寶，苦殺僧人命落空。三藏發心將塔掃，管教重見舊時容。

唐僧用帚子掃了一層，又上一層。如此掃至第七層上，卻早二更時分。那長老漸覺困倦，行者道：「困了，你且坐下，等老孫替你掃罷。」三藏道：「這塔是多少層數？」行者道：「怕不有十三層哩。」

③軟公鞋——長筒皮靴。

聯經出版事業公司 校印

長老躭著勞倦道：「是必掃了，方趁本願。」又掃了三層，腰痠腿痛，就於十層上坐倒道：「悟空，你替我把那三層掃淨下來罷。」行者抖擻精神，登上第十一層，霎時又上到第十二層。正掃處，只聽得塔頂上有人言語。行者道：「怪哉！怪哉！這早晚有三更時分，怎麼得有人在這頂上言語？斷乎是邪物也！且看看去。」

好猴王，輕輕的挾著笤帚，撒起衣服，鑽出前門，踏著雲頭觀看。只見第十三層塔心裡坐著兩個妖精，面前放一盤下飯，一隻碗，一把壺，在那裡猜拳喫酒哩。行者使個神通，丟了笤帚，掣出金箍棒，攔住塔門，喝道：「好怪物，偷塔上寶貝的原來是你！」兩個怪物慌了，急起身，拿壺拿碗亂摜，被行者橫鐵棒攔住道：「我若打死你，沒人供狀。」只把棒逼將去。那怪貼在壁上，莫想掙扎得動。口裡只叫：「饒命！饒命！不干我事！自有偷寶貝的在那裡也。」行者使個拿法，一隻手抓將過來，逕拿下第十層塔中。報道：「師父，拿住個偷寶貝之賊了！」三藏正自盹睡，忽聞此言，又驚又喜道：「是那裡拿來的？」行者把怪物揪到面前跪下道：「他在塔頂上猜拳喫酒耍子，是老孫聽得喧嘩，一縱雲，跳到頂上攔住，未曾著力。但恐一棒打死，沒人供狀，故此輕輕捉來。師父可取他個口詞，看他是那裡妖精，偷的寶貝在於何處。」

那怪物戰戰兢兢，口叫：「饒命！」遂從實供道：「我兩個是亂石山碧波潭萬聖龍王差來巡塔的。他叫做奔波兒灞，我叫做灞波兒奔。他是鮎魚怪，我是黑魚精。因我萬聖老龍生了一個女兒，就喚做萬聖公主。那公主花容月貌，有二十分人才。招得一個駙馬，喚做九頭駙馬，神通廣大。前年與龍王來此，顯大法力，下了一陣血雨，汙了寶塔，偷了塔中的舍利子佛寶。公主又去大羅天上靈霄殿前，

聯經出版事業公司　校印

偷了王母娘娘的九葉靈芝草，養在那潭底下，金光霞彩，晝夜光明。近日聞得有個孫悟空往西天取經，說他神通廣大，沿路上專一尋人的不是，所以這些時常差我等來此巡攔。若還有那孫悟空到時，好准備也。」行者聞言，嘻嘻冷笑道：「那孽畜等這等無禮！怪道前日請牛魔王在那裡赴會，原來他結交這夥潑魔，專幹不良之事！」

說未了，只見八戒與兩三個小和尚，自塔下提著兩個燈籠，走上來道：「師父，掃了塔不去睡覺，在這裡講甚麼哩？」行者道：「師弟，你來正好。塔上的寶貝，乃是萬聖老龍偷了去。今著這兩個小妖巡塔，探聽我等來的消息，卻纔被我拿住也。」八戒道：「叫做甚麼名字，甚麼妖精？」行者道：「纔然供了口詞，一個叫奔波兒灞，一個叫灞波兒奔；一個是鮎魚怪，一個是黑魚精。」八戒掣鈀就打，道：「既是妖精，取了口詞，不打死待何時？」行者道：「你不知。且留著活的，好去見皇帝講話，又好做鑿眼④去尋賊追寶。」好獃子，真個收了鈀，一家一個，都抓下塔來。那怪只叫：「饒命！」八戒道：「正要你鮎魚、黑魚做些鮮湯，與那負冤屈的和尚喫哩！」

兩三個小和尚，喜喜歡歡，提著燈籠，引長老下了塔。一個先跑報眾僧道：「好了！好了！我們得見青天了！偷寶貝的妖怪，已是爺爺們捉將來矣！」行者教：「拿鐵索來，穿了琵琶骨，鎖在這裡。汝等看著，我們睡覺去，明日再做理會。」那些和尚都緊緊的守著，讓三藏們安寢。

不覺的天曉。長老道：「我與悟空入朝，倒換關文去來。」長老即穿了錦襴袈裟，戴了毘盧帽，整

④鑿眼——眼線。

東威儀，拽步前進。行者也束一束虎皮裙，整一整綿布直裰，取了關文同去。八戒道：「怎麼不帶這兩個妖賊去？」行者道：「待我們奏過了，自有駕帖著人來提他。」遂行至朝門外。看不盡那朱雀黃龍，清都絳闕。三藏到東華門，對閣門大使作禮道：「煩大人轉奏，貧僧是東土大唐差去西天取經者，意欲面君，倒換關文。」那黃門官果與通報，至階前奏道：「外面有兩個異容異服僧人，稱言南瞻部洲東土唐朝差往西方拜佛求經。欲朝我王，倒換關文。」

國王聞言，傳旨教宣。長老即引行者入朝。文武百官見了行者，無不驚怕。有的說是猴和尚，有的說是雷公嘴和尚。個個悚然，不敢久視。長老在階前舞蹈山呼的行拜，大聖叉著手，斜立在旁，公然不動。長老啟奏道：「臣僧乃南瞻部洲東土大唐國差來拜西方天竺國大雷音寺佛，求取真經者。路經寶方，不敢擅過。有隨身關文，乞倒驗方行。」那國王聞言大喜。傳旨教宣唐朝聖僧上金鑾殿，安繡墩賜坐。長老獨自上殿，先將關文捧上，然後謝恩敢坐。

那國王將關文看了一遍，心中喜悅道：「似你大唐王有疾，能選高僧，不避路途遙遠，拜佛取經；寡人這裡和尚，專心只是做賊，敗國傾君！」三藏聞言，合掌道：「怎見得敗國傾君？」國王道：「寡人這國，乃是西域上邦，常有四夷朝貢，皆因國內有個金光寺，寺內有座黃金寶塔，塔上有光彩沖天。近被本寺賊僧，暗竊了其中之寶，三年無有光彩，外國這三年也不來朝，寡人心痛恨之。」三藏合掌笑道：「萬歲，『差之毫釐，失之千里』矣。貧僧昨晚到於天府，一進城門，就見十數個枷紐之僧。問及何罪，他道是金光寺負冤屈者。因到寺細審，更不干本寺僧人之事：貧僧入夜掃塔，已獲那偷寶之妖賊矣。」國王大喜道：「妖賊安在？」三藏道：「現被小徒鎖在金光寺裡。」

聯經出版事業公司校印

那國王急降金牌：「著錦衣衛快到金光寺取妖賊來，寡人親審。」三藏又奏道：「萬歲，雖有錦衣衛，還得小徒去方可。」國王道：「高徒在那裡？」三藏用手指道：「那玉階旁立者便是。」國王見了，大驚道：「聖僧如此丰姿，高徒怎麼這等像貌？」孫大聖聽見了，厲聲高叫道：「陛下，『人不可貌相，海水不可斗量。』若愛丰姿者，如何捉得妖賊也？」國王聞言，回驚作喜道：「聖僧說的是。朕這裡不選人材，只要獲賊得寶歸塔為上。」再著當駕官看車蓋，教錦衣衛好生伏侍聖僧去取妖賊來。那當駕官即備大轎一乘，黃傘一柄，錦衣衛點起校尉，將行者八擡八綽，大聲喝路，徑至金光寺。自此驚動滿城百姓，無處無一人不來看聖僧及那妖賊。

八戒、沙僧聽得喝道，只說是國王差官，急出迎接，原來是行者坐在轎上。獃子當面笑道：「哥哥，你得了本身也！」行者下了轎，攙著八戒道：「我怎麼得了本身？」八戒道：「你打著黃傘，擡著八人轎，卻不是猴王之職分？故說你得了本身。」行者道：「且莫取笑。」遂解下兩個妖物，押見國王。沙僧道：「哥哥，也帶挈小弟帶挈。」行者道：「你只在此看守行李、馬匹。」那枷鎖之僧道：「爺爺們都去承受皇恩，等我們在此看守。」行者道：「既如此，我等去奏國王，卻來放你。」八戒揪著一個妖賊，沙僧揪著一個妖賊，孫大聖依舊坐了轎，擺開頭搭⑤，將兩個妖怪押赴當朝。須臾，至白玉階，對國王道：「那妖賊已取來了。」國王遂下龍床，與唐僧及文武多官，同目視之。那怪一個是暴腮烏甲，尖嘴利牙；一個是滑皮大肚，巨口長鬚。雖然是有足能行，大抵是變成的人像。

⑤頭搭——即「頭踏」，官員出行時的前導儀仗隊。

國王問曰：「你是何方賊怪，那處妖精，幾年侵吾國土，何年盜我寶貝，一夥一共有多少賊徒，都喚做甚麼名字，從實一一供來！」二怪朝上跪下，頸內血淋淋的，更不知疼痛。供道：「三載之外，七月初一，有個萬聖龍王，率領許多親戚，住居在本國東南，離此處路有百十。潭號碧波，山名亂石。生女多嬌，妖嬈美色。招贅一個九頭駙馬，神通無敵。他知你塔上珍奇，與龍王合盤⑥做賊，先下血雨一場，後把舍利偷訖。見如今照耀龍宮，縱黑夜明如白日。公主施能，寂寂密密，又偷了王母靈芝，在潭中溫養寶物。我兩個不是賊頭，乃龍王差來小卒。今夜被擒，所供是實。」國王道：「既取了供，如何不供自家名字？」那怪道：「我喚做奔波兒灞，他喚做灞波兒奔。奔波兒灞是個鮎魚怪，灞波兒奔是個黑魚精。」國王教錦衣衛好生收監。傳旨：「赦了金光寺眾僧的枷鎖，快教光祿寺排宴，就於麒麟殿上謝聖僧獲賊之功，議請聖僧捕擒賊首。」

光祿寺即時備了葷素兩樣筵席。國王請唐僧四眾上麒麟殿敘坐。問道：「聖僧尊號？」唐僧合掌道：「貧僧俗家姓陳，法名玄奘。蒙君賜姓唐，賤號三藏。」國王又問：「聖僧高徒何號？」三藏道：「小徒俱無號。第一個名孫悟空，第二個名豬悟能，第三個名沙悟淨：此乃南海觀世音菩薩起的名字。因拜貧僧為師，貧僧又將悟空叫做行者；悟能叫做八戒；悟淨叫做和尚。」國王聽畢，請三藏坐了上席；孫行者坐了側首左席；豬八戒、沙和尚坐了側首右席。俱是素果、素菜、素茶、素飯。前面一席葷的，坐了國王；下首有百十席葷的，坐了文武多官。眾臣謝了君恩，徒告了師罪，坐定。國王把盞，三藏

⑥合盤——合夥。

不敢飲酒，他三個各受了安席酒。下邊只聽得管絃齊奏，乃是教坊司動樂。你看八戒放開食嗓，真個是虎咽狼吞，將一席果菜之類，喫得罄盡。少頃間，添換湯飯又來，又喫得一毫不剩。巡酒的來，又杯杯不辭。這場筵席，直樂到午後方散。

三藏謝了盛宴。國王又留住道：「這一席聊表聖僧獲怪之功。」教光祿寺：「快翻席⑦到建章宮裡，再請聖僧定捕賊首、取寶歸塔之計。」三藏道：「既要捕賊取寶，不勞再宴。貧僧等就此辭王，就擒捉妖怪去也。」國王不肯，一定請到建章宮，又喫了一席。國王舉酒道：「那位聖僧率眾出師，降妖捕怪？」三藏道：「教大徒弟孫悟空去。」大聖拱手應承。國王道：「孫長老既去，用多少人馬？幾時出城？」八戒忍不住高叫道：「那裡用甚麼人馬！又那裡管甚麼時辰！趁如今酒醉飯飽，我共師兄去，手到擒來！」三藏甚喜道：「八戒這一向勤緊呵！」行者道：「既如此，著沙僧弟保護師父，我兩個去來。」那國王道：「二位長老既不用人馬，可用兵器？」八戒笑道：「你家的兵器，我們用不得。我弟兄自有隨身器械。」國王聞說，即取大觥來，與二位長老送行。孫大聖道：「酒不喫了，只教錦衣衛把兩個小妖拿來，我們帶了他去做鑿眼。」國王傳旨，即時提出。二人扯著兩個小妖，駕風頭，使個攝法，逕上東南去了。噫！他那君臣一見騰風霧，纔識師徒是聖僧。畢竟不知此去如何擒獲，且聽下回分解。

⑦翻席——將原席面移到另一處所。

聯經出版事業公司校印

第六十三回 二僧蕩怪鬧龍宮 羣聖除邪獲寶貝

卻說祭賽國王與大小公卿，見孫大聖與八戒騰風駕霧，提著兩個小妖，飄然而去。一個個朝天禮拜道：「話不虛傳！今日方知有此輩神仙活佛！」又見他遠去無踪，卻拜謝三藏、沙僧道：「寡人肉眼凡胎，只知高徒有力量，拿住妖賊便了；豈知乃騰雲駕霧之上仙也。」三藏道：「貧僧無些法力，一路上多虧這三個小徒。」沙僧道：「不瞞陛下說，我大師兄乃齊天大聖皈依。他曾大鬧天宮，使一條金箍棒，十萬天兵，無一個對手，只鬧得太上老君害怕，玉皇大帝心驚，我二師兄乃天蓬元帥果正，他也曾掌管天河八萬水兵大眾。惟我弟子無法力，乃捲簾大將受戒。愚弟兄若幹別事無能，若說擒妖縛怪，拿賊捕亡，伏虎降龍，踢天弄井，以至攪海翻江之類，略通一二。這騰雲駕霧，喚雨呼風，與那換斗移星，擔山趕月，特餘事耳，何足道哉！」國王聞說，愈十分加敬。請唐僧上座，口口稱為「老佛」，將沙僧等皆稱為「菩薩」。滿朝文武欣然，一國黎民頂禮不題。

卻說孫大聖與八戒駕著狂風，把兩個小妖攝到亂石山碧波潭，住定雲頭。將金箍棒吹了一口仙氣，

叫「變！」變作一把戒刀，將一個黑魚怪割了耳朵，鮎魚精割了下唇，撇在水裡，喝道：「快早去對那萬聖龍王報知，說我齊天大聖孫爺爺在此，著他即送祭賽國金光寺塔上的原寶出來，免他一家性命！若迸半個『不』字，我將這潭水攪淨，教他一門兒老幼遭誅！」

那兩個小妖，得了命，負痛逃生，拖著鎖索，淬入水內，諕得那些鼉龍龜鼈，蝦蟹魚精，都來圍住問道：「你兩個為何拖繩帶索？」一個掩著耳，搖頭擺尾，一個捂著嘴，跌腳捶胸；都嚷嚷鬧鬧，逕上龍王宮殿報：「大王，禍事了！」那萬聖龍王正與九頭駙馬飲酒，忽見他兩個來，即停杯問何禍事。那兩個即告道：「昨夜巡攔，被唐僧、孫行者掃塔捉獲，用鐵索拴鎖。今早見國王，又被那行者與豬八戒抓著我兩個，一個割了耳朵，一個割了嘴唇，抛在水中，著我來報，要索那塔頂寶貝。」遂將前後事，細說了一遍。那老龍聽說是孫行者齊天大聖，諕得魂不附體，魄散九霄。戰兢兢對駙馬道：「賢壻呵，別個來還好計較，若果是他，卻不善也！」駙馬笑道：「太岳①放心。愚壻自幼學了些武藝，四海之內，也曾會過幾個豪傑，怕他做甚！等我出去與他交戰三合，管取那廝縮首歸降，不敢仰視。」

好妖怪，急縱身披掛了，使一般兵器，叫做月牙鏟，步出宮，分開水道，在水面上叫道：「是甚麼齊天大聖！快上來納命！」行者與八戒，立在岸邊，觀看那妖精怎生打扮：

戴一頂爛銀盔，光欺白雪；貫一副兜鍪甲，亮敵秋霜。上罩著錦征袍，真個是彩雲籠玉；腰束著犀紋帶，果然像花蟒纏金。手執著月牙鏟，霞飛電掣；腳穿著豬皮靴，水利波分。遠看時一頭一

①太岳——老丈人。

面，近睹處四面皆人。前有眼，後有眼，八方通見；左也口，右也口，九口言論。一聲吆喝長空振，似鶴飛鳴貫九宸。

他見無人對答，又叫一聲：「那個是齊天大聖？」行者按一按金箍，理一理鐵棒道：「老孫便是。」那怪道：「你家居何處？身出何方？怎生得到祭賽國，與那國王守塔，卻大膽獲我頭目，又敢行兇，上吾寶山索戰？」行者罵道：「你這賊怪，原來不識你孫爺爺哩！你上前，聽我道：

老孫祖住花果山，大海之間水簾洞。自幼修成不壞身，玉皇封我齊天聖。
只因大鬧斗牛宮，天上諸神難取勝。當請如來展妙高，無邊智慧非凡用。
為翻觔斗賭神通，手化為山壓我重。整到如今五百年，觀音勸解方逃命。
大唐三藏上西天，遠拜靈山求佛頌。解脫吾身保護他，煉磨淨怪從修行。
路逢西域祭賽城，屈害僧人三代命。我等慈悲問舊情，乃因塔上無光映。
吾師掃塔探分明，夜至三更天籟靜。捉住妖精取實供，他言汝等偷寶貝。
合盤為盜有龍王，公主連名稱萬聖。血雨澆淋塔上光，將他寶貝偷來用。
殿前供狀更無虛，我奉君言馳此境。所以相尋索戰爭，不須再問孫爺姓。
快將寶貝獻還他，免汝老少全家命。敢若無知騁勝強，教你水涸山頹都蹭蹬！」

那駙馬聞言，微微冷笑道：「你原來是取經的和尚，沒要緊羅織管事！我偷他的寶貝，你取佛的經文，與你何干，卻來廝鬥！」行者道：「這賊怪甚不達理！我雖不受國王的恩惠，不食他的水米，不該與他出力；但是你偷他的寶貝，汙他的寶塔，屢年屈苦金光寺僧人，他是我一門同氣，我怎麼不與他出力，辨明冤枉？」駙馬道：「你既如此，想是要行賭鬥。常言道：『武不善作②。』但只怕起手處，不得留情，一時間傷了你的性命，誤了你去取經！」

行者大怒罵道：「這潑賊怪，有甚強能，敢開大口！走上來，喫老爺一棒！」那駙馬更不心慌，把月牙鏟架住鐵棒，就在那亂石山頭，這一場真個好殺：

妖魔盜寶塔無光，行者擒妖報國王。小怪逃生回水內，老龍破膽各商量。九頭駙馬施威武，披掛前來展素強。怒發齊天孫大聖，金箍棒起十分剛。那怪物，九個頭顱十八眼，前前後後放毫光；這行者，一雙鐵臂千斤力，靄靄紛紛迸瑞祥。鏟似一陽初現月，棒如萬里徧飛霜。他說「你無干休把不平報！」我道「你有意偷寶真不良！那潑賤，少輕狂，還他寶貝得安康！」棒迎鏟架爭高下，不見輸贏練戰場。

他兩個往往來來，鬥經三十餘合，不分勝負。豬八戒立在山前，見他們戰到甜美之處，舉著釘鈀，從妖精背後一築。原來那怪九個頭，轉轉都是眼睛，看得明白。見八戒在背後來時，即使鏟鐏架著釘鈀，鏟頭抵著鐵棒。又耐戰五七合，擋不得前後齊輪，他卻打個滾，騰空跳起，現了本像，乃是一個九頭蟲③，形像十分醜惡。見此身模，怕殺人！他生得：

毛羽鋪錦，團身結絮。方圓有丈二規模，長短似黿鼉樣式，兩隻腳尖利如鉤，九個頭攢環一處。

②武不善作——武人不會做作，故動作不假作斯文。

③九頭蟲——傳說中的九頭怪鳥。

聯經出版事業公司校印

展開翅極善飛揚，縱大鵬無他力氣；發起聲遠振天涯，比仙鶴還能高唳。眼多炯灼晃金光，氣傲不同凡鳥類。

豬八戒看見心驚道：「哥呵！我自為人，也不曾見這等個惡物！是甚血氣生此禽獸也？」行者道：「真個罕有！真個罕有！等我趕上打去！」好大聖，急縱祥雲，跳在空中，使鐵棒照頭便打。那怪物大顯身，展翅斜飛，颼的打個轉身，掠到山前，半腰裡又伸出一個頭來，張開口如血盆相似，把八戒一口咬著鬃，半拖半扯，捉下碧波潭水內而去。及至龍宮內，還變作前番模樣，將八戒擲之於地，叫：「小的們何在？」那裡面鯖鮊鯉鱖之魚精，龜鼈黿鼉之介怪，一擁齊來，道聲「有！」駙馬道：「把這個和尚，綁在那裡，與我巡攔的小卒報仇！」眾精推推嚷嚷，抬進八戒去時，那老龍王歡喜，迎出道：「賢壻有功，怎生捉他來也！」那駙馬把上項原故，說了一遍。老龍即命排酒賀功不題。

卻說孫行者見妖精擒了八戒，心中懼道：「這廝恁般利害！我待回朝見師，恐那國王笑我。待要開言罵戰，怎奈我又單身？況水面之事不慣。且等我變化了進去，看那怪把獃子怎生擺佈。若得便，且偷他出來幹事。」好大聖，捻著訣，搖身一變，還變做一個螃蟹，淬於水內，徑至牌樓之前，原來這條路是他前番襲牛魔王盜金睛獸走熟了的。直至那宮闕之下，橫爬過去。又見那老龍王與九頭蟲合家兒歡喜飲酒。行者不敢相近，爬過東廊之下，見幾個蝦精蟹精，紛紛紜紜耍子。行者聽了一會言談，卻就學語學話，問語：「駙馬爺爺拿來的那長嘴和尚，這會死了不曾？」眾精道：「不曾死。縛在那西廊下哼的不是？」

行者聽說，又輕輕的爬過西廊。真個那獃子綁在柱子哼哩。行者近前道：「八戒，認得我麼？」八戒聽得聲音，知是行者道：「哥哥，怎麼了，反被這廝捉住我也！」行者四顧無人，將捎咬斷索子叫走。那獃子脫了手道：「哥哥，我的兵器被他收了，又奈何？」行者道：「你可知道收在那裡？」八戒道：「當被那怪拿上宮殿去了。」行者道：「你先去牌樓下等我。」八戒逃生，悄悄的溜出。行者復身爬上宮殿，觀看左首下有光彩森森，乃是八戒的釘鈀放光，使個隱身法，將鈀偷出。到牌樓下，叫聲：「八戒！接兵器！」獃子得了鈀，便道：「哥哥，你先走，等老豬打進宮殿。若得勝，就捉住他一家子；若不勝，敗出來，你在潭岸上救應。」行者大喜，只教仔細。八戒道：「不怕他！水裡本事，我略有些兒。」行者丟了他，負出水面不題。

這八戒束了皂直裰，雙手纏鈀，一聲喊，打將進去。慌得那大小水族，奔奔波波，跑上宮殿，吆喝道：「不好了！長嘴和尚掙斷繩返打進來了！」那老龍與九頭蟲並一家子俱措手不及，跳起來，藏藏躲躲。這獃子不顧死活，闖上宮殿，一路鈀，築破門扇，打破桌椅，把些喫酒的家火之類，盡皆打碎。有詩為證。詩曰：

木母遭逢水怪擒，心猿不捨苦相尋。暗施巧計偷開鎖，大顯神威怒恨深。
駙馬忙攜公主躲，龍王戰慄絕聲音，水宮絳闕門窗損，龍子龍孫盡沒魂。

這一場，被八戒把玳瑁屏打得粉碎，珊瑚樹攢得凋零。那九頭蟲將公主安藏在內，急取月牙鏟，趕至前宮，喝道：「潑夯豕彘！怎敢欺心驚吾眷族！」八戒罵道：「這賊怪，你焉敢將我捉來！這場不干我事，是你請我來家打的！快拿寶貝還我，回見國王了事；不然，決不饒你一家命也！」那怪那肯容情，咬定牙齒，與八戒交鋒。那老龍纔定了神思，領龍子、龍孫，各執鎗刀，齊來攻取。八戒見事體不諧，虛晃一鈀，撤身便走。那老龍帥眾追來。須臾，攛出水中，都到潭面上翻騰。

卻說孫行者立於潭岸等候，忽見他們追趕八戒，出離水中，就半踏雲霧，掣鐵棒，喝聲「休走！」只一下，把個老龍頭打得稀爛。可憐血濺潭中紅水泛，屍飄浪上敗鱗浮！諕得那龍子、龍孫各各逃命；九頭駙馬收龍屍，轉宮而去。

行者與八戒且不追襲，回上岸，備言前事。八戒道：「這廝銳氣挫了！被我那一路鈀，打進去時，打得落花流水，魂散魄飛！正與那駙馬廝鬥，卻被老龍王趕著，卻虧了你打死。那廝們回去，一定停喪掛孝，絕不肯出來。今又天色晚了，卻怎奈何？」行者道：「管甚麼天晚！乘此機會，你還下去攻戰。務必取出寶貝，方可回朝。」那獃子意懶情疏，徉徉推託。行者催逼道：「兄弟不必多疑，還像剛纔引出來，等我打他。」

兩人正自商量，只聽得狂風滾滾，慘霧陰陰，忽從東方徑往南去。行者仔細觀看，乃二郎顯聖，領梅山六兄弟，架著鷹犬，挑著狐兔，擡著獐鹿，一個個腰挎彎弓，手持利刃，縱風霧踴躍而來。行者道：「八戒，那是我七聖兄弟，倒好留請他們，與我助戰，若得成功，倒是一場大好機會也。」八戒道：「既是兄弟，極該留情。」行者道：「但內有顯聖大哥，我曾受他降伏，不好見他，你去攔住雲頭，叫道：『真君，且略住住。齊天大聖在此進拜。』他若聽見是我，斷然住了。待他安下，我卻好見。」那獃子急縱雲頭，上山攔住，厲聲高叫道：「真君，且慢車駕。有齊天大聖請見哩。」那爺爺見說，即傳令，就停住六兄弟，與八戒相見畢。問：「齊天大聖何在？」八戒道：「現在山下聽呼喚。」二郎道：「兄弟們，快去請來。」六兄弟乃是康、張、姚、李、郭、直，各各出營叫道：「孫悟空哥哥，

大哥有請。」行者上前，對眾作禮，遂同上山。二郎爺爺迎見，攜手相攙，一同相見道：「大聖，你去脫大難，受留沙門，刻日功完，高登蓮座，可賀！可賀！」行者道：「不敢。向蒙莫大之恩，未展斯須之報。雖然脫難西行，未知功行何如。今因路遇祭賽國，答救僧災，在此擒妖索寶。偶見兄長車駕，大膽請留一助。未審兄長自何而來，肯見愛否？」二郎笑道：「我因閑暇無事，同眾兄弟採獵而回。幸蒙大聖不棄留會，足感故舊之情，若命挾力降妖，敢不如命；卻不知此地是何怪賊？」六聖道：「大哥忘了？此間是亂石山，山下乃碧波潭萬聖之龍宮也。」二郎驚訝道：「萬聖老龍卻不生事，怎麼敢偷塔寶？」行者道：「他近日招了一個駙馬，乃是九頭蟲成精。他郎丈兩個做賊，將祭賽國下了一場血雨，把金光寺塔頂舍利佛寶偷來。那國王不解其意，苦拿著僧人拷打。是我師父慈悲，夜來掃塔，當被我在塔上拿住兩個小妖，——是他差來巡探的。今早押赴朝中，實實供招了。那國王就請我師收降，師命我等到此。先一場戰，被九頭蟲腰裡伸出一個頭來，把八戒啣了去，我卻又變化下水，解了八戒。纔然大戰一場，是我把老龍打死，那廝們收屍掛孝去了。我兩個正議索戰，卻見兄長儀仗降臨，故此輕瀆也。」二郎道：「既傷了老龍，正好與他攻擊，使那廝不能措手，卻不連窩巢都滅絕了？」八戒道：「雖是如此，奈天晚何。」二郎道：「兵家云：『征不待時』，何怕天晚！」康、姚、郭、直道：「大哥莫忙。那廝家眷在此，料無處去。孫二哥也是貴客，豬剛鬣又歸了正果，我們營內，有隨帶的酒餚，教小的們取火，就在此鋪設：一則與二位賀喜，二來也當敘情。且歡會這一夜，待天明索戰何遲？」二郎大喜道：「賢弟說得極當。」卻命小校安排。行者道：「列位盛情，不敢固卻。但自做和尚，都是齋戒，恐葷素不便。」二郎道：「有素果品，酒也是素的。」眾兄弟在

聯經出版事業公司校印

星月光前，幕天席地，舉杯敘舊。

正是寂寞更長，歡娛夜短。早不覺東方發白。那八戒幾鍾酒喫得興抖抖的道：「天將明了，等老豬下水去索戰也。」二郎道：「元帥仔細。只要引他出來，我兄弟們好下手。」八戒笑道：「我曉得！我曉得！」你看他斂衣纏鈀，使分水法，跳將下去，逕至那牌樓下，發聲喊，打入殿內。

此時那龍子披了麻，看著龍屍哭；龍孫與那駙馬，在後面收拾棺材哩。這八戒罵上前，手起處，鈀頭著重，把個龍子夾腦連頭，一鈀築了九個窟窿。諕得那龍婆與眾往裡亂跑，哭道：「長嘴和尚又把我兒打死了！」那駙馬聞言，即使月牙鏟，帶龍孫往外殺來。這八戒舉鈀迎敵，且戰且退，跳出水中。這岸上齊天大聖與七兄弟一擁上前，鎗刀亂扎，把個龍孫剁成幾段肉餅。那駙馬見不停當，在山前打個滾，又現了本像，展開翅，旋繞飛騰。二郎即取金弓，安上銀彈，扯滿弓，往上就打。那怪急鎩翅，掠到邊前，要咬二郎；半腰裡纔伸出一個頭來，被那頭細犬，攛上去，汪的一口，把頭血淋淋的咬將下來。那怪物負痛逃生，逕投北海而去。八戒便要趕去。行者止住道：「且莫趕他。正是『窮寇勿追』。他被細犬咬了頭，必定是多死少生。等我變做他的模樣，你分開水路，趕我進去，尋那宮主，詐他寶貝來也。」二郎與六聖道：「不趕他，倒也罷了；只是遺這種類在世，必為後人之害。」至今有個九頭蟲滴血，是遺種也。

那八戒依言，分開水路。行者變作怪像前走，八戒吆吆喝喝後追，漸漸追至龍宮，只見那萬聖宮主道：「駙馬，怎麼這等慌張？」行者道：「那八戒得勝，把我趕將進來，覺道不能敵他。你快把寶貝好生藏了！」那宮主急忙難識真假，即於後殿裡取出一個渾金匣子來，遞與行者道：「這是佛寶。」

又取出一個白玉匣子，也遞與行者道：「這是九葉靈芝。你拿這寶貝藏去，等我與豬八戒鬥上兩三合，攩住他。你將寶貝收好了，再出來與他合戰。」行者將兩個匣兒收到身邊，把臉一抹，現了本像道：「宮主，你看我可是駙馬麼？」宮主慌了，便要搶奪匣子，被八戒跑上去，著肩一鈀，築倒在地。還有一個老龍婆徹身就走，被八戒扯住，舉鈀纔築，行者道：「且住！莫打死他。留個活的，好去國內見功。」遂將龍婆提出水面。行者隨後捧著兩個匣子上岸，對二郎道：「感兄長威力，得了寶貝，掃淨妖賊也。」二郎道：「一則是那國王洪福齊天，二則是賢昆玉④神通無量，我何功之有！」兄弟們俱道：「孫二哥即已功成，我們就此告別。」行者感謝不盡，欲留同見國王。諸公不肯，遂帥眾回灌口去訖。

行者捧著匣子，八戒拖著龍婆，半雲半霧，頃刻間到了國內。原來那金光寺解脫的和尚，都在城外迎接。忽見他兩個雲霧定時，近前磕頭禮拜，接入城中。那國王與唐僧正在殿上講論。這裡有先走的和尚，仗著膽，入朝門奏道：「萬歲，孫、豬二老爺擒賊獲寶而來也。」那國王聽說，連忙下殿，共唐僧、沙僧迎著，稱謝神功不盡，隨命排筵謝恩。三藏道：「且不須賜飲，著小徒歸了塔中之寶，方可飲宴。」三藏又問行者道：「汝等昨日離國，怎麼今日纔來？」行者把那戰駙馬，打龍王，逢真君，敗妖精，及變作詐寶貝之事，細說了一遍。三藏與國王，大小文武，俱喜之不勝。

國王又問：「龍婆能人言語否？」八戒道：「乃是龍王之妻，生了許多龍子、龍孫，豈不知人言？」

④賢昆玉——尊稱他人兄弟之說法，亦即「賢昆仲」。

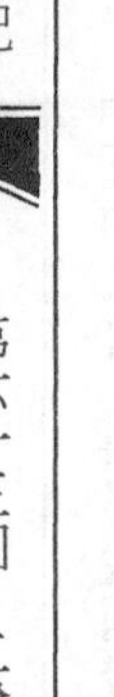

聯經出版事業公司校印

國王道：「既知人言，快早說前後做賊之事。」龍婆道：「偷佛寶，我全不知，都是我那夫君龍鬼與那駙馬九頭蟲，知你塔上之光乃是佛家舍利子，三年前下了血雨，乘機盜去。」又問：「靈芝草是怎麼偷的？」龍婆道：「只是小女萬聖宮主私入大羅天上，靈霄殿前，偷的王母娘娘九葉靈芝草。那舍利子得這草的仙氣溫養著，千年不壞，萬載生光，去地下，或田中，掃一掃，即有萬道霞光，千條瑞氣。如今被你奪來，弄得我夫死子絕，婿喪女亡，千萬饒了我的命罷！」八戒道：「正不饒你哩！」行者道：「家無全犯。──我便饒你，只要你長遠替我看塔。」龍婆道：「好死不如惡活。但留我命，憑你教做甚麼。」行者叫取鐵索來。當駕官即取鐵索一條，把龍婆琵琶骨穿了。教沙僧：「請國王來看我們安塔去。」

那國王即忙排駕，遂同三藏攜手出朝，並文武多官，隨至金光寺上塔。將舍利子安在第十三層塔頂寶瓶中間，把龍婆鎖在塔心柱上。念動真言，喚出本國土地、城隍與本寺伽藍們，三日送飲食一餐，與這龍婆度口；少有差訛，即行處斬。眾神暗中領諾。行者卻將芝草把十三層塔層層掃過，安在瓶內，溫養舍利子。這纔是整舊如新，霞光萬道，瑞氣千條，依然八方共覩，四國同瞻。下了塔門，國王就謝道：「不是老佛與三位菩薩到此，怎生得明此事也！」

行者道：「陛下，『金光』二字不好，不是久住之物：金乃流動之物，光乃焫灼之氣，貧僧為你勞碌這場，將此寺改作伏龍寺，教你永遠常存。」那國王即命換了字號，懸上新匾，乃是「勅建護國伏龍寺」。一壁廂安排御宴，一壁廂召丹青⑤寫下四眾生形，五鳳樓註了名號。國王擺鑾駕，送唐僧師

⑤丹青──此指畫工。

徒，賜金玉酬答，師徒們堅辭，一毫不受。這真個是：邪怪剪除諸境靜，寶塔回光大地明。畢竟不知此去前路如何，且聽下回分解。

聯經出版事業公司校印

第六十四回　荊棘嶺悟能努力　木仙菴三藏談詩

話說祭賽國王謝了唐三藏師徒獲寶擒怪之恩。所贈金玉，分毫不受。卻命當駕官照依四位常穿的衣服，各做兩套，鞋襪各做兩雙，縧環各做兩條，外備乾糧烘炒，倒換了通關文牒，大排鑾駕，並文武多官，滿城百姓，伏龍寺僧人，大吹大打，送四眾出城。約有二十里，先辭了國王。眾人又送二十里辭回。伏龍寺僧人，送有五六十里不回。有的要同上西天，有的要修行伏侍。行者見都不肯回去，遂弄個手段，把毫毛拔了三四十根，吹口仙氣，叫「變！」都變作斑斕猛虎，攔住前路，哮吼踴躍。眾僧方懼，不敢前進。大聖纔引師父策馬而去。少時間，去得遠了。眾僧人放聲大哭，都喊：「有恩有義的老爺！我等無緣，不肯度我們也！」

且不說眾僧啼哭。卻說師徒四眾，走上大路，卻纔收回毫毛，一直西去。正是時序易遷，又早冬殘春至，不暖不寒，正好逍遙行路。忽見一條長嶺，嶺頂上是路。三藏勒馬觀看，那嶺上荊棘丫叉，薜蘿牽繞。雖是有道路的痕跡，左右卻都是荊刺棘針。唐僧叫：「徒弟，這路怎生走得？」行者道：「怎麼走不得？」又道：「徒弟呵，路痕在下，荊棘在上，只除是蛇蟲伏地而遊，方可去了；若你們走，腰也難伸，教我如何乘馬？」八戒道：「不打緊，等我使出鈀柴手來，把釘鈀分開荊棘，莫說騎馬，就擡轎也包你過去。」三藏道：「你雖有力，長遠難熬。卻不知有多少遠近，怎生費得這許多精神！」行者道：「不須商量，等我去看看。」將身一縱，跳在半空看時，一望無際。真個是：

匝地遠天，凝烟帶雨。夾道柔茵亂，漫山翠蓋張。密密搓搓初發葉，攀攀扯扯正芬芳。遙望不知何所盡，近觀一似綠雲茫。蒙蒙茸茸①，鬱鬱蒼蒼。風聲飄索索，日影映煌煌。那中間有松有柏還有竹，多梅多柳更多桑。薜蘿纏古樹，藤葛繞垂楊。盤團似架，聯絡如牀。有處花開真佈錦，無端卉發遠生香。為人誰不遭荊棘，那見西方荊棘長！

行者看罷多時，將雲頭按下道：「師父，這去處遠哩！」三藏問：「有多少遠？」行者道：「一望無際，似有千里之遙。」三藏大驚道：「怎生是好？」沙僧笑道：「師父莫愁，我們也學燒荒的，放上一把火，燒絕了荊棘過去。」八戒道：「莫亂談！燒荒的須在十來月，草衰木枯，方好引火。如今正是蕃盛之時，怎麼燒得！」行者道：「就是燒得，也怕人了。」三藏道：「這般怎生得度？」八戒笑道：「要得度，還依我。」

好猷子，捻個訣，念個呪語，把腰躬一躬，叫「長！」就長了有二十丈高下的身軀；把釘鈀晃一晃，教「變！」就變了有三十丈長短的鈀柄；拽開步，雙手使鈀，將荊棘左右摟開：「請師父跟我來也！」

①蒙蒙茸茸——「茸」或作「戎」。指蓬鬆散亂的樣子。

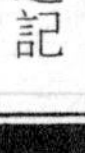

三藏見了甚喜，即策馬緊隨後面。沙僧挑著行李。行者也使鐵棒撥開。這一日未曾住手；行有百十里，將次天晚，見有一塊空闊之處。當路上有一通石碣，上有三個大字，乃「荊棘嶺」；下有兩行十四個小字，乃「荊棘蓬攀八百里，古來有路少人行。」八戒見了，笑道：「等我老豬與他添上兩句：『自今八戒能開破，直透西方路盡平！』」三藏欣然下馬道：「徒弟呵，累了你也！我們就在此住過了今宵，待明日天光再走。」八戒道：「師父莫住，趁此天色晴明，我等有興，連夜摟開路走他娘！」那長老只得相從。

八戒上前努力。師徒們，人不住手，馬不停蹄，又行了一日一夜，卻又天色晚矣。那前面蓬蓬結結，又聞得風敲竹韻，颯颯松聲。卻好又有一段空地，中間乃是一座古廟。廟門之外，有松柏凝青，桃梅鬥麗。三藏下馬，與三個徒弟同看。只見：

巖前古廟枕寒流，落日荒烟鎖廢坵。白鶴叢中深歲月，綠蕪臺下自春秋。
竹搖青珮疑聞語，鳥弄餘音似訴愁。雞犬不通人跡少，閑花野蔓遶牆頭。

行者看了道：「此地少吉多凶，不宜久坐。」沙僧道：「師兄差疑了。似這杳無人烟之處，又無個怪獸妖禽，怕他怎的？」說不了，忽見一陣陰風，廟門後，轉出一個老者，頭戴角巾，身穿淡服，手持拐杖，足踏芒鞋，後跟著一個青臉獠牙，紅鬚赤身鬼使，頭頂著一盤麵餅，跪下道：「大聖，小神乃荊棘嶺土地。知大聖到此，無以接待，特備蒸餅一盤，奉上老師父，各請一餐。此地八百里，更無人家，聊喫些兒充饑。」八戒歡喜，上前舒手，就欲取餅。不知行者端詳已久，喝一聲：「且住！這廝不是好人，休得無禮！你是甚麼土地，來誑老孫！看棍！」那老者見他打來，將身一轉，化作一陣陰風，呼的一聲，把個長老攝將起去，飄飄蕩蕩，不知攝去何所。慌得那大聖沒跟尋處；八戒、沙僧俱相顧失色；白馬亦祇自驚吟。三兄弟連馬四口，恍恍忽忽，遠望高張，並無一毫下落，前後找尋不題。

卻說那老者同鬼使，把長老擡到一座烟霞石屋之前，輕輕放下。與他攜手相攙道：「聖僧休怕。我等不是歹人，乃荊棘嶺十八公是也。因風清月霽之宵，特請你來會友談詩，消遣情懷故耳。」那長老卻纔定性，睜眼仔細觀看。真個是：

漠漠烟雲去所，清清仙境人家。正好潔身修煉，堪宜種竹栽花。
每見翠巖來鶴，時聞青沼鳴蛙。更賽天台丹竈，仍期華岳明霞。
說甚耕雲釣月，此間隱逸堪誇。坐久幽懷如海，朦朧月上窗紗。

三藏正自點看，漸覺月明星朗，只聽得人語相談。都道：「十八公請得聖僧來也。」長老擡頭觀看，乃是三個老者：前一個霜姿丰采，第二個綠鬢婆娑，第三個虛心黛色。各各面貌，衣服俱不相同，都來與三藏作禮。長老還了禮，道：「弟子有何德行，敢勞列位仙翁下愛？」十八公笑道：「一向聞知聖僧有道，等待多時，今幸一見。如果不吝珠玉，寬坐敘懷，足見禪機真派。」三藏躬身道：「敢問仙翁尊號？」十八公道：「霜姿者號孤直公，綠鬢者號凌空子，虛心者號拂雲叟。老拙號曰勁節。」三藏道：「四翁尊壽幾何？」孤直公道：

「我歲今經千歲古，撐天葉茂四時春。香枝鬱鬱龍蛇狀，碎影重重霜雪身。
自幼堅剛能耐老，從今正直喜修真。烏棲鳳宿非凡輩，落落森森遠俗塵。」

凌空子笑道：

聯經出版事業公司校印

「吾年千載傲風霜，高幹靈枝力自剛。夜靜有聲如雨滴，秋晴蔭影似雲張。
　盤根已得長生訣，受命尤宜不老方。留鶴化龍非俗輩，蒼蒼爽爽近仙鄉。」

拂雲叟笑道：

「歲寒虛度有千秋，老景瀟然清更幽。不雜囂塵終冷淡，飽經霜雪自風流。
　七賢作侶同談道，六逸為朋共唱酬。戛玉敲金非瑣瑣，天然情性與仙遊。」

勁節十八公笑道：

「我亦千年約有餘，蒼然貞秀自如如。堪憐雨露生成力，借得乾坤造化機。
　萬壑風煙惟我盛，四時洒落讓吾疏。蓋張翠影留仙客，博奕調琴講道書。」

三藏稱謝道：「四位仙翁，俱享高壽，但勁節翁又千歲餘矣。高年得道，丰采清奇，得非漢時之『四皓』乎？」四老道：「承過獎！承過獎！吾等非四皓，乃深山之『四操』也。敢問聖僧，妙齡幾何？」

三藏合掌躬身答曰：

「四十年前出母胎，未產之時命已災。逃生落水隨波滾，幸遇金山脫本骸。
　養性看經無懈怠，誠心拜佛敢俄捱？今蒙皇上差西去，路遇仙翁下愛來。」

四老俱稱道：「聖僧自出娘胎，即從佛教，果然是從小修行，真中正有道之上僧也。我等幸接台顏，敢求大教。望以禪法指教一二，足慰生平。」長老聞言，慨然不懼，即對眾言曰：「禪者，靜也；法者，度也。靜中之度，非悟不成。悟者，洗心滌慮，脫俗離塵是也。夫人身難得，中土難生，正法難遇：全此三者，幸莫大焉。至德妙道，渺漠希夷，六根六識，遂可掃除。菩提者，不死不生，無餘無

欠，空色包羅，聖凡俱遣。訪真了元始鉗鎚，悟實了牟尼手段。發揮象罔②，踏碎涅槃。必須覺中覺了悟中悟，一點靈光全保護。放開烈焰照婆娑，法界縱橫獨顯露。至幽微，更守固，玄關口說誰人度？我本元修大覺禪，有緣有志方記悟。」四老側耳受了，無邊喜悅。一個個稽首皈依，躬身拜謝道：「聖僧乃禪機之悟本也！」

拂雲叟道：「禪雖靜，法雖度，須要性定心誠。縱為大覺真仙，終坐無生之道。我等之玄，又大不同。」三藏云：「道乃非常，體用合一，如何不同？」拂雲叟笑云：

「我等生來堅實，體用比爾不同。感天地以生身，蒙雨露而滋色。笑傲風霜，消磨日月。一葉不凋，千枝節操。似這話不叩沖虛。你執持梵語。道也者，本安中國，反來求證西方。空費了草鞋，不知尋個甚麼？石獅子剜了心肝，野狐涎灌徹骨髓。忘本參禪，妄求佛果，都似我荊棘嶺葛藤謎語，蘿蓏③渾言。此般君子，怎生接引？這等規模，如何印授？必須要檢點見前面目，靜中自有生涯。沒底竹籃汲水，無根鐵樹生花。靈寶峰頭牢著腳，歸來雅會上龍華。」

三藏聞言，叩頭拜謝。十八公用手攙扶，孤直公將身扯起，凌空子打個哈哈道：「拂雲之言，分明漏洩。聖僧請起，不可盡信。我等趁此月明，原不為講論修持，且自吟哦逍遙，放蕩襟懷也。」拂雲叟笑指石屋道：「若要吟哦，且入小菴一茶，何如？」

②象罔——乃《莊子》一書中虛擬的人物，意為似有象而實無，蓋無心之謂。

③蘿蓏——這裡泛指蔓藤的牽扯、糾纏。

長老真個欠身，向石屋前觀看。門上有三個大字，乃「木仙菴」。遂此同入，又敘了坐次。忽見那赤身鬼使，捧一盤茯苓膏，將五盞香湯奉上。四老請唐僧先喫，三藏驚疑，不敢便喫。那四老一齊享用，三藏卻纔喫了兩塊。各飲香湯收去。三藏留心偷看，只見那裡玲瓏光彩，如月下一般：

水自石邊流出，香從花裡飄來。滿座清虛雅致，全無半點塵埃。

那長老見此仙境，以為得意，情樂懷開，十分歡喜。忍不住念了一句道：「禪心似月迥無塵。」勁節老笑而即聯道：「詩興如天青更新。」孤直公道：「好句漫裁摶錦繡。」凌空子道：「佳文不點唾奇珍。」拂雲叟道：「六朝一洗繁華盡，四始重刪雅頌分。」三藏道：「弟子一時失口，胡談幾字，誠所謂『班門弄斧』。適聞列仙之言，清新飄逸，真詩翁也。」勁節老道：「聖僧不必閑敘。出家人全始全終。既有起句，何無結句？望卒成之。」三藏道：「弟子不能，煩十八公結而成篇為妙。」勁節道：「你好心腸！你起的句，如何不肯結果？慳吝珠璣，非道理也。」三藏只得續後二句云：「半枕松風茶未熟，吟懷瀟洒滿腔春。」

十八公道：「好個『吟懷瀟洒滿腔春』！」孤直公道：「勁節，你深知詩味，所以只管咀嚼。何不再起一篇？」十八公亦慨然不辭道：「我卻是頂針④字起：春不榮華冬不枯，雲來霧往只如無。」凌空子道：「我亦體前頂針二句：無風搖拽婆娑影，有客欣憐福壽圖。」拂雲叟亦頂針道：「圖似西山堅節老，清如南國沒心夫。」孤直公亦頂針道：「夫因側葉稱梁棟，臺為橫柯作憲烏⑤。」

④頂針——文字遊戲的一種。作法是以上一句的末一字為下一句的頭一字。

長老聽了，讚嘆不已道：「真是陽春白雪，浩氣沖霄！弟子不才，敢再起兩句。」孤直公道：「聖僧乃有道之士，大養之人也。不必再相聯句，請賜教全篇，庶我等亦好勉強而和。」三藏無已，只得笑吟一律曰：

「杖錫西來拜法王，願求妙典遠傳揚。金芝三秀詩壇瑞，寶樹千花蓮蕊香。
百尺竿頭須進步，十方世界立行藏。修成玉像莊嚴體，極樂門前是道場。」

四老聽畢，俱極讚揚。十八公道：「老拙無能，大膽攙越，也勉和一首。」云：

「勁節孤高笑木王，靈椿不似我名揚。山空百丈龍蛇影，泉汲千年琥珀香。
解與乾坤生氣概，喜因風雨化行藏。衰殘自愧無仙骨，惟有苓膏結壽場。」

孤直公道：「此詩起句豪雄，聯句有力，但結句自謙太過矣。堪羨！堪羨！老拙也和一首。」云：

「霜姿常喜宿禽王，四絕堂前大器揚。露重珠纓蒙翠蓋，風輕石齒碎寒香。
長廊夜靜吟聲細，古殿秋陰淡影藏。元日迎春曾獻壽，老來寄傲在山場。」

凌空子笑而言曰：「好詩！好詩！真個是月脅天心，老拙何能為和？但不可空過，也須扯淡幾句。」曰：

「梁棟之材近帝王，太清宮外有聲揚。晴軒恍若來青氣，暗壁尋常度翠香。
壯節凜然千古秀，深根結矣九泉藏。凌雲勢蓋婆娑影，不在群芳豔麗場。」

拂雲叟道：「三公之詩，高雅清淡，正是放開錦繡之囊也。我身無力，我腹無才，得三公之教，茅塞

⑤憲烏——指御史台的異稱，即憲台和烏台。

頓開。無已，也打油幾句，幸勿哂焉。」詩曰：

淇澳園中樂聖王，渭川千畝任分揚。翠筠不染湘娥淚，班籜堪傳漢史香。
霜葉自來顏不改，烟梢從此色何藏？子猷去世知音少，亘古留名翰墨場。」

三藏道：「眾仙老之詩，真個是吐鳳噴珠，游夏莫贊。厚愛高情，感之極矣。但夜已深沉，三個小徒，不知在何處等我。弟子不能久留，敢此告回尋訪，尤無窮之至愛也。望老仙指示歸路。」四老笑道：「聖僧勿慮。我等也是千載奇逢。況天光晴爽，雖夜深卻月明如晝，再寬坐坐，待天曉自當遠送過嶺，高徒一定可相會也。」

正話間，只見石屋之外，有兩個青衣女童，挑一對絳紗燈籠，後引著一個仙女。那仙女撚著一枝杏花，笑吟吟進門相見。那仙女怎生模樣？他生得：

青姿妝翡翠，丹臉賽胭脂。星眼光還彩，娥眉秀又齊。下襯一條五色梅淺紅裙子，上穿一件烟裡火比甲輕衣。弓鞋彎鳳嘴，綾襪錦拖泥。妖嬈嬌似天台女，不亞當年俏妲姬。

四老欠身問道：「杏仙何來？」那女子對眾道了萬福，道：「知有佳客在此賡酬，特來相訪。敢求一見。」十八公指著唐僧道：「佳客在此，何勞求見！」三藏躬身，不敢言語。那女子叫：「快獻茶來。」又有兩個黃衣女童，捧一個紅漆丹盤，盤內有六個細磁茶盂，盂內設幾品異果，橫擔著匙兒，提一把白鐵嵌黃銅的茶壺，壺內香茶噴鼻。斟了茶，那女子微露春葱，捧磁盂先奉三藏，次奉四老，然後一盞，自取而陪。

凌空子道：「杏仙為何不坐？」那女子方纔去坐。茶畢，欠身問道：「仙翁今宵盛樂，佳句請教一

二如何？」拂雲叟道：「我等皆鄙俚之言，惟聖僧真盛唐之作，甚可嘉羨。」那女子道：「如不吝教，乞賜一觀。」四老即以長老前詩、後詩並禪法論，宣了一遍。那女子滿面春風，對眾道：「妾身不才，不當獻醜。但聆此佳句，似不可虛，也勉強將後詩奉和一律如何？」遂朗吟道：

「上蓋留名漢武王，周時孔子立壇場。董仙愛我成林積，孫楚曾憐寒食香。

雨潤紅姿嬌且嫩，烟蒸翠色顯還藏。自知過熟微酸意，落處年年伴麥場。」

四老聞詩，人人稱賀，都道：「清雅脫塵，句內包含春意。好個『雨潤紅姿嬌且嫩』！『雨潤紅姿嬌且嫩』！」那女子笑而悄答道：「惶恐！惶恐！適聞聖僧之章，誠然錦心綉口。如不吝珠玉，賜教一闋如何？」唐僧不敢答應。那女子漸有見愛之情，挨挨軋軋，漸近坐邊，低聲悄語，呼道：「佳客，莫者趁此良宵，不耍子待要怎的？人生光景，能有幾何？」十八公道：「杏仙儘有仰高之情，聖僧豈可無俯就之意？如不見憐，是不知趣了也。」孤直公道：「聖僧乃有道有名之士，決不苟且行事。如此樣舉措，是我等取罪過了。汙人名，壞人德，非遠達也。果是杏仙有意，可教拂雲叟與十八公做媒，我與凌空子保親，成此姻眷，何不美哉！」

三藏聽言，遂變了顏色，跳起來高叫道：「汝等皆是一類怪物，這般誘惑我！當時只以風雅之言，談玄談道可也；如今怎麼以美人局來騙害貧僧？是何道理！」四老見三藏發怒，一個個咬指擔驚，再不復言。那赤身鬼使暴躁如雷，道：「這和尚好不識擡舉！我這姐姐，那些兒不好？他人材俊雅，玉質嬌姿，不必說那女工針指，只這一段詩材，也配得過你。你怎麼這等推辭！休錯過了！孤直公之言甚當。如果不可苟合，待我再與你主婚。」三藏大驚失色。憑他們怎麼胡談亂講，只是不從。鬼使又道：「你這和尚，我們好言好語，你不聽從，若是我們發起村野之性，還把你攝了去，教你和尚不得做，老婆不得取，卻不枉為人一世也？」那長老心如金石，堅執不從。暗想道：「我徒弟們不知在那裡尋我哩！……」說一聲，止不住眼中墮淚。那女子陪著笑，挨至身邊，翠袖中取出一個蜜合綾汗巾來，與他揩淚，道：「佳客勿得煩惱。我與你倚玉偎香，耍子去來。」長老咄的一聲吆喝，跳起身來就走；被那些人扯扯拽拽，嚷到天明。

忽聽得那裡叫道：「師父！師父，你在那方言語也？」原來那孫大聖與八戒、沙僧，牽著馬，挑著擔，一夜不曾住腳，穿荊度棘，東尋西找，卻好半雲半霧的，過了八百里荊棘嶺西下，聽得唐僧吆喝，卻就喊了一聲。那長老掙出門來，叫聲：「悟空，我在這裡哩。快來救我！快來救我！」那四老與鬼使，那女子與女童，晃一晃，都不見了。

須臾間，八戒、沙僧俱到邊前道：「師父，你怎麼得到此也？」三藏扯住行者道：「徒弟呵，多累了你們了！昨日晚間見的那個老者，言說土地送齋一事，是你喝聲要打，他就把我擡到此方。他與我攜手相攙，走入門，又見三個老者，來此會我，俱道我做『聖僧』。一個個言談清雅，極善吟詩。我與他賡和相攀，覺有夜半時候，又見一個美貌女子，花燈火，也來這裡會我，吟了一首詩，稱我做『佳客』。因見我相貌，欲求配偶，我方省悟。正不從時，又被他做媒的做媒，保親的保親，主婚的主婚，我立誓不肯。正欲掙著要走，與他嚷鬧，不期，你們到了。一則天明，二來還是怕你，只纔還扯扯拽拽，忽然就不見了。」行者道：「你既與他敘話談詩，就不曾問他個名字？」三藏道：「我曾問他之號。那老者喚做十八公，號勁節；第二個號孤直公；第三個號凌空子；第四個號拂雲叟；那女子，稱他做杏仙。」八戒道：「此物在於何處？纔往那方去了？」三藏道：「去向之方，不知何所；但只談詩之處，去此不遠。」

他三人同師父看處，只見一座石崖，崖上有「木仙菴」三字。三藏道：「此間正是。」行者仔細觀之，卻原來是一株大檜樹，一株老柏，一株老松，一株老竹。竹後有一株丹楓。再看崖那邊，還有一株老杏，二株臘梅，二株丹桂。行者笑道：「你可曾看見妖怪？」八戒道：「不曾。」行者道：「你不知。就是這幾株樹木在此成精也。」八戒道：「哥哥怎得知成精者是樹？」行者道：「十八公乃松樹；孤直公乃柏樹；凌空子乃檜樹；拂雲叟乃竹竿；赤身鬼乃楓樹；杏仙即杏樹；女童即丹桂，即臘梅也。」八戒聞言，不論好歹，一頓釘鈀，三五長嘴，連拱帶築，把兩顆臘梅、丹桂，老杏、楓樹，俱揮倒在地，果然那根下俱鮮血淋漓。三藏近前扯住道：「悟能，不可傷了他！他雖成了氣候，卻不曾傷我。我等找路去罷。」行者道：「師父不可惜他。恐日後成了大怪，害人不淺也。」那獃子索性一頓鈀，將松、柏、檜、竹一齊皆築倒，卻纔請師父上馬，順大路一齊西行。畢竟不知前去如何，且聽下回分解。

聯經出版事業公司 校印

第六十五回　妖邪假設小雷音　四衆皆逢大厄難

這回因果，勸人為善，切休作惡。一念生，神明照鑒，任他為作。拙蠢乖能君怎學，兩般還是無心藥。趁生前有道正該修，莫浪泊。認根源，脫本殼。訪長生，須把捉。要時時明見，醍醐①斟酌。貫徹三關填黑海，管教善者乘鸞鶴。那其間愍故更慈悲，登極樂。

話表唐三藏一念虔誠，且休言天神保護，似這草木之靈，尚來引送，雅會一宵，脫出荊棘針刺，再無蘿蓏攀纏。四眾西進，行彀多時，又值冬殘，正是那三春之日：

物華交泰，斗柄回寅。草芽遍地綠，柳眼滿堤青。一嶺桃花紅錦涴，半溪煙水碧羅明。幾多風雨，無限心情。日晒花心豔，燕啣苔蕊輕。山色王維畫濃淡，鳥聲季子②舌縱橫。芳菲鋪綉無人賞，

①醍醐——酥酪上凝結似油者；佛家用它比喻正法。

②季子——戰國縱橫家蘇秦的字號。

蝶舞蜂歌卻有情。

師徒們也自尋芳踏翠，緩隨馬步。正行之間，忽見一座高山，遠望著與天相接。三藏揚鞭指道：「悟空，那座山也不知有多少高，可便似接著青天，透沖碧漢。」行者道：「古詩不云：『只有天在上，更無山與齊。』但言山之極高，無可與他比並。豈有接天之理！」八戒道：「若不接天，如何把崑崙山號為『天柱』？」行者道：「你不知。自古『天不滿西北』。崑崙山在西北乾位上，故有頂天塞空之意，遂名天柱。」沙僧笑道：「大哥把這好話兒莫與他說。他聽了去，又降③別人。我們且走路。等上了那山，就知高下也。」

那獃子趕著沙僧，廝耍廝鬥。老師父馬快如飛。須臾，到那山崖之邊。一步步往上行來，只見那山：

林中風颯颯，澗底水潺潺。鴉雀飛不過，神仙也道難。千崖萬壑，億曲百灣。塵埃滾滾無人到，怪石森森不厭看。有處有雲如水滉，是方是樹鳥聲繁。鹿啣芝去，猿摘桃還。狐狢往來崖上跳，麖獐出入嶺頭頑。忽聞虎嘯驚人膽，斑豹蒼狼把路攔。

唐三藏一見心驚。孫行者神通廣大，你看他一條金箍棒，哮吼一聲，嚇過了狼蟲虎豹，剖開路，引師父直上高山。行過嶺頭，下西平處，忽見神光靄靄，彩霧紛紛，有一所樓臺殿閣，隱隱的鐘聲悠揚。三藏道：「徒弟們，看是個甚麼去處。」行者擡頭，用手搭涼篷，仔細觀看，那壁廂好個所在！真個是：

珍樓寶座，上剎名方。谷虛繁地籟，境寂散天香。青松帶雨遮高閣，翠竹留雲護講堂。霞光縹緲

③降——挾制。

龍宮顯，彩色飄颻沙界長。朱欄玉戶，畫棟雕梁。談經香滿座，語籙月當窗。鳥啼丹樹內，鶴飲石泉旁。四圍花發琪園秀，三面門開舍衛光。樓臺突兀門迎嶂，鐘磬虛徐聲韻長。窗開風細，簾捲煙茫。有僧情散淡，無俗意和昌。紅塵不到真仙境，靜土招提好道場。

行者看罷，回復道：「師父，那去處便是座寺院，卻不知禪光瑞靄之中，又有些凶氣何也。觀此景象，也是雷音，卻又路道差池④。我們到那廂，決不可擅入，恐遭毒手。」唐僧道：「既有雷音之景，莫不就是靈山？你休誤了我誠心，擔擱了我來意。」行者道：「不是，不是！靈山之路，我也走過幾遍，那是這路途！」八戒道：「縱然不是，也必有個好人居住。」沙僧道：「不必多疑。此條路未免從那門首過，是不是，一見可知也。」行者道：「悟淨說得有理。」

那長老策馬加鞭，至山門前，見「雷音寺」三個大字，慌得滾下馬來，倒在地下。口裡罵道：「潑猢猻！害殺我也！現是雷音寺，還哄我哩！」行者陪笑道：「師父莫惱，你再看看。山門上乃四個字，你怎麼只念出三個來，倒還怪我？」長老戰兢兢的爬起來再看，真個是四個字，乃「小雷音寺」。三藏道：「就是小雷音寺，必定也有個佛祖在內。經上言三千諸佛，想是不在一方：似觀音在南海，普賢在峨眉，文殊在五臺。這不知是那一位佛祖的道場。古人云：『有佛有經，無方無寶。』我們可進去來。」行者道：「不可進去。此處少吉多凶。若有禍患，你莫怪我。」三藏道：「就是無佛，也必有個佛像。我弟子心願，遇佛拜佛，如何怪你。」即命八戒取袈裟，換僧帽，結束了衣冠，舉步前進。

④差池——錯誤。

只聽得山門裡有人叫道：「唐僧，你自東土來拜見我佛，怎麼還這等怠慢？」三藏聞言，即便下拜。八戒也磕頭，沙僧也跪倒；惟大聖牽馬，收拾行李，在後方入。到二層門內，就見如來大殿。殿門外寶臺之下，擺列著五百羅漢、三千揭諦、四金剛、八菩薩、比丘尼、優婆塞，無數的聖僧、道者。真個也香花豔麗，瑞氣繽紛。慌得那長老與八戒、沙僧一步一拜，拜上靈臺之間。行者公然不拜。又聞得蓮臺座上厲聲高叫道：「那孫悟空，見如來怎麼不拜？」不知行者又仔細觀看，見得是假，遂丟了馬匹、行囊，掣棒在手，喝道：「你這夥孽畜，十分膽大！怎麼假倚佛名，敗壞如來清德！不要走！」雙手輪棒，上前便打。只聽得半空中叮噹一聲，撇下一副金鐃，把行者連頭帶足，合在金鐃之內。慌得個猪八戒、沙和尚連忙使起鈀杖，就被些阿羅、揭諦、聖僧、道者一擁近前圍繞。他兩個措手不及，盡被拿了。將三藏捉住，一齊都繩穿索綁，緊縛牢拴。

原來那蓮花座上裝佛祖者乃是個妖王，眾阿羅等，都是些小怪。遂收了佛祖體像，依然現出妖身。將三眾擡入後邊收藏；把行者合在金鐃之中，永不開放。只擱在寶臺之上，限三晝夜化為膿血。化後纔將鐵籠蒸他三個受用，這正是：

碧眼猢兒識假真，禪機見像拜金身。黃婆盲目同參禮，木母癡心共話論。
邪怪生強欺本性，魔頭懷惡詐天人。誠為道小魔頭大，錯入旁門枉費心。

那時群妖將唐僧三眾收藏在後；把馬栓在後邊；把他的袈裟、僧帽安在行李擔內，亦收藏了。一壁廂嚴緊不題。

卻說行者合在金鐃裡，黑洞洞的，燥得滿身流汗，左拱右撞，不能得出。急得他使鐵棒亂打，莫想

聯經出版事業公司校印

得動分毫。他心裡沒了算計，將身往外一掙，卻要掙破那金鐃；遂捻著一個訣，就長有千百丈高，那金鐃也隨他身長，全無一些瑕縫光明。卻又捻訣把身子往下一小，小如芥菜子兒，那鐃也就隨身小了，更無些些孔竅。他又把鐵棒，吹口仙氣，叫「變！」即變做旛竿一樣，撐住金鐃。他卻把腦後毫毛，選長的，拔下兩根，叫「變！」即變做梅花頭，五瓣鑽兒，挨著棒下，鑽有千百下，只鑽得蒼蒼響亮，再不鑽動一些。行者急了，卻捻個訣，念一聲「唵藍靜法界，乾元亨利貞」的呪語。拘得那五方揭諦、六丁六甲、一十八位護教伽藍，都在金鐃之外道：「大聖，我等俱保護你師父，不教妖魔傷害，你又拘喚我等做甚？」行者道：「我那師父，不聽我勸解，就弄死他也不虧！──但只你等怎麼快作法將這鐃鈸掀開，放我出來，再作處治。這裡面不通光亮，滿身暴躁，卻不悶殺我也？」衆神真個掀鐃，就如長就的一般，莫想揭動分毫。金頭揭諦道：「大聖，這鐃鈸不知是件甚麼寶貝，連上帶下，合成一塊。小神力薄，不能掀動。」行者道：「我在裡面，不知使了多少神通，也不得動。」

揭諦聞言，即著六丁神保護著唐僧，六甲神看守著金鐃，衆伽藍前後照察；他卻縱起祥光，須臾間，闖入南天門裡。不待宣召，直上靈霄寶殿之下，見玉帝俯伏啟奏道：「主公，臣乃五方揭諦使。今有齊天大聖保唐僧取經，路遇一山，名小雷音寺。唐僧錯認靈山進拜，原來是妖魔假設，困陷他師徒，將大聖合在一副金鐃之內；進退無門，看看至死，特來啟奏。」即傳旨：「差二十八宿星辰，快去釋厄降妖。」

那星辰不敢少緩，隨同揭諦，出了天門，至山門之內。有二更時分，那些大小妖精，因獲了唐僧，老妖俱犒賞了，各去睡覺。衆星宿更不驚張，都到鐃鈸之外，報道：「大聖，我等是玉帝差來二十八宿，到此救你。」行者聽說大喜。便教：「動兵器打破，老孫就出來了！」眾星宿道：「不敢打。此物乃渾金之寶，打著必響，響時驚動妖魔，卻難救拔。等我們用兵器捎他。你那裡但見有一些光處就走。」行者道：「正是。」你看他們使鎗的使鎗，使劍的使劍，使刀的使刀，使斧的使斧；扛的扛，擡的擡，掀的掀，捎的捎；弄到有三更天氣，漠然不動，就是鑄成了囫圇的一般。那行者在裡邊，東張張，西望望，爬過來，滾過去，莫想看見一些光亮。

亢金龍道：「大聖呵，且休焦躁。觀此寶定是個如意之物，斷然也能變化。你在那裡面，於那合縫之處，用手摸著，等我使角尖兒拱進來，你可變化了，順鬆處脫身。」行者依言，真個在裡面亂摸。這星宿把身變小了，那角尖兒就似個針尖一樣，順著鈸，合縫口上，伸將進去。可憐用盡千斤之力，方能穿透裡面。卻將本身與角使法像，叫「長！長！長！」角就長有碗來粗細。那鈸口倒也不像金鑄的，好似皮肉長成的，順著亢金龍的角，緊緊噙住，四下裡更無一絲拔縫。行者摸著他的角，叫道：「不濟事！上下沒有一毫鬆處！沒奈何！你忍著些兒疼，帶我出去。」好大聖，即將金箍棒變作一把鋼鑽兒，將他那角尖上鑽了一個孔竅，把身子變得似個芥菜子兒，拱在那鑽眼裡蹲著，叫：「扯出角去！扯出角去！」這星宿又不知費了多少力，方纔拔出，使得力盡觔柔，倒在地下。

行者卻從他角尖鑽眼裡鑽出，現了原身，掣出鐵棒，照鐃鈸噹的一聲打去，就如崩倒銅山，咋開金礦。可惜把個佛門之器，打做個千百塊散碎之金！諕得那二十八宿驚張，五方揭諦髮豎。大小群妖皆夢醒。老妖王睡裡慌張，急起來，披衣擂鼓，聚點群妖，各執器械。此時天將黎明。一擁趕到寶臺之下。只見孫行者與列宿圍在碎破金鐃之外，大驚失色，即令：「小的們！緊關了門，不要放出人去！」

行者聽說，即攜星眾，駕雲跳在九霄空裡。那妖王收了碎金，排開妖卒，列在山門外。妖王懷恨，沒奈何披掛了，使一根短軟狼牙棒，出營高叫：「孫行者！好男子不可遠走高飛！快向前與我交戰三合！」行者忍不住，即引星眾，按落雲頭，觀看那妖精怎生模樣。但見他：

蓬著頭，勒一條扁薄金箍；光著眼，簇兩道黃眉的豎。懸膽鼻，孔竅開查；四方口，牙齒尖利。穿一副叩結連環鎧，勒一條生絲攢穗絛。腳踏烏喇鞋⑤一對，手執狼牙棒一根。此形似獸不如獸，相貌非人卻似人。

行者挺著鐵棒喝道：「你是個甚麼物，擅敢假裝佛祖，侵占山頭，虛設小雷音寺！」那妖王道：「這猴兒是也不知我的姓名，故來冒犯仙山。此處喚做小西天。因我修行，得了正果，天賜與我的寶閣珍樓。我名乃是黃眉老佛。這裡人不知，但稱我為黃眉大王、黃眉爺爺。一向久知你往西去，有些手段，故此設像顯能，誘你師父進來，要和你打個賭賽。如若鬥得過我，饒你師徒，讓汝等成個正果；若是不能，將汝等打死，等我去見如來取經，果正中華也。」行者笑道：「妖精，不必海口！既要賭，快上來領棒！」那妖王喜孜孜，使狼牙棒抵住。這一場好殺：

兩條棒，不一樣，說將起來有形狀：一條短軟佛家兵，一條堅硬藏海藏。都有隨心變化功，今番相遇爭強壯。短軟狼牙雜錦妝，堅硬金箍蛟龍像。若粗若細實可誇，要短要長甚停當。猴與魔，齊打仗，這場真個無虛誑。馴猴秉教作心猿，潑怪欺天弄假像。嗔嗔恨恨各無情，惡惡兇兇都有

⑤烏喇鞋——一種用熟牛皮縫的鞋子。

聯經出版事業公司 校印

樣。那一個當頭手起不放鬆，這一個架丟劈面難推讓。噴雲照日昏，吐霧遮峰嶂。棒來棒去兩相迎，忘生忘死因三藏。

看他兩個鬥經五十回合，不見輸贏。那山門口，嗚鑼擂鼓，眾妖精吶喊搖旗。這壁廂，有二十八宿天兵共五方揭諦眾聖，各掮器械，吆喝一聲，把那魔頭圍在中間，嚇得那山門外群妖難擂鼓，戰兢兢手軟不敲鑼。

老妖魔公然不懼，一隻手使狼牙棒，架著眾兵；一隻手去腰間解下一條舊白布搭包兒，往上一抛，滑的一聲響亮，把孫大聖、二十八宿與五方揭諦，一搭包兒通裝將去，挎在肩上，拽步回身。眾小妖個個歡然得勝而回。老妖教小的們取了三五十條麻索，解開搭包，拿一個，綑一個。一個個都骨軟觔麻，皮膚窊皺⑥。綑了擡去後邊，不分好歹，俱擲之於地。妖王又命排筵暢飲，自旦至暮方散，各歸寢處不題。

卻說孫大聖與眾神綑至夜半，忽聞有悲泣之聲。側耳聽時，卻原來是三藏聲音。哭道：「悟空呵！我

自恨當時不聽伊，致令今日受災危。金鐃之內傷了你，麻繩綑我有誰知？

四眾遭逢緣命苦，三千功行盡傾頹。何由解得迍邅難，坦蕩西方去復歸！」

行者聽言，暗自憐憫道：「那師父雖是未聽吾言，今遭此害，然於患難之中，還有憶念老孫之意。趁此夜靜妖眠，無人防備，且去解脫眾等逃生也。」

⑥窊皺——形容皮膚凹陷下去的樣子。窊，ㄨㄚ。

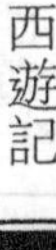

好大聖，使了個遁身法，將身一小，脫下繩來，走近唐僧身邊，叫道：「師父。」長老認得聲音，叫道：「你為何到此？」行者悄悄的把前項事告訴了一遍。長老甚喜道：「徒弟！快救我一救！向後事，但憑你處，再不強了！」行者纔動手，先解了師父，放了八戒、沙僧，又將二十八宿、五方揭諦，個個解了，又牽過馬來，教快先走出去；方出門，卻不知行李在何處，又來找尋。亢金龍道：「你好重物輕人！既救了你師父就彀了，又還尋甚行李？」行者道：「人固要緊，衣鉢尤要緊。包袱中有通關文牒、錦襴袈裟、紫金鉢盂，俱是佛門至寶，如何不要！」八戒道：「哥哥，你去找尋，我等先去路上等你。」你看那星衆，簇擁著唐僧，使個攝法，共弄神通，一陣風，撮出垣圍，奔大路，下了山坡，卻屯於平處等候。

約有三更時分，孫大聖輕挪慢步，走入裡面。原來一層層門戶甚緊。他就爬上高樓看時，窗牖皆關。欲要下去，又恐怕窗櫺兒響，不敢推動。捻著訣，搖身一變，變做一個仙鼠，俗名蝙蝠。你道他怎生模樣：

頭尖還似鼠，眼亮亦如之。有翅黃昏出，無光白晝居。
藏身穿瓦穴，覓食撲蚊兒。偏喜晴明月，飛騰最識時。

他順著不封瓦口椽子之下，鑽將進去。越門過戶，到了中間看時，只見那第三重樓窗之下，烱灼灼一道毫光，也不是燈燭之光、螢火之光，又不是飛霞之光、掣電之光。心半飛半跳，近於窗前看時，卻是包袱放光。那妖精把唐僧的袈裟脫了，不曾摺，就亂亂的㨮在包袱之內。那袈裟本是佛寶，上邊有如意珠、摩尼珠、紅瑪瑙、紫珊瑚、舍利子、夜明珠，所以透的光彩。他見了此衣鉢，心中大喜，就現了本像，拿將過來，也不管擔繩偏正，擡上肩，往下就走。不期脫了一頭，撲的落在樓板上，唿喇的一聲響亮。噫！有這般事：可可的老妖精在樓下睡覺，一聲響，把他驚醒，跳起來，亂叫道：「有人了！有人了！」那些大小妖都起來，點燈打火，一齊吆喝，前後去看。有的來報道：「唐僧走了！」又有的來報道：「行者眾人俱走了！」老妖急傳號令，教：「各門上謹慎！」行者聽言，恐又遭他羅網，挑不成包袱，縱觔斗，就跳出樓窗外走了。

那妖精前前後後，尋不著唐僧等。又見天色將明，取了棒，帥眾來趕，只見那二十八宿與五方揭諦等神，雲霧騰騰，屯住山坡之下。妖王喝了一聲：「那裡去！吾來也！」角木蛟急喚：「兄弟們！怪物來了！」亢金龍、女土蝠、房日兔、心月狐、尾火虎、箕水豹、斗木獬、牛金牛、氐土貉、虛日鼠、危月燕、室火豬、壁水㺄、奎木狼、婁金狗、胃土彘、昴日雞、畢月烏、觜火猴、參水猿、井木犴、鬼金羊、柳土獐、星日馬、張月鹿、翼火蛇、軫水蚓，領著金頭揭諦、銀頭揭諦、六甲六丁神、護教伽藍，同八戒、沙僧——不領唐三藏，丟了白龍馬——各執兵器，一擁而上。這妖王見了，呵呵冷笑，叫一聲哨子，有四五千大小妖精，一個個威強力勝，渾戰在西山坡上。好殺：

魔頭潑惡欺真性，真性溫柔怎奈魔。百計施為難脫苦，千方妙用不能和。諸天來擁護，眾聖助干戈。留情虧木母，定志感黃婆。渾戰驚天并振地，強爭設網與張羅。那壁廂搖旗吶喊，這壁廂擂鼓篩鑼。鎗刀密密寒光蕩，劍戟紛紛殺氣多。妖卒兇還勇，神兵怎奈何。愁雲遮日月，慘霧罩山河。苦掤苦拽來相戰，皆因三藏拜彌陀。

那妖精倍加勇猛，帥眾上前掩殺。正在那不分勝敗之際，只聞得行者叱咤一聲道：「老孫來了！」八戒迎著道：「行李如何？」行者道：「老孫的性命幾乎難免，卻便說甚麼行李！」沙僧執著寶杖道：

「且休敘話，快去打妖精也！」那星宿、揭諦、丁甲等神，被群妖圍在垓心渾殺，老妖使棒來打他三個。這行者、八戒、沙僧丟開棍杖，輪著釘鈀抵住。真個是地暗天昏，不能取勝。只殺得太陽星，西沒山根；太陰星，東生海嶠。那妖見天晚，打個哨子，教群妖各各留心，他卻取出寶貝。孫行者看得分明。那怪解下搭包，拿在手中。行者道聲：「不好了！走呵！」他就顧不得八戒、沙僧、諸天等衆，一路斗觔，跳上九霄空裡。衆神、八戒、沙僧不解其意，被他抛起去，又都裝在裡面，只是行者走了。那妖王收兵回寺，又教取出繩索，照舊綁了。將唐僧、八戒、沙僧懸梁高吊；白馬拴在後邊；諸神亦俱綁縛，擡在地窖子內，封鎖了蓋。那衆妖遵依，一一收了不題。

卻說孫行者跳在九霄，全了性命；見妖兵回轉，不張旗號，已知衆等遭擒。他卻按下祥光，落在那東山頂上，咬牙恨怪物，滴淚想唐僧，仰面朝天望，悲嗟忽失聲。叫道：「師父呵！你是那世裡造下這迍邅難，今世裡步步遇妖精。似這般苦楚難逃，怎生是好！」獨自一個，嗟嘆多時，復又寧神思慮，以心問心道：「這妖魔不知是個甚麼搭包子，那般裝得許多物件？如今將天神、天將，許多人又都裝進去了。我待求救於天，奈恐玉帝見怪。我記得有個北方真武，號曰蕩魔天尊，他如今現在南贍部洲武當山上，等我去請他來搭救師父一難。」正是：仙道未成猿馬散，心神無主五行枯。畢竟不知此去端的如何，且聽下回分解。

第六十六回　諸神遭毒手　彌勒縛妖魔

話表孫大聖無計可施，縱一朵祥雲，駕觔斗，徑轉南贍部洲去拜武當山，參請蕩魔天尊，解釋三藏、八戒、沙僧、天兵等眾之災。他在半空裡無停止，不一日，早望見祖師仙境，輕輕按落雲頭，定睛觀看，好去處：

巨鎮東南，中天神岳。芙蓉峰竦傑，紫蓋嶺巍峨。九江水盡荊揚遠，百越山連翼軫多。上有太虛之寶洞，朱陸之靈臺。三十六宮金磬響，百千萬客進香來。舜巡禹禱，玉簡金書。樓閣飛青鳥，幢幡擺赤裾。地設名山雄宇宙，天開仙境透空虛。幾樹榔梅花正放，滿山瑤草色皆舒。龍潛澗底，虎伏崖中。幽含如訴語，馴鹿近人行。白鶴伴雲棲老檜，青鸞丹鳳向陽鳴。玉虛師相真仙地，金闕仁慈治世門。

上帝祖師乃淨樂國王與善勝皇后，夢吞日光，覺而有孕，懷胎一十四個月，於開皇元年甲辰之歲，三月初一日午時，降誕於王宮。那爺爺：

幼而勇猛，長而神靈。不統王位，惟務修行。父母難禁，棄舍皇宮。參玄入定，在此山中。功完行滿，白日飛昇。玉皇勅號，真武之名。玄虛上應，龜蛇合形，周天六合，皆稱萬靈。無幽不察，無顯不成。劫終劫始，剪伐魔精。

孫大聖玩著仙境景致，早來到一天門、二天門、三天門。卻至太和宮外，忽見那祥光瑞氣之間，簇擁著五百靈官。那靈官上前迎著道：「那來的是誰？」大聖道：「我乃齊天大聖孫悟空，要見師相。」眾靈官聽說，隨報。祖師即下殿，迎到太和宮。行者作禮道：「我有一事奉勞。」問：「何事？」行者道：「保唐僧西天取經，路遭險難。至西牛賀洲，有座山喚小西天，小雷音寺有一妖魔。我師父進得山門，見有阿羅、揭諦、比丘、聖僧排列，以為真佛，倒身纔拜，忽被他拿住綁了。我又失於防閑，被他拋一副金鐃，將我罩在裡面，無纖毫之縫，口合如鉗。甚虧金頭揭諦請奏玉帝，欽差二十八宿，當夜下界，掀揭不起。幸得亢金龍將角透入鐃內，將我度出，被我打碎金鐃，驚醒怪物。趕戰之間，又被撒一個白布搭包兒，將我與二十八宿並五方揭諦，盡皆裝去，復用繩綑了。是我當夜脫逃，救了星辰等眾，與我唐僧等。後為找尋衣鉢，又驚醒那怪，與天兵趕戰。那怪又拿出搭包兒，理弄之時，我卻知到前音，遂走了。眾等被他依然裝去。我無計可施，特來拜求師相一助力也。」祖師道：「我當年威鎮北方，統攝真武之位，剪伐天下邪妖，乃奉玉帝勅旨。後又披髮跣足，踏騰蛇神龜，領五雷神將、巨虬獅子、猛獸毒龍，收降東北方黑氣妖氛，乃奉元始天尊符召。今日靜享武當山，安逸太和殿，一向海岳平寧，乾坤清泰。奈何我南贍部洲并北具蘆洲之地，妖魔剪伐，邪鬼潛踪。今蒙大聖下降，不得不行；只是上界無有旨意，不敢擅動干戈。假若法遣眾神，又恐玉帝見罪；十分卻了大聖，

聯經出版事業公司校印

又是我逆了人情。我諒著那西路上縱有妖邪，也不為大害。我今著龜、蛇二將並五大神龍與你助力，管教擒妖精，救你師之難。」

行者拜謝了祖師，即同龜、蛇、龍神各帶精銳之兵，復轉西方之界。不一日，到了小雷音寺，按下雲頭，徑至山門外叫戰。

卻說那黃眉大王聚眾怪在寶閣下，說：「孫行者這兩日不來，又不知往何方去借兵也。」說不了，只見前門上小妖報道：「行者引幾個龍蛇龜相，在門外叫戰！」妖魔道：「這猴兒怎麼得個龍蛇龜相？此等之類，卻是何方來者？」隨即披掛，走出山門高叫：「汝等是那路龍神，敢來造吾仙境？」五龍、二將相貌崢嶸，精神抖擻，喝道：「那潑怪，我乃武當山太和宮混元教主蕩魔天尊之前五位龍神，龜、蛇二將。今蒙齊天大聖相邀，我天尊符召，到此捕你。你這妖精，快送唐僧與天星等出來，免你一死！不然，將這一山之怪，碎劈其屍；幾間之房，燒為灰燼！」那怪聞言，心中大怒道：「這畜生，有何法力，敢出大言！不要走！喫吾一棒！」這五條龍，翻雲使雨；那兩員將，播土揚沙，各執鎗刀劍戟，一擁而攻。孫大聖又使鐵棒隨後。這一場好殺：

兇魔施武，行者求兵。兇魔施武，擅據珍樓施佛像；行者求兵，遠參寶境借龍神。龜蛇生水火，妖怪動刀兵。五龍奉旨來西路，行者因師在後收。劍戟光明搖彩電，鎗刀晃亮閃霓虹。這個狼牙棒，強能短軟；那個金箍棒，隨意如心。只聽得扢扑響聲如爆竹，叮噹音韻似敲金。水火齊來征怪物，刀兵共簇繞精靈。喊殺驚狼虎，諠譁振鬼神。渾戰正當無勝處，妖魔又取寶和珍。

行者帥五龍、二將，與妖魔戰經半個時辰，那妖精即解下搭包在手。行者見了心驚，叫道：「列位仔細！」那龍神、蛇、龜不知甚麼仔細，一個個都停住兵，近前抵攩。那妖精晃的一聲，把搭包兒撇將起去；孫大聖顧不得五龍、二將，駕觔斗，跳在九霄逃脫。他把個龍神、龜、蛇一搭包子又裝將去了。妖精得勝回寺，也將繩綑了，擡在地窖子裡蓋住不題。

你看那大聖落下雲頭，斜攲在山巔之上，沒精沒采，懊恨道：「這怪物十分利害！」不覺的合著眼，似睡一般。猛聽得有人叫道：「大聖，休推睡，快早上緊求救。你師父性命，只在須臾間矣！」行者急睜睛跳起來看，原來是日值功曹。行者喝道：「你這毛神，一向在那方貪圖血食，不來點卯，今日卻來驚我！伸過孤拐來，讓老孫打兩棒解悶！」功曹慌忙施禮道：「大聖，你是人間之喜仙，何悶之有！我等早奉菩薩旨令，教我等暗中護佑唐僧，乃同土地等神，不敢暫離左右，是以不得常來參見。怎麼反見責也？」行者道：「你既是保護，如今那眾星、揭諦、伽藍並我師等，被妖精困在何方？受甚罪苦？」功曹道：「你師父、師弟，都弔在寶殿廊下；星辰等眾，都收在地窖之間受罪。這兩日不聞大聖消息，卻纔見妖精又拿了神龍、龜、蛇，又送在地窖裡去了，方知是大聖請來的兵，小神特來尋大聖。大聖莫辭勞倦，千萬再急急去求救援。」

行者聞言及此，不覺對功曹滴淚道：「我如今愧上天宮，羞臨海藏！怕問菩薩之原由，愁見如來之玉像！纔拿去者，乃真武師相之龜、蛇、五龍聖眾。教我再無方求救，奈何？」功曹笑道：「大聖寬懷。小神想起一處精兵，請來斷然可降。適纔大聖至武當，是南贍部洲之地。這枝兵也在南贍部洲盱眙山蠙城，即今泗洲是也。那裡有個大聖國師王菩薩，神通廣大。他手下有一個徒弟，喚名小張太子，還有四大神將，昔年曾降伏水母娘娘。你今親去請他。他來施恩相助，准可捉怪救師也。」行者心喜道：「你且去保護我師父，勿令傷他，待老孫去請也。」

行者縱起觔斗雲，躲離怪處，直奔盱眙山，不一日，早到。細觀，真好去處：

南近江津，北臨淮水，東通海嶠，西接封浮。山頂上有樓觀崢嶸，山凹裡有澗泉浩湧。嵯峨怪石，槃秀喬松。百般果品應時新，千樣花枝迎日放，人如蟻陣往來多，舡似鴈行歸去廣。上邊有瑞巖觀、東岳宮、五顯祠、龜山寺，鐘韻香煙沖碧漢；又有玻璃泉、五塔峪、八仙臺、杏花園，山光樹色映蠙城。白雲橫不度，幽鳥倦還鳴。說甚泰嵩衡華秀，此間仙景若蓬瀛。

大聖觀玩不盡，徑過了淮河，入蠙城之內，到大聖禪寺山門外。又見那殿宇軒昂，長廊彩麗，有一座寶塔崢嶸。真是：

插雲倚漢高千丈，仰視金瓶透碧空。上下有光凝宇宙，東西無影映簾櫳。

風吹寶鐸聞天樂，日映冰虬對梵宮。飛宿靈禽時訴語，遙瞻淮水渺無窮。

行者且觀且走，直至二層門下。那國師王菩薩早已知之，即與小張太子出門迎迓。相見敘禮畢，行者道：「我保唐僧西天取經，路上有個小雷音寺，那裡有個黃眉怪，假充佛祖。我師父不辨真偽就下拜，被他拿了。又將金鐃把我罩住，幸虧天降星辰救出。是我打碎金鐃，與他賭鬥，又將一個布搭包兒，把天神、揭諦、伽藍與我師父、師弟盡皆裝了進去。我前去武當山請玄天上帝救援，他差五龍、龜、蛇拿怪，又被他一搭包子裝去。弟子無依無倚，故來拜請菩薩，大展威力，將那收水母之神通，拯生民之妙用，同弟子去救師父一難！取得經回，永傳中國，揚我佛之智慧，與般若之波羅也。」國師王道：「你今日之事，誠我佛教之興隆，理當親去；奈時值初夏，正淮水氾漲之時，新收了水猿大聖，那廝遇水即興；恐我去後，他乘空生頑，無神可治。今著小徒領四將和你去助力，煉魔收伏罷。」行者稱謝。即同四將並小張太子，又駕雲回小西天。直至小雷音寺，小張太子使一條楮白鎗，四大將輪四把鋸鋘劍，和孫大聖上前罵戰。小妖去報知，那妖王復帥群妖，鼓噪而出道：「猢猻！你今又請得何人來也？」說不了，小張太子指揮四將上前喝道：「潑妖精！你面上無肉，不認得我等在此！」妖王道：「是那方小將，敢來與他助力？」太子道：「吾乃泗洲大聖國師王菩薩弟子，帥領四大神將，奉令擒你！」妖王笑道：「你這孩兒有甚武藝，擅敢到此輕薄？」太子道：「你要知我武藝，等我道來：

祖居西土流沙國，我父原為沙國王。自幼一身多疾苦，命干華蓋惡星妨。
因師遠慕長生訣，有分相逢捨藥方。半粒丹砂祛病退，願從修行不為王。
學成不老同天壽，容顏永似少年郎。也曾趕赴龍華會，也曾騰雲到佛堂。
捉霧拿風收水怪，擒龍伏虎鎮山場。撫民高立浮屠塔，靜海深明舍利光。
楮白鎗尖能縛怪，淡緇衣袖把妖降。如今靜樂螾城內，大地揚名說小張。」

妖王聽說，微微冷笑道：「那太子，你捨了國家，從那國師王菩薩，修的是甚麼長生不老之術？只好收捕淮河水怪。卻怎麼聽信孫行者誑謬之言，千山萬水，來此納命！看你可長生可不老也！」

小張聞言，心中大怒，纏鎗當面便刺，四大將一擁齊攻，孫大聖使鐵棒上前又打。好妖精，公然不懼，輪著他那短軟狼牙棒，左遮右架，直挺橫衝。這場好殺：

小太子，楮白鎗，四柄鋸鋘劍更強。悟空又使金箍棒，齊心圍繞殺妖王。妖王其實神通大，不懼分毫左右搪。狼牙棒是佛中寶，劍砍鎗輪莫可傷。只聽狂風聲吼吼，又觀惡氣混茫茫。那個有意思凡弄本事，這個專心拜佛取經章。幾番騁馳，數次張狂，噴雲霧，閉三光，奮怒懷嗔各不良。多時三乘無上法，致令百藝苦相將。

概眾爭戰多時，不分勝負。那妖精又解搭包兒。見行者又叫：「列位仔細！」太子並眾等不知「仔細」之意。那怪滑的一聲，把四大將與太子，一搭包又裝將進去，只是行者預先知覺走了。那妖王得勝回寺，又教取繩綑了，送在地窖，牢封固鎖不題。

這行者縱觔斗雲起在空中，見那怪回兵閉門，纔按下祥光，立於西山坡上，悵望悲啼道：「師父呵！我自從秉教入禪林，感荷菩薩脫難深。保你西來求大道，相同輔助上雷音。只言平坦羊腸路，豈料崔巍怪物侵。百計千方難救你，東求西告枉勞心！」

大聖正當悽慘之時，忽見那西南上一朵彩雲墜地，滿山頭大雨繽紛，有人叫道：「悟空，認得我麼？」行者急走前看處，那個人：

大耳橫頤方面相，肩查腹滿身軀胖。一腔春意喜盈盈，兩眼秋波光蕩蕩。敞袖飄然福氣多，芒鞋灑落精神壯。極樂場中第一尊，南無彌勒笑和尚。

行者見了，連忙下拜道：「東來佛祖，那裡去？弟子失迴避了。萬罪！萬罪！」佛祖道：「我此來，專為這小雷音妖怪也。」行者道：「多蒙老爺盛德大恩。敢問那妖是那方怪物，何處精魔，不知他那搭包兒是件甚麼寶貝，煩老爺指示指示。」佛祖道：「他是我面前司磬的一個黃眉童兒。三月三日，我因赴元始會去，留他在宮看守，他把我這幾件寶貝拐出，假佛成精。那搭包兒是我的後天袋子，俗名喚做『人種袋』，那條狼牙棒是個敲磬的槌兒。」行者聽說，高叫一聲道：「好個笑和尚！你走了這童兒，教他誑稱佛祖，陷害老孫，未免有個家法不謹之過！」彌勒道：「一則是我不謹，走失人口；二則是你師徒們魔障未完：故此百靈下界，應該受難。我今來與你收他去也。」行者道：「這妖精神通廣大，你又無些兵器，何以收之？」彌勒笑道：「我在這山坡下，設一草菴，種一田瓜果在此，你去與他索戰。交戰之時，許敗不許勝，引他到我這瓜田裡。我別的瓜都是生的，你卻變做一個大熟瓜。他來定要瓜喫，我卻將你與他喫。喫下肚中，任你怎麼在內擺佈他。那時等我取了他的搭包兒，裝他回去。」行者道：「此計雖妙，你卻怎麼認得變的熟瓜？他怎麼就肯跟我來此？」彌勒笑道：「我為治世之尊，慧眼高明，豈不認得你！憑你變作甚物，我皆知之。但恐那怪不肯跟來耳。我卻教你一個法術。」行者道：「他斷然是以搭包兒裝我，怎肯跟來！有何法術可來也？」彌勒笑道：「你伸手來。」行者即舒左手，遞將過去。彌勒將右手食指，蘸著口中神水，在行者掌上寫了一個「禁」字，教他捏著拳頭，見妖精當面放手，他就跟來。

行者揝①拳，欣然領教。一隻手輪著鐵棒，直至山門外，高叫道：「妖魔，你孫爺爺又來了！可快出來，與你見個上下！」小妖又忙忙奔告。妖王問道：「他又領多少兵來叫戰？」小妖道：「別無甚兵，止他一個。」妖王笑道：「那猴兒計窮力竭，無處求人，斷然是送命來也。」隨又結束整齊，帶了寶貝，舉著那輕軟狼牙棒，走出門來，叫道：「孫悟空，今番掙挫②不得了！」行者罵道：「潑怪

①揝——抓、握的意思。

②掙挫——「挫」或作「⿵門坐」，掙扎的意思。

物！我怎麼掙挫不得？」妖王道：「我見你計窮力竭，無處求人，獨自個強來支持，如今拿住，再沒個甚麼神兵救拔，此所以說你掙挫不得也。」行者道：「這怪不知死活！莫說嘴！喫我一棒！」那妖王見他一隻手輪棒，忍不住笑道：「這猴兒，你看他弄巧！怎麼一隻手使棒支吾？」行者道：「兒子，你禁不得我兩隻手打！若是不使搭包子，再著三五個，也打不過老孫這一隻手！」妖王聞言，道：「也罷！也罷！我如今不使寶貝，只與你實打，比個雌雄。」即舉狼牙棒，上前來鬥，孫行者迎著面，把拳頭一放，雙手輪棒。那妖精著了禁，不思退步，果然不弄搭包，只顧使棒來趕。行者虛晃一下，敗陣就走。那妖精直趕到西山坡下。

行者見有瓜田，打個滾，鑽入裡面，即變做一個大熟瓜，又熟又甜。那妖精停身四望，不知行者那方去了。他卻趕至菴邊叫道：「瓜是誰人種的？」彌勒變作一個種瓜叟，出草菴答道：「大王，瓜是小人種的。」妖王道：「可有熟瓜麼？」彌勒道：「有熟的。」妖王叫：「摘個熟的來，我解渴。」彌勒即把行者變的那瓜，雙手遞與妖王。妖王更不察情，到此接過手，張口便啃。那行者乘此機會，一轂轆鑽入咽喉之下，等不得好歹，就弄手腳。抓腸蒯③腹，翻跟頭，豎蜻蜓，任他在裡面擺佈。那妖精疼得傞牙倈嘴④，眼淚汪汪，把一塊種瓜之地，滾得似個打麥之場，口中只叫：「罷了！罷了！誰人救我一救！」彌勒卻現了本像，嘻嘻笑笑，叫道：「孽畜！認得我麼？」那妖抬頭看見，慌忙跪

③蒯——撓、抓。

④傞牙倈嘴——即齜牙裂嘴，形容痛苦萬分的樣子。

倒在地，雙手揉著肚子，磕頭撞腦，只叫：「主人公！饒我命罷！饒我命罷！再不敢了！」彌勒上前，一把揪住，解了他的後天袋兒，奪了他的敲磬槌兒，叫：「孫悟空，看我面上，饒他命罷。」行者十分恨苦，卻又左一拳，右一腳，在裡面亂掏亂搗。那怪萬分疼痛難忍，倒在地下。彌勒又道：「悟空，他也彀了，你饒他罷。」行者才叫：「你張大口，等老孫出來。」那怪雖是肚腹絞痛，還未傷心。俗語云：「人未傷心不得死，花殘葉落是根枯。」他聽見叫張口，即便忍著疼，把口大張。行者方纔跳出，現了本像，急掣棒還要打時，早被佛祖把妖精裝在袋裡，斜跨在腰間。手執著磬槌，罵道：「孽畜！金鐃偷了那裡去了？」那怪卻只要憐生，在後天袋內哼哼嘖嘖的道：「金鐃是孫悟空打破了。」佛祖道：「鐃破，還我金來。」那怪道：「碎金堆在殿蓮臺上哩。」

那佛祖提著袋子，執著磬槌，嘻嘻笑笑，叫道：「悟空，我和你去尋金還我。」行者見此法力，怎敢違誤。只得引佛上山，回至寺內，收取碎金。只見那山門緊閉，佛祖使槌一指，門開入裡看時，那些小妖，已得知老妖被擒，各自收拾囊底，都要逃生四散。被行者見一個，打一個；見兩個，打兩個；把五七百個小妖，盡皆打死。各現原身，都是些山精樹怪，獸孽禽魔。佛祖將金收攢一處，吹口仙氣，念聲呪語，即時返本還原，復得金鐃一副，別了行者，駕祥雲，徑轉極樂世界。

這大聖卻纔解下唐僧、八戒、沙僧。那獃子弔了幾日，餓得慌了，且不謝大聖，卻就鰕⑤著腰，跑到廚房尋飯喫。原來那怪正安排了午飯，因行者索戰，還未得喫。這獃子看見，即喫了半鍋，卻拿出

⑤鰕——彎。

兩鉢頭叫師父、師弟們各喫了兩碗，然後纔謝了行者，問及妖怪原由。行者把先請祖師，龜、蛇，後請大聖，借太子，並彌勒收降之事，細陳了一遍。三藏聞言，謝之不盡，頂禮了諸天，道：「徒弟，這些神聖，困於何所？」行者道：「昨日日值功曹對老孫說，都在地窖之內。」叫：「八戒，我與你去解脫他等。」

那獃子得食力壯，抖擻精神，尋著他的釘鈀，即同大聖到後面，打開地窖，將眾等解了繩，請出珍樓之下。三藏披了袈裟，朝上一一拜謝。這大聖才送五龍、二將回武當；送小張太子與四將回蠙城；後送二十八宿歸天府；發放揭諦、伽藍各回境。師徒們寬住了半日。喂飽了白馬，收拾行囊，至次早登程。臨行時，放上一把火，將那些珍樓、寶座、高閣、講堂，俱盡燒為灰燼。這裡纔：無罣無牽逃難去，消災消障脫身行。畢竟不知幾時才到大雷音，且聽下回分解。

聯經出版事業公司校印

第六十七回 拯救駝羅禪性穩 脫離穢汚道心清

話說三藏四眾，躲離了小西天，欣然上路。行經個月程途，正是春深花放之時，見了幾處園林皆綠暗，一番風雨又黃昏。三藏勒馬道：「徒弟呵，天色晚矣，往那條路上求宿去？」行者笑道：「師父放心。若是沒有借宿處，我三人都有些本事，叫八戒砍草，沙和尚扳松，老孫會做木匠，就在那路上搭個蓬庵，好道也住得年把。你忙怎的！」八戒道：「哥呀，這個所在，豈是住場！滿山多虎豹狼蟲，遍地有魍魅魍魎。白日裡尚且難行，黑夜裡怎生敢宿？」行者道：「獃子！越發不長進了！不是老孫海口，只這條棒子，揝在手裡，就是塌下天來，也撐得住！」

師徒們正然講論，忽見一座山莊不遠。行者道：「好了，有宿處了！」長老問：「在何處？」行者指道：「那樹叢裡不是個人家？我們去借宿一宵，明早走路。」長老欣然促馬，至莊門外下馬。只見那柴扉緊閉。長老敲門道：「開門，開門。」裡面有一老者，手拖藜杖，足踏蒲鞋，頭頂烏巾，身穿素服，開了門，便問：「是甚人在此大呼小叫？」三藏合掌當胸，躬身施禮道：「老施主，貧僧乃東

土差往西天取經者。適到貴地，天晚，特造尊府借宿一宵。萬望方便方便。」老者道：「和尚，你要西行，卻是去不得呵。此處乃小西天。若到大西天，路途甚遠。且休道前去艱難，只這個地方，已此難過。」三藏問：「怎麼難過？」老者用手指道：「我這莊村西去三十餘里，有一條稀柿衕，山名七絕。」三藏道：「何為『七絕』？」老者道：「這山徑過有八百里，滿山盡是柿果。古云：『柿樹有七絕：一，益壽；二，多陰；三，無鳥巢；四，無蟲；五，霜葉可玩；六，嘉實；七，枝葉肥大。』故名七絕山。我這敝處地闊人稀，那深山亘古無人走到。每年家熟爛柿子落在路上，將一條夾石衚衕盡皆填滿；又被雨露雪霜，經黴過夏，作成一路汙穢。這方人家，俗呼為稀屎衕。但颳西風，有一股穢氣，就是淘東圊①也不是這般惡臭。如今正值春深，東南風大作，所以還不聞見也。」三藏心中煩悶不言。行者忍不住，高叫道：「你這老兒甚不通！我等遠夜投宿，你就說出這許多話來諕人！十分你家窄逼沒處睡，我等在此樹下蹲一蹲，也就過了此宵；何故這般絮聒？」那老者見了他相貌醜陋，便也擰住口，驚嚗嚗②的，硬著膽，喝了一聲，用藜杖指定道：「你這廝，骨撾臉，磕額頭，塌鼻子，凹頡腮，毛眼毛睛，癆病鬼，不知高低，尖著個嘴，敢來沖撞我老人家！」行者陪笑道：「老官兒，你原來有眼無珠，不識我這癆病鬼哩！相法云：『形容古怪，石中有美玉之藏。』你若以言貌取人，乾淨差了。我雖醜便醜，卻倒有些手段。」老者道：「你是那方人氏？姓甚名誰？有何手段？」行者笑道：「我

①東圊——圊是廁所。以前房屋建築，廁所多半在屋子東角，故稱東圊。

②驚嚗嚗——擔心、害怕，不敢動彈的樣子。

祖居東勝大神洲，花果山前自幼修。身拜靈臺方寸祖，學成武藝甚全周：也能攪海降龍母，善會擔山趕日頭；縛怪擒魔稱第一，移星換斗鬼神愁。偷天轉地英名大，我是變化無窮美石猴！」

老者聞言，回嗔作喜。躬著身，便教：「請！請入寒舍安置。」遂此，四眾牽馬挑擔，一齊進去。只見那荊針棘刺，鋪設兩邊；二層門是磚石壘的牆壁，又是荊棘苫蓋；入裡纔是三間瓦房。老者便扯椅安坐待茶，又叫辦飯。少頃，移過桌子，擺著許多麵筋、豆腐、芋苗、蘿白、辣芥、蔓菁、香稻米飯、醋燒葵湯，師徒們儘飽一餐。喫畢，八戒扯過行者，背云：「師兄，這老兒始初不肯留宿，今返設此盛齋，何也？」行者道：「這個能值多少錢！到明日，還要他十果十菜的送我們哩！」八戒道：「不羞！憑你那幾句大話，哄他一頓飯喫了，明日卻要跑路，他又管待送你怎的？」行者道：「不要忙，我自有個處治。」

不多時，漸漸黃昏，老者又叫掌燈。行者躬身問道：「公公高姓？」老者道：「姓李。」行者道：「貴地想就是李家莊了？」老者道：「不是，這裡喚做駝羅莊，共有五百多人家居住。別姓俱多，惟我姓李。」行者道：「李施主，府上有何善意，賜我等盛齋？」那老者起身道：「纔聞得你說會拿妖怪，我這裡卻有個妖怪，累你替我們拿拿，自有重謝。」行者就朝上唱個喏道：「承照顧了！」八戒道：「你看他惹禍！聽見說拿妖怪，就是他外公也不這般親熱，預先就唱個喏！」行者道：「賢弟，你不知。我唱個喏就是下了個定錢，他再不去請別人了。」

三藏聞言道：「這猴兒凡事便要自專。倘或那妖精神通廣大，你拿他不住，可不是我出家人打誑語麼？」行者笑道：「師父莫怪，等我再問了看。」那老者道：「還問甚？」行者道：「你這貴處，地勢清平，又許多人家居住，更不是偏僻之方，有甚麼妖精，敢上你這高門大戶？」老者道：「實不瞞你說，我這裡久矣康寧，只這三年六月間，忽然一陣風起，那時人家甚忙，打麥的在場上，插秧的在田裡，俱著了忙，只說是天變了，誰知風過處，有個妖精，將人家牧放的牛馬喫了，豬羊喫了，見雞鵝囫圇嚥，遇男女夾活吞。自從那次，這二年常來傷害。長老呵，你若果有手段，拿了妖怪，掃淨此土，我等決然重謝，不敢輕慢。」行者道：「這個卻是難拿。」八戒道：「真是難拿，難拿！我們乃行腳僧，借宿一宵，明日走路，拿甚麼妖精！」老者道：「你原來是騙飯喫的和尚！初見時誇口弄舌，說會換斗移星，降妖縛怪，及說起此事，就推卻難拿。」

行者道：「老兒，妖精好拿；只是你這方人家不齊心，所以難拿。」老者道：「怎見得人心不齊？」行者道：「妖精攪擾了三年，也不知傷害了多少生靈。我想著每家只出銀一兩，五百家可湊五百兩銀子，不拘到那裡，也尋一個法官③把妖拿了，卻怎麼就甘受他三年磨折？」老者道：「若論說使錢，好道也羞殺人！我們那家不花費三五兩銀子！前年曾訪著山南裡有個和尚，請他到此拿妖，未曾得勝。」行者道：「那和尚怎的拿來？」老者道：

「那個僧伽，披領袈裟，先談《孔雀》，後念《法華》。香焚爐內，手把鈴拿。正然念處，驚動妖邪。風生雲起，逕至莊家。僧和怪鬥，其實堪誇：一遞一拳搗，一遞一把抓。和尚還相應，相應沒頭髮。須臾妖怪勝，逕直返烟霞。原來晒乾疤。我等近前看，光頭打的似個爛西瓜！」

③法官——有職銜的道士。

行者笑道：「這等說，喫了虧也。」老者道：「他只拚得一命，還是我們喫虧：與他買棺木殯葬，又把些銀子與他徒弟。那徒弟心還不歇，至今還要告狀，不得乾淨！」

行者道：「可曾再請甚麼人拿他？」老者道：「舊年又請了一個道士。」行者道：「那道士怎麼拿他？」老者道：「那道士：

頭戴金冠，身穿法衣。令牌敲響，符水施為。驅神使將，拘到妖魑。狂風滾滾，黑霧迷迷。即與道士，兩個相持。鬥到天晚，怪返雲霓。乾坤清朗朗，我等眾人齊。出來尋道士，渰死在山溪。撈得上來大家看，卻如一個落湯雞！」

行者笑道：「這等說，也喫虧了。」老者道：「他也只捨得一命，我們又使彀悶數錢糧④。」行者道：「不打緊，不打緊，等我替你拿他來。」老者道：「你若果有手段拿得他，我請幾個本莊長者與你寫個文書：若得勝，憑你要多少銀子相謝，半分不少；如若有虧，切莫和我等放賴，各聽天命。」行者笑道：「這老兒被人賴怕了。我等不是那樣人。快請長者去。」

那老者滿心歡喜，即命家僮，請幾個左鄰、右舍、表弟、姨兄、親家、朋友，共有八九位老者，都來相見。會了唐僧，言及拿妖一事，無不欣然。眾老問：「是那一位高徒去拿？」行者叉手道：「是我小和尚。」眾老悚然道：「不濟！不濟！那妖精神通廣大，身體狼犺⑤。你這個長老，瘦瘦小小，

---

④悶數錢糧——不必花的錢。

⑤狼犺——「犺」或作「杭」，二字皆為「伉」的假借字。意指身材又大又笨重。

還不彀他填牙齒縫哩！」行者笑道：「老官兒，你估不出人來。我小自小，結實，都是『喫了磨刀水的，秀氣在內』哩！」眾老見說，只得依從道：「長老，拿住妖精，你要多少謝禮？」行者道：「何必說要甚麼謝禮！俗語云：『說金子晃眼，說銀子傻白，說銅錢腥氣！』我等乃積德的和尚，決不要錢。」眾老道：「既如此說，都是受戒的高僧。既不要錢。豈有空勞之理！我等各家俱以魚田為活。若果降了妖孽，淨了地方，我等每家送你兩畝良田，共湊一千畝，坐落一處，你師徒們在上起蓋寺院，打坐參禪，強似方上雲遊。」行者又笑道：「越不停當！但說要了田，就要養馬當差，納糧辦草，黃昏不得睡，五鼓不得眠。好倒弄殺人也！」眾老道：「諸般不要，卻將何謝？」行者道：「我出家人，但只是一茶一飯，便是謝了。」眾老喜道：「這個容易。但不知你怎麼拿他。」行者道：「他但來，我就拿住他。」眾老道：「那妖大著哩！上拄天，下拄地；來時風，去時霧。你卻怎生近得他？」行者笑道：「若論呼風駕霧的妖精，我把他當孫子罷了；若說身體長大，有那手段打他！」

正講處，只聽得呼呼風響，慌得那八九個老者，戰戰兢兢道：「這和尚鹽醬口⑥！說妖精，妖精就來了！」那老李開了腰門，把幾個親戚，連唐僧，都叫：「進來！進來！妖怪來了！」諕得八戒也要進去，沙僧也要進去。行者兩隻手扯住兩個道：「你們忒不循理！出家人，怎麼不分內外！站住！不要走！跟我去天井裡，看看是個甚麼妖精。」八戒道：「哥呵，他們都是經過帳的，風響便是妖來。他都去躲，我們又不與他有親，又不相識，又不是交契故人，看他做甚？」原來行者力量大，不容說，

⑥鹽醬口——指說不吉利的話有應驗。

一把拉在天井裡站下。那陣風越發大了。好風：

倒樹摧林狼虎憂，播江攪海鬼神愁。掀翻華岳三峰石，提起乾坤四部洲。
村舍人家皆閉戶，滿莊兒女盡藏頭。黑雲漠漠遮星漢，燈火無光遍地幽。

慌得那八戒戰戰兢兢，伏之於地，把嘴拱開土，埋在地下，卻如釘了釘一般。沙僧蒙著頭臉，眼也難睜。

行者聞風認怪，一霎時，風頭過處，只見那半空中隱隱的兩盞燈來，即低頭叫道：「兄弟們！風過了！起來看！」那獃子扯出嘴來，抖抖灰土，仰著臉，朝天一望，見有兩盞燈光，忽失聲笑道：「好耍子！好耍子！原來是個有行止的妖精！該和他做朋友！」沙僧道：「這般黑夜，又不曾覿面相逢，怎麼就知好歹？」八戒道：「古人云：『夜行以燭，無燭則止。』你看他打一對燈籠引路，必定是個好的。」沙僧道：「你錯看了。那不是一對燈籠，是妖精的兩隻眼亮。」那獃子就諕矮了三寸道：「爺爺呀！眼有這般大呵，不知口有多少大哩！」行者道：「賢弟莫怕。你兩個護持著師父，待老孫上去討他個口氣，看他是甚妖精。」八戒道：「哥哥，不要供出我們來。」

好行者，縱身打個唿哨，跳到空中。執鐵棒，厲聲高叫道：「慢來！慢來！有吾在此！」那怪見了，挺住身軀，將一根長鎗亂舞。行者執了棍勢，問道：「你是那方妖怪？何處精靈？」那怪更不答應，只是舞鎗。行者又問，又不答，只是舞鎗。行者暗笑道：「好是耳聾口啞！不要走！看棍！」那怪更不怕，亂舞鎗遮攔。在那半空中，一來一往，一上一下，鬥到三更時分，未見勝敗。八戒、沙僧在李家天井裡，看得明白。原來那怪只是舞鎗遮架，更無半分兒攻殺。行者一條棒不離那怪的頭上。八戒笑道：「沙僧，你在這裡護持，讓老豬去幫打幫打，莫教那猴子獨幹這功，領頭一鍾酒。」

聯經出版事業公司　校印

好獃子，就跳起雲頭，趕上就築。那怪物又使一條鎗抵住。兩條鎗，就如飛蛇掣電。八戒誇獎道：「這妖精好鎗法！不是『山後鎗』，乃是『纏絲鎗』；也不是『馬家鎗』，卻做個『軟柄鎗』！」行者道：「獃子莫胡說！那裡有個甚麼『軟柄鎗』！」八戒道：「你看他使出鎗尖來架住我們，不見鎗柄，不知收在何處。」行者道：「或者是個『軟柄鎗』；但這怪物還不會說話，想是還未歸人道，陰氣還重。只怕天明時陽氣勝，他必要走。但走時，一定趕上，不可放他。」八戒道：「正是！正是！」又鬥多時，不覺東方發白。那怪不敢戀戰，回頭就走。行者與八戒，一齊趕來，忽聞得汙穢之氣逼人，乃是七絕山稀柿衕也。八戒道：「是那家淘毛廁哩！哏！臭氣難聞！」行者侮著鼻子，只叫：「快趕妖精！快趕妖精！」那怪物攛過山去，現了本像，乃是一條紅鱗大蟒。你看他：

　　眼射曉星，鼻噴朝霧。密密牙排鋼劍，彎彎爪曲金鉤，頭戴一條肉角，好便似千千塊瑪瑙攢成；身披一派紅鱗，卻就如萬萬片胭脂砌就。盤地只疑為錦被，飛空錯認作虹霓，歇臥處有腥氣沖天，行動時有赤雲罩體。大不大，兩邊人不見東西；長不長，一座山跨占南北。

八戒道：「原來是這般一個長蛇！若要喫人呵，一頓也得五百個，還不飽足！」行者道：「那軟柄鎗乃是兩條信㮇⑦。我們趕他軟了，從後打出去！」這八戒縱身趕上，將鈀便築。那怪物一頭鑽進窟裡，還有七八尺長尾巴露在外邊。八戒放下鈀，一把撾住道：「著手！著手！」儘力氣往外亂扯，莫想扯得動一毫。行者笑道：「獃子！放他進去，自有處置，不要這等倒扯蛇。」八戒真個撒了手，那怪縮

⑦信㮇——指舌根。

進去了。八戒怨道：「纔不放手時，半截子已是我們的了！是這般縮了，卻怎麼得他出來？這不是叫做沒蛇弄了？」行者道：「這廝身體狼犺，窟穴窄小，斷然轉身不得，一定是個照直攛的，定有個後門出頭。你快去後門外攔住，等我在前門外打。」

那獃子真個一溜煙，跑過山去。果見有個孔窟，他就扎定腳。還不曾站穩，不期行者在前門外使棍往裡一搗，那怪物護疼，徑往後門攛出。八戒未曾防備，被他一尾巴打了一跌，莫能掙挫得起，睡在地下忍疼。行者見窟中無物，搴著棒，跑過來叫趕妖怪。那八戒聽得吆喝，自己害羞，忍著疼，爬起來，使鈀亂撲。行者見了，笑道：「妖怪走了，你還撲甚的了？」八戒道：「老豬在此『打草驚蛇』哩！」行者道：「活獃子！快趕上！」

二人趕過澗去，見那怪盤做一團，豎起頭來，張開巨口，要吞八戒。八戒慌得往後便走。這行者反迎上前，被他一口吞之。八戒搥胸跌腳，大叫道：「哥耶！傾⑧了你耶！」行者在妖精肚裡，支著鐵棒道：「八戒莫愁，我叫他搭個橋兒你看！」那怪物躬起腰來，就似一道路東虹。八戒道：「雖是像橋，只是沒人敢走。」行者道：「我再叫他變做個船兒你看！」在肚裡將鐵棒撐著肚皮。那怪物肚皮貼地，翹起頭來，就似一隻贛保船。八戒道：「雖是像船，只是沒有桅篷，不好使風。」行者道：「你讓開路，等我叫他使個風你看。」又在裡面儘著力把鐵棒從脊背上搠將出去，約有五七丈長，就似一根桅杆。那廝忍疼掙命，往前一攛，比使風更快，攛回舊路，下了山，有二十餘里，卻纔倒在塵埃，

⑧傾——毀滅。

動蕩不得，嗚呼喪矣。八戒隨後趕上來，又舉鈀亂築。行者把那物穿了一個大洞，鑽將出來道：「獃子！他死也死了，你還築他怎的？」八戒道：「哥呵，你不知我老豬一生好打死蛇？」遂此收了兵器，抓著尾巴，倒拉將來。

卻說那駝羅莊上李老兒與眾等，對唐僧道：「你那兩個徒弟，一夜不回，斷然傾了命也。」三藏道：「決不妨事。我們出去看看。」須臾間，只見行者與八戒拖著一條大蟒，吆吆喝喝前來，眾人卻纔歡喜。滿莊上老幼男女，都來跪拜道：「爺爺！正是這個妖精，在此傷人！今幸老爺施法，斬怪除邪，我輩庶各得安生也！」眾家都是感激，東請西邀，各各酬謝。師徒們被留住五七日，苦辭無奈，方肯放行。又各家見他不要錢物，都辦些乾糧果品，騎騾壓馬，花紅綵旗，盡來餞行。此處五百人家，到有七八百個人相送。

一路上喜喜歡歡。不時到了七絕山稀柿衕口，三藏聞得那般惡穢，又見路道填塞，道：「悟空，似此怎生過得？」行者侮著鼻子道：「這個卻難也。」三藏見行者說難，便就眼中垂淚。李老兒與眾上前道：「老爺勿得心焦。我等送到此處，都已約定意思了。令高徒與我們降了妖精，除了一莊禍害，我們各辦虔心，另開一條好路，送老爺過去。」行者笑道：「你這老兒，俱言之欠當。你初然說這山徑過有八百里，你等又不是大禹的神兵，那裡會開山鑿路！若要我師父過去，還得我們著力，你們都成不得。」三藏下馬道：「悟空，怎生著力麼！」行者笑道：「眼下就要過山，卻也是難；若說再開條路，卻又難也。須是還從舊衕衕過去。只恐無人管飯。」李老兒道：「長老說那裡話！憑你四位擔擱多少時，我等俱養得起，怎麼說無人管飯！」行者道：「既如此，你們去辦得兩石米的乾飯，再做

聯經出版事業公司校印

些蒸餅饝饝來。等我那長嘴和尚喫飽了，變了大豬，拱開舊路，我師父騎在馬上，我等扶持著，管情過去了。」

八戒聞言，道：「哥哥，你們都要圖個乾淨，怎麼獨教老豬出臭？」三藏道：「悟能，你果有本事拱開衚衕，領我過山，註你這場頭功。」八戒笑道：「師父在上，列位施主們都在此，休笑話。我老豬本來有三十六般變化。若說變輕巧華麗飛騰之物，委實不能；若說變山，變樹，變石塊，變土墩，變賴象、科豬、水牛、駱駝，真個全會。只是身體變得大，肚腸越發大。須是喫得飽了，纔好幹事。」眾人道：「有東西，有東西！我們都帶得有乾糧、果品、燒餅、餶飿在此。原要開山相送的。且都拿出來，憑你受用。待變化了，行動之時，我們再著人回去做飯送來。」八戒滿心歡喜，脫了皂直裰，丟了九齒鈀，對眾道：「休笑話，看老豬幹這場臭功。」

好獃子，捻著訣，搖身一變，果然變做一個大豬。真個是：

嘴長毛短半脂膔，自幼山中食藥苗。黑面環睛如日月，圓頭大耳似芭蕉，修成堅骨同天壽，煉就粗皮比鐵牢。齆鼻音呱詀⑨叫，喳喳喉響噴喁哮⑩。白蹄四隻高千尺，劍鬣長身百丈饒。從見人間肥豕彘，未觀今日老豬魈。唐僧等眾齊稱讚，羨美天蓬法力高。

孫行者見八戒變得如此，即命那些相送人等，快將乾糧等物推攢一處，叫八戒受用。那獃子不分生熟，

⑨呱詀——豬叫的聲音。
⑩喁哮——獸喘息的聲音。

一滂食之，卻上前拱路。行者叫沙僧脫了腳，好生挑擔，請師父穩坐雕鞍。他也脫了鞝鞋，吩咐眾人回去：「若有情，快早送些飯來與我師弟接力。」那些人有七八百相送隨行，多一半有騾馬的，飛星回莊做飯；還有三百人步行的，立於山下遙望他行。原來此莊至山，有三十餘里；待回取飯來，又三十餘里；往回躭擱，約有百里之遙，他師徒們已此去得遠了。眾人不捨，催趲騾馬，進衕衕，連夜趕至，次日方纔趕上。叫道：「取經的老爺，慢行！慢行！我等送飯來也！」長老聞言，謝之不盡，道：「真是善信之人！」叫八戒住了，再喫些飯食壯神。那獃子拱了兩日，正在飢餓之際。那許多人何止有七八石飯食。他也不論米飯、麵飯，收積來一滂用之。飽餐一頓，卻又上前拱路。三藏與行者、沙僧謝了眾人，分手兩別。正是：

駝羅莊客回家去，八戒開山過衕來。三藏心誠神力擁，悟空法顯怪魔衰。
千年稀柿今朝淨，七絕衕衕此日開。六慾塵情皆剪絕，平安無阻拜蓮臺。

這一去不知還有多少路，還遇甚麼妖怪，且聽下回分解。

第六十八回　朱紫國唐僧論前世　孫行者施爲三折肱

善正萬緣收，名譽傳揚四部洲。智慧光明登彼岸，颼颼，靉靉雲生天際頭。諸佛共相酬，永住瑤臺萬萬秋。打破人間蝴蝶夢，休休，滌淨塵氛不惹愁。

話表三藏師徒，洗汙穢之衚衕，上逍遙之道路，光陰迅速，又值炎天。正是：

海榴舒錦彈，荷葉綻青盤。兩路綠楊藏乳燕，行人避暑扇搖紈。

進前行處，忽見有一城池相近。三藏勒馬叫：「徒弟們，你看那是甚麼去處？」行者道：「師父原來不識字，虧你怎麼領唐王旨意離朝也！」三藏道：「我自幼為僧，千經萬典皆通，怎麼說我不識字？」行者道：「既識字，怎麼那城頭上杏黃旗，明書三個大字，就不認得，卻問是甚去處何也？」三藏喝道：「這潑猴胡說！那旗被風吹得亂擺，縱有字也看不明白！」行者道：「老孫偏怎看見？」八戒、沙僧道：「師父，莫聽師兄搗鬼。這般遙望，城池尚不明白，如何就見是甚麼字號？」行者道：「卻不是『朱紫國』三字？」三藏道：「朱紫國必是西邦王位，卻要倒換關文。」行者道：「不消講了。」

聯經出版事業公司校印

不多時，至城門下馬，過橋，入進三層門裡，真個好個皇州！但見：

門樓高聳，垛疊齊排。周圍活水通流，南北高山相對。六街三市貨貲多，萬戶千家生意盛。果然是個帝王都會處，天府大京城。絕域梯航至，遐方玉帛盈。形勝連山遠，宮垣接漢清。三關嚴鎖鑰，萬古樂昇平。

師徒們在那大街市上行時，但見人物軒昂，衣冠齊整，言語清朗，真不亞大唐世界。那兩邊做買做賣的，忽見豬八戒相貌醜陋，沙和尚面黑身長，孫行者臉毛額廓，丟了買賣，都來爭看。三藏只叫：「不要撞禍！低著頭走！」八戒遵依，把個蓮蓬嘴揣在懷裡；沙僧不敢仰視；惟行者東張西望，緊隨唐僧左右。那些人有知事的，看看兒就回去了。有那遊手好閒的，並那頑童們，烘烘笑笑，都上前拋瓦丟磚，與八戒作戲①。唐僧捏著一把汗，只教：「莫要生事！」那獃子不敢擡頭。

不多時，轉過隅頭，忽見一座門牆，上有「會同館」三字。唐僧道：「徒弟，我們進這衙門去也。」行者道：「進去怎的？」唐僧道：「會同館乃天下通會通同之所，我們也打攪得。且到裡面歇下。待我見駕，倒換了關文，再趕出城走路。」八戒聞言，掣出嘴來，把那些隨看的人，諕倒了數十個。他上前道：「師父說的是。我們且到裡邊藏下，免得這夥鳥人嘈嚷。」遂進館去。那些人方漸漸而退。

卻說那館中有兩個大使，乃是一正一副，都在廳上查點人夫，要往那裡接官。忽見唐僧來到，個個心驚，齊道：「是甚麼人？是甚麼人？往那裡走？」三藏合掌道：「貧僧乃東土大唐駕下，差往西天

①作戲——開玩笑。

取經者。今到寶方，不敢私過，有關文欲倒驗放行，權借高衙暫歇。」那兩個館使聽言，屏退左右，一個個整冠束帶，下廳迎上相見。即命打掃客房安歇，教辦清素支應。三藏謝了。二官帶領人夫，出廳而去。手下人請老爺客房安歇，三藏便走。行者恨道：「這廝憊懶！怎麼不讓老孫在正廳？」三藏道：「他這裡不服我大唐管屬，又不與我國相連，況不時又有上司過客來往，所以不好留此相待。」行者道：「這等說，我偏要他相待！」

正說處，有管事的送支應來，乃是一盤白米，一盤白麵，四塊豆腐，兩把青菜，兩個麵筋，一盤乾笋，一盤木耳。三藏教徒弟收了，謝了管事的。管事的道：「西房裡有乾淨鍋竈，柴火方便，請自去做飯。」三藏道：「我問你一聲，國王可在殿上麼？」管事的道：「我萬歲爺爺久不上朝，今日乃黃道良辰，正與文武多官議出黃榜。你若要倒換關文，趁此急去，還趕上；到明日，就不能彀了，不知還有多少時伺候哩。」三藏道：「悟空，你們在此安排齋飯，等我急急去驗了關文回來，喫了走路。」八戒急取出袈裟、關文，三藏整束了進朝，只是吩咐徒弟們，不可出外去生事。

不一時，已到五鳳樓前。說不盡那殿閣崢嶸，樓臺壯麗。直至端門外，煩奏事官轉達天廷，欲倒驗關文。那黃門官果至玉階前，啟奏道：「朝門外有東土大唐欽差一員僧，前往西天雷音寺拜佛求經，欲倒換通關文牒，聽宣。」國王聞言，喜道：「寡人久病，不曾登基，今上殿出榜招醫，就有高僧來國！」即傳旨宣至階下。三藏即禮拜俯伏。國王又宣上金殿賜坐，命光祿寺辦齋。三藏謝了恩，將關文獻上。

國王看畢，十分歡喜道：「法師，你那大唐，幾朝君正？幾輩臣賢？至於唐王，因甚作疾回生，著你遠涉山川求經？」這長老因問，即欠身合掌道：「貧僧那裡：

三皇治世，五帝分倫。堯舜正位，禹湯安民。成周子眾，各立乾坤。倚強欺弱，分國稱君。邦君十八，分野邊塵。後成十二，宇宙安淳。因無車馬，卻又相吞。七雄爭勝，六國歸秦。天生魯沛，各懷不仁。江山屬漢，約法欽遵。漢歸司馬，晉又紛紜。南北十二，宋齊梁陳。列祖相繼，大隋紹真。賞花無道，塗炭多民。我王李氏，國號唐君。高祖晏駕，當今世民。河清海晏，大德寬仁。茲因長安城北，有個怪水龍神，刻減甘雨，應該損身。夜間托夢，告王救迍。王言准赦，早召賢臣。欵留殿內，慢把棋輪。時當日午，那賢臣夢斬龍身。」

國王聞言，忽作呻吟之聲，問道：「法師，那賢臣是那邦來者？」三藏道：「就是我王駕前丞相，姓魏名徵。他識天文，知地理，辨陰陽，乃安邦立國之大宰輔也。因他夢斬了涇河龍王，那龍王告到陰司，說我王許救又殺之，故我王遂得促病，漸覺身危。魏徵又寫書一封，與我王帶至陰司，寄與酆都城判官崔珏。少時，唐王身死，至三日復得回生。虧了魏徵，感崔判官改了文書，加王二十年壽。今要做水陸大會，故遣貧僧遠跡道途，詢求諸國，拜佛祖，取《大乘經》三藏，超度孽苦昇天也。」那國王又呻吟嘆道：「誠乃是天朝大國，君正臣賢！似我寡人久病多時，並無一臣拯救。」長老聽說，偷睛觀看，見那皇帝面黃肌瘦，形脫神衰。長老正欲啟問，有光祿寺官奏請唐僧奉齋。王傳旨，教：「在披香殿，連朕之膳擺下，與法師同享。」三藏謝了恩，與王同進膳進齋不題。

卻說行者在會同館中，著沙僧安排茶飯，並整治素菜。沙僧道：「茶飯易煮，蔬菜不好安排。」行者問道：「如何？」沙僧道：「油、鹽、醬、醋俱無也。」行者道：「我這裡有幾文襯錢，教八戒上街買去。」那獃子躲懶道：「我不敢去。嘴臉欠俊，恐惹下禍來，師父怪我。」行者道：「公平交易，又不化他，又不搶他，何禍之有！」八戒道：「你纔不曾看見獐智？在這門前扯出嘴來，把人諕倒了十來個；若到鬧市叢中，也不知諕殺多少人哩！」行者道：「你只知鬧市叢中，你可曾看見那市上賣的是甚麼東西？」八戒道：「師父只教我低著頭，莫撞禍，實是不曾看見。」行者道：「酒店、米鋪、磨坊，並綾羅雜貨不消說；著然又好茶房、麵店、大燒餅、大饝饝，飯店又有好湯飯、好椒料、好蔬菜，與那異品的糖糕、蒸酥、點心、饊子、油食、蜜食，……無數好東西，我去買些兒請你如何？」那獃子聞說，口內流涎，喉嚨裡嘓嘓的嚥唾，跳起來道：「哥哥！這遭我擾你，待下次攢錢，我也請你回席。」行者暗笑道：「沙僧好生煮飯，等我們去買調和②來。」沙僧也知是耍獃子，只得順口應承道：「你們去，須是多買些，喫飽了來。」那獃子撈個碗盞拿了，就跟行者出門，有兩個在官人問道：「長老那裡去？」行者道：「買調和。」那人道：「這條街往西去，轉過拐角鼓樓，那鄭家雜貨店，憑你買多少，油、鹽、醬、醋、薑、椒、茶葉俱全。」

他二人攜手相攙，徑上街西而去。行者過了幾處茶房，幾家飯店，當買的不買，當喫的不喫。八戒叫道：「師兄，這裡將就買些用罷。」那行者原是耍他，那裡肯買，道：「賢弟，你好不經紀③！再走走，揀大的買喫。」兩個人說說話兒，又領了許多人跟隨爭看。不時，到了鼓樓邊，只見那樓下無數人喧嚷，擠擠挨挨，填街塞路。八戒見了道：「哥哥，我不去了。那裡人嚷得緊，只怕是拿和尚的。

②調和——調味品，即做菜時用的作料，如酒、酢等。

③經紀——聰明、有頭腦。

又況是面生可疑之人，拿了去，怎的了？」行者道：「胡談！和尚又不犯法，拿我怎的？我們走過去，到鄭家店買些調和來。」八戒道：「罷！罷！罷！我不撞禍。這一擠到人叢裡，把耳朵捽了兩捽，諕得他跌跌爬爬，跌死幾個，我倒償命是！」行者道：「既然如此，你在這壁根下站定，等我過去買了回來，與你買素麵燒餅喫罷。」那獃子將碗盞遞與行者，把嘴拄著牆根，背著臉，死也不動。

這行者走在樓邊，果然擠塞。直挨入人叢裡聽時，原來是那皇榜張掛樓下，故多人爭看。行者擠到近處，閃開火眼金睛，仔細看時，那榜上卻云：

「朕西牛賀洲朱紫國王，自立業以來，四方平服，百姓清安。近因國事不祥，沉痾伏枕，淹延日久難痊，本國太醫院，屢選良方，未能調治。今出此榜文，普招天下賢士。不拘北往東來，中華外國，若有精醫藥者，請登寶殿，療理朕躬。稍得病愈，願將社稷平分，決不虛示。為此出給張掛。須至榜者。」

覽畢，滿心歡喜道：「古人云：『行動有三分財氣。』早是不在館中獃坐。即此不必買甚調和，且把取經事寧耐一日，等老孫做個醫生耍耍。」好大聖，彎倒腰，丟了碗盞，拈一撮土，往上洒去，念聲呪語，使個隱身法，輕輕的上前揭了榜文。朝著巽地上吸口仙氣吹來，那陣旋風起處，他卻回身，徑到八戒站處，只見那獃子嘴拄著牆根，卻是睡著了一般。行者更不驚他，將榜文摺了，輕輕揣在他懷裡，拽轉步，先往會同館去了不題。

卻說那樓下眾人，見風起時，各各蒙頭閉眼。不覺風過了，沒了皇榜，眾皆悚懼。那榜原有十二個太監、十二個校尉，早朝領出。纔掛不上三個時辰，被風吹去，戰兢兢左右追尋。忽見豬八戒懷中露出個紙邊兒來，衆人近前道：「你揭了榜來耶？」那獃子猛擡頭，把嘴一撅，諕得那幾個校尉踉踉蹌蹌，跌倒在地。他卻轉身要走，又被面前幾個膽大的扯住道：「你揭了招醫的皇榜，還不進朝醫治我萬歲去，卻待何往？」那獃子慌慌張張道：「你兒子便揭了皇榜！你孫子便會醫治！」校尉道：「你懷中揣的是甚？」獃子卻纔低頭看時，真個有一張字紙。展開一看，咬著牙罵道：「那猢猻害殺我也！」恨一聲，便要扯破，早被衆人架住道：「你是死了！此乃當今國王出的榜文，誰敢扯壞？你既揭在懷中，必有醫國之手，快同我去！」八戒喝道：「汝等不知。這榜不是我揭的，是我師兄孫悟空揭的。他暗暗揣在我懷中，他卻丟下我去了。若得此事明白，我與你尋他去。」衆人道：「說甚麼亂話！『現鐘不打打鑄鐘④？』你現揭了榜文，教我們尋誰！不管你！扯了去見主上！」那夥人不分清白，將獃子推推扯扯。這獃子立定腳，就如生了根一般，十來個人也弄他不動。八戒道：「汝等不知高低！再扯一會，扯得我獃性子發了，你卻休怪！」

不多時，鬧動了街坊，將他圍繞。內有兩個年老的太監道：「你這相貌稀奇，聲音不對，是那裡來的，這般村強？」八戒道：「我們是東土差往西天取經的。我師父乃唐王御弟法師，卻纔入朝，倒換關文去了。我與師兄來此買辦調和，我見樓下人多，未曾敢去，是我師兄教我在此等候。他原來見有榜文，弄陣旋風揭了，暗揣我懷內，先去了。」那太監道：「我先前見個白面胖和尚，徑奔朝門而去，想就是你師父？」八戒道：「正是，正是。」太監道：「你師兄往那裡去了？」八戒道：「我們一行

④現鐘不打打鑄鐘——比喻手頭有東西不用，反而向別的地方去找，即捨近求遠的意思。

四眾。師父去倒換關文，我三眾並行囊、馬匹俱歇在會同館。師兄弄了我，他先回館中去了。」太監道：「校尉不要扯他。我等同到館中，便知端的。」八戒道：「你這兩個奶奶知事。」眾校尉道：「這和尚委不識貨！怎麼趕著公公叫起奶奶來耶？」八戒笑道：「不羞！你這反了陰陽的！他二位老媽媽兒，不叫他做婆婆、奶奶，倒叫他做公公！」眾人道：「莫弄嘴！快尋你師兄去。」

那街上人吵吵鬧鬧，何止三五百，共扛到館門首。八戒道：「列位住了。我師兄卻不比我，任你們作戲，他卻是個猛烈認真之士。汝等見他，須要行個大禮，叫他聲『孫老爺』，他就招架⑤了。不然呵，他就變了嘴臉，這事卻弄不成也。」眾太監、校尉俱道：「你師兄果有手段，醫好國王，他也該有一半江山，我等合該下拜。」

那些閑雜人都在門外諠譁。八戒領著一行太監、校尉，徑入館中。只聽得行者與沙僧在客房裡正說那揭榜之事耍笑哩。八戒上前扯住，亂嚷道：「你可成個人！哄我去買素麵、燒餅、饝饝我喫，原來都是空頭！又弄旋風，揭了甚麼皇榜，暗暗的揣在我懷裡，拿我裝胖⑥！這可成個弟兄！」行者笑道：「你這獃子，想是錯了路，走向別處去。我過鼓樓，買了調和，急回來尋你不見，我先來了。在那裡揭甚皇榜？」八戒道：「現有看榜的官員在此。」說不了，只見那幾個太監、校尉朝上禮拜道：「孫老爺，今日我王有緣，天遣老爺下降，是必大展經綸手，微施三折肱。治得我王病癒，江山有分，社

⑤招架——指認、承認。
⑥裝胖——充數。

稷平分也。」行者聞言，正了聲色，接了八戒的榜文，對眾道：「你們想是看榜的官麼？」太監叩頭道：「奴婢乃司禮監內臣。這幾個是錦衣校尉。」行者道：「這招醫榜，委是我揭的，故遣我師弟引見。既然你主有病，常言道：『藥不輕賣，病不討醫。』你去教那國王親來請我。我有手到病除之功。」太監聞言，無不驚駭。校尉道：「口出大言，必有度量。我等著一半在此啞請⑦，著一半入朝啟奏。」

當分了四個太監，六個校尉，更不待宣召，徑入朝，當階奏道：「主公萬千之喜！」那國王正與三藏膳畢清談，忽聞此奏，問道：「喜自何來？」太監奏道：「奴婢等早領出招醫皇榜，鼓樓下張掛，有東土大唐遠來取經的一個聖僧孫長老揭了，現在會同館內，要王親自去請他，他有手到病除之功，故此特來啟奏。」國王聞言，滿心歡喜，就問唐僧道：「法師有幾位高徒？」三藏合掌答曰：「貧僧有三個頑徒。」國王問：「那一位高徒善醫？」三藏道：「實不瞞陛下說。我那頑徒，俱是山野庸才，只會挑包背馬，轉澗尋波，帶領貧僧登山跰嶺，或者到險峻之處，可以伏魔擒怪，捉虎降龍而已，更無一個能知藥性者。」國王道：「法師何必太謙？朕當今日登殿，幸遇法師來朝，誠天緣也。高徒既不知醫，他怎肯揭我榜文，教寡人親迎？斷然有醫國之能也。」叫：「文武眾卿，寡人身虛力怯，不敢乘輦，汝等可替寡人，俱到朝外，敦請孫長老，看朕之病。汝等見他，切不可輕慢，稱他做『神僧孫長老』，皆以君臣之禮相見。」

那眾臣領旨，與看榜的太監、校尉徑至會同館，排班參拜。諕得那八戒躲在廂房，沙僧閃於壁下。

⑦啞請——迎請。啞，借作「迓」。

聯經出版事業公司 校印

那大聖看他坐在當中，端然不動。八戒暗地裡怨惡道：「這猢猻活活的折殺也！怎麼這許多官員禮拜，更不還禮，也不站將起來！」不多時，禮拜畢，分班啟奏道：「上告神僧孫長老。我等俱朱紫國王之臣，今奉王旨，敬以潔禮參請神僧，入朝看病。」行者方纔立起身來，對眾道：「你王如何不來？」眾臣道：「我王身虛力怯，不敢乘輦，特令臣等行代君之禮，拜請神僧也。」行者道：「既如此說，列位請前行，我當隨至。」眾臣各依品從，作隊而走。行者整衣而起。八戒道：「哥哥，切莫攀出我們來。」行者道：「我不攀你，只要你兩個與我收藥。」沙僧道：「收甚麼藥？」行者道：「凡有人送藥來與我，照數收下，待我回來取用。」二人領諾不題。

這行者即同多官，頃間便到。眾臣先走，奏知那國王，高捲珠簾，閃龍睛鳳目，開金口御言，便問：「那一位是神僧孫長老？」行者進前一步，厲聲道：「老孫便是。」那國王聽得聲音兇狠，又見相貌刁鑽，諕得戰兢兢，跌在龍牀之上。慌得那女官內宦，急扶入宮中。道：「諕殺寡人也！」眾官都嗔怨行者道：「這和尚怎麼這等粗魯村疏！怎敢就擅揭榜！」

行者聞言，笑道：「列位錯怪了我也。若像這等慢人，你國王之病，就是一千年也不得好。」眾臣道：「人生能有幾多陽壽？就一千年也還不好？」行者道：「他如今是個病君，死了是個病鬼，再轉世也還是個病人，卻不是一千年也還不好？」眾臣怒曰：「你這和尚，甚不知禮！怎麼敢這等滿口胡柴！」行者笑道：「不是胡柴。你都聽我道來：

醫門理法至微玄，大要心中有轉旋。望聞問切四般事，缺一之時不備全：第一望他神氣色，潤枯肥瘦起和眠；第二聞聲清與濁，聽他真語及狂言；三問病原經幾日，如何飲食怎生便；四纔切脈

聯經出版事業公司　校印

明經絡，浮沉表裡是何般。我不望聞並問切，今生莫想得安然。」

那兩班文武叢中，有太醫院官，一聞此言，對眾稱揚道：「這和尚也說得有理。就是神仙看病，也須望、聞、問、切，謹合著神聖功巧也。」眾官依此言，著近侍傳奏道：「長老要用望、聞、問、切之理，方可認病用藥。」那國王睡在龍牀上，聲聲喚道：「叫他去罷！寡人見不得生人面了！」近侍的出宮來道：「那和尚，我王旨意，教你去罷，見不得生人面哩。」行者道：「若見不得生人面呵，我會『懸絲診脈』。」眾官暗喜道：「懸絲診脈，我等耳聞，不曾眼見。再奏去來。」那近侍的又入宮奏道：「主公，那孫長老不見主公之面，他會懸絲診脈。」國王心中暗想道：「寡人病了三年，未曾試此，宣他進來。」近侍的即忙傳出道：「主公已許他懸絲診脈，快宣孫長老進宮診視。」

行者卻就上了寶殿。唐僧迎著罵道：「你這潑猴，害了我也！」行者笑道：「好師父，我倒與你壯觀，你返說我害你？」三藏喝道：「你跟我這幾年，那曾見你醫好誰來！你連藥性也不知，醫書也未讀，怎麼大膽撞這個大禍！」行者笑道：「師父，你原來不曉得。我有幾個草頭方兒，能治大病，管情醫得他好便了。就是醫死了，也只問得個庸醫殺人罪名，也不該死，你怕怎的！不打緊，不打緊，你且坐下，看我的脈理如何。」長老又道：「你那曾見《素問》、《難經》、《本草》、《脈訣》，是甚般章句，怎生註解，就這等胡說亂道，會甚麼懸絲診脈！」行者笑道：「我有金線在身，你不曾見哩。」即伸手下去，尾上拔了三根毫毛，捻一把，叫聲「變！」即變作三條絲線，每條各長二丈四尺，按二十四氣，托於手內，對唐僧道：「這不是我的金線？」近侍宦官在旁道：「長老且休講口，請入宮中診視去來。」行者別了唐僧，隨著近侍入宮看病。正是那：心有秘方能治國，內藏妙訣註長生。畢竟這去不知看出甚麼病來，用甚麼藥品。欲知端的，且聽下回分解。

第六十九回　心主夜間修藥物　君王筵上論妖邪

話表孫大聖同近侍宦官，到於皇宮內院，直至寢宮門外立定。將三條金線與宦官拿入裡面，吩咐：「教內宮妃后，或近侍太監，先繫在聖躬左手腕下，按寸、關、尺三部上，卻將線頭從窗櫺兒穿出與我。」真個那宦官依此言，請國王坐在龍床，按寸、關、尺，以金線一頭繫了，一頭理出窗外。行者接了線頭，以自己右手大指先托著食指，看了寸脈；次將中指按大指，看了關脈；又將大指托定無名指，看了尺脈；調停自家呼吸，分定四氣、五鬱、七表、八裡、九候，浮中沉，沉中浮，辨明了虛實之端；又教解下左手，依前繫在右手腕下部位。行者即以左手指，一一從頭診視畢，卻將身抖了一抖，把金線收上身來。厲聲高呼道：「陛下左手寸脈強而緊，關脈濇而緩，尺脈芤且沉；右手寸脈浮而滑，關脈遲而結，尺脈數而牢。夫左寸強而緊者，中虛心痛也；關濇而緩者，汗出肌麻也；尺芤而沉者，小便赤而大便帶血也。右手寸脈浮而滑者，內結經閉也；關遲而結者，宿食留飲也；尺數而牢者，煩滿虛寒相持也。——診此貴恙：是一個驚恐憂思，號為『雙鳥失群』之症。」那國王在內聞言，滿心

聯經出版事業公司校印

歡喜。打起精神，高聲應道：「指下明白！指下明白！果是此疾！請出外面用藥來也。」

大聖卻纔緩步出宮。早有在旁看見的太監，已先對眾報知。須臾，行者出來，唐僧即問如何。行者道：「診了脈，如今對症製藥哩。」眾官上前道：「神僧長老，適纔說『雙鳥失群』之症，何也？」行者笑道：「有雌雄二鳥，原在一處同飛；忽被暴風驟雨驚散，雌不能見雄，雄不能見雌，雌乃想雄，雄亦想雌：這不是『雙鳥失群』也？」眾官聞說，齊聲喝采道：「真是神僧！真是神醫！」稱讚不已。當有太醫官問道：「病勢已看出矣，但不知用何藥治之？」行者道：「不必執方，見藥就要。」醫官問道：「經云：『藥有八百八味，人有四百四病。』病不在一人之身，藥豈有全用之理！如何見藥就要？」行者道：「古人云：『藥不執方，合宜而用。』故此全徵藥品，而隨便加減也。」那醫官不復再言。即出朝門之外，差本衙當值之人，徧曉滿城生熟藥鋪，即將藥品，每味各辦三斤，送與行者。行者道：「此間不是製藥處，可將諸藥之數並製藥一應器皿，都送入會同館，交與我師弟二人收下。」醫官聽命，即將八百八味每味三斤及藥碾、藥磨、藥羅、藥乳並乳鉢、乳槌之類都送至館中，一一交付收訖。

行者往殿上請師父同至館中製藥。那長老正自起身，忽見內宮傳旨，教閣下留住法師，同宿文華殿。待明朝服藥之後，病痊酬謝，倒換關文送行。三藏大驚道：「徒弟呵，此意是留我做當頭①哩。若醫得好，歡喜起送；若醫不好，我命休矣。你須仔細上心，精虔製度也！」行者笑道：「師父放心，在此受用。老孫自有醫國之手。」

①當頭——指可以典押的東西。

好大聖，別了三藏，辭了眾臣，徑至館中。八戒迎著笑道：「師兄，我知道你了。」行者道：「你知甚麼？」八戒道：「知你取經之事不果，欲作生涯無本，今日見此處富庶，設法要開藥鋪哩。」行者喝道：「莫胡說！醫好國王，得意處辭朝走路，開甚麼藥鋪！」八戒道：「終不然，這八百八味藥，每味三斤，共計二千四百二十四斤，只醫一人，能用多少？不知多少年代方喫得了哩！」行者道：「那裡用得許多？他那太醫院官都是些愚盲之輩，所以取這許多藥品，教他沒處捉摸，不知我用的是那幾味，難識我神妙之方也。」

正說處，只見兩個館使當面跪下道：「請神僧老爺進晚齋。」行者道：「早間那般待我，如今卻跪而請之，何也？」館使叩頭道：「老爺來時，下官有眼無珠，不識尊顏。今聞老爺大展三折之肱，治我一國之主，若主上病愈，老爺江山有分，我輩皆臣子也，禮當拜請。」行者見說，欣然登堂上坐。八戒、沙僧分坐左右。擺上齋來。沙僧便問道：「師兄，師父在那裡哩？」行者笑道：「師父被國王留住作當頭哩。只待醫好了病，方纔酬謝送行。」沙僧又問：「可有些受用麼？」行者道：「國王豈無受用！我來時，他已有三個閣老陪侍左右，請入文華殿去也。」八戒道：「這等說，還是師父大哩。他倒有閣老陪侍，我們只得兩個館使奉承。——且莫管他，讓老豬喫頓飽飯也。」兄弟們遂自在受用一番。

天色已晚。行者叫館使：「收了家火，多辦些油蠟，我等到夜靜時，方好製藥。」館使果送若干油蠟，各命散訖。至半夜，天街人靜，萬籟無聲。八戒道：「哥哥，製何藥？趕早幹事。我瞌睡了。」行者道：「你將大黃取一兩來，碾為細末。」沙僧乃道：「大黃味苦，性寒，無毒；其性沉而不浮，其用走而不守；奪諸鬱而無壅滯，定禍亂而致太平；名之曰『將軍』。此行藥耳。但恐久病虛弱，不可用此。」行者笑道：「賢弟不知。此藥利痰順氣，蕩肚中凝滯之寒熱。你莫管我。——你去取一兩巴豆，去殼去膜，搥去油毒，碾為細末來。」八戒道：「巴豆味辛，性熱，有毒；削堅積，蕩肺腑之沉寒；通閉塞，利水穀之道路，乃斬關奪門之將，不可輕用。」行者道：「賢弟，你也不知。此藥破結宣腸，能理心膨水脹。快製來。我還有佐使之味輔之也。」他二人即時將二藥碾細道：「師兄，還用那幾十味？」行者道：「不用了。」八戒道：「八百八味，每味三斤，只用此二兩，誠為起奪②人了。」行者將一個花磁盞子，道：「賢弟莫講，你拿這個盞兒，將鍋臍灰刮半盞過來。」八戒道：「要怎的？」行者道：「藥內要用。」沙僧道：「小弟不曾見藥內用鍋灰。」行者道：「鍋灰名為『百草霜』，能調百病，你不知道。」那獃子真個刮了半盞，又碾細了。行者又將盞子，遞與他道：「你再去把我們的馬尿等半盞來。」八戒道：「要他怎的？」行者道：「要丸藥。」沙僧又笑道：「哥哥，這事不是耍子。馬尿腥臊，如何入得藥品？我只見醋糊為丸，陳米糊為丸，煉蜜為丸，或是清水為丸，那曾見馬尿為丸？那東西腥腥臊臊，脾虛的人，一聞就吐；再服巴豆、大黃，弄得人上吐下瀉，可是耍子？」行者道：「你不知就裡。我那馬，不是凡馬。他本是西海龍身。若得他肯去便溺，憑你何疾，服之即愈。但急不可得耳。」八戒聞言，真個去到邊前。那馬斜伏地下睡哩。獃子一頓腳踢起，襯在肚下，等了半會，全不見撒尿。他跑將來，對行者說：「哥呵，且莫去醫皇帝，且快去醫醫馬來。那亡人乾結了，莫想尿得出一點兒！」行者笑道：「我和你去。」沙僧道：「我也去看看。」

②起奪——拿人開玩笑，耍人的意思。

三人都到馬邊，那馬跳將起來，口吐人言，厲聲高叫道：「師兄，你豈不知？我本是西海飛龍，因為犯了天條，觀音菩薩救了我，將我鋸了角，退了麟，變作馬，馱師父往西天取經，將功折罪。我若過水撒尿，水中遊魚，食了成龍；過山撒尿，山中草頭得味，變作靈芝，仙僮採去長壽；我怎肯在此塵俗之處輕拋卻也？」行者道：「兄弟謹言。此間乃西方國王，非塵俗也，亦非輕拋棄也。常言道：『眾毛攢裘』③。要與本國之王治病哩。醫得好時，大家光輝。不然，恐俱不得善離此地也。」那馬纔叫聲：「等著。」你看他往前撲了一撲，往後蹲了一蹲，咬得那滿口牙齕支支的響亮，僅努出幾點兒，將身立起。八戒道：「這個亡人！就是金汁子，再撒些兒也罷！」那行者見有小半盞，道：「彀了！彀了！拿去罷。」沙僧方纔歡喜。

三人回至廳上，把前項藥餌攪和一處，搓了三個大丸子。行者道：「兄弟，忒大了。」八戒道：「只有核桃大。若論我喫，還不彀一口哩！」遂此收在一個小盒兒裡。兄弟們連衣睡下，一夜無話。

早是天曉。卻說那國王躭病設朝，請唐僧見了，即命眾官快往會同館參拜神僧孫長老取藥去。多官隨至館中，對行者拜伏於地道：「我王特命臣等拜領妙劑。」行者叫八戒取盒兒，揭開蓋子，遞與多官，多官啟問：「此藥何名？好見王回話。」行者道：「此名『烏金丹』。」八戒二人，暗中作笑道：「鍋灰拌的，怎麼不是烏金！」多官又問道：「用何引子？」行者道：「藥引兒兩般都下得。有一般易取者，乃六物煎湯送下。」多官問：「是何六物？」行者道：「半空飛的老鴉屁，緊水負的

③眾毛攢裘——積少成多，通力合作的意思。

鯉魚屎，王母娘娘搽臉粉，老君爐裡煉丹灰，玉皇戴破的頭巾要三塊，還要五根困龍鬚：六物煎湯送此藥，你王憂病等時除。」

多官聞言道：「此物乃世間所無者。請問那一般引子是何？」行者道：「用無根水送下。」多官笑道：「這個易取。」行者道：「怎見得易取？」多官道：「我這裡人家俗論：若用無根水，將一個碗盞，到井邊，或河下，舀了水，急轉步，更不落地，亦不回頭，到家與病人喫藥，便是。」行者道：「井中河內之水，俱是有根的。我這無根水，非此之論，乃是天上落下者，不沾地就喫，纔叫做『無根水』。」多官又道：「這也容易。等到天陰下雨時，再喫藥便罷了。」遂拜謝了行者，將藥持回獻上。國王大喜，即命近侍接上來。看了道：「此是甚麼丸子？」多官道：「神僧說是『烏金丹』，用無根水送下。」國王便教宮人取無根水。眾官道：「神僧說，無根水不是井河中者，乃是天上落下不沾地的纔是。」國王即喚當駕官傳旨，教請法官求雨。眾官遵依出榜不題。

卻說行者在會同館廳上，叫豬八戒道：「適間允他天落之水，纔可用藥，此時急忙，怎麼得個雨水？我看這王，倒也是個大賢大德之君，我與你助他些兒雨下藥，如何？」八戒道：「怎麼樣助？」行者道：「你在我左邊立下，做個輔星。」又叫沙僧，「你在我右邊立下，做個弼宿。等老孫助他些無根水兒。」好大聖，步了罡訣，念聲呪語，早見那正東上，一朵烏雲，漸近於頭頂上。叫道：「大聖，東海龍王敖廣來見。」行者道：「無事不敢捻煩，請你來助些無根水與國王下藥。」龍王道：「大聖呼喚時，不曾說用水，小龍隻身來了，不曾帶得雨器，亦未有風雲雷電，怎生降雨？」行者道：「如今用不著風雲雷電，亦不須多雨，只要些須引藥之水便了。」龍王道：「既如此，待我打兩個噴嚏，吐些涎津溢，與他喫藥罷。」行者大喜道：「最好！最好！不必遲疑，趁早行事。」

那老龍在空中，漸漸低下烏雲，直至皇宮之上，隱身全像，噀一口津唾，遂化作甘霖。那滿朝官齊聲喝采道：「我主萬千之喜！天公降下甘雨來也！」國王即傳旨，教：「取器皿盛著。不拘宮內外及官大小，都要等貯仙水，拯救寡人。」你看那文武多官並三宮六院妃嬪與三千彩女、八百嬌娥，一個個擎杯托盞，舉碗持盤，等接甘雨。那老龍在半空，運化津涎，不離了王宮前後。將有一個時辰，龍王辭了大聖回海。眾臣將杯盂碗盞收來，也有等著一點兩點者，也有等著三點五點者，也有一點不曾等著者，共合一處，約有三盞之多，總獻至御案。真是個異香滿襲金鑾殿，佳味薰飄天子庭！

那國王辭了法師，將著「烏金丹」並甘雨至宮中，先吞了一丸，喫了一盞甘雨；再吞了一丸，又飲了一盞甘雨；三次，三丸俱吞了，三盞甘雨俱送下。不多時，腹中作響，如轆轤之聲不絕，即取淨桶，連行了三五次，服了些米飲，欹倒在龍牀之上。有兩個妃子，將淨桶撿看，說不盡那穢汙痰涎，內有糯米飯塊一團。妃子近龍牀前來報：「病根都行下來也！」國王聞此言，甚喜，又進一次米飯。少頃，漸覺心胸寬泰，氣血調和，就精神抖擻，腳力強健。下了龍牀，穿上朝服，即登寶殿，見了唐僧，輒倒身下拜。那長老忙忙還禮。拜畢，以御手攙著，便教閣下：「快具簡帖，帖上寫朕『再拜頓首』字樣，差官奉請法師高徒三位。一壁廂大開東閣，光祿寺排宴酬謝。」多官領旨，具簡的具簡，排宴的排宴，正是國家有倒山之力，霎時俱完。

卻說八戒見官投簡，喜不自勝道：「哥呵，果是好妙藥！今來酬謝，乃兄長之功。」沙僧道：「二哥說那裡話！常言道：『一人有福，帶挈一屋。』我們在此合藥，俱是有功之人。只管受用去，再休

聯經出版事業公司　校印

多話。」咦！你看他弟兄們俱歡歡喜喜，徑入朝來。

眾官接引，上了東閣，早見唐僧、國王、閣老，已都在那裡安排筵宴哩。這行者與八戒、沙僧，對師父唱了個喏，隨後眾官都至。只見那上面有四張素桌面，都是喫一看十的筵席；前面有一張葷桌面，也是喫一看十的珍饈。左右有四五百張單桌面，真個排得齊整：

古云：「珍饈百味，美祿千鍾。瓊膏酥酪，錦縷肥紅。」寶妝花彩豔，果品味香濃。斗糖龍纏列獅仙④，餅錠拖爐擺鳳侶。葷有豬羊雞鵝魚鴨般般肉，素有蔬殽筍芽木耳並蘑菇。幾樣香湯餅，數次透糖酥。滑軟黃粱飯，清新菰米糊。色色粉湯香又辣，般般添換美還甜。君臣舉盞方安席，名分品級慢傳壺。

那國王御手擎杯，先與唐僧安坐。三藏道：「貧僧不會飲酒。」國王道：「素酒。法師飲此一杯，何如？」三藏道：「酒乃僧家第一戒。」國王甚不過意道：「法師戒飲，卻以何物為敬？」三藏道：「頑徒三眾代飲罷。」國王卻纔歡喜，轉金卮，遞與行者。行者接了酒，對眾禮畢，喫了一杯。國王見他喫得爽利，又奉一杯。行者不辭，又喫了。國王笑道：「喫個三寶鍾兒。」行者不辭，又喫了。國王又叫斟上，「喫個四季杯兒。」

八戒在旁，見酒不到他，忍得他嚁嚁嗾唾；又見那國王苦勸行者，他就叫將起來道：「陛下，喫的藥也虧了我，那藥裡有馬——」這行者聽說，恐怕獃子走了消息，卻將手中酒遞與八戒。八戒接著就

④獅仙——獅子、八仙形狀的糖果。現在叫糖人兒、糖獅子。

喫，卻不言語。國王問道：「神僧說藥裡有馬，於甚麼馬？」行者接過口來道：「我這兄弟，是這般口敞。但有個經驗的好方兒，他就要說與人。陛下早間喫藥，內有馬兜鈴。」國王問眾官道：「馬兜鈴是何品味？能醫何症？」時有太醫院官在旁道：「主公：

兜鈴味苦寒無毒，定喘消痰大有功。通氣最能除血蠱，補虛寧嗽又寬中。」

國王笑道：「用得當！用得當！豬長老再飲一杯。」獃子亦不言語，卻也喫了三個寶鍾。國王又遞了沙僧酒，也喫了三杯，卻俱敘坐。

飲宴多時，國王又擎大爵，奉與行者。行者道：「陛下請坐。老孫依巡痛飲，決不敢推辭。」國王道：「神僧恩重如山，寡人酬謝不盡。好歹進此一巨觥，朕有話說。」行者道：「有甚話說了，老孫好飲。」國王道：「寡人有數載憂疑病，被神僧一貼靈丹打通，所以就好了。」行者笑道：「昨日老孫看了陛下，已知是憂疑之疾，但不知憂疑何事？」國王道：「古人云：『家醜不可外談。』奈神僧是朕恩主——惟不笑，方可告之。」行者道：「怎敢笑話，請說無妨。」國王道：「神僧東來，不知經過幾個邦國？」行者道：「經有五六處。」又問：「他國之后不知是何稱呼？」行者道：「國王之后，都稱為正宮、東宮、西宮。」國王道：「寡人不是這等稱呼；將正宮稱為金聖宮，東宮稱為玉聖宮，西宮稱為銀聖宮！現今只有銀、玉二后在宮。」行者道：「金聖宮因何不在宮中？」國王滴淚道：「不在已三年矣。」行者道：「向那廂去了？」國王道：「三年前，正值端陽之節，朕與嬪后都在御花園海榴亭下解粽插艾，飲菖蒲雄黃酒，看鬥龍舟。忽然一陣風至，半空中現出一個妖精，自稱賽太歲，說他在麒麟山獬豸洞居住，洞中少個夫人，訪得我金聖宮生得美貌嬌姿，要做個夫人，教朕快早

聯經出版事業公司校印

送出。如若三聲不獻出來，就要先喫寡人，後喫眾臣，將滿城黎民，盡皆喫絕。那時節，朕卻憂國憂民，無奈，將金聖宮推出海榴亭外，被那妖響一聲攝將去了。寡人為此著了驚恐，把那粽子，凝滯在內；況又晝夜憂思不息，所以成此苦疾三年。今得神僧靈丹服後，行了數次，盡是那三年前積滯之物，所以這會體健身輕，精神如舊。今日之命，皆是神僧所賜，豈但如泰山之重而已乎！」

行者聞得此言，滿心喜悅，將那巨觥之酒，兩口吞之，笑問國王曰：「陛下原來是這般驚憂！今遇老孫，幸而獲愈。但不知可要金聖宮回國？」那國王滴淚道：「朕切切思思，無晝無夜，但只是沒一個能獲得妖精的。豈有不要他回國之理！」行者道：「我老孫與你去伏妖邪，何如？」國王跪下道：「若救得朕后，朕願領三宮九嬪，出城為民，將一國江山，盡付神僧，讓你為帝。」八戒在旁，見出此言，行此禮，忍不住呵呵大笑道：「這皇帝失了體統！怎麼為老婆就不要江山，跪著和尚？」行者急上前，將國王攙起道：「陛下，那妖精自得金聖宮去後，這一向可曾再來？」國王道：「他前年五月節攝了金聖宮，至十月間來，要取兩個宮娥去伏侍娘娘，朕即獻出兩個。至舊年三月間，又來要兩個宮娥；七月間，又要去兩個；今年二月裡，又要去兩個；不知到幾時又要來也。」行者道：「似他這等頻來，你們可怕他麼？」國王道：「寡人見他來得多遭，一則懼怕，二來又恐有傷害之意，舊年四月內，是朕命工起了一座避妖樓，但聞風響，知是他來，即與二后、九嬪，入樓躲避。」行者道：「陛下不棄，可攜老孫去看那避妖樓一番，何如？」那國王即將左手攜著行者出席。眾官一齊起身。豬八戒道：「哥哥，你不達理！這般御酒不喫，搖席破坐⑤的，且去看甚麼哩？」國王聞說，情知八

⑤搖席破坐——讓別人掃興。

戒是為嘴，即命當駕官擡兩張素桌面，看酒在避妖樓外伺候。獃子卻纔不嚷，同師父、沙僧笑道：「翻席去也。」

一行文武官引導，那國王並行者相攙，穿過皇宮到了御花園後，更不見樓臺殿閣。行者道：「避妖樓何在？」說不了，只見兩個太監，拿兩根紅漆扛子，往那空地上掬起一塊四方石板。國王道：「此間便是。這底下有二丈多深，空成的九間朝殿。內有四個大缸，缸內滿住清油，點著燈火，晝夜不息。寡人聽得風響，就入裡邊躲避，外面著人蓋上石板。」行者笑道：「那妖精還是不害你；若要害你，這裡如何躲得？」正說間，只見那正南上呼呼的吹得風響，播土揚塵。諕得那多官齊聲報怨道：「這和尚鹽醬口，講甚麼妖精，妖精就來了。」慌得那國王丟了行者，即鑽入地穴。唐僧也就跟入。眾官亦躲個乾淨。

八戒、沙僧也都要躲，被行者左右手扯住他兩個道：「兄弟們，不要怕。我和你認他一認，看是個甚麼妖精。」八戒道：「可是扯淡！認他怎的？眾官躲了，師父藏了，國王避了，我們不去了罷，衒的是那家世⑥！」那獃子左掙右掙，掙不得脫手，被行者拿定。多時，只見那半空裡閃出一個妖精。你看他怎生模樣：

九尺長身多惡獰，一雙環眼閃金燈。兩輪查耳如撐扇，四個鋼牙似插釘。
鬢繞紅毛眉豎焰，鼻垂糟準孔開明。髭鬚幾縷硃砂線，顴骨崚嶒滿面青。

⑥衒的是那家世——充什麼好漢。

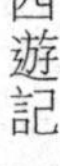

兩臂紅觔藍靛手，十條尖爪把鎗拏。豹皮裙子腰間繫，赤腳蓬頭若鬼形。

行者見了道：「沙僧，你可認得他？」沙僧道：「我又不曾與他相識，那裡認得！」又問：「八戒，你可認得他？」八戒道：「我又不曾與他會茶會酒，又不是賓朋鄰里，我怎麼認得他！」行者道：「他卻像東嶽天齊手下把門的那個醮面金睛鬼。」八戒道：「不是！不是！」行者道：「你怎知他不是？」八戒道：「我豈不知？鬼乃陰靈也，一日至晚，交申酉戌亥時方出。今日還在巳時，那裡有鬼敢出來？就是鬼，也不會駕雲。縱會弄風，也只是一陣旋風耳。有這等狂風？或者他就是賽太歲也。」行者笑道：「好獃子！倒也有些論頭！既如此說，你兩個護持在此，等老孫去問他個名號，好與國王救取金聖宮來朝。」八戒道：「你去自去，切莫供出我們來。」行者昂然不答，急縱祥光，跳將上去。咦！正是：安邦先卻君王病，守道須除愛惡心。畢竟不知此去，到於空中，勝敗如何，怎麼擒得妖怪，救得金聖宮，且聽下回分解。

第七十回　妖魔寶放煙沙火　悟空計盜紫金鈴

卻說那孫行者抖擻神威，持著鐵棒，踏祥光，起在空中，迎面喝道：「你是那裡來的邪魔，待往何方猖獗！」那怪物厲聲高叫道：「吾黨不是別人，乃麒麟山獬豸洞賽太歲大王爺爺部下先鋒。今奉大王令，到此取宮女二名，伏侍金聖娘娘。你是何人，敢來問我！」行者道：「我乃齊天大聖孫悟空。因保東土唐僧西天拜佛，路過此國，知你這夥邪魔欺主，特展雄才，治國祛邪。正沒處尋你，卻來此送命！」那怪聞言，不知好歹，展長鎗就刺行者。行者舉鐵棒劈面相迎。在半空裡這場好殺：

棍是龍宮鎮海珍，鎗乃人間轉煉鐵。凡兵怎敢比仙兵，擦著些兒神氣洩。大聖原來太乙仙，妖精本是邪魔孽。鬼祟焉能近正人，一正之時邪就滅。那個弄風播土諕皇王，這個踏霧騰雲遮日月。丟開架手賭輸贏，無能誰敢誇豪傑！還是齊天大聖能，乒乓一棍鎗先折。

那妖精被行者一鐵棒把根鎗打做兩截，慌得顧性命，撥轉風頭，逕往西方敗走。行者且不趕他，按下雲頭，來至避妖樓地穴之外，叫道：「師父，請同陛下出來。怪物已趕去矣。」

聯經出版事業公司校印

那唐僧纔扶著君王，同出穴外，見滿天清朗，更無妖邪之氣。那皇帝即至酒席前，自己拿壺把盞，滿斟金杯，奉與行者道：「神僧，權謝！權謝！」這行者接杯在手，還未回言，只聽得朝門外有官來報：「西門上火起了！」行者聞說，將金杯連酒望空一撇，噹的一聲響亮，那個金杯落地。君王著了忙，躬身施禮道：「神僧，恕罪！恕罪！是寡人不是了！禮當請上殿拜謝，只因有這方便酒在此，故就奉耳。神僧卻把杯子撇了，卻不是有見怪之意？」行者笑道：「不是這話，不是這話。」少頃間，又有官來報：「好雨呀！纔西門上起火，被一場大雨，把火滅了。滿街上流水，盡都是酒氣。」行者又笑道：「陛下，你見我撇杯，疑有見怪之意，非也。那妖敗走西方，我不曾趕他，他就放起火來。這一杯酒，卻是我滅了妖火，救了西城裡外人家，豈有他意！」

國王更十分歡喜加敬。即請三藏四眾，同上寶殿，就有推位讓國之意。行者笑道：「陛下，纔那妖精，他稱是賽太歲部下先鋒，來此取宮女的。他如今戰敗而回，定然報與那廝。那廝定要來與我相爭。我恐他一時興師帥眾，未免又驚傷百姓，恐諕陛下。欲去迎他一迎，就在那半空中擒了他，取回聖后。但不知向那方去。這裡到他那山洞有多少遠近？」國王道：「寡人曾差『夜不收』①軍馬到那裡探聽聲息，往來要行五十餘日。坐落南方，約有三千餘里。」行者聞言，叫：「八戒、沙僧，護持在此，老孫去來。」國王扯住道：「神僧且從容一日，待安排些乾糧烘炒，與你些盤纏銀兩，選一匹快馬，方纔可去。」行者笑道：「陛下說得是巴山轉嶺步行之話。我老孫不瞞你說，似這三千里路，斟酒在

---

①夜不收——從前軍中司巡邏、偵察之事的人。

鍾不冷，就打個往回。」國王道：「神僧，你不要怪我說。你這尊貌，卻像個猿猴一般，怎生有這等法力會走路也？」行者道：

「我身雖是猿猴數，自幼打開生死路。徧訪明師把道傳，山前修煉無朝暮。倚天為頂地為爐，兩般藥物團烏兔②。採取陰陽水火交，時間頓把玄關悟。全仗天罡搬運功，也憑斗柄遷移步。退爐進火最依時，抽鉛添汞相交顧。攢簇五行造化生，合和四象③分時度。二氣歸於黃道間，三家會在金丹路。悟通法律歸四肢，本來觔斗如神助。一縱縱過太行山，一打打過凌雲渡。何愁峻嶺幾千重，不怕長江百十數。只因變化沒遮攔，一打十萬八千路！」

那國王見說，又驚又喜，笑吟吟捧著一杯御酒遞與行者道：「神僧遠勞，進此一杯引意。」這大聖一心要去降妖，那裡有心喫酒，只叫：「且放下，等我去了回來再飲。」好行者，說聲去，唿哨一聲，寂然不見。那一國君臣，皆驚訝不題。

卻說行者將身一縱，早見一座高山，阻住霧角。即按雲頭，立在那巔峰之上。仔細觀看，好山：

沖天占地，礙日生雲。沖天處，尖峰矗矗；占地處，遠脈迢迢。礙日的，乃嶺頭松鬱鬱；生雲的，乃崖下石磷磷。松鬱鬱，四時八節常青；石磷磷，萬載千年不改。林中每聽夜猿啼，澗內常聞妖

②烏兔——日月。
③四象——煉丹家謂子、午為南北，用武火；卯、酉為東西，用文火。這是所謂周天火符四象。

蟒過，山禽聲咽咽，山獸吼呼呼。山獐山鹿，成雙作對紛紛走；山鴉山鵲，打陣④攢群密密飛。
山草山花看不盡，山桃山果映時新。雖然倚險不堪行，卻是妖仙隱逸處。

這大聖看看不厭，正欲找尋洞口，只見那山凹裡烘烘火光飛出，霎時間，撲天紅焰，紅焰之中冒出一股惡煙，比火更毒。好煙！但見那：

火光迸萬點金燈，火焰飛千條紅虹。那煙不是竈筩煙，不是草木煙，煙卻有五色：青紅白黑黃。
燻著南天門外柱，燎著靈霄殿上梁。燒得那窩中走獸連皮爛，林中飛禽羽盡光。但看這煙如此惡，
怎入深山伏怪王！

大聖正自恐懼，又見那山中迸出一道沙來。好沙，真個是遮天蔽日！你看：

紛紛絯絯⑤徧天涯，鄧鄧渾渾大地遮。細塵到處迷人目，粗灰滿谷滾芝蔴。
採藥仙童迷失伴，打柴樵子沒尋家。手中就有明珠現，時間颳得眼生花。

這行者只顧看玩，不覺沙灰飛入鼻內，癢斯斯的，打了兩個噴嚏，即回頭伸手，在巖下摸了兩個鵝卵石，塞住鼻子；搖身一變，變做一個攢火的鷂子，飛入煙火中間，驀⑥了幾驀，卻就沒了沙灰，煙火也息了。急現本像下來。又看時，只聽得丁丁東東的，一個銅鑼聲響。卻道：「我走錯了路也！這

---

④打陣——禽鳥在天空成群密集。

⑤絯絯——形容叢聚的樣子。絯，ㄏㄞ。

⑥驀——突然穿入。

裡不是妖精住處。鑼聲似鋪兵之鑼。想是通國的大路，有鋪兵去下文書。且等老孫去問他一問。」正走處，忽見似個小妖兒，擔著黃旗，背著文書，敲著鑼兒，急走如飛而來。行者笑道：「原來是這廝打鑼。他不知送的是甚麼書信，等我聽他一聽。」好大聖，搖身一變，變做個蜢蟲兒，輕輕的飛在他書包之上。只聽得那妖精敲著鑼，緒緒聒聒的自念自誦道：「我家大王，忒也心毒。三年前到朱紫國強奪了金聖皇后；一向無緣，未得沾身，只苦了要來的宮女頂缸。兩個來弄殺了，四個來也弄殺了。前年要了，去年又要，今年又要；如今還要，卻撞個對頭來了。那個要宮女的先鋒被個甚麼孫行者打敗了，不發宮女。我大王因此發怒，要與他國爭持，教我去下甚麼戰書。這一去，那國王不戰則可，戰必不利。我大王使出煙火飛沙，那國中君臣百姓，莫想一個得活。那時我等占了他的城池，大王稱帝，我等稱臣，——雖然也有個大小官爵，只是天理難容也！」

行者聽了，暗喜道：「妖精也有存心好的。似他後邊這兩句話說，『天理難容』，卻不是個好的？——但只說金聖皇后一向無緣，未得沾身，此話卻不解其意。等我問他一問。」嚶的一聲，一翅飛離了妖精，轉向前路，有十數里地，搖身一變，又變做一個道童：

頭挽雙丫髻，身穿百衲衣。手敲魚鼓簡，口唱道情⑦詞。

轉山坡，迎著小妖，打個起手道：「長官，那裡去？送的是甚麼公文？」那妖物就像認得他的一般。住了鑼槌，笑嘻嘻的還禮道：「我大王差我到朱紫國下戰書的。」行者接口問道：「朱紫國那話兒，

⑦道情——道士樂歌的一種。

聯經出版事業公司校印

正在那裡著惱哩。可曾與大王配合哩？」小妖道：「自前年攝得來，當時就有一個神仙，送一件五彩仙衣與金聖宮妝新。他自穿了那衣，就渾身上下都生了針刺，我大王摸也不敢摸他一摸。但挽著些兒，手心就痛，不知是甚緣故。自始至今，尚未沾身。早間差先鋒去要宮女伏侍，被一個甚麼孫行者戰敗了。大王奮怒，所以教我去下戰書。明日與他交戰也。」行者道：「怎的大王卻著惱呵？」小妖道：「你去與他唱個道情詞兒解解悶也好。」

行者拱手抽身就走。那妖依舊敲鑼前行。行者就行起兇來，掣出棒，復轉身，望小妖腦後一下，可憐就打得頭爛血流漿迸出，皮開頸折命傾之！收了棍子，卻又自悔道：「急了些兒！不曾問他叫做甚麼名字，——罷了！」卻去取下他的戰書，藏於袖內；將他黃旗、銅鑼，藏在路旁草裡，因扯著腳要往澗下摔時，只聽噹的一聲，腰間露出一個鑲金的牙牌。牌上有字，寫道：

「心腹小校一名，有來有去。五短身材，扢撻臉，無鬚。長川懸掛，無牌即假。」

行者笑道：「這廝名字叫做有來有去，這一棍子，打得『有去無來』！」將牙牌解下，帶在腰間，欲要摔下屍骸；卻又思量起煙火之毒，且不敢尋他洞府，即將棍子舉起，著小妖胸前搗了一下，挑在空中，徑回本國，且當報一個頭功。你看他自思自念，嘫哨一聲，到了國界。

那八戒在金鑾殿前，正護持著王、師，忽回頭看見行者半空中將個妖精挑來，他卻怨道：「噯！不打緊的買賣！早知老豬去拿來，卻不算我一功？」說未畢，行者按落雲頭，將妖精摔在階下。八戒跑上去，就築了一鈀道：「此是老豬之功！」行者道：「是你甚功？」八戒道：「莫賴我！我有證見！你不看一鈀築了九個眼子哩！」行者道：「你看看可有頭沒頭。」八戒笑道：「原來是沒頭的！我道如何築他也不動動兒。」行者道：「師父在那裡？」八戒道：「在殿裡與王敘話哩。」行者道：「你且去請他出來。」八戒急上殿，點點頭。三藏即便起身下殿，迎著行者。行者將一封戰書揣在三藏袖裡道：「師父收下，且莫與國王看見。」

說不了，那國王也下殿，迎著行者道：「神僧長老來了！拿妖之事如何？」行者用手指道：「那階下不是妖精，被老孫打殺了也？」國王見了道：「是便是個妖屍，卻不是賽太歲。賽太歲寡人親見他兩次，身長丈八，膊闊五停；面似金光，聲如霹靂；那裡是這般鄙矮。」行者笑道：「陛下認得。果然不是。這是一個報事的小妖，撞見老孫，卻先打死，挑回來報功。」國王大喜道：「好！好！好！該算頭功！寡人這裡常差人去打探，更不曾得個的實。似神僧一出，就捉了一個回來，真神通也！」叫：「看暖酒來！與長老賀功。」

行者道：「喫酒還是小事。我問陛下，金聖宮別時，可曾留下個甚麼表記？你與我些兒。」那國王聽說「表記」二字，卻似刀劍剜心，忍不住失聲淚下，說道：

「當年佳節慶朱明！太歲兇妖發喊聲。強奪御妻為壓寨，寡人獻出為蒼生。更無會話並離話，那有長亭共短亭！表記香囊全沒影，至今撇我苦伶仃！」

行者道：「陛下在邇，何以惱為？那娘娘既無表記，他在宮內，可有甚麼心愛之物，與我一件也罷。」國王道：「你要怎的？」行者道：「那妖王實有神通。我見他放煙、放火、放沙，果是難收。縱收了，又恐娘娘見我面生，不肯跟我回國。須是得他平日心愛之物一件，他方信我。我好帶他回來。為此故要帶去。」國王道：「昭陽宮裡，梳妝閣上，有一雙黃金寶串，原是金聖宮手上帶的。只因那日端午，要縛五色彩線，故此褪下，不曾帶上。此乃是他心愛之物。如今現收在減妝盒⑧裡。寡人見他遭此離別，更不忍見；一見即如見他玉容，病又重幾分也。」行者道：「且休題這話。且將金串取來。如捨得，都與我拿去；如不捨，只拿一隻去也。」國王遂命玉聖宮取出。取出即遞與國王。國王見了，叫了幾聲「知疼著熱的娘娘」，遂遞與行者。行者接了，套在胳膊上。

好大聖，不喫得功酒，且駕觔斗雲，唿哨一聲，又至麒麟山上。無心玩景，徑尋洞府而去。正行時，只聽得人語喧嚷，即竚立凝睛觀看。原來那獬豸洞口把門的大小頭目，約摸有五百名在那裡：

森森羅列，密密挨排。森森羅列執干戈，映日光明；密密挨排展旌旗，迎風飄閃。虎將熊師能變化，豹頭彪帥弄精神。蒼狼多猛烈，獺象更驍雄。狡兔乖獐輪劍戟，長蛇大蟒挎刀弓。猩猩能解人言語，引陣安營識汛風。

行者見了，不敢前進，抽身徑轉舊路。你道他抽身怎麼？不是怕他。他卻至那打死小妖之處，尋出黃旗、銅鑼，迎風捏訣，想像騰挪，即搖身一變，變做那有來有去的模樣，乒乓敲著鑼，大踏步，一直前來，徑撞至獬豸洞。正欲看看洞景，只聞得猩猩出語道：「有來有去，你回來了？」行者只得答應道：「來了。」猩猩道：「快走！大王爺爺正在剝皮亭上等你回話哩。」行者聞言，拽開步，敲著鑼，徑入前門裡看處，原來是懸崖削壁石屋虛堂，左右有琪花瑤草，前後多古柏喬松。不覺又至二門之內，

⑧減妝盒——婦女用的梳頭匣子。

忽擡頭見一座八窗明亮的亭子，亭子中間有一張戧金⑨的交椅，椅子上端坐著一個魔王，真個生得惡像。但見他：

晃晃霞光生頂上，威威殺氣迸胸前。口外獠牙排利刃，鬢邊焦髮放紅煙。

嘴上髭鬚如插箭，遍體昂毛似疊氈。眼突銅鈴欺太歲，手持鐵杵若摩天。

行者見了，公然傲慢那妖精，更不循一些兒禮法。調轉臉，朝著外，只管敲鑼。妖王問道：「你來了？」行者不答。又問：「有來有去，你來了？」也不答應。妖王上前扯住道：「你怎麼到了家還篩鑼？問之又不答，何也？」行者把鑼往地下一摜道：「甚麼『何也，何也！』我說我不去，你卻教我去。行到那廂，只見無數的人馬列成陣勢，見了我，就都叫：『拿妖精！拿妖精！』把我推推扯扯，拽拽扛扛，拿進城去，見了那國王，國王便教『斬了』，幸虧那兩班謀士道：『兩家相爭，不斬來使。』把我饒了。收了戰書，又押出城外，對軍前打了三十順腿，放我來回話。他那裡不久就要來此與你交戰哩。」妖王道：「這等說，是你喫虧了。怪不得問你更不言語。」行者道：「卻不是怎的？只為護疼，所以不曾答應。」妖王道：「那裡有多少人馬？」行者道：「我也諕昏了。又喫他打怕了，那裡曾查他人馬數目！只見那裡森森兵器擺列著：

弓箭刀鎗甲與衣，干戈劍戟並纓旗。剽鎗月鏟兜鍪鎧，大斧團牌鐵蒺藜。長悶棍，短窩槌，鋼叉銃鉋及頭盔。打扮得𩍐鞋護頂並胖襖，簡鞭袖彈與銅鎚。」

⑨戧金——器物上嵌金為飾。戧，ㄑㄧㄤ。

那王聽了笑道：「不打緊！不打緊！似這般兵器，一火皆空。你且去報與金聖娘娘得知，教他莫惱。今早他聽見我發狠，要去戰鬥，他就眼淚汪汪的不乾。你如今去說那裡人馬驍勇，必然勝我，且寬他一時之心。」

行者聞言，十分歡喜道：「正中老孫之意！」你看他偏是路熟，轉過角門，穿過廳堂，那裡邊盡都是高堂大廈，更不似前邊的模樣。直到後邊宮裡，遠見彩門壯麗，乃是金聖娘娘住處。直入裡面看時，有兩班妖狐、妖鹿，一個個都妝成美女之形，侍立左右。正中間坐著那個娘娘，手托著香腮，雙眸滴淚，果然是：

玉容嬌嫩，美貌妖嬈。懶梳妝，散鬢堆鴉；怕打扮，釵鐶不戴。面無粉，冷淡了胭脂髮無油，蓬鬆了雲鬢。努櫻唇，緊咬銀牙；皺蛾眉，淚淹星眼。一片心，只憶著朱紫君王，一時間，恨不離天羅地網。誠然是：自古紅顏多薄命，懨懨無語對東風！

行者上前打了個問訊道：「接喏。」那娘娘道：「這潑村怪，十分無狀！想我在那朱紫國中，與王同享榮華之時，那太師、宰相見了，就俯伏塵埃，不敢仰視。這野怪怎麼叫聲『接喏』？是那裡來的這般村潑？」眾侍婢上前道：「太太息怒。他是大王爺爺心腹的小校，喚名有來有去。今早差下戰書的是他。」娘娘聽說，忍怒問曰：「你下戰書，可曾到朱紫國界？」行者道：「我持書直至城裡，到於金鑾殿，面見君王，已討回音來也。」娘娘道：「你面君，君有何言？」行者道：「那君王敵戰之言，與排兵布陣之事，纔與大王說了。只是那君王有思想娘娘之意，有一句合心的話兒，特來上稟。奈何左右人眾，不是說處。」

聯經出版事業公司校印

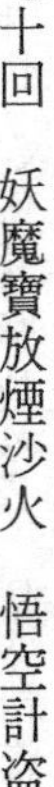

娘娘聞言，喝退兩班狐鹿。行者掩上宮門，把臉一抹，現了本像。對娘娘道：「你休怕我。我是東土大唐差往大西天天竺國雷音寺見佛求經的和尚。我師父是唐王御弟唐三藏。我是他大徒弟孫悟空。因過你國倒換關文，見你君臣出榜招醫，是我大施三折之肱，把他相思之病治好了。排宴謝我，飲酒之間，說出你被妖攝來，我會降龍伏虎，特請我來捉怪，救你回國。那戰敗先鋒是我，打死小妖也是我。我見他門外兇狂，是我變作有來有去模樣，捨身到此，與你通信。」那娘娘聽說，沉吟不語。行者取出寶串，雙手奉上道：「你若不信，看此物何來？」娘娘一見垂淚，下座拜謝道：「長老，你果是救得我回朝，沒齒不忘大恩！」

行者道：「我且問你，他那放火、放煙、放沙的，是件甚麼寶貝？」娘娘道：「那裡是甚寶貝！乃是三個金鈴。他將頭一個晃一晃，有三百丈火光燒人；第二個晃一晃，有三百丈煙光燻人；第三個晃一晃，有三百丈黃沙迷人。煙火還不打緊，只是黃沙最毒。若鑽入人鼻孔，就傷了性命。」行者道：「利害！利害！我曾經著，打了兩個噴嚏。卻不知他的鈴兒放在何處？」娘娘道：「他那肯放下，只是帶在腰間，行住坐臥，再不離身。」行者道：「你若有意於朱紫國，還要相會國王，把那煩惱憂愁，都且權解，使出個風流喜悅之容，與他敘個夫妻之情，教他把鈴兒與你收貯。待我取便偷了，降了這妖怪，那時節，好帶你回去，重諧鸞鳳，共享安寧也。」那娘娘依言。

這行者還變作心腹小校，開了宮門，喚進左右侍婢。娘娘叫：「有來有去，快往前亭，請你大王來，與他說話。」好行者，應了一聲，即至剝皮亭，對妖精道：「大王，聖宮娘娘有請。」妖王歡喜道：「娘娘常時只罵，怎麼今日有請？」行者道：「那娘娘問朱紫國王之事，是我說：『他不要你了，他國中另扶了皇后。』娘娘聽說，故此沒了想頭，方纔命我來奉請。」妖王大喜道：「你卻中用。待我剿除了他國，封你為個隨朝的太宰。」

行者順口謝恩，疾與妖王來至後宮門首。那娘娘歡容迎接，就去用手相攙。那妖王喏喏而退道：「不敢！不敢！多承娘娘下愛，我怕手痛，不敢相傍。」娘娘道：「大王請坐，我與你說。」大王道：「有話但說不妨。」娘娘道：「我蒙大王辱愛，今已三年，未得共枕同衾。也是前世之緣，做了這場夫妻；誰知大王有外我之意，不以夫妻相待。我想著當時在朱紫國為后，外邦凡有進貢之寶，君看畢，一定與后收之。你這裡更無甚麼寶貝，左右穿的是貂裘，喫的是血食，那曾見綾錦金珠！只一味鋪皮蓋毯。或者就有些寶貝，你因外我，也不教我看見，也不與我收著。且如聞得你有三個鈴鐺，想就是件寶貝，你怎麼走也帶著，坐也帶著？你就拿與我收著，待你用時取出，未為不可。此也是做夫妻一場，也有個心腹相託之意。——如此不相託付，非外我而何？」妖王大笑陪禮道：「娘娘怪得是！怪得是！寶貝在此，今日就當付你收之。」便即揭衣取寶。行者在旁，眼不轉睛，看著那怪揭起兩三層衣服，貼身帶著三個鈴兒。他解下來，將些綿花塞了口兒，把一塊豹皮作一個包袱兒包了，遞與娘娘道：「物雖微賤，卻要用心收藏，切不可搖晃著他。」娘娘接過手道：「我曉得。安在這妝臺之上，無人搖動。」叫：「小的們，安排酒來，我與大王交歡會喜，飲幾杯兒。」眾侍婢聞言，即鋪排果菜，擺上些獐犯鹿兔之肉，將椰子酒斟來奉上。那娘娘做出妖嬈之態，哄著精靈。

孫行者在旁取事，但挨挨摸摸，行近妝臺，把三個金鈴輕輕拿過，慢慢移步，溜出宮門，逕離洞府。到了剝皮亭前，無人處，展開豹皮幅子看時，中間一個，有茶鍾大；兩頭兩個，有拳頭大。他不知利害，就把綿花扯了。只聞得噹的一聲響亮，骨都都的迸出煙火黃沙，急收不住，滿亭中烘烘火起。諕得那把門精怪，一擁撞入後宮，驚動了妖王，慌忙教：「去救火！救火！」出來看時，原來是有來有去拿去金鈴兒哩。妖王上前喝道：「好賤奴！怎麼偷了我的金鈴寶貝，在此胡弄！」叫：「拿來！拿來！」那門前虎將、熊師、豹頭、彪帥、獺象、蒼狼、乖獐、狡兔、長蛇、大蟒、猩猩，帥眾妖一齊攢簇。

那行者慌了手腳，丟了金鈴，現出本像。掣出金箍如意棒，撒開解數，往前亂打。那妖王收了寶貝，傳號令，教：「關了前門！」眾妖聽了，關門的關門，打仗的打仗。那行者難得脫身，收了棒，搖身一變，變作個癡蒼蠅兒，釘在那無火石壁上。眾妖尋不見，報道：「大王，走了賊也！走了賊也！」妖王問：「可曾自門裡走出去？」眾妖都說：「前門緊鎖牢拴在此，不曾走出。」妖王只說：「仔細搜尋！」有的取水潑火，有的仔細搜尋，更無踪跡。妖王怒道：「是個甚麼賊子，好大膽，變作有來有去的模樣，進來見我回話，又跟在身邊，乘機盜我寶貝！早是不曾拿將出去！若拿出山頭，見了天風，怎生是好？」虎將上前道：「大王的洪福齊天，我等的氣數不盡，故此知覺了。」熊師上前道：「大王，這賊不是別人，定是那戰敗先鋒的那個孫悟空。想必路上遇著有來有去，傷了性命，奪了黃旗、銅鑼、牙牌，變作他的模樣，到此欺騙了大王也。」妖王道：「正是！正是！見得有理！」叫：「小的們，仔細搜求防避，切莫開門放出走了！」這纔是個有分教：弄巧翻成拙，作耍卻為真。畢竟不知孫行者怎麼脫得妖門，且聽下回分解。

聯經出版事業公司 校印

第七十一回　行者假名降怪犼　觀音現像伏妖王

色即空兮自古，空言是色如然。人能悟徹色空禪，何用丹砂炮煉。德行全修休懈，工夫苦用熬煎。有時行滿始朝天，永駐仙顏不變。

話說那賽太歲，緊關了前後門戶，搜尋行者。直嚷到黃昏時分，不見蹤跡，坐在那剝皮亭上，點聚群妖，發號施令，都教各門上提鈴喝號，擊鼓敲梆，一個個弓上絃，刀出鞘，支更坐夜。原來孫大聖變做個癡蒼蠅，釘在門旁。見前面防備甚緊，他即抖開翅，飛入後宮門首看處，見金聖娘娘伏在御案上，清清滴淚，隱隱聲悲。行者飛進門去，輕輕的落在他那烏雲散鬢之上，聽他哭的是甚麼。少頃間，那娘娘忽失聲道：「主公呵！我和你：

生前燒了斷頭香①，今世遭逢潑怪王。拆鳳三年何日會？分鴛兩處致悲傷。差來長老纔通信，驚散佳姻一命亡。只為金鈴難解識，相思又比舊時狂。」

①斷頭香——比喻沒有誠心積德。

行者聞言即移身到他耳根後，悄悄的叫道：「聖宮娘娘，你休恐懼。我還是你國差來的神僧孫長老，未曾傷命。只因自家性急，近妝臺偷了金鈴，你與妖王喫酒之時，我卻脫身私出了前亭，忍不住打開看看。不期扯動那塞口的綿花，那鈴響一聲，迸出煙火黃沙。我就慌了手腳，把金鈴丟了，現出原身，使鐵棒，苦戰不出。恐遭毒手，故變作一個蒼蠅兒，釘在門樞上，躲到如今。那妖王愈加嚴緊，不肯開門。你可以再以夫妻之禮，哄他進來安寢，我好脫身行事，別作區處救你也。」

那娘娘一聞此言，戰兢兢，髮似神揪；虛怯怯，心如杵築。淚汪汪的道：「你如今是人是鬼？」行者道：「我也不是人，我也不是鬼，如今變作個蒼蠅兒在此，你休怕，快去請那妖王也。」娘娘不信，淚滴滴，悄語低聲道：「你莫魘寐②我。」行者道：「我豈敢魘寐你？你若不信，張開手，等我跳下來你看。」那娘娘真個把左手張開，行者輕輕飛下，落在她玉掌之間，好便似：

菡萏蕊頭釘黑豆，牡丹花上歇遊蜂；綉毬心裡葡萄落，百合枝邊黑點濃。

金聖宮高擎玉掌，叫聲：「神僧。」行者嚶嚶的應道：「我是神僧變的。」那娘娘方才信了。悄悄的道：「我去請那妖王來時，你卻怎生行事？」行者道：「古人云：『斷送一生惟有酒。』又云：『破除萬事無過酒。』酒之為用多端。你只以飲酒為上。你將那貼身的侍婢，喚一個進來，指與我看，我就變作他的模樣，在旁邊服侍，卻好下手。」

那娘娘真個依言，即叫：「春嬌何在？」那屏風後轉出一個玉面狐狸來，跪下道：「娘娘喚春嬌有

②魘寐——戲弄、欺騙。

聯經出版事業公司 校印

何使令?」娘娘道:「你去叫他們來點紗燈,焚腦麝,扶我上前庭,請大王安寢也。」那春嬌即轉前面,叫了七八個怪鹿妖狐,打著兩對燈籠,一對提爐,擺列左右,娘娘欠身叉手,那大聖早已飛去。好行者,展開翅,徑飛到那玉面狐狸頭上,拔下一根毫毛,吹口仙氣,叫「變!」變作一個瞌睡蟲,輕輕的放在他的臉上,原來瞌睡蟲到了人臉上,往鼻孔裡爬;爬進孔中,即瞌睡了。那春嬌果然漸覺困倦,立不住腳,搖樁打盹,即忙尋著原睡處,丟倒頭,只情呼呼的睡起。行者跳下來,搖身一變,變做那春嬌一般模樣,轉屏風,與眾排立不題。

卻說那金聖宮娘娘往前正走,有小妖看見,即報賽太歲道:「大王,娘娘來了。」那妖王急出剝皮亭外迎迓。娘娘道:「大王呵,烟火既息,賊已無踪,深夜之際,特請大王安置③。」那怪滿心歡喜道:「娘娘珍重。卻纔④那賊乃是孫悟空。他敗了我先鋒,打殺我小校,變化進來,哄了我們。我們這般搜檢,他卻渺無踪跡,故此心上不安。」娘娘道:「那廝想是走脫了。大王放心勿慮,且自安寢去也。」妖精見娘娘侍立敬請,不敢堅辭,只得吩咐群妖,各要小心火燭,謹防盜賊,遂與娘娘徑往後宮。行者假變春嬌,從兩班侍婢引入,娘娘叫:「安排酒來與大王解勞。」妖王笑道:「正是,正是。快將酒來,我與娘娘壓驚。」「假春嬌」即同眾怪鋪排了果品,整頓些腥肉,調開桌椅。那娘娘擎杯,這妖王也以一杯奉上,二人穿換了酒杯。「假春嬌」在旁,執著酒壺道:「大王與娘娘今夜纔

③安置——就寢。

④卻纔——恰纔、剛纔。

聯經出版事業公司 校印

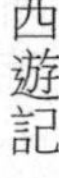

遞交杯盞，請各飲乾，穿個雙喜杯兒。」真個又各斟上，又飲乾了。「假春嬌」又道：「大王娘娘喜會，眾侍婢會唱的供唱，善舞的起舞來耶。」說未畢，只聽得一派歌聲，齊調音律，唱的唱，舞的舞，他兩個又飲了許多，娘娘叫住了歌舞。眾侍婢分班，出屏風外擺列；惟有「假春嬌」執壺，上下奉酒。娘娘與那妖王專說得是夫妻之話。你看那娘娘一片雲情雨意⑤，哄得那妖王骨軟觔麻。只是沒福，不得沾身。可憐！真是「貓咬尿胞空歡喜」！

敘了一會，笑了一會，娘娘問道：「大王，寶貝不曾傷損麼？」妖王道：「這寶貝乃先天摶鑄之物，如何得損！只是被那賊扯開塞口之綿，燒了豹皮包袱也。」娘娘說：「怎生收拾？」妖王道：「不用收拾，我帶在腰間哩。」「假春嬌」聞得此言，即拔下毫毛一把，嚼得粉碎，輕輕挨近妖王，將那毫毛放在他身上，吹了三口仙氣，暗暗的叫「變！」那些毫毛即變做三樣惡物，乃虱子、虼蚤、臭蟲，攻入妖王身內，挨著皮膚亂咬，那妖王燥癢難禁，伸手入懷揣摸揉癢，用指頭捏出幾個虱子來，拿近燈前觀看。娘娘見了，含忖⑥道：「大王，想是襯衣穢了，久不曾漿洗，故生此物耳。」妖王慚愧道：「我從來不生此物，可可的今宵出醜？」娘娘笑道：「大王何為出醜？常言道：『皇帝身上也有三個御虱』哩。且脫下衣服來，等我替你捉捉。」妖王真個解帶脫衣。「假春嬌」在旁，着意⑦看着那妖王身上，衣服層層皆有虼蚤跳，件件皆排大臭蟲；子母虱，密密

⑤雲情雨意——比喻男女間纏綿悱惻之情。
⑥含忖——譏諷，就是俗語所謂的損。
⑦著意——注意、留意。

濃濃，就如螻蟻出窩中。不覺的揭到第三層見肉之處，那金鈴上紛紛垓垓⑧的，也不勝其數。「假春嬌」道：「大王，拿鈴子來，等我也與你捉捉虱子。」那妖王一則羞，二則慌，卻也不認得真假，將三個鈴兒遞與「假春嬌」。「假春嬌」接在手中，賣弄多時，見那妖王低著頭抖這衣服，他即將金鈴藏了，拔下一根毫毛，變作三個鈴兒，一般無二，拿向燈前翻檢，卻又把身子扭扭捏捏的，抖了一抖，將那虱子、臭蟲、虼蚤，收了歸在身上，把假金鈴兒遞與那怪，那怪接在手中，一發朦朧無措，那裡認得甚麼真假，雙手托著那金鈴兒，遞與娘娘道：「今番你卻收好了。卻要仔細仔細，不要像前一番。」那娘娘接過來，輕輕的揭開衣箱，把那假鈴收了，用黃金鎖鎖了。卻又與妖王飲了幾杯酒，教侍婢：「淨拂牙牀，展開錦被，我與大王同寢。」那妖王諾諾連聲道：「沒福！沒福！不敢奉陪，我還帶個宮女往西宮裡睡去。娘娘請自安置。」遂此各歸寢處不題。

卻說那「假春嬌」得了手，將他寶貝帶在腰間，現了本像，把身子抖一抖，收去那個瞌睡蟲兒，徑往前走，只聽得梆鈴齊響，緊打三更。好行者，捏著訣，念動真言，使個隱身法，直至門邊，又見那門上拴鎖甚密，卻就取出金箍棒，望門一指，使出那解鎖之法，那門就輕輕開了。急拽步出門站下，厲聲高叫道：「賽太歲！還我金聖娘娘來！」連叫兩三遍，驚動大小群妖，急急看處，前門開了，即忙掌燈尋鎖，把門兒依然鎖上，著幾個跑入裡邊去報道：「大王！有人在大門外呼喚大王尊號，要金聖娘娘哩！」那裡邊侍婢，即出宮門，悄悄的傳言道：「莫吆喝，大王纔睡著了。」行者又在門前高

⑧紛紛垓垓——眾多紛亂的樣子。

叫，那小妖又不敢去驚動。如此者三四遍，俱不敢去通報。那大聖在外嚷嚷鬧鬧的，直弄到天曉。忍不住，手輪著鐵棒，上前打門。慌得那大小群妖，頂門的頂門，報信的報信。那妖王一覺方醒，只聞得亂攛攛⑨的諠譁，起身穿了衣服，即出羅帳之外，問道：「嚷甚麼？」眾侍婢才跪下道：「爺爺，不知是甚人在洞外叫罵了半夜，如今卻又打門。」

妖王走出宮門，只見那幾個傳報的小妖，慌張張的磕頭道：「外面有人叫罵，要金聖宮娘娘哩！若說半個『不』字，他就說出無數的歪話，甚不中聽。見天曉大王不出，逼得打門也。」那妖道：「且休開門。你去問他是那裡來的，姓甚名誰？快來回報。」小妖急出去，隔門問道：「打門的是誰？」行者道：「我是朱紫國拜請來的外公，來取聖宮娘娘回國哩！」那小妖聽得，即以此言回報。那妖隨往後宮，查問來歷。原來那娘娘纔起來，還未梳洗。早見侍婢來報：「爺爺來了。」那娘娘急整衣，散挽黑雲，出宮迎迓。纔坐下，還未及問，又聽得小妖來報：「那來的外公已將門打破矣。」那妖笑道：「娘娘，你朝中有多少將帥？」娘娘道：「在朝有四十八衛人馬，良將千員；各邊上元帥總兵，不計其數。」妖王道：「可有個姓外的麼？」娘娘道：「我在宮，只知內裡輔助君王，早晚教誨妃嬪，外事無邊⑩，我怎記得名姓！」妖王道：「這來者稱為『外公』，我想著《百家姓》⑪上，更無個姓

---

⑨亂攛攛——紛亂擾嚷而無秩序。

⑩無邊——無盡、數不清。

⑪百家姓——村塾雜字書，以姓氏編成韻文，供孩童誦讀，其數有百，故名。

外的。娘娘賦性聰明，出身高貴，居皇宮之中，必多覽書籍。記得那本書上有此姓也？」娘娘道：「止《千字文》⑫上有句『外受傅訓』，想必就是此矣。」

妖王喜道：「定是！定是！」即起身辭了娘娘，到剝皮亭上，結束整齊，點出妖兵，開了門，直至外面，手持一柄宣花鉞斧，厲聲高叫道：「那個是朱紫國來的『外公』？」行者把金箍棒揝在右手，將左手指定道：「賢甥，叫我怎的？」那妖王見了，心中大怒道：「你這廝：

相貌若猴子，嘴臉似猢猻。七分真是鬼，大膽敢欺人！」

行者笑道：「你這個誑上欺君的潑怪，原來沒眼！想我五百年前大鬧天宮時，九天神將見了我，無一個『老』字，不敢稱呼；你叫我聲『外公』，那裡虧了你！」妖王喝道：「快早說出姓甚名誰，有些甚麼武藝，敢到我這裡猖獗！」行者道：「你若不問姓名猶可，若要我說出姓名，只怕你立身無地！你上來，站穩著，聽我道：

生身父母是天地，日月精華結聖胎。仙石懷抱無歲數，靈根孕育甚奇哉。
當年產我三陽泰⑬，今日歸真萬會諧。曾聚眾妖稱帥首，能降眾怪拜丹崖。

⑫千字文——南朝梁武帝命給事郎周興嗣用一千個不同的字，編寫成冊，四字一句，對偶押韻，便於記誦，後來用做學童啟蒙讀本。

⑬三陽泰——易卦中陽爻稱九，位在第一稱初九，第二稱九二，第三稱九三，合三者為三陽。十二月令中，正月為泰卦，三陽生於下；冬去春來，陰消陽長，有吉亨之象，故舊時以三陽開泰或三陽交泰為一年開頭的吉祥語。

玉皇大帝傳宣旨，太白金星捧詔來。請我上天承職裔，官封『弼馬』不開懷。初心造反謀山洞，大膽興兵鬧御階。托塔天王並太子，交鋒一陣盡猥衰⑭。金星復奏玄穹帝⑮，再降招安勅旨來。封做齊天真大聖，那時方稱棟梁材。又因攪亂蟠桃會，仗酒偷丹惹下災。太上老君親奏駕。西池王母拜瑤臺。情知是我欺王法，即點天兵發火牌。十萬兇星並惡曜，干戈劍戟密排排。天羅地網漫山布，齊舉刀兵大會垓。惡鬥一場無勝敗，觀音推薦二郎來。兩家對敵分高下，他有梅山兄弟儕。各逞英雄施變化，天門三聖撥雲開。老君丟了金鋼套，眾神擒我到金階。不須詳允書供狀，罪犯凌遲⑯殺斬災。斧剁鎚敲難損命，刀輪劍砍怎傷懷。火燒雷打只如此，無計摧殘長壽胎。押赴太清兜率院，爐中煅煉儘安排。日期滿足才開鼎，我向當中跳出來。手挺這條如意棒，翻身打上玉龍臺。各星各象皆潛躲，大鬧天宮任我歪。巡視靈官忙請佛，釋迦與我逞英才。手心之內翻觔斗，遊遍周天去復來。佛使先知賺哄法，被他壓住在天崖。到今五百餘年矣，解脫微軀又弄乖。特保唐僧西域去，悟空行者甚明白。西方路上降妖怪，那個妖邪不懼哉！」

⑭猥衰——有鄙陋、畏縮、狼狽、其貌不揚等意思。
⑮玄穹帝——玄穹猶言高天，玄穹帝即高天之帝。
⑯凌遲——五代所設的一種極刑，又叫剮刑，是最殘酷的死刑。

聯經出版事業公司校印

那妖王聽他說出悟空行者，遂道：「你原來是大鬧天宮的那廝。你既脫身保唐僧西去，你走你的路去便罷了，怎麼羅織⑰管事，替那朱紫國為奴，卻到我這裡尋死！」行者喝道：「賊潑怪！說話無知！我受朱紫國拜請之禮，又蒙他稱呼管待之恩，我老孫比那王位還高千倍，他敬之如父母，事之如神明，你怎麼說出『為奴』二字！我把你這誑上欺君之怪！不要走！喫外公一棒！」那妖慌了手腳，即閃身躲過，使宣花斧劈面相迎。這一場好殺！你看：

金箍如意棒，風刃宣花斧。一個咬牙發狠兇，一個切齒施威武。這個是齊天大聖降臨凡，那個是作怪妖王來下土。兩個噴雲噯霧照天宮，真是走石揚沙遮斗府。往往來來解數多，翻翻復復金光吐。齊將本事施，各把神通賭。這個要取娘娘轉帝都，那個喜同皇后居山塢。這場都是沒來由，捨死忘生因國主。

他兩個戰經五十回合，不分勝負。那妖王見行者手段高強，料不能取勝，將斧架住他的鐵棒道：「孫行者，你且住了。我今日還未早膳，待我進了膳，再來與你定雌雄。」行者情知是要取鈴鐺，收了鐵棒道：「『好漢子不趕乏兔兒！』你去！你去！喫飽些，好來領死！」

那妖急轉身闖入裡邊，對娘娘道：「快將寶貝拿來！」娘娘道：「要寶貝何幹？」妖王道：「今早叫戰者，乃是取經的和尚之徒，叫做孫悟空行者，假稱『外公』。我與他戰到此時，不分勝負。等我

⑰羅織——張羅佈置，幫忙料理。

聯經出版事業公司　校印

拿寶貝出去，放些煙火，燒這猴頭。」娘娘見說，心中忐忑[18]，欲不取出鈴兒，恐他見疑；欲取出鈴兒，又恐傷了孫行者性命。正自躊躇未定，那妖王又催逼道：「快拿出來！」這娘娘無奈，只得將鎖鑰開了，把三個鈴兒遞與妖王。妖王拿了，就走出洞。娘娘坐在宮中，淚如雨下，思量行者不知可能逃得性命？兩人卻俱不知是假鈴也。

那妖出了門，就占起上風，叫道：「孫行者，休走！看我搖搖鈴兒！」行者笑道：「你有鈴，我就沒鈴？你會搖，我就不會搖？」妖王道：「你有個甚麼鈴兒，拿出來我看。」行者將鐵棒捏做個銹花針兒，藏在耳內，卻去腰間解下三個真寶貝來，對妖王說：「這不是我的紫金鈴兒？」妖王見了，心驚道：「蹺蹊！蹺蹊！他的鈴兒怎麼與我的鈴兒就一般無二！縱然是一個模子鑄的，好道打磨不到，也有多個瘢兒，少個蒂兒，卻怎麼這等一毫不差？」又問：「你那鈴兒是那裡來的？」行者道：「賢甥，你那鈴兒卻是那裡來的？」妖王老實，便就說道：「我這鈴兒是：

太清仙君[19]道源深，八卦爐中久煉金。結就鈴兒稱至寶，老君留下到如今。」

行者笑道：「老孫的鈴兒，也是那時來的。」妖王道：「怎生出處？」行者道：「我這鈴兒是：

道祖燒丹兜率宮，金鈴摶煉在爐中。二三如六循環寶，我的雌來你的雄。」

妖王道：「鈴兒乃金丹之寶，又不是飛禽走獸，如何辨得雌雄？但只是搖出寶來，就是好的！」行者

[18] 忐忑——即忐忑，猶疑不定。
[19] 太清仙君——指太清道德天尊。

這鈴兒想是懼內，雄見了雌，所以不出來了。」行者道：「賢甥，住了手，等我也搖搖你看。」好猴子，一把撧了三個鈴兒，一齊搖起。你看那紅火、青煙、黃沙，一齊滾出，骨都都燎樹燒山！大聖口裡又念個呪語，望巽地上叫：「風來！」真個是風催火勢，火挾風威，紅焰焰，黑沉沉，滿天煙火，遍地黃沙！把那賽太歲諕得魄散魂飛，走頭無路，在那火當中，怎逃性命！

道：「口說無憑，做出便見。且讓你先搖。」那妖王真個將頭一個鈴兒晃了三晃，不見火出；第二個晃了三晃，不見煙出；第三個晃了三晃，也不見沙出。妖王慌了手腳道：「怪哉！怪哉！世情變了！

只聞得半空中厲聲高叫：「孫悟空！我來也！」行者急回頭上望，原來是觀音菩薩，左手托著淨瓶，右手拿著楊柳，灑下甘露救火哩。慌得行者把鈴兒藏在腰間，即合掌倒身下拜。那菩薩將柳枝連拂幾點甘露，霎時間，煙火俱無，黃沙絕跡。行者叩頭道：「不知大慈臨凡，有失迴避。敢問菩薩何往？」菩薩道：「我特來收尋這個妖怪。」

行者道：「這怪是何來歷，敢勞金身下降收之？」菩薩道：「他是我跨的個金毛犼。因牧童盹睡，失於防守，這孽畜咬斷鐵索走來，卻與朱紫國王消災也。」行者聞言，急欠身道：「菩薩反說了。他在這裡欺君騙后，敗俗傷風，與那國王生災，卻說是消災，何也？」菩薩道：「你不知之。當時朱紫國先王在位之時，這個王還做東宮太子，未曾登基。他年幼間，極好射獵。他率領人馬，縱放鷹犬，正來到落鳳坡前，有西方佛母孔雀大明王⑳菩薩所生二子，乃雌雄兩個雀雛，停翅在山坡之下，被此

⑳孔雀大明王——菩薩名。一頭四臂，著白繒輕衣，駕孔雀。

王弓開處，射傷了雄孔雀，那雌孔雀也帶箭歸西。佛母懺悔以後，吩咐教他拆鳳三年，身耽啾疾㉑。那時節，我跨著這犼，同聽此言。不期這孽畜留心，故來騙了皇后，與王消災。至今三年，冤愆滿足，幸你來救治王患。我特來收妖邪也。」行者道：「菩薩，雖是這般故事，奈何他玷汙了皇后，敗俗傷風，壞倫亂法。卻是該他死罪。今蒙菩薩親臨，饒得他死罪，卻饒不得他活罪。讓我打他二十棒，與你帶去罷。」菩薩道：「悟空，你既知我臨凡，就當看我分上，一發都饒了罷；也算你一番降妖之功。若是動了棍子，他也就是死了。」行者不敢違言，只得拜道：「菩薩既收他回海，再不可令他私降人間，貽害不淺！」

那菩薩才喝了一聲：「孽畜！還不還原，待何時也！」只見那怪打個滾，現了原身，將毛衣抖抖，菩薩騎上。菩薩又望項下一看，不見那三個金鈴，菩薩道：「悟空，還我鈴來。」行者道：「老孫不知。」菩薩喝道：「你這賊猴，若不是你偷了這鈴，莫說一個悟空，就是十個，也不敢近身！快拿出來！」行者笑道：「實不曾見。」菩薩道：「既不曾見，等我念念〈緊箍兒呪〉。」那行者慌了，只教：「莫念！莫念！鈴兒在這裡哩！」這正是：犼項金鈴何人解？解鈴人還問繫鈴人。菩薩將鈴兒套在犼項下，飛身高坐。你看他四足蓮花生焰焰，滿身金縷迸森森。大慈悲回南海不題。

卻說孫大聖整束了衣裙，輪鐵棒打進獬豸洞去，把群妖眾怪盡情打死，勦除乾淨。直至宮中，請聖宮娘娘回國。那娘娘頂禮不盡。行者將菩薩降妖並拆鳳原由備說了一遍，尋些軟草，扎了一條草龍，

㉑啾疾——比喻喪偶的痛苦。鳥因失去伴侶而鳴叫啾。

教：「娘娘跨上，合著眼，莫怕，我帶你回朝見主也。」那娘娘謹遵吩咐，行者使起神通，只聽得耳內風響。半個時辰，帶進城，按落雲頭，叫：「娘娘開眼。」那皇后睜開眼看，認得是鳳閣龍樓，心中歡喜，撇了草龍，與行者同登寶殿。那國王見了，急下龍牀，就來扯娘娘玉手，欲訴離情，猛然跌倒在地，只叫：「手疼！手疼！」八戒哈哈大笑道：「嘴臉！沒福消受！一見面就蜇㉒殺了也！」行者道：「獃子，你敢扯他扯兒麼？」八戒道：「就扯他扯兒便怎的？」行者道：「娘娘身上生了毒刺，手上有蜇陽之毒。自到麒麟山，與那賽太歲三年，那妖更不曾沾身。但沾身就害身疼，但沾手就害手疼。」眾官聽說道：「似此怎生奈何？」此時外面眾官憂疑，內裡妃嬪悚懼，旁有玉聖、銀聖二宮，將君王扶起。

俱正在愴惶之際，忽聽得那半空中有人叫道：「大聖，我來也。」行者擡頭觀看，只見那：

肅肅沖天鶴唳，飄飄徑至朝前。繚繞祥光道道，氤氳瑞氣翩翩。棕衣苫體放雲煙，足踏芒鞋罕見。手執龍鬚蠅帚，絲縧腰下圍纏。乾坤處處結人緣，大地逍遙遊遍。此乃是大羅天上紫雲仙，今日臨凡解魘。

行者上前迎住道：「張紫陽㉓何往？」紫陽真人直至殿前，躬身施禮道：「大聖，小仙張伯端起手。」行者答禮道：「你從何來？」真人道：「小仙三年前曾赴佛會。因打這裡經過，見朱紫國王有拆鳳之

㉒蜇——刺痛。

㉓張紫陽——本名伯端，號紫陽山人，天臺人。精通天文、地理、醫卜；晚年訪求太道，遇劉海蟾，傳金丹秘術，著《悟真篇》傳世，為道教南宗第一代祖師。

憂，我恐那妖將皇后玷辱，有壞人倫，後日難與國王復合。是我將一件舊棕衣變作一領新霞裳，光生五彩，進與妖王，教皇后穿了裝新。那皇后穿上身，即生一身毒刺。毒刺者，乃棕毛也。今知大聖成功，特來解魘。」行者道：「既如此，累你遠來，且快解脫。」真人走向前，對娘娘用手一指，即脫下那件棕衣。那娘娘遍體如舊。真人將衣抖一抖，披在身上，對行者道：「大聖勿罪，小仙告辭。」行者道：「且住，待君王謝謝。」真人笑道：「不勞，不勞。」遂長揖一聲，騰空而去。慌得那皇帝、皇后及大小眾臣，一個個望空禮拜。

拜畢，即命大開東閣，酬謝四僧。那君王領眾跪拜，夫妻才得重諧。正當歡宴時，行者叫：「師父，拿那戰書來。」長老袖中取出，遞與行者。行者遞與國王道：「此書乃那怪差小校送來者。那小校已先被我打死，送來報功。後復至山中，變作小校，進洞回復，因得見娘娘，盜出金鈴，幾乎被他拿住；又變化，復偷出，與他對敵。幸遇觀音菩薩將他收去，又與我說拆鳳之故。……」從頭至尾，細說了一遍。那舉國君臣內外，無一人不感謝稱讚。唐僧道：「一則是賢王之福，二來是小徒之功。今蒙盛宴，至矣！至矣！就此拜別！不要誤貧僧向西去也。」那國王懇留不得，遂換了關文，大排鑾駕，請唐僧穩坐龍車。那君王、妃后，俱捧轂推輪，相送而別。正是：有緣洗盡憂疑病，絕念無思心自寧。

畢竟這去，後面再有甚麼吉凶之事，且聽下回分解。

聯經出版事業公司校印

第七十二回 盤絲洞七情迷本 濯垢泉八戒忘形

話表三藏別了朱紫國王，整頓鞍馬西進。行彀多少山原，歷盡無窮水道，不覺的秋去冬殘，又值春光明媚。師徒們正在路踏青玩景，忽見一座庵林。三藏滾鞍下馬，站立大道之旁。行者問道：「師父，這條路平坦無邪，因何不走？」八戒道：「師兄好不通情！師父在馬上坐得困了，也讓他下來關關風①是。」三藏道：「不是關風；我看那裡是個人家，意欲自去化些齋喫。」行者笑道：「你看師父說的是那裡話。你要吃齋，我自去化。俗語云：『一日為師，終身為父。』豈有為弟子者高坐，教師父去化齋之理？」三藏道：「不是這等說。平日間一望無邊無際，你們沒遠沒近的去化齋，今日人家逼近，可以叫應，也讓我去化一個來。」八戒道：「師父沒主張。常言道：『三人出外，小的兒苦。』你況是個父輩，我等俱是弟子。古書云：『有事弟子服其勞。』等我老豬去。」三藏道：「徒弟呵，

①關關風——看看風景。「關」即「觀」。

今日天氣晴明，與那風雨之時不同。那時節，汝等必定遠去；此個人家，等我去。有齋無齋，可以就回走路。」沙僧在旁笑道：「師兄，不必多講。師父的心性如此，不必違拗。若惱了他，就化將齋來，他也不喫。」

八戒依言，即取出鉢盂，與他換了衣帽。拽開步，直至那莊前觀看，卻也好座住場。但見：

石橋高聳，古樹森齊。石橋高聳，潺潺流水接長溪；古樹森齊，聒聒幽禽鳴遠岱。橋那邊有數椽茅屋，清清雅雅若仙庵，又有那一座蓬窗，白白明明欺道院。窗前忽見四佳人，都在那裡刺鳳描鸞做針線。

長老見那人家沒個男兒，只有四個女子，不敢進去，將身立定，閃在橋林之下。只見那女子，一個個：

閨心堅似石，蘭性喜如春。嬌臉紅霞襯，朱唇絳脂勻。娥眉橫月小，蟬鬢疊雲新。若到花間立，遊蜂錯認真。

少停有半個時辰，一發靜悄悄，雞犬無聲。自家思慮道：「我若沒本事化頓齋飯，也惹那徒弟笑我：敢道②為師的化不出齋來，為徒的怎能去拜佛。」

長老沒計奈何，也帶了幾分不是，趨步上橋，又走了幾步，只見那茅屋裡面有一座木香亭子，亭子下又有三個女子在那裡踢氣毬哩。你看那三個女子，比那四個又生得不同。但見那：

飄揚翠袖，搖拽緗裙。飄揚翠袖，低籠著玉笋纖纖；搖拽緗裙，半露出金蓮窄窄。形容體勢十分

②敢道——一定會說。敢，一定、當然。

全，動靜腳跟千樣躧③。拿頭過論有高低，張泛④送來真又楷。轉身踢個出牆花，退步翻成大過海。輕接一團泥，單鎗急對柺。明珠上佛頭，實捏來尖拏⑤。窄磚偏會拿，臥魚將腳搓。平腰折膝蹲，扭頂翹跟躧。扳凳能喧泛，披肩甚脫洒。絞襠⑥任往來，鎖項隨搖擺。踢的是黃河水倒流，金魚灘上買。那個錯認是頭兒，這個轉身就打拐。端然捧上臁⑦，周正尖來捽。提跟潠⑧草鞋，倒插回頭採。退步泛肩妝，鉤兒只一歹⑨。版簍下來長，便把奪門揣。踢到美心時，佳人齊喝采。一個個汗流粉膩透羅裳，興懶情疏方叫海。

言不盡，又有詩為證。詩曰：

蹴踘⑩當場三月天，仙風吹下素嬋娟。汗沾粉面花含露，塵染娥眉柳帶煙。翠袖低垂籠玉笋，緗裙斜拽露金蓮。幾回踢罷嬌無力，雲鬢蓬鬆寶髻偏。

③躧——無根的小鞋。
④張泛——指眼睛在顧盼之間傳送情意。
⑤尖拏——「拏」即「掰」。在此尖拏是指踢氣毬的女子動作靈活巧妙，變化萬端，毬於踢弄之際猶如能分能合。
⑥絞襠——坎肩、背心。
⑦臁——脛骨。
⑧潠——本意為噴，此指踢。
⑨一歹——用力一撩。歹，借作「逮」。
⑩蹴踘——古代軍中習武之戲，類似現在的足球賽。「踘」即「毬」。

三藏看得時辰久了，只得走上橋頭，應聲高叫道：「女菩薩，貧僧這裡隨緣布施些兒齋喫。」那些女子聽見，一個個喜喜歡歡抛了針線，撇了氣毬，都笑笑吟吟的接出門來道：「長老，失迎了。今到荒莊，決不敢攔路齋僧，請裡面坐。」三藏聞言，心中暗道：「善哉，善哉！西方正是佛地！女流尚且注意齋僧，男子豈不虔心向佛？」

長老向前問訊了，相隨眾女入茅屋。過木香亭看處，呀！原來那裡邊沒甚房廊，只見那：

巒頭高聳，地脈遙長。巒頭高聳接雲煙，地脈遙長通海岳。門近石橋，九曲九灣流水顧；園栽桃李，千株千顆鬥穠華。藤薜掛懸三五樹，芝蘭香散萬千花。遠觀洞府欺蓬島，近睹山林壓太華。

正是妖仙尋隱處，更無鄰舍獨成家。

有一女子上前，把石頭門推開兩扇，請唐僧裡面坐。那長老只得進去。忽擡頭看時，鋪設的都是石桌石凳，冷氣陰陰。長老心驚，暗自思忖道：「這去處少吉多凶，斷然不善。」眾女子喜笑吟吟，都道：「長老請坐。」長老沒奈何，只得坐了。少時間，打個冷禁⑪。眾女子問道：「長老是何寶山？化甚麼緣，還是修橋補路，建寺禮塔，還是造佛印經？請緣簿出來看看。」長老道：「我不是化緣的和尚。」女子道：「既不化緣，到此何幹？」長老道：「我是東土大唐差去西天大雷音求經者。適過寶方，腹問饑餒，特造檀府，募化一齋，貧僧就行也。」眾女子道：「好！好！好！常言道：『遠來的和尚好看經。』妹妹們！不可怠慢，快辦齋來。」

⑪冷禁——寒噤。

聯經出版事業公司校印

此時有三個女子陪著，言來語去，論說些因緣。那四個到廚中撩衣斂袖，炊火刷鍋。你道他安排的是些甚麼東西？原來是人油炒煉，人肉煎熬；熬得黑糊充作麵觔樣子，剜的人腦煎作豆腐塊片。兩盤兒捧到石桌上放下，對長老道：「請了。倉卒間，不曾備得好齋，且將就喫些充腹。後面還有添換來也。」那長老聞了一聞，見那腥羶，不敢開口，欠身合掌道：「女菩薩，貧僧是胎裡素。」眾女子笑道：「長老，此是素的。」長老道：「阿彌陀佛！若像這等素的呵，我和尚喫了，莫想見得世尊，取得經卷。」眾女子道：「長老，你出家人，切莫揀人布施。」長老道：「怎敢，怎敢！我和尚奉大唐旨意，一路西來，微生不損，見苦就救；遇穀粒手拈入口，逢絲縷聯綴遮身，怎敢揀主布施！」眾女子笑道：「長老雖不揀人布施，卻只有些上門怪人。莫嫌粗淡，喫些兒罷。」長老道：「實是不敢喫，恐破了戒。望菩薩養生不若放生，放我和尚出去罷。」

那長老掙著要走，那女子攔住門，怎麼肯放，俱道：「上門的買賣，倒不好做！『放了屁兒，卻使手掩。』你往那裡去？」他一個個都會些武藝，手腳又活，把長老扯住，順手牽羊，撲的摜倒在地。眾人按住，將繩子綑了，懸梁高吊。這吊有個名色，叫做「仙人指路」。原來是一隻手向前，牽絲吊起，一隻手攔腰綑住，將繩吊起；兩隻腳向後一條繩吊起；三條繩把長老吊在梁上，卻是脊背朝上，肚皮朝下。那長老忍著疼，噙著淚，心中暗恨道：「我和尚這等命苦！只說是好人家化頓齋喫，豈知道落了火坑！徒弟呵！速來救我，還得見面；但遲兩個時辰，我命休矣。」

那長老雖然苦惱，卻還留心看著那些女子。那些女子把他吊得停當，便去脫剝衣服。長老心驚，暗自忖道：「這一脫了衣服，是要打我的情了。或者夾生兒喫我的情也有哩！」原來那女子們只解了上身羅衫，露出肚腹，各顯神通，一個個腰眼中冒出絲繩，有鴨蛋粗細，骨都都的，迸玉飛銀，時下把莊門瞞了不題。

卻說那行者、八戒、沙僧，都在大道之旁。他二人都放馬看擔，惟行者是個頑皮，他且跳樹攀枝，摘葉尋果。忽回頭，只見一片光亮，慌得跳下樹來，吆喝道：「不好，不好！師父造化低了！」行者用手指道：「你看那莊院如何？」八戒、沙僧共目視之，那一片，如雪又亮如雪，似銀又光似銀。八戒道：「罷了，罷了！師父遇著妖精了！我們快去救他也！」行者道：「賢弟莫嚷。你都不見怎的，等老孫去來。」沙僧道：「哥哥仔細。」行者道：「我自有處。」

好大聖，束一束虎皮裙，掣出金箍棒，拽開腳，兩三步跑到前邊，看見那絲繩纏了有千百層厚，穿穿道道，卻似經緯之勢；用手按了一按，有些粘軟沾人。行者更不知是甚麼東西，他即舉棒道：「這一棒，莫說是幾千層，就有幾萬層，也打斷了！」正欲打，又停住手道：「若是硬的便可打斷，這個軟的，只好打匾罷了。──假如驚了他，纏住老孫，反為不美。等我且問他一問再打。」

你道他問誰？即捻一個呪，訣念一個，拘得個土地老兒在廟裡似推磨的一般亂轉。土地婆兒道：「老兒，你轉怎的？好道是羊兒風發了！」土地道：「你不知！你不知！有一個齊天大聖來了，我不曾接他，他那裡拘我哩。」婆兒道：「你去見他便了，卻如何在這裡打轉？」土地道：「若去見他，他那棍子好不重，他管你好歹就打哩！」婆兒道：「他見你這等老了，那裡就打你？」土地道：「他一生好喫沒錢酒，偏打老年人。」兩口兒講一會，沒奈何只得走出去，戰兢兢的，叫道：「大聖，當境土地叩頭。」行者道：「你且起來，不要假忙。我且不打你，寄下在那裡。我問你，此間是甚麼地方？」

聯經出版事業公司校印

土地道：「大聖從那廂來？」行者道：「我自東土往西來的。」土地道：「大聖東來，可曾在那山嶺上？」行者道：「正在那山嶺上。我們行李、馬匹都歇在那嶺上不是！」土地道：「那嶺叫做盤絲嶺，嶺下有洞，叫做盤絲洞。洞裡有七個妖精。」行者道：「是男怪，是女怪？」土地道：「是女怪。」行者道：「他有多大神通？」土地道：「小神力薄威短，不知他有多大手段；只知那正南上，離此有三里之遙，有一座濯垢泉，乃天生的熱水，原是上方七仙姑的浴池。自妖精到此居住，占了他的濯垢泉，仙姑更不曾與他爭競，平白地就讓與他了。我見天仙不惹妖魔怪，必定精靈有大能。」行者道：「占了此泉何幹？」土地道：「這怪占了浴池，一日三遭，出來洗澡。如今巳時已過，午時將來啞⑫。」行者聽言道：「土地，你且回去，等我自家拿他罷。」那土地老兒磕了一個頭，戰兢兢的回本廟去了。

這大聖獨顯神通，搖身一變，變作個麻蒼蠅兒，釘在路旁草梢上等待。須臾間，只聽得呼呼吸吸之聲，猶如蠶食葉，卻似海生潮。只好有半盞茶時，絲繩皆盡，依然現出莊村，還像當初模樣。又聽得呀的一聲，柴扉響處，裡邊笑語諠譁，走出七個女子。行者在暗中細看，見她一個個攜手相攙，挨肩執袂，有說有笑的，走過橋來，果是標致。但見：

比玉香尤勝，如花語更真。柳眉橫遠岫，檀口破櫻唇。釵頭翹翡翠，金蓮閃絳裙。卻似嫦娥臨下界，仙子落凡塵。

行者笑道：「怪不得我師父要來化齋，原來是這一般好物。這七個美人兒，假若留住我師父，要喫也

⑫啞——語氣詞，同「呀」。

不彀一頓喫，要用也不彀兩日用；要動手輪流，一擺佈就是死了。且等我去聽他一聽，看他怎的算計。」好大聖，嚶的一聲，飛在那前面走的女子雲髻上釘住。纔過橋來，後邊的走向前來呼道：「姐姐，我們洗了澡，來蒸那胖和尚喫去。」行者暗笑道：「這怪物好沒算計！煮還省些柴，怎麼轉要蒸了喫！」那些女子採花鬥草向南來。不多時，到了浴池。但見一座門牆，十分壯麗。遍地野花香豔豔，滿旁蘭蕙密森森，後面一個女子，走上前，唿哨的一聲，把兩扇門兒推開，那中間果有一塘熱水。這水：

自開闢以來，太陽星原貞有十，後被羿善開弓，射落九烏墜地，止存金烏一星，乃太陽之真火也。天地有九處湯泉，俱是眾烏所化。那九陽泉，乃香冷泉、伴山泉、溫泉、東合泉、潢山泉、孝安泉、廣汾泉、湯泉，此泉乃濯垢泉。

有詩為證。詩曰：

一氣無冬夏，三秋永注春。炎波如鼎沸，雪浪似湯新。分溜滋禾稼，停流蕩俗塵。涓涓珠淚泛，滾滾玉生津。潤滑原非釀，清平還自溫。瑞祥本地秀，造化乃天真。佳人洗處冰肌滑，滌蕩塵煩玉體新。

那浴池約有五丈餘闊，十丈多長，內有四尺深淺，但見水清徹底。底下水一似滾珠泛玉，骨都都冒將上來。四面有六七個孔竅通流。流去二三里之遙，淌到田裡，還是溫水。池上又有三間亭子。亭子中近後壁放著一張八隻腳的板櫈。兩山頭放著兩個綵漆的衣架。行者暗中喜嚶嚶的一翅飛在那衣架頭上釘住。

那些女子見水又清又熱，便要洗浴，即一齊脫了衣服，搭在衣架上。一齊下去，被行者看見：

褪放紐扣兒，解開羅帶結。酥胸白似銀，玉體渾如雪。肘膊賽冰鋪，香肩疑粉捏。肚皮軟又綿，脊背光還潔。膝腕半圍團，金蓮三寸窄。中間一段情，露出風流穴。

那女子都跳下水去，一個個躍浪翻波，負水頑耍。行者道：「我若打他呵，只消把這棍子往池中一攪，就叫做『滾湯潑老鼠，一窩兒都是死。』可憐！可憐！打便打死他，只是低了老孫的名頭。常言道：『男不與女鬥。』我這般一個漢子，打殺這幾個丫頭，著實不濟。不要打他，只送他一個絕後計，教他動不得身，出不得水，多少是好。」好大聖，捏著訣，念個呪，搖身一變，變作一個餓老鷹，但見：

毛猶霜雪，眼若明星，妖狐見處魂皆喪，狡兔逢時膽盡驚。鋼爪鋒芒快，雄姿猛氣橫。會使老拳供口腹，不辭親手逐飛騰。萬里寒空隨上下，穿雲檢物任他行。

呼的一翅，飛向前，輪開利爪，把他那衣架上搭的七套衣服，盡情彫⑬去，徑轉嶺頭，現出本相來見八戒、沙僧。

你看那獃子迎著笑道：「師父原來是典當鋪裡拿了去的。」沙僧道：「怎見得？」八戒道：「你不見師兄把他些衣服都搶將來也？」行者放下道：「此乃妖精穿的衣服。」八戒道：「怎麼就有這許多？」行者道：「七套。」八戒道：「如何剝得這般容易，又剝得乾淨？」行者道：「那曾用剝。原來此處喚做盤絲嶺，那莊村喚做盤絲洞。洞中有七個女怪，把我師父拿住，吊在洞裡，都向濯垢泉去洗浴。那泉卻是天地產成的，一塘子熱水。他都算計著洗了澡要把師父蒸喫。是我跟到那裡，見他脫了衣服下水，我要打他，恐怕汙了棍子，又怕低了名頭，是以不曾動棍，只變做一個餓老鷹，彫了他

⑬彫——假借為「叼」字，以口銜物。

的衣服。他都忍辱含羞，不敢出頭，蹲在水中哩。我等快去解下師父走路罷。」八戒笑道：「師兄，你凡幹事，只要留根。既見妖精，如何不打殺他，卻就去解師父！他如今縱然藏羞不出，到晚間必定出來。他家裡還有舊衣服，穿上一套來趕我們。縱然不趕，他久住在此，我們取了經，還從那條路回去。常言道：『寧少路邊錢，莫少路邊拳。』那時節，他攔住了吵鬧，卻不是個仇人也？」行者道：「憑你如何主張？」八戒道：「依我，先打殺了妖精，再去解放師父：此乃『斬草除根』之計。」行者道：「我是不打他。你要打，你去打他。」

八戒抖擻精神，歡天喜地，舉著釘鈀，拽開步，徑直跑到那裡。忽的推開門時，只見那七個女子，蹲在水裡，口中亂罵那鷹哩，道：「這個匾毛畜生！貓嚼頭的亡人！把我們的衣服都彫去了，教我們怎的動手！」八戒忍不住笑道：「女菩薩，在這裡洗澡哩。也攜帶我和尚洗洗，何如？」那怪見了作怒道：「你這和尚，十分無禮！我們是在家的女流，你是個出家的男子。古書云：『七年男女不同席。』你好和我們同塘洗澡？」八戒道：「天氣炎熱，沒奈何，將就容我洗洗兒罷。那裡調甚麼書擔兒，同席不同席！」獃子不容說，丟了釘鈀，脫了皂錦直裰，撲的跳下水去。那怪心中煩惱，一齊上前要打。不知八戒水勢極熟，到水裡搖身一變，變做一個鮎魚精。那怪就都摸魚，趕上拿他不住：東邊摸，忽的又漬了西去；西邊摸，忽的又漬了東去；滑扢蘿⑭的，只在那腿襠裡亂鑽。原來那水有攙胸之深，水上盤了一會，又盤在水底，都盤倒了，喘噓噓的，精神倦怠。

⑭滑扢蘿——滑溜溜。扢蘿是很、非常的意思。

聯經出版事業公司 校印

八戒卻纔跳將上來，現了本相，穿了直裰，執著釘鈀，喝道：「我是那個？你把我當鮎魚精哩！」那怪見了，心驚膽戰，對八戒道：「你先來是個和尚，到水裡變作鮎魚，及拿你不住，卻又這般打扮，你端的是從何到此？是必留名。」八戒道：「這夥潑怪當真的不認得我！我是東土大唐取經的唐長老之徒弟，乃天蓬元帥悟能八戒是也。你把我師父吊在洞裡，算計要蒸他受用！我的師父，又好蒸喫？快早伸過頭來，各築一鈀，教你斷根！」那些妖聞此言，魂飛魄散，就在水中跪拜道：「望老爺方便方便！我等有眼無珠，誤捉了你師父，雖然吊在那裡，不曾敢加刑受苦。望慈悲饒了我的性命，情願貼些盤費，送你師父往西天去也。」八戒搖手道：「莫說這話！俗語說得好：『曾著賣糖君子哄，到今不信口甜人。』是便築一鈀，各人走路！」

獃子一味粗夯，顯手段，那有憐香惜玉之心，舉著鈀，不分好歹，趕上前亂築。那怪慌了手腳，那裡顧甚麼羞恥，只是性命要緊，隨用手侮著羞處，跳出水來，都跑在亭子裡站立，作出法來：臍孔中骨都都冒出絲繩，瞞天搭了個大絲篷，把八戒罩在當中。那獃子忽擡頭，不見天日，即抽身往外便走。那裡舉得腳步！原來放了絆腳索，滿地都是絲繩，動動腳，跌個踵踵：左邊去，一個面磕地；右邊去，一個倒栽葱；急轉身，又跌了個嘴搵地；忙爬起，又跌了個豎蜻蜓。也不知跌了多少跟頭，把個獃子跌得身麻腳軟，頭暈眼花，爬也爬不動，只睡在地下呻吟。那怪物卻將他困住，也不打他，也不傷他，一個個跳出門來，將絲篷遮住天光，各回本洞。

到了石橋上站下，念動真言，霎時間，把絲篷收了，赤條條的，跑入洞裡，侮著那話，從唐僧面前笑嘻嘻的跑過去。走入石房，取幾件舊衣穿了，徑至後門口立定，叫：「孩兒們何在？」原來那妖精一個有一個兒子，卻不是他養的，都是他結拜的乾兒子。有名喚做蜜、螞、蠦、班、蜢、蜡、蜻：蜜是蜜蜂，螞是螞蜂，蠦是蠦蜂，班是班毛，蜢是牛蜢，蜡是抹蜡，蜻是蜻蜓。原來那妖精幔天結網，擄住這七般蟲蛭，卻要喫他。古云：「禽有禽言，獸有獸語。」當時這些蟲哀告饒命，願拜為母，遂此春採百花供怪物，夏尋諸卉孝妖精。忽聞一聲呼喚，都到面前，問：「母親有何使命？」眾怪道：「兒呵，早間我們錯惹了唐朝來的和尚，纔然被他徒弟攔在池子裡，出了多少醜，幾乎喪了性命！汝等努力，快出門前去退他一退。如得勝後，可到你舅舅家來會我。」那些怪既得逃生，往他師兄處，孽嘴⑮生災不題。你看這些蟲蛭，一個個摩拳擦掌，出來迎敵。

卻說八戒跌得昏頭昏腦，猛擡頭，見絲篷絲索俱無，他纔一步一探，爬將起來，忍著疼，找回原路。見了行者，用手扯住道：「哥哥，我的頭可腫，臉可青麼？」行者道：「你怎的來？」八戒道：「我被那廝將絲繩罩住，放了絆腳索，不知跌了多少跟頭，跌得我腰拖背折，寸步難移，卻纔絲篷索子俱空，方得了性命回來也。」沙僧見了道：「罷了，罷了！你闖下禍來也！那怪一定往洞裡去傷害師父，我等快去救他！」

行者聞言，急拽步便走。八戒牽著馬，急急來到莊前。但見那石橋上有七個小妖兒攔住道：「慢來，慢來！吾等在此！」行者看了道：「好笑！乾淨都是些小人兒！長的也只有二尺五六寸，不滿三尺；重的也只有八九斤，不滿十斤。」喝道：「你是誰？」那怪道：「我乃七仙姑的兒子。你把我母親欺

⑮孽嘴——禍嘴、壞嘴，指因言語而生是非。

辱了，還敢無知，打上我門！不要走！仔細！」好怪物，一個個亂打將來。八戒本是跌惱了的性子，又見那夥蟲蛭小巧，就發狠舉鈀來築。

那些怪見獃子兇猛，一個個現了本像，飛將起去，喝聲「變！」須臾間，一個變十個，十個變百個，百個變千個，千個變萬個，個個變成無窮之數。只見：

滿天飛抹蜡，遍地舞蜻蜓。蜜螞追頭額，蠦蜂扎眼睛。班毛前後咬，牛蝱上下叮。撲面漫漫黑，𦐉𦐉⑯神鬼驚。

八戒慌了道：「哥呵，只說經好取，西方路上，蟲兒也欺負人哩！」行者道：「兄弟，不要怕，快上前打！」八戒道：「撲頭撲臉，渾身上下，都叮有十數層厚，卻怎麼打？」行者道：「沒事！沒事！我自有手段！」沙僧道：「哥呵，有甚手段，快使出來罷。一會子光頭上都叮腫了！」

好大聖，拔了一把毫毛，嚼得粉碎，噴將出去，即變做黃、麻、鵚、白、鵰、魚、鷂。八戒道：「師兄，又打甚麼市語──黃呵、麻呵哩？」行者道：「你不知之。黃是黃鷹，麻是麻鷹，鵚是鵚鷹，白是白鷹，鵰是鵰鷹，魚是魚鷹，鷂是鷂鷹。那妖精的兒子是七樣蟲，我的毫毛是七樣鷹。」鷹最能嗛蟲，一嘴一個，爪打翅敲，須臾，打得罄盡，滿空無迹，地積尺餘。

三兄弟方纔闖過橋去，徑入洞裡。只見老師父吊在那裡哼哼的哭哩。八戒近前道：「師父，你是要來這裡吊了耍子，不知作成我跌了多少跟頭哩！」沙僧道：「且解下師父再說。」行者即將繩索挑斷，

⑯𦐉𦐉──鳥羽破敗的樣子。

放下師父。問道：「妖精那裡去了？」唐僧道：「那七個都赤條條的往後邊叫兒子去了。」行者道：「兄弟們，跟我來尋去。」

三人各持兵器，往後園裡尋處，不見踪跡。都到那桃李樹上尋遍不見。八戒道：「去了！去了！」沙僧道：「不必尋他，等我扶師父去也。」弟兄們復來前面，請唐僧上馬道：「師父，下次化齋，還讓我們去。」唐僧道：「徒弟呵，以後就是餓死，也再不自專了。」八戒道：「你們扶師父走著，等老豬一頓鈀築倒他這房子，教他來時沒處安身。」行者笑道：「築還費力，不若尋些柴來，與他個斷根罷。」好獃子，尋了些朽松、破竹、乾柳、枯藤，點上一把火，烘烘的都燒得乾淨。師徒卻纔放心前來。咦！畢竟這去，不知那怪的吉凶如何，且聽下回分解。

第七十三回　情因舊恨生災毒　心主遭魔幸破光

話說孫大聖扶持著唐僧，與八戒、沙僧奔上大路，一直西來。不半晌，忽見一處樓閣重重，宮殿巍巍。唐僧勒馬道：「徒弟，你看那是個甚麼去處？」行者舉頭觀看，但見：

山環樓閣，溪遶亭臺。門前雜樹密森森，宅外野花香豔豔。柳間棲白鷺，渾如煙裡玉無瑕；桃內囀黃鶯，卻似火中金有色。雙雙野鹿，忘情閑踏綠莎茵；對對山禽，飛語高鳴紅樹杪。真如劉阮天臺洞①，不亞神仙閬苑②家。

行者報道：「師父，那所在也不是王侯第宅，也不是豪富人家，卻像一個庵觀寺院。到那裡方知端的。」

①劉阮天臺洞——相傳東漢永平年間，浙江剡縣人劉晨、阮肇到天臺山採藥迷路，遇到兩位仙女，被邀至家中招待。半年後回家，子孫已過七代；二人欲重返天臺山訪仙女，蹤跡則已渺不可求。

②閬苑——閬風之苑，仙人所居之境。

三藏聞言，加鞭促馬。師徒們來至門前觀看，門上嵌著一塊石板，上有「黃花觀」三字。三藏下馬。八戒道：「黃花觀乃道士之家。我們進去會他一會也好，他與我們衣冠雖別，修行一般。」沙僧道：「說得是。一則進去看看景致，二來也當撒貨頭口③。看方便處，安排些齋飯，與師父喫。」長老依言，四眾共入。但見二門上有一對春聯：「黃芽白雪神仙府，瑤草琪花羽士家。」行者笑道：「這個是燒茅煉藥、弄爐火、提罐子的道士。」三藏捻他一把道：「謹言！謹言！我們不與他相識，又不認親，左右④暫時一會，管他怎的？」說不了，進了二門，只見那正殿緊閉，東廊下坐著一個道士，在那裡丸藥。你看他怎生打扮：

戴一頂紅豔豔戧金冠，穿一領黑淄淄烏皁服，踏一雙綠陣陣雲頭履，繫一條黃拂拂呂公絛。面如瓜鐵，目若朗星。準頭⑤高大類回回⑥，唇口翻張如達達⑦。道心一片隱轟雷，伏虎降龍真羽士。

三藏見了，厲聲高叫道：「老神仙，貧僧問訊了。」那道士猛擡頭，一見心驚，丟了手中之藥，按簪兒，整衣服，降階迎接道：「老師父，失迎了，請裡面坐。」長老歡喜上殿。推開門，見有三清聖像，供桌有爐有香，即拈香注爐，禮拜三匝，方與道士行禮。遂至客位中，同徒弟們坐下。急喚仙童看茶。

③撒貨頭口——「撒貨」又作「撒和」，指餵食馬匹，隨後讓之於四處隨意走動的意思。頭口即牲口。
④左右——反正、橫豎。
⑤準頭——鼻頭。
⑥回回——即回鶻族，唐時散居漠北，以游牧為生。
⑦達達——即韃靼族，蒙古人。

當有兩個小童，即入裡邊，尋茶盤、洗茶盞、擦茶匙、辦茶果。忙忙的亂走，早驚動那幾個冤家。

原來那盤絲洞七個女怪與這道士同堂學藝。自從穿了舊衣，喚出兒子，徑來此處。正在後面裁剪衣服，忽見那童子看茶，便問道：「童兒，有甚客來了，這般忙冗？」仙童道：「適間有四個和尚進來，師父教來看茶。」女怪道：「可有個白胖和尚？」道：「有。」又問：「可有個長嘴大耳朵的？」道：「有。」女怪道：「你快去遞了茶，對你師父丟個眼色，著他進來，我有要緊的話說。」

果然那仙童將五杯茶拿出去。道士斂衣，雙手拿一杯遞與三藏，然後與八戒、沙僧、行者。茶罷，收鍾，小童丟個眼色，那道士就欠身道：「列位請坐。」教：「童兒，放了茶盆陪侍。等我去去就來。」此時長老與徒弟們，並一個小童出殿上觀玩不題。

卻說道士走進方丈中，只見七個女子齊齊跪倒，叫：「師兄！師兄！聽小妹子一言！」道士用手攙起道：「你們早間來時，要與我說甚麼話，可可的今日丸藥，這枝藥忌見陰人，所以不曾答你。如今又有客在外面，有話且慢慢說罷。」眾怪道：「告稟師兄。這樁事，專為客來，方敢告訴；若客去了，縱說也沒用了。」道士笑道：「你看賢妹說話，怎麼專為客來纔說？卻不瘋了？且莫說我是個清靜修仙之輩，就是個俗人家，有家子老小家務事，也等客去了再處。怎麼這等不賢，替我裝幌子⑧哩！且讓我出去。」眾怪又一齊扯住道：「師兄息怒。我問你，前邊那客，是那方來的？」道士唖著臉⑨，

⑧裝幌子——丟臉。

⑨唖著臉——鄙視輕慢的樣子。

不答應。眾怪道：「方纔小童進來取茶，我聞得他說，是四個和尚。」道士作怒道：「和尚便怎麼？」眾怪道：「四個和尚，內有一個白面胖的，有一個長嘴大耳的，師兄可曾問他是那裡來的？」道士道：「內中是有這兩個，你怎麼知道？想是在那裡見他來？」

女子道：「師兄原不知這個委曲⑩。那和尚乃唐朝差往西天取經去的。今早到我洞裡化齋，委⑪是妹子們聞得唐僧之名，將他拿了。」道士道：「你拿他怎的？」女子道：「我們久聞人說，唐僧乃十世修行的真體，有人喫他一塊肉，延壽長生，故此拿了他。後被那個長嘴大耳朵的和尚把我們攔在濯垢泉裡，先搶了衣服，後弄本事，強要同我等洗浴，也止他不住。他就跳下水，變作一個鮎魚，在我們腿襠裡鑽來鑽去，欲行姦騙之事。果有十分憊懶！他又跳出水去，現了本相。見我們不肯相從，他就使一柄九齒釘鈀，要傷我們性命。若不是我們有些見識，幾乎遭他毒手。故此戰兢兢逃生，又著你愚外甥與他敵鬥，不知存亡如何。我們特來投兄長，望兄長念昔日同窗之雅，與我今日做個報冤之人！」

那道士聞此言，卻就惱恨，遂變了聲色道：「這和尚原來這等無禮！這等憊懶！你們都放心，等我擺佈他！」眾女子謝道：「師兄如若動手，等我們都來相幫打他。」道士道：「不用打！不用打！常言道：『一打三分低。』你們都跟我來。」

眾女子相隨左右。他入房內，取了梯子，轉過牀後，爬上屋梁，拿下一個小皮箱兒。那箱兒有八寸

⑩委曲——指經歷的過程、情節。

⑪委——實在。

高下，一尺長短，四寸寬窄，上有一把小銅鎖兒鎖住。即於袖中拿出一方鵝黃綾汗巾兒來。汗巾鬚上繫著一把小鑰匙兒。開了鎖，取出一包兒藥來。此藥乃是：

山中百鳥糞，掃積上千斤。是用銅鍋煮，煎熬火候勻。千斤熬一杓，一杓煉三分。三分還要炒，再煅再重薰。製成此毒藥，貴似寶和珍。如若嘗他味，入口見閻君！

道士對七個女子道：「妹妹，我這寶貝，若與凡人喫，只消一釐，入腹就死；若與神仙喫，也只消三釐就絕；這些和尚，只怕也有些道行，須得三釐。快取等子⑫來。」內一女子，急拿了一把等子道：「稱出一分二釐，分作四分。」卻拿了十二個紅棗兒，將棗掐破些兒，撘上一釐，分在四個茶鍾內；又將兩個黑棗兒做一個茶鍾，著一個托盤安了，對眾女說：「等我去問他。不是唐朝的便罷；若是唐朝來的，就教換茶，你卻將此茶令童兒拿出。但喫了，個個身亡，就與你報了此仇，解了煩惱也。」七女感激不盡。

那道士換了一件衣服，虛禮謙恭，走將出去，請唐僧等又至客位坐下，道：「老師父莫怪。適間去後面吩咐小徒，教他們挑些青菜、蘿蔔，安排一頓素齋供養，所以失陪。」三藏道：「貧僧素手進拜，怎麼敢勞賜齋？」道士笑云：「你我都是出家人，見山門就有三升俸糧，何言素手？敢問老師父，是在何寶山？到此何幹？」三藏道：「貧僧乃東土大唐駕下差往西天大雷音寺取經者。卻纔路過仙宮，竭誠進拜。」道士聞言，滿面生春道：「老師乃忠誠大德之佛，小道不知。失於遠候。恕罪！恕罪！」

⑫等子——量小東西的衡器。

叫：「童兒，快去換茶來。一廂⑬作速辦齋。」那小童走將進去，眾女子招呼他來道：「這裡有現成好茶，拿出去。」那童子果然將五鍾茶拿出。道士連忙雙手拿一個紅棗兒茶鍾奉與唐僧。他見八戒身軀大，就認做大徒弟；沙僧認做二徒弟；見行者身量小，認做三徒弟：所以第四鍾纔奉與行者。

行者眼乖，接了茶鍾，早已見盤子裡那茶鍾是兩個黑棗兒。他道：「先生，我與你穿換⑭一杯。」道士笑道：「不瞞長老說。山野中貧道士，茶果一時不備。纔然在後面親自尋果子，止有這十二個紅棗，做四鍾茶奉敬。小道又不可空陪，所以將兩個下色棗兒作一杯奉陪。此乃貧道恭敬之意也。」行者笑道：「說那裡話？古人云：『在家不是貧，路貧貧殺人。』你是住家兒的，何以言貧！像我們這行腳僧，纔是真貧哩。我和你換換。我和你換換。」三藏聞言道：「悟空，這仙長實乃愛客之意，你喫了罷，換怎的？」行者無奈，將左手接了，右手蓋住，看著他們。

卻說那八戒，一則饑，二則渴，原來是食腸大大的，見那鍾子裡有三個紅棗兒，拿起來，嘓⑮的都咽在肚裡。師父也喫了。沙僧也喫了。一霎時，只見八戒臉上變色，沙僧滿眼流淚，唐僧口中吐沫。他們都坐不住，暈倒在地。

這大聖情知是毒，將茶鍾，手舉起來，望道士劈臉一摜。道士將袍袖隔起，噹的一聲，把個鍾子跌

⑬一廂——一面。
⑭穿換——交換。
⑮嘓——ㄍㄨㄛ，吞咽。

聯經出版事業公司校印

得粉碎。道士怒道：「你這和尚，十分村鹵！怎麼把我鍾子碎了？」行者罵道：「你這畜生！你看我那三個人是怎麼說！我與你有甚相干，你卻將毒藥茶藥倒我的人？」道士道：「你這個村畜生，闖下禍來，你豈不知？」行者道：「我們纔進你門，方敘了坐次，道及鄉貫，又不曾有個高言，那裡闖下甚禍？」道士道：「你可曾在盤絲洞化齋麼？你可曾在濯垢泉洗澡麼？」行者道：「濯垢泉乃七個女怪。你既說出這話，必定與他苟合，必定也是妖精！不要走！喫我一棒！」好大聖，去耳朵裡摸出金箍棒，晃一晃，碗來粗細，望道士劈臉打來。那道士急轉身躲過，取一口寶劍來迎。

他兩個廝罵廝打，早驚動那裡邊的女怪。他七個一擁出來，叫道：「師兄且莫勞心，待小妹子拿他。」行者見了，越生嗔怒，雙手輪鐵棒，丟開解數，滾將進去亂打。只見那七個敞開懷，腆著雪白肚子，臍孔中作出法來：骨都都絲繩亂冒，搭起一個天篷，把行者蓋在底下。

行者見事不諧，即翻身念聲呪語，打個斛斗，撲的撞破天篷走了；忍著性氣，淤淤的⑯立在空中看處，見那怪絲繩晃亮，穿穿道道，卻似穿梭的經緯，頃刻間，把黃花觀的樓臺殿閣都遮得無影無形。行者道：「利害！利害！早是不曾著他手！怪道豬八戒跌了若干！似這般怎生是好！我師父與師弟卻又中了毒藥。這夥怪合意同心，卻不知是個甚來歷，待我還去問那土地神也。」

好大聖，按落雲頭，捻著訣，念聲「唵」字真言，把個土地老兒又拘來了。戰兢兢跪下路旁，叩頭道：「大聖，你去救你師父的，為何又轉來了？」行者道：「早間救了師父，前去不遠，遇一座黃花

⑯淤淤的——停滯不動的樣子。

觀。我與師父等進去看看，那觀主迎接。纔敘話間，被他把毒藥茶藥倒我師父等。我幸不曾喫茶，使棒就打，他卻說出盤絲洞化齋，濯垢泉洗澡之事，我就知那廝是怪。纔舉手相敵，只見那七個女子跑出，吐放絲繩，老孫虧有見識走了。我想你在此間為神，定知他的來歷。是個甚麼妖精，老實說來，免打！」土地叩頭道：「那妖精到此，住不上十年。小神自三年前檢點⑰之後，方見他的本相，乃是七個蜘蛛精。他吐那些絲繩，乃是蜘絲。」行者聞言，十分歡喜道：「據你說，卻是小可。既這般，你回去，等我作法降他也。」那土地叩頭而去。

行者卻到黃花觀外，將尾巴上毛捋下七十根，吹口仙氣，叫「變！」即變做七十個小行者；又將金箍棒吹口仙氣，叫「變！」即變做七十個雙角叉兒棒。每一個小行者，與他一根。他自家使一根，站在外邊，將叉兒攪那絲繩，一齊著力，打個號子⑱，把那絲繩都攪斷，各攪了有十餘斤。裡面拖出七個蜘蛛，足有巴斗大的身軀，一個個攢著手腳，索著頭，只叫：「饒命！饒命！」此時七十個小行者，按住七個蜘蛛，那裡肯放。行者道：「且不要打他，只教還我師父、師弟來。」那怪厲聲高叫道：「師兄，還他唐僧，救我命也！」那道士從裡邊跑出道：「妹妹，我要喫唐僧哩，救不得你了。」行者聞言，大怒道：「你既不還我師父，且看你妹妹的樣子！」好大聖，把叉兒棒晃一晃，復了一根鐵棒，雙手舉起，把七個蜘蛛精，盡情打爛，卻似七個劖肉⑲布袋兒膿血淋淋。卻又將尾巴搖了兩搖，收了

⑰檢點——整飭、查核。
⑱號子——號令。
⑲劖肉——把肉剁碎。

毫毛，單身輪棒，趕入裡邊來打道士。

那道士見他打死了師妹，心甚不忍，即發狠舉劍來迎。這一場各懷忿怒，一個個大展神通。這一場好殺：

妖精輪寶劍，大聖舉金箍。都為唐朝三藏，先教七女嗚呼。如今大展經綸手，施威弄法逞金吾⑳。大聖神光壯，妖仙膽氣粗。渾身解數如花錦，雙手騰那似轆轤。乒乓劍棒響，慘淡野雲浮，劖言語，使機謀，一來一往如畫圖。殺得風響沙飛狼虎怕，天昏地暗斗星無。

那道士與大聖戰經五六十合，漸覺手軟；一時間鬆了筋節，便解開衣帶，忽辣的響一聲，脫了皁袍。行者笑道：「我兒子！打不過人，就脫剝了也是不能彀的！」原來這道士剝了衣裳，把手一齊擡起，只見那兩脅下有一千隻眼，眼中迸放金光，十分利害：

森森黃霧，豔豔金光。森森黃霧，兩邊脅下似噴雲；豔豔金光，千隻眼中如放火。左右卻如金桶，東西猶似銅鐘。此乃妖仙施法力，道士顯神通；晃眼迷天遮日月，罩人爆燥氣朦朧；把個齊天孫大聖，困在金光黃霧中。

行者慌了手腳，只在那金光影裡亂轉，向前不能舉步，退後不能動腳，卻便似在個桶裡轉的一般。無奈又爆燥不過，他急了，往上著實一跳，欲撞破金光，撲的跌了一個倒栽葱，覺道撞的頭疼，急伸手摸摸，把頂梁皮都撞軟了。自家心焦道：「晦氣！晦氣！這顆頭今日也不濟了！常時刀砍斧剁，莫能

⑳金吾——儀杖棒。吾，禦也，執金革以抵禦外力。常以銅為之而塗黃金於兩端。

㉑貢膿——潰爛生膿。

聯經出版事業公司　校印

傷損，卻怎麼被這金光撞軟了皮肉？久以後定要貢膿㉑。縱然好了，也是個破傷風。」一會家爆燥難禁，卻又自家計較道：「前去不得，後退不得，左行不得，右行不得，往上又撞不得，卻怎麼好？——往下走他娘罷！」

好大聖，念個呪語，搖身一變，變做個穿山甲，又名鯪鯉鱗。真個是：

四隻鐵爪，鑽山碎石如撾粉；滿身鱗甲，破嶺穿巖似切葱。兩眼光明，好便似雙星晃亮；一嘴尖利，勝強似鋼鑽金錐。藥中有性穿山甲，俗語呼為鯪鯉鱗。

你看他硬著頭，往地下一鑽，就鑽了有二十餘里，方纔出頭。原來那金光只罩得十餘里。出來現了本相，力軟觔麻，渾身疼痛，止不住眼中流淚。忽失聲叫道：「師父呵！

當年秉教出山中，共往西來苦用工。大海洪波無恐懼，陽溝之內卻遭風！」

美猴王正當悲切，忽聽得山背後有人啼哭，即欠身揩了眼淚，回頭觀看。但見一個婦人，身穿重孝，左手托一盞涼漿水飯，右手執幾張燒紙黃錢，從那廂一步一聲，哭著走來。行者點頭嗟嘆道：「正是『流淚眼逢流淚眼，斷腸人遇斷腸人』！這一個婦人，不知所哭何事，待我問他一問。」那婦人不一時走上前來，迎著行者。行者躬身問道：「女菩薩，你哭的是甚人？」婦人噙淚道：「我丈夫因與黃花觀觀主買竹竿爭講，被他將毒藥茶藥死，我將這陌紙錢燒化，以報夫婦之情。」行者聽言，眼中流淚。那女子見了，作怒道：「你甚無知！我為丈夫煩惱生悲，你怎麼淚眼愁眉，欺心戲我？」

行者躬身道：「女菩薩息怒。我本是東土大唐欽差御弟唐三藏大徒弟孫悟空行者。因往西天，行過黃花觀歇馬。那觀中道士，不知是個甚麼妖精，他與七個蜘蛛精，結為兄妹。蜘蛛精在盤絲洞要害我

聯經出版事業公司 校印

師父，是我與師弟八戒、沙僧，救解得脫。那蜘蛛精走到他這裡，背了是非，說我等有欺騙之意，道士將毒藥茶藥倒我師父、師弟共三人，連馬四口，陷在他觀裡。惟我不曾喫他茶，將茶鍾摜碎，他就與我相打。正嚷時，那七個蜘蛛精跑出來吐放絲繩，將我網住，是我使法力走脫。問及土地，說他本相，我卻又使分身法攪絕絲繩，拖出妖來，一頓棒打死，這道士即與他報仇，舉寶劍與我相鬥。鬥經六十回合，他敗了陣，隨脫了衣裳，兩脅下放出千隻眼，有萬道金光，把我罩定。所以進退兩難，纔變做一個鯪鯉鱗，從地下鑽出來。正自悲切，忽聽得你哭，故此相問。因見你為丈夫，有此紙錢報答，我師父喪身，更無一物相酬，所以自怨生悲，豈敢相戲！」

那婦女放下水飯、紙錢，對行者賠禮道：「莫怪，莫怪，我不知你是被難者。纔據你說將起來，你不認得那道士。他本是個百眼魔君，又喚做多目怪。你既然有此變化，脫得金光，戰得許久，定必有大神通，卻只是還近不得那廝。我教你去請一位聖賢，他能破得金光，降得道士。」行者聞言，連忙唱喏道：「女菩薩知此來歷，煩為指教指教。果是那位聖賢，我去請來，救我師父之難，就報你丈夫之仇。」婦人道：「我就說出來，你去請他，降了道士，只可報仇而已，恐不能救你師父。」行者道：「怎不能救？」婦人道：「那廝毒藥最狠：藥倒人，三日之間，骨髓俱爛。你此往回恐遲了，故不能救。」行者道：「我會走路；憑他多遠，只消半日。」女子道：「你既會走路，聽我說：此處到那裡有千里之遙，那廂有一座山，名喚紫雲山。山中有個千花洞。洞中有位聖賢，喚做毘藍婆。他能降得此怪。」行者道：「那山坐落何方？卻從何方去？」女子用手指定道：「那直南上便是。」行者回頭看時，那女子早不見了。

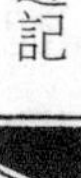

行者慌忙禮拜道：「是那位菩薩？我弟子鑽昏了，不能相識，千乞留名，好謝！」只見那半空中叫道：「大聖，是我。」行者急擡頭看處，原是黎山老姆。趕至空中謝道：「老姆從何來指教我也？」老姆道：「我纔自龍華會上回來。見你師父有難，假做孝婦，借夫喪之名，……免他一死。你快去請他。但不可說出是我指教，那聖賢有些多怪人。」

行者謝了。辭別，把觔斗雲一縱，隨到紫雲山上。按定雲頭，就見那千花洞。那洞外：

青松遮勝境，翠柏繞仙居。綠柳盈山道，奇花滿澗渠，香蘭圍石屋，芳草映巖嵎。流水連溪碧，雲封古樹虛。野禽聲聒聒，幽鹿步徐徐。修竹枝枝秀，紅梅葉葉舒。寒鴉棲古樹，春鳥噪高樗。夏麥盈田廣，秋禾遍地餘。四時無葉落，八節有花如。每生瑞靄連霄漢，常放祥雲接太虛。

這大聖喜喜歡歡走將進去，一程一節，看不盡無邊的景致。直入裡面，更沒個人兒，靜靜悄悄的，雞犬之聲也無。心中暗道：「這聖賢想是不在家了。」又進數里看時，見一個女道姑坐在榻上。你看他怎生模樣：

頭戴五花納錦帽，身穿一領織金袍。腳踏雲尖鳳頭履，腰繫攢絲雙穗縧。面似秋容霜後老，聲如春燕社前嬌。腹中久諳三乘法，心上常修四諦[22]饒。悟出空空真正果，煉成了了自逍遙。正是千花洞裡佛，毘藍菩薩姓名高。

[22] 四諦——佛教基本教義，指苦、集、滅、道四聖諦。

行者止不住腳，近前叫道：「毘藍婆菩薩，問訊了。」那菩薩即下榻，合掌回禮道：「大聖，失迎了。你從那裡來的？」行者道：「你怎麼就認得我是大聖？」毘藍婆道：「你當年大鬧天宮時，普地裡傳了你的形像，誰人不知，那個不識？」行者道：「正是『好事不出門，惡事傳千里。』像我如今皈正佛門，你就不曉的了！」毘藍道：「幾時皈正？恭喜！恭喜！」行者道：「近能脫命，保師父唐僧上西天取經，師父遇黃花觀道士，將毒藥茶藥倒。我與那廝賭鬥，他就放金光罩住我，是我使神通走脫了。聞菩薩能滅他的金光，特來拜請。」菩薩道：「是誰與你說的？我自赴了盂蘭會，到今三百餘年，不曾出門。我隱姓埋名，更無一人得知，你卻怎麼知道？」行者道：「我是個地裡鬼，不管那裡，自家都會訪著。」毘藍道：「也罷，也罷。我本當不去，奈蒙大聖下臨，不可滅了求經之善，我和你去來。」

行者稱謝了。道：「我忒無知，擅自催促，但不知曾帶甚麼兵器。」菩薩道：「我有個綉花針兒，能破那廝。」行者忍不住道：「老姆誤了我。早知是綉花針，不須勞你，就問老孫要一擔也是有的。」毘藍道：「你那綉花針，無非是鋼鐵金針，用不得。我這寶貝，非鋼、非鐵、非金，乃我小兒日眼裡煉成的。」行者道：「令郎是誰？」毘藍道：「小兒乃昴日星官。」行者驚駭不已。早望見金光豔豔，即回向毘藍道：「金光處便是黃花觀也。」毘藍隨於衣領裡取出一個綉花針，似眉毛粗細，有五六分長短，拈在手，望空拋去，少時間，響一聲，破了金光。行者喜道：「菩薩，妙哉，妙哉！尋針，尋針！」毘藍托在手掌內道：「這不是？」行者卻同按下雲頭，走入觀裡，只見那道士合了眼，不能舉步。行者罵道：「你這潑怪裝瞎子哩！」耳朵裡取出棒來就打。毘藍扯住道：「大聖莫打。且看你師父去。」

行者徑至後面客位裡看時，他三人都睡在地上吐痰吐沫哩。行者垂淚道：「卻怎麼好！卻怎麼好！」

毘藍道：「大聖莫悲。也是我今日出門一場，索性積個陰德，我這裡有解毒丹，送你三丸。」行者轉身拜求。那菩薩袖中取出一個破紙包兒，內將三粒紅丸子遞與行者，教放入口裡。行者把藥扳開他們牙關，每人揌了一丸。須臾，藥味入腹，便就一齊嘔噦，吐出毒味，得了性命。那八戒先爬起道：「悶殺我也！」三藏、沙僧俱醒了道：「好暈也！」行者道：「你們那茶裡中了毒了。虧這毘藍菩薩搭救，快都來拜謝。」三藏欠身整衣謝了。

八戒道：「師兄，那道士在那裡？等我問他一問，為何這般害我。」行者把蜘蛛精上項事，說了一遍。八戒發狠道：「這廝既與蜘蛛為姊妹，定是妖精。」行者指道：「他在那殿外立定裝瞎子哩。」八戒拿鈀就築，又被毘藍止住道：「天蓬息怒。大聖知我洞裡無人，待我收他去看守門戶也。」行者道：「感蒙大德，豈不奉承！但只是教他現本像，我們看看。」毘藍道：「容易。」即上前用手一指，那道士撲的倒在塵埃，現了原身，乃是一條七尺長短的大蜈蚣精。毘藍使小指頭挑起，駕祥雲，徑轉千花洞去。八戒打仰道：「這媽媽兒卻也利害。怎麼就降這般惡物？」行者笑道：「我問他有甚麼兵器破他金光，他道有個綉花針兒，是他兒子在日眼裡煉的。及問他令郎是誰，他道是昴日星官。我想昴日星是隻公雞，這老媽媽必定是個母雞。雞最能降蜈蚣，所以能收伏也。」

三藏聞言，頂禮不盡。教：「徒弟們，收拾去罷。」那沙僧即在裡面尋了些米糧，安排了些齋，俱飽餐一頓，牽馬挑擔，請師父出門。行者從他廚中放了一把火，把一座觀霎時燒得煨燼，卻拽步長行。正是：唐僧得命感毘藍，了性消除多目怪。畢竟向前去還有甚麼事體，且聽下回分解。

第七十四回　長庚傳報魔頭狠　行者施爲變化能

情慾原因總一般，有情有慾自如然。沙門修煉紛紛士，斷慾忘情即是禪
須著意，要心堅，一塵不染月當天。行功進步休教錯，行滿功完大覺仙。

話表三藏師徒們打開慾網，跳出情牢，放馬西行。走不多時，又是夏盡秋初，新涼透體。但見那：

急雨收殘暑，梧桐一葉驚。螢飛莎徑晚，蛩語月華明。
黃葵開映露，紅蓼遍沙汀。蒲柳先零落，寒蟬應律鳴。

三藏正然行處，忽見一座高山，峰插碧空，真個是摩星礙日①。長老心中害怕，叫悟空道：「你看前面這山，十分高聳，但不知有路通行否。」行者笑道：「師父說那裡話。自古道：『山高自有客行路，水深自有渡船人。』豈無通達之理？可放心前去。」長老聞言，喜笑花生，揚鞭策馬而進，徑上高岩。

①摩星礙日——形容山勢高聳。

行不數里，見一老者，鬢蓬鬆，白髮飄搔；鬚稀朗，銀絲擺動；項掛一串數珠子，手持拐杖現龍頭；遠遠的立在那山坡上高呼：「西進的長老，且暫住驊騮，緊兜玉勒。這山上有一夥妖魔，喫盡了閻浮世上人，不可前進！」三藏聞言，大驚失色。一是馬的足下不平，二是坐個雕鞍不穩，撲的跌下馬來，掙挫不動，睡在草裡哼哩。行者近前攙起道：「莫怕，莫怕！有我哩！」長老道：「你聽那高岩上老者，報道這山上有夥妖魔，喫盡閻浮世上人，誰敢去問他一個真實端的？」行者道：「你且坐地，等我去問他。」三藏道：「你的相貌醜陋，言語粗俗，怕衝撞了他，問不出個實信。」行者笑道：「我變個俊些兒的去問他。」三藏道：「你是變了我看。」好大聖，捻著訣，搖身一變，變做個乾乾淨淨的小和尚兒，真個是目秀眉清，頭圓臉正，行動有斯文之氣象，開口無俗類之言辭。抖一抖綿衣直裰，拽步上前，向唐僧道：「師父，我可變得好麼？」三藏見了大喜道：「變得好！」八戒道：「怎麼不好！只是把我們都比下去了。老豬就滾上二三年，也變不得這等俊俏！」

好大聖，躲離了他們，徑直近前，對那老者躬身道：「老公公，貧僧問訊了。」那老兒見他生得俊雅，年少身輕，待答不答的，還了他個禮，用手摸著他頭兒，笑嘻嘻問道：「小和尚，你是那裡來的？」行者道：「我們是東土大唐來的，特上西天拜佛求經。適到此間，聞得公公報道有妖怪，我師父膽小怕懼，著我來問一聲：端的是甚妖精，他敢這般短路②！煩公公細說與我知之，我好把他貶解起身③。」

②短路——攔路搶劫。

③貶解起身——降伏妖魔，使之現形。

那老兒笑道：「你這小和尚年幼，不知好歹，言不幫襯④。那妖魔神通廣大得緊，怎敢就說貶解他起身！」行者笑道：「據你之言，似有護他之意，必定與他有親，或是緊鄰契友；不然，怎麼長他的威智，興他的節概，不肯傾心吐膽說他個來歷。」公公點頭笑道：「這和尚倒會弄嘴！想是跟你師父遊方，到處兒學些法術，或者會驅縛魍魎，與人家鎮宅除邪，你不曾撞見十分狠怪哩！」行者道：「怎的狠？」公公道：「那妖精一封書到靈山，五百阿羅都來迎接；一紙簡上天宮，十一大曜個個相欽。四海龍曾與他為友，八洞仙常與他作會。十地閻君以兄弟相稱，社令、城隍以賓朋相愛。」

大聖聞言，忍不住呵呵大笑，用手扯著老者道：「不要說！不要說！那妖精與我後生小廝為兄弟、朋友，也不見十分高作。若知是我小和尚來呵，他連夜就搬起身去了！」公公道：「你這小和尚胡說！不當人子！那個神聖是你的後生小廝？」行者笑道：「實不瞞你說。我小和尚祖居敖來國花果山水簾洞，姓孫，名悟空。當年也曾做過妖精，幹過大事。曾因會眾魔，多飲了幾杯酒睡著，夢中見二人將批勾我去到陰司。一時怒發，將金箍棒打傷鬼判，諕倒閻王，幾乎掀翻了森羅殿。嚇得那掌案的判官拿紙，十閻王簽名畫字，教我饒他打，情願與我做後生小廝。」那公公聞說道：「阿彌陀佛！這和尚說了這過頭話，莫想再長得大了。」行者道：「官兒，似我這般大也彀了。」公公道：「你年幾歲了？」行者道：「你猜猜看。」老者道：「有七八歲罷了。」行者笑道：「有一萬個七八歲！我把舊嘴臉拿出來你看看，你即莫怪。」公公道：「怎麼又有個嘴臉？」行者道：「我小和尚果有七十二副嘴臉哩。」

④幫襯——湊趣、得體。

那公公不識竅，只管問他，他就把臉抹一抹，即現出本像，咨牙倈嘴，兩股通紅，腰間繫一條虎皮裙，手裡執一根金箍棒，立在石崖之下，就像個活雷公。那老者見了，唬得面容失色，腿腳酸麻，站不穩，撲的一跌；爬起來，又一個蹡踵。大聖上前道：「老官兒，不要虛驚。我等面惡人善。莫怕！莫怕！適間蒙你好意，報有妖魔。委的有多少怪，一發累你說說，我好謝你。」那老兒戰戰兢兢，口不能言，又推耳聾，一句不應。

行者見他不言，即抽身回坡。長老道：「悟空，你來了？所問如何？」行者笑道：「不打緊！不打緊！西天有便有個把妖精兒，只是這裡人膽小，把他放在心上。沒事，沒事！有我哩！」長老道：「你可曾問他此處是甚麼山，甚麼洞，有多少妖怪，那條路通得雷音？」八戒道：「師父，莫怪我說。若論賭變化，使捉掐，捉弄人，我們三五個也不如師兄；若論老實，像師兄就擺一隊伍，也不如我。」唐僧道：「正是！正是！你還老實。」八戒道：「他不知怎麼鑽過頭不顧尾的，問了兩聲，不尷不尬⑤的就跑回來了。等老豬去問他個實信來。」唐僧道：「悟能，你仔細著。」

好獃子，把釘鈀撒在腰裡，整一整皂直裰，扭扭捏捏，奔上山坡，對老者叫道：「公公，唱喏了。」那老兒見行者回去，方拄著杖掙得起來，戰戰兢兢的要走，忽見八戒，愈覺驚怕道：「爺爺呀！今夜做的甚麼惡夢，遇著這夥惡人！為先的那和尚醜便醜，還有三分人相；這個和尚，怎麼這等個碓梃嘴，蒲扇耳朵，鐵片臉，毯毛頸項，一分人氣兒也沒有了！」八戒笑道：「你這老公公不高興，有些兒好

⑤不尷不尬——奇奇怪怪。

聯經出版事業公司校印

褒貶人。你是怎的看我哩？我醜便醜，奈看⑥，再停一時就俊了。」那老者見他說出人話來，只得開言問他：「你是那裡來的？」八戒道：「我是唐僧第二個徒弟，法名叫做悟能八戒。纔自先問的，叫做悟空行者，是我師兄。師父怪他沖撞了公公，不曾問得實信，所以特著我來拜問。此處果是甚山，甚洞，洞裡果是甚妖精，那裡是西去大路，煩請公公指示指示。」老者道：「可老實麼？」八戒道：「我生平不敢有一毫虛的。」老者道：「你莫像纔來的那個和尚走花溜水⑦的胡纏。」八戒道：「我不像他。」

公公拄著杖，對八戒說：「此山叫做八百里獅駝嶺。中間有座獅駝洞。洞裡有三個魔頭。」八戒啐了一聲：「你這老兒卻也多心！三個妖魔，也費心勞力的來報遭信！」公公道：「你不怕麼？」八戒道：「不瞞你說。這三個妖魔，我師兄一棍就打死一個，我一鈀就築死一個；我還有個師弟，他一降妖杖又打死一個：三個都打死，我師父就過去了，有何難哉！」那老者笑道：「這和尚不知深淺！那三個魔頭，神通廣大得緊哩！他手下小妖，南嶺上有五千，北嶺上有五千；東路口有一萬，西路口有一萬；巡哨的有四五千，把門的也有一萬；燒火的無數，打柴的也無數：共計算有四萬七八千。這都是有名字帶牌兒的，專在此喫人。」

那獃子聞得此言，戰兢兢跑將轉來，相近唐僧，且不回話，放下鈀，在那裡出恭。行者見了喝道：

⑥奈看——耐看，經得起久看不厭。

⑦走花溜水——即弄嘴、胡說八道。

「你不回話，卻蹲在那裡怎的？」八戒道：「諕出屎來了！如今也不消說，趕早兒各自顧命去罷！」行者道：「這個獃根！我問信偏不驚恐，你去問就這等慌張失智！」長老問道：「端的何如？」八戒道：「這老兒說：此山叫做八百里獅駝山。中間有座獅駝洞。洞裡有三個老妖，有四萬八千小妖，專在那裡喫人。我們若躧著他些山邊兒，就是他口裡食了。莫想去得！」三藏聞言，戰兢兢，毛骨悚然，道：「悟空，如何是好？」行者笑道：「師父放心，沒大事。想是這裡有便有幾個妖精，只是這裡人膽小，把他就說出許多人，許多大，所以自驚自怪。有我哩！」八戒道：「哥哥說的是那裡話！我比你不同：我問的是實，決無虛謬之言。滿山滿谷都是妖魔，怎生前進？」行者笑道：「獃子嘴臉！不要虛驚！若論滿山滿谷之魔，只消老孫一路棒，半夜打個罄盡！」八戒道：「不羞，不羞！莫說大話！那些妖精點卯也得七八日，怎麼就打得罄盡？」行者道：「你說怎樣打？」八戒道：「憑你抓倒，綑倒，使定身法定倒，也沒有這等快的。」行者笑道：「不用甚麼抓拿綑縛。我把這棍子兩頭一扯，叫：『長！』就有四十丈長短；晃一晃，叫：『粗！』就有八丈圍圓粗細。往山南一滾，滾殺五千；山北一滾，滾殺五千；從東往西一滾，只怕四五萬呀做肉泥爛醬！」八戒道：「哥哥，若是這等趕麵打，或者二更時也都了了。」沙僧在旁笑道：「師父，有大師兄恁樣神通，怕他怎的！請上馬走呵。」唐僧見他們講論手段，沒奈何，只得寬心上馬而走。

正行間，不見了那報信的老者。沙僧道：「他就是妖怪，故意狐假虎威的來傳報，恐諕我們哩。」行者道：「不要忙，等我去看看。」好大聖，跳上高峰，四顧無跡，急轉面，見半空中有彩霞晃亮，即縱雲趕上看時，乃是太白金星。走到身邊，用手扯住，口口聲聲只叫他的小名道：「李長庚！李長庚！你好憊懶！有甚話，當面來說便好，怎麼裝做個山林之老，魘樣混我！」金星慌忙施禮道：「大聖，報信來遲，乞勿罪！乞勿罪！這魔頭果是神通廣大，勢要崢嶸，只看你挪移變化，乖巧機謀，可便過去；如若怠慢些兒，其實難去。」行者謝道：「感激！感激！果然此處難行，望老星上界與玉帝說聲，借些天兵幫助老孫幫助。」金星道：「有！有！有！你只口信帶去，就是十萬天兵，也是有的。」

大聖別了金星，按落雲頭，見了三藏道：「適纔那個老兒，原是太白星來與我們報信的。」長老合掌道：「徒弟，快趕上他，問他那裡另有個路，我們轉了去罷。」行者道：「轉不得。此山徑過有八百里，四周圍不知更有多少路哩。怎麼轉得？」三藏聞言，止不住眼中流淚道：「徒弟，似此艱難，怎生拜佛！」行者道：「莫哭！莫哭！一哭便膿包行了！他這報信，必有幾分虛話，只是要我們著意留心，誠所謂『以告者，過也』。你且下馬來坐著。」八戒道：「又有甚商議？」行者道：「沒甚商議。你且在這裡用心保守師父。沙僧好生看守行李、馬匹。等老孫先上嶺打聽打聽，看前後共有多少妖怪，拿住一個，問他個詳細，教他寫個執結⑧，開個花名，把他老老小小，一一查明，吩咐他關了洞門，不許阻路，卻請師父靜靜悄悄的過去，方顯得老孫手段！」沙僧只教：「仔細！仔細！」行者笑道：「不消囑咐。我這一去，就是東洋大海也湯開路，就是鐵裹銀山也撞透門！」

好大聖，唿哨一聲，縱觔斗雲，跳上高峰。扳藤負葛，平山觀看，那山裡靜悄無人。忽失聲道：「錯

⑧執結——憑據、證明。

了！錯了！不該放這金星老兒去了。他原來恐諕我。這裡那有個甚麼妖精！他就出來跳風⑨頑耍，必定拈鎗弄棒，操演武藝：如何沒有一個？……」正自家揣度，只聽得山背後，叮叮噹噹、辟辟剝剝，梆鈴之聲。急回頭看處，原來是個小妖兒，掮著一桿「令」字旗，腰間懸著鈴子，手裡敲著梆子，從北向南而走。仔細看他，有一丈二尺的身子。行者暗笑道：「他必是個鋪兵。想是送公文下報帖的。且等我去聽他一聽，看他說些甚話。」

好大聖，捻著訣，念個咒，搖身一變，變做個蒼蠅兒，輕輕飛在他帽子上，側耳聽之。只見那小妖走上大路，敲著梆，搖著鈴，口裡作念道：「我等巡山的，各人要謹慎提防孫行者，他會變蒼蠅！」行者聞言，暗自驚疑道：「這廝看見我了；若未看見，怎麼就知我的名字，又知我會變蒼蠅？……」原來那小妖也不曾見他，只是那魔頭不知怎麼就吩咐他這話，卻是個謠言，著他這等胡念。行者不知，反疑他看見，就要取出棒來打他，卻又停住，暗想道：「曾記得八戒問金星時，他說老妖三個，小妖有四萬七八千名。似這小妖，再多幾萬，也不打緊，卻不知這三個老魔有多大手段。……等我問他一問，動手不遲。」

好大聖！你道他怎麼去問：跳下他的帽子來，釘在樹頭上，讓那小妖先行幾步，急轉身騰挪，也變做個小妖兒。照依他敲著梆，搖著鈴，掮著旗，一般衣服，只是比他略長了三五寸。口裡也那般念著，趕上前叫道：「走路的，等我一等。」那小妖回頭道：「你是那裡來的？」行者笑道：「好人呀！一

⑨跳風——跳躍。

聯經出版事業公司校印

家人也不認得！」小妖道：「我家沒你呀。」行者道：「怎的沒我？你認認看。」小妖道：「面生，認不得！認不得！」行者道：「可知道面生。我是燒火的，你會得我少。」小妖搖頭道：「沒有！沒有！我洞裡就是燒火的那些兄弟，也沒有這個嘴尖的。」行者暗想道：「這個嘴好的變尖了些了。」即低頭，把手侮著嘴揉一揉道：「我的嘴不尖呵。」真個就不尖了。那小妖道：「你剛纔是個尖嘴，怎麼揉一揉就不尖了？疑惑人子！大不好認，不是我一家的，少會，少會！可疑，可疑！我那大王家法甚嚴，燒火的只管燒火，巡山的只管巡山，終不然教你燒火，又教你來巡山？」行者口乖，就趁過來道：「你不知道。大王見我燒得火好，就陞我來巡山。」

小妖道：「也罷；我們這巡山的，一班有四十名，十班共四百名，各自年貌，各自名色。大王怕我們亂了班次，不好點卯，一家與我們一個牌兒為號。你可有牌兒？」行者只見他那般打扮，那般報事，遂照他的模樣變了；因不曾看見他的牌兒，所以身上沒有。好大聖，更不說沒有，就滿口應承道：「我怎麼沒牌？但只是剛纔領的新牌，拿你的出來我看。」那小妖那裡知道這個機關，即揭起衣服，貼身帶個金漆牌兒，穿條絨線繩兒，扯與行者看看。行者見那牌背是個「威鎮諸魔」的金牌，正面有三個真字，是「小鑽風」，他卻心中暗想道：「不消說了！但是巡山的，必有個『風』字墜腳。」便道：「你且放下衣走過，等我拿牌兒你看。」即轉身，插下手，將尾巴梢兒的小毫毛拔下一根，捻他把，叫『變！』即變做個金漆牌兒，也穿上個綠絨繩兒，上書三個真字，乃「總鑽風」，拿出來，遞與他看了。小妖大驚道：「我們都叫做個小鑽風，偏你又叫做個甚麼『總鑽風』！」行者幹事找絕，說話合宜，就道：「你實不知。大王見我燒得火好，把我陞個巡風；又與我個新牌，叫做『總巡風』，教我管你這一班四十名兄弟也。」那妖聞言，即忙唱喏道：「長官，長官，新點出來的，實是面生。言語衝撞，莫怪！」行者還著禮笑道：「怪便不怪你，只是一件：見面錢卻要哩。每人拿出五兩來罷。」小妖道：「長官不要忙，待我向南嶺頭會了我這一班的人，一總⑩打發罷。」行者道：「既如此，我和你同去。」那小妖真個前走，大聖隨後相跟。

不數里，忽見一座筆峰。何以謂之筆峰？那山頭上長出一條峰來，約有四五丈高，如筆插在架上一般，故以為名。行者到邊前，把尾巴揪一揪，跳上去，坐在峰尖兒上，叫道：「鑽風！都過來！」那些小鑽風在下面躬身道：「長官，伺候。」行者道：「你可知大王點我出來之故？」小妖道：「不知。」行者道：「大王要喫唐僧，只怕孫行者神通廣大，說他會變化，只恐他變作小鑽風，來這裡躧著路徑，打探消息，把我陞作總鑽風，來查勘你們這一班可有假的。」小鑽風連聲應道：「長官，我們俱是真的。」行者道：「你既是真的，大王有甚本事，你可曉得？」小鑽風道：「我曉得。」行者道：「你曉得，快說來我聽。如若說得合著我，便是真的；若說差了一些兒，便是假的。我定拿去見大王處治。」那小鑽風見他坐在高處，弄獐弄智⑪，呼呼喝喝的，沒奈何，只得實說道：「我大王神通廣大，本事高強，一口曾吞了十萬天兵。」行者聞說，吐出一聲道：「你是假的！」小鑽風慌了道：「長官老爺，我是真的，怎麼說是假的？」行者道：「你既是真的，如何胡說！大王身子能有多大，一口就吞了十

⑩一總——一併。

⑪弄獐弄智——搞花樣、耍技巧、賣弄聰明。

萬天兵？」小鑽風道：「長官原來不知。我大王會變化：要大能撐天堂，要小就如菜子。因那年王母娘娘設蟠桃大會，邀請諸仙，他不曾具柬來請，大王意欲爭天，被玉皇差十萬天兵來降我大王；是我大王變化法身，張開大口，似城門一般，用力吞將去，諕得眾天兵不敢交鋒，關了南天門：故此是一口曾吞十萬兵。」行者聞言暗笑道：「若是講手頭之話⑫老孫也曾幹過。」又應聲道：「二大王有何本事？」小鑽風道：「二大王身高三丈，臥蠶眉，丹鳳眼，美人聲，匾擔牙，鼻似蛟龍。若與人爭鬥，只消一鼻子捲去，就是鐵背銅身，也就魂亡魄喪！」行者道：「鼻子捲人的妖精也好拿。」又應聲道：「三大王也有幾多手段？」小鑽風道：「我三大王不是凡間之怪物，名號雲程萬里鵬，行動時，摶風運海，振北圖南。隨身有一件兒寶貝，喚做『陰陽二氣瓶』。假若是把人裝在瓶中，一時三刻，化為漿水。」行者聽說，心中暗驚道：「妖魔倒也不怕，只是仔細防他瓶兒。」又應聲道：「三個大王的本事，你倒也說得不差，與我知道的一樣；但只是那個大王要喫唐僧哩？」小鑽風道：「長官，你不知道？」行者喝道：「我比你不知些兒！因恐汝等不知底細，吩咐我來著實盤問你哩！」小鑽風道：「我大大王與二大王久住在獅駝嶺獅駝洞。三大王不在這裡住。他原住處離此西下有四百里遠近。那廂有座城，喚做獅駝國。他五百年前喫了這城國王及文武官僚，滿城大小男女也盡被他喫了乾淨，因此上奪了他的江山。如今盡是些妖怪。不知那一年打聽得東土唐朝差一個僧人去西天取經，說那唐僧乃十世修行的好人，有人喫他一塊肉，就延壽長生不老，只因怕他一個徒弟孫行者十分厲害，自家一個難為，徑

⑫手頭之話——指信口吹噓。手頭，手中、手邊。

來此處與我這兩個大王結為兄弟，合意同心，大夥兒捉那個唐僧也。」

行者聞言，心中大怒道：「這潑魔十分無禮！我保唐僧成正果，他怎麼算計要喫我的人！」恨一聲，咬響鋼牙，掣出鐵棒，跳下高峰，把棍子望小妖頭上砑了一砑，可憐，就砑得像一個肉陀！自家見了，又不忍道：「咦！他倒是個好意，把些家常話兒都與我說了，我怎麼卻這一下子就結果了他？——也罷，也罷！左右是左右！」好大聖，只為師父阻路，沒奈何幹出這件事來。就把他牌兒解下，帶在自家腰裡，將「令」字旗掮在背上，腰間掛了鈴，手裡敲著梆子，迎風捻個訣，口裡念個呪語，搖身一變，變的就像小鑽風模樣；拽回步，徑轉舊路，找尋洞府，去打探那三個老妖魔的虛實。這正是：千般變化美猴王，萬樣騰挪真本事！

闖入深山，依著舊路，正走處，忽聽得人喊馬嘶之聲，即舉目觀之，原來是獅駝洞口有萬數小妖排列著鎗刀劍戟，旗幟旌旄。這大聖心中暗喜道：「李長庚之言，真是不妄！真是不妄！」原來這擺列的有些路數：二百五十名作一大隊伍。他只見有四十名雜彩長旗，迎風亂舞，就知有萬名人馬；卻又自揣自度道：「老孫變作小鑽風，這一進去，那老魔若問我巡山的話，我必隨機答應。倘或一時言語差訛，認得我呵，怎生脫體？就要往外跑時，那夥把門的攩住，如何出得門去？——要拿洞裡妖王，必先除了門前眾怪！」你道他怎麼除得眾怪？好大聖，……想著：「那老魔不曾與我會面，就知我老孫的名頭，我且倚著我的這個名頭，仗著威風，說些大話，嚇他一嚇。果然中土眾生有緣有分，取得經回，這一去，只消我幾句英雄之言，就嚇退那門前若干之怪；假若眾生無緣無分，取不得真經呵，就是縱然說得蓮花現，也除不得西方洞外精。」心問口，口問心，思量此計，敲著梆，搖著鈴，徑直闖到獅駝洞口，早被前營上小妖攔住道：「小鑽風來了？」行者不應，低著頭就走。

走至二層營裡，又被小妖扯住道：「小鑽風來了？」行者道：「來了。」眾妖道：「你今早巡風去，可曾撞見甚麼孫行者麼？」行者道：「撞見的。正在那裡磨扛子哩。」眾妖害怕道：「他怎麼個模樣？磨甚麼扛子？」行者道：「他蹲在那澗邊，還似個開路神；若站起來，好道有十數丈長！手裡拿著一條鐵棒，就似碗來粗細的一根大扛子，在那石崖上抄一把水，磨一磨，口裡又念著：『扛子呵！這一向不曾拿你出來顯顯神通，這一去就有十萬妖精，也都替我打死！等我殺了那三個魔頭祭你！』他要磨得明了，先打死你門前一萬精哩！」那些小妖聞得此言，一個個心驚膽戰，魂散魄飛。行者又道：「列位，那唐僧的肉也不多幾斤，也分不到我處，我們替他頂這個缸怎的！不如我們各自散一散罷。」眾妖都道：「說得是。我們各自顧命去罷。」原來此輩都是些狼蟲虎豹，走獸飛禽，嗚的一聲，都閧然而去了。這個倒不像孫大聖幾句鋪頭話⑬，卻就如楚歌吹散了八千兵！行者暗自喜道：「好了！老妖是死了！聞言就走，怎敢覿面相逢？這進去還似此言方好；若說差了，纔這夥小妖有一兩個倒走進去聽見，卻不走了風訊？……」你看他：存心來古洞，仗膽入深門。畢竟不知見那個老魔頭有甚吉凶，且聽下回分解。

⑬鋪頭話——裝門面的話，即吹噓之意。

第七十五回　心猿鑽透陰陽竅　魔主還歸大道眞

卻說孫大聖進於洞口，兩邊觀看。只見：

骷髏若嶺，骸骨如林。人頭髮躧成氈片，人皮肉爛作泥塵。人筋纏在樹上，乾焦晃亮如銀。真個是尸山血海，果然腥臭難聞。東邊小妖，將活人拿了剮肉，西下潑魔，把人肉鮮煮鮮烹。若非美猴王如此英雄膽，第二個凡夫也進不得他門。

不多時，行入二層門裡看時，呀！這裡卻比外面不同：清奇靜雅，秀麗寬平；左右有瑤草仙花，前後有喬松翠竹。又行七八里遠近，纔到三層門。閃著身，偷著眼看處，那上面高坐三個老妖，十分獰惡。中間的那個生得：

鑿牙鋸齒，圓頭方面。聲吼若雷，眼光如電。仰鼻朝天，赤眉飄焰。但行處，百獸心慌；若坐下，群魔膽戰。這一個是獸中王青毛獅子怪。

左手下那個生得：

鳳目金睛，黃牙粗腿。長鼻銀毛，看頭似尾。圓額皺眉，身軀磊磊。細聲如窈窕佳人，玉面似牛頭惡鬼。這一個是藏齒修身多年的黃牙老象。

右手下那一個生得：

金翅鯤頭，星睛豹眼。振北圖南，剛強勇敢。變生翱翔，鷃笑①龍慘。摶鳳翮百鳥藏頭，舒利爪諸禽喪膽。這個是雲程九萬的大鵬鵰。

那兩下列著有百十大小頭目，一個個全裝披掛，介冑整齊，威風凜凜，殺氣騰騰。行者見了，心中歡喜。一些兒不怕，大踏步，徑直進門，把梆鈴卸下。朝上叫聲：「大王。」三個老魔頭笑呵呵問道：「小鑽風，你來了？」行者應聲道：「來了。」——「你去巡山，打聽孫行者的下落如何？」行者道：「大王在上，我也不敢說起。」老魔道：「怎麼不敢說？」行者道：「我奉大王命，敲著梆鈴，正然走處，猛抬頭，只看見一個人，蹲在那裡磨扛子，還像個開路神，若站將起來，足有十數丈長短。他就著那澗崖石上，抄一把水，磨一磨，口裡又念一聲，說他那扛子到此還不曾顯個神通，他要磨明，就來打大王。我因此知他是孫行者，特來報知。」

那老魔聞此言，渾身是汗，諕得戰呵呵的道：「兄弟，我說莫惹唐僧。他徒弟神通廣大，預先作了準備，磨棍打我們，卻怎生是好？」教：「小的們，把洞外大小俱叫進來，關了門，讓他過去罷。」那頭目中有知道的報：「大王，門外小妖，已都散了。」老魔道：「怎麼都散了？想是聞得風聲不好

①鷃笑——小鳥鷃雀飛行蓬蒿間，嘲笑大鵬鳥。

也。快早關門！快早關門！」眾妖乒乓把前後門盡皆牢拴緊閉。

行者自心驚道：「這一關了門，他再問我家長裡短的事，我對不來，卻不弄走了風，被他拿住？且再諕他一諕，教他開著門，好跑。」又上前道：「大王，他還說得不好。」老魔道：「他又說甚麼？」行者道：「他說拿大大王剝皮，二大王剮骨，三大王抽筋。你們若關了門，不出去呵，他會變化，一時變了個蒼蠅兒，自門縫裡飛進，把我們都拿出去，卻怎生是好？」老魔道：「兄弟們仔細。我這洞裡，遞年家②沒個蒼蠅，但是有蒼蠅進來，就是孫行者。」行者暗笑道：「就變個蒼蠅諕他一諕，好開門。」大聖閃在旁邊，伸手去腦後拔了一根毫毛，吹一口仙氣，叫「變！」即變做一個金蒼蠅，飛去望老魔劈臉撞了一頭。那老怪慌了道：「兄弟！不停當！那話兒進門來了！」驚得那大小群妖，一個個釘鈀掃帚，都上前亂撲蒼蠅。

這大聖忍不住，欸欸③的笑出聲來。乾淨他不宜笑，這一笑笑出嘴臉來了，卻被那第三個老妖魔，跳上前，一把扯住道：「哥哥，險些兒被他瞞了！」老魔道：「賢弟，誰瞞誰？」三怪道：「剛纔這個回話的小妖，不是小鑽風，他就是孫行者。必定撞見小鑽風，不知是他怎麼打殺了，卻變化來哄我們哩。」行者慌了道：「他認得我了！」即把手摸摸，對老怪道：「我怎麼是孫行者？我是小鑽風。大王錯認了。」老魔笑道：「兄弟，他是小鑽風。他一日三次在面前點卯，我認得他。」又問：「你

②遞年家——年年，很多年。

③欸欸——嘻嘻、笑聲。欸，ㄒㄧ。

 聯經出版事業公司校印

有牌兒麼?」行者道:「有。」擄著衣服，就拿出牌子。老怪一發認實道:「兄弟，莫屈了他。」三怪道:「哥哥，你不曾看見他?他纔子閃著身，笑了一聲，我見他就露出雷公嘴來。見我扯住時，他又變作個這等模樣。」叫:「小的們，拿繩來!」眾頭目即取繩索。三怪把行者扳翻倒，四馬攢蹄捆住;揭起衣裳看時，足足是個弼馬溫。原來行者有七十二般變化，若是變飛禽、走獸、花木、器皿、昆蟲之類，卻就連身子滾去了;但變人物，卻只是頭臉變了，身子變不過來。果然一身黃毛，兩塊紅股，一條尾巴。老妖看著道:「是孫行者的身子，小鑽風的臉皮。是他了!」教:「小的們，先安排酒來，與你三大王遞個得功之杯。既拿倒了孫行者，唐僧坐定是我們口裡食也。」三怪道:「且不要喫酒。孫行者溜撒，他會逃遁之法;只怕走了。教小的們擡出瓶來，把孫行者裝在瓶裡，我們纔好喫酒。」

老魔大笑道:「正是!正是!」即點三十六個小妖，入裡面開了庫房門，擡出瓶來。你說那瓶有多大?只得二尺四寸高。怎麼用得三十六個人擡?那瓶乃陰陽二氣之寶，內有七寶八卦、二十四氣，要三十六人，按天罡之數，纔擡得動。不一時，將寶瓶擡出，放在三層門外，展④得乾淨，揭開蓋，把行者解了繩索，剝了衣服，就著那瓶中仙氣，颼的一聲，吸入裡面，將蓋子蓋上，貼了封皮。卻去喫酒道:「猴兒今番入我寶瓶之中，再莫想那西方之路!若還能彀拜佛求經，除是轉背搖車，再去投胎奪舍是。」你看那大小群妖，一個個笑呵呵都去賀功不題。

卻說大聖到了瓶中，被那寶貝將身束得小了，索性變化，蹲在當中;半晌，那邊蔭涼，忽失聲笑道:

④展——揩抹。

「這妖精外有虛名，內無實事。怎麼告誦人說這瓶裝了人，一時三刻，化為膿血？若似這般涼快，就住上七八年也無事！」咦！大聖原來不知那寶貝根由：假若裝了人，一年不語，一年蔭涼；但聞得人言，就有火來燒了。大聖未曾說完，只見滿瓶都是火焰。幸得他有本事，坐在中間，捻著避火訣，全然不懼。耐到半個時辰，四周圍鑽出四十條蛇來咬。行者輪開手，抓將過來，儘力氣一揝，揝做八十段。少時間，又有三條火龍出來？把行者上下盤遶，著實難禁，自覺慌張無措道：「別事好處，這三條火龍難為。再過一會不出，弄得火氣攻心，怎了？」他想道：「我把身子長一長，券破⑤罷。」好大聖！捻著訣，念聲呪，叫「長！」即長了丈數高下，那瓶緊靠著身，也就長起去；他把身子往下一小，那瓶兒也就小下來了。行者心驚道：「難！難！難！怎麼我長他也長，我小他也小？如之奈何！」說不了，孤拐上有些疼痛，急伸手摸摸，卻被火燒軟了，自己心焦道：「怎麼好？孤拐燒軟了！弄做個殘疾之人了！」忍不住吊下淚來，——這正是：遭魔遇苦懷三藏，著難臨危慮聖僧。——道：「師父呵！當年皈正，蒙觀音菩薩勸善，脫離天災，我與你苦歷諸山，收殄多怪，降八戒，得沙僧，千辛萬苦，指望同證西方，共成正果。何期今日遭此毒魔，老孫誤入於此，傾了性命，撇你在半山之中，不能前進！想是我昔日名兒，故有今朝之難！」正此悽愴，忽想起：「菩薩當年在蛇盤山曾賜我三根救命毫毛，不知有無，且等我尋一尋看。」即伸手渾身摸了一把，只見腦後有三根毫毛，十分挺硬。忽喜道：「身上毛都如彼軟熟，只此三根如此硬鎗，必然是救我命的。」即便咬著牙，忍著疼，拔下

⑤券破——撐破。

聯經出版事業公司　校印

毛，吹口仙氣，叫「變！」一根即變作金鋼鑽，一根變作竹片，一根變作綿繩。扳張篾片弓兒，牽著那鑽，照瓶底下颼颼的一頓鑽，鑽成一個眼孔，透進光亮。喜道：「造化！造化！卻好出去也！」纔變化出身，那瓶復蔭涼了。怎麼就涼？原來被他鑽了，把陰陽之氣泄了，故此遂涼。

好大聖，收了毫毛，將身一小，就變做個蟭蟟蟲兒，十分輕巧，細如鬚髮，長似眉毛，自孔中鑽出；且還不走，徑飛在老魔頭上釘著。那老魔正飲酒，猛然放下杯兒道：「三弟，孫行者這回化了麼？」三魔笑道：「還到此時哩？」老魔教傳令擡上瓶來。那下面三十六個小妖即便擡瓶，瓶就輕了許多，慌得眾小妖報道：「大王，瓶輕了！」老魔喝道：「胡說！寶貝乃陰陽二氣之全功，如何輕了！」內中有一個勉強⑥的小妖，把瓶提上來道：「你看這不輕了？」老魔揭蓋看時，只見裡面透亮，忍不住失聲叫道：「這瓶裡空者，控也！」大聖在他頭上，也忍不住道一聲：「我的兒呵！搜者，走也！」眾怪聽見道：「走了！走了！」即傳令：「關門！關門！」

那行者將身一抖，收了剝去的衣服，現本相，跳出洞外。回頭罵道：「妖精不要無禮！瓶子鑽破，裝不得人了，只好拿來出恭！」喜喜歡歡，嚷嚷鬧鬧，踏著雲頭，徑轉唐僧處。那長老正在那裡撮土為香，望空禱祝。行者且停雲頭，聽他禱祝甚的。那長老合掌朝天道：

「祈請雲霞眾位仙，六丁六甲與諸天。願保賢徒孫行者，神通廣大法無邊。」

大聖聽得這般言語，更加努力，收斂雲光，近前叫道：「師父，我來了！」長老攙住道：「悟空，勞

⑥勉強——大膽。

碌！你遠採高山，許久不回，我甚憂慮。端的這山中有何吉凶？」行者笑道：「師父，纔這一去，一則是東土眾生有緣有分，二來是師父功德無量無邊，三也虧弟子法力！……」將前項妝鑽風，陷瓶裡及脫身之事，細陳了一遍。「今得見尊師之面，實為兩世之人也！」長老感謝不盡道：「你這番不曾與妖精賭鬥麼？」行者道：「不曾。」長老道：「這等保不得我過山了？」行者是個好勝的人，叫喊道：「我怎麼保你過山不得？」長老道：「不曾與他見個勝負，只這般含糊，我怎敢前進！」大聖笑道：「師父，你也忒不通變。常言道：『單絲不線，孤掌難鳴。』那魔三個，小妖千萬，教老孫一人，怎生與他賭鬥？」長老道：「寡不敵眾，是你一人也難處。八戒、沙僧他也都有本事，教他們都去，與你協力同心，掃淨山路，保我過去罷。」行者沉吟道：「師言最當。著沙僧保護你，著八戒跟我去罷。」那獃子慌了道：「哥哥沒眼色！我又粗夯，無甚本事，走路扛風，跟你何益？」行者道：「兄弟，你雖無甚本事，好道也是個人。俗云：『放屁添風。』你也可壯我些膽氣。」八戒道：「也罷，也罷，望你帶挈帶挈。但只急溜處，莫捉弄我。」長老道：「八戒在意，我與沙僧在此。」

那獃子抖擻神威，與行者縱著狂風，駕著雲霧，跳上高山，即至洞口。早見那洞門緊閉，四顧無人。行者上前，執鐵棒，厲聲高叫道：「妖怪開門！快出來與老孫打耶！」那洞裡小妖報入，老魔心驚膽戰道：「幾年都說猴兒狠，話不虛傳果是真！」二老怪在旁邊問道：「哥哥怎麼說？」老魔道：「那行者早間變小鑽風混進來，我等不能相識，幸三賢弟認得，把他裝在瓶裡，他弄本事，鑽破瓶兒，卻又攝去衣服走了。如今在外叫戰，誰敢與他打個頭仗？」更無一人答應。又問，又無人答，都是那裝聾推啞。老魔發怒道：「我等在西方大路上，忝著個醜名，今日孫行者這般藐視，若不出去與他見陣，

也低了名頭。等我捨了這老性命去與他戰上三合！三合戰得過，唐僧還是我們口裡食；戰不過，那時關了門，讓他遠去罷。」遂取披掛結束了，開門前走。

行者與八戒在門旁觀看，真是好一個怪物：

鐵額銅頭戴寶盔，盔纓飄舞甚光輝。輝輝掣電雙睛亮，亮亮鋪霞兩鬢飛。
勾爪如銀尖且利，鋸牙似鑿密還齊。身披金甲無絲縫，腰束龍絛有見機。
手執鋼刀明晃晃，英雄威武世間稀。一聲吆喝如雷震，問道：「敲門者是誰？」

大聖轉身道：「是你孫老爺齊天大聖也。」老魔笑道：「你是孫行者？大膽潑猴！我不惹你，你卻為何在此叫戰？」行者道：「『有風方起浪，無潮水自平。』你不惹我，我好尋你？只因你狐群狗黨，結為一夥，算計喫我師父，所以來此施為。」老魔道：「你這等雄赳赳的，嚷上我門，莫不是要打麼？」行者道：「正是。」老魔道：「你休猖獗！我若調出妖兵，擺開陣勢，搖旗擂鼓，與你交戰，顯得我是坐家虎，欺負你了。我只與你一個對一個，不許幫丁！」行者聞言，叫：「豬八戒走過，看他把老孫怎的！」那獃子真個閃在一邊。老魔道：「你過來，先與我做個樁兒，讓我儘力氣著光頭砍上三刀，就讓你唐僧過去；假若禁不得，快送你唐僧來，與我做一頓下飯！」行者聞言笑道：「妖怪，你洞裡若有紙筆，取出來，與你立個合同。自今日起，就砍到明年，我也不與你當真！」

那老魔抖擻威風，丁字步站定，雙手舉刀，望大聖劈頂就砍。這大聖把頭往上一迎，只聞扢扠一聲響，頭皮兒紅也不紅。那老魔大驚道：「這猴子好個硬頭兒！」大聖笑道：「你不知。老孫是：

生就銅頭鐵腦蓋，天地乾坤世上無。斧砍鎚敲不得碎，幼年曾入老君爐。

聯經出版事業公司校印

四斗星官監臨造，二十八宿用工夫。水浸幾番不得壞，周圍扢搭⑦板筋鋪。
唐僧還恐不堅固，預先又上紫金箍。」

老魔道：「猴兒不要說嘴！看我這一刀來！決不容你性命！」行者道：「左右也只這般砍罷了。」老魔道：「猴兒，你不知這刀：

金火爐中造，神功百煉熬。鋒刃依三略⑧，剛強按六韜⑨。卻似蒼蠅尾，猶如白蟒腰。入山雲蕩蕩，下海浪滔滔。琢磨無遍數，煎熬幾百遭。深山古洞放，上陣有功勞。攙著你這和尚天靈蓋，一削就是兩個瓢！」

大聖笑道：「這妖精沒眼色！把老孫認做個瓢頭哩！——也罷，誤砍誤讓，教你再砍一刀看怎麼。」那老魔舉刀又砍，大聖把頭迎一迎，乒乓的劈做兩半個；大聖就地打個滾，變做兩個身子。那妖一見慌了，手按下鋼刀。豬八戒遠遠望見，笑道：「老魔好砍兩刀的！卻不是四個人了？」老魔指定行者道：「聞你能使分身法，怎麼把這法兒拿出在我面前使！」大聖道：「何為分身法？」老魔道：「為甚麼先砍你一刀不動，如今砍你一刀，就是兩個人？」大聖笑道：「妖怪，你切莫害怕。砍上一萬刀，還你二萬個人！」老魔道：「你這猴兒，你只會分身，不會收身。你若有本事收做一個，打我一棍去

⑦扢搭——同「疙瘩」，皮膚小腫。
⑧三略——古兵書，舊題漢黃石公撰，收入《武經七書》中。
⑨六韜——漢人採掇舊說，假託為呂尚編寫的古兵書，分文韜、武韜、龍韜、虎韜、豹韜、犬韜六部分，故稱六韜。

罷。」大聖道：「不許說謊。你要砍三刀，只砍了我兩刀；教我打一棍，若打了棍半，就不姓孫！」老魔道：「正是，正是。」

好大聖，就把身摟上來，打來滾，依然一個身子，掣棒劈頭就打。那老魔舉刀架住道：「潑猴無禮！甚麼樣個哭喪棒，敢上門打人？」大聖喝道：「你若問我這條棍，天上地下，都有名聲。」老魔道：「怎見名聲？」他道：

「棒是九轉鑌鐵煉，老君親手爐中煅。禹王求得號『神珍』，四海八河為定驗。
中間星斗暗鋪陳，兩頭箝裹黃金片。花紋密佈鬼神驚，上造龍紋與鳳篆。
名號『靈陽棒』一條，深藏海藏人難見。成形變化要飛騰，飄飄五色霞光現。
老孫得道取歸山，無窮變化多經驗。時間要大甕來粗，或小些微如鐵線。
粗如南岳細如針，長短隨吾心意變。輕輕舉動彩雲生，亮亮飛騰如閃電。
攸攸冷氣逼人寒，條條殺霧空中現。降龍伏虎謹隨身，天涯海角都遊遍。
曾將此棍鬧天宮，威風打散蟠桃宴。天王賭鬥未曾贏，哪吒對敵難交戰。
棍打諸神沒躲藏，天兵十萬都逃竄。雷霆眾將護靈霄，飛身打上通明殿。
掌朝天使盡皆驚，護駕仙卿俱攪亂。舉棒掀翻北斗宮，回首振開南極院。
金闕天皇見棍兇，特請如來與我見。兵家勝負自如然⑩，困苦災危無可辨。

⑩如然——當然、應該。

整整挨排五百年，虧了南海菩薩勸。大唐有個出家僧，對天發下洪誓願。
枉死城中度鬼魂，靈山會上求經卷。西方一路有妖魔，行動甚是不方便。
已知鐵棒世無雙，央我途中為侶伴。邪魔湯著赴幽冥，肉化紅塵骨化麵。
處處妖精棒下亡，論萬成千無打算⑪。上方擊壞斗牛宮，下方壓損森羅殿。
天將曾將九曜追，地府打傷催命判。半空丟下振山川，勝如太歲新華劍。
全憑此棍保唐僧，天下妖魔都打遍！」

那魔聞言，戰兢兢捨著性命，舉刀就砍。猴王笑吟吟，使鐵棒前迎。他兩個先時在洞前撐持，然後跳起去，都在半空裡廝殺。這一場好殺：

天河定底神珍棒，棒名如意世間高。誇稱手段魔頭惱，大捍刀擎法力豪。門外爭持還可近，空中賭鬥怎相饒！一個隨心更面目，一個立地長身腰。殺得滿天雲氣重，徧野霧飄飄。那一個幾番立意喫三藏，這一個廣施法力保唐僧。都因佛祖傳經典，邪正分明恨苦交。

那老魔與大聖鬥經二十餘合，不分輸贏。原來八戒在底下見他兩個戰到好處，忍不住掣鈀架風，跳將起去，望妖魔劈臉就築。那魔慌了，不知八戒是個嚕頭⑫性子，冒冒失失的唬人，他只道嘴長耳大，手硬鈀兇，敗了陣，丟了刀，轉頭就走。大聖喝道：「趕上！趕上！」這獃子仗著威風，舉著釘鈀，

⑪打算——計算、總結。
⑫嚕頭——莽撞。

即忙趕下怪去。老魔見他趕的相近，在坡前立定，迎著風頭，晃一晃現了原身，張開大口，就要來吞八戒。八戒害怕，急抽身往草裡一鑽，也管不得荊針棘刺，也顧不得刮破頭疼，戰兢兢的，在草裡聽著梆聲。隨後行者趕到，那怪也張口來吞，卻中了他的機關，收了鐵棒，迎將上去，被老魔一口吞之。諕得個獃子在草裡囊囊咄咄⑬的埋怨道：「這個弼馬溫，不識進退！那怪來喫你，你如何不走，反去迎他！這一口吞在肚中，今日還是個和尚，明日就是個大恭也！」那魔得勝而去。這獃子纔鑽出草來，溜回舊路。

卻說三藏在那山坡下，正與沙僧盼望，只見八戒喘呵呵的跑來。三藏大驚道：「八戒，你怎麼這等狼狽？悟空如何不見？」獃子哭哭啼啼道：「師兄被妖精一口吞下肚去了！」三藏聽言，諕倒在地。半晌間跌腳拳胸道：「徒弟呀！只說你善會降妖，領我西天見佛，怎知今日死於此怪之手！苦哉，苦哉！我弟子同眾的功勞，如今都化作塵土矣！」那師父十分苦痛。你看那獃子，他也不來勸解師父，卻叫：「沙和尚，你拿將行李來，我兩個分了罷。」沙僧道：「二哥，分怎的？」八戒道：「分開了，各人散火：你往流沙河，還去喫人；我往高老莊，看看我渾家。將白馬賣了，與師父買個壽器送終。」長老氣哼哼的，聞得此言，叫皇天放聲大哭。且不題。

卻說那老魔吞了行者，以為得計，徑回本洞。眾妖迎問出戰之功。老魔道：「拿了一個來了。」二魔喜道：「哥哥拿的是誰？」老魔道：「是孫行者。」二魔道：「拿在何處？」老魔道：「被我一口

⑬囊囊咄咄——即「嘟嘟囔囔」，低語。

吞在腹中哩。」第三個魔頭大驚道：「大哥呵，我就不曾吩咐你。孫行者不中喫！」那大聖肚裡道：「忒中喫！又禁餓，再不得餓！」慌得那小妖道：「大王，不好了！孫行者在你肚裡說話哩！」老魔道：「怕他說話！有本事喫了他，沒本事擺佈他不成？你們快去燒些鹽白湯，等我灌下肚去，把他噦出來，慢慢的煎了喫酒。」小妖真個沖了半盆鹽湯。老怪一飲而乾，洼著口，著實一嘔，那大聖在肚裡生了根，動也不動；卻又攔著喉嚨，往外又吐，吐得頭暈眼花，黃膽都破了，行者越發不動。老魔喘息了，叫聲：「孫行者，你不出來？」行者道：「早哩！正好不出來哩！」老魔道：「你怎麼不出？」行者道：「你這妖精，甚不通變。我自做和尚，十分淡薄；如今秋涼，我還穿個單直裰。這肚裡倒暖，又不透風，等我住過冬纔好出來。」

眾妖聽說，都道：「大王，孫行者要在你肚裡過冬哩！」老魔道：「他要過冬，我就打起禪來，使個搬運法，一冬不喫飯，就餓殺那弼馬溫！」大聖道：「我兒子，你不知事！老孫保唐僧取經，從廣裡⑭過，帶了個摺疊鍋兒，進來煮雜碎喫。將你這裡邊的肝、腸、肚、肺，細細兒受用，還彀盤纏到清明哩！」那二魔大驚道：「哥呵，這猴子他幹得出來！」三魔道：「哥呵，喫了雜碎也罷，不知在那裡支鍋。」行者道：「三叉骨上好支鍋。」三魔道：「不好了！假若支起鍋，燒動火烟，燭到鼻孔裡，打噴嚏麼？」行者笑道：「沒事！等老孫把金箍棒往頂門裡一搠，搠個窟窿，一則當天窗，二來當煙洞。」

⑭廣裡——指廣州。

老魔聽說，雖說不怕，卻也心驚。只得硬著膽叫：「兄弟們，莫怕，把我那藥酒拿來，等我喫幾鍾下去，把猴兒藥殺了罷！」行者暗笑道：「老孫五百年前大鬧天宮時，喫老君丹，玉皇酒，王母桃，及鳳髓龍肝——那樣東西我不曾喫過？是甚麼藥酒，敢來藥我？」那小妖真個將藥酒篩了兩壺，滿滿斟了一鍾，遞與老魔。老魔接在手中，大聖在肚裡就聞得酒香，道：「不要與他喫！」好大聖，把頭一扭，變做個喇叭口子，張在他喉嚨之下。那怪嘓的嚥下，被行者嘓的接喫了。第二鍾嚥下，被行者嘓的又接喫了。一連嚥了七八鍾，都是他接喫了。老魔放下鍾道：「不喫了。這酒常時喫兩鍾，腹中如火；卻纔喫了七八鍾，臉上紅也不紅！」原來這大聖喫不多酒，接了他七八鍾喫了，在肚裡撒起酒瘋來，不住的支架子⑮，跌四平⑯，踢飛腳，抓住肝花打鞦韆，豎蜻蜓，翻跟頭亂舞。那怪物疼痛難禁，倒在地下。畢竟不知死活如何，且聽下回分解。

⑮支架子——武術術語，擺個架式之意。
⑯跌四平——手腳向四方伸出跌下來。

第七十六回　心神居舍魔歸性　木母同降怪體眞

話表孫大聖在老魔肚裡支吾一會，那魔頭倒在塵埃，無聲無氣，若不言語，想是死了，卻又把手放放。魔頭回過氣來，叫一聲：「大慈大悲齊天大聖菩薩！」行者聽見道：「兒子，莫費工夫，省幾個字兒，只叫孫外公罷！」那妖魔惜命，真個叫：「外公！外公！是我的不是了！一差二誤吞了你，你如今反害我。萬望大聖慈悲，可憐螻蟻貪生之意，饒了我命，願送你師父過山也。」大聖雖英雄，甚為唐僧進步。他見妖魔哀告，好奉承的人，也就回了善念，叫道：「妖怪，我饒你，你怎麼送我師父？」老魔道：「我這裡也沒甚麼金銀、珠翠、瑪瑙、珊瑚、琉璃、琥珀、玳瑁珍奇之寶相送；我兄弟三個，擡一乘香藤轎兒，把你師父送過此山。」行者笑道：「既是擡轎相送，強如要寶。你張開口，我出來。」那魔頭真個就張開口。那三魔走近前，悄悄的對老魔道：「大哥，等他出來時，把口往下一咬，將猴兒嚼碎，嚥下肚，卻不得磨害你了。」原來行者在裡面聽得，便不先出去。卻把金箍棒伸出，試他一試。那怪果往下一口，扢喳的一聲，

聯經出版事業公司 校印

把個門牙都迸碎了。行者抽回棒道：「好妖怪！我倒饒你性命出來，你反咬我，要害我命！我不出來，活活的只弄殺你！不出來！不出來！」老魔抱怨三魔道：「兄弟，你是自家人弄自家人了。且是請他出來好了，你卻教我咬他。他倒不曾咬著，卻迸得我牙齦疼痛。這是怎麼起的！」

三魔見老魔怪他，他又作個激將法，厲聲高叫道：「孫行者，聞你名如轟雷貫耳，說你在南天門外施威，靈霄殿下逞勢；如今在西天路上降妖縛怪，原來是個小輩的猴頭！」行者道：「我何為小輩？」三怪道：「『好看千里客，萬里去傳名。』你出來，我與你賭鬥，纔是好漢；怎麼在人肚裡做勾當！非小輩而何？」行者聞言，心中暗想道：「是，是，是！我若如今扯斷他腸，揌破他肝，弄殺這怪，有何難哉？但真是壞了我的名頭。……也罷！也罷！你張口，我出來與你比併。但只是你這洞口窄偪①，不好使家火，須往寬處去。」三魔聞說，即點大小怪，前前後後，有三萬多精，都執著精銳器械，出洞擺開一個三才陣勢，專等行者出口，一齊上陣。那二怪攙著老魔，徑至門外，叫道：「孫行者！好漢出來！此間有戰場，好鬥！」

大聖在他肚裡，聞得外面鴉鳴鵲噪，鶴唳風聲，知道是寬闊之處。卻想著：「我不出去，是失信與他；若出去，這妖精人面獸心：先時說送我師父，哄我出來咬我，今又調兵在此。——也罷！也罷！與他個兩全其美；出去便出去，還與他肚裡生下一個根兒。」即轉手，將尾上毫毛拔了一根，吹口仙氣，叫「變！」即變一條繩兒，只有頭髮粗細，倒有四十丈長短。那繩兒理出去，見風就長粗了。

①窄偪——狹窄迫促。

把一頭拴著妖怪的心肝上，打做個活扣兒。那扣兒不扯不緊，扯緊就痛。卻拿著一頭，笑道：「這一出去，他送我師父便罷；如若不送，亂動刀兵，我也沒工夫與他打，只消扯此繩兒，就如我在肚裡一般！」又將身子變得小小的，往外爬；爬到咽喉之下，見妖精大張著方口，上下鋼牙，排如利刃，忽思量道：「不好！不好！若從口裡出去扯這繩兒，他怕疼，往下一嚼，卻不咬斷了？我打他沒牙齒的所在出去。」好大聖，理著繩兒，從他那上腭子往前爬，爬到他鼻孔裡。那老魔鼻子發癢，阿嚏的一聲，打了個噴嚏，直迸出行者。

行者見了風，把腰躬一躬，就長了有三丈長短，一隻手扯了繩兒，一隻手拿著鐵棒。那魔頭不知好歹，見他出來了，就舉鋼刀，劈臉來砍。這大聖一隻手使鐵棒相迎。又見那二怪使鎗，三怪使戟，沒頭沒臉的亂上。大聖放鬆了繩，收了鐵棒，急縱身駕雲走了。原來怕那夥小妖圍繞，不好幹事。他卻跳出營外，去那空闊山頭上，落下雲，雙手把繩儘力一扯，老魔心裡纔疼。他害疼，往上一掙，大聖復往下一扯。眾小妖遠遠看見，齊聲高叫道：「大王，莫惹他！讓他去罷！這猴兒不按時景：清明還未到，他卻那裡放風箏也！」大聖聞言，著力氣蹬了一蹬，那老魔從空中，拍刺刺，似紡車兒一般，跌落塵埃。就把那山坡下死硬的黃土跌做個二尺淺深之坑。

慌得那二怪、三怪，一齊按下雲頭，上前扯住繩兒，跪在坡下，哀告道：「大聖呵，只說你是個寬洪海量之仙，誰知是個鼠腹蝸腸之輩。實實的哄你出來，與你見陣，不期你在我家兒心上拴了一根繩子！」行者笑道：「你這夥潑魔，十分無禮！前番哄我出來咬我，這番哄我出來，卻又擺陣敵我。似這幾萬妖兵，戰我一個，理上也不通。扯了去！扯了去見我師父！」那怪一齊叩頭道：「大聖慈悲，

聯經出版事業公司 校印

饒我性命，願送老師父過山！」行者笑道：「你要性命，只消拿刀把繩子割斷罷了。」老魔道：「爺爺呀，割斷外邊的，這裡邊的拴在心上，喉嚨裡又枺枺②的惡心，怎生是好？」行者道：「既如此，張開口，等我再進去解出繩來。」老魔慌了道：「這一進去，又不肯出來，卻難也！卻難也！」行者道：「我有本事外邊就可以解得裡面繩頭也。解了可實實的送我師父麼？」老魔道：「但解就送，決不敢打誑語。」大聖審得是實，即便將身一抖，收了毫毛，那怪的心就不疼了。這是孫大聖掩樣③的法兒，使毫毛拴著他的心；收了毫毛，所以就不害疼也。三個妖縱身而起，謝道：「大聖請回，上覆唐僧，收拾下行李，我們就擡轎來送。」眾怪偃干戈，盡皆歸洞。

大聖收繩子，徑轉山東，遠遠的看見唐僧睡在地下打滾痛哭；豬八戒與沙僧解了包袱，將行李搭分兒，在那裡分哩。行者暗暗嗟嘆道：「不消講了。這定是八戒對師父說我被妖精喫了，師父捨不得我，痛哭，那獃子卻分東西散火哩。——咦！不知可是此意，且等我叫他一聲看。」落下雲頭，叫道：「師父！」沙僧聽見，抱怨八戒道：「你是個『棺材座子④，專一害人！』師兄不曾死，你卻說他死了，在這裡幹這個勾當！那裡不叫將來了？」八戒道：「我分明看見他被妖精一口吞了。想是日辰不好，那猴子來顯魂哩。」行者到跟前，一把撾住八戒臉，一個巴掌打了踉蹌道：「夯貨！我顯甚麼魂？」

②枺枺的——漸漸的產生、增加。

③掩樣——舊時對施行妖術、魔術及作預言等都叫「魘樣」。「魘樣」即「掩樣」。

④棺材座子——不吉利的東西。

獃子侮著臉道：「哥哥，你實是那怪喫了，你——你怎麼又活了？」行者道：「像你這個不濟事的膿包！他喫了我，我就抓他腸，捏他肺，又把這條繩穿住他的心，扯得他疼痛難禁，一個個叩頭哀告，我纔饒了他性命。如今擡轎來送我師父過山也。」那三藏聞言，一骨碌爬起來，對行者躬身道：「徒弟呵，累殺你了！若信悟能之言，我已絕矣！」行者輪拳打著八戒罵道：「這個饢糠的獃子，十分懈怠，甚不成人！師父，你切莫惱。那怪就來送你也。」沙僧也甚生慚愧。連忙遮掩，收拾行李，扣背馬匹，都在途中等候不題。

卻說三個魔頭，帥群精回洞。二怪道：「哥哥，我只道是個九頭八尾的孫行者，原來是恁的個小小猴兒！你不該吞他。只與他鬥時，他那裡鬥得過你我！洞裡這幾萬妖精，吐唾沫也可渰殺他。你卻將他吞在肚裡，他便弄起法來，教你受苦，怎麼敢與他比較！纔自說送唐僧，都是假意，實為兄長性命要緊，所以哄他出來。決不送他！」老魔道：「賢弟不送之故，何也？」二怪道：「你與我三千小妖，擺開陣勢，我有本事拿住這個猴頭！」老魔道：「莫說三千，憑你起老營去，只是拿住他，便大家有功。」

那二魔即點三千小妖，徑到大路旁擺開，著一個藍旗手往來傳報，教：「孫行者！趕早出來，與我二大王爺爺交戰！」八戒聽見，笑道：「哥呵，常言道：『說謊不瞞當鄉人。』就來弄虛頭，搗鬼！怎麼說降了妖精，就擡轎來送師父，卻又來叫戰，何也？」行者道：「老怪已被我降了，不敢出頭，聞著個『孫』字兒，也害頭疼。這定是二妖魔不伏氣送我們，故此叫戰。我道兄弟，這妖精有弟兄三個，這般義氣；我弟兄也是三個，就沒些義氣。我已降了大魔，二魔出來，你就與他戰戰，未為不可。」八戒道：「怕他怎的！等我去打他一仗來！」行者道：「要去便去罷。」八戒笑道：「哥呵，去便去，你把那繩兒借與我使使。」行者道：「你要怎的？你又沒本事鑽在肚裡，你又沒本事拴在他心上，要他何用？」八戒道：「我要扣在這腰間，做個救命索。你與沙僧扯住後手，放我出去，與他交戰。估著贏了他，你便放鬆，我把他拿住；若是輸與他，你把我扯回來，莫教他拉了去。」真個⑤行者暗笑道：「也是捉弄獃子一番！」就把繩兒扣在他腰裡，撮弄他出戰。

那獃子舉釘鈀跑上山崖，叫道：「妖精！出來！與你豬祖宗打來！」那藍旗手急報道：「大王，有一個長嘴大耳朵的和尚來了。」二怪即出營，見了八戒，更不打話，挺鎗劈面刺來。這獃子舉鈀上前迎住。他兩個在山坡前搭上手，鬥不上七八回合，獃子手軟，架不住妖魔，急回頭叫：「師兄，不好了！扯扯救命索，扯扯救命索！」這壁廂大聖聞言，轉把繩子放鬆了，拋將去。那獃子敗了陣，往後就跑。原來那繩子拖著走，還不覺；轉回來，因鬆了，倒有些絆腳，自家絆倒了一跌，爬起來又一跌。始初還跌個躘踵，後面就跌了個嘴搶地。被妖精趕上，捽開鼻子，就如蛟龍一般，把八戒一鼻子捲住，得勝回洞。眾妖凱歌齊唱，一擁而歸。

這坡下三藏看見，又惱行者道：「悟空，怪不得悟能呪你死哩！原來你兄弟全無相親相愛之意，專懷相嫉相妒之心！他那般說，教你扯扯救命索，你怎麼不扯，還將索子丟去？如今教他被害，卻如之何？」行者笑道：「師父也忒護短，忒偏心！罷了，像老孫拿去時，你略不掛念，左右是捨命之材；這獃子纔自遭擒，你就怪我。也教他受些苦惱，方見取經之難。」三藏道：「徒弟呵，你去，我豈不

⑤真個——這時、這個。

掛念？想著你會變化，斷然不至傷身。那獃子生得狼犺，又不會騰挪，這一去，少吉多凶。你還去救他一救。」行者道：「師父不得報怨，等我去救他一救。」

急縱身，趕上山，暗中恨道：「這獃子呪我死，且莫與他個快活！且跟去看那妖精怎麼擺佈他，等他受些罪，再去救他。」即捻訣念起真言，搖身一變，即變做個蟭蟟蟲，飛將去，釘在八戒耳朵根下，同那妖精到了洞裡。二魔帥三千小怪，大吹大打的，至洞口屯下。自將八戒拿入裡面道：「哥哥，我拿了一個來也。」老怪道：「拿來我看。」他把鼻子放鬆，捽下八戒道：「這不是？」老怪道：「這廝沒用。」八戒聞言道：「大王，沒用的放出去，尋那有用的捉來罷。」三怪道：「雖是沒用，也是唐僧的徒弟豬八戒。且綑了，送在後邊池塘裡浸著。待浸退了毛，破開肚子，使鹽醃了晒乾，等天陰下酒。」八戒大驚道：「罷了！罷了！撞見那販醃的妖怪也！」眾怪一齊下手，把獃子四馬攢蹄綑住，扛扛擡擡，送至池塘邊，往中間一推，盡皆轉去。

大聖卻飛起來看處，那獃子四肢朝上，掘著嘴，半浮半沉，嘴裡呼呼的，著實可笑，倒像八九月經霜落了子兒的一個大黑蓮蓬。大聖見他那嘴臉，又恨他，又憐他，說道：「怎的好麼？他也是龍華會上的一個人。但只恨他動不動分行李散火，又要攛掇師父念〈緊箍呪〉呪我。我前日曾聞得沙僧說，他攢了些私房，不知可有否。等我且嚇他一嚇看。」

好大聖，飛近他耳邊，假捏聲音，叫聲：「豬悟能！豬悟能！」八戒慌了道：「晦氣呀！我這悟能是觀世音菩薩起的，自跟了唐僧，又呼做八戒，此間怎麼有人知道我叫做悟能？」獃子忍不住問道：「是那個叫我的法名？」行者道：「是我。」獃子道：「你是那個？」行者道：「我是勾司人。」那

聯經出版事業公司校印

獃子慌了道：「長官，你是那裡來的？」行者道：「我是五閻王差來勾你的。」獃子道：「長官，你且回去，上覆五閻王，他與我師兄孫悟空交得甚好，教他讓我一日兒，明日來勾罷。」行者道：「胡說！『閻王註定三更死，誰敢留人到四更！』趁早跟我去，免得套上繩子扯拉！」獃子道：「長官，那裡不是方便，看我這般嘴臉，還想活哩。死是一定死，只等一日，這妖精連我師父們都拿來，會一會，就都了帳也。」行者暗笑道：「也罷，我這批上有三十個人，都在這山前後，等我拘將來就你，便有一日躭擱。你可有盤纏，把些兒我去。」八戒道：「可憐呵！出家人那裡有甚麼盤纏？」行者道：「若無盤纏，索了去！跟著我走！」獃子慌了道：「長官不要索。我曉得你這繩兒叫做『追命繩』，索上就要斷氣。有！有！有！──有便有些兒，只是不多。」行者道：「在那裡？快拿出來！」八戒道：「可憐，可憐，我自做了和尚，到如今，有些善信的人家齋僧，見我食腸大，襯錢比他們略多些兒，我拿了攢在這裡，零零碎碎有五錢銀子；因不好收拾，前者到城中，央了個銀匠煎成一處，他又沒天理，偷了我幾分，只得四錢六分一塊兒。你拿去罷。」行者暗笑道：「這獃子褲子也沒得穿，卻藏在何處？……咄！你銀子在那裡？」八戒道：「在我左耳朵眼兒裡揌著哩。我綑了拿不得，你自家拿了去罷。」

行者聞言，即伸手在耳朵竅中摸出，真個是塊馬鞍兒銀子，足有四錢五六分重；拿在手裡，忍不住哈哈的一聲大笑。那獃子認是行者聲音，在水裡亂罵道：「天殺的弼馬溫！到這們苦處，還來打詐財物哩！」行者又笑道：「我把你這饢糠的！老孫保師父，不知受了多少苦難，你到攢下私房！」八戒道：「嘴臉！這是甚麼私房！都是牙齒上刮下來的，我不捨得買來嘴喫，留了買疋布兒做件衣服，你卻嚇了我的。還分些兒與我。」行者道：「半分也沒得與你！」八戒罵道：「買命錢讓與你罷，好道也救我出去是。」行者道：「莫發急，等我救你。」將銀子藏了，即現原身，掣鐵棒，把獃子划攏，用手提著腳，扯上來，解了繩。八戒跳起來，脫下衣裳，整乾了水，抖一抖，潮漉漉的披在身上，道：「哥哥，開後門走了罷。」行者道：「後門裡走，可是個長進的？還打前門上去。」八戒道：「我的腳綑麻了，跑不動。」行者道：「快跟我來。」

好大聖，把鐵棒一路丟開解數，打將出去。那獃子忍著麻，只得跟定他。只看見二門下靠著的是他的釘鈀，走上前，推開小妖，撈過來往前亂築；與行者打出三四層門，不知打殺了多少小妖。那老魔聽見，對二魔道：「拿得好人！拿得好人！你看孫行者劫了豬八戒，門上打傷小妖也！」那二魔急縱身，綽鎗在手，趕出門來，高聲罵道：「潑猢猻！這般無禮！怎敢渺視我等！」大聖聽得，即應聲站下。那怪物不容講，使鎗便刺。行者正是會家不忙，掣鐵棒，劈面相迎。他兩個在洞門外，這一場好殺：

黃牙老象變人形，義結獅王為弟兄。因為大魔來說合，同心計算喫唐僧。齊天大聖神通廣，輔正除邪要滅精。八戒無能遭毒手，悟空拯救出門行。妖王趕上施英猛，鎗棒交加各顯能。那一個鎗來好似穿林蟒，這一個棒起猶如出海龍。龍出海門雲靄靄，蟒穿林樹霧騰騰。算來都為唐和尚，恨苦相持太沒情。

那八戒見大聖與妖精交戰，他在山嘴上豎著釘鈀，不來幫打，只管呆呆的看著。那妖精見行者棒重，滿身解數，全無破綻，就把鎗架住。捽開鼻子，要來捲他。行者知道他的勾當，雙手把金箍棒橫起來，往上一舉，被妖精一鼻子捲住腰胯，不曾捲手。你看他兩隻手在妖精鼻頭上丟花棒兒耍子。

八戒見了，搥胸道：「咦！那妖怪晦氣呀！捲我這夯的，連手都捲住了，不能得動；捲那們⑥滑的，倒不捲手。他那兩隻手拿著棒，只消往鼻裡一搠，那孔子裡害疼流涕，怎能捲得他住？」行者原無此意，倒是八戒教了他。他就把棒晃一晃，小如雞子，長有丈餘，真個往他鼻孔裡一搠。那妖精害怕，沙的一聲，把鼻子捽放，被行者轉手過來，一把撾住，用氣力往前一拉，那妖精護疼，隨著手，舉步跟來。八戒方纔敢近，拿釘鈀望妖精胯子上亂築。行者道：「不好！不好！那鈀齒兒尖，恐築破皮，流出血來，師父看見，又說我們傷生，只調柄子來打罷。」

真個獃子舉鈀柄，走一步，打一下，行者牽著鼻子，就似兩個象奴，牽至坡下。只見三藏凝睛盼望，見他兩個嚷嚷鬧鬧而來，即喚：「悟淨，你看悟空牽的是甚麼？」沙僧見了，笑道：「師父，大師兄把妖精揪著鼻子拉來，真愛殺人也！」三藏道：「善哉！善哉！那般大個妖精！那般長個鼻子！你且問他：他若喜喜歡歡送我等過山，可饒了他，莫傷他性命。」沙僧急縱前迎著，高聲叫道：「師父說：那怪果送師父過山，教不要傷他命哩！」那怪聞說，連忙跪下，口裡嗚嗚的答應。原來被行者揪著鼻子，捏儾⑦了，就如重傷風一般，叫道：「唐老爺，若肯饒命，即便擡轎相送。」行者道：「我師徒俱是善勝之人⑧，依你言，且饒你命。快擡轎來。如再變卦，拿住決不再饒！」那怪得脫手，磕頭而

⑥那們——那樣、那般。
⑦儾——借作「齉」，即鼻子不通氣。
⑧善勝之人——和氣慈悲的人。

去。行者同八戒見唐僧，備言前事。八戒慚愧不勝，在坡前晾晒衣服，等候不題。

那二魔戰戰兢兢回洞，未到時，已有小妖報知老魔、三魔，說二魔被行者揪著鼻子拉去。老魔悚懼，與三魔帥眾方出，見二魔獨回，又皆接入，問及放回之故。二魔把三藏慈憫善勝之言，對眾說了一遍。一個個面面相覷，更不敢言。二魔道：「哥哥可送唐僧麼？」老魔道：「兄弟，你說那裡話！孫行者是個廣施仁義的猴頭，他先在我肚裡，若肯害我性命，一千個也被他弄殺了。卻纔揪住你鼻子，若是扯了去不放回，只捏破你的鼻子頭兒，卻也惶恐。快早安排送他去罷。」三魔笑道：「送！送！送！」老魔道：「賢弟這話，卻又像尚氣⑨的了，你不送，我兩個送去罷。」

三魔又笑道：「二位兄長在上：那和尚倘不要我們送，只這等瞞過去，還是他的造化；若要送，不知正中了我的『調虎離山』之計哩。」老怪道：「何為『調虎離山』？」三怪道：「如今把滿洞群妖，點將起來，萬中選千，千中選百，百中選十六個，又選三十個。」老怪道：「怎麼既要十六，又要三十？」三怪道：「三十個要會烹煮的，與他些精米、細麵、竹笋、茶芽、香蕈、蘑菇、豆腐、麵筋，著他二十里，或三十里，搭下窩鋪，安排茶飯，管待唐僧。」老怪道：「又要十六個何用？」三怪道：「著八個擡，八個喝路。我弟兄相隨左右，送他一程。此去向西四百餘里，就是我的城池。我那裡自有接應的人馬。若至城邊，……如此如此，著他師徒首尾不能相顧。要捉唐僧，全在此十六個鬼成功。」老怪聞言，歡欣不已，真是如醉方醒，似夢方覺。道：「好！好！好！」即點眾妖，先選三十，與他

⑨尚氣——嘔氣。

物件；又選十六，擡一頂香藤轎子。同出門來，又吩咐眾妖：「俱不許上山閑走。孫行者是個多心的猴子，若見汝等往來，他必生疑，識破此計。」

老怪遂帥眾至大路旁高叫道：「唐老爺，今日不犯紅沙⑩，請老爺早早過山。」三藏聞言道：「悟空，是甚人叫我？」行者指定道：「那廂是老孫降伏的妖精擡轎來送你哩。」三藏合掌朝天道：「善哉！善哉！若不是賢徒如此之能，我怎生得去！」徑直向前，對眾妖作禮道：「多承列位之愛，我弟子取經東回，向長安當傳揚善果也。」眾妖叩首道：「請老爺上轎。」那三藏肉眼凡胎，不知是計；孫大聖又是太乙金仙，忠正之性，只以為擒縱之功，降了妖怪，亦豈期都有異謀，卻也不曾詳察，儘著師父之意。即命八戒將行李捎在馬上，與沙僧緊隨。他使鐵棒向前開路，顧盼吉凶。八個擡起轎子，八個一遞一聲喝道。三個妖扶著轎槓。師父喜喜歡歡的端坐轎上。上了高山，依大路而行。

此一去，豈知歡喜之間愁又至。經云：「泰極否還生。」時運相逢真太歲，又值喪門吊客⑪星。那夥妖魔，同心合意的，侍衛左右，早晚慇懃。行經三十里獻齋，五十里又齋，未晚請歇，沿路齊齊整整。一日三餐，遂心滿意；良宵一宿，好處安身。

西進有四百里餘程，忽見城池相近。大聖舉鐵棒，離轎僅有一里之遙，見城池，把他嚇了一跌，掙

⑩紅沙——即「紅沙日」。陰陽家以孟月酉日，仲月巳日，季月丑日為「紅沙日」，忌出行嫁娶。

⑪喪門弔客——喪門，星命家所謂叢辰之一，也稱喪門神，為歲之凶神，主死喪哭泣之事。弔客，亦為凶神，主疾病哀泣之事。

挫不起。你道他只這般大膽，如何見此著諕？原來望見那城中有許多惡氣。乃是：

攢攢簇簇妖魔怪，四門都是狼精靈。斑斕老虎為都管，白面雄彪作總兵。丫叉角鹿傳文引，伶俐狐狸當道行。千尺大蟒圍城走，萬丈長蛇占路程。樓下蒼狼呼令使，亭前花豹作人聲。搖旗擂鼓皆妖怪，巡更坐鋪盡山精。狡兔開門弄買賣，野豬挑擔幹營生。先年原是天朝國，如今翻作虎狼城。

那大聖正當悚懼，只聽得耳後風響，急回頭觀看，原來是三魔雙手舉一柄畫桿方天戟，往大聖頭上打來。大聖急翻身爬起，使金箍棒劈面相迎。他兩個各懷惱怒，氣哼哼，更不打話；咬著牙，各要相爭。又見那老魔頭，傳號令，舉鋼刀便砍八戒。八戒慌得丟了馬，掄著鈀，向前亂築。那二魔纏長鎗，望沙僧刺來。沙僧使降妖杖支開架子敵住。三個魔頭與三個和尚，一個敵一個，在那山頭捨死忘生苦戰。那十六個小妖卻遵號令，各各効能：搶了白馬、行囊，把三藏一擁，擡著轎子，徑至城邊，高叫道：「大王爺爺定計，已拿得唐僧來了！」那城上大小妖精，一個個跑下，將城門大開，吩咐各營捲旗息鼓，不許吶喊篩鑼，說：「大王原有令在前，不許嚇了唐僧。唐僧禁不得恐嚇，一嚇就肉酸不中喫了。」眾妖都歡天喜地邀三藏，控背躬身接主僧。把唐僧一轎子擡上金鑾殿，請他坐在當中，一壁廂獻茶、獻飯，左右旋繞。那長老昏昏沉沉，舉眼無親。畢竟不知性命何如，且聽下回分解。

第七十七回　羣魔欺本性　一體拜眞如

且不言唐長老困苦。卻說那三個魔頭，齊心竭力，與大聖兄弟三人，在城東半山內努力爭持。這一場，正是那「鐵刷帚刷銅鍋，家家挺硬。」好殺：

六般體相六般兵，六樣形骸六樣情。六惡①六根緣六慾②，六生③六道賭輸贏。三十六宮④春自在，六六形色恨有名。這一個金箍棒，千般解數；那一個方天戟，百樣崢嶸。八戒釘鈀兇更猛，二怪長鎗俊又能。小沙僧寶杖非凡，有心打死；老魔頭鋼刀快利，舉手無情。這三個是護衛真僧

①六惡——即佛經中所謂色、聲、香、味、觸、法六塵。

②六慾——指喜、怒、哀、樂、愛、惡六種感情。

③六生——佛教用語，指天、人、阿修羅、餓鬼、畜生、地獄六道眾生。

④三十六宮——人身五臟連包絡並六腑為十二經，背脊骨二十四節，總稱三十六宮。

聯經出版事業公司　校印

無敵將，那三個是亂法欺君潑野精。起初猶可，向後彌兇。六枚都使昇空法，雲端裡面各翻騰。一時間吐霧噴雲天地暗，哮哮吼吼只聞聲。

他六個鬥罷多時，漸漸天晚。卻又是風霧漫漫，霎時間，就黑暗了。原來八戒耳大，蓋著眼皮，越發昏濛；手腳慢，又遮架不住，拖著鈀，敗陣就走，被老魔舉刀砍去，幾乎傷命；幸躲過頭腦，被口刀削斷幾根鬃毛，趕上張開口咬著領頭，拿入城中，丟與小怪，綑在金鑾殿。老妖又駕雲，起在半空助力。沙和尚見事不諧，虛晃著寶杖，顧本身回頭便走。被二怪捽開鼻子，響一聲，連手捲住，拿到城裡，也叫小妖綑在殿下。卻又騰空去叫拿行者。行者見兩個兄弟遭擒，他自家獨力難撐，正是「好手不敵雙拳，雙拳難敵四手。」他喊一聲，把棍子隔開三個妖魔的兵器，縱觔斗駕雲走了。三怪見行者駕觔斗時，即抖抖身，現了本像，搧開兩翅，趕上大聖。你道他怎能趕上？當時如行者鬧天宮，十萬天兵也拿他不住者，以他會駕觔斗雲，一去有十萬八千里路，所以諸神不能趕上。這妖精搧一翅就有九萬里，兩搧就趕過了，所以被他一把撾住，拿在手中，左右掙挫不得。欲思要走，莫能逃脫。即使變化法遁法，又往來難行：變大些兒，他就放鬆了撾住；變小些兒，他又掐緊了撾住。復拿了徑回城內，放了手，捽下塵埃。吩咐群妖，也照八戒、沙僧綑在一處，那老魔、二魔俱下來迎接。三個魔頭，同上寶殿。噫！這一番到不是綑住行者，分明是與他送行。

此時有二更時候，眾怪一齊相見畢，把唐僧推下殿來。那長老於燈光前，忽見三個徒弟都綑在地下，老師父伏於行者身邊，哭道：「徒弟呵！常時逢難，你卻在外運用神通，到那裡取救降魔；今番你亦遭擒，我貧僧怎麼得命！」八戒、沙僧聽見師父這般苦楚，便也一齊放聲痛哭。行者微微笑道：「師父放心，兄弟莫哭；憑他怎的，決然無傷。等那老魔安靜了，我們走路。」八戒道：「哥呵，又來搗鬼了！麻繩綑住，鬆些兒還著水噴，想你這瘦人兒不覺，我這胖的遭瘟哩！不信，你看兩膊上，入肉已有二寸，如何脫身？」行者笑道：「莫說是麻繩綑的，就是碗粗的棕纜，只也當秋風過耳，何足罕哉！」

師徒們正說處，只聞得那老魔道：「三賢弟有力量、有智謀，果成妙計，拿將唐僧來了。」叫：「小的們，著五個打水，七個刷鍋，十個燒火，二十個擡出鐵籠來，把那四個和尚蒸熟，我兄弟們受用，各散一塊兒與小的們喫，也教他個個長生。」八戒聽見，戰兢兢的道：「哥哥，你聽。那妖精計較要蒸我們喫哩！」行者道：「不要怕，等我看他是雛兒妖精，是把勢妖精。」沙和尚哭道：「哥呀！且不要說寬話，如今已與閻王隔壁哩，且講甚麼『雛兒』、『把勢』！」說不了，又聽得二怪說：「豬八戒不好蒸。」八戒歡喜道：「阿彌陀佛，是那個積陰騭的，說我不好蒸？」三怪道：「不好蒸，剝了皮蒸。」八戒慌了，厲聲喊道：「不要剝皮！粗自粗，湯響就爛了！」老怪道：「不好蒸的，安在底下一格。」行者笑道：「八戒莫怕，是『雛兒』，不是『把勢』。」沙僧道：「怎麼認得？」行者道：「大凡蒸東西，都從上邊起。不好蒸的，安在上頭一格，多燒把火，圓了氣，就好了；若安在底下，一住了氣，就燒半年也是不得氣上的。他說八戒不好蒸，安在底下，不是雛兒是甚的！」八戒道：「哥呵，依你說，就活活的弄殺人了！他打緊見不上氣，擡開了，把我翻轉過來，再燒起火，弄得我兩邊俱熟，中間不夾生了？」

正講時，又見小妖來報：「湯滾了。」老怪傳令叫擡。眾妖一齊上手，將八戒擡在底下一格，沙僧擡在二格。行者估著來擡他，他就脫身道：「此燈光前好做手腳！」拔下一根毫毛，吹口仙氣，叫「變！」

即變做一個行者，綑了麻繩；將真身出神，跳在半空裡，低頭看著，那群妖那知真假，見人就擡。把個「假行者」擡在上三格；才將唐僧揪翻倒綑住，擡在第四格。乾柴架起，烈火氣焰騰騰。大聖在雲端裡嗟嘆道：「我那八戒、沙僧還捱得兩滾；我那師父，只消一滾就爛。若不用法救他，頃刻喪矣！」好行者，在空中捻著訣，念一聲「唵藍淨法界，乾元亨利貞」的呪語，拘喚得北海龍王早至。只見那雲端裡一朵烏雲，應聲高叫道：「北海小龍敖順叩頭。」行者道：「請起！請起！無事不敢相煩，今與唐師父到此，被毒魔拿住，上鐵籠蒸哩。你去與我護持護持，莫教蒸壞了。」龍王隨即將身變作一陣冷風，吹入鍋下，盤旋圍護，更沒火氣燒鍋，他三人方不損命。

將有三更盡時，只聞得老魔發放道：「手下的，我等用計勞形，拿了唐僧四眾；又因相送辛苦，四晝夜未曾得睡。今已綑在籠裡，料應難脫，汝等用心看守，著十個小妖輪流燒火，讓我們退宮，略略安寢。到五更天色將明，必然爛了，可安排下蒜泥鹽醋，請我們起來，空心受用。」眾妖各各遵命。三個魔頭，卻各轉寢宮而去。

行者在雲端裡，明明聽著這等吩咐，卻低下雲頭，不聽見籠裡人聲。他想著：「火氣上騰，必然也熱，他們怎麼不怕，又無言語？——哼嘖！莫敢是蒸死了？等我近前再聽。」好大聖，踏著雲，搖身一變，變作一個黑蒼蠅兒，釘在鐵籠格外聽時，只聞得八戒在裡面道：「晦氣，晦氣！不知是悶氣蒸，又不知是出氣蒸哩。」沙僧道：「二哥，怎麼叫做『悶氣』、『出氣』？」八戒道：「『悶氣蒸』是蓋了籠頭，『出氣蒸』不蓋。」三藏在浮上一層應聲道：「徒弟，不曾蓋。」八戒道：「造化！今夜還不得死！這是出氣蒸了！」行者聽得他三人都說話，未曾傷命，便就飛了去，把個鐵籠蓋，輕輕兒蓋上。三藏慌了道：「徒弟！蓋上了！」八戒道：「罷了，這個是悶氣蒸，今夜必是死了！」沙僧與長老嚶嚶的啼哭。八戒道：「且不要哭，這一會燒火的換了班了。」沙僧道：「你怎麼知道？」八戒道：「早先擡上來時，正合我意：我有些兒寒溼氣的病，要他騰騰⑤，這會子反冷氣上來了。——咦！燒火的長官，添上些柴便怎的，要了你的哩！」

行者聽見，忍不住暗笑道：「這個夯貨！冷還好捱，若熱就要傷命。再說兩遭，一定走了風了，快早救他。——且住！要救他須是要現本相。假如現了，這十個燒火的看見，一齊亂喊，驚動老怪，卻不又費事？……等我先送他個法兒。……」忽想起：「我當初做大聖時，曾在北天門與護國天王猜枚耍子，贏得他瞌睡蟲兒，還有幾個，送了他罷。」即往腰間順帶⑥裡摸摸，還有十二個。「送他十個，還留兩個做種。」即將蟲兒拋了去，散在十個小妖臉上，鑽入鼻孔，漸漸打盹，都睡倒了。只有一個拿火叉的，睡不穩，揉頭搓臉，把鼻子左捏右捏，不住的打噴嚏。行者道：「這廝曉得勾當了，我再與他個『雙椒燈』。」又將一個蟲兒拋在他臉上。「兩個蟲兒，左進右出，右出左進，諒有一個安住。」那小妖兩三個大呵欠，把腰伸一伸，丟了火叉，也撲的睡倒，再不翻身。

行者道：「這法兒真是妙而且靈！」即現原身，走近前，叫聲：「師父。」唐僧聽見道：「悟空，救我呵！」沙僧道：「哥哥，你在外面叫哩？」行者道：「我不在外面，好和你們在裡邊受罪？」八

⑤騰騰——指中醫外科的熱敷。

⑥順帶——即順袋，一種掛在腰帶上的小袋。

戒道：「哥呵，溜撒的溜了，我們都是頂缸的，在此受悶氣哩！」行者笑道：「獃子莫嚷，我來救你。」八戒道：「哥呵，救便要脫根救，莫又要復籠蒸。」行者卻揭開籠頭，解了師父，將假變的毫毛，抖了一抖，收上身來；又一層層放了沙僧，放了八戒。那獃子纔解了，巴不得就要跑，行者道：「莫忙，莫忙！」卻又念聲呪語，發放了龍神，才對八戒道：「我們這去到西天，還有高山峻嶺。師父沒腳力難行，等我還將馬來。」

你看他輕手輕腳，走到金鑾殿下，見那些大小群妖俱睡著了。卻解了韁繩，更不驚動。那馬原是龍馬，若是生人，飛踢兩腳，便嘶幾聲。行者曾養過馬，授弼馬溫之官，又是自家一夥，所以不跳不叫。悄悄的牽來，束緊了肚帶，扣備停當，請師父上馬。長老戰兢兢的騎上，也就要走。行者道：「也且莫忙。我們西去還有國王，需要關文，方纔去得；不然，將甚執照？等我還去尋行李來。」唐僧道：「我記得進門時，眾怪將行李放在金殿左手下，擔兒也在那一邊。」行者道：「我曉得了。」即抽身跳在寶殿尋時，忽見光彩飄颻。行者知是行李，——怎麼就知？以唐僧的錦襴袈裟上有夜明珠，故此放光。——急到前，見擔兒原封未動，連忙拿下去，付與沙僧挑著。

八戒牽著馬，他引了路，徑奔正陽門，只聽得梆鈴亂響，門上有鎖，鎖上貼了封皮，行者道：「這等防守，如何去得？」八戒道：「後門裡去罷。」行者引路，徑奔後門：「後宰門外，也有梆鈴之聲，門上也有封鎖，卻怎生是好？我這一番，若不為唐僧是個凡體，我三人不管怎的，也駕雲弄風走了。只為唐僧未超三界外，見在五行中，一身都是父母濁骨，所以不得昇駕，難逃。」八戒道：「哥哥，不消商量，我們到那沒梆鈴，不防衛處，攝著師父爬過牆去罷。」行者笑道：「這個不好：此時無奈，攛他過去；到取經回來，你這𣭈子口敞，延地裡⑦就對人說，我們是爬牆頭的和尚了。」八戒道：「此時也顧不得行檢，且逃命去罷。」行者也沒奈何，只得依他。到那淨牆邊，算計爬出。

噫！有這般事！也是三藏災星未脫。那三個魔頭，在宮中正睡，忽然驚覺，說走了唐僧，一個個披衣忙起，急登寶殿。問曰：「唐僧蒸了幾滾了？」那些燒火的小妖已是有睡魔蟲，都睡著了，就是打也莫想打得一個醒來。其餘沒執事的，驚醒幾個，冒冒失失的答應道：「七──七──七──七滾了！」急跑近鍋邊，只見籠格子亂丟在地下，燒火的還都睡著，慌得又來報道：「大王，走──走──走──走了！」三個魔頭都下殿，近鍋前仔細看時，果見那籠格子亂丟在地下，湯鍋盡冷，火腳⑧俱無。那燒火的俱呼呼鼾睡如泥。慌得眾怪一齊吶喊，都叫：「快拿唐僧！快拿唐僧！」這一片喊聲振起，把些前前後後，大大小小妖精，都驚起來。刀鎗簇擁，至正陽門下，見那封鎖不動，梆鈴不絕，問外邊巡夜的道：「唐僧從那裡走了？」俱道：「不曾走出人來。」急趕至後宰門，封鎖、梆鈴，一如前門；復亂搶搶的，燈籠火把，熯天通紅，就如白日，卻明明的照見他四眾爬牆哩！老魔趕近，喝聲：「那裡走！」那長老諕得腳軟觔麻，跌下牆來，被老魔拿住。二魔捉了沙僧，三魔擒到八戒，眾妖搶了行李、白馬，只是走了行者。那八戒口裡嘓嘓噥噥的報怨行者道：「天殺的！我說要救便脫根救，如今卻又復籠蒸了！」

⑦延地裡──到處。
⑧火腳──餘燼。

眾魔把唐僧擒至殿上，卻不蒸了，二怪吩咐把八戒綁在殿前簷柱上，三怪吩咐把沙僧綁在殿後簷柱上；惟老魔把唐僧抱住不放。三怪道：「大哥，你抱住他怎的？終不然就活喫？卻也沒些趣味。此物比不得那愚夫俗子，拿了可以當飯；此是上邦稀奇之物，必須待天陰閑暇之時，拿他出來，整製精潔，猜枚行令，細吹細打的喫方可。」老魔笑道：「賢弟之言雖當，但孫行者又要來偷哩。」三魔道：「我這皇宮裡面有一座錦香亭子，亭子內有一個鐵櫃。依著我，把唐僧藏在櫃裡，關了亭子，卻傳出謠言，說唐僧已被我們夾生喫了，令小妖滿城講說，那行者必然來探聽消息，若聽見這話，他必死心塌地而去。待三五日不來攪擾，卻拿出來慢慢受用，如何？」老怪、二怪俱大喜道：「是，是，是！兄弟說得有理！」可憐把個唐僧連夜拿將進去，藏在櫃中，閉了亭子。傳出謠言，滿城裡都亂講不題。

卻說行者自夜半顧不得唐僧，駕雲走脫。徑至獅駝洞裡，一路棍，把那萬數小妖，盡情勦絕。急回來，東方日出；到城邊，不敢叫戰，正是：「單絲不線，孤掌難鳴。」他落下雲頭，搖身一變，變作個小妖兒，演入門裡，大街小巷，緝訪消息。滿城裡俱道：「唐僧被大王夾生兒連夜喫了。」前前後後，都是這等說。行者著實心焦，行至金鑾殿前觀看，那裡邊有許多精靈，都戴著皮金帽子，穿著黃布直身，手拿著紅漆棍，腰掛著象牙牌，一往一來，不住的亂走。行者暗想道：「此必是穿宮的妖精。就變做這個模樣，進去打聽打聽。」好大聖，果然變得一般無二，混入金門。正走處，只見八戒綁在殿前柱上哼哩。行者近前，叫聲：「悟能。」那獃子認得聲音，道：「師兄，你來了？救我一救？」行者道：「我救你。你可知師父在那裡？」八戒道：「師父沒了。昨夜被妖精夾生兒喫了。」行者聞言，忽失聲淚似泉湧。八戒道：「哥哥莫哭；我也是聽得小妖亂講，未曾眼見。你休誤了，再去尋問

聯經出版事業公司校印

尋問。」這行者卻纔收淚，又往裡面找尋。忽見沙僧綁在後簷柱上，即近前摸著他胸脯子叫道：「悟淨。」沙僧也識得聲音，道：「師兄，你變化進來了？救我！救我！」行者道：「救你容易，你可知師父在那裡？」沙僧滴淚道：「哥呵！師父被妖精等不得蒸，就夾生兒喫了！」

大聖聽得兩個言語相同，心如刀攪，淚似水流，急縱身望空跳去，且不救八戒、沙僧，回至城東山上，按落雲頭，放聲大哭，叫道：「師父呵！

恨我欺天困網羅，師來救我脫沈疴。潛心篤志同參佛，努力修身共煉魔。

豈料今朝遭蜇害，不能保你上娑婆。西方勝境無緣到，氣散魂消怎奈何！」

行者悽悽慘慘的，自思自忖，以心問心道：「這都是我佛如來坐在那極樂之境，沒得事幹，弄了那三藏之經！若果有心勸善，理當送上東土，卻不是個萬古流傳？只是捨不得送去，卻教我等來取。怎知道苦歷千山，今朝到此喪命！——罷！罷！罷！老孫且駕個觔斗雲，去見如來，備言前事。若肯把經與我送上東土，一則傳揚善果，二則了我等心願；若不肯與我，教他把〈鬆箍兒呪〉念念，退下這個箍子，交還與他，老孫還歸本洞，稱王道寡，耍子兒去罷。」

好大聖，急翻身，駕起觔斗雲，徑投天竺。那裡消一個時辰，早望見靈山不遠。須臾間，按落雲頭，直至鷲峰之下。忽抬頭，見四大金剛擋住道：「那裡走？」行者施禮道：「有事要見如來。」當頭又有崑崙山金霞嶺不壞尊王永住金剛喝道：「這猢猻甚是粗狂！前者大困牛魔，我等為汝努力，今日面見，全不為禮！有事且待先奏，奉召方行。這裡比南天門不同，教你進去出來，兩邊亂走！咄！還不靠開！」那大聖正是煩惱處，又遭此搶白，氣得哮吼如雷，忍不住大呼小叫，早驚動如來。

如來佛祖正端坐在九品寶蓮臺上，與十八尊輪世的阿羅漢講經，即開口道：「孫悟空來了，汝等出去接待接待。」大眾阿羅，遵佛旨，兩路幢幡寶蓋，即出山門應聲道：「孫大聖，如來有旨相喚哩。」那山門口四大金剛卻纔閃開路，讓行者前進。眾阿羅引至寶蓮臺下，見如來倒身下拜，兩淚悲啼。如來道：「悟空，有何事這等悲啼？」行者道：「弟子屢蒙教訓之恩，託庇在佛爺爺之門下，自歸正果，保護唐僧，拜為師範，一路上苦不可言！今至獅駝山獅駝洞獅駝城，有三個毒魔，乃獅王、象王、大鵬，把我師父捉將去，連弟子一概遭迍，都綑住蒸籠裡，受湯火之災，幸弟子脫逃，喚龍王救免。是夜偷出師等，不料災星難脫，復又擒回。及至天明，入城打聽，叵耐那魔十分狠毒，萬樣驍勇：把師父連夜夾生喫了，如今骨肉無存。又況師弟悟能、悟淨，見綁在那廂，不久性命亦皆傾矣。弟子沒及奈何，特地到此參拜如來。望大慈悲，將〈鬆箍呪兒〉念念，退下我這頭上箍兒，交還如來，放我弟子回花果山寬閑耍子去罷！」說未了，淚如泉湧，悲聲不絕。如來笑道：「悟空少得煩惱。那妖精神通廣大，你勝不得他，所以這等心痛。」行者跪在下面，搥著胸膛道：「不瞞如來說，弟子當年鬧天宮，稱大聖，自為人以來，不曾喫虧，今番卻遭這毒魔之手！」

如來聞言道：「你且休恨。那妖精我認得他。」行者猛然失聲道：「如來！我聽見人講說那妖精與你有親哩。」如來道：「這個刁猢猻！怎麼個妖精與我有親？」行者笑道：「不與你有親，如何認得？」如來道：「我慧眼觀之，故此認得。那老怪與二怪有主。」叫：「阿儺、迦葉，來！你兩個分頭駕雲，去五臺山、峨眉山宣文殊、普賢來見。」二尊者即奉旨而去。如來道：「這是老魔、二怪之主。但那三怪，說將起來，也是與我有些親處。」行者道：「親是父黨？是母黨？」如來道：「自那混沌分時，

聯經出版事業公司　校印

天開於子，地闢於丑，人生於寅，天地再交合，萬物盡皆生。萬物有走獸飛禽。走獸以麒麟為之長，飛禽以鳳凰為之長。那鳳凰又得交合之氣，育生孔雀、大鵬。孔雀出世之時，最惡，能喫人，四十五里路，把人一口吸之。我在雪山頂上，修成丈六金身，早被他也把我吸下肚去。我欲從他便門而出，恐汙其身，是我剖開他脊背，跨上靈山。欲傷他命，當被諸佛勸解：傷孔雀如傷我母。故此留他在靈山會上，封他做佛母孔雀大明王菩薩。大鵬與他是一母所生，故此有些親處。」行者聞言笑道：「如來，若這般比論，你還是妖精的外甥哩。」如來道：「那怪須是我去，方可收得。」行者叩頭，啟上如來：「千萬望挪玉一降！」

如來即下蓮臺，同諸佛眾，徑出山門。又見阿儺、迦葉引文殊、普賢來見。二菩薩對佛禮拜。如來道：「菩薩之獸，下山多少時了？」文殊道：「七日了。」如來道：「山中方七日，世上幾千年。不知在那廂傷了多少生靈，快隨我收他去。」二菩薩相隨左右，同眾飛空。只見那：

滿天縹緲瑞雲分，我佛慈悲降法門。明示開天生物理，細言闢地化身文。

面前五百阿羅漢，腦後三千揭諦神。迦葉阿儺隨左右，普文菩薩殄妖氛。

大聖有此人情⑨，請得佛祖與眾前來，不多時，早望見城池。行者報道：「如來，那放黑氣的乃是獅駝國也。」如來道：「你先下去，到那城中與妖精交戰，許敗不許勝，敗上來，我自收他。」

大聖即按雲頭，徑至城上，腳踏著垛兒罵道：「潑孽畜！快出來與老孫交戰！」慌得那城樓上小妖

---

⑨人情——情面。

急跳下城中報道：「大王，孫行者在城上叫戰哩。」老妖道：「這猴兒兩三日不來，今朝卻又叫戰，莫不是請了些救兵來耶？」三怪道：「怕他怎的！我們都去看來。」三個魔頭，各持兵器，趕上城來；見了行者，更不打話，舉兵器一齊亂刺。行者輪鐵棒掣手相迎，鬥經七八回合，行者佯輸而走。那妖王喊聲大振，叫道：「那裡走！」大聖觔斗一縱，跳上半空，三個精即駕雲來趕。行者將身一閃，藏在佛爺爺金光影裡，全然不見。只見那過去、未來、見在的三尊佛像與五百阿羅漢，三千揭諦神，佈散左右，把那三個妖王圍住，水息不通。老魔慌了手腳，叫道：「兄弟，不好了！那猴子真是個地裡鬼！那裡請得個主人公來也！」三魔道：「大哥休得悚懼；我們一齊上前，使鎗刀搠倒如來，奪他那雷音寶剎！」這魔頭不識起倒，真個舉刀上前亂砍。卻被文殊、普賢，念動真言，喝道：「這孽畜還不皈正，更待怎生！」諕得老怪、二怪，不敢撐持；丟了兵器，打個滾，現了本相。二菩薩將蓮花臺拋在那怪的脊背上，飛身跨坐，二怪遂泯耳皈依。

二菩薩既收了青獅、白象，只有那第三個妖魔不伏，騰開翅，丟了方天戟，扶搖直上，輪利爪要刁捉猴王。原來大聖藏在光中，他怎敢近，如來情知此意，即閃金光，把那鵲巢貫頂之頭，迎風一晃，變做鮮紅的一塊血肉。妖精輪利爪刁他一下。被佛爺把手往上一指，那妖翅膊上就了筋⑩，飛不去。只在佛頂上不能遠遁，現了本相，乃是一個大鵬金翅鵰。即開口對佛應聲叫道：「如來，你怎麼使大法力困住我也？」如來道：「你在此處多生孽障，跟我去，有進益之功。」妖精道：「你那裡持齋把

⑩就了筋——筋骨扭損或抽縮在一起。

聯經出版事業公司 校印

素，極貧極苦；我這裡喫人肉，受用無窮；你若餓壞了我，你有罪愆。」如來道：「我管四大部洲，無數眾生瞻仰，凡做好事，我教他先祭汝口。」那大鵬欲脫難脫，要走怎走，是以沒奈何，只得皈依。

行者方纔轉出，向如來叩頭道：「佛爺，你今收了妖精，除了大害，只是沒了我師父也。」大鵬咬著牙恨道：「潑猴頭！尋這等狠人困我！你那老和尚幾曾喫他？如今在那錦香亭鐵櫃裡不是？」行者聞言，忙叩頭謝了佛祖。佛祖不敢鬆放了大鵬，也只教他在光焰上做個護法，引眾回雲，徑歸寶剎。

行者卻按落雲頭，直入城裡。那城裡一個小妖兒也沒有了。正是「蛇無頭而不行，鳥無翅而不飛」。他見佛祖收了妖王，各自逃生而去。行者纔解救了八戒、沙僧，尋著行李、馬匹，與他二人說：「師父不曾喫。都跟我來。」引他兩個徑入內院，找著錦香亭，打開門看，內有一個鐵櫃，只聽得三藏有啼哭之聲。沙僧使降妖杖打開鐵籠，拽開櫃蓋，叫聲：「師父。」三藏見了，放聲大哭道：「徒弟呵！怎生降得妖魔？如何得到此尋著我也？」行者把上項事，從頭至尾，細說了一遍。三藏感謝不盡。師徒們在那宮殿裡尋了些米糧，安排些茶飯，飽喫一餐，收拾出城，找大路投西而去。正是：真經必得真人取，意嚷心勞總是虛。畢竟這一去，不知幾時得面如來，且聽下回分解。

第七十八回　比丘憐子遣陰神　金殿識魔談道德

一念纔生動百魔，修持最苦奈他何。但憑洗滌無塵垢，也用收拴有琢磨。
掃退萬緣歸寂滅，蕩除千怪莫蹉跎。管教跳出樊籠套，行滿飛昇上大羅①。

話說孫大聖用盡心機，請如來收了眾怪，解脫三藏師徒之難，離獅駝城西行。又經數月，早值冬天。但見那：

嶺梅將破玉，池水漸成冰。紅葉俱飄落，青松色更新。
淡雲飛欲雪，枯草伏山平。滿目寒光迥，陰陰透骨冷。

師徒們沖寒冒冷，宿雨餐風。正行間，又見一座城池。三藏問道：「悟空，那廂又是甚麼所在？」行者道：「到跟前自知。若是西邸王位，須要倒換關文；若是府州縣，徑過。」師徒言語未畢，早至城門之外。

①大羅——道教稱最高的天為大羅天。

三藏下馬，一行四眾，進了月城。見一個老軍在向陽牆下偎風而睡，行者近前，搖他一下，叫聲：「長官。」那老軍猛然驚覺，麻麻糊糊②的睜開眼，看見行者，連忙跪下磕頭，叫：「爺爺！」行者道：「你休胡驚作怪。我又不是甚麼惡神，你叫『爺爺』怎的！」老軍磕頭道：「你是雷公爺爺？」行者道：「胡說！吾乃東土去西天取經的僧人。適纔到此，不知地名，問你一聲的。」那老軍聞言，卻纔正了心，打個呵欠，爬起來，伸伸腰道：「長老，長老，恕小人之罪。此處地方，原喚比丘國，今改作小子城。」行者道：「國中有帝王否？」老軍道：「有！有！有！」行者卻轉身對唐僧道：「師父，此處原是比丘國，今改小子城。但不知改名之意何故也？」唐僧疑惑道：「既云比丘，又何云小子？……」八戒道：「想是比丘王崩了，新立王位的是個小子，故名小子城。」唐僧道：「無此理！無此理！我們且進去，到街坊上再問。」沙僧道：「正是。那老軍一則不知，二則被大哥諕得胡說。且入城去詢問。」

又入三層門裡，到通衢大市觀看，倒也衣冠濟楚，人物清秀。但見那：

酒樓歌館語聲喧，綵鋪茶房高掛帘。萬戶千門生意好，六街三市廣財源。

買金販錦人如蟻，奪利爭名只為錢。禮貌莊嚴風景盛，河清海晏太平年。

師徒四眾牽著馬，挑著擔，在街市上行彀多時，看不盡繁華氣概。但只見家家門口一個鵝籠。三藏道：「徒弟呵，此處人家，都將鵝籠放在門首，何也？」八戒聽說，左右觀之，果是鵝籠，排列五色彩緞

②麻麻糊糊——迷迷糊糊。

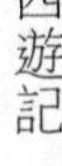

遮幔。獃子笑道：「師父，今日想是黃道良辰，宜結婚會友。都行禮哩。」行者道：「胡談！那裡就家家都行禮！其間必有緣故。等我上前看看。」三藏扯住道：「你莫去。你嘴臉醜陋，怕人怪你。」行者道：「我變化個兒去來。」

好大聖，捻著訣，念聲呪語，搖身一變，變作一個蜜蜂兒，展開翅，飛近前邊，鑽進幔裡觀看。原來裡面坐的是個小孩兒，再去第二家籠裡看，也是個小孩兒。連看八九家，都是個小孩兒。卻是男身，更無女子，有的坐在籠中頑耍，有的坐在裡邊啼哭；有的喫果子，有的或睡坐。行者看罷，現原身，回報唐僧道：「那籠裡是些小孩子，大者不滿七歲，小者只有五歲，不知何故。」三藏見說，疑思不定。

忽轉街見一衙門，乃金亭館驛。長老喜道：「徒弟，我們且進這驛裡去。一則問他地方，二則撒和③馬匹，三則天晚投宿。」沙僧道：「正是，正是，快進去耶。」四眾欣然而入，只見那在官人果報與驛丞。接入門，各各相見。敘坐定，驛丞問：「長老自何方來？」三藏言：「貧僧東土大唐差往西天取經者。今到貴處，有關文理當照驗，權借高衙一歇。」驛丞即命看茶。茶畢，即辦支應，命當直的安排管待。三藏稱謝。又問：「今日可得入朝見駕，照驗關文？」驛丞道：「今晚不能，須待明日早朝。今晚且於敝衙門寬住一宿。」

少頃，安排停當，驛丞即請四眾同喫了齋供，又教手下人打掃客房安歇。三藏感謝不盡。既坐下，長老道：「貧僧有一件不明之事請教，煩為指示。貴處養孩兒，不知怎生看待。」驛丞道：「『天無

③撒和——餵食牲畜後，再讓之隨意走動。

二日，人無二理。』養育孩童，父精母血，懷胎十月，待時而生；生下乳哺三年，漸成體相。豈有不知之理！」三藏道：「據尊言與敝邦無異；但貧僧進城時，見街坊人家，各設一鵝籠，都藏小兒在內。此事不明，故敢動問。」驛丞附耳低言道：「長老莫管他，莫問他，也莫理他、說他。請安置，明早走路。」長老聞言，一把扯住驛丞，定要問個明白。驛丞搖頭搖指，只叫：「謹言！」三藏一發不放，執死定要問個詳細。驛丞無奈，只得屏去一應④在官人等。獨在燈光之下，悄悄而言道：「適所問鵝籠之事，乃是當今國主無道之事。你只管問他怎的！」三藏道：「何為無道？必見教明白，我方得放心。」驛丞道：「此國原是比丘國，近有民謠，改作小子城。三年前，有一老人，打扮做道人模樣，攜一小女子，年方一十六歲，——其女形容嬌俊，貌若觀音。——進貢與當今陛下；愛其色美，寵幸在宮，號為美后。近來把三宮娘娘、六院妃子，全無正眼相覷，不分晝夜，貪歡不已。如今弄得精神瘦倦，身體尩羸，飲食少進，命在須臾，太醫院檢盡良方，不能療治。那進女子的道人，受我主誥封，稱為國丈。國丈有海外秘方，甚能延壽。前者去十洲、三島，採將藥來，俱已完備。但只是藥引子利害：單用著一千一百一十一個小兒的心肝，煎湯服藥。服後有千年不老之功。這些鵝籠裡的小兒，俱是選就的，養在裡面。人家父母，懼怕王法，俱不敢啼哭，遂傳播謠言，叫做小兒城。長老明早到朝，只去倒換關文，不得言及此事。」言畢，抽身而退。諕得個長老骨軟筋麻，止不住腮邊淚墮；忽失聲叫道：「昏君，昏君！為你貪歡愛美，弄出病來，

④一應——一切。

怎麼屈傷這許多小兒性命！苦哉！苦哉！痛殺我也！」有詩為證。詩曰：

邪主無知失正真，貪歡不省暗傷身。因求永壽戕童命，為解天災殺小民。

僧發慈悲難割捨，官言利害不堪聞。燈前洒淚長吁嘆，痛倒參禪向佛人。

八戒近前道：「師父，你是怎的起哩？『專把別人棺材，擡在自家家裡哭。』不要煩惱！常言道：『君教臣死，臣不死不忠；父教子亡，子不亡不孝。』他傷的是他的子民，與你何干！且來寬衣服睡覺，『莫替古人擔憂』。」三藏滴淚道：「徒弟呵，你是一個不慈憫的！我出家人，積功累行，第一要行方便。怎麼這昏君一味胡行！從來也不見喫人心肝，可以延壽。似這等之事，教我怎不傷悲！」沙僧道：「師父且莫傷悲。等明早倒換關文，覿面與國王講過。如若不從，看他是怎麼模樣的一個國丈。或恐那國丈是個妖精，欲喫人的心肝，故設此法，未可知也。」

行者道：「悟淨說得有理，師父你且睡覺，明日等老孫同你進朝，看國丈的好歹。如若是人，只恐他走了傍門，不知正道，徒以採藥為真，待老孫將先天之要旨，化他皈正。若是妖邪，我把他拿住，與這國王看看，教他寬慾養身，斷不教他傷了那些孩童性命。」三藏聞言，急躬身，反對行者施禮道：「徒弟呵，此論極妙！極妙！但只是見了昏君，不可便問此事，恐那昏君不分遠近，並作謠言見罪，卻怎生區處！」行者笑道：「老孫自有法力。如今先將鵝籠小兒攝離此城，教他明日無物取心。地方官自然奏表。那昏君必有旨意，或與國丈商量，或者另行選報。那時節，借此舉奏，決不致罪坐於我也。」三藏甚喜，又道：「如今怎得小兒離城？若果能脫得，真賢徒天大之德！可速為之，略遲緩些，恐無及也。」行者抖擻神威，即起身，吩咐八戒、沙僧：「同師父坐著，等我施為，你看但有陰風颳

聯經出版事業公司校印

動，就是小兒出城了。」他三人一齊俱念：「南無救生藥師佛！南無救生藥師佛！」

這大聖出得門外，打個唿哨，起在半空，捻了訣，念動真言，叫聲「唵淨法界」，拘得那城隍、土地、社令、真官，並五方揭諦、四值功曹、六丁六甲與護教伽藍等眾，都到空中。對他施禮道：「大聖，夜喚吾等，有何急事？」行者道：「今因路過比丘國，那國王無道，聽信妖邪，要取小兒心肝做藥引子，指望長生。我師父十分不忍，欲要救生滅怪，故老孫特請列位，各使神通，與我把這城中各街坊人家鵝籠裡的小兒，連籠都攝出城外山凹中，或樹林深處，收藏一二日，與他些果子食用，不得餓損；再暗的護持，不得使他驚恐啼哭。待我除了邪，治了國，勸正君王，臨行時，送來還我。」眾神聽令，即便各使神通，按下雲頭。滿城中陰風滾滾、慘霧漫漫：

陰風颳暗一天星，慘霧遮昏千里月。起初時，還蕩蕩悠悠；次後來，就轟轟烈烈。悠悠蕩蕩，各尋門戶救孩童；烈烈轟轟，都看鵝籠援骨血。冷氣侵人怎出頭，寒威透體衣如鐵。父母徒張皇，兄嫂皆悲切。滿地捲陰風，籠兒被神攝。此夜縱孤恓，天明盡歡悅。

有詩為證。詩曰：

釋門慈憫古來多，正善成功說摩訶。萬聖千真皆積德，三皈五戒要從和。
比丘一國非君亂，少子千名是命訛。行者因師同救護，這場陰騭勝波羅⑤。

當夜有三更時分，眾神祇把鵝籠攝去各處安藏。

⑤波羅——即波羅密，指由生死岸度人到涅槃的寂滅境界。

聯經出版事業公司校印

行者按下祥光，徑至驛庭上，只聽得他三人還念「南無救生藥師佛」哩。他也心中暗喜，近前叫：「師父我來也。陰風之起何如？」八戒道：「好陰風！」三藏道：「救兒之事，卻怎麼說？」行者道：「已一一救他出去，待我們起身時送還。」長老謝了又謝，方纔就寢。

至天曉，三藏醒來，遂結束齊備道：「悟空，我趁早朝，倒換關文去也。」行者道：「師父，你自家去，恐不濟事；待老孫和你同去，看那國丈邪正如何。」三藏道：「你去卻不肯行禮，恐國王見怪。」行者道：「我不現身，暗中跟隨你，就當保護。」三藏甚喜，吩咐八戒、沙僧看守行李、馬匹。卻纔舉步，這驛丞又來相見。看這長老打扮起來，比昨日又甚不同。但見他：

身上穿一領錦襴異寶佛袈裟，頭戴金頂毘盧帽。九環錫仗手中拿，胸藏一點神光妙。通關文牒緊隨身，包裹袋中纏錦套。行似阿羅降世間，誠如活佛真容貌。

那驛丞相見禮畢，附耳低言，只教莫管閑事。三藏點頭應聲。大聖閃在門旁，念個呪語，搖身一變，變做個蟭蟟蟲兒，嚶的一聲，飛在三藏帽兒上。出了館驛，徑奔朝中。

及到朝門外，見有黃門官，即施禮道：「貧僧乃東土大唐差往西天取經者。今到貴地，理當倒換關文。意欲見駕，伏乞轉奏轉奏。」那黃門官果為傳奏。國王喜道：「遠來之僧，必有道行。」教請進來。黃門官復奉旨，將長老請入。長老階下朝見畢，復請上殿賜坐。長老又謝恩坐了。只見那國王相貌尫羸，精神倦怠；舉手處，揖讓差池；開言時，聲音斷續。長老將文牒獻上，那國王眼目昏朦，看了又看，方纔取寶印用了花押，遞與長老。長老收訖。

那國王正要問取經原因，只聽得當駕官奏道：「國丈爺爺來矣。」那國王即扶著近侍小宦，掙下龍

聯經出版事業公司校印

牀，躬身迎接。慌得那長老急起身，側立於旁。回頭觀看，原來是一個老道者，自玉階前，搖搖擺擺而進。但見他：

頭上戴一頂淡鵝黃九錫雲錦紗巾，身上穿一領筯頂梅沉香綿絲鶴氅。腰間繫一條紉藍三股攢絨帶，足下踏一對麻經葛緯雲頭履。手中拄一根九節枯藤盤龍拐杖，胸前掛一個描龍刺鳳團花錦囊。玉面多光潤，蒼髯頷下飄。金睛飛火焰，長目過眉梢。行動雲隨步，逍遙香霧饒。階下眾官都拱接，齊呼國丈進王朝。

那國丈到寶殿前，更不行禮，昂昂烈烈，逕到殿上。國王欠身道：「國丈仙踪，今喜早降。」就請左手繡墩上坐。三藏起一步，躬身施禮道：「國丈大人，貧僧問訊了。」那國丈端然高坐，亦不回禮。轉面向國王道：「僧家何來？」國王道：「東土唐朝差上西天取經者，今來倒驗關文。」國丈笑道：「西方之路，黑漫漫有甚好處！」三藏道：「自古西方乃極樂之勝境，如何不好？」那國王問道：「朕聞上古有云：『僧是佛家弟子。』端的不知為僧可能不死，向佛可能長生？」三藏聞言，急合掌應道：「為僧者，萬緣都罷；了性者，諸法皆空，大智閑閑⑥，澹泊在不生之內；真機默默，逍遙於寂滅之中。三界空而百端治，六根淨而千種窮。若乃堅誠知覺，須當識心；心淨則孤明獨照，心存則萬境皆清。真容無欠亦無餘，生前可見；幻相有形終有壞，分外何求？行功打坐，乃為入定之原；佈惠施恩，誠是修行之本。大巧若拙，還知事事無為；善計非籌，必須頭頭放下。但使一心

---

⑥閑閑——心懷坦率、寬裕。

不動，萬行自全；若云採陰補陽，誠為謬語；眼餌長壽，實乃虛詞。只要塵塵緣總棄，物物色皆空，素素純純寡愛慾，自然享壽永無窮。」

那國丈聞言，付之一笑，用手指定唐僧道：「呵！呵！呵！你這和尚滿口胡柴。寂滅門中，必云認性；你不知那性從何而滅！枯坐參禪，盡是些盲修瞎煉。俗語云：『坐，坐，坐！你的屁股破！火熬煎，反成禍。』更不知我這：

修仙者，骨之堅秀；達道者，神之最靈。攜簞瓢而入山訪友，採百藥而臨世濟人。摘仙花以砌笠，折香蕙以鋪裀。歌之鼓掌，舞罷眠雲。闡道法，揚太上之正教；施符水，除人世之妖氛。奪天地之秀氣，採日月之華精。運陰陽而丹結，按水火而胎凝，二八陰消兮，若恍若惚；三九陽長兮，如杳如冥。應四時而採取藥物，養九轉而修煉丹成。跨青鸞，升紫府；騎白鶴，上瑤京。參滿天之華采，表妙道之慇懃。比你那靜禪釋教，寂滅陰神；涅槃遺臭殼，又不脫凡塵！三教之中無上品，古來惟道獨稱尊！」

那國王聽說，十分歡喜，滿朝官都喝采道：「好個『惟道獨稱尊』！『惟道獨稱尊』！」長老見人都讚他，不勝羞愧。國王又叫光祿寺安排素齋，待那遠來之僧出城西去。

三藏謝恩而退。纔下殿，往外正走。行者飛下帽頂兒，來在耳邊叫道：「師父，這國丈是個妖邪。國王受了妖氣。你先去驛中等齋，待老孫在這裡聽他消息。」三藏知會了，獨出朝門不題。

看那行者，一翅飛在金鑾殿翡翠屏中釘下，只見那班部中閃出五城兵馬官，奏道：「我主，今夜一陣冷風，將各坊各家鵝籠裡小兒，連籠都颳去了，更無踪跡。」國王聞奏，又驚又惱，對國丈道：「此

聯經出版事業公司 校印

事乃天滅朕也！連月病重，御醫無效。幸國丈賜仙方，專待今日午時開刀，取此小兒心肝作引，何期被冷風颳去。非天欲滅朕而何？」國丈笑道：「陛下且休煩惱。此兒颳去，正是天送長生與陛下也。」國王道：「見把籠中之兒颳去，何以反說天送長生？」國丈道：「我纔入朝來，見了一個絕妙的藥引，強似那一千一百一十一個小兒之心。那小兒之心，只延得陛下千年之壽；此引子，喫了我的仙藥，就可延萬萬年也。」國王漠然不知是何藥引，請問再三，國丈纔說：「那東土差去取經的和尚，我看他器宇清淨，容顏齊整，乃是個十世修行的真體，——自幼為僧，元陽⑦未泄。比那小兒更強萬倍。若得他的心肝煎湯，服我的仙藥，足保萬年之壽。」那昏君聞言，十分聽信。對國丈道：「何不早說？若果如此有效，適纔留住，不放他去了。」國丈道：「此何難哉！適纔吩咐光祿寺辦齋待他，他必喫了齋，方纔出城；如今急傳旨，將各門緊閉，點兵圍了金亭館驛，將那和尚拿來，必以禮求其心。如果相從，即時剖而取出，遂御葬其屍，還與他立廟享祭；如若不從，就與他個武不善作，即時綑住，剖開取之。有何難事！」那昏君如其言，即傳旨，把各門閉了。又差羽林衛大小官軍，圍住館驛。

行者聽得這個消息，一翅飛奔館驛，現了本相，對唐僧道：「師父，禍事了！禍事了！」那三藏纔與八戒、沙僧領御齋，忽聞此言，諕得三屍神散，七竅煙生，倒在塵埃，渾身是汗，眼不定睛，口不能言。慌得沙僧上前攙住，只叫：「師父甦醒，師父甦醒！」八戒道：「有甚禍事？有甚禍事？你慢些兒說便也罷，卻諕得師父如此！」行者道：「自師父出朝，老孫回視，那國丈是個妖精。少頃，有

⑦元陽——元氣，此指三藏未出家前之生命本能和精力。

五城兵馬來奏冷風颳去小兒之事。國王方惱，他卻轉教喜歡，道：『這是天送長生與你。』要取師父的心肝做藥引，可延萬年之壽。那昏君聽信誣言，所以點精兵，來圍館驛，差錦衣官來請師父求心也。」八戒笑道：「行的好慈憫！救的好小兒！颳的好陰風！今番卻撞出禍來了！」

三藏戰兢兢的，爬起來，扯著行者，哀告道：「賢徒呵！此事如何是好？」行者道：「若要好，大做小。」沙僧道：「怎麼叫做『大做小』？」行者道：「若要全命，師作徒，徒作師，方可保全。」三藏道：「你若救得我命，情願與你做徒子、徒孫也。」行者道：「既如此，不必遲疑。」教：「八戒，快和些泥來。」那獃子即使釘鈀，築了些土。又不敢外面去取水，後就摣起衣服撒溺，和了一團臊泥，遞與行者。行者沒奈何，將泥撲作一片，往自家臉上一安，做下個猴像的臉子。叫唐僧站起休動，再莫言語，貼在唐僧臉上，念動真言，吹口仙氣，叫「變！」那長老即變做行者模樣。脫了他的衣服，以行者的衣服穿上。行者卻將師父的衣服穿了，捻著訣，念個呪語，搖身變作唐僧的嘴臉。八戒、沙僧也難識認。

正當合心裝扮停當，只聽得鑼鼓齊鳴，又見那鎗刀簇擁。原來是羽林衛官，領三千兵把館驛圍了。又見一個錦衣官走進驛庭問道：「東土唐朝長老在那裡？」慌得那驛丞戰兢兢的跪下，指道：「在下面客房裡。」錦衣官即至客房裡道：「唐長老，我王有請。」八戒沙僧左右護持「假行者」。只見「假唐僧」出門施禮道：「錦衣大人，陛下召貧僧，有何話說？」錦衣官上前一把扯住道：「我與你進朝去，想必有取用也。」咦！這正是：妖誣勝慈善，慈善反招凶。畢竟不知此去端的性命何如，且聽下回分解。

第七十九回　尋洞擒妖逢老壽　當朝正主救嬰兒

卻說那錦衣官把「假唐僧」扯出館驛，與羽林軍圍圍繞繞，直至朝門外，對黃門官言：「我等已請唐僧到此，煩為轉奏。」黃門官急進朝，依言奏上昏君，遂請進去。眾官都在階下跪拜，惟「假唐僧」挺立階心，口中高叫：「比丘王，請我貧僧何說？」君王笑道：「朕得一疾，纏綿日久不愈。幸國丈賜得一方，藥餌俱已完備：只少一味引子。特請長老，求些藥引。若得病愈，與長老修建祠堂，四時奉祭，永為傳國之香火。」「假唐僧」道：「我乃出家人，隻身至此，不知陛下問國丈要甚麼東西作引。」昏君道：「特求長老的心肝。」「假唐僧」道：「不瞞陛下說，心便有幾個兒，不知要的甚麼色樣。」那國丈在旁指定道：「那和尚，要你的黑心。」「假唐僧」道：「既如此，快取刀來，剖開胸腹。若有黑心，謹當奉命。」那昏君歡喜相謝，即著當駕官取一把牛耳短刀，遞與假僧。假僧接刀在手，解開衣服，挺起胸膛，將左手抹腹，右手持刀，唿喇的響一聲，把肚皮剖開，那裡頭就骨都都的滾出一堆心來。諕得文官失色，武將身麻。國丈在殿上見了道：「這是個多心的和尚！」假僧將那些心，血淋淋的，一個個撿開與眾觀看，卻都是些紅心、白心、黃心、慳貪心、利名心、嫉妒心、計較心、好勝心、望高心、侮慢心、殺害心、狠毒心、恐怖心、謹慎心、邪妄心、無名隱暗之心、種種不善之心，更無一個黑心。那昏君諕得呆呆掙掙，口不能言；戰兢兢的教：「收了去！收了去！」那「假唐僧」忍耐不住，收了法心，現出本相。對昏君道：「陛下全無眼力！我和尚家都是一片好心，惟你這國丈是個黑心，好做藥引，你不信，等我替你取他的出來看看。」

那國丈聽見，急睜睛仔細觀看。見那和尚變了面皮，不是那般模樣。咦！認得當年孫大聖，五百年前舊有名。卻抽身，騰雲就起。被行者翻觔斗，跳在空中喝道：「那裡走！喫吾一棒！」那國丈即使蟠龍拐杖來迎。他兩個在半空中這場好殺：

如意棒，蟠龍拐，虛空一片雲靉靉。原來國丈是妖精，故將怪女稱嬌色。國主貪歡病染身，妖邪要把兒童宰。相逢大聖顯神通，捉怪救人將難解。鐵棒當頭著實兇，拐棍迎來堪喝采。殺得那滿天霧氣暗城池，城裡人家都失色。文武多官魂魄飛，嬪妃綉女容顏改。諕得那比丘昏主亂身藏，戰戰兢兢沒佈擺①。棒起猶如虎出山，拐輪卻似龍離海。今番大鬧比丘國，致令邪正分明白。

那妖精與行者苦戰二十餘合，蟠龍拐抵不住金箍棒，虛晃了一拐，將身化作一道寒光，落入皇宮內院，把進貢的妖后帶出宮門，並化寒光，不知去向。

大聖按落雲頭，到了宮殿下，對多官道：「你們的好國丈呵！」多官一齊禮拜，感謝神僧。行者道：「且休拜，且去看你那昏主何在。」多官道：「我主見爭戰時，驚恐潛藏，不知向那座宮中去也。」

①佈擺——安排、處理。

行者即命：「快尋！莫被美后拐去！」多官聽言，不分內外，同行者先奔美后宮，漠然無踪，連美后也通不見了。正宮、東宮、西宮、六院，概眾后妃，都來拜謝大聖。大聖道：「且請起，不到謝處哩。且去尋你主公。」少時，見四五個太監，攙著那昏君自謹身殿後面而來，眾臣俯伏在地，齊聲啟奏道：「主公！主公！感得神僧到此，辨明真假。那國丈乃是個妖邪，連美后亦不見矣。」國王聞言，即請行者出皇宮，到寶殿，拜謝了道：「長老，你早間來的模樣，那般俊偉，這時如何就改了形容？」行者笑道：「不瞞陛下說。早間來者，是我師父，乃唐朝御弟三藏。我是他徒弟孫悟空。還有兩個師弟——豬悟能、沙悟淨，見在金亭館驛。因知你信了妖言，要取我師父心肝做藥引，是老孫變作師父模樣，特來此降妖也。」那國王聞說，即傳旨著閣下太宰快去驛中請師眾來朝。

那三藏聽見行者現了相，在空中降妖，唬得魂飛魄散。幸有八戒、沙僧護持。他又臉上戴著一片子臊泥，正悶悶不快，只聽得有人叫道：「法師，我等乃比丘國王差來的閣下太宰，特請入朝謝恩也。」八戒笑道：「師父，莫怕！莫怕！這不是又請你取心，想是師兄得勝，請你酬謝哩。」三藏道：「雖是得勝來請，但我這個臊臉，怎麼見人？」八戒道：「沒奈何，我們且去見了師兄，自有解釋。」真個那長老無計，只得跟著八戒、沙僧挑著擔，牽著馬，同去驛庭之上。那太宰見了，害怕道：「爺爺呀！這都相似妖頭怪腦之類！」沙僧道：「朝士休怪醜陋。我等乃是生成的遺體。若我師父，來見了我師兄，他就俊了。」

他三人與眾來朝，不待宣召，直至殿下。行者看見，即轉身下殿，迎著面，把師父的泥臉子抓下，吹口仙氣，叫「變！」那唐僧即時復了原身，精神愈覺爽利。國王下殿親迎，口稱：「法師老佛。」

師徒們將馬拴住，都上殿來相見。行者道：「陛下可知那怪來自何方？等老孫去與你一併擒來，剪除後患。」三宮六院、諸嬪群妃，都在那翡翠屏後；聽見行者說剪除後患，也不避內外男女之嫌，一齊出來拜告道：「萬望神僧老佛大施法力，斬草除根，把他剪除盡絕，誠為莫大之恩，自當重報！」行者忙忙答禮，只教國王說他住居。國王含羞告道：「三年前他到時，朕曾問他。他說離城不遠，只在向南去七十里路，有一座柳林坡清華莊上。國丈年老無兒，止後妻生一女，年方十六，不曾配人，願進與朕。朕因愛那女，遂納了，寵幸在宮。不期得疾，太醫屢藥無功。他說：『我有仙方，止用小兒心煎湯為引。』是朕不才，輕信其言，遂選民間小兒，選定今日午時開刀取心。不料神僧下降，恰恰又遇籠兒都不見了。他就說神僧十世修真，元陽未泄，得其心，比小兒心更加萬倍。一時誤犯，不知神僧識透妖魔。敢望廣施大法，剪其後患，朕以傾國之資酬謝！」行者笑道：「實不相瞞。籠中小兒，是我師慈悲，著我藏了。你且休題甚麼資財相謝，待我捉了妖怪，是我的功行。」叫：「八戒，跟我去來。」八戒道：「謹依兄命。但只是腹中空虛，不好著力。」國王即傳旨教：「光祿寺快辦齋供。」不一時，齋到。

八戒儘飽一餐，抖擻精神，隨行者駕雲而起。諕得那國王、妃后，並文武多官，一個個朝空禮拜，都道：「是真仙真佛降臨凡也！」那大聖攜著八戒，徑到南方七十里之地，住下風雲，找尋妖處。但只見一股清溪，兩邊夾岸，岸上有千千萬萬的楊柳，更不知清華莊在於何處。正是那：萬頃野田觀不盡，千堤烟柳隱無踪。

孫大聖尋覓不著，即捻訣，念一聲「唵」字真言，拘出一個當方土地，戰戰兢兢近前跪下叫道：「大

聯經出版事業公司校印

聖，柳林坡土地叩頭。」行者道：「你休怕，我不打你。我問你：柳林坡有個清華莊，在於何方？」土地道：「此間有個清華洞，不曾有個清華莊。小神知道了，大聖想是自比丘國來的？」行者道：「正是，正是。比丘國王被一個妖精哄了。是老孫到那廂，識得是妖怪，當時戰退那怪，化一道寒光，不知去向。及問比丘王，他說三年前進美女時，曾問其由，怪言居住城南七十里柳林坡清華莊。適尋到此，只見林坡，不見清華莊，是以問你。」土地叩頭道：「望大聖恕罪。比丘王亦我地之主也，小神理當鑒察；奈何妖精神威法大，如我泄漏他事，就來欺凌，故此未獲。大聖今來，只去那南岸九叉頭一棵楊樹根下，左轉三轉，右轉三轉，用兩手齊撲樹上，連叫三聲『開門』，即現清華洞府。」

大聖聞言，即令土地回去，與八戒跳過溪來，尋那棵楊樹。果然有九條叉枝，總在一棵根上。行者吩咐八戒：「你且遠遠的站定，待我叫開門，尋著那怪，趕將出來，你卻接應。」八戒聞命，即離樹有半里遠近立下。這大聖依土地之言，遶樹根，左轉三轉，右轉三轉，雙手齊撲其樹，叫：「開門！開門！」霎時間，一聲響喨，唿喇喇的門開兩扇，更不見樹的蹤跡。那裡邊光明霞采，亦無人煙。行者趁神威，撞將進去，但見那裡好個去處：

煙霞晃亮，日月偷明。白雲常出洞，翠蘚亂漫庭。一逕奇花爭豔麗，遍階瑤草鬥芳榮。溫暖氣，景常春，渾如閬苑，不亞蓬瀛。滑凳攀長蔓，平橋掛亂藤。蜂啣紅蕊來巖窟，蝶戲幽蘭過石屏。

行者急拽步，行近前邊細看。見石屏上有四個大字：「清華仙府」。他忍不住，跳過石屏看處，只見那老怪懷中摟著個美女，喘噓噓的，正講比丘國事，齊聲叫道：「好機會來！三年事，今日得完，被那猴頭破了。」

行者跑近身，掣棒高叫道：「我把你這夥毛團！甚麼『好機會』！喫我一棒！」那老怪丟了美人，輪起蟠龍拐，急架相迎。他兩個在洞前，這場好殺，比前又甚不同：

棒舉迸金光，拐輪兇氣發。那怪道：「你無知敢進我門來！」行者道：「我有意降妖怪！」那怪道：「我戀國主你無干，怎的欺心來展抹②？」行者道：「僧修政教本慈悲，不忍兒童活見殺。」語去言來各恨仇，棒迎拐架當心劄。促損琪花為顧生，踢破翠苔因把滑。只殺得那洞中霞采欠分明，巖上芳菲俱掩壓。乒乓驚得鳥難飛，吆喝嚇得美人散。只存老怪與猴王，呼呼捲地狂風颳。看看殺出洞門來，又撞悟能獃性發。

原來八戒在外邊，聽見他們裡面嚷鬧，激得他心癢難撓，掣釘鈀，把一顆九叉楊樹鈀倒，使鈀築了幾下，築得那鮮血直冒，嚶嚶的似乎有聲。他道：「這顆樹成了精也！這顆樹成了精也。」八戒舉鈀，又正築處，只見行者引怪出來。那獃子不打話，趕上前，舉鈀就築。那老怪戰行者已是難敵，見八戒鈀來，愈覺心慌，敗了陣，將身一晃，化道寒光，徑投東走。他兩個決不放鬆，向東趕來。

正當喊殺之際，又聞得鸞鶴聲鳴，祥光縹緲。舉目視之，乃南極老人星也。那老人把寒光罩住，叫道：「大聖慢來，天蓬休趕。老道在此施禮哩。」行者即答禮道：「壽星兄弟，那裡來？」八戒笑道：「肉頭老兒，罩住寒光，必定捉住妖怪了。」壽星陪笑道：「在這裡，在這裡。望二公饒他命罷。」行者道：「老怪不與老弟相干，為何來說人情？」壽星笑道：「他是我的一副腳力，不意走將來，成

②展抹——惹事、多管閒事，招惹事端。

聯經出版事業公司校印

此妖怪。」行者道：「既是老弟之物，只教他現出本相來看看。」壽星聞言，即把寒光放出，喝道：「孽畜！快現本相，饒你死罪！」那怪打個轉身，原來是隻白鹿。壽星拿起拐杖道：「這孽畜！連我的拐棒也偷來也！」那隻鹿俯伏在地，口不能言，只管叩頭滴淚。但見他：

一身如玉簡斑斑，兩角參差七汊灣。幾度饑時尋藥圃，有朝渴處飲雲潺。
年深學得飛騰法，日久修成變化顏。今見主人呼喚處，現身珉耳③伏塵寰。

壽星謝了行者，就跨鹿而行。被行者一把扯住道：「老弟，且慢走。還有兩件事未完哩。」壽星道：「還有甚麼未完之事？」行者道：「還有美人未獲，不知是個甚麼怪物；還又要同到比丘城見那昏君，現相回旨也。」壽星道：「既這等說，我且寧耐。你與天蓬下洞擒捉那美人來，同去現相可也。」行者道：「老弟略等等兒，我們去了就來。」

那八戒抖擻精神，隨行者徑入清華仙府，吶聲喊，叫：「拿妖精！拿妖精！」那美人戰戰兢兢，正自難逃，又聽得喊聲大振，即轉石屏之內，又沒個後門可以出頭；被八戒喝聲：「那裡走！我把你這個哄漢子的臊精！看鈀！」那美人手中又無兵器，不能迎敵，將身一閃，化道寒光，往外就走；被大聖抵住寒光，乒乓一棒，那怪立不住腳，倒在塵埃，現了本相，原來是一個白面狐狸。獃子忍不住手，舉鈀往頭一築，可憐把那個傾城傾國千般笑，化作毛團狐狸形！行者叫道：「莫打爛他，且留他此身去見昏君。」那獃子不嫌穢汙，一把揪住尾子，拖拖扯扯，跟隨行者出得門來。只見那壽星老兒手摸

---

③珉耳——收起雙耳。珉，一作「泯」。

著鹿頭罵道：「好孽畜呵！你怎麼背主逃去，在此成精！若不是我來，孫大聖定打死你了。」行者跳出來道：「老弟說甚麼？」壽星道：「我囑鹿哩！我囑鹿哩！」八戒將個死狐狸攢在鹿的面前道：「這可是你的女兒麼？」那鹿點頭晃腦，伸著嘴，聞他幾聞，呦呦發聲，似有眷戀不捨之意。被壽星劈頭撲了一掌道：「孽畜！你得命足矣，又聞他怎的？」即解下勒袍腰帶，把鹿扣住頸項，牽著前來，道：「大聖，我和你比丘國相見去也。」行者道：「且住，索性把這邊都掃個乾淨，庶免他年復生妖孽。」八戒聞言，舉鈀將柳樹亂築。行者又念聲「唵」字真言，依然拘出當坊土地，叫：「尋些枯柴，點起烈火，與你這方消除妖患，以免欺凌。」那土地即轉身，陰風颯颯，帥起陰兵，搬取了些迎霜草、秋青草、蓼節草、山蕊草、蔞蒿柴、龍骨柴、蘆荻柴，都是隔年乾透的枯焦之物，見火如同油膩一般。行者叫：「八戒，不必築樹。但得此物填塞洞裡，放起火來，燒得個乾淨。」火一起，果然把一座清華妖怪宅，燒作火池坑。

這裡纔喝退土地，同壽星牽著鹿，拖著狐狸，一齊回到殿前，對國王道：「這是你的美后，與他耍子兒麼？」那國王膽戰心驚。又只見孫大聖引著壽星，牽著白鹿，都到殿前，諕得那國裡君臣妃后，一齊下拜。行者近前，攙住國王，笑道：「且休拜我。這鹿兒卻是國丈，你只拜他便是。」那國王羞愧無地，只道：「感謝神僧救我一國小兒，真天恩也！」即傳旨教光祿寺安排素宴，大開東閣，請南極老人與唐僧四眾，共坐謝恩。三藏拜見了壽星，沙僧亦以禮見。都問道：「白鹿既是老壽星之物，如何得到此間為害？」壽星笑道：「前者，東華帝君過我荒山，我留坐著棋，一局未終，這孽畜走了。及客去尋他不見，我因屈指一算，知他走在此處，特來尋他，正遇著孫大聖施威。若果來遲，此畜休矣。」敘不了，只見報道：「宴已完備。」好素宴：

五彩盈門，異香滿座。桌掛繡緯生錦豔，地鋪紅毯晃霞光。寶鴨內，沉檀香裊；御筵前，蔬品香馨。看盤高果砌樓臺，龍纏斗糖擺走獸。鴛鴦錠，獅仙糖，似模似樣；鸚鵡杯，鷺鷥杓，如相如形。席前果品般般盛，案上齋餚件件精。魁圓繭栗，鮮荔桃子。棗兒柿餅味甘甜，松子葡萄香膩酒。幾般蜜食，數品蒸酥。油劄糖澆，花團錦砌。金盤高壘大饝饝，銀碗滿盛香稻飯。辣燭燭④湯水粉條長，香噴噴相連添換美。說不盡蘑菇、木耳、嫩筍、黃精，十香素菜，百味珍饈。往來綽摸⑤不曾停，進退諸般皆盛設。

當時敘了坐次，壽星首席，長老次席，國王前席。行者、八戒、沙僧側席。旁又有兩三個太師相陪左右，即命教坊司動樂。國王擎著紫霞杯，一一奉酒。惟唐僧不飲。八戒向行者道：「師兄，果子讓你，湯飯等須請讓我受用受用。」那獃子不分好歹，一齊亂上，但來的喫個精空。

一席筵宴已畢，壽星告辭。那國王又近前跪拜壽星，求祛病延年之法。壽星笑道：「我因尋鹿，未帶丹藥。欲傳你修養之方，你又筋衰神敗，不能還丹。我這衣袖中，只有三個棗兒，是與東華帝君獻茶的，我未曾喫，今送你罷。」國王吞之，漸覺身輕病退。後得長生者，皆原於此。八戒看見，就叫道：「老壽，有火棗，送我幾個喫喫。」壽星道：「未曾帶得。待改日我送你幾斤。」遂出了東閣，

④辣燭燭——帶有辣味又不太甚。

⑤綽摸——捉取、挾盛。

道了謝意，將白鹿一聲喝起，飛跨背上，踏雲而去。這朝中君王妃后，城中黎庶居民，各各焚香禮拜不題。

三藏叫：「徒弟，收拾辭王。」那國王又苦留求教。行者道：「陛下，從此色欲少貪，陰功多積，凡百事將長補短，自足以祛病延年，就是教也。」遂拿出兩盤散金碎銀，奉為路費。唐僧堅辭，分文不受。國王無已，命擺鑾駕，請唐僧端坐鳳輦龍車，王與嬪后，俱推輪轉轂，方送出朝。六街三市，百姓群黎，亦皆盞添淨水，爐降真香，又送出城。忽聽得半空中一聲風響，路兩邊落下一千一百一十一個鵝籠，內有小兒啼哭，暗中有原護的城隍、土地、社令、真官、五方揭諦、四值功曹、六丁六甲、護教伽藍等眾，應聲高叫道：「大聖，我等前蒙吩咐，攝去小兒鵝籠，今知大聖功成起行，一一送來也。」那國王妃后與一應臣民，又俱下拜。行者望空道：「有勞列位，請各歸祠，我著民間祭祀謝你。」呼呼淅淅，陰風又起而退。

行者叫城裡人家來認領小兒。當時傳播，俱來各認出籠中之兒，歡歡喜喜，抱出叫哥哥，叫肉兒，跳的跳，笑的笑，都叫：「扯住唐朝爺爺，到我家奉謝救兒之恩！」無大無小，若男若女，都不怕他相貌之醜，擡著豬八戒，扛著沙和尚，頂著孫大聖，撮著唐三藏，牽著馬，挑著擔，一擁回城。那國王也不能禁止。這家也開宴，那家也設席。請不及的，或做僧帽、僧鞋、褊衫、布襪，裡裡外外，大大小小衣裳，都來相送。如此盤桓，將有個月，纔得離城。又有傳下影神⑥，立起牌位，頂禮焚香供養。這纔是：陰功高疊恩山重，救活千千萬萬人。畢竟不知向後又有甚麼事體，且聽下回分解。

⑥影神——死者的畫像。

第八十回　姹女育陽求配偶　心猿護主識妖邪

卻說比丘國君臣黎庶，送唐僧四眾出城，有二十里之遠，還不肯捨。三藏勉強下輦，乘馬辭別而行。目送者直至望不見蹤影方回。四眾行彀多時，又過了冬殘春盡，看不了野花山樹，景物芳菲。前面又見一座高山峻嶺。三藏心驚，問道：「徒弟，前面高山，有路無路？是必小心！」行者笑道：「師父這話，也不像走長路的，卻似個公子王孫，坐井觀天之類。自古道：『山不礙路，路自通山。』何以言有路無路？」三藏道：「雖然是山不礙路，但恐嶮峻之間生怪物，密查深處出妖精。」八戒道：「放心，放心！這裡來相近極樂不遠，管取①太平無事！」師徒正說，不覺的到了山腳下。行者取出金箍棒，走上石崖，叫道：「師父，此間乃轉山的路兒，忒好步。快來！快來！」長老只得放懷策馬。沙僧教：「二哥，你把擔子挑一肩兒。」真個八戒接了擔子挑上。沙僧攏著轡繩，老師父穩坐雕鞍，隨

①管取——保險、一定。

行者都奔山崖上大路。但見那山：

雲霧籠峰頂，潺湲湧澗中。百花香滿路，萬樹密叢叢。梅青李白，柳綠桃紅。杜鵑啼處春將暮，紫燕呢喃社已終。嵯峨石，翠蓋松。崎嶇嶺道，突兀玲瓏。削壁懸崖峻，薜蘿草木穠。千巖競秀如排戟，萬壑爭流遠浪洪。

老師父緩觀山景，忽聞啼鳥之聲，又起思鄉之念。兜馬叫道：「徒弟！

我自天牌傳旨意，錦屏風下領關文。觀燈十五離東土，纔與唐王天地分。甫能②龍虎風雲會，卻又師徒拗馬軍。行盡巫山峰十二，何時對子③見當今？」

行者道：「師父，你常以思鄉為念，全不似個出家人。放心且走，莫要多憂。古人云：『欲求生富貴，須下死工夫。』」三藏道：「徒弟，雖然說得有理，但不知西天路還在那裡哩！」八戒道：「師父，我佛如來捨不得那三藏經，知我們要取去，想是搬了；不然，如何只管不到？」沙僧道：「莫胡談！只管跟著大哥走。只把工夫捱他，終須有個到之日。」

師徒正自閑敘，又見一派黑松大林。唐僧害怕，又叫道：「悟空，我們纔過了那崎嶇山路，怎麼又遇這個深黑松林？是必在意。」行者道：「怕他怎的！」三藏道：「說那裡話！『不信直中直，須防仁不仁。』我也與你走過好幾處松林，不似這林深遠。」你看：

②甫能——剛才。

③對子——天牌、錦屏風、觀燈十五、龍虎風雲會、拗馬軍、巫山峰十二、對子，都是骨牌術語。

東西密擺，南北成行。東西密擺徹雲霄，南北成行侵碧漢。密查荊棘週圍結，蓼卻纏枝上下盤。藤來纏葛，葛去纏藤。藤來纏葛，東西客旅難行；葛去纏藤，南北經商怎進。這林中，住半年，那分日月；行數里，不見斗星。你看那背陰之處千般景，向陽之所萬叢花。又有那千年槐、萬載檜、耐寒松、山桃果、野芍藥、旱芙蓉，一攢攢密砌重堆，亂紛紛神仙難畫。又聽得百鳥聲：鸚鵡哨，杜鵑啼；喜鵲穿枝，烏鴉反哺；黃鸝飛舞，百舌調音；鷓鴣鳴，紫燕語；八哥兒學人說話，畫眉郎也會看經。又見那大蟲擺尾，老虎磕牙；多年狐狢妝娘子，日久蒼狼吼振林。就是托塔天王來到此，縱會降妖也失魂！

孫大聖公然不懼。使鐵棒上前劈開大路，引唐僧徑入深林。逍逍遙遙，行經半日，未見出林之路。唐僧叫道：「徒弟，一向西來，無數的山林崎嶮，幸得此間清雅，一路太平。這林中奇花異卉，其實可人情意！我要在此坐坐：一則歇馬；二則腹中饑了，你去那裡化些齋來我喫。」行者道：「師父請下馬，老孫化齋去來。」那長老果然下了馬。八戒將馬拴在樹上，沙僧歇下行李，取了鉢盂，遞與行者。行者道：「師父穩坐，莫要驚怕。我去了就來。」三藏端坐松陰之下，八戒、沙僧卻去尋花覓果閑耍。卻說大聖縱觔斗，到了半空，佇定雲光，回頭觀看，只見松林中祥雲縹緲，瑞靄氤氳。他忽失聲叫道：「好呵！好呵！」——你道他叫好做甚？原來誇奬唐僧，說他是金蟬長老轉世，十世修行的好人，所以有此祥瑞罩頭。——「若我老孫，那五百年前大鬧天宮之時，雲遊海角，放蕩天涯，聚群精自稱齊天大聖，降龍伏虎，消了死籍，頭戴著三額金冠，身穿著黃金鎧甲，手執著金箍棒，足踏著步雲履；手下有四萬七千群怪，都稱我做大聖爺爺，著實為人。如今脫卻天災，做小伏低，與你做了徒弟，想師父頭頂上有祥雲瑞靄罩定，徑回東土，必定有些好處，老孫也必定得個正果。」

正自家這等誇念中間，忽然見林南下有一股子黑氣，骨都都的冒將上來，行者大驚道：「那黑氣裡必定有邪了：我那八戒、沙僧卻不會放甚黑氣。……」那大聖在半空中，詳察不定。

卻說三藏坐在林中，明心見性，諷念那《摩訶般若波羅蜜多心經》，忽聽得嚶嚶的叫聲「救人」。三藏大驚道：「善哉！善哉！這等深林裡，有甚麼人叫？想是狼蟲虎豹諕倒的，待我看看。」那長老起身挪步，穿過千年柏，隔起萬年松，附葛攀藤，近前觀之，只見那大樹上綁著一個女子，上半截使葛藤綁在樹上，下半截埋在土裡。長老立定腳，問他一句道：「女菩薩，你有甚事，綁在此間？」咦！分明這廝是個妖怪，長老肉眼凡胎，卻不能認得。那怪見他來問，淚如泉湧。你看他桃腮垂淚，有沉魚落雁之容；星眼含悲，有閉月羞花之貌。長老實不敢近前，又開口問道：「女菩薩，你端的有何罪過？說與貧僧，卻好救你。」那妖精巧語花言，虛情假意，忙忙的答應道：「師父，我家住在貧婆國，離此有二百餘里。父母在堂，十分好善，一生的和親愛友。時遇清明，邀請諸親及本家老小拜掃先塋，一行轎馬，都到了荒郊野外。至塋前，擺開祭祀，剛燒化紙馬，只聞得鑼鳴鼓響，跑出一夥強人，持刀弄杖，喊殺前來，慌得我們魂飛魄散。父母諸親，得馬得轎的，各自逃了性命；奴奴④年幼，跑不動，諕倒在地，被眾強人拐來山內，大大王要做夫人，二大王要做妻室，第三第四個都愛我美色，七

④奴奴——婦女自稱。蘇州人稱「我」為「奴」，即「儂」的音轉。

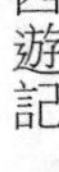

八十家一齊爭吵，大家都不忿氣⑤，所以把奴奴綁在林間，眾強人散盤而去。今已五日五夜，看看命盡，不久身亡！不知是那世裡祖宗積德，今日遇著老師父到此。千萬發大慈悲，救我一命，九泉之下，決不忘恩！」說罷，淚下如雨。

三藏真個慈心，也就忍不住掉下淚來，聲音哽咽。叫道：「徒弟。」那八戒、沙僧，正在林中尋花覓果，猛聽得師父叫得悽愴，獃子道：「沙和尚，師父在此認了親耶？」沙僧笑道：「二哥胡纏！我們走了這些時，好人也不曾撞見一個，親從何來？」八戒道：「不是親，師父那裡與人哭麼？我和你去看來。」沙僧真個回轉舊處，牽了馬，挑了擔，至跟前叫：「師父，怎麼說？」唐僧用手指定那樹上，叫：「八戒，解下那女菩薩來，救他一命。」獃子不分好歹，就去動手。

卻說那大聖在半空中，又見那黑氣濃厚，把祥光盡情蓋了，道聲：「不好，不好！黑氣罩暗祥光，怕不是妖邪害俺師父！化齋還是小事，且去看我師父去。」即返雲頭，按落林裡。只見八戒亂解繩兒。行者上前，一把揪住耳朵，撲的捽了一跌。獃子擡頭看見，爬起來說道：「師父教我救人，你怎麼恃你有力，將我摜這一跌！」行者笑道：「兄弟，莫解他。他是個妖精，弄喧兒，騙我們哩。」三藏喝道：「你這潑猴，又來胡說了，怎麼這等一個女子，就認得他是個妖怪！」行者道：「師父原來不知。這都是老孫幹過的買賣，想人肉喫的法兒。你那裡認得！」八戒噴著嘴⑥道：「師父，莫信這弼馬溫

⑤不忿氣——不肯忍氣退讓。

⑥噴著嘴——噘嘴生氣的樣子，「噴」是「拱」的假借字。

聯經出版事業公司　校印

哄你！這女子乃是此間人家。我們東土遠來，不與相較，又不是親眷，如何說他是妖精！他打發我們丟了前去，他卻翻觔斗，弄神法轉來和他幹巧事兒，倒踏門也！」行者喝道：「夯貨！莫亂談！我老孫一向西來，那裡有甚憊懶處？似你這個重色輕生，見利忘義的饢糟，不識好歹，替人家哄了招女壻，綁在樹上哩！」三藏道：「也罷，也罷。八戒呵，你師兄常時也看得不差。既這等說，不要管他，我們去罷。」行者大喜道：「好了！師父是有命的了！請上馬。出松林外，有人家化齋你喫。」四人果一路前進，把那怪撇了。

卻說那怪綁在樹上，咬牙恨齒道：「幾年家聞人說孫悟空神通廣大，今日見他，果然話不虛傳。那唐僧乃童身修行，一點元陽未泄，正欲拿他去配合，成太乙金仙，不知被此猴識破吾法，將他救去了。若是解了繩，放我下來，隨手捉將去，卻不是我的人兒也？今被他一篇散言碎語帶去，卻又不是勞而無功？等我再叫他兩聲，看是如何。」妖精不動繩索，把幾聲善言善語，用一陣順風，嚶嚶的吹在唐僧耳內。你道叫的甚麼？他叫道：「師父呵，你放著活人的性命還不救，昧心拜佛取何經？」

唐僧在馬上聽得又這般叫喚，即勒馬叫：「悟空，去救那女子下來罷。」行者道：「師父走路，怎麼又想起他來了？」唐僧道：「他又在那裡叫哩。」行者問：「八戒，你聽見麼？」八戒道：「耳大遮住了，不曾聽見。」又問：「沙僧，你聽見麼？」沙僧道：「我挑擔前走，不曾在心，也不曾聽見。」行者道：「老孫也不曾聽見。師父，他叫甚麼？偏你聽見。」唐僧道：「他叫得有理。說道：『活人性命還不救，昧心拜佛取何經？』『救人一命，勝造七級浮屠。』快去救他下來，強似取經拜佛。」行者笑道：「師父要善將起來，就沒藥醫。你想你離了東土，一路西來，卻也過了許多山場，遇著許多妖怪，常把你拿將進洞，老孫來救你，使鐵棒，常打死千千萬萬；今日一個妖精的性命，捨不得，要去救他？」唐僧道：「徒弟呀，古人云：『勿以善小而不為，勿以惡小而為之。』還去救他救罷。」行者道：「師父既然如此，只是這個擔兒，老孫卻擔不起。你要救他，我也不敢苦勸；我勸一會，你又惱了。任你去救。」唐僧道：「猴頭莫多話！你坐著，等我和八戒救他去。」

唐僧回至林裡，教八戒解了上半截繩子，用鈀築出下半截身子。那怪跌跌腳，束束裙，喜孜孜跟著唐僧出松林，見了行者。行者只是冷笑不止。唐僧罵道：「潑猴頭！你笑怎的？」行者道：「我笑你『時來逢好友，運去遇佳人』。」三藏又罵道：「潑猢猻！胡說！我自出娘肚皮，就做和尚，如今奉旨西來，虔心禮佛求經，又不是利祿之輩，有甚運退時！」行者笑道：「師父，你雖是自幼為僧，卻只會看經念佛，不曾見王法條律。這女子生得年少標致，我和你乃出家人，同他一路行走，倘或遇著歹人，把我們拿送官司，不論甚麼取經拜佛，且都打做姦情；縱無此事，也要問個拐帶人口；師父追了度牒，打個小死；八戒該問充軍；沙僧也問擺站；我老孫也不得乾淨，饒我口能，怎麼折辯，也要問個不應。」三藏喝道：「莫胡說！終不然，我救他性命，有甚貽累不成！帶了他去。凡有事，都在我身上。」行者道：「師父雖說有事在你，卻不知你不是救他，反是害他。」三藏道：「我救他出林，得其活命，怎麼反是害他？」行者道：「他當時綁在林間，或三五日，十日，半月，沒飯喫，餓死了，還得個完全身體歸陰；如今帶他出來，你坐得是個快馬，行路如風，我們只得隨你，那女子腳小，挪步艱難，怎麼跟得上走？一時把他丟下，若遇著狼蟲虎豹，一口吞之，卻不是反害其生也？」三藏道：「正是呀。這件事卻虧你想。如何處置？」行者笑道：「抱他上來，和你同騎著馬走罷。」三藏沉吟

聯經出版事業公司　校印

道：「我那裡好與他同馬！……」——「他怎生得去？」三藏道：「教八戒馱他走罷。」行者笑道：「獃子造化到了！」八戒道：「『遠路沒輕擔。』教我馱人，有甚造化？」行者道：「你那嘴長，馱著他，轉過嘴來，計較私情話兒，卻不便益？」八戒聞此言，搥胸爆跳道：「不好！不好！師父要打我幾下，寧可忍疼。背著他決不得乾淨⑦，師兄一生會贓埋人。我馱不成！」三藏道：「也罷，也罷。我也還走得幾步，等我下來，慢慢的同走，著八戒牽著空馬罷。」行者大笑道：「獃子倒有買賣。師父照顧你牽馬哩。」三藏道：「這猴頭又胡說了！古人云：『馬行千里，無人不能自往。』假如我在路上慢走，你好丟了我去？我若慢，你們也慢。大家一處同這女菩薩走下山去，或到庵觀寺院，有人家之處，留他在那裡，也是我們救他一場。」行者道：「師父說得有理。快請前進。」

三藏撩前走，沙僧挑擔，八戒牽著空馬，引著女子，行者拿鐵棒，一行前進。不上二三十里，天色將晚。又見一座樓台殿閣。三藏道：「徒弟，那裡必定是座庵觀寺院，就此借宿了，明日早行。」行者道：「師父說得是。各各走動些。」霎時到了門首。吩咐道：「你們略站遠些，等我先去借宿。若有方便處，著人來叫你。」眾人俱立在柳陰之下，惟行者拿鐵棒，轄著那女子。

長老拽步近前，只見那門東倒西歪，零零落落。推開看時，忍不住心中淒慘：長廊寂靜，古剎蕭疏；苔蘚盈庭，蒿蓁滿徑；惟螢火之飛燈，祇蛙聲而代漏。長老忽然掉下淚。真個是：

殿宇凋零倒塌，廊房寂寞傾頹。斷磚破瓦十餘堆，盡是些歪梁折柱。前後盡生青草，塵埋朽爛香

⑦乾淨——妥當、爽快。

廚。鐘樓崩壞鼓無皮，琉璃香燈破損。佛祖金身沒色，羅漢倒臥東西。觀音淋壞盡成泥，楊柳淨瓶墜地。日內並無僧入，夜間盡宿狐狸。只聽風響吼如雷，都是虎豹藏身之處。四下牆垣皆倒，亦無門扇關居。

有詩為證。詩曰：

多年古剎沒人修，狼狽凋零倒更休。猛風吹裂伽藍面，大雨澆殘佛像頭。金剛跌損隨淋洒，土地無房夜不收。更有兩般堪嘆處，銅鐘著地沒懸樓。

三藏硬著膽，走進二層門。見那鐘鼓樓俱倒了，止有一口銅鐘，札在地下。上半截如雪之白，下半截如靛之青。原來是日久年深，上邊被雨淋白，下邊是土氣上的銅青。三藏用手摸著鐘，高叫道：「鐘呵！你也曾懸掛高樓吼，也曾鳴遠彩梁聲。也曾雞啼就報曉，也曾天晚送黃昏。不知化銅的道人歸何處，鑄銅匠作那邊存。想他二命歸陰府，他無踪跡你無聲。」長老高聲讚嘆，不覺的驚動寺裡之人。那裡邊有一個侍奉香火的道人，他聽見人語，扒起來，拾一塊斷磚，照鐘上打將去。那鐘噹的響了一聲，把個長老諕了一跌；掙起身要走，又絆著樹根，撲的又是一跌。長老倒在地下，抬頭又叫道：「鐘呵！

貧僧正然感嘆你，忽的叮噹響一聲。想是西天路上無人到，日久多年變作精。」

那道人趕上前，一把攙住道：「老爺請起。不干鐘成精之事。卻纔是我打得鐘響。」三藏抬頭見他的模樣醜黑，道：「你莫是魍魎妖邪？我不是尋常之人，我是大唐來的，我手下有降龍伏虎的徒弟。你若撞著他，性命難存也！」道人跪下道：「老爺休怕。我不是妖邪，我是這寺裡侍奉香火的道人。

聯經出版事業公司校印

卻纔聽見老爺善言相讚，就欲出來迎接；恐怕是個邪鬼敲門，故此拾一塊斷磚，把鐘打一下壓膽，方敢出來。老爺請起。」那唐僧方然正性道：「住持，險些兒諕殺我也。你帶我進去。」

那道人引定唐僧，直至三層門裡看處，比外邊甚是不同。但見那：

青磚砌就彩雲牆，綠瓦蓋成琉璃殿。黃金裝聖像，白玉造階台。大雄殿上舞青光，毘羅閣下生銳氣。文殊殿，結采飛雲；輪藏堂，描花堆翠。三簷頂上寶瓶尖，五福樓中平繡蓋。千株翠竹搖禪榻，萬種青松映佛門。碧雲宮裡放金光，紫霧叢中飄瑞靄。朝聞四野香風遠，暮聽山高畫鼓鳴。應有朝陽補破衲，豈無對月了殘經？又只見半壁燈光明後院，一行香霧照中庭

三藏見了，不敢進去。叫：「道人，你這前邊十分狼狽，後邊這等齊整？何也？」道人笑道：「老爺，這山中多有妖邪強寇，天色清明，沿山打劫，天陰就來寺裡藏身，被他把佛像推倒墊坐，木植搬來燒火。本寺僧人軟弱，不敢與他講論；因此把這前邊破房都捨與那些強人安歇，從新另化了些施主，蓋得那一所寺院。清混各一，這是西方的事情。」三藏道：「原來是如此。」

正行間，又見山門上有五個大字，乃「鎮海禪林寺」。纔舉步，趿⑧入門裡，忽見一個和尚走來。你看他怎生模樣：

頭戴左笄絨錦帽，一對銅圈墜耳根。身著頗羅⑨毛線服，一雙白眼亮如銀。手中搖著播郎鼓⑩，

⑧趿——踏、踩。
⑨頗羅——即哆囉呢，明代由荷蘭進貢的一種毛織呢料。
⑩播郎鼓——即撥浪鼓，小兒玩具，一種手搖的小鼓。

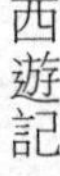

口念番經聽不真。三藏原來不認得，這是西方路上喇嘛僧。

那喇嘛和尚，走出門來，看見三藏眉清目秀，額闊頂平，耳垂肩，手過膝，好似羅漢臨凡，十分俊雅。他走上前扯住，滿面笑唏唏的與他捻手捻腳，摸他鼻子，揪他耳朵，以示親近之意。攜至方丈中，行禮畢，卻問：「老師父何來？」三藏道：「弟子乃東土大唐駕下欽差往西方天竺國大雷音寺拜佛取經者。適行至寶方天晚，特奔上剎借宿一宵，明日早行。望垂方便一二。」那和尚笑道：「不當人子！不當人子！我們不是好意要出家的，皆因父母生身，命犯華蓋，家裡養不住，纔捨斷了出家；既做了佛門弟子，切莫說脫空之話。」三藏道：「我是老實話。」和尚道：「那東土到西天，有多少路程！路上有山，山中有洞，洞內有精。想你這個單身，又生得嬌嫩，那裡像個取經的！」三藏道：「院主也見得是。貧僧一人，豈能到此。我有三個徒弟，逢山開路，遇水疊橋，保我弟子，所以到得上剎。」那和尚道：「三位高徒何在？」三藏道：「現在山門外伺候。」那和尚慌了道：「師父，你不知我這裡有虎狼、妖賊、鬼怪傷人。白日裡不敢遠出，未經天晚，就關了門戶。這早晚把人放在外邊！」叫：「徒弟，快去請將進來。」

有兩個小喇嘛兒，跑出外去，看見行者，諕了一跌；見了八戒，又是一跌；扒起來往後飛跑，道：「爺爺！造化低了！你的徒弟不見，只有三四個妖怪站在那門首也。」三藏問道：「怎麼模樣？」小和尚道：「一個雷公嘴，一個碓挺嘴，一個青臉獠牙。旁有一個女子，倒是個油頭粉面。」三藏笑道：「你不認得。那三個醜的，是我徒弟。那一個女子，是我打松林裡救命來的。」那喇嘛道：「爺爺呀，這們好俊師父，怎麼尋這般醜徒弟？」三藏道：「他醜自醜，卻俱有用。你快請他進來。若再遲了些兒，那雷公嘴的有些闖禍，不是個人生父母養的，他就打進來也。」
那小和尚即忙跑出，戰戰兢兢的跪下道：「列位老爺，唐老爺請哩。」八戒笑道：「哥呵！他請便罷了，卻這般戰兢兢的，何也？」行者道：「看見我們醜陋害怕。」八戒道：「可是扯淡！我們乃生成的，那個是好要醜哩！」行者道：「把那醜且略收拾收拾。」獃子真個把嘴揣在懷裡，低著頭，牽著馬，沙僧挑著擔，行者在後面，拿著棒，轄著那個女子，一行進去。穿過了那倒塌房廊，入三層門裡。拴了馬，歇了擔，進方丈中，與喇嘛僧相見，分了坐次。那和尚入裡邊，引出七八十個小喇嘛來；見禮畢，收拾辦齋管待。正是：積功須在慈悲念，佛法興時僧讚僧。畢竟不知怎生離寺，且聽下回分解。

第八十一回　鎮海寺心猿知怪　黑松林三眾尋師

話表三藏師徒到鎮海禪林寺，眾僧相見，安排齋供。四眾食畢，那女子也得些食力。漸漸天昏，方丈裡點起燈來。眾僧一則是問唐僧取經來歷，二則是貪看那女子，都攢攢簇簇①，排列燈下。三藏對那初見的喇嘛僧道：「院主，明日離了寶山，西去的路途如何？」那僧雙膝跪下，慌得長老一把扯住道：「院主請起。我問你個路程，你為何行禮？」那僧道：「老師父明日西行，路途平正，不須費心。只是眼下有件事兒不尷尬，一進門就要說，恐怕冒犯洪威，卻纔齋罷，方敢大膽奉告：老師東來，路遙辛苦，都在小和尚房中安歇甚好；只是這位女菩薩，不方便，不知請他那裡睡好。」三藏道：「院主，你不要生疑，說我師徒們有甚邪意。早間打黑松林過，撞見這個女子綁在樹上。小徒孫悟空不肯救他，是我發菩提心，將他救了，到此隨院主送他那裡睡去。」那僧謝道：「既老師寬厚，請他到天王殿裡，就在天王爺爺身後，安排個草鋪，教他睡罷。」三藏道：「甚好，甚好。」遂此時，眾小和

①攢攢簇簇——人群眾多，積聚成堆的樣子。

尚引那女子往殿後睡去。長老就在方丈中，請眾院主自在，遂各散去。三藏吩咐悟空：「辛苦了，早睡早起。」遂一處都睡了，不敢離側，護著師父。漸入夜深，正是那：

玉兔高升萬籟寧，天街寂靜斷人行。銀河耿耿星光燦，鼓發譙樓趲②換更。

一宵晚話不題。及天明了，行者起來，教八戒、沙僧收拾行囊、馬匹，卻請師父走路。此時長老還貪睡未醒。行者近前叫聲：「師父。」那師父把頭擡了一擡，又不曾答應得出。行者問：「師父，怎麼說？」長老呻吟道：「我怎麼這般頭懸眼脹，渾身皮骨皆疼？」八戒聽說，伸手去摸摸身上，有些發熱。獃子笑道：「我曉得了。這是昨晚見沒錢的飯，多喫了幾碗，倒沁著頭睡，傷食了。」行者喝道：「胡說！等我問師父，端的何如。」三藏道：「我半夜之間，起來解手，不曾戴得帽子，想是風吹了。」行者道：「這還說得是。如今可走得路麼？」三藏道：「我如今起坐不得，怎麼上馬，但只誤了路呵！」行者道：「師父說那裡話！常言道：『一日為師，終身為父。』我等與你做徒弟，就是兒子一般。又說道：『養兒不用阿金溺銀③，只是見景生情便好。』你既身子不快，說甚麼誤了行程，便寧耐幾日，何妨！」兄弟們都伏侍著師父，不覺的早盡午來昏又至，良宵纔過又侵晨。

光陰迅速，早過了三日。那一日，師父欠身起來叫道：「悟空，這兩日病體沉痾，不曾問得你：那個脫命的女菩薩，可曾有人送些飯與他喫？」行者笑道：「你管他怎的，且顧了自家的病著。」三藏

②趲——急促。
③阿金溺銀——指生活富裕，日常生活用具極盡豪奢。

道：「正是，正是。你且扶我起來，取出我的紙、筆、墨，寺裡借個硯臺來使使。」行者道：「要怎的？」長老道：「我要修一封書，並關文封在一處，你替我送上長安駕下，見太宗皇帝一面。」行者道：「這個容易。我老孫別事無能，若說送書，人間第一。你把書收拾停當與我，我一觔斗送到長安，遞與唐王，再一觔斗轉將回來，你的筆硯還不乾哩。——但只是你寄書怎的？且把書意念念我聽。念了再寫不遲。」長老滴淚道：「我寫著：

臣僧稽首三頓首，萬歲山呼拜聖君；文武兩班同入目，公卿四百共知聞：

當年奉旨離東土，指望靈山見世尊。不料途中遭厄難，何期半路有災迍。

僧病沉痾難進步，佛門深遠接天門。有經無命空勞碌，啟奏當今別遣人。」

行者聽得此言，忍不住呵呵大笑道：「師父，你忒不濟，略有些些病兒，就起這個意念。你若是病重，要死要活，只消問我。我老孫自有個本事。問道：『那個閻王敢起心？那個判官敢出票？那個鬼使來勾取？』苦惱了我，我拿出那大鬧天宮之性子，又一路棍，打入幽冥，捉住十代閻王，一個個抽了他的筋，還不饒他哩！」三藏道：「徒弟呀，我病重了，切莫說這大話。」

八戒上前道：「師兄，師父說不好，你只管說好！十分不尷尬，我們趁早商量，先賣了馬，典了行囊，買棺木送終散火。」行者道：「獃子又胡說了！你不知道。師父是我佛如來第二個徒弟，原叫做金蟬長老；只因他輕慢佛法，該有這場大難。」八戒道：「哥呵，師父既是輕慢佛法，貶回東土，在是非海內，口舌場中，託化做人身，發願往西天拜佛求經，遇妖精就捆，逢魔頭就吊，受諸苦惱，也彀了；怎麼又叫他害病？」行者道：「你那裡曉得。老師父不曾聽佛講法，打了一個盹，往下一試，左腳下躧了一粒米，下界來，該有這三日病。」八戒驚道：「像老豬喫東西潑潑撒撒的，也不知害多少年代病是！」行者道：「兄弟，佛不與你眾生為念。你又不知。人云：『鋤禾日當午，汗滴禾下土。誰知盤中餐，粒粒皆辛苦！』師父只今日一日，明日就好了。」三藏道：「我今日比昨不同：咽喉裡十分作渴。你去那裡，有涼水尋些來我喫。」行者道：「好了！師父要水喫，便是好了。等我取水去。」

即時取了鉢盂，往寺後面香積廚取水。忽見那些和尚一個個眼兒通紅，悲啼哽咽，只是不敢放聲大哭。行者道：「你們這些和尚，忒小家子樣！我們住幾日，臨行謝你，柴火錢照日算還。怎麼這等膿包！」眾僧慌跪下道：「不敢！不敢！」行者道：「怎麼不敢？想是我那長嘴和尚，食腸大，喫傷了你的本兒也？」眾僧道：「老爺，我這荒山，大大小小，也有百十眾和尚，每一人養老爺一日，也養得起百十日。怎麼敢欺心，計較甚麼食用！」

行者道：「既不計較，你卻為甚麼啼哭？」眾僧道：「老爺，不知是那山裡來的妖邪在這寺裡。我們晚夜間著兩個小和尚去撞鐘打鼓，只聽得鐘鼓響罷，再不見人回。至次日找尋，只見僧帽、僧鞋，丟在後邊園裡，骸骨尚存，將人喫了。你們住了三日，我寺裡不見了六個和尚。故此，我兄弟們不由的不怕，不由的不傷。因見你老師父貴恙，不敢傳說，忍不住淚珠偷垂也。」行者聞言，又驚又喜道：「不消說了，必定是妖魔在此傷人也。等我與你剿除他。」眾僧道：「老爺，妖精不精者不靈。一定會騰雲駕霧，一定會出幽入冥。古人道得好：『莫信直中直，須防仁不仁。』老爺，你莫怪我們說：你若拿得住他哩，便與我荒山除了這條禍根，正是三生有幸了；若還拿他不住呵，卻有好些兒不便處。」行者道：「怎叫做好些兒不便處？」眾僧道：「直不相瞞老爺說。我這荒山，雖有百十眾和尚，卻都

聯經出版事業公司校印

髮長尋刀削，衣單破衲縫。早晨起來洗著臉，叉手躬身，皈依大道；夜來收拾燒著香，虔心叩齒，念的彌陀。舉頭看見佛，蓮九品，秇三乘，慈航共法雲，願見祇園釋世尊；低頭看見心，受五戒，度大千，生生萬法中，願悟頑空與色空。諸檀越來呵，老的、小的、長的、矮的、胖的、瘦的，一個個敲木魚，擊金磬，挨挨拶拶④，兩卷《法華經》，一策《梁王懺》；諸檀越不來呵，新的、舊的、生的、熟的、村的、俏的，一個個合著掌，瞑著目，悄悄冥冥，入定蒲團上，牢關月下門。一任他鶯啼鳥語閑爭鬥，不上我方便慈悲大法乘。因此上，也不會伏虎，也不會降龍；也不識的怪，也不識的精。你老爺若還惹起那妖魔呵，我百十個和尚只彀他齋一飽：一則墮落我眾生輪迴；二則滅抹了這禪林古跡；三則如來會上，全沒半點兒光輝。——這卻是好些兒不便處。」

行者聞得眾和尚說出這一端⑤的話語，他便怒從心上起，惡向膽邊生，高叫一聲：「你這眾和尚好獃哩！只曉得那妖精，就不曉得我老孫的行止麼？」眾僧輕輕的答道：「實不曉得。」行者道：「我今日略節說說，你們聽著：

我也曾花果山伏虎降龍，我也曾上天堂大鬧天宮。饑時把老君的丹，略略咬了兩三顆；渴時把玉帝的酒，輕輕嚀了六七鍾。睜著一雙不白不黑的金睛眼，天慘淡，月朦朧；拿著一條不短不長的金箍棒，來無影，去無踪。說甚麼大精小怪，那怕他憊懶腮膿！一趕趕上去，跑的跑，顫的顫，

④挨挨拶拶——人群擁擠的樣子。挨，靠著；拶，ㄗㄚˊ，逼近。

⑤一端——一段、一篇、一番。

躲的躲，慌的慌；一捉捉將來，銼的銼，燒的燒，磨的磨，舂的舂。正是八仙同過海，獨自顯神通！——眾和尚，我拿這妖精與你看看，你纔認得我老孫！」

眾僧聽著，暗點頭道：「這賊禿開大口，說大話，想是有些來歷。」都一個個諾諾連聲。只有那喇嘛僧道：「且住！你老師父貴恙，你拿這妖精不至緊⑥。俗語道：『公子登筵，不醉便飽；壯士臨陣，不死即傷。』你兩下裡角鬥之時，倘貽累你師父，不當穩便⑦。」

行者道：「有理！有理！我且送涼水與師父喫了再來。」掇起鉢盂，著上涼水，轉出香積廚，就到方丈，叫聲：「師父，喫涼水哩。」三藏正當煩渴之時，便擡起頭來，捧著水，只是一吸。真個：「渴時一滴如甘露，藥到真方病即除。」行者見長老精神漸爽，眉目舒開，就問道：「師父，可喫些湯飯麼？」三藏道：「這涼水就是靈丹一般，我病兒減了一半，有湯飯也喫得些。」行者連聲高高叫道：「我師父好了，要湯飯喫哩！」教那些和尚忙忙的安排。淘米、煮飯、捍麵、烙餅、蒸饝饝、做粉湯，擡了四五桌。唐僧只喫得半碗兒米湯。行者、沙僧止用了一席。其餘的都是八戒一肚餐之。家火收去，點起燈來，眾僧各散。

三藏道：「我們今住幾日了？」行者道：「三整日矣。明朝向晚，便就是四個日頭。」三藏道：「三日誤了許多路程。」行者道：「師父也算不得路程，明日去罷。」三藏道：「正是。就帶幾分病兒，

⑥不至緊——不打緊、不要緊。

⑦不當穩便——不合適，不妥當。

也沒奈何。」行者道：「既是明日要去，且讓我今晚捉了妖精看。」三藏驚道：「又捉甚麼妖精？」行者道：「有個妖精在這寺裡，等老孫替他捉捉。」唐僧道：「徒弟呀，我的病身未可，你怎麼又興此念！倘那怪有神通，你拿他不住呵，卻又不是害我？」行者道：「你好滅人威風！老孫到處降妖，你見我弱與誰的？只是不動手，動手就要贏。」三藏扯住道：「徒弟，常言說得好：『遇方便時行方便，得饒人處且饒人，操心怎似存心好，爭氣何如忍氣高！』」孫大聖見師父苦苦勸他不許降妖，他說出老實話來道：「師父，實不瞞你說，那妖在此喫了人了。」唐僧大驚道：「喫了甚麼人？」行者說道：「我們住了三日，已是喫了這寺裡六個小和尚了。」長老道：「『兔死狐悲，物傷其類。』他既喫了寺內之僧，我亦僧也，我放你去；只但用心仔細些。」行者道：「不消說。老孫的手到就消除了。」

你看他燈光前吩咐八戒、沙僧看守師父；他喜孜孜跳出方丈，徑來佛殿看時，天上有星，月還未上，那殿裡黑暗暗的。他就吹出真火，點起琉璃，東邊打鼓，西邊撞鐘。響罷，搖身一變，變做個小和尚兒，年紀只有十二三歲，披著黃絹褊衫，白布直裰，手敲著木魚，口裡念經。等到一更時分，不見動靜。二更時分，殘月纔升，只聽見呼呼的一陣風響。好風：

黑霧遮天暗，愁雲照地昏。四方如潑墨，一派靛妝渾。先颳時揚塵播土，次後來倒樹摧林。揚塵播土星光現，倒樹摧林月色昏。只颳得嫦娥緊抱梭羅樹⑧，玉兔團團找藥盆。九曜星官皆閉戶，四海龍王盡掩門。廟裡城隍覓小鬼，空中仙子怎騰雲？地府閻羅尋馬面，判官亂跑趕頭巾。颳動

---

⑧梭羅樹——即娑羅樹，屬龍腦香科，木材堅實，產自印度。

崑崙頂上石，捲得江湖波浪混。

那風纔然過處，猛聞得蘭麝香熏，環珮聲響，即欠身擡頭觀看，呀！卻是一個美貌佳人，徑上佛殿。行者口裡嗚哩嗚喇，只情念經。那女子走近前，一把摟住道：「小長老，念的是甚麼經？」行者道：「許下的。」女子道：「別人都自在睡覺，你還念經怎麼？」行者道：「許下的，如何不念？」女子摟住，與他親個嘴道：「我與你到後面耍耍去。」行者故意的扭過頭去道：「你有些不曉事！」女子道：「你會相面？」行者道：「也曉得些兒。」女子道：「你相我怎的樣子？」行者道：「我相你有些兒偷生抓熟⑨，被公婆趕出來的。」女子道：「相不著！相不著！我：

不是公婆趕逐，不因抓熟偷生。奈我前生命薄，投配男子年輕，不會洞房花燭，避夫逃走之情。趁如今星光月皎，也是有緣千里來相會。我和你到後園中交歡配鸞儔去也。」行者聞言，暗點頭道：「那幾個愚僧，都被色慾引誘，所以傷了性命，他如今也來哄我。」就隨口答應道：「娘子，我出家人年紀尚幼，卻不知甚麼交歡之事。」女子道：「你跟我去，我教你。」行者暗笑道：「也罷，我跟他去，看他怎生擺佈。」

他兩個摟著肩，攜著手，出了佛殿，徑至後邊園裡。那怪把行者使個絆子腿，跌倒在地；口裡「心肝哥哥」的亂叫，將手就去掐他的臊根。行者道：「我的兒，真個要喫老孫哩！」卻被行者接住他手，使個小坐跌法，把那怪一轆轤掀翻在地上。那怪口裡還叫道：「心肝哥哥，你倒會跌你的娘哩！」行

⑨偷生抓熟——「抓」為「㧻」之誤，即團弄。此句指女人偷情，不管陌生或認識的人，一律包收。

者暗算道：「不趁此時下手他，還到幾時！正是：『先下手為強，後下手遭殃。』」就把手一叉，腰一躬，一跳跳起來，現出原身法象，輪起金箍鐵棒，劈頭就打。那怪倒也唬了一驚。他心想道：「這個小和尚，這等利害！」打開眼一看，原來是那唐長老的徒弟姓孫的。他也不懼他。你說這精怪是甚麼精怪：

金作鼻，雪鋪毛。地道為門屋，安身處處牢。養成三百年前氣，曾向靈山走幾遭。一飽香花和蠟燭，如來吩咐下天曹。托塔天王恩愛女，哪吒太子認同胞。也不是個填海鳥⑩，也不是個戴山鰲⑪。也不怕的雷煥劍⑫，也不怕的呂虔刀⑬。往往來來，一任他水流江、漢闊；上上下下，那論他山聳泰、恆高？你看他月貌花容嬌滴滴，誰識得是個鼠老成精逞點豪！

他自恃的神通廣大，便隨手架起雙股劍，玎玎璫璫的響，左遮右格，隨東倒西。行者雖強些，卻也撈他不倒。陰風四起，殘月無光。你看他兩人，後園中一場好殺：

陰風從地起，殘月蕩微光。闃靜梵王宇，闌珊小鬼廊。後園裡一片戰爭場：孫大士，天上聖；毛姹女，女中王；賭賽神通未肯降。一個兒扭轉芳心嗔黑禿，一個兒圓睜慧眼恨新妝。兩手劍飛，

---

⑩填海鳥——傳說炎帝之幼女，名女娃，遊於東海而溺死，化為精衛鳥，常銜西山之木石，以填於東海。

⑪戴山鰲——鰲，大龜。據說渤海之東幾萬里處，有無底洞名歸墟，天下諸水均流注於此，而無增減。其中有岱輿、員嶠、方壺、瀛洲、蓬萊等五山，無所連著，常隨波上下往返。天帝恐流於西極，於是令禺彊使大龜十五，舉而戴之。

⑫雷煥劍——雷煥，晉豫章人。傳說他通曉緯象，武帝時，斗牛間有紫氣，煥望氣而知豐城有寶劍。張華乃補煥為豐城令，掘獄而得龍泉、太阿二劍。

⑬呂虔刀——三國魏呂虔為刺史，有佩刀，相者謂三公可佩。虔以授王祥，祥臨終前授王覽。後用為稱頌輔相之語。

那認得女菩薩；一根棍打，狠似個活金剛。響處金箍如電掣，霎時鐵白耀星芒。玉樓抓翡翠，金殿碎鴛鴦。猿啼巴月小，鴈叫楚天長。十八尊羅漢，暗暗喝采；三十二諸天，個個慌張。

那孫大聖精神抖擻，棍兒沒半點差池。妖精自料敵他不住，猛可的眉頭一蹙，計上心來，抽身便走，行者喝道：「潑貨！那走！快快來降！」那妖精只是不理，直往後退，等行者趕到緊急之時，即將左腳上花鞋脫下來，吹口仙氣，念個呪語，叫一聲「變！」就變做本身模樣，使兩口劍舞將來；真身一晃，化陣清風而去。這卻不是三藏的災星？他便徑撞到方丈裡，把唐三藏攝將去雲頭上，杳杳冥冥，霎霎眼，就到了陷空山，進了無底洞，叫小的們安排素筵席成親不題。

卻說行者鬥得心焦性躁，閃一個空，一棍把那妖精打落下來，乃是一隻花鞋。行者曉得中了他計，連忙轉身來看師父。那有個師父？只見那獃子和沙僧口裡嗚哩嗚哪說甚麼。行者怒氣填胸，也不管好歹，撈起棍來一片打，連聲叫道：「打死你們！打死你們！」那獃子慌得走也沒路。沙僧卻是個靈山大將，見得事多，就軟款溫柔，近前跪下道：「兄長，我知道了。想你要打殺我兩個，也不去救師父，徑自回家去哩。」行者道：「我打殺你兩個，我自去救他！」沙僧笑道：「兄長說那裡話！無我兩個，真是：『單絲不線，孤掌難鳴。』兄呵，這行囊、馬匹，誰與看顧？寧學管鮑分金⑭，休仿孫龐鬥智⑮。自古道：『打虎還得親兄弟，上陣須教父子兵。』望兄長且饒打，待天明和你同心戮力，尋師去

⑭管鮑分金——春秋時，齊人管仲、鮑叔牙相交，鮑知管仲貧而賢，故共從商而分金，必多與之。

⑮孫龐鬥智——戰國時，龐涓與孫臏同學兵法。涓為魏將，疾臏之才，召臏至魏，施以刖刑；後齊使者載臏歸齊，威王以為師。臏為齊謀擊魏，涓智窮兵敗，自殺，臏由是顯名。

也。』行者雖是神通廣大，卻也明理識時。見沙僧苦苦哀告，便就回心道：「八戒、沙僧，你都起來。明日找尋師父，卻要用力。」那獃子聽見饒了，恨不得天也許下半邊，道：「哥呵，這個都在老豬身上。」兄弟們思思想想，那曾得睡，恨不得點頭喚出扶桑日，一口吹散滿天星。

三眾只坐到天曉，收拾要行，早有寺僧攔門來問：「老爺那裡去？」行者笑道：「不好說。昨日對眾誇口，說與他們拿妖精，妖精未曾拿得，倒把我個師父不見了。我們尋師父去哩。」眾僧害怕道：「老爺，小可的事，倒帶累老師；卻往那裡去尋？」行者道：「有處尋他。」眾僧忙道：「既去莫忙，且喫些早齋。」連忙的端了兩三盆湯飯。八戒儘力喫個乾淨，道：「好和尚！我們尋著師父，再到你這裡來耍子。」行者道：「還到這裡喫他飯哩！你去天王殿裡看看那女子在否。」眾僧道：「老爺，不在了，不在了。自是當晚宿了一夜，第二日就不見了。」

行者喜喜歡歡的辭了眾僧，著八戒、沙僧牽馬挑擔，逕回東走。八戒道：「哥哥差了。怎麼又往東行？」行者道：「你豈知道！前日在那黑松林綁的那個女子，老孫火眼金睛，把他認透了，你們都認做好人。今日喫和尚的也是他，攝師父的也是他！你們救得好女菩薩！今既攝了師父，還從舊路上找尋去也。」二人嘆服道：「好，好，好！真是粗中有細！去來！去來！」

三人急急到於林內，只見那：

雲靄靄，霧漫漫；石層層，路盤盤。狐蹤兔跡交加走，虎豹豺狼往復鑽。林內更無妖怪影，不知三藏在何端。

行者心焦，掣出棒來，搖身一變，變作大鬧天宮的本相，三頭六臂，六隻手，理著三根棒，在林裡辟哩撥喇的亂打。八戒見了道：「沙僧，師兄著了惱，尋不著師父，弄做個氣心風⑯了。」原來行者打了一路，打出兩個老頭兒來，——一個是山神，一個是土地。上前跪下道：「大聖，山神、土地來見。」八戒道：「好靈根呵！打了一路，打出兩個山神、土地；若再打一路，連太歲都打出來也。」行者問道：「山神、土地，汝等這般無禮！在此處專一結夥強盜，強盜得了手，買些豬羊祭賽你；又與妖精結擄，打夥兒把我師父攝來！如今藏在何處？快快的從實供來，免打！」二神慌了道：「大聖錯怪了我耶。妖精不在小神山上，不伏小神管轄。但只夜間風響處，小神略知一二。」行者道：「既知，一一說來！」土地道：「那妖精攝你師父去，在那正南下，離此有千里之遙。那廂有座山，喚做陷空山。山中有個洞，叫做無底洞。是那山裡妖精，到此變化攝去也。」行者聽言，暗自驚心，喝退了山神、土地，收了法身，現出本相，與八戒、沙僧道：「師父去得遠了。」八戒道：「遠便騰雲趕去！」好獃子，一縱狂風先起，隨後是沙僧駕雲。那白馬原是龍子出身，馱了行李，也踏了風霧。大聖即起觔斗，一直南來。不多時，早見一座大山，阻住雲腳。三人採住馬，都按定雲頭。見那山：

頂摩碧漢，峰接青霄。周圍雜樹萬萬千，來往飛禽喳喳噪。虎豹成陣走，獐鹿打叢行。向陽處，琪花瑤草馨香；背陰方，臘雪頑冰不化。崎嶇峻嶺，削壁懸崖。直立高峰，灣環深澗。松鬱鬱，石磷磷，行人見了悚其心。打柴樵子全無影，採藥仙童不見踪。眼前虎豹能興霧，遍地狐狸亂弄風。

八戒道：「哥呵，這山如此嶮峻，必有妖邪。」行者道：「不消說了。『山高原有怪，嶺峻豈無精！』」

⑯氣心風——氣得發狂。

聯經出版事業公司　校印

叫：「沙僧，我和你且在此，著八戒先下山凹裡打聽打聽，看那條路好走，端的可有洞府，再看是那裡開門，俱細細打探，我們好一齊去尋師父救他。」八戒道：「老豬晦氣！先拿我頂缸！」行者道：「你夜來說都在你身上，如何打仰⑰？」八戒道：「不要嚷，等我去。」獃子放下鈀，抖抖衣裳，空著手，跳下高山，找尋路徑。這一去，畢竟不知好歹如何，且聽下回分解。

⑰打仰——翻悔。

第八十二回　姹女求陽　元神護道

却說八戒跳下山，尋著一條小路。依路前行，有五六里遠近，忽見兩個女怪，在那井上打水。他怎麼認得是兩個女怪？見他頭上戴一頂一尺二三寸高的篾絲䯼髻，甚不時興①。獃子走近前，叫聲：「妖怪。」那怪聞言大怒，兩人互相說道：「這和尚憊懶！我們又不與他相識，平時又沒有調得嘴慣，他怎麼叫我們做妖怪！」那怪惱了，輪起擡水的杠子，劈頭就打。

這獃子手無兵器，遮架不得，被他撈了幾下，侮著頭跑上山來道：「哥呵，回去罷！妖怪兇！」行者道：「怎麼兇？」八戒道：「山凹裡兩個女妖精在井上打水，我只叫了他一聲，就被他打了我三四杠子！」行者道：「你叫他做甚麼的？」八戒道：「我叫他做妖怪。」行者笑道：「打得還少。」八戒道：「謝你照顧！頭都打腫了，還說少哩！」行者道：「『溫柔天下去得，剛強寸步難移。』他們

①時興——流行。

聯經出版事業公司　校印

是此地之妖，我們是遠來之僧，你一身都是手，也要略溫存。你就去叫他做妖怪，他不打你，打我？『人將禮樂為先』。」八戒道：「一發不曉得！」行者道：「你自幼在山中喫人，你曉得有兩樣木麼？」八戒道：「不知。是甚麼木？」行者道：「一樣是楊木，一樣是檀木。楊木性格甚軟，巧匠取來，或雕聖像，或刻如來，裝金立粉，嵌玉裝花，萬人燒香禮拜，受了多少無量之福。那檀木性格剛硬，油房裡取了去，做柞撒②，使鐵箍箍了頭，又使鐵鎚往下打，只因剛強，所以受此苦楚。」八戒道：「哥呵，你這好話兒，早與我說說也好，卻不受他打了。」行者道：「你還去問他個端的。」八戒道：「這去他認得我了。」行者道：「你變化了去。」八戒道：「哥呵，且如我變了，卻怎麼問麼？」行者道：「你變了去，到他跟前，行個禮兒，看他多大年紀。若與我們差不多，叫他聲『姑娘』，若比我們老些兒，叫他聲『奶奶』。」八戒笑道：「可是蹭蹬！這般許遠的田地，認得是甚麼親！」行者道：「不是認親，要套他的話哩。若是他拿了師父，就好下手；若不是他，卻不誤了我們別處幹事？」八戒道：「說得有理，等我再去。」

好獃子，把釘鈀撒在腰裡，下山凹，搖身一變，變做個黑胖和尚。搖搖擺擺，走近怪前，深深唱個大喏道：「奶奶，貧僧稽手③了。」那兩個喜道：「這個和尚卻好，會唱個喏兒，又會稱道一聲兒。」問道：「長老，那裡來的？」八戒道：「那裡來的。」又問：「那裡去的？」又道：「那裡去的。」

②柞撒——鑿子柄。

③稽手——即稽首，舊時所行跪拜禮。

又問：「你叫做甚麼名字？」又答道：「我叫做甚麼名字。」那怪笑道：「這和尚好便好，只是沒來歷，會說順口話兒。」八戒道：「奶奶，你們打水怎的？」那怪道：「和尚，你不知道：我家老夫人今夜裡攝了一個唐僧在洞內，要管待他；我洞中水不乾淨，差我兩個來此打這陰陽交媾的好水，安排素果素菜的筵席，與唐僧喫了，晚間要成親哩。」

那獃子聞得此言，急抽身跑上山叫：「沙和尚，快拿將行李來，我們分了罷！」沙僧道：「二哥，又分怎的？」八戒道：「分了，便你還去流沙河喫人，我去高老莊探親，哥哥去花果山稱聖，白龍馬歸大海成龍，師父已在這妖精洞內成親哩！我們都各安生理去也！」行者道：「這獃子又胡說了！」八戒道：「你的兒子胡說！纔那兩個擡水的妖精說，安排素筵席與唐僧喫了成親哩！」行者道：「那妖精把師父困在洞內，師父眼巴巴的望我們去救，你卻在此說這樣話！」八戒道：「怎麼救？」行者道：「你兩個牽著馬，挑著擔，我們跟著那兩個女怪，做個引子，引到那門前，一齊下手。」真個獃子只得隨行。行者遠遠的標④著那兩怪，漸入深山，有一二十里遠近，忽然不見。八戒驚道：「師父是日裡鬼拿去了！」行者道：「你好眼力！怎麼就看出他本相來？」八戒道：「那兩個怪，正擡著水走，忽然不見，卻不是個日裡鬼？」行者道：「想是鑽進洞去了。等我去看。」

好大聖，急睜火眼金睛，漫山看處，果然不見動靜。只見那陡崖前，有一座玲瓏剔透細㙮，花堆五采，三簷四簇的牌樓。他與八戒、沙僧近前觀看，上有六個大字，乃「陷空山無底洞」。行者道：「兄

④標——跟隨。

弟呀，這妖精把個架子支在這裡，還不知門向那裡開哩。」沙僧說：「不遠！不遠！好生尋！」都轉身看時，牌樓下，山腳下有一塊大石，約有十餘里方圓；正中間有缸口大的一個洞兒，爬得光溜溜的。八戒道：「哥呵，這就是妖精出入洞也。」行者看了道：「怪哉！我老孫自保唐僧，瞞不得你兩個，妖精也拿了些，卻不見這樣洞府。八戒，你先下去試試，看有多少淺深，我好進去救師父。」八戒搖頭道：「這個難！這個難！我老豬身子夯夯的，若塌了腳掉下去，不知二三年可得到底哩！」行者道：「就有多深麼？」八戒道：「你看！」大聖伏在洞邊上，仔細往下看處，——咦！深呵！周圍足有三百餘里；回頭道：「兄弟，果然深得緊！」八戒道：「你便回去罷。師父救不得耶！」行者道：「你說那裡話！『莫生懶惰意，休起怠荒心。』且將行李歇下，把馬拴在牌樓柱上，你使釘鈀，沙僧使杖，攔住洞門，讓我進去打聽打聽。若師父果在裡面，我將鐵棒把妖精從裡打出，跑至門口，你兩個卻在外面攔住：這是裡應外合。打死精靈，纔救得師父。」二人遵命。

行者卻將身一縱，跳入洞中，足下彩雲生萬道，身邊瑞氣護千層。不多時，到於深遠之間，那裡邊明明朗朗，一般的有日色，有風聲，又有花草果木。行者喜道：「好去處呵！想老孫出世，天賜與水簾洞，這裡也是個洞天福地！」正看時，又有一座二滴水的門樓，團團都是松竹，內有許多房舍。又想道：「此必是妖精的住處了。我且到裡邊去打聽打聽。——且住！若是這般去呵，他認得我了，且變化了去。」搖身捻訣，就變做個蒼蠅兒，輕輕的飛在門樓上聽聽。只見那怪高坐在草亭內。他那模樣，比在松林裡救他，寺裡拿他，便是不同，越發打扮得俊了：

髮盤雲髻似堆鴉，身著綠絨花比甲。一對金蓮剛半折⑤，十指如同春筍發。
團團⑥粉面若銀盆，朱唇一似櫻桃滑。端端正正美人姿，月裡嫦娥還喜恰。
今朝拿住取經僧，便要歡娛同枕榻。

行者且不言語，聽他說甚話。少時，綻破櫻桃，喜孜孜的叫道：「小的們，快排素筵席來，我與唐僧哥哥喫了成親。」行者暗笑道：「真個有這話！我只道八戒作耍子亂說哩！且等我飛進去尋尋，看師夫在那裡。不知他的心性如何。……假若被他摩弄動了呵，留他在這裡也罷。」即展翅，飛到裡邊看處，那東廊下上明下暗的紅紙格子裡面，坐著唐僧哩。

行者一頭撞破格子眼，飛在唐僧光頭上丁著，叫聲：「師父。」三藏認得聲音，叫道：「徒弟，救我命呵！」行者道：「師父，不濟呀！那怪精安排筵宴，與你喫了成親哩。或生下一男半女，也是你和尚之後代，你愁怎的？」長老聞言，咬牙切齒道：「徒弟，我自出了長安，到兩界山中收你，一向西來，那個時辰動葷？那一日子有甚歪意？今被這妖精拿住，要求配偶，我若把真陽喪了，我就身墮輪迴，打在那陰山背後，永世不得翻身！」行者笑道：「莫發誓。既有真心往西天取經，老孫帶你去罷。」三藏道：「進來的路兒，我通忘了。」行者道：「莫說你忘了。他這洞，不比走進來走出去的，是打上頭往下鑽。如今救了你，要打底下往上鑽。若是造化高，鑽著洞口兒，就出去了；若是造化低，

⑤半折——半扠。
⑥團團——圓滾滾的樣子。

鑽不著，還有個悶殺的日子了。」三藏滿眼垂淚道：「似此艱難，怎生是好？」行者道：「沒事！沒事！那妖精整治酒與你喫，沒奈何，也喫他一鍾；只要斟得急些兒，斟起一個喜花兒⑦來，等我變作個蟭蟟蟲兒，飛在酒泡之下。他把我一口吞下肚去，我就捻破他的心肝，扯斷他的肺腑，弄死那妖精，你纔得脫身出去。」三藏道：「徒弟，這等說，只是不當人子。」行者道：「只管行起善來，你命休矣。妖精乃害人之物，你惜他怎的！」三藏道：「也罷，也罷；你只是要跟著我。」正是那孫大聖護定唐三藏，取經僧全靠著美猴王。

他師徒兩個，商量未定，早是那妖精安排停當，走近東廊外，開了門鎖，叫聲：「長老。」唐僧不敢答應。又叫一聲，又不敢答應。他不敢答應者何意？想著「口開神氣散，舌動是非生」。卻又一條心兒想著，若死住法兒不開口，只怕他心狠，頃刻間就害了性命。正是那進退兩難心問口，三思忍耐口問心。正自狐疑，那怪又叫一聲：「長老。」唐僧沒奈何，應他一聲道：「娘子，有。」那長老應出這一句言來，真是肉落千斤。人都說唐僧是個真心的和尚，往西天拜佛求經，怎麼與這女妖精答話？不知此時正是危急存亡之際，萬分出於無奈，雖是外有所答，其實內無所慾。妖精見長老應了一聲，他推開門，把唐僧攙起來，和他攜手挨背，交頭接耳。你看他做出那千般嬌態，萬種風情。豈知三藏一腔子煩惱。行者暗中笑道：「我師父被他這般哄誘，只怕一時動心。」正是：

真僧魔苦遇嬌娃，妖怪娉婷實可誇。淡淡翠眉分柳葉，盈盈丹臉襯桃花。

⑦喜花兒——倒酒時表面上起的泡沫。

繡鞋微露雙鉤鳳，雲髻高盤兩鬢鴉。含笑與師攜手處，香飄蘭麝滿袈裟。

妖精挽著三藏，行近草亭道：「長老，我辦了一杯酒，和你酌酌。」唐僧道：「娘子，貧僧自不用葷。」妖精道：「我知你不喫葷，因洞中水不乾淨，特命山頭上取陰陽交媾的淨水，做些素果素菜筵席，和你耍子。」唐僧跟他進去觀看，果然見那：

盈門下，綉纏彩結；滿庭中，香噴金猊。擺列著黑油壘鈿桌，硃漆篾絲盤。壘鈿桌上，有異樣珍羞；篾絲盤中，盛稀奇素物。林檎、橄欖、蓮肉、葡萄、榧柰、榛松、荔枝、龍眼、山栗、風菱、棗兒、柿子、胡桃、銀杏、金橘、香橙，菓子隨山有；蔬菜更時新：豆腐、麵觔、木耳、鮮笋、蘑菇、香蕈、山藥、黃精。石花菜、黃花菜，青油煎炒；扁豆角、江豆角，熟醬調成。王瓜、瓠子、白果、蔓菁。鏇皮茄子鵪鶉做，剔種冬瓜方旦名。爛煨芋頭糖拌著，白煮蘿蔔醋燒烹。椒薑辛辣般般美，鹹淡調和色色平。

那妖精露尖尖之玉指，捧晃晃之金杯，滿斟美酒，遞與唐僧，口裡叫道：「長老哥哥，妙人，請一杯交歡酒兒。」三藏羞答答的，接了酒，望空澆奠，心中暗祝道：「護法諸天、五方揭諦、四值功曹：弟子陳玄奘，自離東土，蒙觀世音菩薩差遣列位眾神暗中保護，拜雷音，見佛求經。今在途中，被妖精拿住，強逼成親，將這一杯酒遞與我喫。此酒果是素酒，弟子勉強喫了，還得見佛成功；若是葷酒，破了弟子之戒，永墮輪迴之苦！」孫大聖，他卻變得輕巧，在耳根後，若像一個耳報；但他說話，惟三藏聽見，別人不聞。他知師父平日好喫葡萄做的素酒，教喫他一鍾。那師父沒奈何喫了，急將酒滿斟一鍾，回與妖怪。果然斟起有一個喜花兒。行者變作個蟭蟟蟲兒，輕輕的飛入喜花之下。那妖精接

聯經出版事業公司 校印

在手，且不喫，把杯兒放住，與唐僧拜了兩拜，口裡嬌嬌怯怯，敘了幾句情話。卻纔舉杯，那花兒已散，就露出蟲來。妖精也認不得是行者變的，只以為蟲兒，用小指挑起，往下一彈。

行者見事不諧，料難入他腹，即變做個餓老鷹。真個是：

玉爪金睛鐵翮，雄姿猛氣摶雲，妖狐狡兔見他昏，千里山河時遁。
饑處迎風逐雀，飽時高貼天門，老拳鋼硬最傷人，得志凌霄嫌近。

飛起來，輪開玉爪，響一聲掀翻桌席，把些素果素菜，盤碟家火，盡皆捽碎，撇卻唐僧，飛將出去。諕得妖精心膽皆裂，唐僧的骨肉通酥。妖精戰戰兢兢，摟住唐僧道：「長老哥哥，此物是那裡來的？」三藏道：「貧僧不知。」妖怪道：「我費了許多心，安排這個素宴與你耍耍，卻不知這個扁毛畜生，從那裡飛來，把我的家火打碎！」群小妖道：「夫人，打碎家火猶可，將些素品都潑散在地，穢了怎用？」三藏分明曉得是行者弄法，他那裡敢說。那妖精道：「小的們，我知道了。想必是我把唐僧困住，天地不容，故降此物。你們將碎家火拾出去，另安排些酒餚，不拘葷素，我指天為媒，指地作訂，然後再與唐僧成親。」依然把長老送在東廊裡坐下不題。

卻說行者飛出去，現了本相，到於洞口，叫聲：「開門！」八戒笑道：「沙僧，哥哥來了。」他二人撒開兵器。行者跳出，八戒上前扯住道：「可有妖精，可有師父？」行者道：「有！有！有！」八戒道：「師父在裡邊受罪哩，綁著是綑著？要蒸是要煮？」行者道：「這個事倒沒有，只是安排素宴，要與他幹那個事哩。」八戒道：「你造化！你造化！你喫了陪親酒來了！」行者道：「獃子呵！師父的性命也難保，喫甚麼陪親酒！」八戒道：「你怎的就來了？」行者把見唐僧施變化的上項事說了一遍，道：「兄弟們，再休胡思亂想。師父已在此間，老孫這一去，一定救他出來。」

復翻身入裡面，還變做個蒼蠅兒，丁在門樓上聽之。只聞得這妖怪氣噓噓的，在亭子上吩咐：「小的們，不論葷素，拿來燒紙。借煩天地為媒訂，務要與他成親。」行者聽見，暗笑道：「這妖精全沒一些兒廉恥！青天白日的，把個和尚關在家裡擺佈。且不要忙，等老孫再進去看看。」嚶的一聲，飛在東廊之下，只見那師父坐在裡邊，清滴滴腮邊淚淌。行者鑽將進去，丁在他頭上，又叫聲：「師父。」長老認得聲音，跳起來，咬牙恨道：「猢猻呵！別人膽大，還是身包膽；你的膽大，就是膽包身！你弄變化神通，打破家火，能值幾何！鬥得那妖精淫興發了，那裡不分葷素安排，定要與我交媾，此事怎了！」行者暗中陪笑道：「師父莫怪，有救你處。」唐僧道：「那裡救得我？」行者道：「我纔一翅飛起去時，見他後邊有個花園。你哄他往園裡去耍子，我救了你罷。」唐僧道：「園裡怎麼樣救？」行者道：「你與他到園裡，走到桃樹邊，就莫走了。等我飛上桃枝，變作個紅桃子。你要喫果子，先揀紅的兒摘下來。紅的是我。他必然也要摘一個，你把紅的定要讓他。他若一口喫了，我卻在他肚裡，等我搗破他的皮袋，扯斷他的肝腸，弄死他，你就脫身了。」三藏道：「你若有手段，就與他賭鬥便了；只要鑽在他肚裡怎麼？」行者道：「師父，你不知趣。他這個洞，若好出入，便可與他賭鬥；只為出入不便，曲道難行，若就動手，他這一窩子，老老小小，連我都扯住，卻怎麼了？須是這般捽手⑧幹，大家纔得乾淨。」三藏點頭聽信，只叫：「你跟定我。」行者道：「曉得！曉得！我在你頭上。」

⑧捽手——揪住手相攻擊。

聯經出版事業公司 校印

師徒們商量定了，三藏纔欠起身來，雙手扶著那格子，叫道：「娘子，娘子。」那妖精聽見，笑唏唏的跑近跟前道：「妙人哥哥，有甚話說？」三藏道：「娘子，我出了長安，一路西來，無日不山，無日不水。昨在鎮海寺投宿，偶得傷風重疾，今日出了汗，略纔好些；又蒙娘子盛情，攜入仙府，只得坐了這一日，又覺心神不爽。你帶我往那裡略散散心，耍耍兒去麼？」那妖精十分歡喜道：「妙人哥哥倒有些興趣。我和你去花園裡耍耍。」叫：「小的們，拿鑰匙來開了園門，打掃路徑。」眾妖都跑去開門收拾。

這妖精開了格子，攙出唐僧。你看那許多小妖，都是油頭粉面，嬝娜娉婷，簇簇擁擁，與唐僧徑上花園而去。好和尚！他在這綺羅隊裡無他故，錦繡叢中作痖聾。若不是這鐵打的心腸朝佛去，第二個酒色凡夫也取不得經。一行都到了花園之外，那妖精俏語低聲叫道：「妙人哥哥，這裡耍耍，真可散心釋悶。」唐僧與他攜手相攙，同入園內，擡頭觀看，其實好個去處。但見那：

縈迴曲逕，紛紛盡點蒼苔；窈窕綺牕，處處暗籠繡箔。微風初動，輕飄飄展開蜀錦吳綾；細雨纔收，嬌滴滴露出冰肌玉質。日灼鮮杏，紅如仙子曬霓裳；月映芭蕉，青似太真搖羽扇。粉牆四面，萬株楊柳囀黃鸝；閑館周圍，滿院海棠飛粉蝶。更看那凝香閣、青蛾閣、解醒閣、相思閣，層層捲映；朱簾上，鉤控蝦鬚。又見那養酸亭、披素亭、畫眉亭、四雨亭，個個崢嶸；華扁上，字書鳥篆。看那浴鶴池、洗觴池、怡月池、濯纓池，青萍綠藻耀金鱗；又有墨花軒、異箱軒、適趣軒、慕雲軒，玉斗瓊巵浮綠蟻。池亭上下，有太湖石、紫英石、鸚落石、錦川石，青青栽著虎鬚蒲；軒閣東西，有木假山、翠屏山、嘯風山、玉芝山，處處叢生鳳尾竹。荼蘼架、薔薇架，近著鞦韆架，渾如錦帳羅幃；松柏亭、辛夷亭，對著木香亭，卻似碧城綉幙。芍藥欄、牡丹叢，朱朱紫紫鬥穠華；夜合臺、茉藜檻，歲歲年年生嫵媚。涓涓滴露紫含笑，堪畫堪描；豔豔燒空紅佛桑，宜題宜賦。論景致，休誇閬苑蓬萊；較芳菲，不數姚黃魏紫⑨。若到三春鬥草，園中只少玉瓊花。長老攜著那怪，步賞花園，看不盡的奇葩異卉。行過了許多亭閣，真個是漸入佳境。忽擡頭，到了桃樹林邊，行者把師父頭上一掐，那長老就知。

行者飛在桃樹枝兒上，搖身一變，變作個紅桃兒，其實紅得可愛。長老對妖精道：「娘子，你這苑內花香，枝頭果熟。苑內花香蜂競採，枝頭果熟鳥爭啣。怎麼這桃樹上果子青紅不一，何也？」妖精笑道：「天無陰陽，日月不明；地無陰陽，草木不生；人無陰陽，不分男女。這桃樹上果子，向陽處，有日色相烘者先熟，故紅；背陰處無日者還生，故青：此陰陽之道理也。」三藏道：「謝娘子指教。其實貧僧不知。」即向前伸手摘了個紅桃。妖精也去摘了一個青桃。三藏躬身將紅桃捧與妖怪道：「娘子，你愛色，請喫這個紅桃，拿青的來我喫。」妖精真個換了。且暗喜道：「好和尚呵！果是個真人！一日夫妻未做，卻就有這般恩愛也。」那妖精喜喜歡歡的，把唐僧親敬。這唐僧把青桃拿過來就喫。那妖精喜相陪，把紅桃兒張口便咬。啟朱脣，露銀牙，未曾下口，原來孫行者十分性急，轂轆一個跟頭，翻入他咽喉之下，逕到肚腹之中。妖精害怕，對三藏道：「長老呵，這個果子利害。怎麼不容咬破，就滾下去了？」三藏道：「娘子，新開園的果子愛喫，所以去得快了。」妖精道：「未曾吐出核

⑨姚黃魏紫——兩種名貴的牡丹花。姚黃為宋姚姓人家培育的千葉黃花；魏紫為五代魏仁溥家培育的千葉肉紅花。

子，他就攛下去了。」三藏道：「娘子意美情佳，喜喫之甚，所以不及吐核，就下去了。」

行者在他肚裡，復了本相。叫聲：「師父，不要與他答嘴，老孫已得了手也！」三藏道：「徒弟方便著些。」妖精聽見道：「你和那個話說哩？」三藏道：「和我徒弟孫悟空說話哩。」妖精道：「孫悟空在那裡？」三藏道：「在你肚裡哩。卻纔喫的那個紅桃子不是？」妖精慌了道：「罷了，罷了！這猴頭鑽在我肚裡，我是死也！孫行者！你千方百計的鑽在我肚裡怎的？」行者在裡邊恨道：「也不怎的！只是喫了你的六葉連肝肺，三毛七孔心；五臟都淘淨，弄做個梆子精！」妖精聽說，諕得魂飛魄散，戰戰兢兢的，把唐僧抱住道：「長老呵！我只道：

夙世前緣繫赤繩，魚水相和兩意濃。不料鴛鴦今拆散，何期鸞鳳又西東！

藍橋⑩水漲難成事，佛廟煙沉嘉會空。著意一場今又別，何年與你再相逢！」

行者在他肚裡聽見說時，只怕長老慈心，又被他哄了。便就掄拳跳腳，支架子，理四平，幾乎把個皮袋兒搗破了。那妖精忍不得疼痛，倒在塵埃，半晌家不敢言語。行者見不言語，想是死了，卻把手略鬆一鬆。他又回過氣來，叫：「小的們！在那裡？」原來那些小妖，自進園門來，各人知趣，都不在一處，各自去採花鬥草，任意隨心耍子，讓那妖精與唐僧兩個自在敘情兒。忽聽得叫，卻纔都跑將來。又見妖精倒在地上，面容改色，口裡哼哼的爬不動，連忙攙起，圍在一處道：「夫人，怎的不好？想是急心疼了？」妖精道：「不是！不是，你莫要問，我肚裡已有了人也！快把這和尚送出去，留我性

⑩藍橋——橋名，在陝西藍田縣東南，藍溪之上。傳說其地有仙窟，即唐裴航遇仙女雲英之處。

命！」那些小妖，真個都來扛擡。行者在肚裡叫道：「那個敢擡！要便是你自家獻我師父出去，出到外邊，我饒你命！」那妖精沒奈何，只是惜命之心。急掙起來，把唐僧背在身上，拽開步，往外就走，小妖跟隨道：「老夫人，往那裡去？」妖精道：「『留得五湖明月在，何愁沒處下金鉤！』把這廝送出去，等我別尋一個頭兒罷！」

好妖精，一縱雲光，直到洞口，又聞得叮叮噹噹，兵刃亂叫。三藏道：「徒弟，外面兵器響哩。」行者道：「是八戒揉鈀哩，你叫他一聲。」三藏便叫：「八戒！」八戒聽見道：「沙和尚！師父出來也！」二人掣開鈀杖，妖精把唐僧馱出。咦！正是：心猿裡應降邪怪，土木司門接聖僧。畢竟不知那妖精性命如何，且聽下回分解。

聯經出版事業公司 校印

第八十三回　心猿識得丹頭　奼女還歸本性

卻說三藏著妖精送出洞外，沙和尚近前問曰：「師父出來，師兄何在？」八戒道：「他有算計，必定貼換師父出來也。」三藏用手指著妖精道：「你師兄在他肚裡哩。」八戒笑道：「腌臢殺人！在肚裡做甚！出來罷！」行者在裡邊叫道：「張開口，等我出來！」那怪真個把口張開。行者變得小小的，蹦①在咽喉之內，正欲出來，又恐他無理來咬，即將鐵棒取出，吹口仙氣，叫「變！」變作個棗核釘兒，撐住他的上腭子，把身一縱，跳出口外，就把鐵棒順手帶出，把腰一躬，還是原身法像，舉起棒來就打。那妖精也隨手取出兩口寶劍，叮噹架住，兩個在山頭這場好殺：

雙舞劍飛當面架，金箍棒起照頭來。一個是天生猴屬心猿體，一個是地產精靈奼女骸。他兩個，恨衝懷，喜處生讎大會垓。那個要取元陽成配偶，這個要戰純陰結聖胎。棒舉一天寒霧漫，劍迎

① 蹦——跳、越。

滿地黑塵篩。因長老，拜如來，恨苦相爭顯大才。水火不投母道損，陰陽難合各分開。兩家鬥罷多時節，地動山搖樹木摧。

八戒見他們賭鬥，口裡絮絮叨叨，返恨行者。轉身對沙僧道：「兄弟，師兄胡纏！纔子在他肚裡，掄起拳來，送他一個滿肚紅，巴開肚皮鑽出來，卻不了帳？怎麼又從他口裡出來；卻與他爭戰，讓他這等猖狂！」沙僧道：「正是。卻也虧了師兄深洞中救出師父，返又與妖精廝戰。且請師父自家坐著，我和你各持兵器，助助大哥，打倒妖精去來。」八戒擺手道：「不，不，不！他有神通，我們不濟。」沙僧道：「說那裡話！都是大家有益之事。雖說不濟，卻也放屁添風。」

那獃子一時興發，掣了釘鈀，叫聲「去來！」他兩個不顧師父，一齊駕風趕上。舉釘鈀，使寶杖，望妖精亂打。那妖精戰行者一個已是不能，又見他二人，怎生抵敵，急回頭，抽身就走。行者喝道：「兄弟們趕上！」那妖精見他們趕得緊，即將右腳上花鞋脫下來，吹口仙氣，念個呪語，叫「變！」即變作本身模樣！使兩口劍舞將來，將身一晃，化一陣清風，徑直回去。這番也只說戰他們不過，顧命而回，豈知又有這般樣事！——也是三藏災星未退，他到了洞門前牌樓下，卻見唐僧在那裡獨坐，他就近前一把抱住，搶了行李，咬斷韁繩，連人和馬，復又攝將進去不題。

且說八戒閃個空，一鈀把妖精打落地，乃是一隻花鞋。行者看見道：「你這兩個獃子，看著師父罷了，誰要你來幫甚麼功！」八戒道：「沙和尚，如何麼！我說莫來。這猴子好的有些夾腦風。我們替他降了妖怪，返落得他生報怨！」行者道：「在那裡降了妖怪！那妖怪昨日與我戰時，使了一個遺鞋計哄了。你們走了，不知師父如何，我們快去看看！」

三人急回來，果然沒了師父；連行李、白馬一並無踪。慌得個八戒兩頭亂跑，沙僧前後跟尋，孫大聖亦心焦性躁。正尋覓處，只見那路旁斜撣著半截兒韁繩，他一把拿起，止不住眼中流淚，放聲叫道：「師父呵！我去時辭別人和馬，回來只見這些繩！」正是那：「見鞍思俊馬，滴淚想親人。」八戒見他垂淚，忍不住仰天大笑。行者罵道：「你這個夯貨！又是要散火哩！」八戒又笑道：「哥呵！不是這話。師父一定又被妖精攝進洞去了。常言道：『事無三不成。』你進洞兩遭了，再進去一遭，管情救出師父來也。」行者揩了眼淚道：「也罷，到此地位，勢不容已，我還進去。你兩個沒了行李、馬匹擔心，卻好生把守洞口。」

好大聖，即轉身跳入裡面，不施變化，就將本身法相。真個是：

古怪別腮心裡強，自小為怪神力壯。高低面賽馬鞍鞽，眼放金光如火亮。
渾身毛硬似鋼針，虎皮裙繫明花響。上天撞散萬雲飛，下海混起千層浪。
當天倚力打天王，攩退十萬八千將，官封大聖美猴精，手中慣使金箍棒。
今日西方任顯能，復來洞內扶三藏。

你看他停住雲光，徑到了妖精宅外。見那門樓門關了，不分好歹，輪鐵棒一下打開，闖將進去。那裡還靜悄悄，全無人跡。東廊下不見唐僧，亭子上桌椅，與各處家火，一件也無。原來他的洞裡週圍有三百餘里，妖精窠穴甚多。前番攝唐僧在此，被行者尋著，今番攝了，又怕行者來尋，當時搬了，不知去向。惱得這行者跌腳搥胸，放聲高叫道：「師父呵！你是個晦氣轉成的唐三藏，災殃鑄就的取經僧！——噫！這條路且是走熟了，如何不在？卻教老孫那裡尋找也！」正自吆喝爆躁之間，忽聞得一

聯經出版事業公司　校印

陣香煙撲鼻，他回了性道：「這香煙是從後面飄出，想是在後頭哩。」拽開步，提著鐵棒，走將進去看時，也不見動靜。只見有三間倒坐兒，近後壁卻鋪一張龍吞口雕漆供桌，桌上有一個大流金香爐，爐內有香煙馥郁。那上面供養著一個大金字牌，牌上寫著「尊父李天王位」；略次些兒，寫著「尊兄哪吒三太子位」。行者見了，滿心歡喜，也不去搜妖怪，找唐僧，把鐵棒捻作個綉花針兒，摁在耳朵裡，輪開手，把那牌子並香爐拿將起來，返雲光，徑出門去。至洞口，嘻嘻哈哈，笑聲不絕。

八戒、沙僧聽見，掣放洞口，迎著行者道：「哥哥這等歡喜，想是救出師父也？」行者笑道：「不消我們救，只問這牌子要人。」八戒道：「哥呵，這牌子不是妖精，又不會說話，怎麼問他要人？」行者放在地下道：「你們看！」沙僧近前看時，上寫著「尊父李天王之位」、「尊兄哪吒三太子之位」。沙僧道：「此意何也？」行者道：「這是那妖精家供養的。我闖入他住居之所，見人物俱無，惟有此牌。想是李天王之女，三太子之妹，思凡下界，假扮妖邪，將我師父攝去。不問他要人，卻問誰要？你兩個且在此把守，等老孫執此牌位，徑上天堂玉帝前告個御狀，教天王爺兒們，還我師父。」八戒道：「哥呵，常言道：『告人死罪得死罪。』須是理順，方可為之。況御狀又豈是可輕易告的，你且與我說，怎的告他。」行者笑道：「我有主張。我把這牌位、香爐做個證見，另外再備紙狀兒。」八戒道：「狀兒上怎麼寫？你且念念我聽。」行者道：

「告狀人孫悟空，年甲在牒，係東土唐朝西天取經僧唐三藏徒弟。告為假妖攝陷人口事。今有托塔天王李靖同男哪吒太子，閨門不謹，走出親女，在下方陷空山無底洞變化妖邪，迷害人命無數。今將吾師攝陷曲邃之所，渺無尋處。若不狀告，切思伊父子不仁，故縱女氏成精害眾。伏乞憐准，行拘至案，收邪救師，明正其罪，深為恩便。有此上告。」

八戒、沙僧，聞其言，十分歡喜道：「哥呵，告的有理，必得上風。切須早來；稍遲恐妖精傷了師父性命。」行者道：「我快！我快！多時飯熟，少時茶滾就回。」

好大聖，執著這牌位、香爐，將身一縱，駕祥雲，直至南天門外。時有把天門的大力天王與護國天王見了行者，一個個都控背躬身，不敢攔阻，讓他進去。直至通明殿下，有張、葛、許、邱四大天師迎面作禮道：「大聖何來？」行者道：「有紙狀兒，要告兩個人哩。」天師喫驚道：「這個賴皮，不知要告那個。」無奈，將他引入靈霄殿下啟奏。蒙旨宣進，行者將牌位、香爐放下，朝上禮畢，將狀子呈上。葛仙翁接了，鋪在御案。玉帝從頭看了，見這等這等，即將原狀批作聖旨，宣西方長庚太白金星領旨到雲樓宮宣托塔李天王見駕。行者上前奏道：「望天主好生懲治；不然，又別生事端。」玉帝又吩咐：「原告也去。」行者道：「老孫也去？」四天師道：「萬歲已出了旨意，你可同金星去來。」

行者真個隨著金星，縱雲頭，早至雲樓宮。原來是天王住宅，號雲樓宮。金星見宮門首有個童子侍立。那童子認得金星，即入裡報道：「太白金星老爺來了。」天王遂出迎迓。又見金星捧著旨意，即命焚香。及轉身，又見行者跟入，天王即又作怒。你道他作怒為何？當年行者大鬧天宮時，玉帝曾封天王為降魔大元帥，封哪吒太子為三壇海會之神，帥領天兵，收降行者，屢戰不能取勝。還是五百年前敗陣的仇氣，有些惱他，故此作怒。他且忍不住道：「老長庚，你賫得是甚麼旨意？」金星道：「是孫大聖告你的狀子。」那天王本是煩惱，聽見說個「告」字，一發雷霆大怒道：「他告我怎的？」金星道：「告你假妖攝陷人口事。你焚了香，請自家開讀。」那天王氣噗噗的，設了香案，望空謝恩。

拜畢，展開旨意看了，原來是這般這般，如此如此，恨得他手撲著香案道：「這個猴頭！他也錯告我了！」金星道：「且息怒。現有牌位、香爐在御前作證，說是你親女哩。」天王道：「我止有三個兒子、一個女兒，大小兒名金吒，侍奉如來，做前部護法。二小兒名木叉，在南海隨觀世音做徒弟。三小兒名哪吒，在我身邊，早晚隨朝護駕。一女年方七歲，名貞英，人事尚未省得，如何會做妖精！不信，抱出來你看。——這猴頭著實無禮！且莫說我是天上元勛，封受先斬後奏之職，就是下界小民，也不可誣告。律云：『誣告加三等。』」叫手下：「將縛妖索把這猴頭綑了！」那庭下擺列著巨靈神、魚肚將、藥叉雄帥，一擁上前，把行者綑了。金星道：「李天王莫闖禍呵！我在御前同他領旨意來宣你的人。你那索兒頗重，一時綑壞他，合氣。」天王道：「金星呵，似他這等詐偽告擾，怎該容他！你且坐下，待我取砍妖刀砍了這個猴頭，然後與你見駕回旨！」金星見他取刀，心驚膽戰。對行者道：「你幹事差了，御狀可是輕易告的？你也不訪的實，似這般亂弄，傷其性命，怎生是好？」行者全然不懼，笑吟吟的道：「老官兒放心，一些沒事。老孫的買賣，原是這等做，一定先輸後贏。」

說不了，天王輪過刀來，望行者劈頭就砍。早有那三太子趕上前，將斬妖劍架住，叫道：「父王息怒。」天王大驚失色——噫！父見子以劍架刀，就當喝退，怎麼返大驚失色？原來天王生此子時，他左手掌上有個「哪」字，右手掌上有個「吒」字，故名哪吒。這太子三朝兒就下海淨身闖禍，踏倒水晶宮，捉住蛟龍要抽觔為縧子。天王知道，恐生後患，欲殺之。哪吒奮怒，將刀在手，割肉還母，剔骨還父；還了父精母血，一點靈魂，徑到西方極樂世界告佛。佛正與眾菩薩講經，只聞得幢幡寶蓋有人叫道：「救命！」佛慧眼一看，知是哪吒之魂，即將碧藕為骨，荷葉為衣，念動起死回生真言，哪吒遂得了性命，運用神力，法降九十六洞妖魔，神通廣大。後來要殺天王，報那剔骨之仇。天王無奈，告求我佛如來。如來以和為尚，賜他一座玲瓏剔透舍利子如意黃金寶塔——那塔上層層有佛，豔豔光明——喚哪吒以佛為父，解釋了冤仇。所以稱為托塔李天王者，此也。今日因閑在家，未曾托著那塔，恐哪吒有報仇之意，故嚇個大驚失色。卻即回手，向塔座上取了黃金寶塔，托在手間，問哪吒道：「孩兒，你以劍架住我刀，有何話說？」哪吒棄劍叩頭道：「父王，是有女兒在下界哩。」天王道：「孩兒，我只生了你姊妹四個，那裡又有個女兒哩？」哪吒道：「父王忘了。那女兒原是個妖精。三百年前成怪，在靈山偷食了如來的香花寶燭，如來差我父子天兵，將他拿住。拿住時，只該打死。如來吩咐道：『積水養魚終不釣，深山喂鹿望長生。』當時饒了他的性命。積此恩念，拜父王為父，拜孩兒為兄，在下方供設牌位，侍奉香火。不期他又成精，陷害唐僧，卻被孫行者搜尋到巢穴之間，將牌位拿來，就做名告了御狀。此是結拜之恩女，非我同胞之親妹也。」

天王聞言，悚然驚訝道：「孩兒，我實忘了。他叫做甚麼名字？」太子道：「他有三個名字：他的本身出處，喚做金鼻白毛老鼠精；因偷香花寶燭，改名喚做半截觀音，如今饒他下界，又改了，喚做地湧夫人是也。」天王卻纔省悟。放下寶塔，便親手來解行者，行者就放起刁來道：「那個敢解我！要便連繩兒擡去見駕，老孫的官事纔贏！」慌得天王手軟，太子無言，眾家將委委而退。

那大聖打滾撒賴，只要天王去見駕。天王無計可施，哀求金星說個方便。金星道：「古人云：『萬事從寬。』你幹事忒緊了些兒，就把他綑住，又要殺他。這猴子是個有名的賴皮。你如今教我怎的處！若論你令郎講起來，雖是恩女，不是親女，卻也晚親義重，不拘怎生折辨，你也有個罪名。」天王道：

「老星怎說個方便，就沒罪了。」金星道：「我也要和解你們，卻只是無情可說。」天王道：「你把那奏招安授官銜的事，說說他也罷了。」真個金星上前，將手摸著行者道：「大聖，看我薄面，解了繩好去見駕。」行者道：「老官兒，不用解。我會滾法，一路滾就滾到也。」金星笑道：「你這猴忒恁寡情。我昔日也曾有些恩義兒到你，我這些些事兒，就不依我。」行者道：「你與我有甚恩義？」金星道：「你當年在花果山為怪，伏虎降龍，強消死籍，聚群妖大肆猖狂，上天欲要擒你，是老身力奏，降旨招安，把你宣上天堂，封你做『弼馬溫』。你喫了玉帝仙酒，後又招安，也是老身力奏，封你做『齊天大聖』。你又不守本分，偷桃盜酒，竊老君之丹，如此如此，纔得個無滅無生。若不是我，你如何得到今日？」行者道：「古人說得好：『死了莫與老頭兒同墓。』乾淨會揭挑人！我也只是做弼馬溫，鬧天宮罷了；再無甚大事。——也罷，也罷，看你老人家面皮，還教他自己來解。」天王纔敢向前，解了縛，請行者著衣上坐，一一上前施禮。

行者朝了金星道：「老官兒，何如？我說先輸後贏，買賣兒原是這等做。快催他去見駕，莫誤了我的師父。」金星道：「莫忙。弄了這一會，也喫鍾茶兒去。」行者道：「你喫他的茶，受他的私，賣放犯人，輕慢聖旨，你得何罪？」金星道：「不喫茶！不喫茶！連我也賴將起來了！李天王，快走！快走！」天王那裡敢去，怕他沒的說做有的，放起刁來，口裡胡說亂道，怎生與他折辨；沒奈何，又央金星，教說方便。金星道：「我有一句話兒，你可依我？」行者道：「繩綑刀砍之事，我也通看你面，還有甚話？你說！你說！說得好，就依你；說得不好，莫怪。」金星道：「『一日官事十日打。』你告了御狀，說妖精是天王的女兒，天王說不是，你兩個只管在御前折辨，反復不已，——我說天上一日，下界就是一年。這一年之間，那妖精把你師父，陷在洞中，莫說成親，若有個喜花下兒子，也生了一個小和尚兒，卻不誤了大事？」行者低頭想道：「是呵！我離八戒、沙僧，只說多時飯熟，少時茶滾就回；今已弄了這半會，卻不遲了？……老官兒，既依你說，這旨意如何回繳？」金星道：「教李天王點兵，同你下去降妖，我去回旨。」行者道：「你怎麼樣回？」金星道：「我只說原告脫逃，被告免提。」行者笑道：「好呵！我倒看你面情罷了，你倒說我脫逃！教他點兵在南天門外等我，我即和你回旨繳狀去。」天王害怕道：「他這一去，若有言語，是臣背君也。」行者道：「你把老孫當甚麼樣人？我也是個大丈夫！『一言既出，駟馬難追。』豈又有汙言頂你？」

天王即謝了行者，行者與金星回旨。天王點起本部天兵，徑出南天門外。金星與行者回見玉帝道：「陷唐僧者，乃金鼻白毛老鼠成精，假設天王父子牌位。天王知之，已點兵收怪去了，望天尊赦罪。」玉帝已知此情，降天恩免究。行者即返雲光，到南天門外，見天王、太子，布列天兵等候。噫！那些神將，風滾滾，霧騰騰，接住大聖，一齊墜下雲頭，早到了陷空山上。

八戒、沙僧眼巴巴正等，只見天兵與行者來了，獃子迎著天王施禮道：「累及！累及！」天王道：「天蓬元帥，你卻不知。只因我父子受他一炷香，致令妖精無理，困了你師父。來遲莫怪。這個山就是陷空山了？但不知他的洞門還向那邊開？」行者道：「我這條路且是走熟了。只是這個洞叫做個無底洞，周圍有三百餘里。妖精窠穴甚多。前番我師父在那兩滴水的門樓裡，今番靜悄悄，鬼影也沒個，不知又搬在何處去也。」天王道：「『任他設盡千般計，難脫天羅地網中。』到洞門前，再作道理。」

大家就行。咦，約有十餘里，就到了那大石邊。行者指那缸口大的門兒道：「兀的②便是也。」天王道：「『不入虎穴，安得虎子！』誰敢當先？」行者道：「我當先。」三太子道：「我奉旨降妖，我當先。」那獃子便莽撞起來，高聲叫道：「當頭還要我老豬！」天王道：「不須囉唣，但依我分擺：孫大聖和太子同領著兵將下去，我們三人在口上把守，做個裡應外合，教他上天無路，入地無門，纔顯些些手段。」眾人都答應了一聲「是」。

你看那行者和三太子，領了天兵，望洞裡只是一溜。駕起雲光，閃閃爍爍，擡頭一望，果然好個洞呵：

依舊雙輪日月，照般③一望山川。珠淵玉井暖弢煙④，更有許多堪羨。

疊疊朱樓畫閣，嶷嶷⑤赤壁青田。三春楊柳九秋蓮，兀的洞天罕見。

頃刻間，停住了雲光，徑到那妖精舊宅。挨門兒搜尋，吆吆喝喝，一重又一重，一處又一處，把那三百里地，草都踏光了，那見個妖精？那見個三藏？都只說：「這孽畜一定是早出了這洞，遠遠去哩。」那曉得他在那東南黑角落上，望下去，另有個小洞。洞裡一重小小門，一間矮矮屋，盆栽了幾種花，簷傍著數竿竹，黑氣氤氳，暗香馥馥。老怪攝了三藏，搬在這裡逼住成親，只說行者再也找不著。誰

②兀的——這個。
③照般——明亮清晰的樣子。
④暖弢煙——溫度高而煙霧升騰繚繞。弢，同「韜」，掩藏。
⑤嶷嶷——高峻的樣子。

知他命合該休：那些小怪，在裡面，一個個嚌嚌嘈嘈，挨挨簇簇。中間有個大膽些的，伸起頸來，望洞外略看一看，一頭撞著個天兵，一聲嚷道：「在這裡！」那行者惱起性來，捻著金箍棒，一下闖將進去，——那裡邊窄小，窩著一窩妖精。三太子縱起天兵，一齊擁上，一個個那裡去躲？

行者尋著唐僧，和那龍馬，和那行李。那老怪尋思無路，看著哪吒太子，只是磕頭求命。太子道：「這是玉旨來拿你，不當小可，我父子只為受了一炷香，險些兒『和尚拖木頭，做出了寺』！」哱聲⑥：「天兵，取下縛妖索，把那些妖精都綑了！」老怪也少不得喫場苦楚。返雲光，一齊出洞。行者口裡嘻嘻嗄嗄⑦。天王掣開洞口，迎著行者道：「今番卻見你師父也。」行者道：「多謝了！多謝了！」就引三藏拜謝天王，次及太子。沙僧、八戒只是要碎剮那老精，天王道：「他是奉玉旨拿的，輕易不得，我們還要去回旨哩。」

一邊天王同三太子領著天兵神將，押住妖精，去奏天曹，聽候發落；一邊行者擁著唐僧，沙僧收拾行李，八戒攏馬，請唐僧騎馬，齊上大路。這正是：割斷絲羅乾金海，打開玉鎖出樊籠。畢竟不知前去何如，且聽下回分解。

⑥哱聲——大聲叫喚。
⑦嘻嘻嗄嗄——嘻嘻哈哈。

第八十四回　難滅伽持圓大覺　法王成正體天然

話說唐三藏固住元陽，出離了煙花①苦套。隨行者投西前進，不覺夏時。正值那薰風初動，梅雨絲絲。好光景：

冉冉綠陰密。風輕燕引雛。新荷翻沼面，修竹漸扶蘇②。

芳草連天碧，山花遍地鋪。溪邊蒲插劍，榴火壯行圖。

師徒四眾，躭炎受熱，正行處，忽見那路旁有兩行高柳，柳陰中走出一個老母，右手下攙著一個小孩兒，對唐僧高叫道：「和尚，不要走了，快早兒撥馬東回，進西去都是死路。」諕得個三藏跳下馬來，打個問訊道：「老菩薩，古人云：『海闊從魚躍，天空任鳥飛。』怎麼西進便沒路了？」那老母用手

①煙花——指風月場所。

②扶蘇——扶疏，花木繁茂的樣子。

朝西指道：「那裡去，有五六里遠近，乃是滅法國。那國王前生那世裡結下寃仇，今世裡無端造罪。二年前許下一個羅天大願③，要殺一萬個和尚。這兩年陸陸續續，殺勾了九千九百九十六個無名和尚，只要等四個有名的和尚，湊成一萬，好做圓滿哩。你們去，若到城中，都是送命王菩薩！」三藏聞言，心中害怕，戰戰兢兢的道：「老菩薩，深感盛情，感謝不盡！但請問可有不進城的方便路兒，我貧僧轉過去罷。」那老母笑道：「轉不過去，轉不過去。只除是會飛的，就過去了。」八戒在旁邊賣嘴④道：「媽媽兒莫說黑話⑤。我們都是會飛的。」

行者火眼金睛，其實認得好歹，——那老母攙著孩兒，原是觀音菩薩與善財童子。——慌得倒身下拜，叫道：「菩薩，弟子失迎！失迎！」那菩薩一朵祥雲，輕輕駕起，唬得個唐長老立身無地，只情跪著磕頭。八戒、沙僧也慌跪下，朝天禮拜。一時間，祥雲縹緲，徑回南海而去。行者起來，扶著師父道：「請起來，菩薩已回寶山也。」三藏起來道：「悟空，你既認得是菩薩，何不早說？」行者笑道：「你還問話不了，我即下拜，怎麼還是不早哩？」八戒、沙僧對行者道：「感蒙菩薩指示，前邊必是滅法國，要殺和尚，我等怎生奈何？」行者道：「獃子休怕！我們曾遭著那毒魔狠怪，虎穴龍潭，更不曾傷損；此間乃是一國凡人，有何懼哉？只奈這裡不是住處。天色將晚，且有鄉村人家，上城買

③羅天大願——很大的願望。
④賣嘴——誇口。
⑤黑話——本指江湖上的行話，此指唬人的話。

賣回來的，看見我們是和尚，嚷出名去，不當穩便。且引師父找下大路，尋個僻靜之處，卻好商議。」真個三藏依言，一行都閃下路來，到一個坑坎之下，坐定。行者道：「兄弟，你兩個好生保守師父，待老孫變化了，去那城中看看，尋一條僻路，連夜去也。」三藏叮囑道：「徒弟呵，莫當小可。王法不容。你須仔細！」行者笑道：「放心！放心！老孫自有道理。」

好大聖，話畢，將身一縱，唿哨的跳在空中。怪哉：

上面無繩扯，下頭沒棍撐，一般同父母，他便骨頭輕。

竚立在雲端裡，往下觀看。只見那城中喜氣沖融，祥光蕩漾。行者道：「好個去處！為何滅法？」看一會，漸漸天昏，又見那：

十字街燈光燦爛，九重殿香靄鐘鳴。七點皎星照碧漢，八方客旅卸行踪。六軍營，隱隱的畫角纔吹；五鼓樓，點點的銅壺初滴。四邊宿霧昏昏，三市寒煙靄靄。兩兩夫妻歸繡幙，一輪明月上東方。

他想著：「我要下去，到街坊打看路逕，這般個嘴臉，撞見人，必定說是和尚；等我變一變了。」捻著訣，念動真言，搖身一變，變做個撲燈蛾兒：

形細翼磽輕巧，滅燈撲燭投明。本來面目化生成，腐草中間靈應。每愛炎光觸燄，忙忙飛繞無停，紫衣香翅趕流螢，最喜夜深風靜。

但見他翩翩翻翻，飛向六街三市。傍房簷，近屋角。正行時，忽見那隅頭拐角上一灣子人家，人家門首掛著個燈籠兒。他道：「這人家過元宵哩。怎麼挨排兒都點燈籠？」他硬硬翅，飛近前來，仔細觀看。正當中一家子，方燈籠上，寫著「安歇往來商賈」六字，下面又寫著「王小二店」四字。行者纔知是開飯店的。又伸頭打一看，看見有八九個人，都喫了晚飯，寬了衣服，卸了頭巾，洗了腳手，各各上牀睡了。行者暗喜道：「師父過得去了。」你道他怎麼就知過得去？他要起個不良之心，等那些人睡著，要偷他的衣服、頭巾，裝做俗人進城。

噫，有這般不遂意的事！正思忖處，只見那小二走向前，吩咐：「列位官人，仔細些。我這裡君子小人不同，各人的衣物、行李都要小心著。」你想那在外做買賣的人，那樣不仔細？又聽得店家吩咐，越發謹慎。他都爬起來道：「主人家說得有理。我們走路的人辛苦，只怕睡著，急忙不醒，一時失所，奈何？你將這衣服、頭巾、搭聯都收進去，待天將明，交付與我們起身。」那王小二真個把些衣物之類，盡情都搬進他屋裡去了。行者性急，展開翅，就飛入裡面，丁在一個頭巾架上。又見王小二去門首摘了燈籠，放下吊搭，關了門牕，卻纔進房，脫衣睡下。那王小二有個婆子，帶了兩個孩子，哇哇聒噪，急忙不睡。那婆子又拿了一件破衣，補補納納，也不見睡。行者暗想道：「若等這婆子睡了下手，卻不誤了師父？」又恐更深，城門閉了，他就忍不住，飛下去，望燈上一撲。真是：「捨身投火焰，焦額探殘生。」那盞燈早已息了。他又搖身一變，變作個老鼠，嘖嘖哇哇的叫了兩聲，跳下來，拿著衣服、頭巾，往外就走。那婆子慌慌張張的道：「老頭子！不好了！夜耗子成精也！』

行者聞言，又弄手段，攔著門，厲聲高叫道：「王小二，莫聽你婆子胡說。我不是夜耗子成精。明人不做暗事。吾乃齊天大聖臨凡，保唐僧往西天取經。你這國王無道，特來借此衣冠，裝扮我師父。一時過了城去，就便送還。」那王小二聽言，一轂轆爬起來，黑天摸地，又是著忙的人，撈著褌子當衫子，左穿也穿不上，右套也套不上。

聯經出版事業公司　校印

那大聖使個攝法，早已駕雲出去。復翻身，徑至路下坑坎邊前。三藏見星光月皎，探身凝望，見是行者，來至近前，即開口叫道：「徒弟，可過得滅法國麼？」行者上前放下衣物道：「師父，要過滅法國，和尚做不成。」八戒道：「哥，你勒掯那個哩？不做和尚也容易，只消半年不剃頭，就長出毛來也。」行者道：「那裡等得半年！眼下就都要做俗人哩！」那獃子慌了道：「但你說話，通不察理。我們如今都是和尚，眼下要做俗人，卻怎麼戴得頭巾？就是邊兒勒住，也沒收頂繩處。」三藏喝道：「不要打花⑥，且幹正事！端的何如？」行者道：「師父，他這城池，我已看了。雖是國王無道殺僧，卻倒是個真天子。城頭上有祥光喜氣，城中的街道，我也認得。這裡的鄉談，我也省得，會說。卻纔在飯店裡借了這幾件衣服、頭巾，我們且扮作俗人，進城去借了宿，至四更天就起來，教店家安排了齋喫，捱到五更時候，挨城門而去，奔大路西行，就有人撞見扯住，也好折辨：只說是上邦欽差的，滅法王不敢阻滯，放我們來的。」沙僧道：「師兄處的最當。且依他行。」真個長老無奈，脫了褊衫，去了僧帽，穿了俗人的衣服，戴了頭巾。沙僧也換了。八戒的頭大，戴不得巾兒，被行者取了些針線，把頭巾扯開兩頂，縫做一頂，與他搭在頭上。揀件寬大的衣服，與他穿了。然後自家也換上一套，道：「列位，這一去，把『師父徒弟』四個字兒且收起。」八戒道：「除了此四字，怎的稱呼？」行者道：「都要做弟兄稱呼：師父叫做唐大官兒，你叫做朱三官兒，沙僧叫做沙四官兒，我叫做孫二官兒。但到店中，你們切休言語，只讓我一個開口答話。等他問甚麼買賣，只說是販馬的客人。把這白馬做個

⑥打花——打趣。

聯經出版事業公司 校印

樣子，說我們是十弟兄，我四個先來賃店房賣馬。那店家必然款待我們。我們受用了，臨行時，等我拾塊瓦查兒，變塊銀子謝他，卻就走路。」長老無奈，只得曲從。

四眾忙忙的牽馬挑擔，跑過那邊。此處是個太平境界，入更時分，尚未關門。徑直進去，行到王小二店門首，只聽得裡邊叫哩。有的說：「我不見了頭巾！」有的說：「我不見了衣服！」行者只推不知，引著他們，往斜對門一家安歇。那家子還未收燈籠，即近門叫道：「店家，可有閑房兒，我們安歇？」那裡邊有個婦人答應道：「有，有，有。請官人們上樓。」說不了，就有一個漢子來牽馬。行者把馬兒遞與牽進去。他引著師父，從燈影兒後面，徑上樓門。那樓上有方便的桌椅，推開牕格，映月光齊齊坐下。只見有人點上燈來。行者攔門，一口吹息道：「這般月亮不用燈。」

那人纔下去，又一個丫環拿四碗清茶。行者接住，樓下又走上一個婦人來，約有五十七八歲的模樣，一直上樓，站著旁邊。問道：「列位客官，那裡來的，有甚寶貨？」行者道：「我們是北方來的，有幾匹粗馬販賣。」那婦人道：「販馬的客人尚還小。」行者道：「這一位是唐大官，這一位是朱三官，這一位是沙四官，我學生是孫二官。」婦人笑道：「異姓。」行者道：「正是，異姓同居。我們共有十個弟兄，我四個先來賃店房打火；還有六個在城外借歇；領著一群馬，因天晚不好進城。待我們賃了房子，明早都進來。只等賣了馬纔回。」那婦人道：「一群有多少馬？」行者道：「大小有百十匹兒，都像我這個馬的身子，卻只是毛片不一。」婦人笑道：「孫二官人誠然是個客綱客紀⑦。早是來

⑦客綱客紀——常旅行的人的經驗之談。

到舍下，第二個人家也不敢留你。我舍下院落寬闊，槽劄齊備，草料又有，憑你幾百匹馬都養得下。卻一件：我舍下在此開店多年，也有個賤名。先夫姓趙！不幸去世久矣。我喚做趙寡婦店。我店裡三樣兒待客。如今先小人，後君子，先把房錢講定後，好算帳。」行者道：「說得是。你府上是那三樣待客？常言道：『貨有高低三等價，客無遠近一般看。』你怎麼說三樣待客？你可試說說我聽。」趙寡婦道：「我這裡是上、中、下三樣。上樣者：五果五菜的筵席，獅仙斗糖桌面，二位一張，請小娘兒來陪唱陪歇。每位該銀五錢，連房錢在內。」行者笑道：「相應⑧呵！我那裡五錢銀子還不彀請小娘兒哩。」寡婦又道：「中樣者：合盤桌兒，只是水果、熱酒，篩來憑自家猜枚行令，不用小娘兒，每位只該二錢銀子。」行者道：「一發相應！下樣兒怎麼？」婦人道：「不敢在尊客面前說。」行者道：「也說說無妨。我們好揀相應的幹。」婦人道：「下樣者：沒人伏侍，鍋裡有方便的飯，憑他怎麼喫；喫飽了，拿個草兒，打個地鋪，方便處睡覺，天光時，憑賜幾文飯錢，決不爭競。」八戒聽說道：「造化，造化！老朱的買賣到了！等我看著鍋喫飽了飯，竈門前睡他娘！」行者道：「兄弟，說那裡話，你我在江湖上，那裡不賺幾兩銀子！把上樣的安排將來。」那婦人滿心歡喜，即叫：「看好茶來。廚下快整治東西。」遂下樓去，忙叫：「宰雞宰鵝，煮醃下飯。」又叫：「殺豬殺羊，今日用不了，明日也可用。看好酒。拿白米做飯，白麵捍餅。」三藏在樓上聽見道：「孫二官，怎好？他去宰雞鵝，殺豬羊，倘送將來，我們都是長齋，那個敢喫？」行者道：「我有主張。」去那樓門邊跌跌

⑧相應——合適、適當的。

腳道：「趙媽媽，你上來。」那媽媽上來道：「二官人有甚吩咐？」行者道：「今日且莫殺生，我們今日齋戒。」寡婦驚訝道：「官人們是長齋，是月齋？」行者道：「俱不是，我們喚做『庚申齋』。今朝乃是庚申日，當齋；只過三更後，就是辛酉，便開齋了。你明日殺生罷。如今且去安排些素的來，定照上樣價錢奉上。」

那婦人越發歡喜。跑下去教：「莫宰！莫宰！取些木耳、閩笋、豆腐、麵筋，園裡拔些青菜，做粉湯，發麵蒸餑子，再煮白米飯，燒香茶。」咦！那些當廚的庖丁，都是每日家做慣的手段，霎時間就安排停當，擺在樓上。又有現成的獅仙糖果，四眾任情受用。又問：「可喫素酒？」行者道：「止唐大官不用，我們也喫幾杯。」寡婦又取了一壺暖酒。他三個方纔斟上，忽聽得乒乓板響。行者道：「媽媽，底下倒了甚麼家火了？」寡婦道：「不是，是我小莊上幾個客子送租米來晚了，教他在底下睡；因客官到，沒人使用，教他們擡轎子去院中請小娘兒陪你們。想是轎杠撞得樓板響。」行者道：「早是說哩。快不要去請。一則齋戒日期，二則兄弟們未到。索性明日進來，一家請個表子，在府上耍耍時，待賣了馬起身。」寡婦道：「好人！好人！又不失了和氣，又養了精神。」教：「擡進轎子來，不要去請。」四眾喫了酒飯。收了家火，都散訖。

三藏在行者耳根邊悄悄的道：「那裡睡？」行者道：「就在樓上睡。」三藏道：「不穩便。我們都辛辛苦苦的，倘或睡著，這家子一時再有人來收拾，見我們或滾了帽子，露出光頭，認得是和尚，嚷將起來，卻怎麼好？」行者道：「是呵！」又去樓前跌跌腳。寡婦又上來道：「孫官人又有甚吩咐？」行者道：「我們在那裡睡？」婦人道：「樓上好睡。又沒蚊子，又是南風。大開著牕子，忒好睡覺。」

行者道：「睡不得。我這朱三官兒有些寒溼氣，沙四官兒有些漏肩風。唐大哥只要在黑處睡，我也有些兒羞明。此間不是睡處。」

那媽媽走下去，倚著欄欄嘆氣。他有個女兒，抱著個孩子近前道：「母親，常言道：『十日灘頭坐，一日行九灘。』如今炎天，雖沒甚買賣，到交秋時，還做不了的生意哩。你嗟嘆怎麼？」婦人道：「兒呵，不是愁沒買賣。今日晚間，已是將收鋪子，入更時分，有這四個馬販子來賃店房，他要上樣管待。實指望賺他幾錢銀子，他卻喫齋，又賺不得他錢，故此嗟嘆。」那女兒道：「他既喫了飯，不好往別人家去。明日還好安排葷酒，如何賺不得他錢？」婦人又道：「他都有病，怕風，羞亮，都要在黑處睡。你想家中都是些單浪瓦兒的房子，那裡去尋黑暗處？不若捨一頓飯與他喫了，教他往別家去罷。」女兒道：「母親，我家有個黑處，又無風色，甚好，甚好。」婦人道：「是那裡？」女兒道：「父親在日曾做了一張大櫃。那櫃有四尺寬，七尺長，三尺高下，裡面可睡六七個人。教他們往櫃裡睡去罷。」婦人道：「不知可好，等我問他一聲。——孫官人，舍下蝸居，更無黑處，止有一張大櫃，不透風，又不透亮，往櫃裡睡去如何？」行者道：「好！好！好！」即著幾個客子把櫃擡出，打開蓋兒，請他們下樓。行者引著師父，沙僧拿擔，順燈影後徑到櫃邊。八戒不管好歹，就先𨇤進櫃去。沙僧把行李遞入，攙著唐僧進去，沙僧也到裡邊。行者道：「我的馬在那裡？」旁有伏侍的道：「馬在後屋拴著喫草料哩。」行者道：「牽來。把槽擡來，緊挨著櫃兒拴住。」方纔進去，叫：「趙媽媽，蓋上蓋兒，插上鎖釘，鎖上鎖子，還替我們看看，那裡透亮，使些紙兒糊糊，明日早些兒來開。」寡婦道：「忒小心了！」遂此各各關門去睡不題。

卻說他四個到了櫃裡。可憐呵！一則乍戴個頭巾，二來天氣炎熱，又悶住了氣，略不透風，他都摘了頭巾，脫了衣服，又沒把扇子，只將僧帽撲撲搧搧。你挨著我，我挨著你，直到有二更時分，卻都睡著。惟行者有心闖禍，偏他睡不著，伸過手，將八戒腿上一捻。那獃子縮了腳，口裡哼哼的道：「睡了罷！辛辛苦苦的，有甚麼心腸還捻手捻腳的耍子？」行者搗鬼道：「我們原來的本身是五千兩，前者馬賣了三千兩，如今兩搭聯裡現有四千兩，這一群馬還賣他三千兩，也有一本一利。彀了！彀了！」八戒要睡的人，那裡答對。

豈知他這店裡走堂的、挑水的、燒火的，素與強盜一夥。聽見行者說有許多銀子，他就著幾個溜出去，夥了二十多個賊，明火執杖的來打劫馬販子。沖開門進來，諕得那趙寡婦娘女們戰戰兢兢的關了房門，儘他外邊收拾。原來那賊不要店中家火，只尋客人。到樓上不見形跡，打著火把，四下照看，只見天井中一張大櫃，櫃腳上拴著一匹白馬，櫃蓋緊鎖，掀翻不動。眾賊道：「走江湖的人，都有手眼。看這櫃勢重，必是行囊財帛鎖在裡面。我們偷了馬，擡櫃出城，打開分用，卻不是好？」那些賊果找起繩扛，把櫃擡著就走，晃阿晃的。八戒醒了道：「哥哥，睡罷。搖甚麼？」行者道：「莫言語！沒人搖。」三藏與沙僧忽地也醒了，道：「是甚麼人擡著我們哩？」行者道：「莫嚷，莫嚷！等他擡！擡到西天，也省得走路。」

那賊得了手，不往西去，倒擡向城東，殺了守門的軍，打開城門出去。當時就驚動六街三市，各鋪上火甲人夫，都報與巡城總兵、東城兵馬司。那總兵、兵馬，事當干己，即點人馬弓兵，出城趕賊。那賊見官軍勢大，不敢抵敵，放下大櫃，丟了白馬，各自落荒逃走。眾官軍不曾拿得半個強盜，只是奪下櫃，捉住馬，得勝而回。總兵在燈光下，見那馬，好馬：

鬃分銀線，尾軃⑨玉條。說甚麼八駿龍駒，賽過了驌驦欵段⑩。千金市骨，萬里追風。登山每與青雲合，嘯月渾如白雪勻。真是蛟龍離海島，人間喜有玉麒麟。

總兵官把自家馬兒不騎，就騎上這個白馬，帥軍兵進城，把櫃子擡在總府，同兵馬寫個封皮封了，令人巡守，到天明啟奏，請旨定奪。官軍散訖不題。

卻說唐長老在櫃裡埋怨行者道：「你這個猴頭，害殺我也！若在外邊，被人拿住，送與滅法國王，還好折辨；如今鎖在櫃裡，被賊劫去，又被官軍奪來，明日見了國王，現現成成的開刀請殺，卻不湊了他一萬之數？」行者道：「外面有人！打開櫃，拿出來不是綑著，便是吊著。且忍耐些兒，免了綑吊。明日見那昏君，老孫自有登答⑪，管你一毫兒也不傷。且放心睡睡。」

挨到三更時分。行者弄個手段，順出棒來，吹口仙氣，叫「變！」即變做三尖頭的鑽兒，挨櫃腳兩三鑽，鑽了一個眼子。收了鑽，搖身一變，變做個螻蟻兒，𧿹將出去。現原身，踏起雲頭，徑入皇宮門外。那國王正在睡濃之際。他使個「大分身普會神法」，將左臂上毫毛都拔下來，吹口仙氣，叫「變！」都變做小行者。右臂上毛，也都拔下來，吹口仙氣，叫「變！」都變做瞌睡蟲；念一聲「唵」字真言，

---

⑨軃——ㄉㄨㄛˇ，垂下的樣子。

⑩欵段——形容馬行的從容、徐緩。

⑪登答——對答、解釋。

教當坊土地，領衆佈散皇宮內院、五府六部、各衙門大小官員宅內，但有品職者，都與他一個瞌睡蟲，人人穩睡，不許翻身。又將金箍棒取在手中，掂一掂，晃一晃，叫聲：「寶貝，變！」即變做千百口剃頭刀兒；他拿一把，吩咐小行者各拿一把，都去皇宮內院、五府六部、各衙門裡剃頭。咦！這纔是：

法王滅法法無窮，法貫乾坤大道通。萬法原因歸一體，三乘妙相本來同。
鑽開玉櫃明消息，佈散金毫破蔽蒙。管取法王成正果，不生不滅去來空。

這半夜剃削成功。念動呪語，喝退土地神祇。將身一抖，兩臂上毫毛歸伏。將剃頭刀總捻成真，依然認了本性，還是一條金箍棒，收來些小之形，藏於耳內。復翻身還做螻蟻，鑽入櫃內。現了本相，與唐僧守困不題。

卻說那皇宮內院，宮娥彩女，天不亮起來梳洗，一個個都沒了頭髮。穿宮的大小太監，也都沒了頭髮。一擁齊來，到於寢宮外，奏樂驚寢，個個噙淚，不敢傳言。少時，那三宮皇后醒來，也沒了頭髮。忙移燈到龍牀下看處，錦被窩中，睡著一個和尚，皇后忍不住言語出來，驚醒國王。那國王急睜睛，見皇后的頭光，他連忙爬起來道：「梓童⑫，你如何這等？」皇后道：「主公亦如此也。」那皇帝摸摸頭，諕得三屍呻咋，七魄飛空道：「朕當怎的來耶！」正慌忙處，只見那六院嬪妃、宮娥彩女、大小太監，都光著頭跪下道：「主公，我們做了和尚耶！」國王見了，眼中流淚道：「想是寡人殺害和尚……」即傳旨吩咐：「汝等不得說出落髮之事，恐文武群臣，褒貶國家不正。且都上殿設朝。」

⑫梓童——舊時國王稱皇后叫梓童。

卻說那五府六部，合衙門大小官員，天不明都要去朝王拜闕。原來這半夜一個個也沒了頭髮。各人都寫表啟奏此事。只聽那：靜鞭三響朝皇帝，表奏當今剃髮因。畢竟不知那總兵官奪下櫃裡賊贓如何，與唐僧四眾的性命如何？且聽下回分解。

聯經出版事業公司校印

第八十五回　心猿妬木母　魔主計吞禪

話說那國王早朝，文武多官俱執表章啟奏道：「主公，望赦臣等失儀之罪。」國王道：「眾卿禮貌如常，有何失儀？」眾卿道：「主公呵，不知何故，臣等一夜把頭髮都沒了。」國王執了這沒頭髮之表，下龍牀對群臣道：「果然不知何故。朕宮中大小人等，一夜也盡沒了頭髮。」君臣們都各汪汪滴淚道：「從此後，再不敢殺戮和尚也。」王復上龍位，眾官各立本班。王又道：「有事出班來奏，無事捲簾散朝。」只見那武班中閃出巡城總兵官，文班中走出東城兵馬使，當階叩頭道：「臣蒙聖旨巡城，夜來獲得賊贓一櫃，白馬一匹。微臣不敢擅專，請旨定奪。」國王大喜道：「連櫃取來。」

二臣即退至本衙，點起齊整軍士，將櫃擡出。三藏在內，魂不附體道：「徒弟們，這一到國王前，如何理說？」行者笑道：「莫嚷！我已打點停當了。開櫃時，他就拜我們為師哩。只教八戒不要爭競長短。」八戒道：「但只免殺，就是無量之福，還敢爭競哩！」說不了，擡至朝外，入五鳳樓，放在丹墀之下。

二臣請國王開看，國王即命打開。方揭了蓋，豬八戒就忍不住往外一跳，諕得那多官膽戰，口不能

言。又見孫行者攙出唐僧，沙和尚搬出行李。八戒見總兵官牽著馬，走上前，咄的一聲道：「馬是我的！拿過來！」唬得那官兒翻跟頭，跌倒在地。四眾俱立在階中。那國王看見是四個和尚，忙下龍牀，宣召三宮妃后，下金鑾寶殿，同群臣拜問道：「長老何來？」三藏道：「是東土大唐駕下差往西方天竺國大雷音寺拜活佛取真經的。」國王道：「老師遠來，為何在這櫃裡安歇？」三藏道：「貧僧知陛下有願心殺和尚，不敢明投上國，扮俗人，夜至寶方飯店裡借宿。因怕人識破原身，故此在櫃中安歇。不幸被賊偷出，被總兵捉獲擡來。今得見陛下龍顏，所謂撥雲見日。望陛下赦放貧僧，海深恩便也！」國王道：「老師是天朝上國高僧，朕失迎迓。朕常年有願殺僧者，曾因僧謗了朕，朕許天願，要殺一萬和尚做圓滿。不期今反歸依，教朕等為僧。如今君臣后妃，髮都剃落了，望老師勿吝高賢，願為門下。」八戒聽言，呵呵大笑道：「既要拜為門徒，有何贄見之禮？」國王道：「師若肯從，願將國中財寶獻上。」行者道：「莫說財寶，我和尚是有道之僧。你只把關文倒換了，送我們出城，保你皇圖永固，福壽長臻。」那國王聽說，即著光祿寺大排筵宴。君臣合同，拜歸於一，即時倒換關文，請師父改號。行者道：「陛下『法國』之名甚好，但只『滅』字不通；自經我過，可改號『欽法國』，管教你海晏河清千代勝，風調雨順萬方安。」國王謝了恩。擺整朝鑾駕，送唐僧四眾出城西去。君臣們秉善歸真不題。

卻說長老辭別了欽法國王，在馬上欣然道：「悟空，此一法甚善，大有功也。」沙僧道：「哥呵，是那裡尋這許多整容匠，連夜剃這許多頭？」行者把那施變化、弄神通的事說了一遍。師徒們都笑不合口。正歡喜處，忽見一座高山阻路。唐僧勒馬道：「徒弟們，你看這面前山勢崔巍，切須仔細！」行者笑道：「放心！放心！保你無事！」三藏道：「休言無事；我見那山峰挺立，遠遠的有些兇氣，暴雲飛出，漸覺驚惶，滿身麻木，神思不安。」行者笑道：「你把烏巢禪師的《多心經》早已忘了。」三藏道：「我記得。」行者道：「你雖記得，還有四句頌子，你卻忘了哩。」三藏道：「那四句？」行者道：「佛在靈山莫遠求，靈山只在汝心頭。人人有個靈山塔，好向靈山塔下修。」三藏道：「徒弟，我豈不知？若依此四句，千經萬典，也只是修心。」行者道：「不消說了。心淨孤明獨照，心存萬境皆清。差錯些兒成惰懈，千年萬載不成功。但要一片志誠，雷音只在眼下。似你這般恐懼驚惶，神思不安，大道遠矣，雷音亦遠矣。且莫胡疑，隨我去。」那長老聞言，心神頓爽，萬慮皆休。

四眾一同前進。不幾步，到於山上。舉目看時：

那山真好山，細看色班班。頂上雲飄蕩，崖前樹影寒。飛禽淅瀝，走獸兇頑。林內松千榦，巒頭竹幾竿。吼叫的是蒼狼奪食，咆哮的是餓虎爭餐。野猿長嘯尋鮮果，麋鹿攀花上翠嵐。風洒洒，水潺潺，時聞幽鳥語間關①。幾處藤蘿牽又扯，滿溪瑤草雜香蘭。磷磷怪石，削削峰岩。狐貉成群走，猴猿作隊頑。行客正愁多險峻，奈何古道又灣還！

師徒們怯怯驚驚，正行之時，只聽得呼呼一陣風起。三藏害怕道：「風起了！」行者道：「春有和風，夏有薰風，秋有金風，冬有朔風：四時皆有風。風起怕怎的？」三藏道：「這風來得甚急，決然不是天風。」行者道：「自古來，風從地起，雲自山出。怎麼得個天風？」說不了，又見一陣霧起。那霧真個是：

①間關——鳥鳴聲。

　漠漠遮天暗，濛濛匝地②昏。日色全無影，鳥聲無處聞。
　宛然如混沌，彷彿似飛塵。不見山頭樹，那逢採藥人？

三藏一發心驚道：「悟空，風還未定，如何又這般霧起？」行者道：「且莫怪，請師父下馬，你兄弟二個在此保守，等我去看看是何吉凶。」

好大聖，把腰一躬，就到半空。用手搭在眉上，圓睜火眼，向下觀之，果見那懸巖邊坐著一個妖精。你看他怎生模樣：

　偉偉身軀多采豔，昂昂雄勢甚抖擻。獠牙出口如鋼鑽，鼻子居中似玉鈎。
　金眼圓睛禽獸怕，銀鬚倒豎鬼神愁。端居岩邊施威猛，噯霧噴風運智謀。

又見那左右手下有三四十個小妖擺列，他在那裡逼法的噴風噯霧。行者暗笑道：「我師父也有些兒先兆。他說不是天風，果然此風又是個妖精在這裡弄喧兒哩。若老孫使鐵棒往下就打，這叫做『搗蒜打』，打便打死了，只是壞了老孫的名頭。」那行者一生豪傑，再不曉得暗算計人。他道：「我且回去，照顧豬八戒照顧，教他來先與這妖精見一仗。若是八戒有本事，打倒這妖，算他一功；若無手段，被這妖拿去，等我再去救他，纔好出名。——他又平日做作，有些躲懶，不肯出頭，卻只是有些口緊，好喫東西。等我哄他一哄，看他怎麼說。」

即時落下雲頭，到三藏前。三藏問道：「悟空，風霧處吉凶何如？」行者道：「這會子明淨了，沒

②匝地——整個地面、周圍。

甚風霧。」三藏道：「正是，覺到退下些去了。」行者笑道：「師父，我常時間還看得好，這番卻看錯了。我只說風霧之中恐有妖怪，原來不是。」三藏道：「是甚麼？」行者道：「前面不遠，乃是一莊村。村上人家好善，蒸的白米乾飯，白麵饝饝齋僧哩。這些霧，想是那些人家蒸籠之氣，也是積善之應。」八戒聽說，認了真實，扯過行者，悄悄的道：「哥哥，你先喫了他的齋來的？」行者道：「喫不多兒，因那菜蔬太鹹了些，不喜多喫。」八戒道：「啐！憑他怎麼鹹，我也儘肚喫他一飽！十分作渴，便回來喫水。」行者道：「你要喫麼？」八戒道：「正是。我肚裡有些饑了，先要去喫些兒，不知如何？」行者道：「兄弟莫題。古書云：『父在，子不得自專。』師父又在此，誰敢先去？」八戒笑道：「你若不言語，我就去了。」行者道：「我不言語，看你怎麼得去。」那獃子喫嘴的見識偏有，走上前，唱個大喏道：「師父，適纔師兄說，前村裡有人家齋僧。你看這馬，有些要打攪人家，便要草要料，卻不費事？幸如今風霧明淨，你們且略坐坐，等我去尋些嫩草兒，先喂喂馬，然後再往那家子化齋去罷。」唐僧歡喜道：「好呵！你今日卻怎肯這等勤謹？快去快來。」

那獃子暗暗笑著便走。行者趕上扯住道：「兄弟，他那裡齋僧，只齋俊的，不齋醜的。」八戒道：「這等說，又要變化是。」行者道：「正是。你變變兒去。」好獃子，他也有三十六般變化，走到山凹裡，捻著訣，念動呪語，搖身一變，變做個矮瘦和尚。手裡敲個木魚，口裡哼呵哼的，又不會念經，只哼的是「上大人」③。

③上大人——舊時學童初入學，蒙師教認字的韻語。宋臨濟宗白雲禪師曾舉以說法。

卻說那怪物收風斂霧，號令群妖，在於大路口上，擺開一個圈子陣，專等行客。這獃子晦氣，不多時，撞到當中，被群妖圍住，這個扯住衣服，那個扯住絲縧，推推擁擁，一齊下手。八戒道：「不要扯，等我一家家喫將來。」群妖道：「和尚，你要喫甚的？」八戒道：「你們這裡齋僧，我來喫齋的。」群妖道：「你想這裡齋僧，不知我這裡專要喫僧。我們都是山中得道的妖仙，專要把你們和尚拿到家裡，上蒸籠蒸熟喫哩。你倒還想來喫齋！」八戒聞言，心中害怕；纔報怨行者道：「這個弼馬溫，其實憊懶！他哄我說是這村裡齋僧，這裡那得村莊人家，那裡齋甚麼僧，卻原來是些妖精！」那獃子被他扯急了，即便現出原身，腰間掣釘鈀，一頓亂築，築退那些小妖。

小妖急跑去報與老怪道：「大王，禍事了！」老怪道：「有甚禍事？」小妖道：「山前來了一個和尚，且是生得乾淨。我說拿家來蒸他喫，若喫不了，留些兒防天陰，不想他會變化。」老妖道：「變化甚的模樣？」小妖道：「那裡成個人相！長嘴大耳朵，背後又有鬃。雙手輪一根釘鈀，沒頭沒臉的亂築，諕得我們跑回來報大王也。」老怪道：「莫怕，等我去看。」輪著一條鐵杵，走近前看時，見獃子果然醜惡。他生得：

碓嘴初長三尺零，獠牙觜出賽銀釘。一雙圓眼光如電，兩耳搧風唿唿聲，

腦後鬃長排鐵箭，渾身皮糙癩還青。手中使件蹊蹺物，九齒釘鈀個個驚。

妖精硬著膽喝道：「你是那裡來的，叫甚名字？快早說來，饒你性命！」八戒笑道：「我的兒，你是也不認得你豬祖宗哩！上前來，說與你聽：

巨口獠牙神力大，玉皇陞我天蓬帥。掌管天河八萬兵，天宮快樂多自在。

只因酒醉戲宮娥，那時就把英雄賣。一嘴拱倒斗牛宮，喫了王母靈芝菜。玉皇親打二千鎚，把吾貶下三天界。教吾立志養元神，下方卻又為妖怪。正在高莊善結親，命低撞著孫兄在。金箍棒下受他降，低頭纔把沙門拜。背馬挑包做夯工，前生少了唐僧債。鐵腳天蓬本姓豬！法名喚作豬八戒。」

那妖精聞言，喝道：「你原來是唐僧的徒弟。我一向聞得唐僧的肉好喫，正要拿你哩。你卻撞得來，我肯饒你？不要走！看杵！」八戒道：「孽畜！你原來是個染博士④出身！」妖精道：「我怎麼是染博士？」八戒道：「不是染博士，怎麼會使棒槌？」那怪那容分說，近前亂打。他兩個在山凹裡，這一場好殺：

九齒釘鈀，一條鐵棒。鈀丟解數滾狂風，杵運機謀飛驟雨。一個是無名惡怪阻山程，一個是有罪天蓬扶性主。性正何愁怪與魔，山高不得金生土。那個杵架猶如蟒出潭，這個鈀來卻似龍離浦。喊聲叱咤振山川，吆喝雄威驚地府。兩個英雄各逞能，捨身卻把神通賭。

八戒長起威風，與妖精廝鬥，那怪喝令小妖把八戒一齊圍住不題。

卻說行者在唐僧背後，忽失聲冷笑。沙僧道：「哥哥冷笑，何也？」行者道：「豬八戒真個獃呀！聽見說齋僧，就被我哄去了。這早晚還不見回來：若是一頓鈀打退妖精，你看他得勝而回，爭嚷功果；若戰他不過，被他拿去，卻是我的晦氣，背前面後，不知罵了多少弼馬溫哩！悟淨，你休言語，等我

④染博士——專管著色的染匠。博士，舊時對有特殊技能的專業人員的尊稱。

去看看。」好大聖，他也不使長老知道，悄悄的腦後拔了一根毫毛，吹口仙氣，叫「變！」即變做本身模樣，陪著沙僧，隨著長老。他的真身出個神，跳在空中觀看，但見那獃子被怪圍繞，釘鈀勢亂，漸漸的難敵。

行者忍不住，按落雲頭，厲聲高叫道：「八戒，不要忙，老孫來了！」那獃子聽得是行者聲音，仗著勢，愈長威風，一頓鈀，向前亂築。那妖精抵敵不住，道：「這和尚先前不濟，這會子怎麼又發起狠來。」八戒道：「我的兒，不可欺負我！我家裡人來也！」一發向前，沒頭沒臉築去。那妖精委架不住，領群妖敗陣去了。行者見妖精敗去，他就不曾近前，撥轉雲頭，徑回本處，把毫毛一抖，收上身來。長老的肉眼凡胎，那裡認得。

不一時，獃子得勝，也自轉來，累得那粘涎鼻涕，白沫生生，氣呼呼的走將來，叫聲：「師父！」長老見了，驚訝道：「八戒，你去打馬草的，怎麼這般狼狽回來？想是山上人家有人看護，不容你打草麼？」獃子放下鈀，搥胸跌腳道：「師父！莫要問！說起來就活活羞殺人！」長老道：「為甚麼羞來？」八戒道：「師兄捉弄我！他先頭說風霧裡不是妖精，沒甚兇兆，是一莊村人家好善，蒸白米乾飯，白麵饝饝齋僧的，我就當真，想著肚裡饑了，先去乞些兒，假倚打草為名；豈知若干妖怪，把我圍了，苦戰了這一會，若不是師兄的哭喪棒⑤相助，我也莫想得脫羅網回來也！」行者在旁笑道：「這獃子胡說！你若做了賊，就攀上一牢人。是我在這裡看著師父，何曾側離？」長老道：「是呵，悟空

⑤哭喪棒——舊時出殯時，孝子手中所持的竹棒。

不曾離我。」那獃子跳著嚷道：「師父！你不曉得！他有替身！」長老道：「悟空，端的可有怪麼？」行者瞞不過，躬身笑道：「是有個把小妖兒，他不敢惹我們。——八戒，你過來，一發照顧你照顧。我們既保師父，走過險峻山路，就似行軍的一般。」八戒道：「行軍便怎的？」行者道：「你做個開路將軍，在前剖路。那妖精不來便罷，若來時，你與他賭鬥。打倒妖精，算你的功果。」八戒量著那妖精手段與他差不多，卻說：「我就死在他手裡也罷，等我先走！」行者笑道：「這獃子先說晦氣話，怎麼得長進！」八戒道：「哥哥，你知道『公子登筵，不醉即飽；壯士臨陣，不死帶傷』？先說句錯話兒，後便有威風。」行者歡喜，即忙背了馬，請師父騎上，沙僧挑著行李，相隨八戒，一路入山不題。

卻說那妖精帥幾個敗殘的小妖，徑回本洞，高坐在那石崖上，默默無言。洞中還有許多看家的小妖，都上前問道：「大王常時出去，喜喜歡歡回來，今日如何煩惱？」老妖道：「小的們，我往常出洞巡山，不管那裡的人與獸，定捞幾個來家，養贍汝等；今日造化低，撞見一個對頭。」小妖問：「是那個對頭？」老妖道：「是一個和尚，乃東土唐僧取經的徒弟，名喚豬八戒。我被他一頓釘鈀，把我築得敗下陣來。好惱呵！我這一向，常聞得人說，唐僧乃十世修行的羅漢，有人喫他一塊肉，可以延壽長生。不期他今日到我山裡，正好拿住他蒸喫，不知他手下有這等徒弟！」

說不了，班部叢中閃上一個小妖，對老妖哽哽咽咽哭了三聲，又嘻嘻哈哈的笑了三聲。老妖喝道：「你又哭又笑，何也？」小妖跪下道：「大王纔說要喫唐僧，唐僧的肉不中喫。」老妖道：「人都說喫他一塊肉可以長生不老，與天同壽，怎麼說他不中喫？」小妖道：「若是中喫，也到不得這裡，別處妖精，也都喫了。他手下有三個徒弟哩。」老妖道：「你知那三個？」小妖道：「他大徒弟是孫行者，三徒弟是沙和尚。這個是他二徒弟豬八戒。」老妖道：「沙和尚比豬八戒如何？」小妖道：「也差不多兒。」——「那個孫行者比他如何？」小妖吐舌道：「不敢說！那孫行者神通廣大，變化多端！他五百年前曾大鬧天宮，上方二十八宿、九曜星官、十二元辰、五卿四相、東西星斗、南北二神、五嶽四瀆、普天神將，也不曾惹得他過，你怎敢要喫唐僧？」老妖道：「你怎麼曉得他這等詳細？」小妖道：「我當初在獅駝嶺獅駝洞與那大王居住，那大王不知好歹，要喫唐僧，被孫行者使一條金箍棒，打進門來，可憐就打得犯了骨牌名，都『斷么絕六』⑥，還虧我有些見識，從後門走了，來到此處，蒙大王收留，故此知他手段。」老妖聽言，大驚失色。這正是「大將軍怕讖語」。他聞得自家人這等說，安得不驚。

正都在悚懼之際，又一個小妖上前道：「大王莫惱，莫怕。常言道：『事從緩來。』若是要喫唐僧，等我定個計策拿他。」老妖道：「你有何計？」小妖道：「我有個『分瓣梅花計』。」老妖道：「怎麼叫做『分瓣梅花計』？」小妖道：「如今把洞中大小群妖，點將起來，千中選百，百中選十，十中只選三個，須是有能幹，會變化的，都變做大王的模樣，頂大王之盔，貫大王之甲，執大王之杵，三處埋伏。先著一個戰豬八戒，再著一個戰孫行者，再著一個戰沙和尚：捨著三個小妖，調開他弟兄三個，大王卻在半空伸下拿雲手去捉這唐僧，就如『探囊取物』，就如『魚水盆裡捻蒼蠅』，有何難哉！」老妖聞此言，滿心歡喜，道：「此計絕妙！絕妙！這一去，拿不得唐僧便罷；若是拿了唐僧，決不輕

⑥斷么絕六——比喻乾乾淨淨，什麼都不賸。

你，就封你做個前部先鋒。」小妖叩頭謝恩，叫點妖怪。即將洞中大小妖精點起，果然選出三個有能的小妖，具變做老妖，各執鐵杵，埋伏等待唐僧不題。

卻說這唐長老無慮無憂，相隨八戒上大路，行彀多時，只見那路旁邊撲落的一聲響亮，跳出一個小妖，奔向前邊，要捉長老。孫行者叫道：「八戒！妖精來了，何不動手？」那獃子不認真假，掣釘鈀趕上亂築。那妖精使鐵杵就架相迎。他兩個一往一來的，在山坡下正然賭鬥，又見那草科裡響一聲，又跳出個怪來，就奔唐僧。行者道：「師父！不好了！八戒的眼拙，放那妖精來拿你，且等老孫打他去！」急掣棒迎上前喝道：「那裡去！看棒！」那妖精更不打話，舉杵來迎他。兩個在草坡下一撞一沖，正相持處，又聽得山背後呼的風響，又跳出個妖精來，徑奔唐僧。沙僧見了，大驚道：「師父！大哥與二哥的眼都花了，把妖精放將來拿你了！你坐在馬上，等老沙拿他去！」這和尚也不分好歹，即掣杖，對面擋住那妖精鐵杵，恨苦相持。吆吆喝喝，亂嚷亂鬥，漸漸的窵遠⑦。那老怪在半空中，見唐僧獨坐馬上，伸下五爪鋼鈎，把唐僧一把撾住。那師父丟了馬，脫了鐙，被妖精一陣風徑攝去了。可憐！這正是「禪性遭魔難正果，江流又遇苦災星」！

老妖按下風頭，把唐僧拿到洞裡，叫：「先鋒！」那定計的小妖上前跪倒，口中道：「不敢！不敢！」老妖道：「何出此言？大將軍一言既出，如白染皂。當時說拿不得唐僧便罷，拿了唐僧，封你為前部先鋒。今日你果妙計成功，豈可失信於你？你可把唐僧拿來，著小的們挑水刷鍋，搬柴燒火，把他蒸

⑦窵遠——遠隔。

一蒸，我和你都喫他一塊肉，以圖延壽長生也。」先鋒道：「大王，且不可喫。」老怪道：「既拿來，怎麼不可喫？」先鋒道：「大王喫了他不打緊，豬八戒也做得人情，沙和尚也做得人情，但恐孫行者那主子刮毒。他若曉得是我們喫了，他也不來和我們廝打，他只把那金箍棒往山腰裡一搠，搠個窟窿，連山都搠倒了！我們安身之處也無之矣！」老怪道：「先鋒，憑你有何高見？」先鋒道：「依著我，把唐僧送在後園，綁在樹上，兩三日不要與他飯喫，一則圖他裡面乾淨，二則等他三人不來門前尋找，打聽得他們回去了，我們卻把他拿出來，自自在在的受用，卻不是好？」老怪笑道：「正是，正是！先鋒說得有理！」

一聲號令，把唐僧拿入後園，一條繩綁在樹上。眾小妖都去前面去聽候。你看那長老苦捱著繩纏索綁，緊縛牢拴，止不住腮邊流淚，叫道：「徒弟呀！你們在那山中擒怪，甚路裡趕妖？我被潑魔捉來，此處受災，何日相會？痛殺我也！」正自兩淚交流，只見對面樹上有人叫道：「長老，你也進來了！」長老正了性道：「你是何人？」那人道：「我是本山中的樵子；被那山主前日拿來，綁在此間，今已三日，算計要喫我哩。」長老滴淚道：「樵夫呵，你死只是一身，無甚掛礙，我卻死得不甚乾淨。」樵子道：「長老，你是個出家人，上無父母，下無妻子，死便死了，有甚麼不乾淨？」長老道：「我本是東土往西天取經去的，奉唐朝太宗皇帝御旨拜活佛，取真經，還要超度那幽冥無主的孤魂。今若喪了性命，可不盼殺那君王，孤負那臣子？那枉死城中，無限的冤魂，卻不大失所望，永世不得超生；一場功果，盡化作風塵，這卻怎麼得乾淨也？」樵子聞言，眼中墮淚道：「長老，你死也只如此，我死又更傷情。我自幼失父，與母鰥居，更無家業，止靠著打柴為生。老母今年八十三歲，只我一人奉養。倘若身喪，誰與他埋屍送老？苦哉，苦哉！痛殺我也！」長老聞言，放聲大哭道：「可憐，可憐！山人尚有思親意，空教貧僧會念經！事君事親，皆同一理。你為親恩，我為君恩。」正是那「流淚眼觀流淚眼，斷腸人送斷腸人」！

且不言三藏身遭困苦。卻說孫行者在草坡下戰退小妖，急回來路旁邊，不見了師父。止存白馬、行囊。慌得他牽馬挑擔，向山頭找尋。咦！正是那：有難的江流專遇難，降魔的大聖亦遭魔。畢竟不知尋找師父下落如何，且聽下回分解。

第八十六回　木母助威征怪物　金公施法滅妖邪

話說孫大聖牽著馬，挑著擔，滿山頭尋叫師父，忽見豬八戒氣呼呼的跑將來道：「哥哥，你喊怎的？」行者道：「師父不見了，你可曾看見？」八戒道：「我原來只跟唐僧做和尚的，你又捉弄我，教做甚麼將軍！我捨著命，與那妖精戰了一會，得命回來。師父是你與沙僧看著的，反來問我。」行者道：「兄弟，我不怪你。你不知怎麼眼花了，把妖精放回來拿師父。我去打那妖精，教沙和尚看著師父的，如今連沙和尚也不見了。」八戒笑道：「想是沙和尚帶師父那裡出恭去了。」說不了，只見沙僧來到。行者問道：「沙僧，師父那裡去了？」沙僧道：「你兩個眼都昏了，把妖精放將來拿師父，老沙去打那妖精的，師父自家在馬上坐來。」行者氣得暴跳道：「中他計了！中他計了！」沙僧道：「中他甚麼計？」行者道：「這是『分瓣梅花計』，把我弟兄們調開，他劈心裡①撈了師父去了。天！天！天！

①劈心裡——乘機。

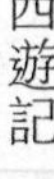

尋去來。」

三人沒奈何，只得入山找尋。行了有二十里遠近，只見那懸崖之下，有一座洞府：削峰掩映，怪石嵯峨。奇花瑤草馨香，紅杏碧桃豔麗。崖前古樹，霜皮溜雨四十圍；門外蒼松，黛色參天二千尺。雙雙野鶴，常來洞口舞清風；對對山禽，每向枝頭啼白晝。簇簇黃藤如掛索，行行煙柳似垂金。方塘積水，深穴依山。方塘積水，隱窮鱗未變的蛟龍；深穴依山，住多年喫人的老怪。果然不亞神仙境，真是藏風聚氣巢。

行者見了，兩三步，跳到門前看處，那石門緊閉，門上橫安著一塊石版，石版上有八個大字，乃「隱霧山折岳連環洞」。行者道：「八戒，動手呵！此間乃妖精住處，師父必在他家也。」那獃子仗勢行兇，舉釘鈀盡力築將去，把他那石頭門築了一個大窟窿，叫道：「妖怪！快送出我師父來，免得釘鈀築倒門，一家子都是了帳！」守門的小妖，急急跑入報道：「大王，闖出禍來了！」老怪道：「有甚禍？」小妖道：「門前有人把門打破，嚷道要師父哩！」老怪大驚道：「不知是那個尋將來也？」先鋒道：「莫怕，等我出去看看。」那小妖奔至前門，從那打破的窟窿處，歪著頭，往外張，見是個長嘴大耳朵，即回頭高叫：「大王莫怕他！這個是豬八戒，沒甚本事，不敢無理。他若無理，開了門，拿他進來湊蒸。怕便只怕那毛臉雷公嘴的和尚。」八戒在外邊聽見道：「哥呵，他不怕我，只怕你哩。師父定在他家了，你快上前。」行者罵道：「潑孽畜！你孫外公在這裡！送我師父出來，饒你命罷！」先鋒道：「大王，不好了，孫行者也尋將來了！」老怪報怨道：「都是你定的甚麼『分瓣分瓣』，卻怎麼好！」止不住腮邊淚滴。八戒道：「不要哭！一哭就膿包了！橫豎不遠，只在這座山上，我們惹得禍事臨門！怎生結果？」先鋒道：「大王放心，且休埋怨。我記得孫行者是個寬洪海量的猴頭，雖則他神通廣大，卻好奉承。我們拿個假人頭出去哄他一哄，奉承他幾句，只說他師父是我們喫了。若還哄得他去了，唐僧還是我們受用；哄不過再作理會。」老怪道：「那裡得個假人頭？」先鋒道：「等我做一個兒看。」

好妖怪，將一把衠鋼刀斧，把柳樹根砍做個人頭模樣，噴上些人血，糊糊塗塗的，著一個小怪，使漆盤兒拿至門下，叫道：「大聖爺爺，息怒容稟。」孫行者果好奉承，聽見叫聲大聖爺爺，便就止住八戒：「且莫動手，看他有甚話說。」拿盤的小怪道：「你師父被我大王拿進洞來，洞裡小妖村頑，不識好歹，這個來吞，那個來啃，抓的抓，咬的咬，把你師父喫了，只剩了一個頭在這裡也。」行者道：「既喫了便罷，只拿出人頭來，我看是真是假。」那小怪從門窟裡拋出那個頭來。豬八戒見了就哭道：「可憐呵！那們個師父進去，弄做這們個師父出來也！」行者道：「獃子，你且認認是真是假。」八戒道：「不羞！人頭有個真假的？」行者道：「這是個假人頭。」八戒道：「怎認得是假？」行者道：「真人頭拋出來，撲搭不響；假人頭拋得像梆子聲。你不信，等我拋了你聽。」拿起來往石頭上一摜，噹的一聲響亮，沙和尚道：「哥哥，響哩！」行者道：「響便是個假的。我教他現出本相來你看。」急掣金箍棒，撲的一下，打破了。八戒看時，乃是個柳樹根。獃子忍不住罵起來道：「我把你這夥毛團！你將我師父藏在洞裡，拿個柳樹根哄你豬祖宗，莫成我師父是柳樹精變的！」

慌得那拿盤的小怪，戰兢兢跑去報道：「難，難，難！難，難，難！」老妖道：「怎麼有許多難？」小妖道：「豬八戒與沙和尚倒哄過了，孫行者卻是個『販古董的，——識貨！識貨！』他就認得是個假人頭。如今得個真人頭與他，或者他就去了。」老怪道：「怎麼得個真人頭？……我們那剝皮亭內有喫不了的人頭選一個來。」眾妖即至亭內揀了個新鮮的頭，教啃淨頭皮，滑塔塔的還使盤兒拿出，叫：「大聖爺爺，先前委是個假頭。這個真正是唐老爺的頭，我大王留了鎮宅子的，今特獻出來也。」撲通的把個人頭又從門窟裡拋出，血滴滴的亂滾。

孫行者認得是個真人頭，沒奈何就哭。八戒、沙僧也一齊放聲大哭。八戒噙著淚道：「哥哥，且莫哭。天氣不是好天氣，恐一時弄臭了。等我拿將去，乘生氣埋下再哭。」行者道：「也說得是。」那獃子不嫌穢汙，把個頭抱在懷裡，跑上山崖。向陽處，尋了個藏風聚氣的所在，取釘鈀築了一個坑，把頭埋了；又築起一個墳塚。纔叫沙僧：「你與哥哥哭著，等我去尋些甚麼供養供養。」他就走向澗邊，攀幾根大柳枝，拾幾塊鵝卵石，回至墳前，把柳枝兒插在左右，鵝卵石堆在面前。行者問道：「這是怎麼說？」八戒道：「這柳枝權為松柏，與師父遮遮墳頂，這石子權當點心，與師父供養供養。」行者喝道：「夯貨！人已死了，還將石子兒供他！」八戒道：「表表生人意，權為孝道心。」行者道：「且休胡弄！教沙僧在此：一則廬墓，二則看守行李、馬匹。我和你去打破他的洞府，拿住妖魔，碎屍萬段，與師父報仇去來。」沙和尚滴淚道：「大哥言之極當。你兩個著意，我在此處看守。」好八戒，即脫了皂錦直裰，束一束著體小衣，舉鈀隨著行者。二人努力向前，不容分辨，逕自把他石門打破，喊聲振天，叫道：「還我活唐僧來耶！」那洞裡大小群妖，一個個魂飛魄散，都報怨先鋒的不是。老妖問先鋒道：「這些和尚打進門來，卻怎麼治？」先鋒道：「古人說得好：『手插魚籃，避不得腥。』一不做，二不休；左右帥領家兵殺那和尚去來！」老怪聞言，無計可奈，真個傳令，叫：

「小的們，各要齊心，將精銳器械跟我去出征。」果然一齊吶喊，殺出洞門。這大聖與八戒，急退幾步，到那山場平處，抵住群妖，喝道：「那個是出名的頭兒？那個是拿我師父的妖怪？」那群妖扎下營盤，將一面錦綉花旗閃一閃，老怪持鐵杵，應聲高呼道：「那潑和尚，你認不得我？我乃南山大王，數百年放蕩於此。你唐僧已是我拿喫了，你敢如何？」行者罵道：「這個大膽的毛團！你能有多少的年紀，敢稱『南山』二字？李老君乃開天闢地之祖，尚坐於太清之右；佛如來是治世之尊，還坐於大鵬之下；孔聖人是儒教之尊，亦僅呼為『夫子』。你這個孽畜，敢稱甚麼南山大王，數百年之放蕩！不要走！喫你外公老爺一棒！」那妖精側身閃過，使杵抵住鐵棒，睜圓眼問道：「你這嘴臉像個猴兒模樣，敢將許多言語壓我！你有甚麼手段，在吾門下猖狂？」行者笑道：「我把你個無名的孽畜！是也不知老孫！你站住，硬著膽，且聽我說：

祖居東勝大神州，天地包含幾萬秋。花果山頭仙石卵，卵開產化我根苗。
生來不比凡胎類，聖體原從日月儔。本性自修非小可，天姿穎悟大丹頭。
官封大聖居雲府，倚勢行兇鬥斗牛。十萬神兵難近我，滿天星宿易為收。
名揚宇宙方方曉，智貫乾坤處處留。今幸皈依從釋教，扶持長老向西遊。
逢山開路無人阻，遇水支橋有怪愁。林內施威擒虎豹，崖前復手捉貔貅。
東方果正來西域，那個妖邪敢出頭！孽畜傷師真可恨，管教時下②命皆休！」

②時下——這時、那時。

那怪聞言，又驚又恨。咬著牙，跳近前來，使鐵杵望行者就打。行者輕輕的用棒架住，還要與他講話，那八戒忍不住，掣鈀亂築那怪的先鋒。先鋒帥眾齊來。這一場在山中平地混戰，真是好殺：

東土大邦上國僧，西方極樂取真經。南山大豹噴風霧，路阻深山獨顯能。施巧計，弄乖伶，無知誤捉大唐僧。相逢行者神通廣，更遭八戒有聲名。群妖混戰山平處，塵土紛飛天不清。那陣上小妖呼嘯，鎗刀亂舉；這壁廂神僧叱喝，鈀棒齊興。大聖英雄無敵手，悟能精壯喜強年。南禺老怪，部下先鋒，都為唐僧一塊肉，致令捨死又亡生。這兩個因師性命成仇隙，那兩個為要唐僧忒惡情。往來鬥經多半會，衝衝撞撞沒輸贏。

孫大聖見那些小妖勇猛，連打不退。即使個分身法，把毫毛拔下一把，嚼在口中，噴出去，叫聲「變！」都變做本身模樣，一個使一條金箍棒，從前邊往裡打進。那一二百個小妖，顧前不能顧後，遮左不能遮右，一個個各自逃生，敗走歸洞。這行者與八戒，從陣裡往外殺來。可憐那些不識俊的妖精，搪著鈀，九孔血出；挽著棒，骨肉如泥！諕得那南山大王滾風生霧，得命逃回。那先鋒不能變化，早被行者一棒打倒，現出本相，乃是個鐵背蒼狼怪。八戒上前扯著腳，翻過來看了道：「這廝從小兒也不知偷了人家多少豬牙子、羊羔兒喫了！」行者將身一抖，收上毫毛道：「獃子！不可遲慢！快趕老怪，討師父的命去來！」八戒回頭，就不見那些小行者，道：「哥哥的法相兒都去了！」行者道：「我已收來也。」八戒道：「妙呵！妙呵！」兩個喜喜歡歡，得勝而回。

卻說那老怪逃了命回洞，吩咐小妖搬石塊，挑土，把前門堵了。那些得命的小妖，一個個戰兢兢的，把門都堵了，再不敢出頭。這行者引八戒，趕至門首吆喝，內無人答應。八戒使鈀築時，莫想得動。

聯經出版事業公司　校印

行者知之，道：「八戒，莫費氣力，他把門已堵了。」八戒道：「堵了門，師仇怎報？」行者道：「且回上墓前，看看沙僧去。」

二人復至本處，見沙僧還哭哩。八戒越發傷悲，丟了鈀，伏在墳上，手撲著土哭道：「苦命的師父呵！遠鄉的師父呵！那裡再得見你耶！」行者道：「兄弟，且莫悲切。這妖精把前門堵了，一定有個後門出入。你兩個只在此間，等我再去尋看。」八戒滴淚道：「哥呵！仔細著！莫連你也撈去了，我們不好哭得：哭一聲師父，哭一聲師兄，就要哭得亂了。」行者道：「沒事！我自有手段！」

好大聖，收了棒，束束裙，拽開步，轉過山坡，忽聽得潺潺水響。且回頭看處，原來是澗中水響，上溜頭沖泄下來，又見澗那邊有座門兒，門左邊有一個出水的暗溝。他道：「不消講！那就是後門了，若要是原嘴臉，恐有小妖開門看見認得，等我變作個水蛇兒過去。……且住！變水蛇恐師父的陰靈兒知道，怪我出家人變蛇纏長；變作個小螃蟹兒過去罷。……也不好，恐師父怪我出家人腳多。」即做一個水老鼠，颼的一聲攛過去，從那出水的溝中，鑽至裡面天井中。探著頭兒觀看，只見那向陽處有幾個小妖，拿些人肉巴子，一塊塊的理著晒哩。行者道：「我的兒呵！那想是師父的肉，喫不了，晒乾巴子防天陰的。我要現本相，趕上前，一棍子打殺，顯得我有勇無謀；且再變化進去，尋那老怪，看是何如。」跳出溝，搖身又一變，變做個有翅的螞蟻兒。真個是：

力微身小號玄駒③，日久藏修有翅飛。閑渡橋邊排陣勢，喜來牀下鬥仙機。

③玄駒——黑色的駿馬。

聯經出版事業公司 校印

善知雨至常封穴，壘積塵多遂作灰。巧巧輕輕能爽利，幾番不覺過柴扉。

他展開翅，無聲無影，一直飛入中堂。只見那老怪煩煩惱惱正坐，有一個小妖，從後面跑將來報道：「大王萬千之喜！」老妖道：「喜從何來？」小妖道：「我纔在後門外澗頭上探看，忽聽得有人大哭。即趴上峰頭望望，原來是豬八戒、孫行者、沙和尚在那裡拜墳痛哭。想是把那個人頭認做唐僧的頭葬下，搁④作墳墓哭哩。」行者在暗中聽說，心內歡喜道：「若出此言，我師父還藏在那裡，未曾喫哩。等我再去尋尋，看死活如何，再與他說話。」

好大聖，飛在中堂，東張西看，見旁邊有個小門兒，關得甚緊；即從門縫兒裡鑽去看時，原是個大園子，隱隱的聽得悲聲。徑飛入深處，但見一叢大樹，樹底下綁著兩個人，一個正是唐僧。行者見了，心癢難撓，忍不住，現了本相，近前叫聲：「師父。」那長老認得，滴淚道：「悟空，你來了？快救我一救！悟空！悟空！」行者道：「師父莫只管叫名字，面前有人，怕走了風汛。你既有命，我可救得你。那怪只說已將你喫了，拿個假人頭哄我，我們與他恨苦相持。師父放心，且再熬熬兒，等我把那妖精弄倒，方好來解救。」

大聖念聲呪語，卻又搖身還變做個螞蟻兒，復入中堂，丁在正梁之上。只見那些未傷命的小妖，簇簇攢攢，紛紛嚷嚷。內中忽跳出一個小妖，告道：「大王，他們見堵了門，攻打不開，死心塌地，捨了唐僧，將假人頭弄做個墳墓。今日哭一日，明日再哭一日，後日復了三，好道回去。打聽得他們散

④搁——即「扛」字，舉、頂住。

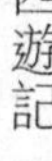

了呵，把唐僧拿出來，碎劖碎剁，把些大料煎了，香噴噴的大家喫一塊兒，也得個延年長壽。」又一個小妖拍著手道：「莫說！莫說！還是蒸了喫的有味！」又一個說：「煮了喫，還省柴。」又一個道：「他本是個稀奇之物，還著些鹽兒醃醃，喫得長久。」行者在那梁中聽見，心中大怒道：「我師父與你有甚毒情，這般算計喫他！」即將毫毛拔了一把，口中嚼碎，輕輕吹出，暗念呪語，都教變做瞌睡蟲兒，往那眾妖臉上拋去。一個個鑽入鼻中，小妖漸漸打盹。不一時，都睡倒了。只有那個老妖睡不穩，他兩隻手揉頭搓臉，不住的打涕噴，捏鼻子。行者道：「莫是他曉得了？與他個雙搖燈！」又拔一根毫毛，依母兒⑤做了，拋在他臉上，鑽於鼻孔內。兩個蟲兒，一個從左進，一個從右入。那老妖爬起來，伸伸腰，打兩個呵欠，呼呼的也睡倒了。

行者暗喜，纔跳下來，現出本相。耳朵裡取出棒來，晃一晃，有鴨蛋粗細，噹的一聲，把旁門打破，跑至後園，高叫：「師父！」長老道：「徒弟，快來解解繩兒；綁壞我了！」行者道：「師父不要忙，等我打殺妖精，再來解你。」急抽身跑至中堂。正舉棍要打，又滯住手道：「不好！等解了師父來打。」復至園中，又思量道：「等打了來救。」如此者兩三番，卻纔跳跳舞舞的到園裡。長老見了，悲中作喜道：「猴兒，想是看見我不曾傷命，所以歡喜得沒是處，故這等作跳舞也？」行者纔至前，將繩解了，挽著師父就走。又聽得對面樹上綁的人叫道：「老爺捨大慈悲，也救我一命！」長老立定身，叫：「悟空，那個人也解他一解。」行者道：「他是甚麼人！」長老道：「他比我先拿進一日。他是個樵

⑤母兒——原樣。母，借作「模」字。

子，說有母親年老，甚是思想，倒是個盡孝的。一發連他都救了罷。」

行者依言，也解了繩索，一同帶出後門，𨁝上石崖，過了陡澗。長老謝道：「賢徒，虧你救了他與我命！悟能、悟淨都在何處？」行者道：「他兩個都在那裡哭你哩，你可叫他一聲。」長老果厲聲高叫道：「八戒！八戒！」那獃子哭得昏頭昏腦的，揩揩鼻涕眼淚道：「沙和尚，師父回家來顯魂哩！在那裡叫我們不是？」行者上前，喝了一聲道：「夯貨！顯甚麼魂，這不是師父來了？」那沙僧擡頭見了，忙忙跪在面前道：「師父，你受了多少苦呵！哥哥怎生救得你來也？」行者把上項事說了一遍。

八戒聞言，咬牙恨齒，忍不住舉起鈀把那墳塚一頓築倒，掘出那人頭，一頓築得稀爛。唐僧道：「你築他為何？」八戒道：「師父呵，不知他是那家的亡人，教我朝著他哭！」長老道：「虧他救了我命哩。你兄弟們打上他門，嚷著要我，想是拿他來搪塞；不然呵，就殺了我也。還把他埋一埋，見我們出家人之意。」那獃子聽長老此言，遂將一包稀爛骨肉埋下，也搵起個墳墓。

行者卻笑道：「師父，你請略坐坐，等我剿除去來。」即又跳下石崖，過澗入洞，把那綁唐僧與樵子的繩索拿入中堂，那老妖還睡著了。即將他四馬攢蹄綑倒，使金箍棒搠起來，握在肩上，徑出後門。豬八戒遠遠的望見道：「哥哥好幹這握頭事⑥！再尋一個兒趁頭⑦挑著不好？」行者到跟前放下，八戒舉鈀就築。行者道：「且住！洞裡還有小妖怪未拿哩。」八戒道：「哥呵，有便帶我進去打他。」

⑥握頭事——笨事、沒頭腦的事。

⑦趁頭——買東西時，向賣主索取額外的物品，也叫「饒頭」。

行者道：「打又費工夫了，不若尋些柴，教他斷根罷。」那樵子聞言，即引八戒去東凹裡尋了些破梢竹、敗葉松、空心柳、斷根藤、黃蒿、老荻、蘆葦、乾桑，挑了若干，送入後門裡。行者點上火，八戒兩耳搧起風。那大聖將身跳上，抖一抖，收了瞌睡蟲的毫毛。那些小妖及醒來，烟火齊著。可憐！莫想有半個得命。連洞府燒得精空，卻回見師父。師父聽見老妖方醒聲喚，便叫：「徒弟，妖精醒了。」八戒上前一鈀，把老怪築死，現出本相，原來是個艾葉花皮豹子精。行者道：「花皮會喫老虎，如今又會變人。這頓打死，才絕了後患也！」長老謝之不盡，攀鞍上馬。那樵子道：「老爺，向西南去不遠，就是舍下。請老爺到舍見見家母，叩謝老爺活命之恩，送老爺上路。」

長老欣然，遂不騎馬，與樵子並四眾同行。向西南迤邐前來，不多路，果見那：

石徑重漫苔蘚，柴門蓬絡藤花。四面山光連接，一林鳥雀諠譁。

密密松篁交翠，紛紛異卉奇葩。地僻雲深之處，竹籬茅舍人家。

遠見一個老嫗，倚著柴扉，眼淚汪汪的，兒天兒地的痛哭。這樵子看見是他母親，丟了長老，急忙忙先跑到柴扉前，跪下叫道：「母親！兒來也！」老嫗一把抱住道：「兒呵！你這幾日不來家，我只說是山主拿你去，害了性命，是我心疼難忍。你既不曾被害，何以今日纔來？你繩擔、柯斧俱在何處？」樵子叩頭道：「母親，兒已被山主拿去，綁在樹上，實是難得性命。幸虧這幾位老爺！這老爺是東土唐朝往西天取經的羅漢。那老爺倒也被山主拿去綁在樹上。他那三位徒弟老爺，神通廣大，把山主一頓打死，卻是個艾葉花皮豹子精；概眾小妖，俱盡燒死，卻將那老老爺解下救出，連孩兒都解救出來。此誠天高地厚之恩！不是他們，孩兒也死無疑了。如今山上太平，孩兒徹夜行走，也無事矣。」

聯經出版事業公司校印

那老嫗聽言，一步一拜，拜接長老四眾，都入柴扉茅舍中坐下。娘兒兩個磕頭稱謝不盡，慌慌忙忙的，安排些素齋酬謝。八戒道：「樵哥，我見你府上也寒薄，只可將就一飯，切莫費心大擺佈。」樵子道：「不瞞老爺說。我這山間實是寒薄，沒甚麼香蕈、蘑菰、川椒、大料，只是幾品野菜奉獻老爺，權表寸心。」八戒笑道：「聒噪，聒噪。放快些兒就是。我們肚中饑了。」樵子道：「就有！就有！」果然不多時，展抹桌凳，擺將上來。果是幾盤野菜。但見那：

嫩焯黃花菜，酸虀白鼓丁。浮蔷馬齒莧，江薺鴈腸英。燕子不來香且嫩，芽兒拳小脆還青。爛煮馬藍頭，白熝狗腳跡。貓耳朵，野落蓽，灰條熟爛能中喫；剪刀股，牛塘利，倒灌窩螺操帚薺。碎米薺，莴菜薺，幾品青香又滑膩。油炒鳥英花，菱科甚可誇；蒲根菜並茭兒菜，四般近水實清華。著麥娘，嬌且佳；破破納，不穿他；苦麻臺下藩籬架。雀兒綿單，猢猻腳跡；油灼灼煎來只好喫。斜蒿、青蒿、抱娘蒿，燈娥兒飛上板蕎蕎，羊耳禿，枸杞頭，加上烏藍不用油。幾般野菜一飡飯，樵子虔心為謝酬。

師徒們飽餐一頓，收拾起程。那樵子不敢久留，請母親出來，再拜，再謝。樵子只是磕頭，取了一條棗木棍，結束了衣裙，出門相送。沙僧牽馬，八戒挑擔，行者緊隨左右，長老在馬上拱手道：「樵哥，煩先引路，到大路上相別。」一齊登高下坂，轉澗尋坡。長老在馬上思量道：「徒弟呵！

自從別主來西域，遞遞迢迢去路遙，水水山山災不脫，妖妖怪怪命難逃。
心心只為經三藏，念念仍求上九霄。碌碌勞勞何日了，幾時行滿轉唐朝！」

樵子聞言道：「老爺切莫憂思。這條大路，向西方不滿千里，就是天竺國，極樂之鄉也。」長老聞言，翻身下馬道：「有勞遠涉。既是大路，請樵哥回府，多多拜上令堂老安人：適間厚擾盛齋，貧僧無甚相謝，只是早晚誦經，保佑你母子平安，百年長壽。」那樵子喏喏相辭，復回本路。師徒遂一直投西。正是：降怪解冤離苦厄，受恩上路用心行。畢竟不知還有幾日得到西天，且聽下回分解。

聯經出版事業公司校印

聯經出版事業公司　校印

第八十七回　鳳仙郡冒①天止雨　孫大聖勸善施霖

大道幽深，如何消息，說破鬼神驚駭。挾藏宇宙，剖判玄光，真樂世間無賽。靈鷲峰前，寶珠拈出，明映五般光彩。照乾坤上下群生，知者壽同山海。

卻說三藏師徒四眾，別樵子下了隱霧山，奔上大路。行經數日，忽見一座城池相近。三藏道：「悟空，你看那前面城池，可是天竺國麼？」行者搖手道：「不是！不是！如來處雖稱極樂，卻沒有城池，乃是一座大山，山中有樓臺殿閣，喚做靈山大雷音寺。就到了天竺國，也不是如來住處。天竺國還不知離靈山有多少路哩。那城想是天竺之外郡。到邊前方知明白。」

不一時至城外。三藏下馬，入到三層門裡，見那民事荒涼，街衢冷落；又到市口之間，見許多穿青衣者，左右擺列，有幾個冠帶者，立於房簷之下。他四眾順街行走，那些人更不遜避。豬八戒村愚，

①冒——褻瀆、觸犯。

把長嘴掬一掬，叫道：「讓路，讓路！」那些人猛擡頭，看見模樣，一個個骨軟筋麻，跌跌蹡蹡，都道：「妖精來了！妖精來了！」諕得那簷下冠帶者，戰兢兢躬身問道：「那方來者？」三藏恐他們闖禍，一力當先，對眾道：「貧僧乃東土大唐駕下拜天竺國大雷音寺佛祖求經者。路過寶方，一則不知地名，二則未落人家，纔進城甚失迴避，望列公恕罪。」那官人卻纔施禮道：「此處乃天竺外郡，地名鳳仙郡。連年乾旱，郡侯差我等在此出榜，招求法師祈雨救民也。」行者聞言道：「你的榜文何在？」眾官道：「榜文在此，適間纔打掃廊簷，還未張掛。」行者道：「拿來我看看。」眾官即將榜文展開，掛在簷下。行者四眾上前同看。榜上寫著：

「大天竺國鳳仙郡郡侯上官，為榜聘明師，招求大法事。茲因郡土寬弘，軍民殷實，連年亢旱，累歲乾荒，民田菑而軍地薄，河道淺而溝澮空。井中無水，泉底無津。富室聊以全生，窮民難以活命。斗粟百金之價，束薪五兩之資。十歲女易米三斤，五歲男隨人帶去。城中懼法，典衣當物以存身；鄉下欺公，打劫喫人而顧命。為此出給榜文，仰望十方賢哲，禱雨救民，恩當重報。願以千金奉謝，決不虛言。須至榜者。」

行者看罷，對眾官道：「『郡侯上官』何也？」眾官道：「上官乃是他姓。此我郡侯之姓也。」行者笑道：「此姓卻少。」八戒道：「哥哥不曾讀書。《百家姓》後有一句『上官歐陽』。」三藏道：「徒弟們，且休閑講。那個會求雨，與他求一場甘雨，以濟民瘼，此乃萬善之事；如不會，就行，莫誤了走路。」行者道：「祈雨有甚難事！我老孫翻江攪海，換斗移星，踢天弄井，吐霧噴雲，擔山趕月，喚雨呼風：那一件兒不是幼年耍子的勾當！何為稀罕！」

眾官聽說，著兩個急去郡中報道：「老爺，萬千之喜至也！」那郡侯正焚香默祝，聽得報聲喜至，即問：「何喜？」那官道：「今日領榜，方至市口張掛，即有四個和尚，稱是東土大唐差往天竺國大雷音寺拜佛求經者，見榜即道能祈甘雨。特來報知。」

那郡侯即整衣步行，不用轎馬多人，徑至市口，以禮敦請。忽有人報道：「郡侯老爺來了。」眾人閃過。那郡侯一見唐僧，不怕他徒弟醜惡，當街心倒身下拜道：「下官乃鳳仙郡郡侯上官氏，熏沐拜請老師祈雨救民，望師大捨慈悲，運神功，拔濟，拔濟！」三藏答禮道：「此間不是講話處。待貧僧到那寺觀，卻好行事。」郡侯道：「老師同到小衙，自有潔淨之處。」

師徒們遂牽馬挑擔，徑至府中，一一相見。郡侯即命看茶擺齋。少頃齋至，那八戒放量吞餐，如同餓虎。諕得那些捧盤的心驚膽戰，一往一來，添湯添飯，就如走馬燈兒一般，剛剛供上，直喫得飽滿方休。齋畢，唐僧謝了齋，卻問：「郡侯大人，貴處乾旱幾時了？」郡侯道：

「敝地大邦天竺國，鳳仙外郡吾司牧。一連三載遇乾荒，草子不生絕五穀。大小人家買賣難，十門九戶俱啼哭。三停餓死二停人，一停還似風中燭。下官出榜遍求賢，幸遇真僧來我國。若施寸雨濟黎民，願奉千金酬厚德！」

行者聽說，滿面喜生，呵呵的笑道：「莫說！莫說！若說千金為謝，半點甘雨全無。但論積功累德，老孫送你一場大雨。」那郡侯原來十分清正賢良，愛民心重，即請行者上坐，低頭下拜道：「老師果捨慈悲，下官必不敢悖德。」行者道：「且莫講話，請起。但煩你好生看著我師父，等老孫行事。」沙僧道：「哥哥，怎麼行事？」行者道：「你和八戒過來，就在他這堂下隨著我做個羽翼，等老孫喚龍來行雨。」八戒、沙僧僅依使令。三個人都在堂下。郡侯焚香禮拜。三藏坐著念經。

行者念動真言，誦動咒語，即時見正東上，一朵烏雲，漸漸落至堂前，乃是東海老龍王敖廣。那敖廣收了雲腳，化作人形，走向前，對行者躬身施禮道：「大聖喚小龍來，那方使用？」行者道：「請起。累你遠來，別無甚事；此間乃鳳仙郡，連年乾旱，問你如何不來下雨？」老龍道：「啟上大聖得知，我雖能行雨，乃上天遣用之輩。上天不差，豈敢擅自來此行雨？」行者道：「我因路過此方，見久旱民苦，特著你來此施雨救濟，如何推託？」龍王道：「豈敢推託？但大聖念真言呼喚，不敢不來，一則未奉上天御旨，二則未曾帶得行雨神將，怎麼動得雨部？大聖既有拔濟之心，容小龍回海點兵，煩大聖到天宮奏准，請一道降雨的聖旨，請水官放出龍來，我卻好照旨意數目下雨。」

行者見他說出理來，只得發放老龍回海。他即跳出罡斗②，對唐僧備言龍王之事。唐僧道：「既然如此，你去為之，切莫打誑語。」行者即吩咐八戒、沙僧：「保著師父，我上天宮去也。」好大聖，說聲去，寂然不見。那郡侯膽戰心驚道：「孫老爺那裡去了？」八戒笑道：「駕雲上天去了。」郡侯十分恭敬，傳出飛報，教滿城大街小巷，不拘公卿士庶，軍民人等，家家供養龍王牌位，門設清水缸，缸插楊柳枝，侍奉香火，拜天不題。

卻說行者一駕觔斗雲，徑到西天門外，早見護國天王引天丁、力士上前迎接道：「大聖，取經之事完乎？」行者道：「也差不遠矣。今行至天竺國界，有一外郡，名鳳仙郡。彼處三年不雨，民甚艱苦，

②罡斗——北斗星的斗柄。罡，星名。

老孫欲祈雨拯救。呼得龍王到彼，他言無旨，不敢私自為之，特來朝見玉帝請旨。」天王道：「那壁廂敢是不該下雨哩。我向時聞得說：那郡侯撒潑，冒犯天地，上帝見罪，立有米山、麵山、黃金大鎖；直等此三事倒斷纔該下雨。」行者不知此意是何，要見玉帝。天王不敢攔阻，讓他進去。徑至通明殿外，又見四大天師迎道：「大聖到此何幹？」行者道：「因保唐僧，路至天竺國界，鳳仙郡無雨，郡侯召師祈雨。老孫呼得龍王，意命降雨，他說未奉玉帝旨意，不敢擅行，特來求旨，以甦民困。」四大天師道：「那方不該下雨。」行者笑道：「該與不該，煩為引奏引奏，看老孫的人情何如。」葛仙翁道：「俗語云：『蒼蠅包網兒，好大面皮！』」許旌陽道：「不要亂談，且只帶他進去。」邱洪濟、張道陵與葛、許四真人引至靈霄殿下，啟奏道：「萬歲，有孫悟空路至天竺國鳳仙郡，欲與求雨，特來請旨。」玉帝道：「那廝三年前十二月二十五日，朕出行監觀萬天，浮遊三界，駕至他方，見那上官正不仁，將齋天素供，推倒餵狗，口出穢言，造有冒犯之罪，朕即立以三事，在於披香殿內。汝等引孫悟空去看。若三事倒斷，即降旨與他；如不倒斷，且休管閑事！」

四天師即引行者至披香殿裡看時，見有一座米山，約有十丈高下；一座麵山，約有二十丈高下。米山邊有一隻拳大之雞，在那裡緊一嘴，慢一嘴，嗛那米喫。麵山邊有一隻金毛哈巴狗兒，在那裡長一舌，短一舌，餂那麵喫。左邊懸一座鐵架子，架上掛一把金鎖，約有一尺三四寸長短，鎖梃有指頭粗細，下面有一盞明燈，燈燄兒燎著那鎖梃。行者不知其意，回頭問天師曰：「此何意也？」天師道：「那廝觸犯了上天，玉帝立此三事，直等雞嗛了米盡，狗餂得麵盡，燈燄燎斷鎖梃，那方纔該下雨哩。」行者聞言，大驚失色，再不敢啟奏。走出殿，滿面含羞。四天師笑道：「大聖不必煩惱，這事只宜作善可解。若有一念善慈，驚動上天，那米、麵山即時就倒，鎖梃即時就斷。你去勸他歸善，福自來矣。」行者依言，不上靈霄辭玉帝，徑來下界覆凡夫。須臾，到西天門，又見護國天王，天王道：「請旨如何？」行者將米山、麵山、金鎖之事說了一遍，道：「果依你言，不肯傳旨。適間天師送我，教勸那廝歸善，即福原也。」遂相別，降雲下界。

那郡侯同三藏、八戒、沙僧、大小官員人等接著，都簇簇攢攢來問。行者將郡侯喝了一聲道：「只因你這廝三年前十二月二十五日冒犯了天地，致令黎民有難，如今不肯降雨！」慌得郡侯跪伏在地道：「老師如何得知三年前事？」行者道：「你把那齋天的素供，怎麼推倒喂狗？可實實說來！」那郡侯不敢隱瞞，道：「三年前十二月二十五日，獻供齋天，在於本衙之內，因妻不賢，惡言相鬥，一時怒發無知，推倒供桌，潑了素饌，果是喚狗來喫了。這兩年憶念在心，神思恍惚，無處可以解釋。不知上天見罪，遺害黎民。今遇老師降臨，萬望明示，上界怎麼樣計較。」行者道：「那一日正是玉皇下界之日。見你將齋供喂狗，又口出穢言，玉帝即立三事記汝。」八戒問道：「是甚三事？」行者道：「披香殿立一座米山，約有十丈高下；一座麵山，約有二十丈高下。米山邊有拳大的一隻小雞，在那裡緊一嘴，慢一嘴的嗛那米喫；麵山邊有一個金毛哈巴狗兒，在那裡長一舌，短一舌的餂那麵喫。左邊又一座鐵架子，架上掛一把黃金大鎖，鎖梃兒有指頭粗細，下面有一盞明燈，燈燄兒燎著那鎖梃。直等那雞嗛米盡，狗餂麵盡，燈燎斷鎖梃，他這裡方纔該下雨哩。」八戒笑道：「不打緊！不打緊！哥哥肯帶我去，變出法身來，一頓把他的米麵都喫了，鎖梃子弄斷了，管取下雨。」行者道：「獃子莫胡說！此乃上天所設之計，你怎麼得見？」三藏道：「似這等說，怎生是好？」行者道：「不難不

聯經出版事業公司 校印

難。我臨行時，四天師曾對我言，但只作善可解。」那郡侯拜伏在地，哀告道：「但憑老師指教，下官一一皈依也。」行者道：「你若回心向善，趁早兒念佛看經，我還替你作為；汝若仍前不改，我亦不能解釋，不久天即誅之，性命不能保矣。」

那郡侯磕頭禮拜，誓願皈依。當時召請本處僧道，啟建道場，各各寫發文書，申奏三天。郡侯領眾拈香瞻拜，答天謝地，引罪自責。三藏也與他念經。一壁廂又出飛報，教城裡城外大家小戶，不論男女人等，都要燒香念佛。自此時，一片善聲盈耳，行者卻纔歡喜，對八戒、沙僧道：「你兩個好生護持師父，等老孫再與他去去來。」八戒道：「哥哥，又往那裡去？」行者道：「這郡侯聽信老孫之言，果然受教，恭敬善慈，誠心念佛，我這去再奏玉帝，求些雨來。」沙僧道：「哥哥既要去，不必遲疑，且耽擱我們行路，必求雨一壇，庶成我們之正果也。」

好大聖，又縱雲頭，直至天門外。還遇著護國天王。天王道：「你今又來做甚？」行者道：「那郡侯已歸善矣。」天王亦喜。正說處，早見直符使者，捧定了道家文書、僧家關牒，到天門外傳遞。那符使見了行者，施禮道：「此意乃大聖勸善之功。」行者道：「你將此文牒，送去何處？」符使道：「直送至通明殿上，與天師傳遞到玉皇大天尊前。」行者道：「如此，你先行，我當隨後而去。」那符使入天門去了。護國天王道：「大聖，不消見玉帝了。你只往九天應元府下，借點雷神，徑自聲雷掣電，還③他就有雨下也。」

③還——旋即，很快。

真個行者依言，入天門裡，不上靈霄殿求請旨意，轉雲步，徑往九天應元府，見那雷門使者、糾錄典者、廉訪典者都來迎著，施禮道：「大聖何來？」行者道：「有事要見天尊。」三使者即為傳奏。天尊隨下九鳳丹霞之扆，整衣出迎，相見禮畢，行者道：「有一事特來奉求。」天尊道：「何事？」行者道：「我因保唐僧至鳳仙郡，見那乾旱之甚，已許他求雨，特來告借貴部官將到彼聲雷。」天尊道：「我知那郡侯冒犯上天，立有三事，不知可該下雨哩。」行者笑道：「我昨日已見玉帝請旨，玉帝著天師引我去披香殿看那三事，乃是米山、麵山、金鎖。只要三事倒斷，方該下雨，我愁難得倒斷，天師教我勸化郡侯等眾作善，以為『人有善念，天必從之』。庶幾可以回天心，解災難也。今已善念頓生，善聲盈耳。適問直符使者已將改行從善的文牒奏上玉帝去了，老孫因特造尊府，告借雷部官將相助相助。」天尊道：「既如此，差鄧、辛、張、陶，帥領閃電娘子，即隨大聖下降鳳仙郡聲雷。」那四將同大聖，不多時，至於鳳仙境界，即於半空中作起法來。只聽得唿喇喇④的雷聲，又見那淅瀝瀝的閃電。真個是：

電掣紫金蛇，雷轟群蟄閧，熒煌飛火光，霹靂崩山洞，列缺滿天明，震驚連地縱，紅銷一閃發萌芽，萬里江山都撼動。

那鳳仙郡，城裡城外，大小官員，軍民人等，整三年不曾聽見雷電；今日見有雷聲霍閃，一齊跪下，頭頂著香爐，有的手拈著柳枝，都念：「南無阿彌陀佛！南無阿彌陀佛！」這一聲善念，果然驚動上

④唿喇喇——雷響聲。

天。正是那古詩云：

「人心生一念，天地悉皆知。善惡若無報，乾坤必有私。」

且不說孫大聖指揮雷將，掣電轟雷於鳳仙郡，人人歸善。卻說那上界直符使者，將僧道兩家的文牒送至通明殿，四天師傳奏靈霄殿。玉帝見了道：「那廝們既有善念，看三事如何。」正說處，忽有披香殿看管的將官報道：「所立米麵山俱倒了。霎時間米麵皆無，鎖梃亦斷。」奏未畢，又有當駕天官引鳳仙郡土地、城隍、社令等神齊來拜奏道：「本郡郡主並滿城大小黎庶之家，無一家一人不皈依善果，禮佛敬天。今啟垂慈，普降甘雨，救濟黎民。」玉帝聞言大喜，即傳旨：「著風部、雲部、雨部，各遵號令，去下方，按鳳仙郡界，即於今日今時，聲雷佈雲，降雨三尺零四十二點。」時有四大天師領旨，傳與各部隨時下界，各逞神威，一齊振作。

行者正與鄧、辛、張、陶，令閃電娘子在空中調弄，只見眾神都到，合會一天。那其間風雲際會，甘雨滂沱。好雨：

漠漠濃雲，濛濛黑霧。雷車轟轟，閃電灼灼，滾滾狂風，淙淙驟雨。所謂一念回天，萬民滿望。全虧大聖施元運，萬里江山處處陰，好雨傾河倒海，蔽野迷空。簷前垂瀑布，牕外響玲瓏。萬戶千門人念佛，六街三市水流洪。東西河道條條滿，南北溪灣處處通。稿苗得潤，枯木回生。田疇麻麥盛，村堡荳糧升。客旅喜通販賣，農夫愛爾耘耕。從今黍稷多條暢，自然稼穡得豐登。風調雨順民安樂，海晏河清享太平。

一日雨下足了三尺零四十二點，眾神祇漸漸收回。孫大聖厲聲高叫道：「那四部眾神，且暫停雲從，待老孫去叫郡侯拜謝列位。列位可撥開雲霧，各現真身，與這凡夫親眼看看，他纔信心供奉也。」眾神聽說，只得都停在空中。

這行者按落雲頭，徑至郡裡。早見三藏、八戒、沙僧，都來迎接。那郡侯一步一拜來謝。行者道：「且慢謝我。我已留住四部神祇，你可傳召多人同此拜謝，教他向後好來降雨。」郡侯隨傳飛報，召眾同酬，都一個個拈香朝拜。只見那四部神祇，開明雲霧，各現真身。四部者，乃雨部、雷部、雲部、風部。只見那：

龍王顯像，雷將舒身。雲童出現，風伯垂真。龍王顯像，銀鬚蒼貌世無雙。雷將舒身，鈎嘴威顏誠莫比。雲童出現，誰如玉面金冠；風伯垂真，曾似燥眉環眼。齊齊顯露青霄上，各各挨排現聖儀。鳳仙郡界人纔信，頂禮拈香惡性回。今日仰朝天上將，洗心向善盡皈依。

眾神祇寧待了一個時辰，人民拜之不已。孫行者又起在雲端，對眾作禮道：「有勞！有勞！請列位各歸本部。老孫還教郡界中人家，供養高真，遇時節醮謝。列位從此後，五日一風，十日一雨，還來拯救拯救。」眾神依言，各各轉部不題。

卻說大聖墜落雲頭，與三藏道：「事畢民安，可收拾走路矣。」那郡侯聞言，急忙行禮道：「孫老爺說那裡話！今此一場，乃無量無邊之恩德。下官這裡差人辦備小宴，奉答厚恩。仍買治民間田地，與老爺起建寺院，立老爺生祠，勒碑刻名，四時享祀。雖刻骨鏤心，難報萬一，怎麼就說走路的話！」三藏道：「大人之言雖當，但我等乃西方掛搭行腳之僧，不敢久住。一二日間，定走無疑。」那郡侯那裡肯放。連夜差多人治辦酒席，起蓋祠宇。

聯經出版事業公司校印

次日，大開佳宴，請唐僧高坐；孫大聖與八戒、沙僧列坐。郡侯同本郡大小官員部臣把杯獻饌，細吹細打，款待了一日。這場果是欣然。有詩為證：

田疇久旱逢甘雨，河道經商處處通。深感神僧來郡界，多蒙大聖上天宮。
解除三事從前惡，一念歸依善果弘。此後願如堯舜世，五風十雨萬年豐。

一日筵，二日宴；今日酬，明日謝；扳留將有半月，只等寺院生祠完備。一日，郡侯請四眾往觀。唐僧驚訝道：「功程浩大，何成之如此速耶？」郡侯道：「下官催趲人工，晝夜不息，急急命完，特請列位老爺看看。」行者笑道：「果是賢才能幹的好賢侯也！」即時都到新寺。見那殿閣巍峨，山門壯麗，俱稱讚不已。行者請師父留一寺名。三藏道：「有，留名當喚做『甘霖普濟寺』。」郡侯稱道：「甚好！甚好！」用金貼廣招僧眾，侍奉香火。殿左邊立起四眾生祠，每年四時祭祀；又起蓋雷神、龍神等廟，以答神功。看畢，即命趲行。

那一郡人民，知久留不住，各備贐儀⑤，分文不受。因此，合郡官員人等，盛張鼓樂，大展旌幢，送有三十里遠近，猶不忍別，遂掩淚目送，直至望不見方回。這正是：碩德神僧留普濟，齊天大聖廣施恩。畢竟不知此去還有幾日方見如來，且聽下回分解。

---

⑤贐儀——贈送行者的財物。

聯經出版事業公司　校印

第八十八回　禪到玉華施法會　心猿木土授門人

話說唐僧喜喜歡歡別了郡侯，在馬上向行者道：「賢徒，這一場善果，真勝似比丘國搭救兒童，皆爾之功也。」沙僧道：「比丘國只救得一千一百一十一個小兒，怎似這場大雨，滂沱浸潤，活穀著萬萬千千性命！弟子也暗自稱讚大師兄的法力通天，慈恩蓋地也。」八戒笑道：「哥的恩也有，善也有，卻只是外施仁義，內包禍心。但與老豬走，就要作踐①人。」行者道：「我在那裡作踐你？」八戒道：「也穀了！也穀了！常照顧我綑，照顧我吊，照顧我煮，照顧我蒸！今在鳳仙郡施了恩惠與萬萬之人，就該住上半年，帶挈我喫幾頓自在飽飯，卻只管催促行路！」長老聞言，喝道：「這個獃子，怎麼只思量擄嘴②！快走路！再莫鬥口！」八戒不敢言，掬掬嘴，挑著行囊，打著哈哈，師徒們奔上大路。

①作賤——糟踏、虐待。

②擄嘴——白吃人家的東西。

聯經出版事業公司 校印

此時光景如梭，又值深秋之候。但見：

水痕收，山骨瘦。紅葉紛飛，黃花時候，霜晴覺夜長，月白穿䆫透。家家煙火夕陽多，處處湖光寒水溜。白蘋香，紅蓼茂。橘綠橙黃，柳衰穀秀。荒村雁落碎蘆花，野店雞聲收菽豆。

四眾行彀多時，又見城垣影影。長老舉鞭遙指叫：「悟空，你看那裡又有一座城池，卻不知是甚去處。」行者道：「你我俱未曾到，何以知之？且行至邊前問人。」說不了，忽見樹叢裡走出一個老者，手持竹杖，身著輕衣，足踏一對棕鞋，腰束一條扁帶，慌得唐僧滾鞍下馬，上前道個問訊。那老者扶杖還禮道：「長老那方來的？」唐僧合掌道：「貧僧東土唐朝差往雷音拜佛求經者。今至寶方，遙望城垣，不知是甚去處，特問老施主指教。」那老者聞言，口稱：「有道禪師，我這敝處，乃天竺國下郡，地名玉華縣。縣中城主，就是天竺皇帝之宗室，封為玉華王。此王甚賢，專敬僧道，重愛黎民。老禪師若去相見，必有重敬。」三藏謝了。那老者徑穿樹林而去。

三藏纔轉身對徒弟備言前事。他三人欣喜，扶師父上馬。三藏道：「沒多路，不須乘馬。」四眾遂步至城邊街道觀看。原來那關廂人家，做買做賣的，人煙湊集，生意亦甚茂盛。觀其聲音相貌，與中華無異。三藏吩咐：「徒弟們謹慎。切不可放肆。」那八戒低了頭，沙僧掩著臉，惟孫行者攙著師父。兩邊人都來爭看，齊聲叫道：「我這裡只有降龍伏虎的高僧，不曾見降豬伏猴的和尚。」八戒忍不住，把嘴一掬道：「你們可曾看見降豬王的和尚？」諕得滿街上人，跌跌蹡蹡，都往兩邊閃過。行者笑道：「獃子，快藏了嘴，莫裝扮。仔細腳下過橋。」那獃子低著頭，只是笑。過了吊橋，入城門內，又見那大街上酒樓歌館，熱鬧繁華，果然是神州都邑。有詩為證。詩曰：

錦城鐵瓮萬年堅，臨水依山色色鮮。百貨通湖船入市，千家沽酒店垂帘。
樓臺處處人烟廣，巷陌朝朝客賈喧。不亞長安風景好，雞鳴犬吠亦般般。

三藏心中暗喜道：「人言西域諸番，更不曾到此。細觀此景，與我大唐何異！所為極樂世界，誠此之謂也。」又聽得人說，白米四錢一石，麻油八釐一斤，真是五穀豐登之處。

行彀多時，方到玉華王府。府門左右，有長史府、審理廳、典膳所、待客館。三藏道：「徒弟，此間是府，等我進去，朝王驗牒而行。」八戒道：「師父進去，我們可好在衙門前站立？」三藏道：「你不看這門上是『待客館』三字！你們都去那裡坐下，看有草料，買些喂馬。我見了王，倘或賜齋，便來喚你等同享。」行者道：「師父放心前去。老孫自當理會。」那沙僧把行李挑至館中。館中有看館的人役，見他們面貌醜陋，也不敢問他，也不敢教他出去，只得讓他坐下不題。

卻說老師父換了衣帽，拿了關文，徑至王府前。早見引禮官迎著問道：「長老何來？」三藏道：「東土大唐差來大雷音拜佛祖求經之僧，今到貴地，欲倒換關文，特來朝參千歲。」引禮官即為傳奏。那王子果然賢達，即傳旨召進。三藏至殿下施禮。王子即請上殿賜坐。三藏將關文獻上。王子看了，見有各國印信手押，也就欣然將寶印了，押了花字，收摺在案；問道：「國師長老，你自那大唐至此，歷遍諸邦，共有幾多路程？」三藏道：「貧僧也未記程途。但先年蒙觀音菩薩在我王御前顯身，曾留下了頌子，言西方十萬八千里。貧僧在路，已經過一十四遍寒暑矣。」王子笑道：「十四遍寒暑，即十四年了。想是途中有甚耽擱。」三藏道：「一言難盡！萬蟄千魔，也不知受了多少苦楚，纔到得寶方！」那王子十分歡喜。即著典膳官備素齋管待。三藏啟上殿下：「貧僧有三個小徒，在外等候，不敢領齋，但恐遲誤行程。」王子教：「當殿官，快去請長老三位徒弟，進府同齋。」當殿官隨出外相請。都道：「未曾見，未曾見。」有跟隨的人道：「待客館中坐著三個醜貌和尚，想必是也。」當殿官同眾至館中，即問看館的道：「那個是大唐取經僧的高徒？我王有旨，請喫齋也。」八戒正坐打盹，聽見一個「齋」字，忍不住，跳起身來答道：「我們是！我們是！」當殿官一見了，魂飛魄喪，都戰戰的道：「是個豬魈！豬魈！」行者聽見，一把扯住八戒道：「兄弟，放斯文些，莫撒村野。」那眾官見了行者，又道：「是個猴精！猴精！」沙僧拱手道：「列位休得驚恐。我三人都是唐僧的徒弟。」眾官見了，又道：「竈君！竈君！」孫行者即教八戒牽馬，沙僧挑擔，同眾入玉華王府。當殿官先入啟知。

那王子舉目見那等醜惡，卻也心中害怕。三藏合掌道：「千歲放心。頑徒雖是貌醜，卻都心良。」八戒朝上唱個喏道：「貧僧問訊了。」王子愈覺心驚。三藏道：「頑徒都是山野中收來的，不會行禮，萬望赦罪。」王子奈著驚恐，教典膳官請眾僧去暴紗亭喫齋。三藏謝了恩，辭王下殿，同至亭內，埋怨八戒道：「你這夯貨，全不知一毫禮體！索性不開口，便也罷了；怎麼那般粗鹵！一句話，足足衝倒泰山！」行者笑道：「還是我不唱喏的好，也省些力氣。」沙僧道：「他唱喏又不等齊，預先就抒著個嘴吆喝。」八戒道：「活淘氣！活淘氣！師父前日教我見人，打個問訊兒是禮；今日打問訊，又說不好，教我怎的幹麼！」三藏道：「我教你見了人打個問訊，不曾教你見王子就此歪纏！常言道：『物有幾等物，人有幾等人。』如何不分個貴賤？」正說處，見那典膳官帶領人役，調開桌椅，擺上齋來。師徒們卻不言語，各各喫齋。

卻說那王子退殿進宮，宮中有三個小王子，見他面容改色，即問道：「父王今日為何有此驚恐？」王子道：「適纔有東土大唐差來拜佛取經的一個和尚，倒換關文，卻一表非凡。我留他喫齋，他說有徒弟在府前，我即命請。少時進來，見我不行大禮，打個問訊，我已不快。及擡頭看時，一個個醜似妖魔，心中不覺驚駭，故此面容改色。」原來那三個小王子比眾不同，一個個好武好強，便就伸拳擄袖道：「莫敢是那山裡走來的妖精，假裝人像；待我們拿兵器出去看來！」

好王子，大的個拿一條齊眉棍，第二個輪一把九齒鈀，第三個使一根烏油黑棒子，雄赳赳，氣昂昂的，走出王府。吆喝道：「甚麼取經的和尚！在那裡？」時有典膳官員人等跪下道：「小王，他們在這暴紗亭喫齋哩。」小王子不分好歹，闖將進去，喝道：「汝等是人是怪，快早說來，饒你性命！」諕得三藏面容失色，丟下飯碗，躬著身道：「貧僧乃唐朝來取經者。人也，非怪也。」小王子道：「你便還像個人，那三個醜的，斷然是怪！」八戒只管喫飯不睬。沙僧與行者欠身道：「我等俱是人。面雖醜而心良，身雖夯而性善。汝三個卻是何來，卻這樣海口輕狂？」旁有典膳等官道：「三位是我王之子小殿下。」八戒丟了碗道：「小殿下，各拿兵器怎麼？莫是要與我們打哩？」

二王子掣開步，雙手舞鈀，便要打八戒。八戒嘻嘻笑道：「你那鈀只好與我這鈀做孫子罷了！」即揭衣，腰間取出鈀來，晃一晃，金光萬道；丟了解數，有瑞氣千條；把個王子諕得手軟筋麻，不敢舞弄。行者見大的個使一條齊眉棍，跳阿跳的，即耳朵裡取出金箍棒來，晃一晃，碗來粗細，有丈二三長短；著地下一搗，搗了有三尺深淺，豎在那裡，笑道：「我把這棍子送你罷！」那王子聽言，即丟了自己棍，去取那棒，雙手儘氣力一拔，莫想得動分毫；再又端一端，搖一搖，就如生根一般。第三

聯經出版事業公司 校印

個撒起莽性，使烏油棒便來打。被沙僧一手劈開，取出降妖寶杖，撚一撚，豔豔光生，紛紛霞亮，諕得那典膳等官，一個個呆呆掙掙，口不能言。三個小王子一齊下拜道：「神師！神師！我等凡人不識，萬望施展一番，我等好拜授也。」行者走近前，輕輕的把棒拿將起來道：「這裡狹窄，不好展手，等我跳在空中，耍一路兒，你們看看。」

好大聖，唿哨一聲，將觔斗一抖，兩隻腳踏著五色祥雲，起在半空，離地約有三百步高下，把金箍棒丟開個撒花蓋頂，黃龍轉身，一上一下，左旋右轉。起初時人與棒似錦上添花，次後來不見人，只見一天棒滾。八戒在底下喝聲采，也忍不住手腳，厲聲喊道：「等老豬也去耍耍來！」好獃子，駕起風頭，也到半空，丟開鈀，上三下四，左五右六，前七後八，滿身解數，只聽得呼呼風響。正使到熱鬧處，沙僧對長老道：「師父，也等老沙去操演操演。」好和尚，雙著腳一跳，輪著杖，也起在空中，只見那瑞氣氤氳，金光縹緲；雙手使降妖杖，丟一個丹鳳朝陽，餓虎撲食，緊迎慢擋，捷轉忙攛。弟兄三個大展神通，都在那半空中，一齊揚威耀武。這纔是：

真禪景象不凡同，大道緣由滿太空。金木施威盈法界，刀圭展轉合圓通。
神兵精銳隨時顯，丹器花生到處崇。天竺雖高還戒性，玉華王子總歸中。

諕得那三個小王子，跪在塵埃。暴紗亭大小人員，並王府裡老王子，滿城中軍民男女、僧尼道俗，一應人等，家家念佛磕頭，戶戶拈香禮拜。果然是：

見像歸真度眾僧，人間作福享清平。從今果正菩提路，盡是參禪拜佛人。

他三個各逞雄才，使了一路，按下祥雲，把兵器收了。到唐僧面前問訊，謝了師恩，各各坐下不題。

那三個小王子，急回宮裡，告奏老王道：「父王萬千之喜！今有莫大之功也！適纔可曾看見半空中舞弄麼？」老王道：「我纔見半空霞彩，就於宮院內同你母親等眾焚香啟拜，更不知是那裡神仙降聚也。」小王子道：「不是那裡神仙，就是那取經僧三個醜徒弟。一個使金箍鐵棒，一個使九齒釘鈀，一個使降妖寶杖，把我三個的兵器，比的通沒有分毫。我們教他使一路，他嫌『地上窄狹，不好施展，等我起在空中，使一路你看。』他就各駕雲頭，滿空中祥雲縹緲，瑞氣氤氳。纔然落下，都坐在暴紗亭裡。做兒的十分歡喜，欲要拜他為師，學他手段，保護我邦。此誠莫大之功！不知父王以為何如？」老王聞言，信心從願。

當時父子四人不擺駕、不張蓋，步行到暴紗亭。他四眾收拾行李，欲進府謝齋，辭王起行；偶見玉華王父子上亭來倒身下拜，慌得長老起來，撲地還禮；行者等閃過旁邊，微微冷笑。眾拜畢，請四眾進府堂上坐。四眾欣然而入。老王起身道：「唐老師父，孤有一事奉求，不知三位高徒，可能容否？」三藏道：「但憑千歲吩咐，小徒不敢不從。」老王道：「孤先見列位時，只以為唐朝遠來行腳僧，其實肉眼凡胎，多致輕褻。適見孫師、豬師、沙師起舞在空，方知是仙是佛。孤三個犬子，一生好弄武藝，今謹發虔心，欲拜為門徒，學些武藝。萬望老師開天地之心，普運慈舟，傳度小兒，必以傾城之資奉謝。」行者聞言，忍不住呵呵笑道：「你這殿下，好不會事③！我等出家人，巴不得要傳幾個徒弟。你令郎既有從善之心，切不可說起分毫之利；但只以情相處，足為愛也。」王子聽言，十分歡喜。

③會事——懂事、聰明。

隨命大排筵宴，就於本府正堂擺列。噫！一聲旨意，即刻俱完。但見那：

結綵飄颻，香煙馥郁。戧金桌子掛絞綃，晃人眼目；綵漆椅兒鋪錦繡，添座風光。樹果新鮮，茶湯香噴。三五道閑食清甜，一兩餐饅頭豐潔。蒸酥蜜煎更奇哉，油劄糖燒真美矣。有幾瓶香糯素酒，斟出來，賽過瓊漿；獻幾番陽羨④仙茶，捧到手，香欺丹桂。般般品品皆齊備，色色行行盡出奇。

一壁廂叫承應的歌舞吹彈，撮弄演戲。他師徒們並王父子，盡樂一日，不覺天晚，散了酒席，又叫即於暴紗亭鋪設牀幃，請師安宿；待明早竭誠焚香，再拜求傳武藝。眾皆聽從，即備香湯，請師沐浴，眾卻歸寢。此時那：

眾鳥高棲萬籟沉，詩人下榻罷哦吟。銀河光顯天彌亮，野徑荒涼草更深。

砧杵叮咚敲別院，關山杳窵⑤動鄉心。寒蛩聲朗知人意，嚦嚦牀頭破夢魂。

一宵夜景題過。明早，那老王父子，又來相見。這長老昨日相見，還是王禮，今日就行師禮。那三個小王子，對行者、八戒、沙僧當面叩頭，拜問道：「尊師之兵器，還取出來與弟子們看看。」八戒聞言，欣然取出釘鈀，抛在地下。沙僧將寶杖抛出，倚在牆邊。二王子與三王子跳起去便拿，就如蜻蜓撼石柱，一個個掙得紅頭赤臉，莫想拿動半分毫。大王子見了，叫道：「兄弟，莫費力了。師父的兵器，俱是神兵，不知有多少重哩！」八戒笑道：「我的鈀也沒多重，只有一藏之數，連柄五千零四

④陽羨——古地名，在今江蘇宜興縣南，自古以產茶馳名。

⑤杳窵——遠隔、遙遠。

十八斤。」三王子問沙僧道：「師父寶杖多重？」沙僧笑道：「也是五千零四十八斤。」大王子求行者的金箍棒看，行者去耳朵裡取出一個針兒來，迎風晃一晃，就有碗來粗細，直直的豎立面前。那王父子都皆悚懼，眾官員個個心驚。三個小王子禮拜道：「豬師、沙師之兵，俱隨身帶在衣下，即可取之。孫師為何自耳中取出？見風即長，何也？」行者笑道：「你不知我這棒不是凡間等閒可有者。這棒是：

鴻濛初判陶鎔鐵，大禹神人親所設。湖海江河淺共深，曾將此棒知之切。開山治水太平時，流落東洋鎮海闕。日久年深放彩霞，能消能長能光潔。老孫有分取將來，變化無方隨口訣。要大彌於宇宙間，要小卻似針兒節。棒名如意號金箍，天上人間稱一絕。重該一萬三千五百斤，或粗或細能生滅。也曾助我鬧天宮，也曾隨我攻地闕。伏虎降龍處處通，煉魔除怪方方徹。舉頭一指太陽昏，天地鬼神皆膽怯。混沌時傳到至今，原來不是凡間鐵。」

那王子聽言，個個頂禮不盡。三人向前重重拜禮，虔心求授。行者道：「你三人不知學那般武藝。」王子道：「願使棒的就學棒，慣使鈀的就學鈀，愛用杖的就學杖。」行者笑道：「教便也容易，只是你等無力量，使不得我們的兵器，恐學之不精，如『畫虎不成反類狗』也。古人云：『訓教不嚴師之惰，學問無成子之罪。』汝等既有誠心，可去焚香來拜了天地，我先傳你些神力，然後可授武藝。」

三個小王子聞言，滿心歡喜。即便親擡香案，沐手焚香，朝天禮拜。拜畢，請師傳法。行者轉下身來，對唐僧行禮道：「告尊師，恕弟子之罪。自當年在兩界山蒙師父大德救脫弟子，秉教沙門，一向西來，雖不曾重報師恩，卻也曾渡水登山，竭盡心力。今來佛國之鄉，幸遇賢王三子，投拜我等，欲學武藝。彼既為我等之徒弟，即為我師之徒孫也。謹稟過我師，庶好傳授。」三藏十分大喜。八戒、沙僧見行者行禮，也即轉身朝三藏磕頭道：「師父，我等愚鹵，拙口鈍腮，不會說話，望師父高坐法位，也讓我兩個各招個徒弟耍耍；也是西方路上之憶念。」三藏俱欣然允之。

行者纔教三個王子都在暴紗亭後，靜室之間，畫了罡斗；教三人都俯伏在內，一個個瞑目寧神。這裡卻暗暗念動真言，誦動咒語，將仙氣吹入他三人心腹之中，把元神收歸本舍，傳與口訣，各授得萬千之膂力，運添了火候，卻像個脫胎換骨之法。運遍了子午周天⑥，那三個小王子，方纔甦醒，一齊爬將起來，抹抹臉，精神抖擻，一個個骨壯筋強：大王子就拿得金箍棒，二王子就輪得九齒鈀，三王子就舉得降妖杖。

老王見了，歡喜不勝。又排素宴，啟謝他師徒四眾。就在筵前各傳各授：學棍的演棍，學鈀的演鈀，學杖的演杖。雖然打幾個轉身，丟幾般解數，此等終是凡夫，有些著力。走一路，便喘氣噓噓，不能耐久；其進退攻揚，豈能有變化自然之妙也！當日收了筵宴。

次日，三個王子又來稱謝道：「感蒙神師授賜了膂力，縱然輪得師的兵器，只是轉換艱難；意欲命工匠依神師兵器式樣，減削斤兩，打造一般，未知師父肯容否？」八戒道：「好！好！好！說得有理。我們的器械，一則你們使不得，二則我們要護法降魔，正該另造另造。」王子隨即宣召鐵匠，買辦鋼鐵萬斤，就在王府內前院搭廠，支爐鑄造。先一日將鋼鐵煉熟，次日請行者三人將金箍棒、九齒鈀、降妖杖，都取出放在篷廠之間，看樣造作。遂此晝夜不收。

⑥子午周天——氣從頭頂到下腹，在人身的任、督兩脈環走一周。

噫！這兵器原是他們隨身之寶，一刻不可離者，各藏在身，自有許多光彩護體；今放在廠院中幾日，那霞光有萬道沖天；瑞氣有千條罩地。其夜有一妖精，——離城只有七十里遠近，山喚豹頭山，洞喚虎口洞，——夜坐之間，忽見霞光瑞氣，即駕雲來看。見光彩起處是王府之內，他按下雲頭，近前觀看，乃是這三般兵器放光。妖精又喜又愛道：「好寶貝！好寶貝！這是甚人用的，今放在此？……也是我的緣法，拿了去呀！拿了去呀！」他愛心一動，弄起威風，將三般兵器一股收之，徑轉本洞。正是那：

道不須臾離，可離非道也。神兵盡落空，枉費參修者。

畢竟不知怎生尋得這兵器，且聽下回分解。

第八十九回　黃獅精虛設釘鈀宴　金木土計鬧豹頭山

卻說那院中幾個鐵匠，因連日辛苦，夜間俱自睡了。及天明起來打造，篷下不見了三般兵器，一個個呆掙神驚，四下尋找。只見那三個王子出宮來看，那鐵匠一齊磕頭道：「小主呵，神師的三般兵器，都不知那裡去了！」

小王子聽言，心驚膽戰道：「想是師父今夜收拾去了。」急奔暴紗亭看時，見白馬尚在廊下，忍不住叫道：「師父還睡哩！」沙僧道：「起來了。」即將房門開了，讓王子進裡看時，不見兵器，慌慌張張問道：「師父的兵器都收來了？」行者跳起道：「不曾收呵！」王子道：「三般兵器，今夜都不見了。」八戒連忙爬起道：「我的鈀在麼？」小王道：「適纔我等出來，只見眾人前後找尋不見，弟子恐是師父收了。卻纔來問。老師的寶貝，俱是能長能消，想必藏在身邊哄弟子哩。」行者道：「委的未收。都尋去來。」

隨至院中篷下，果然不見踪影。八戒道：「定是這夥鐵匠偷了！快拿出來！略遲了些兒，就都打死！打死！」那鐵匠慌得磕頭滴淚道：「爺爺！我們連日辛苦，夜間睡著，及至天明起來，遂不見了。我等乃一概凡人，怎麼拿得動，望爺爺饒命！饒命！」行者無語，暗恨道：「還是我們的不是。既然看了式樣，就該收在身邊，怎麼卻丟放在此！那寶貝霞彩光生，想是驚動甚麼歹人，今夜竊去也。」八戒不信道：「哥哥說那裡話！這般個太平境界，又不是曠野深山，怎得個歹人來！定是鐵匠欺心，他見我們的兵器光彩，認得是三件寶貝，連夜走出王府，夥些人來，擡的擡，拉的拉，偷出去了！拿過來打呀！打呀！」眾匠只是磕頭發誓。

正嚷處，只見老王子出來，問及前事，卻也面無人色，沉吟半晌，道：「神師兵器，本不同凡，就有百十餘人也禁挫不動；況孤在此城，今已五代，不是大膽海口，孤也頗有個賢名在外；這城中軍民匠作人等，也頗懼孤之法度，斷是不敢欺心。望神師再思可矣。」行者笑道：「不用再思，也不須苦賴鐵匠。我問殿下：你這州城四面，可有甚麼山林妖怪？」王子道：「神師此問，甚是有理。孤這州城之北，有一座豹頭山，山中有一座虎口洞。往往人言洞內有仙，又言有虎狼，又言有妖怪。孤未曾訪得端的，不知果是何物？」行者笑道：「不消講了，定是那方歹人，知道俱是寶貝，一夜偷將去了。」叫：「八戒、沙僧，你都在此保著師父，護著城池，等老孫尋訪去來。」又叫鐵匠們不可住了爐火，一一煉造。

好猴王，辭了三藏，唿哨一聲，形影不見，早跨到豹頭山上。原來那城相去只有三十里，一瞬即到。徑上山峰觀看，果然有些妖氣。真是：

龍脈悠長，地形遠大。尖峰挺挺插天高，陡澗沉沉流水急。山前有瑤草鋪茵，山後有奇花佈錦。喬松老柏，古樹修篁，山鴉山鵲亂飛鳴，野鶴野猿皆嘯唳。懸崖下，麋鹿雙雙；峭壁前，獾狐對對。一起一伏遠來龍，九曲九灣潛地脈。埂頭相接玉華州，萬古千秋興勝處。

行者正然看時，忽聽得山背後有人言語，急回頭視之，乃兩個狼頭妖怪，朗朗的說著話，向西北上走。行者揣道：「這定是巡山的怪物，等老孫跟他去聽聽，看他說些甚的。」

捻著訣，念個呪，搖身一變，變做個蝴蝶兒，展開翅，翩翩翻翻，徑自趕上。果然變得有樣範：

一雙粉翅，兩道銀鬚。乘風飛去急，映日舞來徐。渡水過牆能疾俏，偷香弄絮甚歡娛。體輕偏愛鮮花味，雅態芳情任卷舒。

他飛在那個妖精頭直上，飄飄蕩蕩，聽他說話。那妖猛的叫道：「二哥，我大王連日僥倖：前月裡得了一個美人兒，在洞內盤桓，十分快樂。昨夜裡又得了三般兵器，果然是無價之寶。明朝開宴慶『釘鈀會』哩。我們都有受用。」這個道：「我們也有些僥倖，拿這二十兩銀子買豬羊去。如今到了乾方集上，先喫幾壺酒兒。把東西開個花帳①兒，落②他二三兩銀子，買件綿衣過寒，卻不是好？」兩個怪說說笑笑的，上大路急走如飛。

行者聽得要慶釘鈀會，心中暗喜；欲要打殺他，爭奈不干他事；況手中又無兵器。他即飛向前邊，現了本相，在路口上立定。那怪看看走到身邊，被他一口法唾噴將去，念一聲「唵吽吒唎」，即使個定身法，把兩個狼頭精定住：眼睜睜，口也難開；直挺挺，雙腳站住。又將他扳翻倒，揭衣搜撿，果

---

①花帳——以少報多的假帳。

②落——賞賜、給。

是有二十兩銀子，著一條搭包兒打在腰間裙帶上，又各掛著一個粉漆牌兒，一個上寫著「刁鑽古怪」，一個上寫著「古怪刁鑽」。

好大聖，取了他銀子，解了他牌兒，返跨步回至州城。到王府中，見了王子、唐僧並大小官員、匠作人等，具言前事。八戒笑道：「想是老豬的寶貝，霞彩光明，所以買豬羊，治筵席慶賀哩。但如今怎得他來？」行者道：「我兄弟三人俱去。這銀子是買辦豬羊的，且將這銀子賞了匠人，教殿下尋幾個豬羊。八戒，你變做刁鑽古怪，我變做古怪刁鑽，沙僧裝做個販豬羊的客人，走進那虎口洞裡，得便處，各人拿了兵器，打絕那妖邪，回來卻收拾走路。」沙僧笑道：「妙，妙，妙，不宜遲！快走！」老王果依此計，即教管事的買辦了七八口豬，四五腔羊。

他三人辭了師父，在城外大顯神通。八戒道：「哥哥，我未曾看見那刁鑽古怪，怎生變得他的模樣？」行者道：「那怪被老孫使了定身法定住在那裡，直到明日此時方醒。我記得他的模樣，你站下，等我教你變。——如此，……如彼，……就是他的模樣了。」那獃子真個口裡念著呪，行者吹口仙氣，霎時就變得與那刁鑽古怪一般無二，將一個粉牌兒帶在腰間。行者即變做古怪刁鑽，腰間也帶了一個牌兒。沙僧打扮得像個販豬羊的客人。一起兒趕著豬羊，上大路，逕奔山來。不多時，進了山凹裡，又遇見一個小妖。他生得嘴臉也恁地兇惡！看那：

圓滴溜兩隻眼，如燈晃亮；紅刺媸③一頭毛，似火飄光。糟鼻子，猙猤④口，獠牙尖利；查耳朵，

③刺媸——觸目顯眼。
④猙猤口——歪咧著的嘴。

砍額頭，青臉泡浮。身穿一件淺黃衣，足踏一雙莎蒲履。雄雄赳赳若兇神，急急忙忙如惡鬼。

那怪左脇下挾著一個彩漆的請書匣兒，迎著行者叫道：「古怪刁鑽，你兩個來了？買了幾口豬羊？」行者道：「這趕的不是？」那怪朝沙僧道：「此位是誰？」行者道：「就是販豬羊的客人。還少他幾兩銀子，帶他來家取的。你往那裡去？」那怪道：「我往竹節山去請老大王明早赴會。」行者綽⑤他的口氣兒，就問：「共請多少人？」那怪道：「請老大王坐首席，連本山大王共頭目等眾，約有四十多位。」正說處，八戒道：「去罷！去罷！豬羊都四散走了！」行者道：「你去邀著，等我討他帖兒看看。」那怪見自家人，即揭開取出，遞與行者。行者展開看時，上寫著：

「明辰敬治餚酌慶『釘鈀嘉會』，屈尊車從過山一敘，幸勿外，至感！右啟祖翁九靈元聖老大人

尊前。門下孫黃獅頓首百拜。」

行者看畢，仍遞與那怪。那怪放在匣內，徑往東南上去了。

沙僧問道：「哥哥，帖兒上是甚麼話頭？」行者道：「乃慶釘鈀會的請帖。名字寫著『門下孫黃獅頓首百拜』。請的是祖翁九靈元聖老大人。」沙僧笑道：「黃獅想必是個金毛獅子成精。但不知九靈元聖是個何物？」八戒聽言，笑道：「是老豬的貨了！」行者道：「怎見得是你的貨？」八戒道：「古人云：『癩母豬專趕金毛獅子。』故知是老豬之貨物也。」他三人說說笑笑，趕著豬羊。卻就望見虎口洞門。但見那門兒外：

⑤綽——查探。

周圍山遶翠，一脈氣連城。峭壁扳青蔓，高崖掛紫荊。

鳥聲深樹匝，花影洞門迎。不亞桃源洞，堪宜避世情。

漸漸近於門口，又見一叢大大小小的雜項妖精，在那花樹之下頑耍。忽聽得八戒「呵！呵！」趕豬羊到時，都來迎接，便就捉豬的捉豬，捉羊的捉羊，一齊綑倒。早驚動裡面妖王，領十數個小妖，出來問道：「你兩個來了？買了多少豬羊？」行者道：「買了八口豬，七腔羊，共十五個牲口。豬銀該一十六兩，羊銀該九兩。前者領銀二十兩，仍欠五兩。這個就是客人，跟來找銀子的。」妖王聽說，即喚：「小的們，取五兩銀子，打發他去。」行者道：「這客人，一則來找銀子，二來要看看嘉會。」那妖大怒，罵道：「你這個刁鑽兒憊懶！你買東西罷了，又與人說甚麼會不會！」八戒上前道：「主人公得了寶貝，誠是天下之奇珍，就教他看看怕怎的？」那妖咄的一聲道：「你這古怪也可惡！我這寶貝，乃是玉華州城中得來的，倘這客人看了，去那州中傳說，說得人知，那王子一時來訪求，卻如之何？」行者道：「主公，這個客人，乃乾方集後邊的人，去州許遠，又不是他城中人也，那裡去傳說？二則他肚裡也饑了，我兩個也未曾喫飯。家中有現成酒飯，賞他些喫了，打發他去罷。」說不了，有一小妖取了五兩銀子，遞與行者。行者將銀子遞與沙僧道：「客人，收了銀子，我與你進後面去喫些飯來。」

沙僧仗著膽，同八戒、行者進於洞內。到二層敞廳之上，只見正中間桌上，高高的供養著一柄九齒釘鈀，真個是光彩映目，東山頭靠著一條金箍棒，西山頭靠著一條降妖杖。那怪王隨後跟著道：「客人，那中間放光亮的就是釘鈀。你看便看，只是出去，千萬莫與人說。」沙僧點頭稱謝了。

聯經出版事業公司校印

噫！這正是「物見主，必定取。」那八戒一生是個魯夯的人，他見了釘鈀，那裡與他敘甚麼情節，跑上去，拿下來，輪在手中，現了本相。丟了解數，望妖精劈臉就築，這行者、沙僧也奔至兩山頭各拿器械，現了原身。三弟兄一齊亂打，慌得那怪王急抽身閃過，轉入後邊，取一柄四明鏟，桿長鐏利，趕到天井中，支住他三般兵器，厲聲喝道：「你是甚人，敢弄虛頭，騙我寶貝！」行者罵道：「我把你這個賊毛團！你是認我不得！我們乃東土聖僧唐三藏的徒弟。因至玉華州倒換關文，蒙賢王教他三個王子拜我們為師，學習武藝，將我們寶貝作様，打造如式兵器。因放在院中，被你這賊毛團夤夜入城偷來，倒說我弄虛頭騙你寶貝，不要走！就把我們這三件兵器，各奉承你幾下嘗嘗！」那妖精就舉鏟來敵。這一場，從天井中鬥出前門。看他三僧攢一怪！好殺：

呼呼棒若風，滾滾鈀如雨。降妖杖舉滿天霞，四明鏟伸雲生綺。好似三仙煉大丹，火光彩晃驚神鬼。行者施威甚有能，妖精盜寶多無禮！天蓬八戒顯神通，大將沙僧英更美。弟兄合意運機謀，虎口洞中興鬥起。那怪豪強弄巧乖，四個英雄堪廝比。當時殺至日頭西，妖邪力軟難相抵。

他們在豹頭山戰鬥多時，那妖精抵敵不住，向沙僧前喊一聲：「看鏟！」沙僧讓個身法躲過，妖精得空而走，向東南巽宮⑥上乘風飛去。八戒拽步要趕，行者道：「且讓他去。自古道：『窮寇勿追。』且只來斷他歸路。」八戒依言。

三人徑至洞口，把那百十個若大若小的妖精，盡皆打死。原來都是些虎狼彪豹，馬鹿山羊。被大聖

⑥巽宮——巽，八卦之一，象風。巽宮指風神的住處。

聯經出版事業公司　校印

使個手法，將他那洞裡細軟物件並打死的雜項獸身與趕來的豬羊，通皆帶出。沙僧就取出乾柴放起火來。八戒使兩個耳朵搧風，把一個巢穴霎時燒得乾淨，卻將帶出的諸物，即轉州城。

此時城門尚開，人家未睡。老王父子與唐僧俱在暴紗亭盼望。只見他們撲哩撲剌⑦的丟下一院子死獸、豬羊及細軟物件。一齊叫道：「師父，我們已得勝回來也！」那殿下喏喏相謝。唐長老滿心歡喜。三個小王子跪拜於地，沙僧攙起道：「且莫謝，都近前看看那物件。」王子道：「此物俱是何來？」行者笑道：「那虎狼彪豹、馬鹿山羊，都是成精的妖怪。被我們取了兵器，打出門來。那老妖是個金毛獅子。他使一柄四明鏟，與我等戰到天晚，敗陣逃生，往東南上走了。我等不曾趕他，卻掃除他歸路，打殺這些群妖，搜尋他這些物件，帶將來的。」老王聽說，又喜又憂，喜的是得勝而回，憂的是那妖日後報仇。行者道：「殿下放心，我已慮之熟，處之當矣。一定與你掃除盡絕，方纔起行，決不至貽害於後。我午間去時，撞見一個青臉紅毛的小妖送請書。我看他帖子上寫著『明辰敬治餚酌慶釘鈀嘉會，屈尊車從過山一敘。幸勿外，至感！右啟祖翁九靈元聖老大人尊前。』名字是『門下孫黃獅頓首百拜。』纔子那妖精敗陣，必然向他祖翁處去會話。明辰斷然尋我們報仇，當情與你掃蕩乾淨。」老王稱謝了，擺上晚齋。師徒們齋畢，各歸寢處不題。

卻說那妖精果然向東南方奔到竹節山。那山中有一座洞天之處，喚名九曲盤桓洞。洞中的九靈元聖是他的祖翁。當夜足不停風，行至五更時分，到於洞口，敲門而進。小妖見了道：「大王，昨晚有青

⑦撲哩撲剌——東西紛紛掉落的聲音。

臉兒下請書，老爺留他住到今早，欲同他來赴你釘鈀會，你怎麼又絕早親來邀請？」妖精道：「不好說，不好說！會成不得了！」正說處，見青臉兒從裡邊走出道：「大王，你來怎的？老大王爺爺起來就同我去赴會哩。」妖精慌張張的，只是搖手不言。

少頃，老妖起來了，喚入。這妖精丟了兵器，倒身下拜，止不住腮邊淚落。老妖道：「賢孫，你昨日下柬，今早正欲來赴會，你又親來，為何發悲煩惱？」妖精叩頭道：「小孫前夜對月閑行，只見玉華州城中有光彩沖空。急去看時，乃是王府院中三般兵器放光：一件是九齒滲金釘鈀，一件是寶杖，一件是金箍棒。小孫即使神法攝來，立名『釘鈀嘉會』，著小的們買豬羊果品等物，設宴慶會，請祖爺爺賞之，以為一樂。昨差青臉來送柬之後，只見原差買豬羊的刁鑽兒等趕著幾個豬羊，又帶了一個販賣的客人來找銀子。他定要看看會去，是小孫恐他外面傳說，不容他看。他又說肚中饑餓，討些飯喫，因教他後邊喫飯。他走到裡邊，看見兵器，說是他的。三人就各搶去一件，現出原身：一個是毛臉雷公嘴的和尚，一個是長嘴大耳朵的和尚，一個是晦氣色臉的和尚。他都不分好歹，喊一聲亂打，是小孫急取四明鏟趕出與他相持，問是甚麼人敢弄虛頭。他道是東土大唐差往西天去的唐僧之徒弟，因過州城，倒換關文，被王子留住，習學武藝，將他這三件兵器作樣子打造，放在院內，被我偷來；遂此不忿相持。不知那三個和尚叫做甚名，卻俱有本事。小孫一人敵他三個不過，所以敗走祖爺處。望拔刀相助，拿那和尚報仇，庶見我祖愛孫之意也！」老妖聞言，默想片時，笑道：「原來是他。我賢孫，你錯惹了他也！」妖精道：「祖爺知他是誰？」老妖道：「那長嘴大耳者，乃豬八戒；晦氣色臉者，乃沙和尚；這兩個猶可。那毛臉雷公嘴者，叫做孫行者。這個人其實神通廣大：五百年前曾大鬧天宮，十萬天兵也不曾拿得住。他專意尋人的。他便就是個搜山揭海，破洞攻城，闖禍的個都頭⑧！你怎麼惹他？——也罷，等我和你去，把那廝連玉華王子都擒來替你出氣！」那妖精聽說，即叩頭而謝。

當時老妖點猱獅、雪獅、狻猊、白澤、伏狸、摶象諸孫，各執鋒利器械，黃獅引領，各縱狂風，徑至豹頭山界。只聞得煙火之氣撲鼻，又聞得有哭泣之聲。仔細看時，原來是刁鑽、古怪二人在那裡叫主公哭主公哩。妖精近前喝道：「你是真刁鑽兒，假刁鑽兒？」二怪跪倒，噙淚叩頭道：「我們怎是假的？昨日這早晚領了銀子去買豬羊，走到山西邊大路之上，見一個毛臉雷公嘴的和尚，他啐了我們一口，我們就腳軟口強，不能言語，不能移步；被他扳倒，把銀子搜了去，牌兒解了去，我兩個昏昏沉沉，直到此時纔醒。及到家，見煙火未息，房舍皆燒了，又不見主公並大小頭目。故在此傷心痛哭。不知這火是怎生起的？」

那妖精聞言，止不住淚如泉湧，雙腳齊跌，喊聲震天，恨道：「禿廝！十分作惡！怎麼幹出這般毒事，把我洞府燒盡，美人燒死，家當老小一空！氣殺我也，氣殺我也！」老妖叫猱獅扯他過來道：「賢孫，事已至此，徒惱無益。且養全銳氣，到州城裡拿那和尚去。」那妖精猶不肯住哭，道：「老爺！我們那個山場，非一日治的；今被這禿廝盡毀，我卻要此命做甚的！」掙起來，往石崖上撞頭磕腦；被雪獅、猱獅等苦勸方止。當時丟了此處，都奔州城。

只聽得那風滾滾，霧騰騰，來得甚近。諕得那城外各關廂人等，拖男挾女，顧不得家私，都往州城

⑧都頭——領袖、專家。

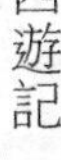

聯經出版事業公司　校印

中走。走入城門，將門閉了。有人報入王府中道：「禍事！禍事！」那王子、唐僧等，正在暴紗亭喫早齋，聽得人報禍事，卻出門來問。眾人道：「一群妖精，飛沙走石，噴霧掀風的，來近城了！」老王大驚道：「怎麼好？」行者笑道：「都放心！都放心！這是虎口洞妖精，昨日敗陣，往東南方去夥了那甚麼九靈元聖兒來也。等我同兄弟們出去。吩咐教關了四門，汝等點人夫看守城池。」那王子果傳令把四門閉了，點起人夫上城。他父子並唐僧在城樓上點劄，旌旗蔽日，砲火連天。行者三人，卻半雲半霧，出城迎敵。這正是：失卻慧兵緣不謹，頓教魔起眾邪凶。畢竟不知這場勝敗如何，且聽下回分解。

第九十回　師獅授受同歸一　盜道纏禪靜九靈

卻說孫大聖同八戒、沙僧出城頭，覿面相迎，見那夥妖精都是些雜毛獅子：黃獅精在前引領，狻猊獅、摶象獅在左，白澤獅、伏狸獅在右，猱獅、雪獅在後，中間卻是一個九頭獅子。那青臉兒怪執一面錦繡團花寶幢，緊挨著九頭獅子；刁鑽古怪兒、古怪刁鑽兒打兩面紅旗，齊齊的都佈在坎宮之地。

八戒莽撞，走近前罵道：「偷寶貝的賊怪！你去那裡夥這幾個毛團來此怎的？」黃獅精切齒罵道：「潑狠禿廝！昨日三個敵我一個，我敗回去，讓你為人①罷了；你怎麼這般狠惡，燒了我的洞府，損了我的山場，傷了我的眷族！我和你冤仇深如大海！不要走！喫你老爺一鏟！」好八戒，舉鈀就迎。兩個纔交手，還未見高低，那猱獅精輪一根鐵蒺藜，雪獅精使一條三楞簡，逕來奔打。八戒發一聲喊道：「來得好！」你看這壁廂，沙和尚急掣降妖杖，近前相助。又見那狻猊精、白澤精與摶象、伏狸

①為人——出眾、有體面。

二精，一擁齊上。這裡孫大聖使金箍棒架住群精。狻猊使悶棍，白澤使銅鎚，摶象使鋼鎗，伏狸使鉞斧。——那七個獅子精，這三個狠和尚，好殺：

棍鎚鎗斧三楞簡，蒺藜骨朵四明鏟。七獅七器甚鋒芒，圍戰三僧齊吶喊。大聖金箍鐵棒兇，沙僧寶杖人間罕。八戒顛風騁勢雄，釘鈀晃亮光華慘。前遮後擋各施功，左架右迎都勇敢。城頭王子助威風，擂鼓篩鑼齊壯膽。投來搶去弄神通，殺得昏濛天地反！

那一夥妖精，齊與大聖三人，戰經半日；不覺天晚。八戒口吐粘涎，看看腳軟，虛晃一鈀，敗下陣去，被那雪獅、猱獅二精喝道：「那裡走！看打！」獃子躲閃不及，被他照脊梁上打了一簡，睡在地下，只叫：「罷了！罷了！」兩個精把八戒揪鬃拖尾，扛將去見那九頭獅子，報道：「祖爺，我等拿了一個來也。」

說不了，沙僧、行者也都戰敗。眾妖精一齊趕來，被行者拔一把毫毛，嚼碎噴將去，叫聲：「變！」即變做百十個小行者，圍圍繞繞，將那白澤、狻猊、摶象、伏狸並金毛獅怪圍裹在中。沙僧、行者卻又上前攢打。到晚，拿住狻猊、白澤，走了伏狸、摶象。金毛報知老怪，老怪見失了二獅，吩咐：「把豬八戒綑了，不可傷他性命。待他還我二獅，卻將八戒與他。他若無知，壞了我二獅，即將八戒殺了對命！」當晚群妖安歇城外不題。

卻說孫大聖把兩個獅子精擡近城邊，老王見了，即傳令開門，差二三十個校尉，拿繩扛出門，綁了獅精，扛入城裡。孫大聖收了法毛，同沙僧徑至城樓上，見了唐僧。唐僧道：「這場事甚是利害呀！悟能性命，不知有無？」行者道：「沒事！我們把這兩個妖精拿了，他那裡斷不敢傷。且將二精牢拴

緊縛，待明早抵換八戒也。」三個小王子對行者叩頭道：「師父先前賭鬥，只見一身，及後佯輸而回，卻怎麼就有百十位師身？及至拿住妖精，近城來還是一身，此是甚麼法力？」行者笑道：「我身上有八萬四千毫毛，以一化十，以十化百，百千萬億之變化，皆身外身之法也。」那王子一個個頂禮，即時擺上齋來，就在城樓上喫了。各垛口上都要燈籠旗幟，梆鈴鑼鼓，支更傳箭，放炮吶喊。

早又天明。老怪即喚黃獅精定計道：「汝等今日用心拿那行者、沙僧，等我暗自飛空上城，拿他那師父並那老王父子，先轉九曲盤桓洞，待你得勝回報。」黃獅領計，便引猱獅、雪獅、搏象、伏狸各執兵器到城邊，滾風釀霧的索戰。這裡行者與沙僧跳出城頭，厲聲罵道：「賊潑怪！快將我師弟八戒送還我，饒你性命！不然，都教你粉骨碎屍！」那妖精那容分說，一擁齊來。這大聖弟兄兩個，各運機謀，擋住五個獅子。這殺比昨日又甚不同：

呼呼颳地狂風惡，暗暗遮天黑霧濃。走石飛沙神鬼怕，推林倒樹虎狼驚。鋼鎗狠狠鉞斧明，蒺藜簡鐘太毒情。恨不得囫圇吞行者，活活潑潑擒住小沙僧。這大聖一條如意棒，卷舒收放甚精靈。沙僧那柄降妖杖，靈霄殿外有名聲。今番幹運神通廣，西域施功掃蕩精。

這五個雜毛獅子精與行者、沙僧正自殺到好處，那老怪駕著黑雲，徑直騰至城樓上，搖一搖頭，諕得那城上文武大小官員並守城人夫等，都滾下城去；被他奔入樓中，張開口，把三藏與老王父子一頓噙出，復至坎宮地下，將八戒也著口噙之。原來他九個頭就有九張口。一口噙著唐僧，一口噙著八戒，一口噙著老王，一口噙著大王子，一口噙著二王子，一口噙著三王子：六口噙著六人，還空了三張口，發聲喊叫道：「我先去也！」這五個小獅精見他祖得勝，一個個愈展雄才。

行者聞得城上人喊嚷，情知中了他計，急喚沙僧仔細；他卻把臂膊上毫毛，盡皆拔下，入口嚼爛噴出，變作千百個小行者，一擁攻上。當時拖倒猱獅，活捉了雪獅，拿住了搏象獅，扛翻了伏狸獅，將黃獅打死；烘烘的嚷到州城之下，倒轉走脫了青臉兒與刁鑽古怪、古怪刁鑽兒二怪。那城上官看見，卻又開門，將繩把五個獅精又綑了，扛進城去。還未發落，只見那王妃哭哭啼啼，對行者禮拜道：「神師呵，我殿下父子並你師父，性命休矣！這孤城怎生是好？」大聖收了法毛，對王妃作禮道：「賢后莫愁。只因我拿他七個獅精，那老妖弄攝法，定將我師父與殿下父子攝去，料必無傷。待明日絕早，我兄弟二人去那山中，管情捉住老妖，還你四個王子。」那王妃一簇女眷聞得此言，都對行者下拜道：「願求殿下父子全生，皇圖堅固！」拜畢，一個個含淚還宮。行者吩咐各官：「將打死的黃獅精，剝了皮；六個活獅精，牢牢拴鎖。取些齋飯來，我們喫了睡覺。你們都放心，保你無事。」

至次日大聖領沙僧駕起祥雲，不多時，到於竹節山頭。按雲頭觀看，好座高山！但見：

峰排突兀，嶺峻崎嶇。深澗下潺湲水漱，陡崖前錦繡花香。回巒重疊，古道灣環。真是鶴來松有伴，果然雲去石無依。玄猿覓果向晴暉，麋鹿尋花歡日暖。青鸞聲淅瀝，黃鳥語綿蠻。春來桃李爭妍，夏至柳槐競茂。秋到黃花佈錦，冬交白雪飛綿。四時八節好風光，不亞瀛洲仙景象。

他兩個正在山頭上看景，忽見那青臉兒，手拿一條短棍，徑跑出崖谷之間。行者喝道：「那裡走！老孫來也！」諕得那小妖一翻一滾的跑下崖谷。他兩個一直追來，又不見蹤跡。向前又轉幾步，卻是一座洞府。兩扇花斑石門，緊緊關閉。門檸上橫嵌著一塊石版，楷鐫了十個大字，乃是「萬靈竹節山，九曲盤桓洞」。

那小妖原來跑進洞去，即把洞門閉了。到中間對老妖道：「爺爺，外面又有兩個和尚來了。」老妖道：「你大王並猱獅、雪獅、搏象、伏狸，可曾來？」小妖道：「不見！不見！只是兩個和尚，在山峰高處眺望。我看見回頭就跑，他趕將來，我卻閉門來也。」老妖聽說，低頭不語。半晌，忽的掉下淚來，叫聲：「苦呵！我黃獅孫死了！猱獅孫等又盡被和尚捉進城去矣！此恨怎生報得！」八戒綑在旁邊，與王父子、唐僧，俱攢在一處，恓恓惶惶受苦；聽見老妖說聲：「眾孫被和尚捉進城去」，暗暗喜道：「師父莫怕，殿下休愁。我師兄已得勝，捉了眾妖，尋到此間救拔吾等也。」說罷，又聽得老妖叫：「小的們，好生在此看守，等我出去拿那兩個和尚進來，一發懲治。」

你看他身無披掛，手不拈兵，大踏步，走到前邊，只聞得孫行者吆喝哩。他就大開了洞門，不答話，徑奔行者。行者使鐵棒，當頭支住。沙僧輪寶杖就打。那老妖把頭搖一搖，左右八個頭，一齊張開口，把行者、沙僧輕輕的又啣於洞內。教：「取繩索來！」那刁鑽古怪、古怪刁鑽與青臉兒是昨夜逃生而回者，即拿兩條繩，把他二人著實綑了。老妖問道：「你這潑猴，把我那七個兒孫捉了，我今拿住你和尚四個，王子四個，也足以抵得我兒孫之命！小的們，選荊條柳棍來，且打這猴頭一頓，與我黃獅孫報報冤仇！」那三個小妖，各執柳棍，專打行者。行者本是熬煉過的身體，那些些柳棍兒，只好與他拂癢，他那裡做聲；憑他怎麼捶打，略不介意。八戒、唐僧與王子見了，一個個毛骨悚然。少時，打折了柳棍。直打到天晚，也不計其數。沙僧見打得多了，甚不過意道：「我替他打百十下罷。」老妖道：「你且莫忙，明日就打到你了。一個個挨次兒打將來。」八戒著忙道：「後日就打到我老豬也！」老打一會，漸漸的天昏了。老妖叫：「小的們，且住，點起燈火來，你們喫些飲食，讓我到錦雲窩略睡

聯經出版事業公司校印

睡去。汝三人都是遭過害的，卻用心看守，待明早再打。」三個小妖移過燈來，拿柳棍又打行者腦蓋，就像敲梆子一般，剔剔托，托托剔，緊幾下，慢幾下。夜將深了，卻都盹睡。

行者就使個遁法，將身一小，脫出繩來，抖一抖毫毛，整束了衣服，耳朵內取出棒來，晃一晃，有吊桶粗細，二丈長短，朝著三個小妖道：「你這孽畜，把你老爺就打了許多棍子！老爺還只照舊，老爺也把這棍子略捓你捓，看道如何！」把三個小妖輕輕一捓，就捓做三個肉餅；卻又剔亮了燈，解放沙僧。八戒綑急了，忍不住大聲叫道：「哥哥！我的手腳都綑腫了，倒不來先解放我！」這獃子喊了一聲，卻早驚動老妖。老妖一轂轆爬起來道：「是誰人解放？」那行者聽見，一口吹息燈，也顧不得沙僧等眾，使鐵棒，打破幾重門走了。那老妖到中堂裡叫：「小的們，怎麼沒了燈光？只莫②走了人也？」叫一聲，沒人答應；又叫一聲，又沒人答應；及取燈火來看時，只見地下血淋淋的三塊肉餅，老王父子及唐僧、八戒俱在，只不見了行者、沙僧。點著火，前後趕著，只見沙僧還背貼在廊下站哩；被他一把拿住摔倒，照舊綑了。又找尋行者，但見幾層門盡皆損破，情知是行者打破走了；也不去追趕，將破門補的補，遮的遮，固守家業不題。

卻說孫大聖出了那九曲盤桓洞，跨祥雲，徑轉玉華州。但見那城頭上各方的土地神祇與城隍之神迎空拜接。行者道：「汝等怎麼今夜纔見？」城隍道：「小神等知大聖下降玉華州，因有賢王款留，故不敢見；今知王等遇怪，大聖降魔，特來叩接。」行者正在嗔怪處，又見金頭揭諦、六甲六丁神將，

②只莫——莫非、難道是。

押著一尊土地，跪在面前道：「大聖，吾等捉得這個地裡鬼來也。」行者喝道：「汝等不在竹節山護我師父，卻怎麼嚷到這裡？」丁甲神道：「大聖，那妖精自你逃時，復捉住捲簾大將，依然綑了。我等見他法力甚大，卻將竹節山土地押解至此。他知那妖精的根由，乞大聖問他一問，便好處治，以救聖僧、賢王之苦。」行者聽言甚喜。那土地戰兢兢叩頭道：「那老妖前年下降竹節山。那九曲盤桓洞原是六獅之窩。那六個獅子，自得老妖至此，就都拜為祖翁。祖翁乃是個九頭獅子，號為九靈元聖。若得他滅，須去到東極妙巖宮，請他主人公來，方可收復。他人莫想擒也。」行者聞言，思憶半晌道：「東極妙巖宮，是太乙救苦天尊呵。他坐下正是個九頭獅子。這等說，……」便教：「揭諦、金甲，還同土地回去，暗中護祐師父、師弟，並州王父子。本處城隍守護城池。」眾神各各遵守去訖。

這大聖縱觔斗雲，連夜前行。約有寅時，到了東天門外，正撞著廣目天王與天丁、力士一行儀從。眾皆停住，拱手迎道：「大聖何往？」行者對眾禮畢，道：「前去妙巖宮走走。」天王道：「西天路不走，卻去東天來做甚？」行者道：「因到玉華州，蒙州王相款，遣三子拜我等弟兄為師，習學武藝，不期遇著一夥獅怪。今訪得妙巖宮太乙救苦天尊乃怪之主人公，欲請他來降怪救師。」天王道：「那廂因你欲為人師，所以惹出這一窩獅子來也。」行者笑道：「正為此！正為此！」眾天丁、力士一個個拱手，讓道而行。大聖進了東天門，不多時，到妙巖宮前，但見：

彩雲重疊，紫氣蘢蔥③。瓦漾金波燄，門排玉獸崇。花盈雙闕紅霞遶，日映騫林翠露籠。果然是

③蘢蔥——本為花木茂盛的樣子，此指煙霧升騰瀰漫貌。

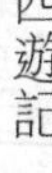

聯經出版事業公司校印

萬真環拱，千聖興隆。殿閣層層錦，牕軒處處通。蒼龍盤護祥光靄，黃道光輝瑞氣濃。這的是青華長樂界，東極妙巖宮。

那宮門裡立著一個穿霓帔的仙童，忽見孫大聖，即入宮報道：「爺爺，外面是鬧天宮的齊天大聖來了。」太乙救苦天尊聽得，即喚侍衛眾仙迎接。迎至宮中。只見天尊高座九色蓮花座上，百億瑞光之中。見了行者，下座來相見。行者朝上施禮。天尊答禮道：「大聖，這幾年不見，前聞得你棄道歸佛，保唐僧西天取經，想是功行完了。」行者道：「功行未完，卻也將近；但如今因保唐僧到玉華州，蒙王子遣三子拜老孫等為師，習學武藝，把我們三件兵器照樣打造，不期夜間被賊偷去。及天明尋找，原是城北豹頭山虎口洞一個金毛獅子成精盜去。老孫用計取出，那精就夥了若干獅精與老孫大鬧。內有一個九頭獅子，神通廣大，將我師父與八戒並王父子四人都啣去，到一竹節山九曲盤桓洞。次日，老孫與沙僧跟尋，亦被啣去。老孫被他綑打無數，幸而弄法走了。他們正在彼處受罪。問及當坊土地，始知天尊是他主人，特來奉請收降解救。」

天尊聞言，即令仙將到獅子房喚出獅奴來問。那獅奴熟睡，被眾將推搖方醒，揪至中廳來見。天尊問道：「獅獸何在？」那奴兒垂淚叩頭，只教：「饒命！饒命！」天尊道：「孫大聖在此，且不打你。你快說為何不謹，走了九頭獅子。」獅奴道：「爺爺，我前日在大千甘露殿中見一瓶酒，不知偷去喫了，不覺沉醉睡著，失於拴鎖，是以走了。」天尊道：「那酒是太上老君送的，喚做『輪迴瓊液』。你喫了該醉三日不醒。那獅獸今走幾日了？」大聖道：「據土地說，他前年下降，到今二三年矣。」天尊笑道：「是了！是了！天宮裡一日，在凡世就是一年。」叫獅奴道：「你且起來，饒你死罪，跟我與大聖下方去收他來。汝眾仙都回去，不用跟隨。」

天尊遂與大聖、獅奴，踏雲徑至竹節山。只見那五方揭諦，六丁六甲、本山土地都來跪接。行者道：「汝等護祐，可曾傷著我師？」眾神道：「妖精著了惱睡了，更不曾動甚刑罰。」天尊道：「我那元聖兒也是一個久修得道的真靈。他喊一聲，上通三聖，下撤九泉，等閑也便不傷生。孫大聖，你去他門首索戰，引他出來，我好收之。」

行者聽言，果掣棒跳近洞口，高罵道：「潑妖精，還我人來也！潑妖精，還我人來也！」連叫了數聲。那老妖睡著了，無人答應。行者性急起來，輪鐵棒，往裡打進，口中不住的喊罵。那老妖方纔驚醒，心中大怒。爬起來，喝一聲：「趕戰！」搖搖頭，便張口來啣。行者回頭跳出。妖精趕到外邊，罵道：「賊猴！那裡走！」行者立在高崖上笑道：「你還敢這等大膽無禮！你死活也不知哩！這不是你老爺主公在此？」那妖精趕到崖前，早被天尊念聲呪語，喝道：「元聖兒！我來了！」那妖認得是主人，不敢展掙，四隻腳伏之於地，只是磕頭。旁邊跑過獅奴兒，一把撾住項毛，用拳著項上打彀百十，口裡罵道：「你這畜生，如何偷走，教我受罪！」那獅獸合口無言，不敢搖動。獅奴兒打得手困，方纔住了。即將錦韂安在他身上，天尊騎了，喝聲教走。他就縱身駕起綵雲，徑轉妙巖宮去。

大聖望空稱謝了。卻入洞中，先解玉華王，次解唐三藏，次又解了八戒、沙僧並三王子。共搜他洞裡物件，逍遙停停④，對眾領出門外。八戒就取了若干枯柴，前後堆上，放起火來，把一個九曲盤桓

④逍遙停停——安閒自在。

聯經出版事業公司校印

洞，燒做個烏焦破瓦窰！大聖又發放了眾神，還教土地在此鎮守。卻令八戒、沙僧，各各使法，把王父子背馱回州。他攙著唐僧。不多時，到了州城，天色漸晚，當有妃后官員，都來接見了。擺上齋筵，共坐享之。長老師徒還在暴紗亭安歇。王子們入宮各寢。一宵無話。

次日，王又傳旨，大開素宴。合府大小官員，一一謝恩。行者又叫屠子來，把那六個活獅子殺了，共那黃獅子都剝了皮，將肉安排將來受用。殿下十分歡喜，即命殺了。把一個留在本府內外人用，一個與王府長史等官分用；把五個都剁做一二兩重的塊子，差校尉散給州城內外軍民人等，各喫些須⑤：一則嘗嘗滋味，二則押押驚恐。那些家家戶戶，無不瞻仰。

又見那鐵匠人等造成了三般兵器，對行者磕頭道：「爺爺，小的們工都完了。」問道：「各重多少斤兩？」鐵匠道：「金箍棒有千斤，九齒鈀與降妖杖各有八百斤。」行者道：「也罷。」叫請三位王子出來，各人執兵器。三子對老王道：「父王，今日兵器完矣。」老王道：「為此兵器，幾乎傷了我父子之命。」小王子道：「幸蒙神師施法，救出我等，卻又掃蕩妖邪，除了後患。誠所謂海晏河清，太平之世界也！」當時老王父子賞勞了匠作，又至暴紗亭拜謝了師恩。

三藏又教大聖等快傳武藝，莫誤行程。他三人就各輪兵器，在王府院中，一一傳授。不數日，那三個王子盡皆操演精熟，其餘攻退之方，緊慢之法，各有七十二到解數，無不知之。一則那諸王子心堅，二則虧孫大聖先授了神力，此所以那千斤之棒，八百斤之鈀杖，俱能舉能運。較之初時，自家弄的武

⑤些須——少許、一點兒。

藝，真天淵也！有詩為證。詩曰：

緣因善慶遇神師，習武何期動怪獅。掃蕩群邪安社稷，皈依一體定邊夷。

九靈數合元陽理，四面精通道果之。授受心明遺萬古，玉華永樂太平時。

那王子又大開筵宴，謝了師教。又取出一大盤金銀，用答微情。行者笑道：「快拿進去！快拿進去！我們出家人，要他何用？」八戒在旁道：「金銀實不敢受，奈何我這件衣服被那些獅子精扯拉破了，但與我們換件衣服，足為愛也。」那王子隨命針工，照依色樣，取青錦、紅錦、茶褐錦各數疋，與三位各做了一件。三人欣然領受，各穿了錦布直裰，收拾了行裝起程。只見那城裡城外，若大若小，無一人不稱是羅漢臨凡，活佛下界。鼓樂之聲，旌旗之色，盈街塞道。正是家家戶外焚香火，處處門前獻彩燈。送至許遠方回。他四眾方得離城西去。這一去頓脫群獅，潛心正果。正是：無慮無憂來佛界，誠心誠意上雷音。畢竟不知到靈山還有幾多路程，何時行到，且聽下回分解。

第九十一回　金平府元夜觀燈　玄英洞唐僧供狀

修禪何處用工夫？馬劣猿顛速剪除。牢捉牢拴生五彩①，暫停暫住墮三途②。
若教自在神丹漏，纔放從容玉性枯。喜怒憂思須掃淨，得玄得妙恰如無。

話表唐僧師徒四眾離了玉華城，一路平穩，誠所謂極樂之鄉。去有五六日程途，又見一座城池。唐僧問行者道：「此又是甚麼處所？」行者道：「是座城池。但城上有杆無旗，不知地方，俟近前再問。」及至東關廂，見那兩邊茶坊酒肆喧嘩，米市油房熱鬧。街衢中有幾個無事閑遊的浪子，見豬八戒嘴長，沙和尚臉黑，孫行者眼紅，都擁擁簇簇的爭看，只是不敢近前而問。唐僧捏著一把汗，惟恐他們惹禍。又走過幾條巷口，還不到城。忽見有一座山門，門上有「慈雲寺」三字，唐僧道：「此處略進去歇歇

①五彩——青、黃、赤、白、黑五色。

②三途——佛教指地獄火途、餓鬼刀途、畜牲血途。

馬，打一個齋如何？」行者道：「好！好！」四眾遂一齊而入。但見那裡邊：

珍樓壯麗，寶座崢嶸。佛閣高雲外，僧房靜月中。丹霞縹緲浮屠挺，碧樹陰森輪藏清。真淨土，假龍宮，大雄殿上紫雲籠。兩廊不絕閑人戲，一塔常開有客登。爐中香火時時爇，臺上燈花夜夜熒。忽聞方丈金鐘韻，應佛僧人朗誦經。

四眾正看時，又見廊下走出一個和尚，對唐僧作禮道：「老師何來？」唐僧道：「弟子中華唐朝來者。」那和尚倒身下拜，慌得唐僧攙起道：「院主何為行此大禮？」那和尚合掌道：「我這裡向善的人，看經念佛，都指望修到你中華地托生。纔見老師丰采衣冠，果然是前生修到的，方得此受用，故當下拜。」唐僧笑道：「惶恐！惶恐！我弟子乃行腳僧，有何受用！若院主在此閑養自在，纔是享福哩。」那和尚領唐僧入正殿，拜了佛像，唐僧方纔招呼徒弟進來。原來行者三人，自見那和尚與師父講話，他都背著臉，牽著馬，守著擔，立在一處，和尚不曾在心，忽的聞唐僧叫：「徒弟」他三人方纔轉面。那和尚見了，慌得叫：「爺爺呀！你高徒如何恁般醜樣？」唐僧道：「醜則雖醜。倒頗有些法力。我一路甚虧他們保護。」

正說處，裡面又走出幾個和尚作禮。先見的那和尚對後的說道：「這老師是中華大唐來的人物，那三位是他高徒。」眾僧且喜且懼道：「老師中華大國，到此何為？」唐僧言：「我奉唐王聖旨，向靈山拜佛求經。適過寶方，特奔上剎，一則求問地方，二則打頓齋食就行。」那僧人個個歡喜，又邀入方丈。方丈裡又有幾個與人家做齋的和尚。這先進去的又叫道：「你們都來看看中華人物。原來中華有俊的，有醜的。俊的真個難描難畫，醜的卻十分古怪。」那許多僧同齋主都來相見。見畢，各坐下。

茶罷，唐僧問道：「貴處是何地名？」眾僧道：「我這裡乃天竺國外郡，金平府是也。」唐僧道：「貴府至靈山還有許多遠近？」眾僧道：「此間到都下有二千里。這是我等走過的。西去到靈山，我們未走，不知還有多少路，不敢妄對。」唐僧謝了。

少時，擺上齋來，齋罷，唐僧要行，卻被眾僧並齋主款留道：「老師寬住一二日，過了元宵，耍耍去不妨。」唐僧驚問道：「弟子在路，只知有山、有水，怕的是逢怪、逢魔，把光陰都錯過了，不知幾時是元宵佳節。」眾僧笑道：「老師拜佛與悟禪心重，故不以此為念。今日乃正月十三，到晚就試燈。後日十五上元。直至十八九，方纔謝燈。我這裡人家好事，本府太守老爺愛民，各地方俱高張燈火，徹夜笙簫。還有個『金燈橋』，乃上古傳留，至今豐盛。老爺們寬住數日，我荒山頗管待得起。」唐僧無奈，遂俱住下。當晚只聽得佛殿上鐘鼓喧天，乃是街坊眾信人等，送燈來獻佛。唐僧等都出方丈來看了燈，各自歸寢。

次日，寺僧又獻齋。喫罷，同步後園閑耍。果然好個去處。正是：

時維正月，歲屆新春。園林幽雅，景物妍森。四時花木爭奇，一派峰巒疊翠。芳草階前萌動，老梅枝上生馨，紅入桃花嫩，青歸柳色新。金谷園③富麗休誇，輞川圖④流風慢說。水流一道，野

③金谷園——晉人石崇，曾劫遠使富商，致富不貲，於河陽金谷澗中置園，極盡豪奢。

④輞川圖——唐王維晚年在藍田輞口得宋之問藍田別墅，改築別業。水環舍下，風景奇勝，與友裴迪浮舟往來其間。嘗自圖其山水，名輞川圖。

鳧出沒無常；竹種千竿，墨客推敲未定。芍藥花、牡丹花、紫薇花、含笑花，天機方醒；山茶花、紅梅花、迎春花、瑞香花，豔質先開。陰崖積雪猶含凍，遠樹浮煙已帶春。又見那鹿向池邊照影，鶴來松下聽琴。東幾廈，西幾亭，客來留宿；南幾堂，北幾塔，僧靜安禪。花卉中，有一兩座養性樓，重簷高拱；山水內，有三四處煉魔室，靜几明窗。真個是天然堪隱逸，又何須他處覓蓬瀛。

師徒們玩賞一日，殿上看了燈，又都去看燈遊戲。但見那：

瑪瑙花城，琉璃仙洞，水晶雲母諸宮：似重重錦綉，疊疊玲瓏。星橋影晃乾坤動，看數株火樹搖紅。六街簫鼓，千門璧月，萬戶香風。幾處鰲峰高聳，有魚龍出海，鸞鳳騰空。羨燈光月色，和氣融融。綺羅隊裡，人人喜聽笙歌。車馬轟轟：看不盡花容玉貌，風流豪俠，佳景無窮。

三藏與眾僧在本寺內看了燈，又到東關廂各街上遊戲。到二更時，方纔回轉安置。

次日，唐僧對眾僧道：「弟子原有掃塔之願，趁今日上元佳節，請院主開了塔門，讓弟子了此願心。」眾僧隨開了門。沙僧取了袈裟，隨從唐僧；到了一層，就披了袈裟，拜佛禱祝畢，即將笤帚掃了一層，卸了袈裟，付與沙僧。……又掃三層，一層層直掃上絕頂。那塔上層層有佛，處處開窗，掃一層，賞玩讚羨一層，掃畢下來，天色已晚，又都點上燈火。

此夜正是十五元宵。眾僧道：「老師父，我們前晚只在荒山與關廂看燈，今晚正節，進城裡看看金燈如何？」唐僧欣然從之，同行者三人及本寺多僧進城看燈。正是：

三五良宵節，上元春色和。花燈懸鬧市，齊唱太平歌。又見那六街三市燈亮，半空一鑑初升。那月如馮夷⑤推上爛銀盤，這燈似仙女織成鋪地錦。燈映月，增一倍光輝；月照燈，添十分燦爛。觀不盡鐵鎖星橋，看不了燈花火樹。雪花燈、梅花燈，春冰剪碎；綉屏燈、畫屏燈，五彩攢成。核桃燈、荷花燈，燈樓高掛；青獅燈、白象燈，燈架高檠。鰕兒燈、鱉兒燈，棚前高弄；羊兒燈、兔兒燈，簷下精神；鷹兒燈、鳳兒燈，相連相併；虎兒燈、馬兒燈，同走同行；仙鶴燈、白鹿燈，壽星騎坐；金魚燈、長鯨燈，李白高乘。鰲山燈，神仙聚會；走馬燈，武將交鋒。萬千家燈火樓臺，十數里雲煙世界。那壁廂，索琅琅⑥玉韂飛來；這壁廂，轂轆轆香車輦過。看那紅妝樓上，倚著欄，隔著簾，並著肩，攜著手，雙雙美女貪歡；綠水橋邊，鬧吵吵，錦簇簇，醉醺醺，笑呵呵，對對遊人戲綵。滿城中簫鼓諠譁，徹夜裡笙歌不斷。

有詩為證。詩曰：

錦綉場中唱彩蓮，太平境內簇人煙。燈明月皎元宵夜，雨順風調大有年。

此時正是金吾不禁，亂烘烘的，無數人煙。有那跳舞的，蹫蹺⑦的，裝鬼的，騎象的，東一攢，西一簇，看之不盡。卻纔到金燈橋上，唐僧與眾僧近前看處，原來是三盞金燈。那燈有缸來大，上照著玲瓏剔透的兩層樓閣，都是細金絲兒編成；內托著琉璃薄片，其光晃月，其油噴香。唐僧回問眾僧道：

⑤馮夷——河神名。
⑥索琅琅——指繫燈的繩索受風吹拂而相碰觸，以致各盞燈發出碰撞的聲音。
⑦蹫蹺——踩高蹺。

「此燈是甚油？怎麼這等異香撲鼻？」衆僧道：「老師不知。我這府後有一縣，名喚旻天縣。縣有二百四十里。每年審造差徭，共有二百四十家燈油大戶。府縣的各項差徭猶可，惟有此大戶甚是喫累：每家當一年，要使二百多兩銀子。此油不是尋常之油，乃是酥合香油。這油每一兩值價銀二兩，每一斤值三十二兩銀子。三盞燈，每缸有五百斤，三缸共一千五百斤，共該銀四萬八千兩。還有雜項繳纏使用，將有五萬餘兩，只點得三夜。」行者道：「這許多油，三夜何以就點得盡？」衆僧道：「這缸內每缸有四十九個大燈馬，都是燈草扎的把，裹了絲綿，有雞子粗細；只點過今夜，見佛爺現了身，明夜油也沒了，燈就昏了。」八戒在旁笑道：「想是佛爺連油都收去了。」衆僧道：「正是此說。滿城裡人家，自古及今，皆是這等傳說。但油乾了，人俱說是佛祖收了燈，自然五穀豐登；若有一年不乾，卻就年成荒旱，風雨不調。所以人家都要這供獻。」

正說處，只聽得半空中呼呼風響，諕得些看燈的人盡皆四散。那些和尚也立不住腳道：「老師父，回去罷，風來了。是佛爺降祥，到此看燈也。」唐僧道：「怎見得是佛來看燈？」衆僧道：「年年如此，不尚三更，就有風來。知道是諸佛降祥，所以人皆迴避。」唐僧道：「我弟子原是思佛念佛拜佛的人，今逢佳景，果有諸佛降臨，就此拜拜，多少是好。」衆僧連請不回，少時，風中果現出三位佛身，近燈來了，慌得那唐僧跑上橋頂，低身下拜。行者急忙扯起道：「師父，不是好人，必定是妖邪也。」說不了，見燈光昏暗，呼的一聲，把唐僧抱起，駕風而去。噫！不知是那山那洞真妖怪，積年假佛看金燈，諕得那八戒兩邊尋找，沙僧左右招呼。行者叫道：「兄弟！不須在此叫喚，師父樂極生悲，已被妖精攝去了！」那幾個和尚害怕道：「爺爺，怎見得是妖精攝去？」行者笑道：「原來你這夥凡人，累年不識，故被妖邪惑了，只說是真佛降祥，受此燈供。剛才風到處，現佛身者，就是三個妖精。我師父亦不能認，上橋頂就拜，卻被他侮暗⑧燈光，將器皿盛了油，連我師父都攝去。我略走遲了些兒，所以他三個化風而遁。」沙僧道：「師兄，這般卻如之何？」行者道：「不必遲疑。你兩個同眾回寺，看守馬匹、行李，等老孫趁此風追趕去也。」

好大聖，急縱觔斗雲，起在半空，聞著那腥風之氣，往東北上徑趕。趕至天曉，倏爾風息。見有一座大山，十分險峻，著實嵯峨。好山：

重重丘壑，曲曲源泉。藤蘿懸削壁，松柏挺虛巖。鶴鳴晨霧裡，鴈唳曉雲間。峨峨矗矗峰排戟，突突磷磷石砌磬。頂巔高萬仞，峻嶺疊千灣。野花佳木知春發，杜宇黃鶯應景妍。能巍奕，實巉巖，古怪崎嶇險又艱。停玩多時人不識，只聽虎豹有聲鼾。香獐白鹿隨來往，玉兔青狼去復還。深澗水流千萬里，回湍激石響潺潺。

大聖在山崖上，正自找尋路徑，只見四個人，趕著三隻羊，從西坡下，齊吆喝「開泰」。大聖閃火眼金睛，仔細觀看，認得是年、月、日、時四值功曹使者，隱像化形而來。

大聖即掣出鐵棒，晃一晃，碗來粗細，有丈二長短，跳下崖來，喝道：「你都藏頭縮頸的那裡走！」四值功曹見他說出風息，慌得喝散三羊，現了本相，閃下路旁施禮道：「大聖，恕罪！恕罪！」行者道：「這一向也不曾用著你們，你們見老孫寬慢，都一個個弄懈怠了，見也不來見我一見！是怎麼說！

⑧侮暗——兩手交覆捫住，使（燈光）變暗。「侮」同「捂」。

聯經出版事業公司　校印

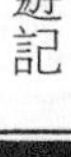

你們怎麼不暗中保祐吾師，都往那裡去？」功曹道：「你師父寬了禪性，在於金平府慈雲寺貪歡，所以泰極生否，樂盛成悲，今被妖邪捕獲。他身邊有護法伽藍保著哩。吾等知大聖連夜追尋，恐大聖不識山林，特來傳報。」行者道：「你既傳報，怎麼隱姓埋名，趕著三個羊兒，吆吆喝喝作甚？」功曹道：「設此三羊，以應開泰之言，喚做『三陽開泰』，破解你師之否塞也。」行者恨恨的要打，見有此意，卻就免之。收了棒，回嗔作喜道：「這座山，可是妖精之處？」功曹道：「正是，正是。此山名青龍山。內有洞，名玄英洞。洞中有三個妖精：大的個名辟寒大王，第二個號辟暑大王，第三個號辟塵大王，這妖精在此有千年了。他自幼兒愛食酥合香油。當年成精，到此假裝佛像，哄了金平府官員人等，設立金燈，燈油用酥合香油。他年年到正月半，變佛像收油；今年見你師父，他認得是聖僧之身，連你師父都攝在洞裡，不日要割剮你師之肉，使酥合香油煎喫哩。你快用工夫，救援去也。」

行者聞言，喝退四功曹，轉過山崖，找尋洞府。行未數里，只見那澗邊有一石崖。崖下是座石屋。屋有兩扇石門，半開半掩。門旁立有石碣，上有六字，卻是「青龍山玄英洞」。行者不敢擅入，立定步，叫聲：「妖怪！快送我師父出來！」那裡唿喇一聲，大開了門，跑出一陣牛頭精，鄧鄧呆呆⑨的問道：「你是誰，敢在這裡呼喚！」行者道：「我本是東土大唐取經的聖僧唐三藏之大徒弟。路過金平府觀燈，我師被你家魔頭攝來，快早送還，免汝等性命！如或不然，掀翻你窩巢，教你群精都化為膿血！」那些小妖聽言，急入裡邊報道：「大王！禍事了！禍事了！」三個老妖正把唐僧拿在那洞中深遠處，

⑨鄧鄧呆呆——呆笨的樣子。「鄧」借作「鈍」。

那裡問甚麼青紅皂白，教小的選剝了衣裳，汲湍中清水洗淨，算計要細切細剉，著酥合香油煎喫。忽聞得報聲「禍事」，老大著驚，問是何故？小妖道：「大門前有一個毛臉雷公嘴的和尚嚷道：大王攝了他師父來，教快送出去，免吾等性命；不然，就要掀翻窩巢，教我們都化為膿血哩！」那老妖聽說，個個心驚道：「纔拿了這廝，還不曾問他個姓名來歷。小的們，且把衣服與他穿了，帶過來審他一番，端是何人，何自而來也。」眾妖一擁上前，把唐僧解了索，穿了衣服，推至座前，諕得唐僧戰兢兢的跪在下面，只叫：「大王，饒命，饒命！」三個妖精，異口同聲道：「你是那方來的和尚？怎麼見佛像不躲，卻衝撞我的雲路？」唐僧磕頭道：「貧僧是東土大唐駕下差來的，前往天竺國大雷音寺拜佛祖取經的。因到金平府慈雲寺打齋，蒙那寺僧留過元宵看燈。正在金燈橋上，見大王顯現佛像，貧僧乃肉眼凡胎，見佛就拜，故此衝撞大王雲路。」那妖精道：「你那東土到此路，路程甚遠；一行共有幾眾，都叫甚名字，快實實供來，我饒你性命。」唐僧道：「貧僧俗名陳玄奘，自幼在金山寺為僧。後蒙唐皇勅賜在長安洪福寺為僧官。又因魏徵丞相夢斬涇河老龍，唐王遊地府，回生陽世，開設水陸大會，超渡陰魂，蒙唐王又選賜貧僧為壇主，大闡都綱。幸觀世音菩薩出現，指化貧僧，說西天大雷音寺有三藏真經，可以超渡亡者昇天，差貧僧來取，因賜號三藏，即倚唐為姓，所以人都呼我為唐三藏。我有三個徒弟。第一個姓孫，名悟空行者，乃齊天大聖歸正。」群妖聞得此名，著了一驚道：「這個齊天大聖，可是五百年前大鬧天宮的？」唐僧道：「正是，正是。第二個姓豬，名悟能八戒，乃天蓬大元帥轉世。第三個姓沙，名悟淨和尚，乃捲簾大將臨凡。」三個妖王聽說，個個心驚道：「早是不曾喫他，小的們，且把唐僧將鐵鏈鎖在後面，待拿他三個徒弟來湊喫。」遂點了一群山牛精、水牛精、黃牛精，各持兵器，走出門，掌了號頭，搖旗擂鼓。

三個妖披掛整齊，都到門外喝道：「是誰人敢在我這裡吆喝！」行者閃在石崖上，仔細觀看。那妖精生得：

彩面環睛，二角崢嶸。尖尖四隻耳，靈竅閃光明。一體花紋如彩畫，滿身錦綉若蜚英⑩。第一個，頭頂狐裘花帽暖，一臉昂毛熱氣騰；第二個，身掛輕紗飛烈燄，四蹄花瑩玉玲玲；第三個，威雄聲吼如雷振，獠牙尖利賽銀針。個個勇而猛，手持三樣兵：一個使鉞斧，一個大刀能；但看第三個，肩上橫擔扢撻⑪藤。

又見那七長八短，七肥八瘦的大大小小妖精，都是些牛頭鬼怪，各執鎗棒，有三面大旗，旗上明明書著「辟寒大王」，「辟暑大王」，「辟塵大王」。孫行者看了一會，忍耐不得，上前高叫道：「潑賊怪！認得老孫麼？」那妖喝道：「你是那鬧天宮的孫悟空？真個是『聞名不曾見面，見面羞殺天神！』你原來是這等個猢猻兒！」行者大怒罵道：「我把你這個偷燈油的賊！油嘴妖怪，不要胡談！快還我師父來！」趕近前，輪鐵棒就打。那三個老妖，舉三般兵器，急架相迎。這一場在山凹中好殺：

鉞斧鋼刀扢撻藤，猴王一棒敢來迎。辟寒辟暑辟塵怪，認得齊天大聖名。棒起致令神鬼怕，斧來刀砍亂飛騰。好一個混元有法真空像！抵住三妖假佛形。那三個偷油潤鼻今年犯，務捉欽差駕下

⑩蜚英——「蜚英騰茂」之省稱，形容人飛黃騰達、聲名事業日盛的樣子。

⑪扢撻——同「疙瘩」，指小突起狀。

僧。這個因師不懼山程遠，那個為嘴常年設獻燈。乒乓只聽刀斧響，劈朴惟聞棒有聲。衝衝撞撞三攢一，架架遮遮各顯能。一朝鬥至天將晚，不知那個虧輸那個贏。

孫行者一條棒與那三個妖魔鬥經百五十合，天色將晚。勝負未分。只見那辟塵大王把扢撻藤閃一閃，跳過陣前，將旗搖了一搖，那夥牛頭怪簇擁上前，把行者圍在垓心，各輪兵器，亂打將來。行者見事不諧，唿喇的縱起觔斗雲，敗陣而走，那妖更不來趕，招回群妖，安排些晚食，眾各喫了。也叫小妖送一碗與唐僧，只待拿住孫行者等纔要整治。那師父一則長齋，二則愁苦，哭啼啼的未敢沾唇不題。

卻說行者駕雲回至慈雲寺裡，叫聲：「師弟。」那八戒、沙僧正自盼望商量，聽得叫時，一齊出接道：「哥哥，如何去這一日方回？端的師父下落何如？」行者笑道：「昨夜聞風而趕，至天曉，到一山，不見。幸四值功曹傳信道：那山叫做青龍山。山中有一玄英洞。洞中有三個妖精，喚做辟寒大王、辟暑大王、辟塵大王。原來積年在此偷油，假變佛像，哄了金平府官員人等。今年遇見我們，他不知好歹，反連師父都攝去。老孫審得此情，吩咐功曹等眾暗中保護師父，我尋近門前叫罵。那三怪齊出，都像牛頭鬼形。第一個使鉞斧，第二個使大刀，第三個使藤棍。後引一窩子牛頭鬼怪，搖旗擂鼓，與老孫鬥了一日，殺個手平。那妖王搖動旗，小妖都來，我見天晚，恐不能取勝，所以駕觔斗回來也。」八戒道：「那裡想是豐都城鬼王弄喧。」沙僧道：「你怎麼就猜道是豐都城鬼王弄喧？」八戒笑道：「哥哥說是牛頭鬼怪，故知之耳。」行者道：「不是！不是！若論老孫看那怪，是三隻犀牛成的精。」八戒道：「若是犀牛，且拿住他，鋸下角來，倒值好幾兩銀子哩！」

正說處，眾僧道：「孫老爺可喫晚齋？」行者道：「方便喫些兒，不喫也罷。」眾僧道：「老爺征戰這一日，豈不饑了？」行者笑道：「這日把兒那裡便得饑！老孫曾五百年不喫飲食哩！」眾僧不知是實，只以為說笑，須臾拿來，行者也喫了；道：「且收拾睡覺，待明日我等都去相持，拿住妖王，庶可救師父也。」沙僧在旁道：「哥哥說那裡話！常言道：『停留長智。』那妖精倘或今晚不睡，把師父害了，卻如之何？不若如今就去，嚷得他措手不及，方纔好救師父。少遲，恐有失也。」八戒聞言，抖擻神威道：「沙兄弟說得是！我們都趁此月光去降魔耶！」行者依言，即吩咐寺僧：「看守行李、馬匹。待我等把妖精捉來，對本府刺史證其假佛，免卻燈油，以蘇概縣⑫小民之困，卻不是好？」眾僧遵命。他三個遂縱起祥雲，出城而去。正是那：懶散無拘禪性亂，災危有分道心蒙。畢竟不知此去勝敗何如，且聽下回分解。

⑫概縣——全縣。

第九十二回　三僧大戰青龍山　四星挾捉犀牛怪

卻說孫大聖挾同二弟滾著風，駕著雲，向東北艮地上，頃刻至青龍山玄英洞口，按落雲頭。八戒就欲築門，行者道：「且消停。待我進去看看師父生死如何，再好與他爭持。」沙僧道：「這門閉緊，如何得進？」行者道：「我自有法力。」

好大聖，收了棒，捻著訣，念聲呪語，叫「變！」即變做個火焰蟲兒。真個也疾伶①！你看他：

展翅星流光燦，古云腐草為螢。神通變化不可輕，自有徘徊之性。

飛近石門懸看，旁邊瑕縫穿風。將身一縱到幽庭，打探妖魔動靜。

他自飛入，只見幾隻牛橫攲直倒，一個個呼吼如雷，盡皆睡熟了。又至中廳裡面，全無消息。四下門戶通關。不知那三個妖精睡在何處。纔轉過廳房，向後又照，只聞得啼泣之聲，乃是唐僧鎖在後房簷

①疾伶——靈活、快速。

柱上哭哩。行者暗暗聽他哭甚，只見他哭道：

「一別長安十數年，登山涉水苦熬煎。幸來西域逢佳節，喜到金平遇上元。

不識燈中假佛像，皆因命裡有災愆。賢徒追襲施威武，但願英雄展大權。」

行者聞言，滿心歡喜，展開翅，飛近師前。唐僧揩淚道：「呀！西方景象不同。此時正月，蟄蟲始振，為何就有螢飛？」行者忍不住，叫聲：「師父，我來了！」唐僧喜道：「悟空，我說正月間怎得螢火，原來是你。」行者即現了本相道：「師父呵，為你不識真假，誤了多少路程，費了多少心力。我一行說不是好人，你就下拜，卻被這怪侮暗燈光，盜取酥合香油，連你都攝將來了。我當吩咐八戒、沙僧回寺看守，我即聞風追至此間。不識地名，幸遇四值功曹傳報，說此山名青龍山玄英洞。我日間與此怪鬥至天晚方回，與師弟輩細道此情，卻就不曾睡，同他兩個來此。我恐夜深不便交戰，又不知師父下落，所以變化進來，打聽打聽。」唐僧喜道：「八戒、沙僧如今在外邊哩？」行者道：「在外邊。方纔老孫看時，妖精都睡著。我且解了鎖，搠開門，帶你出去罷。」唐僧點頭稱謝。

行者使個解鎖法，用手一抹，那鎖早自開了。領著師父往前正走，忽聽得妖王在中廳內房裡叫道：「小的們，緊閉門戶，小心火燭。這會怎麼不叫更巡邏，梆鈴都不響了？」原來那夥小妖征戰一日，俱辛辛苦苦睡著；聽見叫喚，卻纔醒了。梆鈴響處，有幾個執器械的，敲著鑼，從後而走，可可的撞著他師徒兩個。眾小妖一齊喊道：「好和尚呵！扭開鎖往那裡去！」行者不容分說，掣出棒晃一晃，碗來粗細，就打。棒起處，打死兩個。其餘的丟了器械，近中廳，打著門叫：「大王！不好了！不好了！毛臉和尚在家裡打殺人了！」那三怪聽見，一轂轆爬將起來，只教：「拿住！拿住！」諕得個唐僧手軟腳軟。行者也不顧師父，一路棒，滾向前來。衆小妖遮架不住，被他放倒三兩個，推倒兩三個，打開幾層門，徑自出來，叫道：「兄弟們何在？」八戒、沙僧正舉著鈀杖等待道：「哥哥，如何了？」行者將變化入裡解放師父，正走，被妖驚覺，顧不得師父，打出來的事，講說一遍不題。

那妖王把唐僧捉住，依然使鐵索鎖了。執著刀，輪著斧，燈火齊明，問道：「你這廝怎樣開鎖，那猴子如何得進，快早供來，饒你之命！不然，就一刀兩段！」慌得那唐僧，戰戰兢兢的跪道：「大王爺爺！我徒弟孫悟空，他會七十二般變化。纔變個火焰蟲兒，飛進來救我，不期大王知覺，被小大王等撞見，是我徒弟不知好歹，打傷兩個，衆皆喊叫，舉兵著火，他遂顧不得我，走出去了。」三個妖王呵呵大笑道：「早是驚覺，未曾走了！」叫小的們把前後門緊緊關閉。亦不諠譁。

沙僧道：「閉門不諠譁，想是暗弄我師父。我們動手耶！」行者道：「說得是。快早打門。」那獃子賣弄神通，舉鈀盡力築去，把那石門築得粉碎，卻又厲聲喊罵道：「偷油的賊怪！快送吾師出來也！」諕得那門內小妖，滾將進去，報道：「大王，不好了！不好了！前門被和尚打破了！」三個妖王十分煩惱道：「這廝著實無禮！」即命取披掛結束了，各持兵器，帥小妖出門迎敵。此時約有三更時候，半天中月明如晝。走出來，更不打話，便就輪兵。這裡行者抵住鉞斧，八戒敵住大刀，沙僧迎住大棍。這場好殺：

僧三衆，棍杖鈀，三個妖魔膽氣加。鉞斧鋼刀藤紇縖，只聞風響並塵沙。初交幾合噴愁霧，次後飛騰散彩霞。釘鈀解數隨身滾，鐵棒英豪更可誇。降妖寶杖人間少，妖怪頑心不讓他。鉞斧口明尖鐏利，藤條節懞一身花。大刀晃亮如門扇，和尚神通徧賽他。這壁廂因師性命發狠打，那壁廂

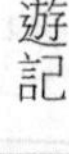

不放唐僧劈臉撾，斧剁棒迎爭勝負，鈀輪刀砍兩交搽。扢撻藤條降怪杖，翻翻覆覆逞豪華。

三僧三怪，賭鬥多時，不見輸贏。那辟寒大王喊一聲，叫：「小的們上來！」眾精各執兵刃齊來，早把個八戒絆倒在地。被幾個水牛精揪揪扯扯，拖入洞裡綑了。沙僧見沒了八戒，只見那群牛發喊嚾聲。即掣寶杖，望辟塵大王虛丟了架子要走，又被群精一擁而來，拉一個躘踵，急掙不起，也被捉去綑了，行者覺道難為，縱觔斗雲，脫身而去。當時把八戒、沙僧拖至唐僧前。唐僧見了，滿眼垂淚道：「可憐你二人也遭了毒手！悟空何在？」沙僧道：「師兄見捉住我們，他就走了。」唐僧道：「他既走了，必然那裡去求救。但我等不知何日方得脫網。」師徒們悽悽慘慘不題。

卻說行者駕觔斗雲復至慈雲寺，寺僧接著，來問：「唐老爺救得否？」行者道：「難救！難救！那妖精神通廣大，我弟兄三個，與他三個鬥了多時，被他呼小妖先捉了八戒，後捉了沙僧，老孫幸走脫了。」眾僧害怕道：「爺爺這般會騰雲駕霧，還捉獲不得，想老師父被傾害也。」行者道：「不妨！不妨！我師父自有伽藍、揭諦、丁甲等神暗中護佑；卻也曾喫過草還丹，料不傷命；——只是那妖精有本事。汝等可好看馬匹、行李，等老孫上天去求救兵來。」眾僧膽怯道：「爺爺又能上天？」行者笑道：「天宮原是我的舊家。當年我做齊天大聖，因為亂了蟠桃會，被我佛收降，如今沒奈何，保唐僧取經，將功折罪。一路上輔正除邪，我師父該有此難，汝等卻不知也。」眾僧聽此言，又磕頭禮拜。行者出得門，打個唿哨，即時不見。

好大聖，早至西天門外。忽見太白金星與增長天王，殷、朱、陶、許四大靈官講話。他見行者來，都慌忙施禮道：「大聖那裡去？」行者道：「因保唐僧行至天竺國東界金平府旻天縣，我師被本縣慈雲寺僧留賞元宵。比至金燈橋，有金燈三盞，點燈用酥合香油，價貴白金五萬餘兩，年年有諸佛降祥受用。正看時，果有三尊佛像降臨。我師不識好歹，上橋就拜。我說不是好人，早被他侮暗燈光，連油並我師一風攝去。我隨風追襲，至天曉，到一山，幸四功曹報道：『那山名青龍山。山有玄英洞。洞有三怪，名辟寒大王、辟暑大王、辟塵大王。』老孫急上門尋討，與他賭鬥一陣，未勝。是我變化入裡，見師父鎖住未傷，隨解了欲出，又被他知覺，我遂走了。後又同八戒、沙僧苦戰，復被他將二人也捉去綑了。老孫因此特啟玉帝，查他來歷，請命將降之。」金星呵呵冷笑道：「大聖既與妖怪相持，豈看不出他的出處？」行者道：「認得！認得！是一夥牛精。只是他大有神通，急不能降也。」金星道：「那是三個犀牛之精。他因有天文之象，累年修悟成真，亦能飛雲步霧。其怪極愛乾淨，常嫌自己影身，每欲下水洗浴。他的名色也多，有兕犀、有雄犀、有牯犀、有斑犀，又有胡冒犀、墮羅犀、通天花文犀。都是一孔三毛二角，行於江海之中，能開水道。似那辟寒、辟暑、辟塵都是角有貴氣，故以此為名而稱大王也。若要拿他，只是四木禽星見面就伏。」行者連忙唱喏問道：「是那四木禽星？煩長庚老一一明示明示。」金星笑道：「此星在斗牛宮外，羅佈乾坤。你去奏聞玉帝，便見分曉。」行者拱拱手稱謝，徑入天門裡去。

不一時，到於通明殿下，先見葛、邱、張、許四大天師。天師問道：「何往？」行者道：「近行至金平府地方，因我師寬放禪性，元夜觀燈，遇妖魔攝去。老孫不能收降，特來奏聞玉帝求救。」四天師即領行者至靈霄寶殿啟奏。各各禮畢。備言其事。玉帝傳旨，教點那路天兵相助。行者奏道：「老孫纔到西天門，遇長庚星說：『那怪是犀牛成精，惟四木禽星可以降伏。』」玉帝即差許天師同行者去斗牛宮點四木禽星下界收降。

及至宮外，早有二十八宿星辰來接。天師道：「吾奉聖旨，教點四木禽星與孫大聖下界降妖。」旁即閃過角木蛟、斗木獬、奎木狼、井木犴應聲呼道：「孫大聖，點我等何處降妖？」行者笑道：「原來是你。這長庚老兒卻隱匿，我不解其意。早說是二十八宿中的四木，老孫徑來相請，又何必勞煩旨意？」四木道：「大聖說那裡話！我等不奉旨意，誰敢擅離？端的是那方？快早去來。」行者道：「在金平府東北艮地青龍山玄英洞，犀牛成精。」斗木獬、奎木狼、角木蛟道：「若果是犀牛成精，不須我們，只消井宿去去罷。他能上山喫虎，下海擒犀。」行者道：「那犀不比望月之犀，乃是修行得道，都有千年之壽者。須得四位同去纔好，切勿推調。倘一時一位拿他不住，卻不又費事了？」天師道：「你們說得甚話！旨意著你四人，豈可不去？趁早飛行。我回旨去也。」那天師遂別行者而去。

四木道：「大聖不必遲疑，你先去索戰，引他出來，我們隨後動手。」行者即近前罵道：「偷油的賊怪！還我師來！」原來那門被八戒築破，幾個小妖弄了幾塊板兒搪住，在裡邊聽得罵詈，急跑進報道：「大王，孫和尚在外面罵哩！」辟塵兒道：「他敗陣去了，這一日怎麼又來？想是那裡求些救兵來了。」辟寒、辟暑道：「怕他甚麼救兵！快取披掛來！小的們，都要用心圍繞，休放他走了。」那夥精不知死活，一個個各執鎗刀，搖旗擂鼓，走出洞來，對行者喝道：「你個不怕打的猢猻兒，你又來了！」行者最惱得是這「猢猻」兩字，咬牙發狠，舉鐵棒就打。三個妖王，調小妖，跑個圈子陣，把行者圈在垓心。那壁廂四木禽星一個個各輪兵刃道：「孽畜！休動手！」那三個妖王看他四星，自然害怕，俱道：「不好了！不好了！他尋將降手兒來了！小的們，各顧性命走耶！」只聽得呼呼吼吼，

聯經出版事業公司校印

喘喘呵呵，眾小妖都現了本身。原來是那山牛精、水牛精、黃牛精，滿山亂跑，那三個妖王，也現了本相，放下手來，還是四隻蹄子，就如鐵砲一般，徑往東北上跑。這大聖帥井木犴、角木蛟緊追急趕，略不放鬆。惟有斗木獬、奎木狼在東山凹裡、山頭上、山澗中、山谷內，把些牛精打死的，活捉的，盡皆收淨。卻向玄英洞裡解了唐僧、八戒、沙僧。

沙僧認得是二星，隨同拜謝。因問：「二位如何到此相救？」二星道：「吾等是孫大聖奏玉帝請旨調來收怪救你也。」唐僧又滴淚道：「我悟空徒弟怎麼不見進來？」二星道：「那三個老怪是三隻犀牛，他見吾等，各各顧命，向東北艮方逃遁。孫大聖帥井木犴、角木蛟追趕去了。我二星掃蕩群牛到此，特來解放聖僧。」唐僧復又頓首拜謝，朝天又拜。八戒攙起道：「師父，禮多必詐，不須只管拜了。四星官，一則是玉帝聖旨，二則是師兄人情。今既掃蕩群妖，還不知老妖如何降伏。我們且收拾些細軟東西出來，掀翻此洞，以絕其根，回寺等候師兄罷。」奎木狼道：「天蓬元帥說得有理。你與捲簾大將保護你師回寺安歇，待吾等還去艮方迎敵。」八戒道：「正是，正是。你二位還協同一捉，必須剿盡，方好回旨。」二星官即時追襲。

八戒與沙僧將他洞內細軟寶貝——有許多珊瑚、瑪瑙、珍珠、琥珀、硨琚、寶貝、美玉、良金，——搜出一石，搬在外面，請師父到山崖上坐了，他又進去放起火來，把一座洞燒成灰燼，卻纔領唐僧找路回金平慈雲寺去。正是：

經云「泰極還生否」，好處逢凶實有之，愛賞花燈禪性亂，喜遊美景道心漓。
大丹自古宜長守，一失原來到底虧。緊閉牢拴休曠蕩，須臾懈怠見參差。

且不言他三眾得命回寺。卻表斗木獬、奎木狼二星官駕雲直向東北艮方趕妖怪來。二人在那半空中，尋看不見。只到西洋大海，遠望見孫大聖在海上吆喝。他兩個按落雲頭道：「大聖，妖怪那裡去了？」行者恨道：「你兩個怎麼不來追降？這會子卻冒冒失失的問甚？」斗木獬道：「我見大聖與井、角二星戰敗妖魔追趕，料必擒拿。我二人卻就掃蕩群精，入玄英洞救出你師父、師弟。搜了山，燒了洞，把你師父付託與你二弟領回府城慈雲寺。多時不見車駕回轉，故又追尋到此也。」行者聞言，方纔喜謝道：「如此，卻是有功。多累！多累！但那三個妖魔，被我趕到此間，他就鑽下海去。當有井、角二星，緊緊追拿，教老孫在岸邊抵攩。你兩個既來，且在岸邊把截，等老孫也再去來。」

好大聖，輪著棒，捻著訣，辟開水逕，直入波濤深處。只見那三個妖魔在水底下與井木犴、角木蛟捨死忘生苦鬥哩。他跳近前喊道：「老孫來也！」那妖精抵住二星官，措手不及，正在危難之處，忽聽得行者叫喊，顧殘生，撥轉頭往海心裡飛跑。原來這怪頭上角，極能分水，只聞得花的花②沖開明路。這後邊二星官並孫大聖並力追之。

卻說西海中有個探海的夜叉，巡海的介士，遠見犀牛分開水勢，又認得孫大聖與二天星，即赴水晶宮對龍王慌慌張張報道：「大王！有三隻犀牛，被齊天大聖和二位天星趕來也！」老龍王敖順聽言，即喚太子摩昂：「快點水兵。想是犀牛精辟寒、辟暑、辟塵兒三個惹了孫行者。今既至海，快快拔刀相助。」敖摩昂得令，即忙點兵。

②花的花——即「嘩啦嘩啦」，水的響聲。

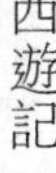

頃刻間，龜鼈黿鼉，鯾鮊鱖鯉，與鰕兵蟹卒等，各執鎗刀，一齊吶喊，騰出水晶宮外，擋住犀牛精。犀牛精不能前進，急退後，又有井、角二星並大聖攔阻，慌得他失了群，各各逃生，四散奔走，早把個辟塵兒被老龍王領兵圍住。孫大聖見了心歡；叫道：「消停！消停！捉活的，不要死的。」摩昂聽令，一擁上前，將辟塵兒扳翻在地，用鐵鉤子穿了鼻，攢蹄綑倒。

老龍王又傳號令，教分兵趕那兩個，協助二星官擒拿。那時小龍王帥眾前來，只見井木犴現原身，按住辟寒兒，大口小口的啃著喫哩。摩昂高叫道：「井宿！井宿！莫咬死他。孫大聖要活的，不要死的哩。」連喊數喊，已是被他把頸項咬斷了。

摩昂吩咐蝦兵蟹卒，將個死犀牛擡轉水晶宮，卻又與井木犴向前追趕。只見角木蛟把那辟暑兒倒趕回來，只撞著井宿。摩昂帥龜鼈黿鼉，撒開簸箕陣③圍住。那怪只教：「饒命！饒命！」井木犴走近前，一把揪住耳朵，奪了他的刀，叫道：「不殺你！不殺你！拿與孫大聖發落去來。」

當即倒干戈，復至水晶宮外，報道：「都捉來也。」行者見一個斷了頭，血淋淋的，倒在地下。一個被井木犴揪著耳朵，推跪在地。近前仔細看了道：「這頭不是兵刀傷的呵。」摩昂笑道：「不是我喊得緊，連身子都著井星官喫了，」行者道：「既是如此，也罷，取鋸子來，鋸下他的這兩隻角，剝了皮帶去。犀牛肉還留與龍王賢父子享之。」又把辟塵兒穿了鼻，教角木蛟牽著；辟暑兒也穿了鼻，教井木犴牽著：「帶他上金平府見那刺史官，明究其由，問他個積年假佛害民，然後的決④。」

---

③簸箕陣——圓圈。
④的決——處決。

眾等遵言，辭龍王父子，都出西海。牽著犀牛，會著奎、斗二星，駕雲霧，徑轉金平府。行者足踏祥光，半空中叫道：「金平府刺史，各佐貳郎官並府城內外軍民人等聽著：吾乃東土大唐差往西天取經的聖僧。你這府縣，每年家供獻金燈，假充諸佛降祥者，即此犀牛之怪。我等過此，因元夜觀燈，見這怪將燈油並我師父攝去，是我請天神收伏。今已掃清山洞，剿盡妖魔，不得為害。以後你府縣再不可供獻金燈，勞民傷財也。」那慈雲寺裡，八戒、沙僧方保唐僧進得山門，只聽見行者在半空言語，即便撇了師父，丟下擔子，縱風雲起到空中，問行者降妖之事。行者道：「那一隻被井星咬死，已鋸角剝皮帶來，兩隻活拿在此。」八戒道：「這兩個索性推下此城，與官員人等看看，也認得我們是聖是神。左右累四位星官收雲下地，同到府堂，將這怪的決。以此情真罪當，再有甚講！」四星道：「天蓬帥近來知理明律，卻好呀！」八戒道：「因做了這幾年和尚，也略學得些兒。」

眾神果推落犀牛，一簇彩雲，降至府堂之上。諕得這府縣官員，城裡城外人等，都家家設香案，戶戶拜天神。少時間，慈雲寺僧把長老用轎擡進府門，會著行者，口中不離「謝」字道：「有勞上宿星官救出我等。因不見賢徒，懸懸在念，今幸得勝而回！然此怪不知趕向何方纔捕獲也！」行者道：「自前日別了尊師，老孫上天查訪，蒙太白金星識得妖魔是犀牛，指示請四木禽星。當時奏聞玉帝，蒙旨差委，直至洞口交戰。妖王走了，又蒙斗、奎二宿救出尊師。老孫與井、角二宿並力追妖，直趕到西洋大海，又虧龍王遣子帥兵相助。所以捕獲到此審究也。」長老讚揚稱謝不已。又見那府縣正官並佐貳首領，都在那裡高燒寶燭，滿斗焚香，朝上禮拜。

少頃間，八戒發起性來，掣出戒刀，將辟塵兒頭一刀砍下，又一刀把辟暑兒頭也砍下。隨即取鋸子鋸下四隻角來。孫大聖更有主張，就教：「四位星官，將此四隻犀角，拿上界去，進貢玉帝，回繳聖旨。」把自己帶來的二隻：「留一隻在府堂鎮庫，以作向後免徵燈油之證；我們帶一隻去，獻靈山佛祖。」四星心中大喜。即時拜別大聖，忽駕彩雲回奏而去。

府縣官留住他師徒四眾，大排素宴，遍請鄉官陪奉。一壁廂出給告示，曉諭軍民人等，下年不許點設金燈，永蠲⑤買油大戶之役。一壁廂叫屠子宰剝犀牛之皮，硝熟燻乾，製造鎧甲；把肉普給官員人等。又一壁廂動支枉罰無礙錢糧，買民間空地，起建四星降妖之廟；又為唐僧四眾建立生祠，各各樹牌刻文，用傳千古，以為報謝。

師徒們索性寬懷飲宴。又被那二百四十家燈油大戶，這家酬，那家請，略無虛刻。八戒遂心滿意受用，把洞裡搜來的寶貝，每樣各籠些須在袖，以為各家齋筵之賞。住經個月，猶不得起身。長老吩咐：「悟空，將餘剩的寶物，盡送慈雲寺僧，以為謝禮。瞞著那些大戶人家，天不明走罷；恐只管貪樂，誤了取經，惹佛祖見罪，又生災厄，深為不便。」行者隨將前件一一處分。

次日五更早起，喚八戒備馬。那獃子喫了自在酒飯，睡得夢夢乍乍⑥道：「這早備馬怎樣？」行者喝道：「師父教走路哩！」獃子抹抹臉道：「又是這長老沒正經！二百四十家大戶都請，纔喫了有三十幾頓飽齋，怎麼又弄老豬忍餓！」長老聽言罵道：「饢糠的夯貨！莫胡說！快早起來！再若強嘴，

⑤蠲——ㄐㄩㄢ，免除。

⑥夢夢乍乍——迷迷糊糊。

教悟空拿金箍棒打牙！」那獃子聽見說打，慌了手腳道：「師父今番變了，常時疼我、愛我，念我蠢夯護我；哥要打時，他又勸解；今日怎麼發狠轉教打麼？」行者道：「師父怪你為嘴，誤了路程。快早收拾行李，備馬，免打！」那獃子真個怕打，跳起來穿了衣服，吆喝沙僧道：「快起來！打將來了！」沙僧也隨跳起，各各收拾皆完。長老搖手道：「寂寂悄悄的，不要驚動寺僧。」連忙上馬開了山門，找路而去。這一去，正所謂：暗放玉籠飛彩鳳，私開金鎖走蛟龍。畢竟不知天明時，酬謝之家端的如何？且聽下回分解。

第九十三回 給孤園問古談因 天竺國朝王遇偶

起念斷然有愛，留情必定生災。靈明何事辨三臺？行滿自歸元海①。
不論成仙成佛，須從個裡②安排。清清淨淨絕塵埃，果正飛昇上界。

卻說寺僧，天明不見了三藏師徒，都道：「不曾留得，不曾別得，不曾求告得，清清的把個活菩薩放得走了！」正說處，只見南關廂有幾個大戶來請。眾僧撲掌道：「昨晚不曾防禦，今夜都駕雲去了。」眾人齊望空拜謝。此言一講，滿城中官員人等，盡皆知之。叫此大戶人家，俱治辦五牲花果，往生祠祭獻酬恩不題。

卻說唐僧四眾，餐風宿水，一路平寧，行有半個多月。忽一日，見座高山，唐僧又悚懼道：「徒弟，

①元海——元氣匯聚的所在。
②個裡——這裡面（指自己心裡）。

那前面山嶺峻峭，是必小心！」行者笑道：「這邊路上將近佛地，斷乎無甚妖邪。師父放懷勿慮。」唐僧道：「徒弟，雖然佛地不遠。但前日那寺僧說，到天竺國都下有二千里，還不知是有多少路哩。」行者道：「師父，你好是又把烏巢禪師《心經》忘記了？」三藏道：「《般若心經》是我隨身衣缽。自那烏巢禪師教後，那一日不念，那一時得忘？顛倒也念得來，怎會忘得！」行者道：「師父只是念得，不曾求那師父解得。」三藏說：「猴頭！怎又說我不曾解得！你解得麼？」行者道：「我解得，我解得。」自此，三藏、行者再不作聲，旁邊笑倒一個八戒，喜壞一個沙僧，說道：「嘴巴③！替我一般的做妖精出身，又不是那裡禪和子，聽過講經，那裡應佛僧，也曾見過說法？弄虛頭，找架子，說甚麼『曉得，解得！』怎麼就不作聲？聽講！請解！」沙僧說：「二哥，你也信他。大哥扯長話，哄師父走路。他曉得弄棒罷了，他那裡曉得講經！」三藏道：「悟能、悟淨，休要亂說。悟空解得是無言語文字，乃是真解。」

他師徒們正說話間，卻倒也走過許多路程，離了幾個山岡，路旁早見一座大寺。三藏道：「悟空，前面是座寺呵。你看那寺，倒也：

不小不大，卻也是琉璃碧瓦；半新半舊，卻也是八字紅牆。隱隱見蒼松偃蓋，也不知是幾千百年間故物到於今；潺潺聽流水鳴絃，也不道是那朝代時分開山留得。在山門上，大書著『布金禪寺』；懸扁上，留題著『上古遺跡』。」

③嘴巴——說話響亮不停，多嘴。

行者看得是「布金禪寺」，八戒也道是「布金禪寺」。三藏在馬上沉思道：「『布金』……『布金』……這莫不是舍衛國界了麼？」八戒道：「師父，奇呵！我跟師父幾年，再不曾見識得路，今日也識得路了。」三藏說道：「不是。我常看經誦典，說是佛在舍衛城祇樹給孤園。這園說是給孤獨長者問太子買了，請佛講經。太子說：『我這園不賣。他若要買我的時，除非黃金滿布園地。』給孤獨長者聽說，隨以黃金為磚，布滿園地，纔買得太子祇園，纔請得世尊說法。我想這布金寺莫非就是這個故事。」八戒笑道：「造化！若是就是這個故事，我們也去摸他塊把磚兒送人。」大家又笑了一會，三藏纔下得馬來。

進得山門，只見山門下，挑擔的、背包的、推車的，整車坐下；也有睡的去睡，講的去講。忽見他們師徒四眾，俊的又俊，醜的又醜，大家有些害怕，卻也就讓開些路兒。三藏生怕惹事，口中不住只叫：「斯文！斯文！」這時節，卻也大家收斂。轉過金剛殿後，早有一位禪僧走出，卻也威儀不俗。真是：

面如滿月光，身似菩提樹。擁錫袖飄風，芒鞋石頭路。

三藏見了問訊。那僧即忙還禮道：「師從何來？」三藏道：「弟子陳玄奘，奉東土大唐皇帝之旨，差往西天拜佛求經。路過寶方，造次奉謁，便借一宿，明日就行。」那僧道：「荒山十方常住，都可隨喜；況長老東土神僧，但得供養，幸甚。」三藏謝了，隨即喚他三人同行。過了迴廊香積，徑入方丈。相見禮畢，分賓主坐定。行者三人，亦垂手坐了。

話說這時寺中聽說到了東土大唐取經僧人，寺中若大若小，不問長住、掛榻，長老、行童，一一都來參見。茶罷，擺上齋供。這時長老還正開齋念偈，八戒早是要緊，饅頭、素食、粉湯一攪直下。這時方丈卻也人多，有知識的，讚說三藏威儀；好耍子的，都看八戒喫飯。卻說沙僧眼溜，看見頭底，暗把八戒捏了一把，說道：「斯文！」八戒著忙，急的叫將起來，說道：「『斯文』！『斯文』！肚裡空空！」沙僧笑道：「二哥，你不曉的。天下多少『斯文』，若論起肚子裡來，正替你我一般哩。」八戒方纔肯住。三藏念了結齋，左右徹了席面，三藏稱謝。

寺僧問起東土來因，三藏說到古蹟，纔問布金寺名之由。那僧答曰：「這寺原是舍衛國給孤獨園寺，又名祇園。因是給孤獨長者請佛講經，金磚布地，又易今名。我這寺一望之前，乃是舍衛國。那時給孤獨長者正在舍衛國居住。我荒山原是長者之祇園，因此遂名給孤布金寺。寺後邊還有祇園基址。近年間，若遇時雨滂沱，還淋出金銀珠兒。有造化的，每每拾著。」三藏道：「話不虛傳果是真！」又問道：「纔進寶山，見門下兩廊有許多騾馬車擔的行商，為何在此歇宿？」眾僧道：「我這山喚做百腳山。先年且是太平，近因天氣循環，不知怎的，生幾個蜈蚣精，常在路下傷人。雖不至於傷命，其實人不敢走。山下有一座關，喚做雞鳴關。但到雞鳴之時，纔敢過去。那些客人，因到晚了，惟恐不便，權借荒山一宿，等雞鳴後便行。」三藏道：「我們也等雞鳴後去罷。」師徒們正說處，又見拿上齋來，卻與唐僧等喫畢。

此時上弦月皎。三藏與行者步月閑行，又見個道人來報道：「我們老師爺要見見中華人物。」三藏急轉身，見一個老和尚，手持竹杖，向前作禮道：「此位就是中華來的師父？」三藏答禮道：「不敢。」老僧稱讚不已，因問：「老師高壽？」三藏道：「虛度四十五年矣。敢問老院主尊壽？」老僧笑道：「比老師癡長一花甲也。」行者道：「今年是一百零五歲了。你看我有多少年紀？」老僧道：「師家貌古神清，況月夜眼花，急看不出來。」敘了一會，又向後廊看看。三藏道：「纔說給孤園基址，果在何處？」老僧道：「後門外就是。」快教開門，但見是一塊空地，還有些碎石疊的牆腳。三藏合掌嘆曰：

「憶惜檀那須達多，曾將金寶濟貧痾。祇園千古留名在，長者何方伴覺羅？」

他都玩著月，緩緩而行。行近後門外，至臺上，又坐了一坐，忽聞得有啼哭之聲。三藏靜心誠聽，哭的是爺娘不知苦痛之言。他就感觸心酸，不覺淚墮，回問眾僧道：「是甚人在何處悲切？」老僧見問，即命眾僧先回去煎茶，見無人，方纔對唐僧、行者下拜。三藏攙起道：「老院主，為何行此禮？」老僧道：「弟子年歲百餘，略通人事。每於禪靜之間，也曾見過幾番景象。若老爺師徒，弟子聊知一二，與他人不同。若言悲切之事，非這位師家，明辨不得。」行者道：「你且說，是甚事？」老僧道：「舊年今日，弟子正明性月之時，忽聞一陣風響，就有悲怨之聲。弟子下榻，到祇園基上看處，乃是一個美貌端正之女。我問他：『你是誰家女子？為甚到於此地？』那女子道：『我是天竺國國王的公主。因為月下觀花，被風颳來的。』我將他鎖在一間敝空房裡，將那房砌作個監房模樣，門上止留一小孔，僅遞得碗過。當日與眾僧傳道：『是個妖邪，被我綑了。』但我僧家乃慈悲之人，不肯傷他性命。每日與他兩頓粗茶粗飯，喫著度命。那女子也聰明，即解吾意。恐為眾僧點汙，就裝風作怪，尿裡眠，屎裡臥。白日家說胡話，呆呆鄧鄧的；到夜靜處，卻思量父母啼哭。我幾番家進城來去打探公主之事，全然無損。故此堅收緊鎖，更不放出。今幸老師來國，萬望到了國中，廣施法力，辨明辨明。一則救援良善，二則昭顯神通也。」三藏與行者聽罷，切切在心。正說處，只見兩個小和尚請喫茶安置，遂而回去。

八戒與沙僧在方丈中，突突噥噥的道：「明日要雞鳴走路，此時還不來睡！」行者道：「獃子又說甚麼？」八戒道：「睡了罷。這等夜深，還看甚麼景致。」因此，老僧散去，唐僧就寢。正是那：

人靜月沉花夢悄，暖風微透壁窗紗。銅壺點點看三汲④，銀漢明明照九華。

當夜睡還未久，即聽雞鳴。那前邊行商烘烘皆起，引燈造飯。這長老也喚醒八戒、沙僧，扣馬收拾。行者叫點燈來。那寺僧已先起來，安排茶湯點心，在後候敬。八戒歡喜，喫了一盤饝饝，把行李、馬匹牽出。三藏、行者對眾辭謝。老僧又向行者道：「悲切之事，在心！在心！」行者笑道：「謹領！謹領！我到城中，自能聆音而察理，見貌而辨色也。」那夥行商，哄哄嚷嚷的，也一同上了大路。將有寅時，過了雞鳴關。至巳時，方見城垣。真是鐵甕金城，神洲天府。那城：

虎踞龍蟠形勢高，鳳樓麟閣彩光搖。御溝流水如環帶，福地依山插錦標。曉日旌旗明輦路，春風簫鼓徧溪橋。國王有道衣冠勝，五穀豐登顯俊豪。

當日入於東市街，眾商各投旅店。他師徒們進城，正走處，有一個會同館驛，三藏等徑入驛內。那驛內管事的，即報驛丞道：「外面有四個異樣的和尚，牽一匹白馬進來了。」驛丞聽說有馬，就知是官差的，出廳迎迓。三藏施禮道：「貧僧是東土唐朝欽差靈山大雷音見佛求經的。隨身有關文，入朝照驗。借大人高衙一歇，事畢就行。」驛丞答禮道：「此衙門原設待使客之處，理當款迓。請進，請進。」三藏喜悅，教徒弟們都來相見。那驛丞看見嘴臉醜陋，暗自心驚，不知是人是鬼，戰兢兢的，

④三汲——即三更，半夜子時，十一點到一點。

只得看茶，擺齋。三藏見他驚怕，道：「大人勿驚，我等三個徒弟，相貌雖醜，心地俱良。俗謂『面惡人善』，何以懼為！」

驛丞聞言，方纔定了心性，問道：「國師唐朝在於何方？」三藏道：「在南贍部洲中華之地。」又問：「幾時離家？」三藏道：「貞觀十三年，今已歷過十四載，苦經了些萬水千山，方到此處。」驛丞道：「神僧！神僧！」三藏問道：「上國天年幾何？」驛丞道：「我敝處乃大天竺國，自太祖太宗傳到今，已五百餘年。現在位的爺爺，愛山水花卉，號做怡宗皇帝，改元靖宴，今已二十八年了。」三藏道：「今日貧僧要去見駕倒換關文，不知可得遇朝？」驛丞道：「好！好！正好！近因國王的公主娘娘，年登二十青春，正在十字街頭，高結綵樓，拋打繡毬，撞天婚招駙馬。今日正當熱鬧之際，想我國王爺爺還未退朝。若欲倒換關文，趁此時好去。」三藏欣然要走，只見擺上齋來，遂與驛丞、行者等喫了。

時已過午。三藏道：「我好去了。」行者道：「我保師父去。」八戒道：「我去。」沙僧道：「二哥罷麼。你的嘴臉不見怎的，莫到朝門外裝胖，還教大哥去。」三藏道：「悟淨說得好。獃子粗夯，悟空還有些細膩。」那獃子掬著嘴道：「除了師父，我三個的嘴臉也差不多兒。」三藏卻穿了袈裟，行者拿了引袋同去。只見街坊上，士農工商，文人墨客，愚夫俗子，齊咳咳都道：「看拋繡毬去也！」三藏立於道旁，對行者道：「他這裡人物衣冠，宮室器用，言語談吐，也與我大唐一般。我想著我俗家先母也是拋打繡毬遇舊姻緣，結了夫婦。此處亦有此等風俗。」行者道：「我們也去看看，如何？」三藏道：「不可！不可！你我服色不便，恐有嫌疑。」行者道：「師父，你忘了那給孤布金寺老僧之

言：「一則去看綵樓，二則去辨真假。似這般忙忙的，那皇帝必聽公主之喜報，那裡視朝理事。且去去來！」三藏聽說，真與行者相隨。見各項人等俱在那裡看打綉毬。呀！那知此去，卻是漁翁拋下鈎和線，從今釣出是非來。

話表那個天竺國王，因愛山水花卉，前年帶后妃公主在御花園月夜賞玩，惹動一個妖邪，把真公主攝去，他卻變做一個假公主。知得唐僧今年、今月、今日、今時到此，他假借國家之富，搭起綵樓，欲招唐僧為偶，採取元陽真氣，以成太乙上仙。正當午時三刻，三藏與行者雜入人叢，行近樓下，那公主纔拈香焚起，祝告天地。左右有五七十胭嬌綉女，近侍的捧著綉毬。那樓八窗玲瓏。公主轉睛觀看，見唐僧來得至近，將綉毬取過來，親手拋在唐僧頭上。唐僧著了一驚，——把個毘盧帽子打歪——雙手忙扶著那毬。那毬轂轆的滾在他衣袖之內。那樓上齊聲發喊道：「打著個和尚了！打著個和尚了！」

噫！十字街頭，那些客商人等，濟濟哄哄，都來奔搶綉毬，被行者喝一聲，把牙傞一傞，把腰躬一躬，長了有三丈高的個神威，弄出醜臉，諕得些人跌跌爬爬，不敢相近。霎時人散，行者還現了本像。那樓上綉女宮娥並大小太監，都來對唐僧下拜道：「貴人！貴人！請入朝堂賀喜。」三藏急還禮，扶起眾人，回頭埋怨行者道：「你這猴頭，又是撮弄我也！」行者笑道：「綉毬兒打在你頭上，滾在你袖裡，干我何事？埋怨怎麼？」三藏道：「似此怎生區處？」行者道：「師父，你且放心。便入朝見駕，我回驛報與八戒、沙僧等候。若是公主不招你便罷，倒換了關文就行；如必欲招你，你對國王說，『召我徒弟來，我要吩咐他一聲。』那時召我三個入朝，我其間自能辨別真假。此是『倚婚降怪』之計。」唐僧無已從言，行者轉身回驛。

那長老被眾宮娥等撮擁至樓前。公主下樓，玉手相攙，同登寶輦，擺開儀從，回轉朝門。早有黃門官先奏道：「萬歲，公主娘娘攙著一個和尚，想是綉毬打著，現在午門外候旨。」那國王見說，心甚不喜；意欲趕退，又不知公主之意何如，只得含情宣入。公主與唐僧遂至金鑾殿下，正是一對夫妻呼萬歲，兩門邪正拜千秋。禮畢，又宣至殿上，開言問道：「僧人何來，遇朕女拋毬得中？」唐僧俯伏奏道：「貧僧乃南贍部洲大唐皇帝差往西天大雷音寺拜佛求經的。因有長路關文，特來朝王倒換。路過十字街綵樓之下，不期公主娘娘拋綉毬，打在貧僧頭上。貧僧是出家異教之人，怎敢與玉葉金枝為偶！萬望赦貧僧死罪，倒換關文，打發早赴靈山，見佛求經，回我國土，永註陛下之天恩也！」國王道：「你乃東土聖僧，正是『千里姻緣使線牽』。寡人公主，今登二十歲未婚，因擇今日年月日時俱利，所以結綵樓拋綉毬，以求佳偶。可可的你來拋著，朕雖不喜，卻不知公主之意如何？」那公主叩頭道：「父王，常言『嫁雞逐雞，嫁犬逐犬。』女有誓願在先，結了這毬，告奏天地神明，撞天婚拋打；今日打著聖僧，即是前世之緣，遂得今生之遇，豈敢更移！願招他為駙馬。」國王方喜。即宣欽天監正臺官選擇日期。一壁廂收拾妝奩，又出旨曉諭天下。三藏聞言，更不謝恩，只教：「放赦！放赦！」國王道：「這和尚甚不通理。朕以一國之富，招你做駙馬，為何不在此享用，念念只要取經！再若推辭，教錦衣官校推出斬了！」長老諕得魂不附體，只得戰兢兢叩頭啟奏道：「感蒙陛下天恩，但貧僧一行四眾，還有三個徒弟在外，今當領納，只是不曾吩咐得一言，萬望召他到此，倒換關文，教他早去，不誤了西求之意。」國王遂准奏道：「你徒弟在何處？」三藏道：「都在會同館驛。」隨即差官召聖僧徒弟領關文西去，留聖僧在此為駙馬。長老只得起身侍立。有詩為證：

大丹不漏要三全⑤，苦行難成恨惡緣。道在聖傳修在己，善由人積福由天。
休逞六根多貪欲，頓開一性本來原。無愛無思自清淨，管教解脫得超然。

當時差官至會同館驛，宣召唐僧徒弟不題。

卻說行者自綵樓下別了唐僧，走兩步，笑兩聲，喜喜歡歡的回驛。八戒、沙僧迎著道：「哥哥，你怎麼那般喜笑？師父如何不見？」行者道：「師父喜了。」八戒道：「還未到地頭，又不曾見佛取得經回，是何來之喜？」行者笑道：「我與師父只走至十字街綵樓之下，可可的被當朝公主拋綉毬打中了師父，師父被些宮娥、彩女、太監推擁至樓前，同公主坐輦入朝，招為駙馬，此非喜而何？」八戒聽說，跌腳搥胸道：「早知我去好來！都是那沙僧憊懶！──你不阻我呵，我逕奔綵樓之下，一綉毬打著我老豬，那公主招了我，卻不美哉，妙哉！俊刮標致，停當，大家造化耍子兒，何等有趣！」沙僧上前，把他臉上一抹道：「不羞！不羞！好個嘴巴骨子！『三錢銀子買個老驢，自誇騎得！』要是一綉毬打著你，就連夜燒『退送紙』⑥也還道遲了，敢惹你這晦氣進門！」八戒道：「你這黑子不知趣！醜自醜，還有些風味。自古道：『皮肉粗糙，骨格堅強，各有一得可取。』」行者道：「獃子莫胡談！且收拾行李。但恐師父著了急，來叫我們，卻好進朝保護他。」八戒道：「哥哥又說差了。師

---

⑤三全──精、氣、神三者合一。

⑥退送紙──舊時迷信，以為疾病之起，是由於鬼神作祟，所以某人有病，其家人常燒紙請鬼神退出，為治病方法之一。後來希望不受歡迎的人遠離，也用「燒退送紙」作比喻。

聯經出版事業公司　校印

父做了駙馬，到宮中與皇帝的女兒交歡，又不是爬山踵路，遇怪逢魔，要你保護他怎的，他那樣一把子年紀，豈不知被窩裡之事，要你去扶搭⑦？」行者一把揪住耳朵，輪拳罵道：「你這個淫心不斷的夯貨！說那甚胡話！」

正吵鬧間，只見驛丞來報道：「聖上有旨，差官來請三位神僧。」八戒道：「端的請我們為何？」驛丞道：「老神僧幸遇公主娘娘，打中綉毬，招為駙馬，故此差官來請。」行者道：「差官在那裡？教他進來。」那官看行者施禮。禮畢，不敢仰視，只管暗暗說道：「是鬼，是怪？……是雷公，夜叉？……」行者道：「那官兒，有話不說，為何沉吟？」那官兒慌得戰戰兢兢的，雙手舉著聖旨，口裡亂道：「我公主有請會親——我主公會親有請！」八戒道：「我這裡沒刑具，不打你，你慢慢說，不要怕。」行者道：「莫成道怕你打？怕你那臉嘴！快收拾挑擔，牽馬進朝見師父，議事去也！」這正是：路逢狹道難迴避，定教恩愛反為仇。畢竟不知見了國王有何話說，且聽下回分解。

⑦扶搭——幫忙、扶持。

第九十四回　四僧宴樂御花園　一怪空懷情慾喜

話表孫行者三人，隨著宣召官至午門外，黃門官即時傳奏宣進。他三個齊齊站定，更不下拜。國王問道：「那三位是聖僧駙馬之高徒？姓甚名誰？何方居住？因甚事出家？取何經卷？」行者即近前，意欲上殿。旁有護駕的喝道：「不要走！有甚話，立下奏來。」行者笑道：「我們出家人，得一步就進一步。」隨後八戒、沙僧亦俱近前，長老恐他村鹵驚駕，便起身叫道：「徒弟呵，陛下問你來因，你即奏上。」行者見他那師父在旁侍立，忍不住大叫一聲道：「陛下輕人輕己！既招我師為駙馬，如何教他侍立？世間稱女夫謂之『貴人』，豈有貴人不坐之理！」國王聽說，大驚失色。欲退殿，恐失了觀瞻。只得硬著膽，教近侍的取繡墩來，請唐僧坐了。行者纔奏道：

「老孫祖居東勝神洲傲來國花果山水簾洞。父天母地，石裂吾生。曾拜至人，學成大道。復轉仙鄉，嘯聚在洞天福地。下海降龍，登山擒獸。消死名，上生籍，官拜齊天大聖。玩賞瓊樓，喜遊寶閣。會天仙，日日歌歡；居聖境，朝朝快樂。只因亂卻蟠桃宴，大反天宮，被佛擒伏，困壓在五行山下，饑餐鐵彈，渴飲銅汁，五百年未嘗茶飯。幸我師出東土，拜西方，觀音教令脫天災，離大難，皈正在瑜伽①門下。舊諱悟空，稱名行者。」

國王聞得這般名重，慌得下了龍牀，走將來，以御手挽定長老道：「駙馬，也是朕之天緣，得遇你這仙姻仙眷。」三藏滿口謝恩，請國王登位。復問：「那位是第二高徒？」八戒掬嘴揚威道：

「老豬先世為人，貪歡愛懶。一生混沌，亂性迷心。未識天高地厚，難明海闊山遙。正在幽閑之際，忽然遇一真人。半句話，解開孽網；兩三言，劈破災門。當時省悟，立地投師，謹修二八②之工夫，敬煉三三之前後。行滿飛昇，得超天府。荷蒙玉帝厚恩，官賜天篷元帥，管押河兵，逍遙漢海。只因蟠桃酒醉，戲弄嫦娥，謫官銜，遭貶臨凡；錯投胎，托生豬像。住福陵山，造惡無邊。遇觀音，指明善道。皈依佛教，保護唐僧。徑往西天，拜求妙典。法諱悟能，稱為八戒。」

國王聽言，膽戰心驚，不敢觀覷。這獃子越弄精神③，搖著頭，掬著嘴，撐起耳朵，呵呵大笑。三藏又怕驚駕，即叱道：「八戒收斂！」方纔叉手拱立，假扭斯文。又問：「第三位高徒，因甚皈依？」沙和尚合掌道：

「老沙原係凡夫，因怕輪迴訪道。雲遊海角，浪蕩天涯。常得衣鉢隨身，每煉心神在舍。因此虔

---

①瑜伽——佛教大乘，一為中觀（大乘空宗），一為瑜伽（大乘有宗），瑜伽，梵語，其意為思惟。

②二八——鉛半斤、汞八兩。此指修仙煉丹。

③弄精神——費精神、賣力氣。

誠，得逢仙侶。養就孩兒，配緣姹女。工滿三千，合和四相④。超天界，拜玄穹，官授捲簾大將，侍御鳳輦龍車，封號將軍。也為蟠桃會上，失手打破玻璃盞，貶在流沙河，改頭換面，造孽傷生。幸喜菩薩遠遊東土，勸我皈依，等候唐朝佛子，往西天求經果正。從立自新，復修大覺，指河為姓，法諱悟淨，稱名和尚。」

國王見說，多驚多喜。喜的是女兒招了活佛，驚的是三個實乃妖神。正在驚喜之間，忽有正臺陰陽官奏道：「婚期已定本年本月十二日。壬子辰良，周堂通利，宜配婚姻。」國王道：「今日是何日辰？」陰陽官奏：「今日初八，乃戊申之日，猿猴獻果，正宜進賢納事。」國王大喜，即著當駕官打掃御花園館閣樓亭，且請駙馬同三位高徒安歇，待後安排合巹佳筵，著公主匹配。眾等欽遵，國王退朝，多官皆散不題。

卻說三藏師徒們都到御花園，天色漸晚，擺了素膳。八戒喜道：「這一日也該喫飯了。」管辦人即將素米飯、麵飯等物，整擔挑來。那八戒喫了又添，添了又喫，直喫得撐腸拄腹，方纔住手。少頃，又點上燈，設鋪蓋，各自歸寢。長老見左右無人，卻恨責行者，怒聲叫道：「悟空！你這猢猻，番番害我！我說只去倒換關文，莫向綵樓前去，你怎麼直要引我去看看？如今看得好麼！卻惹出這般事來，怎生是好？」行者陪笑道：「師父說：『先母也是拋打綉毬，遇舊緣，成其夫婦。』似有慕古之意，老孫纔引你去。又想著那個給孤布金寺長老之言，就此檢視真假。適見那皇帝之面，略有些晦暗之色，

④四相——佛教以離、合、違、順為四相。

但只未見公主何如耳。」

長老道：「你見公主便怎的？」行者道：「老孫的火眼金睛，但見面，就認得真假善惡，富貴貧窮，卻好施為，辨明邪正。」沙僧與八戒笑道：「哥哥近日又學得會相面了。」行者道：「相面之士，當我孫子罷了。」三藏喝道：「且休調嘴，只是他如今定要招我，果何以處之？」行者道：「且到十二日會喜之時，必定那公主出來參拜父母，等老孫在旁觀看。若還是個真女人，你就做了駙馬，享用國內之榮華也罷。」三藏聞言，越生嗔怒，罵道：「好猢猻！你還害我哩！卻是悟能說的，我們十節兒已上了九節七八分了。你還把熱舌頭鐸⑤我！快早夾著，你休開那臭口！再若無禮，我就念起呪來，教你了當⑥不得！」行者聽說念呪，慌得跪在面前道：「莫念！莫念！若是真女人，待拜堂時，我們一齊大鬧皇宮，領你去也。」師徒說話，不覺早已入更。正是：

沉沉宮漏，蔭蔭花香。繡戶垂珠箔，閑庭絕火光，鞦韆索冷空留影，羌笛聲殘靜四方。繞屋有花籠月燦，隔空無樹顯星芒。杜鵑啼歇，蝴蝶夢長。銀漢橫天宇，白雲歸故鄉。正是離人情切處，風搖嫩柳更淒涼。

八戒道：「師父，夜深了，有事明早再議。且睡！且睡！」師徒們果然安歇一宵。早又金雞唱曉。國王即登殿設朝。但見：

⑤鐸——戳、刺，亦即「譏諷」的意思。

⑥了當——了結。

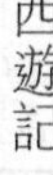

宮殿開軒紫氣高，風吹御樂透青霄。雲移豹尾旌旗動，日射螭頭玉佩搖。
香霧細添宮柳綠，露珠微潤苑花嬌。山呼舞蹈千官列，海晏河清一統朝。

眾文武百官朝罷，又宣：「光祿寺安排十二日會喜佳筵。今日且整春罍，請駙馬在御花園中欸玩。」吩咐儀制司領三位賢親去會同館少坐，著光祿寺安排三席素宴去彼奉陪。兩處俱著教坊司奏樂，伏侍賞春景消遲日也。八戒聞得，應聲道：「陛下，我師徒自相會，更無一刻相離。今日既在御花園飲宴，帶我們去耍兩日，好教師父替你家做駙馬；不然，這個買賣生意弄不成。」那國王見他醜陋，說話粗俗，又見他扭頭揑頸，掬嘴巴，搖耳朵，即像有些風氣，猶恐攪破親事，只得依從；便教：「在永鎮華夷閣裡安排二席，我與駙馬同坐。留春亭上，安排三席，請三位別坐。恐他師徒們坐次不便。」那獃子纔朝上唱個喏，叫聲多謝。各各而退。又傳旨教內宮官排宴，著三宮六院后妃與公主上頭⑦，就為添妝餪子⑧，以待十二日佳配。

將有巳時前後，那國王排駕，請唐僧都到御花園內觀看。好去處：

徑鋪彩石，檻鑿雕欄。徑鋪彩石，徑邊石畔長奇葩；檻鑿雕欄，檻外欄中生異卉。夭桃迷翡翠，嫩柳閃黃鸝。步覺幽香來袖滿，行沾清味上衣多。鳳臺龍沼，竹閣松軒。鳳臺之上，吹簫引鳳來儀；龍沼之間，養魚化龍而去。竹閣有詩，費盡推敲裁白雪；松軒文集，考成珠玉註青編。假山

⑦上頭——梳髻。
⑧妝餪子——首飾衣物等嫁粧。

拳石翠，曲水碧波深。牡丹亭，薔薇架，疊錦鋪絨；茉藜檻，海棠畦，堆霞砌玉。芍藥異香，蜀葵奇豔。白梨紅杏鬥芳菲，紫蕙金萱爭爛熳。麗春花、木筆花、杜鵑花，夭夭灼灼；含笑花、鳳仙花、玉簪花，戰戰巍巍。一處處紅透胭脂潤，一叢叢芳濃錦綉圍。更喜東風回煖日，滿園嬌媚逞光輝。

一行君王幾位，觀之良久。早有儀制司官邀請行者三人入留春亭。國王攜唐僧上華夷閣，各自飲宴。那歌舞吹彈，鋪張陳設，真是：

崢嶸閶闔⑨曙光生，鳳閣龍樓瑞靄橫。春色細鋪花草綉，天光遙射錦袍明。笙歌繚繞如仙宴，杯斝飛傳玉液清。君悅臣歡同玩賞，華夷永鎮世康寧。

此時長老見那國王敬重，無計可奈，只得勉強隨喜，誠是外喜而內憂也。坐間見壁上掛著四面金屏，屏上畫著春夏秋冬四景，皆有題咏，皆是翰林名士之詩：

春景詩曰：

「周天一氣轉洪鈞，大地熙熙萬象新。桃李爭妍花爛熳，燕來畫棟疊香塵。」

夏景詩曰：

「薰風拂拂思遲遲，宮院榴葵映日輝。玉笛音調驚午夢，芰荷香散到庭幃。」

秋景詩曰：

⑨閶闔——宮殿的正門。

聯經出版事業公司　校印

「金井梧桐一葉黃，珠簾不捲夜來霜。燕知社日辭巢去，鴈折蘆花過別鄉。」

冬景詩曰：

「天雨飛雲暗淡寒，朔風吹雪積千山。深宮自有紅爐暖，報道梅開玉滿欄。」

那國王見唐僧恣意看詩，便道：「駙馬喜玩詩中之味，必定善於吟哦。如不吝珠玉，請依韻各和一首如何？」長老是個對景忘情，明心見性之意，國王欽重，命和前韻，他不覺忽吟一句道：「日暖冰消大地鈞。」國王大喜，即召侍衛官：「取文房四寶，請駙馬和完錄下，俟朕緩緩味之。」長老欣然不辭，舉筆而和：

和春景詩曰：

「日暖冰消大地鈞，御園花卉又更新。和風膏雨民沾澤，海晏河清絕俗塵。」

和夏景詩曰：

「斗指南方白晝遲，槐雲榴火鬥光輝。黃鸝紫燕啼宮柳，巧轉雙聲入絳幃。」

和秋景詩曰：

「香飄橘綠與橙黃，松柏青青喜降霜。籬菊半開攢錦繡，笙歌韻徹水雲鄉。」

和冬景詩曰：

「瑞雪初晴氣味寒，奇峰巧石玉團山。爐燒獸炭煨酥酪，袖手高歌倚翠欄。」

國王見和大喜。稱唱道：「好個『袖手高歌倚翠欄』！」遂命教坊司以新詩奏樂，盡日而散。

行者三人在留春亭亦儘受用，各飲了幾杯，也都有些酣意。正欲去尋長老，只見長老已同國王在一閣。八戒獃性發作，應聲叫道：「好快活！好自在！今日也受用這一下！卻該趁飽兒睡覺去也！」沙僧笑道：「二哥忒沒修養。這氣飽飫，如何睡覺？」八戒道：「你那裡知道，俗語云：『喫了飯兒不挺屍，肚裡沒板脂』哩！」

唐僧與國王相別，到亭內，嗔責八戒道：「這夯貨，越發村了！這是什麼去處，只管大呼小叫！倘或惱著國王，卻不被他傷害性命？」八戒道：「沒事！沒事！我們與他親家禮道的，他便不好生怪。常言道：『打不斷的親，罵不斷的鄰。』大家耍子，怕他怎的？」長老叱道，教：「拿過獃子來，打他二十禪杖！」行者果一把揪翻，長老舉杖就打。獃子喊叫道：「駙馬爺爺！饒命！饒命！」旁有陪宴官勸住。獃子爬將起來，突突囔囔⑩的道：「好貴人！好駙馬！親還未成，就行起王法來了！」行者侮著他嘴道：「莫胡說！莫胡說！快早睡去。」他們又在留春亭住了一宿。到明早，依舊宴樂。

不覺樂了三四日，正值十二日佳辰。有光祿寺三部各官回奏道：「臣等自八日奉旨，駙馬府已修完，專等妝奩鋪設。合巹宴亦已完備，葷素共五百餘席。」國王心喜，正欲請駙馬赴席，忽有內宮官對御前啟奏道：「萬歲，正宮娘娘有請。」國王遂退入內宮，只見那三宮皇后，六院嬪妃，引領著公主，都在昭陽宮談笑。真個是花團錦簇！那一片富麗妖嬈，真勝似天堂月殿，不亞於仙府瑤宮。有〈喜會佳姻〉新詞四首為證。

〈喜詞〉云：

---

⑩突突囔囔——即「嘟囔」，低聲抱怨。

喜！喜！喜！欣然樂矣！結婚姻，恩愛美。巧樣宮妝，嫦娥怎比。龍釵與鳳釵，豔豔飛金縷。櫻脣皓齒朱顏，嬝娜如花輕體。錦重重，五彩叢中；香拂拂，千金隊裡。

〈會詞〉云：

會！會！會！妖嬈嬌媚。賽毛嬙⑪，欺楚妹⑫。傾國傾城，比花比玉。妝飾更鮮妍，釵環多豔麗。蘭心蕙性清高，粉臉冰肌榮貴。黛眉一線遠山微，窈窕嫣娉⑬攢錦隊。

〈佳詩〉云：

佳！佳！佳！玉女仙娃。深可愛，實堪誇。異香馥郁，脂粉交加。天台福地遠，怎似國王家。笑語紛然嬌態，笙歌繚繞喧嘩。花堆錦砌千般美，看遍人間怎若他。

〈姻詞〉云：

姻！姻！姻！蘭麝香噴。仙子陣，美人群。嬪妃換彩，宮主妝新。雲鬢堆鴉髻，霓裳壓鳳裙。一派仙音嘹喨，兩行朱紫繽紛。當年曾結乘鸞信，今朝幸喜會佳姻。

卻說國王駕到，那后妃引著公主，並綵女、宮娥都來迎接。國王喜孜孜，進了昭陽宮坐下。后妃等朝拜畢，國王道：「公主賢女，自初八日結綵拋毬，幸遇聖僧，想是心願已足。各衙門官，又能體朕

---

⑪毛嬙——古美女名。

⑫楚妹——泛指楚國之美女。

⑬嫣娉——嬌媚而細長柔弱貌。

聯經出版事業公司校印

心，各項事俱已完備。今日正是佳期，可早赴合巹之宴，不要錯過時辰。」那公主走近前，倒身下拜，奏道：「父王，乞赦小女萬千之罪，有一言啟奏：這幾日聞得宮官傳說，唐聖僧有三個徒弟，他生得十分醜惡，小女不敢見他。恐見時必生恐懼。萬望父王將他發放出城方好，不致驚傷弱體，反為禍害也。」國王道：「孩兒不說，朕幾乎忘了。果然生得有些醜惡。連日教他在御花園裡留春亭管待。趁今日就上殿，打發他關文，教他出城，卻好會宴。」公主叩頭謝了恩。國王即出駕上殿，傳旨請駙馬共他三位。

原來那唐僧捏指頭兒算日子，熬至十二日，天未明，就與他三人計較道：「今日卻是十二了，這事如何區處？」行者道：「那國王我已識得他有些晦氣，還未沾身，不為大害；但只不得公主見面，若得出來，老孫一覷，就知真假，方纔動作。你只管放心，他如今一定來請，打發我等出城。你自應承莫怕，我閃閃身兒就來，緊緊隨護你也。」師徒們正講，果見當駕官同儀制司來請，行者笑道：「去來！去來！必定是與我們送行，好留師父會合。」八戒道：「送行必定有千百兩黃金白銀，我們也好買些人事回去。到我那丈人家，也再會親耍子兒去耶。」沙僧道：「二哥箝著口，休亂說，只憑大哥主張。」

遂此將行李、馬匹，俱隨那些官到於丹墀下。國王見了，教請行者三位近前道：「汝等將關文拿上來，朕當用寶花押交付汝等，外多備盤纏，送你三位早去靈山見佛。若取經回來，還有重謝。留駙馬在此，勿得懸念。」行者稱謝。遂教沙僧取出關文遞上。國王看了，即用了印，押了花字，又取黃金十錠，白金二十錠，聊達親禮。八戒原來財色心重，即去接了。行者朝上唱個喏道：「聒噪！聒噪！」便轉身要走，慌得個三藏一轂轆爬起，扯住行者，咬響牙根道：「你們都不顧我就去了。」行者把手捏著三藏手掌，丟個眼色道：「你在這裡寬懷歡會，我等取了經，回來看你。」那長老似信不信的，不肯放手。多官都看見，以為實是相別而去，早見國王又請駙馬上殿，著多官送三位出城，長老只得放了手上殿。

行者三人，同眾出了朝門，各自相別。八戒道：「我們當真的走哩？」行者不言語，只管走至驛中，驛丞接入，看茶，擺飯。行者對八戒、沙僧道：「你兩個只在此，切莫出頭。但驛丞問甚麼事情，且含糊答應，莫與我說話。我保師父去也。」

好大聖，拔一根毫毛，吹口仙氣，叫「變！」即變作本身模樣，與八戒、沙僧同在驛內。真身卻晃的跳在半空，變作一個蜜蜂兒。但見：

翅黃口甜尾利，隨風飄舞顛狂。最能摘蕊與偷香，度柳穿花搖蕩。
辛苦幾番淘染，飛來飛去空忙。釀成濃美自何嘗，只好留存名狀。

你看他輕輕的飛入朝中。觀見那唐僧在國王左邊繡墩上坐著，愁眉不展，心存焦燥。徑飛至他毘盧帽上，悄悄的爬及耳邊，叫道：「師父，我來了，切莫憂慮。」這句話，只有唐僧聽見，那夥凡人，莫想知覺。唐僧聽見，始覺心寬。不一時，宮官來請道：「萬歲，合巹嘉筵，已排設在鳷鵲宮中，娘娘與公主，俱在宮伺候。專請萬歲同貴人會親也。」國王喜之不盡，即同駙馬進宮而去。正是那：邪主愛花花作禍，禪心動念念生愁。畢竟不知唐僧在內宮怎生解脫。且聽下回分解。

聯經出版事業公司校印

第九十五回　假合形骸擒玉兔　眞陰歸正會靈元

卻說那唐僧，憂憂愁愁，隨著國王至後宮，只聽得鼓樂喧天，隨聞得異香撲鼻，低著頭，不敢仰視。行者暗裡欣然，丁①在那毘盧帽頂上，運神光，睜火眼金睛觀看，又只見那兩班綵女，擺列的似蕊宮仙府，勝強似錦帳春風，真個是：

娉婷嬝娜，玉質冰肌。一雙雙嬌欺楚女，一對對美賽西施。雲髻高盤飛彩鳳，蛾眉微顯遠山低。笙簧雜奏，簫鼓頻吹。宮商角徵羽，仰揚高下齊。輕歌妙舞常堪愛，錦砌花團色色怡。

行者見師父全不動念，暗自裡咂嘴誇稱道：「好和尚！好和尚！身居錦繡心無愛，足步瓊瑤意不迷。」少時，皇后、嬪妃簇擁著公主出鳷鵲宮，一齊迎接，都道聲：「我王萬歲，萬萬歲！」慌的個長老戰戰兢兢，莫知所措。行者早已知識，見那公主頭頂上微露出一點妖氛，卻也不十分兇惡，即忙爬近

①丁——借做「釘」字。

耳朵叫道：「師父，公主是個假的。」長老道：「是假的，卻如何教他現相？」行者道：「使出法身，就此拿他也。」長老道：「不可！不可！恐驚了主駕。且待君后退散，再使法力。」

那行者一生性急，那裡容得，大吒一聲，現了本相，趕上前，揪住公主罵道：「好孽畜！你在這裡弄假成真，只在此這等受用也儘彀了，心尚不足，還要騙我師父，破他的真陽，遂你的淫性哩！」諕得那國王呆呆掙掙，后妃跌跌爬爬，宮娥綵女，無一個不東躲西藏，各顧性命。好便似：

春風蕩蕩，秋氣瀟瀟。春風蕩蕩過園林，千花擺動；秋氣瀟瀟來徑苑，萬葉飄搖。颳折牡丹攲檻下，吹歪芍藥臥欄邊。沼岸芙蓉亂撼，臺基菊蕊鋪堆。海棠無力倒塵埃，玫瑰有香眠野境。春風吹折芰荷楟，冬雪壓歪梅嫩蕊。石榴花瓣，亂落在內院東西；岸柳枝條，斜垂在皇宮南北。好花風雨一宵狂，無數殘紅鋪地錦。

三藏一發慌了手腳，戰兢兢抱住國王，只叫：「陛下，莫怕！莫怕！此是我頑徒使法力，辨真假也。」

卻說那妖精見事不諧，掙脫了手，解剝了衣裳，捽落了釵環首飾，即跑到御花園土地廟裡，取出一條碓嘴樣的短棍，急轉身來亂打行者。行者隨即跟來，使鐵棒劈面相迎。他兩個吆吆喝喝，就在花園內鬥起。後卻大顯神通，各駕雲霧，殺在空中。這一場：

金箍鐵棒有名聲，碓嘴短棍無人識。一個因取真經到此方，一個為愛奇花來住跡。那怪久知唐聖僧，要求配合元精液。舊年攝去真公主，變作人身欽愛惜。今逢大聖認妖氛，救援活命分虛實。短棍行兇著頂丟，鐵棒施威迎面擊。喧喧嚷嚷兩相持，雲霧滿天遮白日。

他兩個殺在半空賭鬥，嚇得那滿城中百姓心慌，盡朝裡多官膽怕。長老扶著國王，只叫：「休驚！請勸娘娘與眾等莫怕。你公主是個假作真形的。等我徒弟拿住他，方知好歹也。」那些妃子，有膽大的，把那衣服、釵環拿與皇后看了，道：「這是公主穿的、戴的，今都丟下，精著身子，與那和尚在天上爭打，必定是個妖邪。」此時國王、后妃人等纔正了性，望空仰視不題。

卻說那妖精與大聖鬥經半日，不分勝敗。行者把棒丟起，叫一聲「變！」就以一變十，以十變百，以百變千，半天裡，好似蛇遊蟒攪，亂打妖邪。妖邪慌了手腳，將身一閃，化道清風，即奔碧空之上逃走。行者念聲呪語，將鐵棒收做一根，縱祥光一直趕來。將近西天門，望見那旌旗烱灼，行者厲聲高叫道：「把天門的，攩住妖精，不要放他走了！」真個那天門上，有護國天王帥領著龐、劉、苟、畢四大元帥，各展兵器攔阻。妖邪不能前進，急回頭，使短棍，又與行者相持。

這大聖輪鐵棒，仔細迎著看時，見那短棍兒一頭奘，一頭細，卻似舂碓臼的杵頭模樣，叱咤一聲喝道：「孽畜！你拿的是甚麼器械，敢與老孫抵敵！快早降伏，免得這一棒打碎你的天靈②。」那妖邪咬著牙道：「你也不知我這兵器！聽我道：

仙根是段羊脂玉，磨琢成形不計年。混沌開時吾已得，洪濛判處我當先。
源流非比凡間物，本性生來在上天。一體金光和四相，五行瑞氣合三元③。
隨吾久住蟾宮內，伴我常居桂殿邊。因為愛花垂世境，故來天竺假嬋娟。

---

②天靈——天靈蓋，指頭骨。

③三元——煉精化氣而成者為人元，煉氣化神而成者為地元，煉神還虛而成者為天元，合稱三元。

聯經出版事業公司　校印

與君共樂無他意，欲配唐僧了宿緣。你怎欺心破佳偶，死尋趕戰逞兇頑！

這般器械名頭大，在你金箍棒子前。廣寒宮裡搗藥杵，打人一下命歸泉！」

行者聞說，呵呵冷笑道：「好孽畜呵，你既住在蟾宮之內，就不知老孫的手段？你還敢在此支吾？快早現相降伏，饒你性命！」那怪道：「我認得你是五百年前大鬧天宮的弼馬溫，理當讓你；但只是破人親事，如殺父母之仇，故此情理不甘，要打你欺天罔上的弼馬溫！」那大聖惱得是「弼馬溫」三字。他聽得此言，心中大怒，舉鐵棒劈面就打。那妖邪輪杵來迎。就於西天門前，發狠相持。這一場：

金箍棒，搗藥杵，兩般仙器真堪比。那個為結婚姻降世間，這個因保唐僧到這裡。原來是國王沒正經，愛花引得妖邪喜。致使如今恨苦爭，兩家都把頑心起。一衝一撞賭輸贏，劖語劖言齊鬥嘴。藥杵英雄世罕稀，鐵棒神威還更美。金光湛湛晃天門，彩霧輝輝連地里。來往戰經十數回，妖邪力弱難搪抵。

那妖精與行者又鬥了十數回，見行者的棒勢緊密，料難取勝，虛丟一杵，將身晃一晃，金光萬道，徑奔正南上敗走。大聖隨後追襲。忽至一座大山，妖精按金光，鑽入山洞，寂然不見，又恐他遯身回國，暗害唐僧，他認了這山的規模，返雲頭徑轉國內。

此時有申時矣。那國王正扯著三藏，戰戰兢兢，只叫：「聖僧救我！」那些嬪妃、皇后也正愴惶，只見大聖自雲端裡落將下來，叫道：「師父，我來也！」三藏道：「悟空立住，不可驚了主躬。我問你，假公主之事，端的如何？」行者立於鴳鵲宮外，叉手當胸道：「假公主是個妖邪。初時與他打了半日，他戰不過我，化道清風，徑往天門上跑，是我吆喝天神擋住。他現了相，又與我鬥到十數合，又將身化作金光，敗回正南上一座山上。我急追至山，無處尋覓。恐怕他來此害你，特地回顧也。」國王聽說，扯著唐僧問道：「既然假公主是個妖邪，我真公主在於何處？」行者應聲道：「待我拿住假公主，你那真公主自然來也。」那后妃等聞得此言，都解了恐懼，一個個上前拜告道：「望聖僧救得我真公主來，分了明暗，必當重謝。」行者道：「此間不是我們說話處，請陛下與我師出宮上殿，娘娘等各轉回宮，召我師弟八戒、沙僧來保護師父，我卻好去降妖。一則分了內外，二則免我懸掛。謹當辨明，以表我一場心力。」國王依言，感謝不已。遂與唐僧攜手出宮，徑至殿上。眾后妃各各回宮。一壁廂教備素膳，一壁廂召八戒、沙僧。須臾間，二人早至。行者備言前事，教他兩個用心護持。這大聖縱觔斗雲，飛空而去。那殿前多官，一個個望空禮拜不題。

孫大聖徑至正南方那座山上尋找。原來那妖邪敗了陣，到此山，鑽入窩中，將門兒使石塊擋塞，虛怯怯藏隱不出。行者尋一會不見動靜，心甚焦惱，捻著訣，念動真言，喚出那山中土地、山神審問。少時，二神至了，叩頭道：「不知！不知！知當遠接。萬望恕罪！」行者道：「我且不打你。我問你：這山叫做甚麼名字？此處有多少妖精？從實說來，饒你罪過。」二神告道：「大聖，此山喚做毛穎山。山中只有三處兔穴。亙古至今，沒甚妖精。乃五環之福地也。大聖要尋妖精，還是西天路上去有。」行者道：「老孫到了西天天竺國，那國王有個公主被個妖精攝去，抛在荒野，他就變做公主模樣，戲哄國王，結綵樓，拋綉毬，欲招駙馬。我保唐僧至其樓下，被他有心打著唐僧，欲為配偶，誘取元陽。是我識破，就於宮中現身捉獲。他就脫了人衣、首飾，使一條短棍，喚名搗藥杵，與我鬥了半日，他就化清風而去。被老孫趕至西天門，又鬥有十數合，他料不能勝，復化金光，逃至此處。如何不見？」

二神聽說，即引行者去那三窟中尋找。始於山腳下窟邊看處，亦有幾個草兔兒，也驚得走了。尋至絕頂上窟中看時，只見兩塊大石頭，將窟門攩住。土地道：「此間必是妖邪，趕急鑽進去也。」行者即使鐵棒捎開石塊。那妖邪果藏在裡面，呼的一聲，就跳將出來，舉藥杵來打。行者輪起鐵棒架住，諕得那山神倒退，土地忙奔。那妖邪口裡嚷嚷突突④的，罵著山神、土地道：「誰教你引著他往這裡來找尋！」他支支撐撐的，抵著鐵棒，且戰且退，奔至空中。

正在危急之際，卻又天色晚了。這行者愈發狠性，下切手，恨不得一棒打殺。忽聽得九霄碧漢之間，有人叫道：「大聖，莫動手！莫動手！棍下留情！」行者回頭看時，原來是太陰星君，後帶著姮娥仙子，降彩雲到於當面。慌得行者收了鐵棒，躬身施禮道：「老太陰，往那裡去？老孫失迴避了。」太陰道：「與你對敵的這個妖邪，是我廣寒宮搗玄霜仙藥之玉兔也。他私自偷開玉關金鎖，走出宮來，經今一載。我算他目下有傷命之災，特來救他性命。望大聖看老身饒他罷。」行者喏喏連聲，只道：「不敢！不敢！怪道他會使搗藥杵！原來是個玉兔兒！老太陰不知他攝藏了天竺國王之公主，卻又假合真形，欲破我聖僧師父之元陽。其情其罪，其實何甘！怎麼便可輕恕饒他？」太陰道：「你亦不知。那國王之公主，也不是凡人，原是蟾宮中之素娥。十八年前，他曾把玉兔兒打了一掌，卻就思凡下界。一靈之光，遂投胎於國王正宮皇后之腹，當時得以降生。這玉兔兒懷那一掌之仇，故於舊年私走出宮，拋素娥於荒野。——但只是不該欲配唐僧。此罪真不可逭。幸汝留心，識破真假，卻也未曾傷損你師。

④嚷嚷突突——低語。

萬望看我面上，恕他之罪，我收他去也。」行者笑道：「既有這些因果，老孫也不敢抗違。但只是你收了玉兔兒，恐那國王不信，敢煩太陰君同眾仙妹將玉兔兒拿到那廂，對國王明證明證。一則顯老孫之手段，二來說那素娥下降之因由，然後著那國王取素娥公主之身，以見顯報之意也。」太陰君信其言，用手指定妖邪，喝道：「那孽畜還不歸正同來！」玉兔兒打個滾，現了原身。真個是：

缺唇尖齒，長耳稀鬚。團身一塊毛如玉，展足千山蹄若飛。直鼻垂酥，果賽霜華填粉膩；雙睛紅映，猶欺雪上點胭脂。伏在地，白穰穰一堆素練；伸開腰，白鐸鐸一架銀絲。幾番家，吸殘清露瑤天曉，搗藥長生玉杵奇。

那大聖見了，不勝欣喜，踏雲光，向前引導。那太陰君領著眾姮娥仙子，帶著玉兔兒，徑轉天竺國界。此時正黃昏，看看月上。到城邊，聞得譙樓上擂鼓。那國王與唐僧尚在殿內，八戒、沙僧與多官都在階前。方議退朝，只見正南上一片彩霞，光明如晝。眾擡頭看處，又聞得孫大聖厲聲高叫道：「天竺陛下，請出你那皇后、嬪妃看者。這寶幢下乃月宮太陰星君，兩邊的仙妹是月裡嫦娥。這個玉兔兒卻是你家的假公主，今現真相也。」那國王急召皇后、嬪妃與宮娥、彩女等眾，朝天禮拜。他和唐僧及多官亦俱望空拜謝。滿城中各家各戶，也無一人不設香案，叩頭念佛。正此觀看處，豬八戒動了慾心，忍不住，跳在空中，把霓裳仙子抱住道：「姐姐，我與你是舊相識，我和你耍子兒去也。」行者上前，揪著八戒，打了兩掌，罵道：「你這個村潑獃子！此是甚麼去處，敢動淫心！」八戒道：「拉閑⑤散悶耍子而已！」那太陰君令轉仙幢，與眾嫦娥收回玉兔，徑上月宮而去。

⑤拉閑——拉呱、聊天。

行者把八戒揪落塵埃。這國王在殿上謝了行者。又問前因道：「多感神僧大法力捉了假公主，朕之真公主，卻在何處所也？」行者道：「你那真公主也不是凡胎，就是月宮裡素娥仙子。因十八年前，他將玉兔兒打了一掌，就思凡下界，投胎在你正宮腹內，生下身來。那玉兔兒懷恨前仇，所以於舊年間偷開玉關金鎖走下來，把素娥攝拋荒野，他卻變形哄你。這段因果，是太陰君親口纔與我說的。今日既去其假者，明日請御駕去尋其真者。」國王聞說，又心意慚惶，止不住腮邊流淚道：「孩兒！我自幼登基，雖城門也不曾出去，卻教我那裡去尋你也！」行者笑道：「不須煩惱。你公主現在給孤布金寺裡裝風。今且各散，到天明我還你個真公主便是。」眾官又拜伏奏道：「我王且心寬。這幾位神僧，乃騰雲駕霧之佛，必知未來過去之因由。明日煩神僧同去一尋，便知端的。」國王依言，即請至留春亭擺齋安歇。此時已近二更。正是那：

銅壺滴漏月華明，金鐸叮噹風送聲。杜宇正啼春去半，落花無路近三更。

御園寂寞鞦韆影，碧落空浮銀漢橫。三市六街無客走，一天星斗夜光晴。

當夜各寢不題。

這一夜，國王退了妖氣，陡長精神，至五更三點，復出臨朝。朝畢，命請唐僧四眾，議尋公主。長老隨至，朝上行禮。大聖三人，一同打個問訊。國王欠身道：「昨所云公主孩兒，敢煩神僧為一尋救。」長老道：「貧僧前日自東來，行至天晚，見一座給孤布金寺，特進求宿，幸那寺僧相待。當晚齋罷，步月閑行，行至布金舊園，觀看基址，忽聞悲聲入耳。詢問其由，本寺一老僧，年已百歲之外，他屏退左右，方說道：『悲聲者，乃舊年春深時，我正明性月，忽然一陣風生，就有悲怨之聲。下榻到祇園基上看處，乃是一個女子。詢問其故，那女子道：「我是天竺國國王公主。因為夜間玩月觀花，被風颳至於此。」』那老僧多知人禮，即將公主鎖在一間僻靜房中，惟恐本寺頑僧汙染，只說是妖精被我鎖住。公主識得此意，日間胡言亂語，討些茶飯喫了；夜深無人處，思量父母悲啼。那老僧也曾來國打聽幾番，見公主在宮無恙，所以不敢聲言舉奏。因見我徒弟有些神通，那老僧千叮萬囑，教貧僧到此查訪。不期他原是蟾宮玉兔為妖，假合真形，變作公主模樣。他卻又有心要破我元陽。幸虧我徒弟施威顯法，認出真假。今已被太陰星收去。賢公主見在布金寺裝風也。」國王見說此詳細，放聲大哭。早驚動三宮六院，都來問及前因。無一人不痛哭者。良久，國王又問：「布金寺離城多遠？」三藏道：「只有六十里路。」國王遂傳旨：「著東西二宮守殿，掌朝太師衛國，朕同正宮皇后帥多官、四神僧，去寺取公主也。」

當時擺駕，一行出朝。你看那行者就跳在空中，把腰一扭，先到了寺裡。眾僧慌忙跪接道：「老爺去時，與眾步行，今日何從天上下來？」行者笑道：「你那老師在於何處？快叫他出來，排設香案接駕。天竺國王、皇后、多官與我師父都來了。」眾僧不解其意，即請出那老僧。老僧見了行者，倒身下拜道：「老爺，公主之事如何？」行者把那假公主拋綉毬，欲配唐僧，並趕捉賭鬥，與太陰星收去玉兔之言，備陳了一遍。那老僧又磕頭拜謝。行者攙起道：「且莫拜，且莫拜。快安排接駕。」眾僧纔知後房裡鎖得是個女子。一個個驚驚喜喜，便都設了香案，擺列山門之外，穿了袈裟，撞起鐘鼓等候。不多時，聖駕早到。果然是：

繽紛瑞靄滿天香，一座荒山倏被祥。虹流千載清河海，電繞長春賽禹湯。

聯經出版事業公司　校印

草木沾恩添秀色，野花得潤有餘芳。古來長者留遺跡，今喜明君降寶堂。

國王到於山門之外，只見那眾僧齊齊整整，俯伏接拜。又見孫行者立在中間，國王道：「神僧何先到此？」行者笑道：「老孫把腰略扭一扭兒，就到了。你們怎麼就走這半日？」隨後唐僧等俱到。長老引駕，到於後面房邊，那公主還裝風胡說。老僧跪指道：「此房內就是舊年風吹來的公主娘娘。」國王即令開門。隨即打開鐵鎖，開了門。國王與皇后見了公主，認得形容，不顧穢汙，近前一把摟抱道：「我的受苦的兒呵！你怎麼遭這等折磨，在此受罪！」真是父母子女相逢，比他人不同。三人抱頭大哭。哭了一會，敘畢離情，即令取香湯，教公主沐浴更衣，上輦回國。

行者又對國王拱手道：「老孫還有一事奉上。」國王答禮道：「神僧有事吩咐，朕即從之。」行者道：「他這山，名為百腳山。近來說有蜈蚣成精，黑夜傷人，往來行旅，甚為不便。我思蜈蚣惟雞可以降伏，可選絕大雄雞千隻，撒放山中，除此毒蟲。就將此山名改換改換，賜文一道勅封，就當謝此僧供養公主之恩也。」國王甚喜，領諾。隨差官進城取雞，又改山名為寶華山，仍著工部辦料重修，賜與封號，喚做「勅建寶華山給孤布金寺」。把那老僧封為「報國僧官」，永遠世襲，賜俸三十六石。僧眾謝了恩，送駕回朝。公主入宮，各各相見。安排筵宴，與公主釋悶賀喜。后妃母子，復聚首團圞。國王君臣，亦共喜，飲宴一宵不題。

次早，國王傳旨，召丹青圖下聖僧四眾喜容，供養在華夷樓上。又請公主新妝重整，出殿謝唐僧四眾救苦之恩。謝畢，唐僧辭王西去。那國王那裡肯放，大設佳宴，一連喫了五六日，著實好了獃子，儘力放開肚量受用。國王見他們拜佛心重，苦留不住，遂取金銀二百錠，寶貝各一盤奉謝。師徒們一

聯經出版事業公司　校印

毫不受。教擺鑾駕，請老師父登輦，差官遠送。那后妃并臣民人等俱各叩謝不盡。及至前途，又見衆僧叩送，俱不忍相別。行者見送者不肯回去，無已，捻訣，往巽地上吹口氣，一陣暗風，把送的人都迷了眼目，方纔得脫身而去。這正是：沐淨恩波歸了性，出離金海悟真空，畢竟不知前路如何，且聽下回分解。

聯經出版事業公司　校印

第九十六回　寇員外喜待高僧　唐長老不貪富貴

色色原無色，空空亦非空。靜喧語默本來同，夢裡何勞說夢。
有用用中無用，無功功裡施功。還如果熟自然紅，莫問如何修種。

話表唐僧師眾，使法力，阻住那布金寺僧。僧見黑風過處，不見他師徒，以為活佛臨凡，磕頭而回不題。他師徒們西行，正是春盡夏初時節：

清和天氣爽，池沼芰荷生。梅逐雨餘熟，麥隨風裡成。草香花落處，鶯老柳枝輕。江燕攜雛習，山雞哺子鳴，斗南當日永，萬物顯光明。

說不盡那朝餐暮宿，轉澗尋坡。在那平安路上，行經半月。前邊又見一城垣相近。三藏問道：「徒弟，此又是甚麼去處？」行者道：「不知，不知。」八戒笑道：「這路是你行過的，怎說不知？卻是又有些兒蹊蹺。故意推不認得，捉弄我們哩。」行者道：「這獃子全不察理！這路雖是走過幾遍，那時只在九霄空裡，駕雲而來，駕雲而去，何曾落在此地？事不關心，查他做甚，此所以不知。卻有甚蹊蹺，又捉弄你也？」

聯經出版事業公司 校印

說話間，不覺已至邊前。三藏下馬，過吊橋，徑入門裡。長街上，只見廊下坐著兩個老兒敘話。三藏叫：「徒弟，你們在那街心裡站住，低著頭，不要放肆，等我去那廊下，問個地方。」行者等果依言立住。長老近前合掌，叫聲：「老施主，貧僧問訊了。」那二老正在那裡閑講閑論，——說甚麼興衰得失，誰聖誰賢，當時的英雄事業，而今安在，誠可謂大嘆息。——忽聽得道聲問訊，隨答禮道：「長老有何話說？」三藏道：「貧僧乃遠方來拜佛祖的，適到寶方，不知是甚地名。那裡有向善的人家，化齋一頓？」老者道：「我敝處是銅臺府。府後有一縣，叫做地靈縣。長老若要喫齋，不須募化，過此牌坊南北街，坐西向東的，有一個虎坐門樓，乃是寇員外家。他門前有個『萬僧不阻』之牌。似你這遠方僧，儘著受用。去！去！去！莫打斷我們的話頭。」三藏謝了。轉身對行者道：「此處乃銅臺府地靈縣。那二老道：『過此牌坊南北街，向東虎坐門樓，有個寇員外家，他門前有個「萬僧不阻」之牌。』教我到他家去喫齋哩。」沙僧道：「西方乃佛家之地，真個有齋僧的。此間既是府縣，不必照驗關文，我們去化些齋喫了，就好走路。」長老與三人緩步長街，又惹得那市口裡人，都驚驚恐恐，猜猜疑疑的，圍繞爭看他們相貌。長老吩咐閉口，只教：「莫放肆！莫放肆！」三人果低著頭，不敢仰視。轉過拐角，果見一條南北大街。

正行時，見一個虎坐門樓，門裡邊影壁上掛著一面大牌，書著「萬僧不阻」四字。三藏道：「西方佛地，賢者、愚者，俱無詐偽。那二老說時，我猶不信，至此果如其言。」八戒村野，就要進去。行者道：「獃子且住。待有人出來，問及何如，方好進去。」沙僧道：「大哥說得有理。恐一時不分內外，惹施主煩惱。」在門口歇下馬匹、行李。須臾間，有個蒼頭出來，提著一把秤，一隻籃兒，猛然看見，慌的丟了，倒跑進去報道：「主公！外面有四個異樣僧家來也！」那員外拄著拐，正在天井中閑走，口裡不住的念佛，一聞報道，就丟了拐，出來迎接。見他四衆，也不怕醜惡，只叫：「請進，請進。」三藏謙謙遜遜，一同都入。轉過一條巷子，員外引路，至一座房裡，說道：「此上手①房宇，乃管待老爺們的佛堂、經堂、齋堂，下手②的，是我弟子老小居住。」三藏稱讚不已。隨取袈裟穿了拜佛，舉步登堂觀看，但見那：

香雲靉靆，燭焰光輝。滿堂中錦簇花攢，四下裡金鋪綵絢。朱紅架，高掛紫金鐘；綵漆檠，對設花腔鼓。幾對旛，綉成八寶；千尊佛，盡戧黃金。古銅爐、古銅瓶、雕漆桌、雕漆盒。古銅爐內，常常不斷沉檀；古銅瓶中，每有蓮花現彩。雕漆桌上五雲鮮，雕漆盒中香瓣積。玻璨盞，淨水澄清；琉璃燈，香油明亮。一聲金磬，響韻虛徐。真個是紅塵不到賽珍樓，家奉佛堂欺上剎。

長老淨了手，拈了香，叩頭拜畢，卻轉回與員外行禮。員外道：「且住！請到經堂中相見。」又見那：

方臺豎櫃，玉匣金函。方臺豎櫃，堆積著無數經文；玉匣金函，收貯著許多簡札。彩漆桌上，有紙墨筆硯，都是些精精緻緻的文房；椒粉屏前，有書畫琴棋，盡是些妙妙玄玄的真趣。放一口輕玉浮金③之仙磬，掛一柄披風披月④之龍髯。清氣令人神氣爽，齋心自覺道心閑。

①上手——前面的，好的。
②下手——後面的，差的。
③輕玉浮金——比喻很貴重難得的東西。
④披風披月——形容輕快飛舞的樣子。

聯經出版事業公司校印

長老到此，正欲行禮，那員外又攙住道：「請寬佛衣。」三藏脫了袈裟，纔與長老見了。又請行者三人見了。又叫把馬喂了，行李安在廊下，方問起居。三藏道：「貧僧是東土大唐欽差，詣寶方謁靈山見佛祖求真經者。聞知尊府敬僧，故此拜見，求一齋就行。」員外面生喜色，笑吟吟的道：「弟子賤名寇洪，字大寬，虛度六十四歲。自四十歲上，許齋萬僧，纔做圓滿。今已齋了二十四年，有一簿齋僧的帳目。連日無事，把齋過的僧名算一算，已齋過九千九百九十六員。止少四眾，不得圓滿。今日可可的天降老師四位，圓滿萬僧之數。請留尊諱，好歹寬住月餘，待做了圓滿，弟子著轎馬送老師上山。此間到靈山只有八百里路，苦不遠也。」三藏聞言，十分歡喜，都就權且應承不題。

他那幾個大小家僮，往宅裡搬柴打水，取米麵素菜，整治齋供，忽驚動員外媽媽問道：「是那裡來的僧，這等上緊？」僮僕道：「纔有四位高僧，爹爹問他起居，他說是東土大唐皇帝差來的，往靈山拜佛爺爺。到我們這裡，不知有多少路程。爹爹說是天降的，吩咐我們快整齋，供養他也。」那老嫗聽說也喜，叫丫鬟：「取衣服來我穿，我也去看看。」僮僕道：「奶奶，只一位看得，那三位看不得，形容醜得狠哩。」老嫗道：「汝等不知。但形容醜陋，古怪清奇，必是天人下界。快先去報你爹爹知道。」那僮僕跑至經堂，對員外道：「奶奶來了，要拜見東土老爺哩。」三藏聽見，即起身下座。說不了，老嫗已至堂前。舉目見唐僧相貌軒昂，丰姿英偉。轉面見行者三人模樣非凡，雖知他是天人下界，卻也有幾分悚懼，朝上跪拜。三藏急急還禮道：「有勞菩薩錯敬。」老嫗問員外說道：「四位師父，怎不並坐？」八戒掬著嘴道：「我三個是徒弟。」噫！他這一聲，就如深山虎嘯。那媽媽一發害怕。正說處，又見一個家僮來報道：「兩個叔叔也來了。」三藏急轉身看時，原來是兩個少年秀才。那秀才走上經堂，對長老倒身下拜，慌得三藏急便還禮。員外上前扯住道：「這是我兩個小兒，喚名寇梁、寇棟，在書房裡讀書方回，未喫午飯。知老師下降，故來拜也。」三藏喜道：「賢哉！賢哉！正是欲高門第須為善，要好兒孫在讀書。」二秀才啟上父親道：「這老爺是那裡來的？」員外笑道：「來路遠哩。南贍部洲東土大唐皇帝欽差到靈山拜佛祖爺爺取經的。」秀才道：「我看《事林廣記》⑤上，蓋天下只有四大部洲。我們這裡叫做西牛賀洲。還有個東勝神洲。想南贍部洲至此，不知走了多少年代？」三藏笑道：「貧僧在路，耽擱的日子多，行的日子少。常遭毒魔狠怪，萬苦千辛。甚虧我三個徒弟保護。共計一十四遍寒暑，方得至寶方。」秀才聞言，稱獎不盡道：「真是神僧！真是神僧！」說未畢，又有個小的來請道：「齋筵已擺，請老爺進齋。」員外著媽媽與兒子轉宅，他卻陪四眾進齋堂喫齋。那裡鋪設的齊整。但見金漆桌案，黑漆交椅。前面是五色高果，俱巧匠新裝成的時樣。第二行五盤小菜，第三行五碟水果，第四行五大盤閑食。般般甜美，件件馨香。素湯米飯，蒸餸饅頭，辣辣爨爨熱騰騰，盡皆可口，真足充腸，七八個僮僕，往來奔奉；四五個庖丁不住手，你看那上湯的上湯，添飯的添飯。一往一來，真如流星趕月。這豬八戒一口一碗，就是風捲殘雲。師徒們盡受用了一頓。長老起身，對員外謝了齋，就欲走路。那員外攔住道：「老師，放心住幾日兒，常言道：『起頭容易結梢難。』只等我做過了圓滿，方敢送程。」三藏見他心誠意懇，沒奈何住了。

早經過五七遍朝夕，那員外纔請了本處應佛僧二十四員，辦做圓滿道場。眾僧們寫作有三四日，選

⑤事林廣記——宋陳元靚撰、元人增訂，屬於類書的一種。

定良辰，開啟佛事。他那裡與大唐的世情⑥一般，卻倒也：

大揚旛，鋪設金容；齊秉燭，燒香供養。擂鼓敲鐃，吹笙捻管。雲鑼兒，橫笛音清，也都是尺工字樣。打一回，吹一盪，朗言齊語開經藏。先安土地，次請神將。發了文書，拜了佛像，談一部《孔雀經》⑦，句句消災障；點一架藥師⑧燈，焰焰輝光亮。拜水懺，解冤愆；諷《華嚴》⑨，除誹謗。三乘妙法甚精勤，一二沙門皆一樣。

如此做了三晝夜，道場已畢。唐僧想著雷音，一心要去，又相辭謝。員外道：「老師辭別甚急，想是連日佛事冗忙，多致簡慢，有見怪之意。」三藏道：「深擾尊府，不知何以為報，怎敢言怪！但只當時聖君送我出關，問幾時可回，我就誤答三年可回。不期在路耽擱，今已十四年矣！取經未知有無，及回又得十二三年，豈不違背聖旨？罪何可當！望老員外讓貧僧前去，待取得經回，再造府久住些時，有何不可！」八戒忍不住，高叫道：「師父忒也不從人願！不近人情！老員外大家巨富，許下這等齋僧之願，今已圓滿，又況留得至誠，須住年把，也不妨事，只管要去怎的？放了這等現成好齋不喫，卻往人家化募：前頭有你甚老爺、老娘家哩？」長老咄的喝了一聲道：「你這夯貨，只知好喫，更不

⑥世情——生活形態。

⑦孔雀經——唐僧不空譯有《大孔雀明王畫像壇場儀軌》。

⑧藥師——佛名，一名大醫王。本行菩薩道時，發十二大願，令諸有情所求皆得。

⑨華嚴——佛初入道所說，屬於大乘經典。唐人所譯，一名《大方廣佛華嚴經》。

管回向⑩之因，正是那『槽裡喫食，胃裡擦癢』的畜生！汝等既要貪此嗔癡，明日等我自家去罷。」行者見師父變了臉，即揪住八戒，著頭打一頓拳，罵道：「獃子不知好歹，惹得師父連我們都怪了！」沙僧笑道：「打得好！打得好！只這等不說話，還惹人嫌，且又插嘴！」那獃子氣呼呼的，立在旁邊，再不敢言。員外見他師徒們生惱，只得滿面陪笑道：「老師莫焦燥，今日且少寬容，待明日我辦些旗鼓，請幾個鄰里親戚，送你們起程。」

正講處，那老嫗又出來道：「老師父，既蒙到舍，不必苦辭。今到幾日了？」三藏道：「已半月矣。」老嫗道：「這半月算我員外的功德。老身也有些針線錢兒，也願齋老師父半月。」說不了，寇棟兄弟又出來道：「四位老爺，家父齋僧二十餘年，更不曾遇著好人，今幸圓滿，四位下降，誠然是蓬屋生輝。學生年幼，不知因果，常聞得有云：『公修公得，婆修婆得，不修不得。』我家父、家母，各欲獻芹者，正是各求得些因果，何必苦辭？就是愚兄弟，也省得有些束修錢兒，也只望供養老爺半月，方纔送行。」三藏道：「令堂老菩薩盛情，已不敢領，怎麼又承賢昆玉厚愛？決不敢領。今朝定要起身，萬勿見罪。不然，久違欽限，罪不容誅矣。」那老嫗與二子見他執一不住，便生起惱來道：「好意留他，他這等固執要去。要去便就去了罷！只管勞叨甚麼！」母子遂抽身進去。八戒忍不住口，又對唐僧道：「師父，不要拿過了班⑪兒。常言道：『留得在，落得怪。』我們且住一個月兒，了了

⑩回向——回己修的功德，有所趨向。回，回轉。

⑪拿過了班兒——太過裝模作樣，裝腔作勢。

他母子的願心也罷了，只管忙怎的？」唐僧又咄了一聲，喝道。那獃子就自家把嘴打了兩下道：「啐！啐！啐！」說道：「莫多話！又做聲了！」行者與沙僧欸欸的笑在一邊，唐僧又怪行者道：「你笑甚麼？」即捻訣要念〈緊箍呪〉兒，慌得個行者跪下道：「師父，我不曾笑，我不曾笑！千萬莫念，莫念！」員外又見他師徒們漸生煩惱，再也不敢苦留，只叫：「老師不必吵鬧，准於明早送行。」遂此出了經堂，吩咐書辦，寫了百十個簡帖兒，邀請鄰里親戚，明早奉送唐朝老師西行，一壁廂又叫庖人安排餞行的筵宴；一壁廂又叫管辦的做二十對彩旗，覓一班吹鼓手樂人，南來寺裡請一班和尚，東岳觀裡請一班道士，限明日巳時俱要整齊。眾執事的俱領命去訖。不多時，天又晚了。喫了晚齋，各歸寢處。但見：

幾點歸鴉過別村，樓頭鐘鼓遠相聞。六街三市人烟靜，萬戶千門燈火昏。
月皎風清花弄影，銀河慘淡映星辰。子規啼處更深矣，天籟無聲大地鈞。

當夜三四更天氣，各管事的家僮，盡皆早起，買辦各項物件。你看那辦筵席的，廚上慌忙；置彩旗的，堂前吵鬧；請僧道的，兩腳奔波；叫鼓樂的，一身急縱；送簡帖的，東走西跑；備轎馬的，上呼下應。這半夜，直嚷至天明，對巳時前後，各項俱完，也只是有錢不過。

卻表唐僧師徒們早起，又有那一班人供奉。長老吩咐收拾行李，扣備馬匹。獃子聽說要走，又努嘴胖唇，唧唧噥噥，只得將衣鉢收拾，找啟高肩擔子。沙僧刷鞄馬匹，套了鞍轡伺候。行者將九環杖遞在師父手裡，他將通關文牒的引袋兒，掛在胸前，只是一齊要走。員外又都請至後面大敞廳內。那裡面又鋪設了筵宴，比齋堂中相待的更是不同。但見那：

簾幕高掛，屏圍四繞。正中間，掛一幅壽山福海之圖；兩壁廂，列四軸春夏秋冬之景。龍文鼎內

聯經出版事業公司　校印

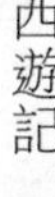

香飄靄，鵲尾爐中瑞氣生。看盤簇彩，寶妝花色色鮮明；排桌堆金，獅仙糖齊齊擺列。階前鼓舞按宮商，堂上果餚鋪錦繡。素湯素飯甚清奇，香酒香茶多美豔。雖然是百姓之家，卻不亞王侯之宅，只聽得一片歡聲，真個也驚天動地。

長老正與員外作禮，只見家僮來報：「客俱到了。」卻是那請來的左鄰、右舍、妻弟、姨兄、姐夫、妹丈；又有那些同道的齋公、念佛的善友，一齊都向長老禮拜。拜畢，各各敘坐。只見堂下面鼓瑟吹笙，堂上邊絃歌酒讌。這一席盛宴，八戒留心，對沙僧道：「兄弟，放懷放量喫些兒。離了寇家，再沒這好豐盛的東西了！」沙僧笑道：「二哥說那裡話！常言道：『珍饈百味，一飽便休。只有私房路，那有私房肚？』」八戒道：「你也忒不濟！不濟！我這一頓儘飽喫了，就是三日也急忙不餓。」行者聽見道：「獃子，莫脹破了肚子！如今要走路哩！」

說不了，日將中矣。長老在上舉筯，念《謁齋經》⑫。八戒慌了，拿過添飯來，一口一碗，又丟彀有五六碗，把那饅頭、饊兒、餅子、燒果，沒好沒歹的，滿滿籠了兩袖，纔跟師父起身。長老謝了員外，又謝了眾人，一同出門。你看那門外擺著彩旗寶蓋，鼓手樂人。又見那兩班僧道方來，員外笑道：「列位來遲，老師去急，不及奉齋，俟回來謝罷。」眾等讓敘道路，擡轎的擡轎，騎馬的騎馬，步行的步行，都讓長老四眾前行。只聞得鼓樂諠天，旗旛蔽日，人煙湊集，車馬駢填。都來看寇員外迎送唐僧。這一場富貴，真賽過珠圍翠繞，誠不亞錦帳藏春！

⑫謁齋經——吃素之前所誦的經文，以表誠敬之心。

那一班僧，打一套佛曲；那一班道，吹一道玄音，俱送出府城之外。行至十里長亭，又設著簞食壺漿，擎杯把盞，相飲而別。那員外猶不忍捨，噙著淚道：「老師取經回來，是必到舍再住幾日，以了我寇洪之心。」三藏感之不盡，謝之無已道：「我若到靈山，得見佛祖，首表員外之大德。回時定踵門叩謝，叩謝！」說說話兒，不覺的又有二三里路。長老懇切拜辭。那員外又放聲大哭而轉。這正是：

有願齋僧歸妙覺，無緣得見佛如來。

且不說寇員外送至十里長亭，同眾回家。卻說他師徒四眾，行有四五十里之地，天色將晚，長老道：「天晚了，何方借宿？」八戒挑著擔，努著嘴道：「放了現成茶飯不喫，清涼瓦屋不住，卻要走甚麼路，像搶喪踵魂的！如今天晚，倘下起雨來，卻如之何！」三藏罵道：「潑孽畜，又來報怨了！常言道：『長安雖好，不是久戀之家。』待我們有緣拜了佛祖，取得真經，那時回轉大唐，奏過主公，將那御廚裡飯，憑你喫上幾年，脹死你這孽畜，教你做個飽鬼！」那獃子嚇嚇的暗笑，不敢復言。行者舉目遙視，只見大路旁有幾間房宇，急請師父道：「那裡安歇，那裡安歇。」長老至前，見是一座倒塌的牌坊，坊上有一舊扁，扁上有落顏色積塵的四個大字，乃「華光行院」。長老下了馬道：「華光菩薩⑬是火焰五光佛的徒弟。因勦除毒火鬼王，降了職，化做五顯靈官。此間必有廟祝。」遂一齊進去。但見廊房俱倒，牆壁皆傾，更不見人之蹤跡，只是雜草叢蒿。欲抽身而出，不期天上黑雲蓋頂，大雨淋漓。沒奈何，卻在那破房之下，揀遮得風雨處，將身躲避。密密寂寂，不敢高聲，恐有

⑬華光菩薩——佛十大弟子舍利弗，未來成佛，名云華光如來（菩薩）。

妖邪知覺。坐的坐，站的站，苦捱了一夜未睡。咦！真個是：泰極還生否，樂處又逢悲。畢竟不知天曉向前去還是如何，且聽下回分解。

第九十七回　金酬外護遭魔毒　聖顯幽魂救本原

且不言唐僧等在華光破屋中，苦奈夜雨存身。卻說銅臺府地靈縣城內有夥兇徒，因宿娼、飲酒、賭博，花費了家私，無計過活，遂夥了十數人做賊，算道本城那家是第一個財主，那家是第二個財主，去打劫些金銀用度。內有一人道：「也不用緝訪，也不須算計，只有今日送那唐朝和尚的寇員外家，十分富厚。我們乘此夜雨，街上人也不防備，火甲等也不巡邏，就此下手，劫他些資本，我們再去嫖賭兒耍子，豈不美哉！」眾賊歡喜，齊了心，都帶了短刀、蒺藜、拐子、悶棍、麻繩、火把，冒雨前來。打開寇家大門，吶喊殺入。慌得他家裡，若大若小，是男是女，俱躲個乾淨。媽媽兒躲在牀底；老頭兒閃在門後；寇梁、寇棟與著親的幾個兒女，都戰戰兢兢的四散逃走顧命。那夥賊，拿著刀，點著火，將他家箱籠打開，把些金銀寶貝、首飾衣裳、器皿家火，盡情搜劫。那員外割捨不得，拚了命，走出門來，對眾強人哀告道：「列位大王，彀你用的便罷，還留幾件衣物與我老漢送終。」那眾強人那容分說，趕上前，把寇員外撩陰一腳，踢翻在地，可憐三魂渺渺歸陰府，七魄悠悠別世人！眾賊得

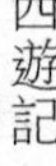

了手，走出寇家，順城腳做了軟梯，漫城牆一一繫出，冒著雨連夜奔西而去。那寇家僮僕，見賊退了，方纔出頭。及看時，老員外已死在地下。放聲哭道：「天呀！主人公已打死了！」眾皆伏屍而哭，悲悲啼啼。

將四更時，那媽媽想恨唐僧等不受他的齋供，因為花撲撲①的送他，惹出這場災禍，便生妒害之心，欲陷他四眾。扶著寇梁道：「兒呵，不須哭了。你老子今日也齋僧，明日也齋僧，豈知今日做圓滿，齋著那一夥送命的僧也！」他兄弟道：「母親，怎麼是送命的僧？」媽媽道：「賊勢兇勇，殺進房來，我就躲在牀下，戰兢兢的留心向燈火處看得明白。你說是誰？點火的是唐僧，持刀的是豬八戒，搬金銀的是沙和尚，打死你老子的是孫行者。」二子聽言，認了真實道：「母親既然看得明白，必定是了。他四人在我家住了半月，將我家門戶牆垣，窗檽巷道，俱看熟了，財動人心，所以乘此夜雨，復到我家。既劫去財物，又害了父親，此情何毒！待天明到府裡遞失狀坐名告他。」寇棟道：「失狀如何寫？」寇梁道：「就依母親之言。」寫道：

「唐僧點著火，八戒叫殺人。沙和尚劫出金銀去，孫行者打死我父親。」

一家子吵吵鬧鬧，不覺天曉。一壁廂傳請親人，置辦棺木；一壁廂寇梁兄弟，赴府投詞。原來這銅臺府刺史正堂大人：

平生正直，素性賢良。少年向雪案攻書，早歲在金鑾對策。常懷忠義之心，每切仁慈之念。名揚

①花撲撲——熱熱鬧鬧。

青史播千年，龔黃②再見；聲振黃堂傳萬古，卓魯③重生。

當時坐了堂，發放了一應事務，即令擡出放告牌。這寇梁兄弟抱牌而入，跪倒高叫道：「爺爺，小的們是告強盜得財，殺傷人命重情事。」刺史接上狀去，看了這般這的，如此如彼，即問道：「昨日有人傳說，你家齋僧圓滿，齋得四眾高僧，乃東土唐朝的羅漢，花撲撲的滿街鼓樂送行，怎麼卻有這般事情？」寇梁等磕頭道：「爺爺，小的父親寇洪，齋僧二十四年，因這四僧遠來，恰足萬僧之數，因此做了圓滿，留他住了半月。他就將路道、門窗都看熟了。當日送出，當晚復回；乘黑夜風雨，遂明火執杖，殺進房來，劫去金銀財寶，衣服首飾；又將父打死在地。望爺爺與小民做主！」刺史聞言，即點起馬步快手并民壯人役，共有百五十人，各執鋒利器械，出西門一直來趕唐僧四眾。

卻說他師徒們，在那華光行院破屋下挨至天曉。方纔出門，上路奔西。可可的那些強盜當夜打劫了寇家，繫出城外，也向西方大路上，行經天曉，走過華光院西去，有二十里遠近，藏於山凹中，分撥金銀等物。分還未了，忽見唐僧四眾順路而來，眾賊心猶不歇，指定唐僧道：「那不是昨日送行的和尚來了！」眾賊笑道：「來得好！來得好！我們也是幹這般沒天理的買賣。這些和尚緣路來，又在寇家許久，不知身邊有多少東西，我們索性去截住他，奪了盤纏，搶了白馬湊分，卻不是遂心滿意之事？」眾賊遂持兵器，吶一聲喊，跑上大路，一字兒擺開。叫道：「和尚！不要走！快留下買路錢，饒你性

---

②龔黃——指漢代循吏龔遂、黃霸，後世常合稱，代表能吏之典刑。

③卓魯——指東漢卓茂、魯恭，二人皆以循吏著稱。

命！牙迸半個『不』字，一刀一個，決不留存！」諕得唐僧在馬上亂戰，沙僧與八戒心慌，對行者道：「師父「怎的了！怎的了！苦奈半夜雨天，又早遇強徒斷路，誠所謂『禍不單行』也！」行者笑道：「師父莫怕，兄弟勿憂。等老孫去問他一問。」

好大聖，束一束虎皮裙子，抖一抖錦布直裰，走近前，叉手當胸道：「列位是做甚麼的？」賊徒喝道：「這廝不知死活，敢來問我！你額顱下沒眼，不認得我是大王爺爺？快將買路錢拿來，放你過去！」行者聞言，滿面陪笑道：「你原來是翦徑的強盜！」賊徒發狠叫：「殺了！」行者假假的驚恐道：「大王！大王！我是鄉村中的和尚，不會說話，沖撞莫怪，莫怪！若要買路錢，不要問那三個，只消問我。我是個管帳的。凡有經錢、襯錢，那裡化緣的、布施的，都在包袱中，盡是我管出入。那個騎馬的，雖是我的師父，他卻只會念經，不管閑事。財色俱忘，一毫沒有。那個黑臉的，是我半路上收的個後生，只會養馬。那個長嘴的，是我雇的長工，只會挑擔。你把三個放過去，我將盤纏、衣鉢盡情送你。」眾賊聽說：「這個和尚倒是個老實頭兒。既如此，饒了你命，教那三個丟下行李，放他過去。」行者回頭使個眼色，沙僧就丟了行李擔子，與師父牽著馬，同八戒往西徑走。行者低頭打開包袱，就地撾把塵土，往上一灑，念個咒語，乃是個定身之法；喝一聲：「住！」那夥賊──共有三十來名──一個個咬著牙，睜著眼，撒著手，直直的站定，莫能言語，不得動身。行者跳出路口，叫道：「師父，回來！回來！」八戒慌了道：「不好，不好！師兄供出我們來了！他身上又無錢財，包袱裡又無金銀，必定是叫師父要馬哩。──叫我們是剝衣服了。」沙僧笑道：「二哥莫亂說！大哥是個了得的。向者那般毒魔狠怪，也能收服，怕這幾個毛賊？他那裡招呼，必有說話，快回去看看。」長老聽言，欣然轉馬，回至邊前，叫道：「悟空，有甚事叫回來也？」行者道：「你們看這些賊是怎的說？」八戒近前推著他，叫道：「強盜，你怎的不動彈了？」那賊渾然無知，不言不語。八戒道：「好的癡痖了？」行者笑道：「是老孫使個定身法定住也。」八戒道：「既定了身，未曾定口，怎麼連聲也不做？」行者道：「師父請下馬坐著。常言道：『只有錯捉，沒有錯放。』兄弟，你們把賊都扳翻倒，綑了，教他供一個供狀，看他是個雛兒強盜，把勢強盜。」沙僧道：「沒繩索哩。」行者即拔下些毫毛，吹口仙氣，變作三十條繩索，一齊下手，把賊扳翻，都四馬攢蹄綑住，卻又念念解呪，那夥賊漸漸甦醒。

行者請唐僧坐在上首，他三人各執兵器喝道：「毛賊！你們一起有多少人？做了幾年買賣，打劫了有多少東西？可曾殺傷人口？還是初犯，卻是二犯、三犯？」眾賊開口道：「爺爺饒命！」行者道：「莫叫喚！從實供來！」眾賊道：「老爺，我們不是久慣做賊的，都是好人家子弟。只因不才，喫酒賭錢，宿娼頑耍，將父祖家業，盡花費了，一向無幹，又無錢用。訪知銅臺府城中寇員外家貲財豪富，昨日合夥，當晚乘夜雨昏黑，就去打劫。劫的有些金銀服飾，在這路北下山凹裡正自分贓，忽見老爺們來，內中有認得是寇員外送行的，必定身邊有物；又見行李沉重，白馬快走，人心不足，故又來邀截。豈知老爺有大神通法力，將我們困住。萬望老爺慈悲，收去那劫的財物，饒了我的性命也！」

三藏聽說是寇家劫的財物，猛然喫了一驚，慌忙站起道：「悟空，寇老員外十分好善，如何招此災厄？」行者笑道：「只為送我們起身，那等彩帳花幢，盛張鼓樂，驚動了人眼目，所以這夥光棍就去下手他家。今又幸遇著我們，奪下他這許多金銀服飾。」三藏道：「我們擾他半月，感激厚恩，無以為報，不如將此財物護送他家，卻不是一件好事？」行者依言。即與八戒、沙僧，去山凹裡取將那些贓物，收拾了，馱在馬上。又教八戒挑了一擔金銀，沙僧挑著自己行李，行者欲將這夥強盜一棍盡情打死，又恐唐僧怪他傷人性命，只得將身一抖，收上毫毛。那夥賊鬆了手腳，爬起來，一個個落草逃生而去。這唐僧轉步回身，將財物送還員外。這一去，卻似飛蛾投火，反受其殃。有詩為證。詩曰：

恩將恩報人間少，反把恩慈變作仇。下水救人終有失，三思行事卻無憂。

三藏師徒們將著金銀服飾拿轉，正行處，忽見那鎗刀簇簇而來。三藏大驚道：「徒弟，你看那兵器簇擁相臨，是甚好歹？」八戒道：「禍來了，禍來了！這是那放去的強盜，他取了兵器，又夥了些人，轉過路來與我們鬥殺也！」沙僧道：「二哥，那來的不是賊勢。——大哥，你仔細觀之。」行者悄悄的向沙僧道：「師父的災星又到了，此必是官兵捕賊之意。」說不了，眾兵卒至邊前，撒開個圈子陣，把他師徒圍住道：「好和尚！打劫了人家東西，還在這裡搖擺哩！」一擁上前，先把唐僧抓下馬來，用繩綑了；又把行者三人，也一齊綑了；穿上扛子，兩個擡一個，趕著馬，奪了擔，徑轉府城。只見那：

唐三藏，戰戰兢兢，滴淚難言。豬八戒，絮絮叨叨，心中報怨。沙和尚，囊突突，意下躊躇。孫行者，笑唏唏，要施手段。

眾官兵攢擁扛擡，須臾間，拿到城裡。徑自解上黃堂報道：「老爺，民快人等，捕獲強盜來了。」那刺史端坐堂上，賞勞了民快，檢看了賊贓，當叫寇家領去。卻將三藏等提近廳前，問道：「你這起和尚，口稱是東土遠來，向西天拜佛，卻原來是些設法躧看門路，打家劫舍之賊！」三藏道：「大人容告：貧僧實不是賊，決不敢假，隨身現有通關文牒可照。只因寇員外家齋我等半月，情意深重，我等路遇強盜，奪轉打劫寇家的財物，因送還寇家報恩，不期民快人等捉獲，以為是賊，實不是賊。望大人詳察。」刺史道：「你這廝見官兵捕獲，卻巧言報恩。既是路遇強盜，何不連他捉來，報官報恩？如何只是你四眾！你看！寇梁遞得失狀，坐名告你，你還敢展掙？」三藏聞言，一似大海烹舟④，魂飛魄喪，叫：「悟空，你何不上來折辯？」行者道：「有贓是實，折辯何為！」刺史道：「正是呵！贓證現在，還敢抵賴？」叫手下：「拿腦箍來，把這禿賊的光頭箍他一箍，然後再打！」行者慌了，心中暗想道：「雖是我師父該有此難，還不可教他十分受苦。」他見那皂隸們收拾索子，結腦箍，即便開口道：「大人且莫箍那個和尚。昨夜打劫寇家，點燈的也是我，持刀的也是我，劫財的也是我，殺人的也是我。我是個賊頭，要打只打我，與他們無干。但只不放我便是。」刺史聞言，就教：「先箍起這個來。」皂隸們齊來上手，把行者套上腦箍，收緊了一勒，扢扑的把索子斷了。又結又箍，又扢扑的斷了。一連箍了三四次，他的頭皮，皺也不曾皺得一些兒。卻又換索子再結時，只聽得有人來報道：「老爺，都下陳少保爺爺到了。請老爺出郭迎接。」那刺史即命刑房吏：「把賊收監，好生看轄。待我接過上司，再行拷問。」刑房吏遂將唐僧四眾推進監門。八戒、沙僧將自己行李擔進隨身。

三藏道：「徒弟，這是怎麼起的？」行者笑道：「師父，進去！進去！這裡邊沒狗叫，倒好耍子！」可憐把四眾捉將進去，一個個都推入轄牀⑤，扣拽了滾肚⑥、敵腦，攀胸。禁子們又來亂打。三藏苦

---

④大海烹舟——形容處境危險無援的樣子。
⑤轄牀——刑具，用來固定犯人受刑的平板。
⑥滾肚——刑具，搭在腹部的棍子。

聯經出版事業公司　校印

痛難禁，只叫：「悟空！怎的好！怎的好！」行者道：「他打是要錢哩。常言道：『好處安身，苦處用錢。』如今與他些錢，便罷了。」三藏道：「我的錢自何來？」行者道：「若沒錢，衣物也是。把那袈裟與了他罷。」三藏聽說，就如刀刺其心。一時間見他打不過，無奈只得開言道：「悟空，隨你罷。」行者便叫：「列位長官，不必打了。我們擔進來的那兩個包袱中，有一件錦襴袈裟，價值千金。你們解開拿了去罷。」眾禁子聽言，一齊動手，把兩個包袱解看，雖有幾件布衣，雖有個引袋，俱不值錢。只見幾層油紙包裹著一物，霞光焰焰，知是好物。抖開看時，但只見：

巧妙明珠綴，稀奇佛寶攢，盤龍鋪繡結，飛鳳錦沿邊。

眾皆爭看，又驚動本司獄官，走來喝道：「你們在此嚷甚的？」禁子們跪道：「老爹纔卻提控，送下四個和尚，乃是大夥強盜。他見我們打了他幾下，把這兩個包袱與我。我們打開看時，見有此物，無可處置。若眾人扯破分之，其實可惜；若獨歸一人，眾人無利。幸老爹來，憑老爹做個劈著⑦。」獄官見了，乃是一件袈裟，又將別項衣服，並引袋兒通檢看了。又打開袋內關文一看，見有各國的寶印花押，道：「早是我來看呀！不然，你們都撞出事來了。這和尚不是強盜。切莫動他衣服。待明日太爺再審，方知端的。」眾禁子聽言，將包袱還與他，照舊包裹，交與獄官收訖。

漸漸天晚，聽得樓頭起鼓，火甲巡更。捱至四更三點，行者見他們都不呻吟，盡皆睡著。他暗想道：「師父該有這一夜牢獄之災。老孫不開口折辯，不使法力者，蓋為此耳。如今四更將盡，災將滿矣，

⑦劈著——主張。

我須去打點打點，天明好出牢門。」你看他弄本事，將身小一小，脫出轄牀，搖身一變，變做個猛蟲兒。從房簷瓦縫裡飛出。見那星光月皎，正是清和夜靜之天，他認了方向，徑飛向寇家門首。只見那街西下一家兒燈火明亮。又飛近他門口看時，原來是個做豆腐的。見一個老頭兒燒火，媽媽兒擠漿。那老兒忽的叫聲：「媽媽，寇大官且是有子有財，只是沒壽。我和他小時，同學讀書，我還大他五歲。他老子叫做寇銘，當時也不上千畝田地，放些租帳，也討不起。他到二十歲時，那銘老兒死了，他掌著家當。其實也是他一步好運，娶的妻是那張旺之女，小名叫做穿針兒，卻倒旺夫。自進他門，種田又收，放帳又起；買著的有利，做著的賺錢。被他如今掙了有十萬家私。他到四十歲上，就回心向善，齋了萬僧。不期昨夜被強盜踢死。可憐！今年纔六十四歲，正好享用，何期這等向善，不得好報，乃死於非命？可嘆！可嘆！」

行者一一聽之，卻早五更初點。他就飛入寇家，只見那堂屋裡已停著棺材，材頭邊點著燈，擺列著香燭花果，媽媽在旁啼哭；又見他兩個兒子也來拜哭，兩個媳婦拿兩碗飯兒供獻。行者就釘在他材頭上，咳嗽了一聲。諕得那兩個媳婦，查手舞腳⑧的往外跑；寇梁兄弟，伏在地下，不敢動。只叫：「爺爺！嗏！嗏！嗏！……」那媽媽子膽大，把材頭撲了一把道：「老員外，你活了？」行者學著那員外的聲音道：「我不曾活。」兩個兒子一發慌了，不住的磕頭垂淚，只叫：「爺爺！嗏！嗏！嗏！」媽媽子硬著膽，又問道：「員外，你不曾活，如何說話？」行者道：「我是閻王差鬼使押將來家與你們

---

⑧查手舞腳——雙手雙腳忙亂的揮舞踏動，形容驚慌的樣子。

講話的——說道：『那張氏穿針兒枉口誑舌，陷害無辜。』」那媽媽子聽見叫他小名，慌得跪倒磕頭道：「好老兒呵！這等大年紀還叫我的小名兒！我那些枉口誑舌，害甚麼無辜？」行者喝道：「那裡有個甚麼『唐僧點著火，八戒叫殺人。沙僧劫出金銀去，行者打死你父親？』只因你誑言，把那好人受難：那唐朝四位老師，路遇強徒，奪將財物，送來謝我，是何等好意！你卻假捻失狀，著兒子們首官，官府又未細審；又如今把他們監禁，那獄神、土地、城隍俱慌了，坐立不寧，報與閻王。閻王轉差鬼使押解我來家，教你們趁早解放他去；不然，教我在家攪鬧一月，將合家老幼並雞狗之類，一個也不存留！」寇梁兄弟，又磕頭哀告道：「爹爹請回，切莫傷殘老幼。待天明就去本府投遞解狀，領認招回，只求存歿均安也。」行者聽了，即叫：「燒紙，我去呀！」他一家兒都來燒紙。

行者一翅飛起，徑又飛至刺史住宅裡面。低頭觀看，那房內裡已有燈光，見刺史已起來了。他就飛進中堂看時，只見中間後壁掛著一軸畫兒，是一個官兒騎著一匹點子馬，有幾個從人，打著一把青傘，搴著一張交牀⑨，更不識是甚麼故事，行者就釘在中間。忽然那刺史自房裡出來，灣著腰梳洗。行者猛的裡咳嗽一聲，把刺史諕得慌慌張張，走入房內。梳洗畢，穿了大衣，即出來對著畫兒焚香禱告道：「伯考姜公乾一神位。孝姪姜坤三蒙祖上德廕，忝中甲科，今叨受銅臺府刺史，旦夕侍奉香火不絕，為何今日發聲？切勿為邪為祟，恐諕家眾！」行者暗笑道：「此是他大爺的神子⑩！」卻就綽著經兒

⑨交牀——即交椅，一種有扶手及靠背的椅子。
⑩神子——祖先的遺像。

聯經出版事業公司　校印

叫道：「坤三賢姪，你做官雖承祖廕，一向清廉，怎的昨日無知，把四個聖僧當賊，不審來音，因於禁內！那獄神、土地、城隍不安，報與閻君，閻君差鬼使押我來對你說，教你推情察理，快快解放他；不然，就教你去陰司折證也。」刺史聽言，心中悚懼道：「大爺請回，小姪升堂，當就釋放。」行者道：「既如此，燒紙來。我去見閻君回話。」刺史復添香燒紙拜謝。

行者又飛出來看時，東方早已發白。及飛到地靈縣，又見那合縣官卻都在堂上。他思道：「猛蟲兒說話，被人看見，露出馬腳來不好。」他就半空中，改了個大法身，從空裡伸下一隻腳來，把個縣堂躧滿。口中叫道：「眾官聽著：我乃玉帝差來的浪蕩遊神。說你這府監裡屈打了取經的佛子，驚動三界諸神不安，教我傳說，趁早放他；若有差池，教我再來一腳，先踢死合府縣官，後躧死四境居民，把城池都踏為灰燼！」概縣官吏人等，慌得一齊跪倒，磕頭禮拜道：「上聖請回。我們如今進府，稟上府尊，即教放出。千萬莫動腳，驚諕死下官。」行者纔收了法身，仍變做個猛蟲兒，從監房瓦縫兒裡飛入，依舊鑽在轄牀中間睡著。

卻說那刺史升堂，纔擡出投文牌去，早有寇梁兄弟，抱牌跪門叫喊。刺史著令進來。二人將解狀遞上。刺史見了，發怒道：「你昨日遞了失狀，就與你拿了賊來，你又領了贓去，怎麼今日又來遞解狀？」二人滴淚道：「老爺，昨夜小的父親顯魂道：『唐朝聖僧，原將賊徒拿住，拿獲財物，放了賊去，好意將財物送還我家報恩，怎麼反將他當賊，拿在獄中受苦！獄中土地城隍俱不安，報了閻王，閻王差鬼使押解我來教你赴府再告，釋放唐僧，庶免災咎；不然，老幼皆亡。』因此，特來遞個解詞。望老爺方便！方便！」刺史聽他說了這話，卻暗想道：「他那父親，乃是熱屍，新鬼顯魂，報應猶可；我伯父死去五六年了，卻怎麼今夜也來顯魂，教我審放？……看起來必是寃枉。」

正忖度間，只見那地靈縣知縣等官，急急跑上堂，亂道：「老大人，不好了！不好了！適纔玉帝差浪蕩遊神下界，教你快放獄中好人。昨日拿的那些和尚，不是強盜，都是取經的佛子。若少遲延，就要踢殺我等官員，還要把城池連百姓都踏為灰燼。」刺史又大驚失色，即叫刑房吏火速寫牌提出。當時開了監門提出。八戒愁道：「今日又不知怎的打哩。」行者笑道：「管你一下兒也不敢打。老孫俱已幹辦停當。上堂切不可下跪，他還要下來請我們上坐。卻等我問他要行李、馬匹。少了一些兒，等我打他你看。」

說不了，已至堂口。那刺史、知縣並府縣大小官員，一見都下來迎接道：「聖僧昨日來時，一則接上司忙迫，二則又見了所獲之贓，未及細問端的。」唐僧合掌躬身，又將前情細陳了一遍。眾官滿口認稱，都道：「錯了，錯了！莫怪，莫怪！」又問獄中可曾有甚疏失。行者近前努目睜看，厲聲高叫道：「我的白馬是堂上人得了，行李是獄中人得了，快快還我！今日卻該我拷較你們了！枉拿平人做賊，你們該個甚罪？」府縣官見他作惡，無一個不怕，即便叫收馬的牽馬來，收行李的取行李來，一一交付明白。你看他三人一個個逞兇，眾官只以寇家遮飾。三藏勸解了道：「徒弟，是也不得明白。我們且到寇家去，一則弔問，二來與他對證對證，看是何人見我做賊。」行者道：「說得是。等老孫把那死的叫起來，看是那個打他。」沙僧就在府堂上把唐僧撮上馬，吆吆喝喝，一擁而出。那些府縣多官，也一一俱到寇家。諕得那寇梁兄弟在門前不住的磕頭，接進廳。只見他孝堂之中，一家兒都在孝幔裡啼哭。行者叫道：「那打誑語栽害平人的媽媽子，且莫哭！等老孫叫你老公來，看他說是那個

聯經出版事業公司 校印

打死的，羞他一羞！」衆官員只道孫行者說的是笑話。行者道：「列位大人，略陪我師父坐坐。——八戒、沙僧，好生保護。等我去了就來。」

好大聖，跳出門，望空就起。只見那徧地彩霞籠住宅，一天瑞氣護元神。衆等方纔認得是個騰雲駕霧之仙，起死回生之聖。這裡一一焚香禮拜不題。

那大聖一路觔斗雲，直至幽冥地界，徑撞入森羅殿上，慌得那：

十代閻君拱手接，五方鬼判叩頭迎。千株劍樹皆欹側，萬疊刀山盡坦平。枉死城中魑魅化，奈何橋下鬼超生。正是那神光一照如天赦，黑暗陰司處處明。

十閻王接下大聖，相見了，問及何來何幹。行者道：「銅臺府地靈縣齋僧的寇洪之鬼，是那個收了？快點查來與我。」秦廣王道：「寇洪善士，也不曾有鬼使勾他，他自家到此，遇著地藏王的金衣童子，他引見地藏也。」行者即別了，徑至翠雲宮見地藏王菩薩。菩薩與他禮畢，且言前事。菩薩喜道：「寇洪陽壽，止該卦數，命終，不染牀席，棄世而去。我因他齋僧，是個善士，收他做個掌善緣簿子的案長。既大聖來取，我再延他陽壽一紀，教他跟大聖去。」金衣童子遂領出寇洪。寇洪見了行者，聲聲叫道：「老師！老師！救我一救！」行者道：「你被強盜踢死。此乃陰司地藏王菩薩之處。我老孫特來取你到陽世間，對明此事。既蒙菩薩放回，又延你陽壽一紀，待十二年之後，你再來也。」那員外頂禮不盡。

行者謝辭了菩薩，將他吹化為氣，掉於衣袖之間。同去幽府，復返陽間。駕雲頭，到了寇家。即喚八戒捎開材蓋，把他魂靈兒推付本身。須臾間，透出氣來活了。那員外爬出材來，對唐僧四衆磕頭道：

聯經出版事業公司　校印

「師父！師父！寇洪死於非命，蒙師父至陰司救活，乃再造之恩！」言謝不已，及回頭，見各官羅列，即又磕頭道：「列位老爹都如何在舍？」那刺史道：「你兒子始初遞失狀，坐名告了聖僧，我即差人捕獲；不期聖僧路遇殺劫你家之賊，奪取財物，送還你家；是我下人誤捉，未得詳審，當送監禁。今夜被你顯魂，我先伯亦來家訴告；縣中又蒙浪蕩遊神下界；一時就有這許多顯應，所以放出聖僧，聖僧卻又去救活你也。」那員外跪道：「老爹，其實枉了這四位聖僧！那夜有三十多名強盜，明火執杖，劫去家私，是我難捨，向賊理說，不期被他一腳，撩陰踢死，與這四位何干？」——叫過妻子來，——「是誰人踢死，你等輒敢妄告？請老爹定罪。」當時一家老小，只是磕頭。刺史寬恩，免其罪過。寇洪教安排筵宴，酬謝府縣厚恩。個個未坐回衙。至次日，再掛齋僧牌，又款留三藏；三藏決不肯住。卻又請親友，辦旌幢，如前送行而去。咦！這正是：

地闊能存凶惡事，天高不負善心人。逍遙穩步如來徑，只到靈山極樂門。

畢竟不知見佛如何，且聽下回分解。

第九十八回　猿熟馬馴方脱殼　功成行滿見眞如

寇員外既得回生，復整理了幢旛鼓樂，僧道親友，依舊送行不題。卻說唐僧四眾，上了大路。果然西方佛地，與他處不同，見了些琪花、瑤草、古柏、蒼松。所過地方，家家向善，戶戶齋僧。每逢山下人修行，又見林間客誦經。師徒們夜宿曉行，又經有六七日，忽見一帶高樓，幾層傑閣。真個是：

沖天百尺，聳漢凌空。低頭觀落日，引手摘飛星。豁達牕軒吞宇宙，嵯峨棟宇接雲屏。黃鶴信來秋樹老，彩鸞書到晚風清。此乃是靈宮寶闕，琳館珠庭。真堂談道，宇宙傳經。花向春來美，松臨雨過青。紫芝仙果年年秀，丹鳳儀翔萬感靈。

三藏舉鞭遙指道：「悟空，好去處耶！」行者道：「師父，你在那假境界、假佛像處，倒強要下拜；今日到了這真境界、真佛像處，倒還不下馬，是怎的說？」三藏聞言，慌得翻身跳下來，已到了那樓閣門首。只見一個道童，斜立在山門之前，叫道：「那來的莫非東土取經人麼？」長老急整衣，擡頭觀看。見他：

身披錦衣，手搖玉麈。身披錦衣，寶閣瑤池常赴宴；手搖玉麈，丹臺紫府每揮塵。肘懸仙籙，足踏履鞋。飄然真羽士①，秀麗實奇哉。煉就長生居勝境，修成永壽脫塵埃。聖僧不識靈山客，當年金頂大仙來。

孫大聖認得他，即叫：「師父，此乃是靈山腳下玉真觀金頂大仙，他來接我們哩。」三藏方纔醒悟，進前施禮。大仙笑道：「聖僧今年纔到。我被觀音菩薩哄了。他十年前領佛金旨，向東土尋取經人，原說二三年就到我處，我年年等候，渺無消息，不意今年纔相逢也。」三藏合掌道：「有勞大仙盛意，感激！感激！」遂此四眾牽馬挑擔，同入觀裡，卻又與大仙一一相見。即命看茶擺齋，又叫小童兒燒香湯與聖僧沐浴了，好登佛地。正是那：

功滿行完宜沐浴，煉馴本性合天真。千辛萬苦今方息，九戒三皈始自新。魔盡果然登佛地，災消故得見沙門。洗塵滌垢全無染，反本還原不壞身。

師徒們沐浴了，不覺天色將晚。就於玉真觀安歇。

次早，唐僧換了衣服，披上錦襴袈裟，戴了毘盧帽，手持錫杖，登堂拜辭大仙。大仙笑道：「昨日襤縷，今日鮮明，覩此相，真佛子也。」三藏拜別就行。大仙道：「且住，等我送你。」行者道：「不必你送，老孫認得路。」大仙道：「你認得的是雲路，聖僧還未登雲路，當從本路而行。」行者道：「這個講得是。老孫雖走了幾遭，只是雲來雲去，實不曾踏著此地，既有本路，還煩你送送。我師父

①羽士——道士。

拜佛心重，幸勿遲疑。」那大仙笑吟吟，攜著唐僧手，接引旃壇上法門。原來這條路不出山門，就是觀宇中堂，穿出後門便是。大仙指著靈山道：「聖僧，你看那半天中有祥光五色，瑞靄千重的，就是靈鷲高峰，佛祖之聖境也。」唐僧見了就拜。行者笑道：「師父，還不到拜處哩。常言道：『望山走倒馬。』離此鎭還有許遠，如何就拜！若拜到頂上，得多少頭磕是？」大仙道：「聖僧，你與大聖、天篷、捲簾四位，已到福地，望見靈山，我回去也。」三藏遂拜辭而去。

大聖引著唐僧等，徐徐緩步登了靈山。不上五六里，見了一道活水響潺潺，滾浪飛流，約有八九里寬闊，四無人跡。三藏心驚道：「悟空，這路來得差了。敢莫大仙錯指了？此水這般寬闊，這般洶湧，又不見舟楫，如何可渡？」行者笑道：「不差！你看那壁廂不是一座大橋？要從那橋上行過去，方成正果哩。」長老等又近前看時，橋邊有一匾，匾上有「凌雲渡」三字。原來是一根獨木橋。正是：

遠看橫空如玉棟，近觀斷水一枯槎。維河架海還容易，獨木單梁人怎踏！

萬丈虹霓平臥影，千尋白練接天涯。十分細滑渾難渡，除是神仙步彩霞。

三藏心驚膽戰道：「悟空，這橋不是人走的。我們別尋路徑去來。」行者笑道：「正是路！正是路！」八戒慌了道：「這是路，那個敢走？水面又寬，波浪又湧，獨獨一根木頭，又細又滑，怎生動腳？」行者道：「你都站下，等老孫走個兒你看。」

好大聖，拽開步，跳上獨木橋，搖搖擺擺。須臾，跑將過去，在那邊招呼道：「過來！過來！」唐僧搖手。八戒、沙僧咬指道：「難！難！難！」行者又從那邊跑過來，拉著八戒道：「獃子，跟我走，跟我走！」那八戒臥倒在地道：「滑！滑！滑！走不得！你饒我罷！讓我駕風霧過去！」行者按住道：

「這是什麼去處，許你駕風霧？必須從此橋上走過，方可成佛。」八戒道：「哥呵，佛做不成也罷，實是走不成！」

他兩個在那橋邊，滾滾爬爬，扯扯拉拉的耍鬥，沙僧走去勸解，纔撒脫了手。三藏回頭，忽見那下溜中有一人撐一隻船來，叫道：「上渡，上渡！」長老大喜道：「徒弟，休得亂頑，那裡有隻渡船兒來了。」他三個跳起來站定，同眼觀看，那船兒來得至近，原來是一隻無底的船兒。行者火眼金睛，早已認得是接引佛祖，又稱為南無寶幢光王佛②。行者卻不題破，只管叫：「這裡來！撐攏來！」霎時撐近岸邊，又叫：「上渡！上渡！」三藏見了，又心驚道：「你這無底的破船兒，如何渡人？」佛祖道：「我這船：

鴻濛初判有聲名，幸我撐來不變更。有浪有風還自穩，無終無始樂昇平。

六塵不染能歸一，萬劫安然自在行。無底船兒難過海，今來古往渡群生。」

孫大聖合掌稱謝道：「承盛意，接引吾師。——師父，上船去，他這船兒，雖是無底，卻穩；縱有風浪，也不得翻。」長老還自驚疑，行者扠著膊子，往上一推。那師父踏不住腳，轂轆的跌在水裡，早被撐船人一把扯起，站在船上。師父還抖衣服、垛鞋腳，報怨行者。行者卻引沙僧、八戒，牽馬挑擔，也上了船，都立在艄艚③之上。那佛祖輕輕用力撐開，只見上溜頭泱下一個死屍。長老見了大驚，行

②寶幢光王佛——寶幢如來，胎藏界中臺八葉院東方尊者。

③艄艚——指船頭。

聯經出版事業公司 校印

者笑道：「師父莫怕。那個原來是你。」八戒也道：「是你，是你！」沙僧拍著手，也道：「是你，是你！」那撐船的打著號子④也說：「那是你！可賀，可賀！」

他們三人，也一齊聲相和。撐著船，不一時，穩穩當當的過了凌雲仙渡。三藏纔轉身，輕輕的跳上彼岸。有詩為證。詩曰：

脫卻胎胞骨肉身，相親相愛是元神。今朝行滿方成佛，洗淨當年六六塵⑤。

此誠所謂廣大智慧，登彼岸無極之法。四眾上岸回頭，連無底船兒卻不知去向。行者方說是接引佛祖。三藏方纔省悟，急轉身，反謝了三個徒弟。行者道：「兩不相謝，彼此皆扶持也。我等虧師父解脫，借門路修功，幸成了正果。師父也賴我等保護，秉教伽持，喜脫了凡胎。師父，你看這面前花草松篁，鸞鳳鶴鹿之勝境，比那妖邪顯化之處，孰美孰惡？何善何兇？」三藏稱謝不已。一個個身輕體快，步上靈山。早見那雷音古剎：

頂摩霄漢中，根接須彌脈。巧峰排列，怪石參差。懸崖下瑤草琪花，曲徑旁紫芝香蕙。仙猿摘果入桃林，卻似火燒金，白鶴棲松立枝頭，渾如煙捧玉。彩鳳雙雙，青鸞對對。彩鳳雙雙，向日一鳴天下瑞；青鸞對對，迎風耀舞世間稀。又見那黃森森金瓦疊鴛鴦，明晃晃花磚鋪瑪瑙。東一行，

---

④號子——工人集體工作時，常常呼喊一種口號，一方面調節一致的行動，一方面也可減輕疲勞，提高工作的效率。

⑤六六塵——佛經稱色、聲、香、味、觸、法六者為塵；眼、耳、鼻、舌、身、意六者為罪孽根源，六塵與六根相接，而產生種種嗜慾，導致種種煩惱。

西一行，盡都是蕊宮珠闕；南一帶，北一帶，看不了寶閣珍樓。天王殿上放霞光，護法堂前噴紫燄。浮屠塔顯，優鉢花香。正是地勝疑天別，雲閑覺晝長，紅塵不到諸緣盡，萬劫無虧大法堂。

師徒們逍逍遙遙，走上靈山之頂。又見青松林下列優婆⑥，翠柏叢中排善士。長老就便施禮，慌得那優婆塞、優婆夷、比丘僧、比丘尼合掌道：「聖僧且休行禮。待見了牟尼，卻來相敘。」行者笑道：「早哩！早哩！且去拜上位者。」

那長老手舞足蹈，隨著行者，直至雷音寺山門之外，那廂有四大金剛迎住道：「聖僧來耶？」三藏躬身道：「是，弟子玄奘到了。」答畢，就欲進門。金剛道：「聖僧少待，容稟過再進。」那金剛著一個轉山門報與二門上四大金剛，說唐僧到了；二門上又傳入三門上，說唐僧到了；三山門內原是打供的神僧，聞得唐僧到時，急至大雄殿下，報與如來至尊釋迦牟尼文佛說：「唐朝聖僧，到於寶山，取經來了。」佛爺爺大喜。即召聚八菩薩、四金剛、五百阿羅、三千揭諦、十一大曜、十八伽藍，兩行排列，卻傳金旨，召唐僧進。那裡邊，一層一節，欽依佛旨，叫：「聖僧進來。」這唐僧循規蹈矩，同悟空、悟能、悟淨，牽馬挑擔，徑入山門。正是：

當年奮志奉欽差，領牒辭王出玉階。清曉登山迎霧露，黃昏枕石臥雲霾。
挑禪遠步三千水，飛錫長行萬里崖。念念在心求正果，今朝始得見如來。

---

⑥優婆——佛教稱在家奉佛之女子為優婆夷，義譯為清淨女、清信女、近善女；在家奉佛之男子叫優婆塞，意譯為清信士、近善男、善宿男。此處即二者之合稱。

四眾到大雄寶殿殿前，對如來倒身下拜。拜罷，又向左右再拜，各各三匝已遍，復向佛祖長跪，將通關文牒奉上。如來一一看了，還遞與三藏。三藏頫顖作禮，啟上道：「弟子玄奘，奉東土大唐皇帝旨意，遙詣寶山，拜求真經，以濟眾生。望我佛祖垂恩，早賜回國。」如來方開憐憫之口，大發慈悲之心，對三藏言曰：「你那東土乃南贍部洲。只因天高地厚，物廣人稠，多貪多殺，多淫多誑，多欺多詐；不遵佛教，不向善緣，不敬三光，不重五穀；不忠不孝，不義不仁，瞞心昧己，大斗小秤，害命殺牲，造下無邊之孽，罪盈惡滿，致有地獄之災：所以永墮幽冥，受那許多碓搗磨舂之苦，變化畜類。有那許多披毛頂角之形，將身體還債，將肉飼人。其永墮阿鼻，不得超昇者，皆此之故也。雖有孔氏在彼立下仁義禮智之教，帝王相繼，治有徒流絞斬之刑，其如愚昧不明，放縱無忌之輩何耶！我今有經三藏，可以超脫苦惱，解釋災愆。三藏：有《法》一藏，談天；有《論》一藏，說地；有《經》一藏，度鬼。共計三十五部，該一萬五千一百四十四卷。真是修真之徑，正善之門。凡天下四大部洲之天文、地理、人物、鳥獸、花木、器用、人事，無般不載。汝等遠來，待要全付與汝取去，但那方之人，愚蠢村強，毀謗真言，不識我沙門之奧旨。」叫：「阿儺、伽葉，你兩個引他四眾，到珍樓之下，先將齋食待他。齋罷，開了寶閣，將我那三藏經中，三十五部之內，各檢幾卷與他，教他傳流東土，永注洪恩。」

二尊者即奉佛旨，將他四眾，領至樓下。看不盡那奇珍異寶，擺列無窮。只見那設供的諸神，鋪排齋宴，並皆是仙品、仙餚、仙茶、仙果，珍饈百味，與凡世不同。師徒們頂禮了佛恩，隨心享用。其實是：

寶焰金光映目明，異香奇品更微精。千層金閣無窮麗，一派仙音入耳清。

素味仙花人罕見，香茶異食得長生。向來受盡千般苦，今日榮華喜道成。

這番造化了八戒，便宜了沙僧。佛祖處正壽長生，脫胎換骨之饌，儘著他受用。二尊者陪奉四眾餐畢，卻入寶閣，開門登看。那廂有霞光瑞氣，籠罩千重；彩霧祥雲，遮漫萬道。經櫃上，寶篋外，都貼了紅簽，楷書著經卷名目。乃是：

《涅槃經》一部……七百四十八卷
《佛國雜經》一部……一千九百五十卷
《虛空藏經》一部……四百卷
《大智度經》一部……一千八十卷
《恩意經大集》一部……五十卷
《本閣經》一部……八百五十卷
《寶藏經》一部……四十五卷
《大孔雀經》一部……二百二十卷
《禮真如經》一部……九十卷
《具舍論經》一部……二百卷
《大光明經》一部……三百卷
《菩薩經》一部……一千二十一卷
《維摩經》一部……一百七十卷
《首楞嚴經》一部……一百一十卷
《金剛經》……一百卷
《決定經》一部……一百四十卷
《佛本行經》一部……八百卷
《華嚴經》一部……五百卷
《菩薩戒經》一部……一百一十六卷
《大般若經》一部……九百一十六卷
《摩竭經》一部……三百五十卷
《未曾有經》一部……一千一百一十卷
《瑜伽經》一部……一百卷
《三論別經》一部……二百七十卷
《西天論經》一部……一百三十卷
《正法論經》一部……一百二十卷

《五龍經》一部……三十二卷　《起信論經》一部……一千卷
《大集經》一部……一百三十卷　《寶威經》一部……一千二百八十卷
《法華經》一部……一百卷　《正律文經》一部……二百卷
《寶常經》一部……二百二十卷　《維識論經》一部……一百卷
《僧祇經》一部……一百五十七卷

阿儺、伽葉引唐僧看遍經名，對唐僧道：「聖僧東土到此，有些甚麼人事⑦送我們？快拿出來，好傳經與你去。」三藏聞言道：「弟子玄奘，來路迢遙，不曾備得。」二尊者笑道：「好，好，好！白手傳經繼世，後人當餓死矣！」行者見他講口扭捏，不肯傳經，他忍不住叫噪道：「師父，我們去告如來，教他自家來把經與老孫也。」阿儺道：「莫嚷！此是甚麼去處，你還撒野放刁！到這邊來接著經。」八戒、沙僧耐住了性子，勸住了行者，轉身來接。一卷卷收在包裡，馱在馬上，又綑了兩擔，八戒與沙僧挑著，卻來寶座前叩頭，謝了如來，一直出門。逢一位佛祖，拜兩拜；見一尊菩薩，拜兩拜。又到大門，拜了比丘僧、尼，優婆夷、塞，一一相辭，下山奔路不題。

卻說那寶閣上有一尊燃燈古佛⑧，他在閣上，暗暗的聽著那傳經之事，心中甚明。——原是阿儺、伽葉將無字之經傳去。——卻自笑云：「東土眾僧愚迷，不識無字之經，卻不枉費了聖僧這場跋涉？」

⑦人事——禮物。
⑧燃燈古佛——佛名，佛生時周身有光如燈，即定光佛。

問：「座邊有誰在此？」只見白雄尊者閃出。古佛吩咐道：「你可作起神威，飛星趕上唐僧，把那無字之經奪了，教他再來求取有字真經。」白雄尊者即駕狂風，滾離了雷音寺山門之外，大作神威。那陣好風，真個是：

佛前勇士，不比巽二風神。仙竅怒號，遠賽吹噓少女。這一陣，魚龍皆失穴，江海逆波濤。玄猿棒果難來獻，黃鶴回雲找舊巢。丹鳳清音鳴不美，錦雞喔運叫聲嘈。青松枝折，優鉢花飄。翠竹竿竿倒，金蓮朵朵搖。鐘聲遠送三千里，經韻輕飛萬壑高。崖下奇花殘美色，路旁瑤草偃鮮苗。彩鸞難舞翅，白鹿躲山崖。蕩蕩異香漫宇宙，清清風氣徹雲霄。

那唐長老正行間，忽聞香風滾滾，只道是佛祖之禎祥，未曾提防。又聞得響一聲，半空中伸下一隻手來，將馬䭾的經，輕輕搶去，諕得個三藏搥胸叫喚，八戒滾地來追，沙和尚護守著經擔，孫行者急趕去如飛。那白雄尊者，見行者趕得將近，恐他棒頭上沒眼，一時間不分好歹，打傷身體，即將經包捽碎，抛在塵埃。行者見經包破落，又被香風吹得飄零，卻就按下雲頭顧經，不去追趕。那白雄尊者收風斂霧，回報古佛不題。

八戒去追趕，見經本落下，遂與行者收拾背著，來見唐僧。唐僧滿眼垂淚道：「徒弟呀！這個極樂世界，也還有兇魔欺害哩！」沙僧接了抱著的散經，打開看時，原來雪白，並無半點字跡。慌忙遞與三藏道：「師父，這一卷沒字。」行者又打開一卷，看時，也無字。八戒打開一卷，也無字。三藏叫：「通打開來看看。」卷卷俱是白紙。長老短嘆長吁的道：「我東土人果是沒福！似這般無字的空本，取去何用？怎麼敢見唐王！誑君之罪，誠不容誅也！」行者早已知之，對唐僧道：「師父，不消說了。

聯經出版事業公司校印

這就是阿儺、伽葉那廝，問我要人事，沒有，故將此白紙本子與我們來了。快回去告在如來之前，問他掯財作弊之罪。」八戒嚷道：「正是！正是！告他去來！」四眾急急回山，無好步，忙忙又轉上雷音。不多時，到於山門之外，眾皆拱手相迎，笑道：「聖僧是換經來的？」三藏點頭稱謝。眾金剛也不阻攔，讓他進去，直至大雄殿前。行者嚷道：「如來！我師徒們受了萬蜇千魔，自東土拜到此處，蒙如來吩咐傳經，被阿儺、伽葉掯財不遂，通同作弊，故意將無字的白紙本兒教我們拿去，我們拿他去何用，望如來敕治！」佛祖笑道：「你且休嚷。他兩個問你要人事之情，我已知矣。但只是經不可輕傳，亦不可以空取。向時眾比丘聖僧下山，曾將此經在舍衛國趙長者家與他誦了一遍，保他家生者安全，亡者超脫，只討得他三斗三升米粒黃金回來。我還說他們忒賣賤了，教後代兒孫沒錢使用。你如今空手來取，是以傳了白本。白本者，乃無字眞經，倒也是好的。因你那東土眾生，愚迷不悟，只可以此傳之耳。」即叫：「阿儺、伽葉，快將有字的眞經，每部中各檢幾卷與他，來此報數。」

二尊者復領四眾，到珍樓寶閣之下，仍問唐僧要些人事。三藏無物奉承，即命沙僧取出紫金鉢盂，雙手奉上道：「弟子委是窮寒路遠，不曾備得人事。這鉢盂乃唐王親手所賜，教弟子持此，沿路化齋。今特奉上，聊表寸心。萬望尊者將此收下，待回朝奏上唐王，定有厚謝。只是以有字眞經賜下，庶不孤欽差之意，遠涉之勞也。」那阿儺接了，但微微而笑。被那些管珍樓的力士、管香積的庖丁、看閣的尊者，你抹他臉，我撲他背，彈指的、扭唇的，一個個笑道：「不羞！不羞！需索取經的人事！」須臾，把臉皮都羞皺了，只是拿著鉢盂不放。伽葉卻纔進閣檢經，一一查與三藏。三藏卻叫：「徒弟們，你們都好生看看，莫似前番。」他三人接一卷，看一卷，卻都是有字的。傳了五千零四十八卷，乃一藏之數。收拾齊整，馱在馬上。剩下的，還裝了一擔，八戒挑著。自己行李，沙僧挑著。行者牽了馬，唐僧拿了錫杖，按一按毘盧帽，抖一抖錦袈裟，纔喜喜歡歡，到我佛如來之前。正是那：

　　《大藏真經》滋味甜，如來造就甚精嚴。須知玄奘登山苦，可笑阿儺卻愛錢。
　　先次未詳虧古佛，後來真實始安然。至今得意傳東土，大眾均將雨露沾。

阿儺、伽葉引唐僧來見如來。如來高陞蓮座，指令降龍、伏虎二大羅漢敲響雲磬，遍請三千諸佛，三千揭諦、八金剛、四菩薩、五百尊羅漢、八百比丘僧、大眾優婆塞、比丘尼，優婆夷，各天各洞，福地靈山，大小尊者聖僧，該坐的請登寶座，該立的侍立兩旁。一時間，天樂遙聞，仙音嘹亮，滿空中祥光疊疊，瑞氣重重，諸佛畢集，參見了如來。如來問：「阿儺、伽葉，傳了多少經卷與他？可一一報數。」二尊者即開報：「現付去唐朝：

《涅槃經》……四百卷　　《佛本行經》……一百一十六卷
《虛空藏經》……二十卷　　《菩薩戒經》……六十卷
《恩意經大集》……四十卷　　《摩竭經》……一百四十卷
《寶藏經》……二十卷　　《瑜伽經》……三十卷
《禮真如經》……三十卷　　《西天論經》……三十卷
《大光明經》……五十卷　　《佛國雜經》……一千六百三十八卷
《維摩經》……三十卷　　《大智度經》……九十卷
《金剛經》……一卷　　《本閣經》……五十六卷

《大孔雀經》……十四卷　《五龍經》……二十卷
《具舍論經》……十卷　《大集經》……三十卷
《菩薩經》……三百六十卷　《法華經》……十卷
《首楞嚴經》……三十卷　《寶常經》……一百七十卷
《決定經》……四十卷　《僧祇經》……一百一十卷
《華嚴經》……八十一卷　《起信論經》……五十卷
《大般若經》……六百卷　《寶威經》……一百四十卷
《未曾有經》……五百五十卷　《正律文經》……十卷
《三論別經》……四十二卷　《維識論經》……十卷
《正法論經》……二十卷

在藏總經，共三十五部，各部中檢出五千零四十八卷，與東土聖僧傳留在唐。現俱收拾整頓於馬馱人擔之上，專等謝恩。」

三藏四眾拴了馬，歇了擔，一個個合掌躬身，朝上禮拜。如來對唐僧言曰：「此經功德，不可稱量。雖為我門之龜鑑，實乃三教之源流。若到你那南贍部洲，示與一切眾生，不可輕慢。非沐浴齋戒，不可開卷。寶之！重之！蓋此內有成仙了道之奧妙，有發明萬化之奇方也。」三藏叩頭謝恩，信受奉行，依然對佛祖遍禮三匝，承謹歸誠，領經而去，去到三山門，一一又謝了眾聖不題。

如來因打發唐僧去後，纔散了傳經之會。旁又閃上觀世音菩薩合掌啟佛祖道：「弟子當年領金旨向東土尋取經之人，今已成功，共計得一十四年，乃五千零四十日，還少八日，不合藏數。准弟子繳還金旨？」如來大喜道：「所言甚當。准繳金旨。」即叫八大金剛吩咐道：「汝等快使神威，駕送聖僧回東，把真經傳留，即引聖僧西回。須在八日之內，以完一藏之數。勿得遲違。」金剛隨即趕上唐僧，叫道：「取經的，跟我來！」唐僧等俱身輕體健，蕩蕩飄飄，隨著金剛，駕雲而起。這纔是：見性明心參佛祖，功完行滿即飛昇。畢竟不知回東土怎生傳授，且聽下回分解。

第九十九回　九九數完魔滅盡　三三行滿道歸根

話表八金剛既送唐僧回國不題。那三層門下，有五方揭諦、四值功曹、六丁六甲、護教伽藍，走向觀音菩薩前啟道：「弟子等向蒙菩薩法旨，暗中保護聖僧，今日聖僧行滿，菩薩繳了佛祖金旨，我等望菩薩准繳法旨。」菩薩亦甚喜道：「准繳，准繳。」又問道：「那唐僧四眾，一路上心行何如？」諸神道：「委實心虔志誠，料不能逃菩薩洞察。但只是唐僧受過之苦，真不可言。他一路上歷過的災愆患難，弟子已謹記在此。這就是他災難的簿子。」菩薩從頭看了一遍。上寫著：

「蒙差揭諦皈依旨　謹記唐僧難數清　金蟬遭貶第一難　出胎幾殺第二難　滿月拋江第三難　尋親報冤第四難　出城逢虎第五難　折從落坑第六難　雙叉嶺上第七難　兩界山頭第八難　陡澗換馬第九難　夜被火燒第十難　失卻袈裟十一難　收降八戒十二難　黃風怪阻十三難　請求靈吉十四難　流沙難渡十五難　收得沙僧十六難　四聖顯化十七難　五莊觀中十八難　難活人參十九難　貶退心猿二十難　黑松林失散二十一難　寶象國捎書二十二難　金鑾殿變虎二十三難　平頂山逢

聯經出版事業公司　校印

魔二十四難　蓮花洞高懸二十五難　烏雞國救主二十六難　被魔化身二十七難　號山逢怪二十八難　風攝聖僧二十九難　心猿遭害三十難　請聖降妖三十一難　黑河沉沒三十二難　搬運車遲三十三難　大賭輸贏三十四難　祛道興僧三十五難　路逢大水三十六難　身落天河三十七難　魚籃現身三十八難　金兜山遇怪三十九難　普天神難伏四十難　問佛根源四十一難　喫水遭毒四十二難　西梁國留婚四十三難　琵琶洞受苦四十四難　再貶心猿四十五難　難辨獼猴四十六難　路阻火焰山四十七難　求取芭蕉扇四十八難　收縛魔王四十九難　賽城掃塔五十難　取寶救僧五十一難　棘林吟咏五十二難　小雷音遇難五十三難　諸天神遭困五十四難　稀柿衕穢阻五十五難　朱紫國行醫五十六難　拯救疲癃五十七難　降妖取后五十八難　七情迷沒五十九難　多目遭傷六十難　路阻獅駝六十一難　怪分三色六十二難　城裡遇災六十三難　請佛收魔六十四難　比丘救子六十五難　辨認真邪六十六難　松林救怪六十七難　僧房臥病六十八難　無底洞遭困六十九難
滅法國難行七十難　隱霧山遇魔七十一難　鳳仙郡求雨七十二難　失落兵器七十三難　會慶釘鈀七十四難　竹節山遭難七十五難　玄英洞受苦七十六難　趕捉犀牛七十七難　天竺招婚七十八難
銅臺府監禁七十九難　凌雲渡脫胎八十難　路經十萬八千里　聖僧歷難簿分明。」

菩薩將難簿目過了一遍，急傳聲道：「佛門中『九九』歸真。聖僧受過八十難，還少一難，不得完成此數。」即命揭諦，「趕上金剛，還生一難者。」這揭諦得令，飛雲一駕向東來，一晝夜趕上八大金剛，附耳低言道：「如此如此，……謹遵菩薩法旨，不得違誤。」八金剛聞得此言，刷的把風按下，將他四眾，連馬與經，墜落下地。噫！正是那：

聯經出版事業公司 校印

九九歸真道行難，堅持篤志立玄關。必須苦練邪魔退，定要修持正法還。
莫把經章當容易，聖僧難過許多般。古來妙合參同契，毫髮差殊不結丹。

三藏腳踏了凡地，自覺心驚。八戒呵呵大笑道：「好！好！好！這正是要快得遲。」沙僧道：「好！好！好！因是我們走快了些兒，教我們在此歇歇哩。」大聖道：「俗語云：『十日灘頭坐，一日行九灘。』」三藏道：「你三個且休鬥嘴。認認方向，看這是甚麼地方。」沙僧轉頭四望道：「是這裡！是這裡！師父，你聽聽水響。」行者道：「水響想是你的祖家了。」八戒道：「他祖家乃流沙河。」沙僧道：「不是，不是。此通天河也。」三藏道：「徒弟呵，仔細看在那岸。」行者縱身跳起，用手搭涼篷，仔細看了，下來道：「師父，此是通天河西岸。」三藏道：「我記起來了。東岸邊原有個陳家莊。那年到此，虧你救了他兒女，深感我們，要造船相送，幸白黿伏渡。我記得西岸上，四無人煙。這番如何是好？」八戒道：「只說凡人會作弊，原來這佛面前的金剛也會作弊。他奉佛旨，教送我們東回，怎麼到此半路上就丟下我們？如今豈不進退兩難！怎生過去！」沙僧道：「二哥休抱怨。我的師父已得了道。前在凌雲渡已脫了凡胎，今番斷不落水。教師兄同你我都作起攝法，把師父駕過去也。」行者頻頻的暗笑道：「駕不去！駕不去！」你看他怎麼就說個駕不去，若肯使出神通，說破飛昇之奧妙，師徒們就一千個河也過去了；只因心裡明白，知道唐僧九九之數未完，還該有一難，故羈留於此。

師徒們口裡紛紛的講，足下徐徐的行，直至水邊，忽聽得有人叫道：「唐聖僧，唐聖僧，這裡來，這裡來！」四眾皆驚。舉頭觀看，四無人跡，又沒舟船，卻是一個大白賴頭黿在岸邊探著頭叫道：「老師父，我等了你這幾年，卻纔回也？」行者笑道：「老黿，向年累你，今歲又得相逢。」三藏與八戒、

聯經出版事業公司校印

沙僧都歡喜不盡。行者道：「老黿，你果有接待之心，可上岸來。」那老黿即縱身爬上河來。行者叫把馬牽上他身。八戒還蹲在馬尾之後。唐僧站在馬頸左邊。沙僧站在右邊。行者一腳踏著老黿的項，一腳踏著老黿的頭，叫道：「老黿，好生走穩著。」那老黿蹬開四足，踏水面如行平地，將他師徒四眾，連馬五口，馱在身上，徑回東岸而來，誠所謂：

不二門中法奧玄，諸魔戰退識人天。本來面目今方見，一體原因始得全。
秉證三乘隨出入，丹成九轉任周旋。挑包飛杖通休講，幸喜還元遇老黿。

老黿馱著他們，躧波踏浪，行經多半日，將次天晚，好近東岸，忽然問曰：「老師父，我向年曾央到西方見我佛如來，與我問聲歸著之事，還有多少年壽，果曾問否？」原來那長老自到西天玉真觀沐浴，凌雲渡脫胎，步上靈山，專心拜佛；及參諸佛菩薩聖僧等眾，意念只在取經，他事一毫不理，所以不曾問得老黿年壽，無言可答；卻又不敢欺，打誑語，沉吟半晌，不曾答應。老黿即知不曾替他問了，就將身一晃，唿喇的淬下水去，把他四眾連馬並經，通皆落水。咦！還喜得唐僧脫了胎，成了道。若似前番，已經沉底。又幸白馬是龍，八戒、沙僧會水，行者笑巍巍顯大神通，把唐僧扶駕出水，登彼東岸。只是經包、衣服、鞍轡俱盡溼了。

師徒方登岸整理，忽又一陣狂風，天色昏暗，雷烱俱作，走石飛沙，但見那：

一陣風，乾坤播蕩；一聲雷，振動山川，一個烱①，鑽雲飛火；一天霧，大地遮漫。風氣呼號，

①烱——閃光。此指閃電。

聯經出版事業公司 校印

雷聲激烈。烱掣紅銷，霧迷星月。風鼓的沙塵撲面，雷驚的虎豹藏形，烱晃的飛禽叫噪，霧漫的樹木無踪。那風攪得個通天河波浪翻騰，那雷振得個通天河魚龍喪膽。那烱照得個通天河徹底光明，那霧蓋得個通天河岸崖昏慘。好風！頹山裂石松篁倒。好雷！驚蟄傷人威勢豪。好烱！流天照野金蛇走。好霧！混混漫空蔽九霄。

諕得那三藏按住了經包，沙僧壓住了經擔；八戒牽住了白馬；行者卻雙手輪起鐵棒，左右護持。原來那風、霧、雷、烱，乃是些陰魔作號，欲奪所取之經。劵攘②了一夜，直到天明，卻纔止息。長老一身水衣，戰兢兢的道：「悟空，這是怎的起？」行者氣呼呼的道：「師父，你不知就裡。我等保護你取獲此經，乃是奪天地造化之功，可以與乾坤並久，日月同明，壽享長春，法身不朽：此所以為天地不容，鬼神所忌，欲來暗奪之耳。一則這經是水溼透了；一則是你的正法身壓住，雷不能轟，電不能照，霧不能迷；又是老孫輪著鐵棒，使純陽之性，護持住了；及至天明，陽氣又盛；所以不能奪去。」三藏、八戒、沙僧方纔省悟，各謝不盡。少頃，太陽高照，卻移經於高崖上，開包曬晾，至今彼處曬經之石尚存。他們又將衣鞋都曬在崖旁，立的立，坐的坐，跳的跳。真個是：

一體純陽喜向陽，陰魔不敢逞強梁。須知水勝真經伏，不怕風雷烱霧光。
自此清平歸正覺，從今安泰到仙鄉。曬經石上留踪跡，千古無魔到此方。

他四眾檢看經本，一一曬晾，早有幾個打魚人，來過河邊，擡頭看見。內有認得的道：「老師父可是

②劵攘——喧擾吵鬧。

聯經出版事業公司 校印

前年過此河往西天取經的？」八戒道：「正是，正是。你是那裡人？怎麼認得我們？」漁人道：「我們是陳家莊上人。」八戒道：「陳家莊離此有多遠？」漁人道：「過此衝南有二十里，就是也。」八戒道：「師父，我們把經搬到陳家莊上曬去。他那裡有住坐，又有得喫，就教他家與我們漿漿衣服，卻不是好？」三藏道：「不去罷。在此曬乾了，就收拾找路回也。」那幾個漁人，行過南衝，恰遇著陳澄。叫道：「二老官，前年在你家替祭兒子的師父回來了。」陳澄道：「你在那裡看見？」漁人回指道：「都在那石上曬經哩。」

陳澄隨帶了幾個佃戶，走過衝來望見，跑近前跪下道：「老爺取經回來，功成行滿，怎麼不到舍下，卻在這裡盤弄？快請，快請到舍。」行者道：「等曬乾了經，和你去。」陳澄又問道：「老爺的經典、衣物，如何溼了？」三藏道：「昔年虧白鼊馱渡河西，今年又蒙他馱渡河東。已將近岸，被他問昔年託問佛祖壽年之事，我本未曾問得，他遂淬在水內，故此溼了。」又將前後事細說了一遍。那陳澄拜請甚懇，三藏無已，遂收拾經卷。不期石上把《佛本行經》沾住了幾卷，遂將經尾沾破了。所以至今《本行經》不全，曬經石上猶有字跡。三藏懊悔道：「是我們怠慢了，不曾看顧得！」行者笑道：「不在此！不在此！蓋天地不全，這經原是全全的。今沾破了，乃是應不全之奧妙也。豈人力所能與耶！」師徒們果收拾畢，同陳澄赴莊。

那莊上人家，一個傳十，十個傳百，百個傳千，若老若幼，都來接看。陳清聞說，就擺香案，在門前迎迓，又命鼓樂吹打。少頃到了，迎入。陳清領合家人眷，俱出來拜見，拜謝昔日救女兒之恩，隨命看茶擺齋，三藏自受了佛祖的仙品、仙餚，又脫了凡胎成佛，全不思凡間之食。二老苦勸，沒奈何，略見他意。孫大聖自來不喫煙火食，也道：「彀了。」沙僧也不甚喫。八戒也不似前番，就放下碗。行者道：「獃子也不喫了？」八戒道：「不知怎麼，脾胃一時就弱了。」遂此收了齋筵，卻又問取經之事。三藏又將先至玉真觀沐浴，凌雲渡身輕，及至雷音寺參如來，蒙珍樓賜宴，寶閣傳經，始被二尊者討人事未遂，故傳無字之經，後復拜告如來，始得授一藏之數，並白鼋淬水，陰魔暗奪之事，細細陳了一遍，就欲拜別。

那二老舉家，如何肯放，且道：「向蒙救拔兒女深恩莫報，已創建一座院宇，名曰救生寺，專侍奉香火不絕。」又喚出原替祭之兒女陳關保、一秤金叩謝，復請至寺觀看。三藏卻又將經包兒收在他家堂前，與他念了一卷《寶常經》。後至寺中，只見陳家又設饌在此，還不曾坐下，又一起來請。還不曾舉筯，又一起來請。絡繹不絕，爭不上手。三藏俱不敢辭，略略見意。只見那座寺果蓋得齊整：

山門紅粉膩，多賴施主功。一座樓臺從此立，兩廊房宇自今興。朱紅隔扇，七寶玲瓏。香氣飄雲漢，清光滿太空。幾株嫩柏還澆水，數榦喬松未結叢。活水迎前，通天疊疊翻波浪；高崖倚後，山脈重重接地龍。

三藏看畢，纔上高樓。樓上果裝塑著他四眾之像。八戒看見，扯著行者道：「兄長的相兒甚像。」沙僧道：「二哥，你的又像得緊，只是師父的又忒俊了些兒。」三藏道：「卻好！卻好！」遂下樓來。下面前殿後廊，還有擺齋的候請。行者卻問：「向日大王廟兒如何了？」眾老道：「那廟當年拆了。老爺，這寺自建立之後，年年成熟，歲歲豐登，卻是老爺之福庇。」行者笑道：「此天賜耳，與我們何與！但只我們自今去後，保你這一莊上人家，子孫繁衍，六畜安生，年年風調雨順，歲歲雨順風調。」

眾等卻叩頭拜謝。

只見那前前後後，更有獻果獻齋的，無限人家。八戒笑道：「我的蹭蹬！那時節喫得，卻沒人家連請十請；今日喫不得，卻一家不了，又是一家。」饒③他氣滿④，略動手，又喫過八九盤素食；縱然胃傷，又喫了二三十個饅頭，已皆盡飽，又有人家相邀。三藏道：「弟子何能，感蒙至愛！望今夕暫停，明早再領。」

時已深夜。三藏守定真經，不敢暫離，就於樓下打坐看守，將及三更，三藏悄悄的叫道：「悟空，這裡人家，識得我們道成事完了。自古道：『真人不露相，露相不真人。』恐為久淹，失了大事。」行者道：「師父說得有理。我們趁此深夜，人家熟睡，寂寂的去了罷。」八戒卻也知覺，沙僧盡自分明，白馬也能會意。遂此起了身，輕輕的擡上馱垛，挑著擔，從廡廊馱出。到於山門，只見門上有鎖。行者又使個解鎖法，開了二門、大門，找路望東而去。只聽得半空中有八大金剛叫道：「逃走的，跟我來！」那長老聞得香風蕩蕩，起在空中。這正是：丹成識得本來面，體健如如拜主人。畢竟不知怎生見那唐王，且聽下回分解。

③饒——儘管。
④氣滿——腹中脹氣。

第一百回　徑回東土　五聖成眞

且不言他四眾脫身，隨金剛駕風而起。卻說陳家莊救生寺內多人，天曉起來，仍治果餚來獻，至樓下，不見了唐僧。這個也來問，那個也來尋，俱慌慌張張，莫知所措，叫苦連天的道：「清清把個活佛放去了！」一會家無計，將辦來的品物，俱擡在樓上祭祀燒紙。以後每年四大祭、二十四小祭。還有那告病的，保安的，求親許願，求財求子的，無時無日，不來燒香祭賽。真個是金爐不斷千年火，玉盞常明萬載燈。不題。

卻說八大金剛使第二陣香風，把他四眾，不一日，送至東土，漸漸望見長安。原來那太宗自貞觀十三年九月望前三日送唐僧出城，至十六年，即差工部官在西安關外起建了望經樓接經。太宗年年親至其地。恰好那一日出駕復到樓上，忽見正西方滿天瑞靄，陣陣香風，金剛停在空中叫道：「聖僧，此間乃長安城了。我們不好下去，這裡人伶俐，恐泄漏吾像。孫大聖三位也不消去，汝自去傳了經與汝主，即便回來。我在霄漢中等你，與你一同繳旨。」大聖道：「尊者之言雖當，但吾師如何挑得經擔！

如何牽得這馬！須得我等同去一送。煩你在空少等，諒不敢誤。」金剛道：「前日觀音菩薩啟過如來，往來只在八日，方完藏數。今已經四日有餘，只怕八戒貪圖富貴，誤了限期。」八戒笑道：「師父成佛，我也望成佛，豈有貪圖之理？潑大①𪓟人！都在此等我，待交了經，就來與你回向也。」獃子挑著擔，沙僧牽著馬，行者領著聖僧，都按下雲頭，落於望經樓邊。

太宗同多官一齊見了，即下樓相迎道：「御弟來也？」唐僧即倒身下拜。太宗攙起，又問：「此三者何人？」唐僧道：「是途中收的徒弟。」太宗大喜，即命侍官：「將朕御車馬扣背，請御弟上馬，同朕回朝。」唐僧謝了恩，騎上馬。大聖輪金箍棒緊隨。八戒、沙僧俱扶馬挑擔，隨駕後共入長安。真個是：

當年清宴樂昇平，文武安然顯俊英。水陸場中僧演法，金鑾殿上主差卿。

關文敕賜唐三藏，經卷原因配五行。苦煉兇魔種種滅，功成今喜上朝京。

唐僧四眾，隨駕入朝。滿城中無一不知是取經人來了。卻說那長安唐僧舊住的洪福寺大小僧人，看見幾株松樹一顆顆頭俱向東，驚訝道：「怪哉！怪哉！今夜未曾颳風，如何這樹頭都扭過來了？」內有三藏的舊徒道：「快拿衣服來！取經的老師父來了！」眾僧問道：「你何以知之？」舊徒曰：「當年師父去時，曾有言道：『我去之後，或三五年，或六七年，但看松樹枝頭若是東向，我即回矣。』我師父佛口聖言，故此知之。」急披衣而出。至西街時，早已有人傳播說：「取經的人適纔方到，萬

①潑大——即潑辣，不講理、桀驁不馴。

歲爺爺接入城來了。」眾僧聽說，又急急跑來，卻就遇著。一見大駕，不敢近前，隨後跟至朝門之外。唐僧下馬，同眾進朝。唐僧將龍馬與經擔，同行者、八戒、沙僧，站在玉階之下。太宗傳宣御弟上殿，賜坐。唐僧又謝恩坐了，教把經卷抬來。行者等取出，近侍官傳上。太宗又問：「多少經數？怎生取來？」三藏道：「臣僧到了靈山，參見佛祖，蒙差阿儺、伽葉二尊者先引至珍樓內賜齋，次到寶閣內傳經。那尊者需索人事，因未曾備得，不曾送他，他遂以經與了。當謝佛祖之恩，東行，忽被妖風搶了經去。幸小徒有些神通趕奪，卻俱拋擲散漫，因展看，皆是無字空本。臣等著驚，復去拜告懇求。佛祖道：『此經成就之時，有比丘聖僧將下山與舍衛國趙長者家看誦了一遍，保佑他家生者安全，亡者超脫，止討了他三斗三升米粒黃金，意思還嫌賣賤了，後來子孫沒錢使用。』我等知二尊者需索人事，佛祖明知，只得將欽賜紫金鉢盂送他，方傳了有字真經。此經有三十五部。各部中檢了幾卷傳來。共計五千零四十八卷。此數蓋合一藏也。」太宗更喜，教：「光祿寺設宴在東閣酬謝。」忽見他三徒立在階下，容貌異常，便問：「高徒果外國人耶？」長老俯伏道：「大徒弟姓孫，法名悟空，臣又呼他為孫行者。他出身原是東勝神洲傲來國花果山水簾洞人氏。因五百年前大鬧天宮，被佛祖困壓在西番兩界山石匣之內，蒙觀音菩薩勸善，情願皈依，是臣到彼救出，保護甚虧此徒。二徒弟姓豬，法名悟能，臣又呼他為豬八戒。他出身原是福陵山雲棧洞人氏。因在烏斯藏高老莊上作怪，亦蒙菩薩勸善，虧行者收之。一路上挑擔有力，涉水有功。三徒弟姓沙，法名悟淨，臣又呼他為沙和尚。他出身原是流沙河作怪者，也蒙菩薩勸善，秉教沙門。那匹馬不是主公所賜者。」太宗道：「毛片相同，如何不是？」三藏道：「臣到蛇盤山鷹愁澗涉水，原馬被此馬吞之，虧行者請菩薩問此馬來歷，原是西海龍王之子，因有罪，也蒙菩薩救解，教他與臣作腳力。當時變作原馬，毛片相同。幸虧他登山越嶺，跋涉崎嶇。去時騎坐，來時馱經，亦甚賴其力也。」太宗聞言，稱讚不已。又問：「遠涉西方，端的路程多少？」三藏道：「總記菩薩之言，有十萬八千里之遠。途中未曾記數。只知經過了一十四遍寒暑。日日山，日日嶺。遇林不小，遇水寬洪。還經幾座國王，俱有照驗的印信。」叫：「徒弟，將通關文牒取上來，對主公繳納。」當時遞上。太宗看了，乃貞觀一十三年九月望前三日給。太宗笑道：「久勞遠涉。今已貞觀二十七年矣。」牒文上有寶象國印、烏雞國印、車遲國印、西梁女國印、祭賽國印、朱紫國印、比丘國印、滅法國印；又有鳳仙郡印、玉華州印、金平府印。太宗覽畢，收了。

早有當駕官請宴，即下殿攜手而行。又問：「高徒能禮貌乎？」三藏道：「小徒俱是山村曠野之妖身，未諳中華聖朝之禮數。萬望主公赦罪。」太宗笑道：「不罪他，不罪他。都同請東閣赴宴去也。」三藏又謝了恩，招呼他三眾，都到閣內觀看。果是中華大國，比尋常不同。你看那：

門懸綵繡，地襯紅氈。異香馥郁，奇品新鮮。琥珀杯，琉璃盞，鑲金點翠；黃金盤，白玉碗，嵌錦花纏。爛煮蔓菁，糖澆香芋。蘑菇甜美，海菜清奇。幾次添來薑辣笋，數番辦上密調葵。麵觔椿樹葉，木耳豆腐皮。石花仙菜，蕨粉乾薇。花椒煮萊菔，芥末拌瓜絲。幾盤素品還猶可，數種奇稀果奪魁。核桃柿餅，龍眼荔枝。宣州繭栗山東棗，江南銀杏兔頭梨。榛松蓮肉葡萄大，榧子瓜仁菱米齊。橄欖林檎，蘋婆沙果。慈菰嫩藕，脆李楊梅。無般不備，無件不齊。還有些蒸酥蜜食兼嘉饌，更有那美酒香茶與異奇。說不盡百味珍饈真上品，果然是中華大國異西夷。

師徒四眾與文武多官，俱侍列左右。太宗皇帝仍正坐當中。歌舞吹彈，整齊嚴肅，遂盡樂一日。正是：

君王嘉會賽唐虞，取得真經福有餘。千古流傳千古盛，佛光普照帝王君。

當日天晚，謝恩宴散。太宗回宮，多官回宅。唐僧等歸於洪福寺，只見寺僧磕頭迎接。方進山門裡，眾僧道：「師父，這樹頭兒今早俱忽然向東。我們記得師父之言，遂出城來接。果然到了！」長老喜之不勝，遂入方丈。此時八戒也不嚷茶飯，也不弄諠頭②。行者、沙僧，個個穩重。只因道果完成，自然安靜。當晚睡了。

次早，太宗升朝，對群臣言曰：「朕思御弟之功，至深至大，無以為酬。一夜無寐，口占幾句俚談，權表謝意。但未曾寫出。」叫中書官來：「朕念與你，你一一寫之。」其文云：

「蓋聞二儀有象，顯覆載以含生；四時無形，潛寒暑以化物。是以窺天鑑地，庸愚皆識其端；明陰洞陽，賢哲罕窮其數。然天地包乎陰陽，而易識者，以其有象也；陰陽處乎天地，而難窮者，以其無形也。故知象顯可徵，雖愚不惑；形潛莫睹，在智猶迷。況乎佛道崇虛，乘幽控寂；弘濟萬品，典御十方。舉威靈而無上，抑神力而無下；大之則彌於宇宙，細之則攝於毫釐。無滅無生，歷千劫而不古；若隱若顯，運百福而長今。妙道凝玄，遵之莫知其際；法流湛寂，挹之莫測其源。故知蠢蠢凡愚，區區庸鄙，投其旨趣，能無疑惑者哉！然則大教之興，基乎西土。騰漢庭而皎夢，照東域而流慈。古者，分形分迹之時，言未馳而成化；當常見常隱之世，民仰德而知遵。及乎晦影歸真，遷移越世，金容掩色，不鏡三千之光；麗像開圖，空端四八之相。於是微言廣被，拯禽

②諠頭——騙局。

類於三途；遺訓遐宣，導群生於十地。佛有經，能分大小之乘；更有法，傳訛邪正之術。我僧玄奘法師者，法門之領袖也。幼懷貞敏，早悟三空之功；長契神情，先包四忍之行。松風水月，未足比其清華；仙露明珠，詎能方其朗潤！故以智通無累，神測未形。超六塵而迥出，使千古而無對。凝心內境，悲正法之陵遲；栖慮玄門，慨深文之訛謬。思欲分條析理，廣彼前聞；截偽續真，開茲後學。是以翹心淨土，法遊西域。乘危遠邁，策杖孤征。積雪晨飛，途間失地；驚沙夕起，空外迷天。萬里山川，撥煙霞而進步；百重寒暑，躡霜雨而前踪。誠重勞輕，求深欲達。周遊西宇，十有四年。窮歷異邦，詢求正教。雙林八水，味道餐風；鹿苑鷲峰，瞻奇仰異。承至言於先聖，受真教於上賢。探賾妙門，精窮奧業。三乘六律之道，馳驟於心田；一藏百篋之文，波濤於海口。爰自所歷之國無涯，求取之經有數。總得大乘要文，凡三十五部，計五千四十八卷，譯布中華，宣揚勝業。引慈雲於西極，注法雨於東陲。聖教缺而復全，蒼生罪而還福。溼火宅③之乾燄，共拔迷途；朗金水④之昏波，同臻彼岸。是知惡因孽墜，善以緣昇。昇墜之端，惟人自作。譬之桂生高嶺，雲露方得泫其花；蓮出綠波，飛塵不能染其葉。非蓮性自潔，而桂質本貞，良由所附者高，則微物不能累；所憑者淨，則濁類不能沾。夫以卉木無知，猶資善而成善，矧乎人倫有識，不緣慶而求慶？方冀茲經，流施並日月而無窮；景福遐敷⑤，傳布與乾坤而永大！」

③火宅——即火坑，痛苦的地方。
④金水——佛教的譬喻。金剛界把智慧譬喻成水，所以叫做金水。
⑤遐敷——遠布、遠播。

寫畢，即召聖僧。此時長老已在朝門外候謝。聞宣急入，行俯伏之禮。太宗傳請上殿，將文字遞與長老。覽遍，復下謝恩，奏道：「主公文辭高古，理趣淵微。但不知是何名目。」太宗道：「朕夜口占，答謝御弟之意，名曰『聖教序』。不知好否？」長老叩頭，稱謝不已。太宗又曰：

「朕才愧珪璋，言慚金石。至於內典，尤所未聞。口占敘文，誠為鄙拙。穢翰墨於金簡，標瓦礫於珠林。循躬省慮，靦面恧心⑥。甚不足稱，虛勞致謝。」

當時多官齊賀，頂禮〈聖教〉御文，徧傳內外。太宗道：「御弟將真經演誦一番，何如？」長老道：「主公，若演真經，須尋佛地。寶殿非可誦之處。」太宗甚喜。即問當駕官：「長安城中，有那座寺院潔淨？」班中閃上大學士蕭瑀奏道：「城中有一鴈塔寺，潔淨。」太宗即令多官：「把真經各虔捧幾卷，同朕到鴈塔寺，請御弟談經去來。」多官遂各各捧著，隨太宗駕幸寺中，搭起高臺，鋪設齊整。長老仍命：「八戒、沙僧，牽龍馬，理行囊；行者在我左右。」又向太宗道：「主公欲將真經傳流天下，須當謄錄副本，方可佈散。原本還當珍藏，不可輕褻。」太宗又笑道：「御弟之言，甚當！甚當！」隨召翰林院及中書科各官謄寫真經。又建一寺，在城之東，名曰謄黃寺。

長老捧幾卷登臺，方欲諷誦，忽聞得香風繚繞，半空中有八大金剛現身高叫道：「誦經的，放下經卷，跟我回西去也。」這底下行者三人，連白馬，平地而起。長老亦將經卷丟下，也從臺上起於九霄，相隨騰空而去。慌得那太宗與多官望空下拜。這正是：

---

⑥恧心——內心慚愧、內疚。

聖僧努力取經編，西宇周流十四年。苦歷程途遭患難，多經山水受迍邅。
功完八九還加九，行滿三千及大千。大覺妙文回上國，至今東土永留傳。

太宗與多官拜畢，即選高僧，就於鴈塔寺裡，修建水陸大會，看誦《大藏真經》，超脫幽冥孽鬼，普施善慶。將謄錄過經文，傳播天下不題。

卻說八大金剛，駕香風，引著長老四眾，連馬五口，復轉靈山。連去連來，適在八日之內。此時靈山諸神，都在佛前聽講。八金剛引他師徒進去，對如來道：「弟子前奉金旨，駕送聖僧等，已到唐國，將經交納，今特繳旨。」遂叫唐僧等近前受職。如來道：「聖僧，汝前世原是我之二徒，名喚金蟬子。因為汝不聽說法，輕慢我之大教，故貶汝之真靈，轉生東土。今喜皈依，秉我迦持，又乘吾教，取去真經，甚有功果，加陞大職正果，汝為旃檀功德佛。孫悟空，汝因大鬧天宮，吾以甚深法力，壓在五行山下，幸天災滿足，歸於釋教；且喜汝隱惡揚善，在途中煉魔降怪有功，全終全始，加陞大職正果，汝為鬥戰勝佛。豬悟能，汝本天河水神，天蓬元帥。為汝蟠桃會上酗酒戲了仙娥，貶汝下界投胎，身如畜類。幸汝記愛人身，在福陵山雲棧洞造孽，喜歸大教，入我沙門，保聖僧在路，卻又有頑心，色情未泯。因汝挑擔有功，加陞汝職正果，做淨壇使者。」八戒口中嚷道：「他們都成佛，如何把我做個淨壇使者？」如來道：「因汝口壯身慵，食腸寬大。蓋天下四大部洲，瞻仰吾教者甚多，凡諸佛事，教汝淨壇，乃是個有受用的品級。如何不好！——沙悟淨，汝本是捲簾大將，先因蟠桃會上打碎玻璃盞，貶汝下界，汝落於流沙河，傷生喫人造孽，幸皈吾教，誠敬迦持，保護聖僧，登山牽馬有功，加陞大職正果，為金身羅漢。」又叫那白馬：「汝本是西洋大海廣晉龍王之子。因汝違逆父命，犯了不孝之罪，幸得皈身皈法，皈我沙門，每日家虧你馱負聖僧來西，又虧你馱負聖經去東，亦有功者，加陞汝職正果，為八部天龍。」

長老四眾，俱各叩頭謝恩。馬亦謝恩訖。仍命揭諦引了馬下靈山後崖，化龍池邊，將馬推入池中。須臾間，那馬打個展身，即退了毛皮，換了頭角，渾身上長起金鱗，腮頷下生出銀鬚，一身瑞氣，四爪祥雲，飛出化龍池，盤繞在山門裡，擎天華表柱上。諸佛讚揚如來的大法。孫行者卻又對唐僧道：「師父，此時我已成佛，與你一般，莫成還戴金箍兒，你還念甚麼〈緊箍呪兒〉掯勒我？趁早兒念個〈鬆箍呪兒〉，脫下來，打得粉碎，切莫叫那甚麼菩薩再去捉弄他人。」唐僧道：「當時只為你難管，故以此法制之。今已成佛，自然去矣。豈有還在你頭上之理！你試摸摸看。」行者舉手去摸一摸，果然無了。此時旃檀佛、鬥戰佛、淨壇使者、金身羅漢，俱正果了本位。天龍馬亦自歸真。有詩為證。詩曰：

一體真如轉落塵，合和四相復修身。五行論色空還寂，百怪虛名總莫論。
正果旃檀皈大覺，完成品職脫沉淪。經傳天下恩光闊，五聖高居不二門。

五聖果位之時，諸眾佛祖、菩薩、聖僧、羅漢、揭諦、比丘、優婆夷塞，各山各洞的神仙、大神、丁甲、功曹、伽藍、土地，一切得道的師仙，始初俱來聽講，至此各歸方位。你看那：

靈鷲峰頭聚霞彩，極樂世界集祥雲。金龍穩臥，玉虎安然。烏兔任隨來往，龜蛇憑汝盤旋。丹鳳青鸞情爽爽，玄猿白鹿意怡怡。八節奇花，四時仙果。喬松古檜，翠柏修篁。五色梅時開時結，萬年桃時熟時新。千果千花爭秀，一天瑞靄紛紜。

大眾合掌皈依。都念：

「南無燃燈上古佛。南無藥師琉璃光王佛。南無釋迦牟尼佛。南無過去未來現在佛。南無清淨喜佛。南無毘盧尸佛。南無寶幢王佛。南無彌勒尊佛。南無阿彌陀佛。南無無量壽佛。南無接引歸眞佛。南無金剛不壞佛。南無寶光佛。南無龍尊王佛。南無精進善佛。南無寶月光佛。南無現無愚佛。南無婆留那佛。南無那羅延佛。南無功德華佛。南無才功德佛。南無善遊步佛。南無旃檀光佛。南無摩尼幢佛。南無慧炬照佛。南無海德光明佛。南無大慈光佛。南無慈力王佛。南無賢善首佛。南無廣莊嚴佛。南無金華光佛。南無才光明佛。南無智慧勝佛。南無世靜光佛。南無日月光佛。南無日月珠光佛。南無慧幢勝王佛。南無妙音聲佛。南無常光幢佛。南無觀世燈佛。南無法勝王佛。南無須彌光佛。南無大慧力王佛。南無金海光佛。南無大通光佛。南無才光佛。南無旃檀功德佛。南無鬥戰勝佛。南無觀世音菩薩。南無大勢至菩薩。南無文殊菩薩。南無普賢菩薩。南無清淨大海眾菩薩。南無蓮池海會佛菩薩。南無西天極樂諸菩薩。南無三千揭諦大菩薩。南無五百阿羅大菩薩。南無比丘夷塞尼菩薩。南無無邊無量法菩薩。南無金剛大士聖菩薩。南無淨壇使者菩薩。南無八寶金身羅漢菩薩。南無八部天龍廣力菩薩。

如是等一切世界諸佛，

願以此功德，莊嚴佛淨土。上報四重恩，下濟三途苦。若有見聞者，悉發菩提心。同生極樂國，盡報此一身。

十方三世一切佛，諸尊菩薩摩訶薩，摩訶般若波羅蜜。」

中國古典小說新刊

西遊記(下)

1991年5月初版　　定價：新臺幣200元
2018年12月初版第十四刷

著　者　吳　承　恩

出版者	聯經出版事業股份有限公司	總編輯	胡金倫
地址	新北市汐止區大同路一段369號1樓	總經理	陳芝宇
台北聯經書房	台北市新生南路三段94號	社長	羅國俊
電話	(02)23620308	發行人	林載爵
台中分公司	台中市北區崇德路一段198號		
暨門市電話	(04)22312023		
郵政劃撥帳戶	第0100559-3號		
郵撥電話	(02)23620308		
印刷者	世和印製企業有限公司		
總經銷	聯合發行股份有限公司		
發行所	新北市新店區寶橋路235巷6弄6號2F		
電話	(02)29178022		

行政院新聞局出版事業登記證局版臺業字第0130號

本書如有缺頁，破損，倒裝請寄回台北聯經書房更換。　ISBN　978-957-08-0599-4 (下冊；平裝)
聯經網址 http://www.linkingbooks.com.tw
電子信箱 e-mail:linking@udngroup.com

國家圖書館出版品預行編目資料

西遊記(下) / (明)吳承恩著 .
初版 . 新北市 . 聯經 . 1991年
628面；14.8×21公分 . (中國古典小說新刊)
ISBN 978-957-08-0599-4(平裝)
[2018年12月初版第十四刷]

857.47 80001180